1218

Das Buch
Ausgerechnet als Paul Wendland in Berlin mit seinem Leben und seinen kuriosen Kunstprojekten in die Zukunft starten will, holt ihn die Vergangenheit ein. In Worpswede drohen das geschichtsträchtige Haus seines Großvaters und sein Erbe im Moor zu versinken – samt lebensgroßen Bronzestatuen von Luther über Bismarck bis zu Max Schmeling und Ringo Starr.
Die Reise zurück an den Ort der Kindheit zwischen mörderischem Teufelsmoor, norddeutschem Butterkuchen und traditionsumwitterter Künstlerkolonie nimmt eine verhängnisvolle Wendung. Vergessen geglaubte Familienfragen, aus dem Moor steigende historische Gestalten und die skurrile Begegnung mit einem mysteriösen Vergangenheitsforscher spülen ein ungeheuerliches Geflecht an Lügen und Geheimnissen aus einem ganzen Jahrhundert an die Oberfläche.
Moritz Rinke rührt sanft, aber vollkommen anarchisch und mit einer umwerfenden Tragikomik an die Lebensmotive, die Geschlechter-, Generations- und Identitätskonflikte seiner Figuren und an ihre seelischen Abgründe. Er erzählt vom Künstlerleben, von Ruhm, Verführung und Vergänglichkeit und von einem Dorf im Norden, das berühmt ist für seinen Himmel und das flache Land - und überzeugt als raffinierter Komponist einer überschäumenden, irrwitzigen Realität in diesem furiosen Romandebüt.

Der Autor
Moritz Rinke, geboren 1967 in Worpswede, studierte »Drama, Theater, Medien« in Gießen. Seine Reportagen, Geschichten und Essays wurden mehrfach ausgezeichnet. Sein Stück »Republik Vineta« wurde 2001 zum besten deutschsprachigen Theaterstück gewählt und 2008 für das Kino verfilmt. Im Sommer 2002 kam bei den Festspielen in Worms Rinkes Neudichtung der »Nibelungen« zur Uraufführung, die in den Folgejahren auf der Bühne und im Fernsehen ein Millionenpublikum fand. Sein Stück »Café Umberto« wurde bereits an zahlreichen Theatern gespielt und ist Bestandteil einiger Lehrpläne. Moritz Rinke lebt und arbeitet in Berlin. »Der Mann, der durch das Jahrhundert fiel« ist sein erster Roman.

Weitere Titel bei Kiepenheuer & Witsch
»Das große Stolpern. Erinnerungen an die Gegenwart«, 2005.

Moritz Rinke

Der Mann, der durch das Jahrhundert fiel

Roman

Kiepenheuer & Witsch

Verlag Kiepenheuer & Witsch, FSC®-N001512

10. Auflage 2013

© 2010, 2011, Verlag Kiepenheuer & Witsch, Köln
Alle Rechte vorbehalten. Kein Teil des Werkes darf in
irgendeiner Form (durch Fotografie, Mikrofilm oder ein
anderes Verfahren) ohne schriftliche Genehmigung des
Verlages reproduziert oder unter Verwendung elektronischer
Systeme verarbeitet, vervielfältigt oder verbreitet werden.
Umschlaggestaltung: Barbara Thoben, Köln, nach einer Idee
von Rudolf Linn, Köln
Umschlagmotiv: Rudolf Linn, Köln
Gesetzt aus der Bembo und Optima
Satz: Felder KölnBerlin
Druck und Bindung: CPI books GmbH, Leck
ISBN: 978-3-462-04342-6

Für R. C. & H. R.

Und meinem alten Weltdorf

> *»Nun stehst du starr,*
> *schaust rückwärts, ach! wie lange schon!*
> *Was bist du Narr*
> *vor Winters in die Welt entflohn?«*
> FRIEDRICH NIETZSCHE

1
Prolog vom Ende

Seine Kindheit, das hatte die Baufirma Brüning auch gar nicht mehr zu beschönigen versucht, würde in der Mitte auseinanderbrechen, eher früher als später, in zwei Teile.

Der Westflügel, in dem er mit seiner Mutter und ihrer übermächtigen Liebe groß geworden war, mit seinem Großvater, dem Bildhauer, den man den Rodin des Nordens nannte, sowie seiner Großmutter, die jeden Tag norddeutschen Butterkuchen backte – dieser Westflügel des Hauses würde zuerst absacken und im Teufelsmoor untergehen. Dabei würde sich der Ostflügel, in dem der Rest der Familie gelebt hatte, gleichzeitig in die Höhe heben, bis das ganze Haus in der Mitte in zwei Stücke breche. Und dann würde der Ostflügel zurück in den Schlamm fallen und vermutlich früher oder später auch dieser Teil der Familie Kück herabsinken – mit seinen sommersprossigen Johans, den blauäugigen Hinrichs, den Milchkühen und Mördern, dem Schnaps und dem schönen strohblonden Bauernmodell Marie, das noch heute auf dem Bild eines alten Worpsweders wie ein Gespenst erschien.

»Grundbruch«, flüsterte Paul vor sich hin.

»Grundbruch« war das Fachwort, das die örtliche Baufirma Brüning für solche Katastrophen benutzte. Solch ein Grundbruch hatte sich nicht zum ersten Mal ereignet hier im Norden, in der Tiefebene, in den sumpfigen Wiesen am Rande des Teufelsmoors, wo früher nur Torfbauern lebten und mit braunen Segeln über Flüsse fuhren.

Paul stellte einen Stuhl in das Moor und versuchte ruhig zu atmen, während er die schrägen, rissigen Wände betrachtete und den Westflügel des Hauses, der aussah wie der geneigte Rumpf eines Schiffes. Aus der Ferne hörte er eine Kuh, dann eine weitere aus der Nähe, die der anderen Kuh ein paar Wiesen weiter zu antworten schien.

Er spürte, dass auch der Stuhl, auf dem er saß, versank und zog sein kleines schwarzes Notizbuch aus der Hosentasche, »Paul Wendland« stand auf der ersten Seite und seine Handynummer. Eigentlich hieß er »Wendland-Kück«, aber er nannte sich nur Paul Wendland, weil »Kück« sowieso niemand draußen in der Welt verstand. Er schlug eine freie Seite auf, gleich hinter dem »Halmer-Projekt«. Er schrieb sich all seine Projekte ins Notizbuch, auch die persönlichen Vorsätze, Probleme und ihre möglichen Lösungen; schon seit seiner Kindheit setzte er dem Durcheinander in der Familie Kück und dem allgemeinen Chaos seine Notizen, Listen und Gleichungen entgegen.

Aktuelle Probleme:
1. Grundbruch
2. Die Toten im Garten (In Bronze gegossene Marie!!!)
3. Der Letzte der Kücks liegt im Koma und wird sterben. (Armer Nullkück!)
4. Wie noch leugnen, dass der Mann in den Wiesen und im Nachtclub mein Vater war? (Nun kann ich Wendland auch streichen. Jetzt heiße ich nur noch Paul.)

Paul zog mit einem Ruck seine Schuhe aus dem Moor, das gluckste und zischte, als würde man einem seltsamen gierigen Tier die Beute wegnehmen. Er notierte unter die Vater-Thematik:

5. Schon wieder nasse, sumpfige Füße. Mein ganzes Leben nasse, sumpfige Füße.

Dann lief er mit seiner Tasche in die Wiesen hinein, die sich weit nach dem Westen hin erstreckten und am Ende mit den Wolken zusammenflossen.

Erster Teil
Berlin–Worpswede

2
Paul lebt in der Stadt und sucht einen Grund

Paul hielt den Löffel mit dem Zucker in der Hand und starrte durch das Fenster des Cafés.

Christina, die er seit vier Monaten kannte, war gestern nach Barcelona geflogen, um dort eine Stelle in einem Forschungslabor anzutreten.

»Komm doch mit, du kannst ja auch da leben«, hatte sie vorgeschlagen.

»Ich kann nicht nach Barcelona und einfach da leben. Ich muss mich erst hier in Berlin durchsetzen«, hatte er geantwortet.

Paul drehte sich am Flughafen noch einmal zu ihr um. Irgendwo hatte er gelesen, dass sich die wirklich Liebenden niemals umdrehen oder lange winken, aber was war dann mit ihm? Er beobachtete durch die Glastür, wie sie bei der Kontrolle ihren Gürtel aufmachte, und stellte sich vor, sie erst in ein paar Jahren wiederzusehen: Sie würde immer noch so schön sein mit ihren dunklen Augen und er sie umarmen und küssen wollen, aber in seiner Vorstellung hatte sie plötzlich Kinder im Arm und einen spanischen Torero oder Juniorprofessor zur Seite mit einer Stechlanze in der Hand. So schnell kann das Leben vorübergehen und man hat die richtige Frau verpasst, dachte er, als er im Bus Platz nahm und ein Flugzeug in den Himmel steigen sah.

Café am Rosenthaler Platz, es war 8 Uhr 30 am Morgen und Paul war der Einzige, der an einem Tisch saß, neben ihm der Latte Macchiato und das schwarze Notizbuch. Andere warteten auf ihren Latte Macchiato zum Mitnehmen, blätterten dabei flüchtig in Magazinen herum und warfen Blicke nach draußen zu ihren Autos mit Warnblinkzeichen auf dem Seitenstreifen. Sie nahmen den Pappbecher, rührten weißen oder braunen Zucker hinein, wobei sie sich meist gegenseitig im Weg standen, sodass manche ohne Zucker auf die Straße eilten und erst die Zeit für ihren Kaffee nutzten, wenn sie schon im Auto oder zu Fuß vor der Ampel warteten.

Vielleicht war es übertrieben, vielleicht vergrößerte er solche Dinge, aber wann gab es so etwas bei ihm, dass er einen kleinen Moment nutzte, weil er eingerahmt, umschlossen war von Berufswegen und Notwendigkeiten, von verplanter Zeit? Es machte ihn traurig, dass er den ganzen Tag an einer Ampel stehen könnte mit einem Pappbecher in der Hand – aber er würde nie die Zeit nutzen wie die anderen, bei denen sie aus dem Rahmen, der Umschlossenheit hervorleuchtete wie Freiheit, ja, wie Glück. Paul glaubte, er müsste in einem Urlaub sterben, denn wie sollte man diese Zeit ertragen, wenn sie nicht umschlossen war vom verplanten Leben?

Er hielt immer noch den Löffel in der Hand und strich mit einer energischen Bewegung den verschütteten Zucker aus seinem Notizbuch:

Pläne:
1. Galerie / Beruf: Händler u. Sammler kennenlernen.
Chinesen. Russen. Dubaianer. (Dubaier? Welche aus
Dubai!)
2. Liebe / Leben: Barcelona-Reise (Easy jet)

Er googelte nach dem besten Restaurant in Barcelona und notierte:

3. Mit Christina Essen gehen ins Set Portes (7 Türen)! (Adresse: Passeig d'Isabel)
4. Rioja Vallformosa bestellen! (Una ampolla!)
5. Heiratsantrag machen! (Entweder am Anfang oder nie!)

Er wollte gerade »6. Kinder!« schreiben, dann ließ er es weg. Er schrieb stattdessen:

1. a) Galerie / Beruf: Halmer-Projekt

Pläne und die Salatköpfe der Mutter

Paul führte eine kleine Galerie in der Brunnenstraße. Sie bestand aus einem etwas dunkleren Raum, in dem vor Kurzem noch ein Waschsalon gewesen war. Der Boden hatte durch die jahrelangen Schleuderprogramme an manchen Stellen Vertiefungen bekommen und es roch noch leicht nach alter, muffiger Wäsche, obwohl Paul immer neue Sorten von Räucherstäbchen einsetzte: Harze, Balsame, Hölzer, Wurzeln, Blüten, zuletzt brannten in seiner Galerie ganze Kräuterbündel aus dem Urwald. Links von der Galerie war Brillen-Meyer, rechts Ginas Hundestudio und gegenüber der kroatische Schrotthändler Kovac. Brillen, Hunde und Schrottautos wirkten auf den ersten Blick nicht wie das ideale Umfeld, dennoch glaubte Paul an seine Galerie. Er war überzeugt, dass der Standort mit der Zeit immer zentraler werden und sich das Zentrum vom Osten her auf ihn zubewegen würde.

In dem Showroom konnte er ungefähr fünf Bilder großzügig hängen, ein sechstes, wenn er noch die Fläche hinter seinem Worpsweder Heinrich-Vogeler-Tisch nutzte, der sicherlich wertvoller als alle Bilder zusammen war. Manchmal legte er seine Yogamatte in den Raum, machte ein paar Übungen (Schulterstand, die Krähe sowie den fliegenden Hund). Er schlief auch dort, wenn Christina ewig lange in ihrem Biologie-Institut forschte. Er wachte dann morgens in der Galerie auf, räumte die Yogamatte beiseite, holte sich bei der Bäckerei ein Brötchen und machte Kaffee mit der Maschine »Primera Macchiato Touch Next Generation«, ein Geschenk seiner Mutter für den Neustart. Pünktlich um zehn Uhr öffnete Paul, er hätte auch um halb elf öffnen können, um zwanzig vor oder gar nicht, es machte keinen Unterschied, weil sowieso niemand kam. Oft dachte er schon beim Brötchen, dass er Punkt zehn öffnen und sich mit dem Essen beeilen müsste. Wenn die Disziplin stimmte, kam auch irgendwann der Erfolg, davon war er überzeugt.

Die Brunnenstraße war wirklich eine gute Straße, nur wurde sie durch die Bernauer Straße in zwei verschiedene Welten geteilt, in den besseren Osten und in den schlechteren Westen. Im Prinzip vertauschte hier die Welt, wie sie einmal war, komplett die Rollen. In der unteren, der »östlichen« Brunnenstraße gab es Hot-Spot-Cafés, Feinkostläden, Galerien, bei denen angeblich Limousinen mit russischen und chinesischen Händlern und Sammlern vorfuhren. Paul überlegte: Die Entfernung von der östlichen Brunnenstraße bis zu seiner Galerie in der westlichen Brunnenstraße betrug nur 250 Meter, er müsste einfach an den richtigen Stellen ein paar Hinweise lancieren, dass die Straße nach Westen noch weiterginge. Die Händler kamen aus Peking, Schanghai, Dubai, Moskau, Bombay, New York oder Miami Beach, da würden sie die restlichen Meter ja wohl auch noch zurücklegen können.

»Die östliche Brunnenstraße ist Mitte, aber die westliche Brunnenstraße Wedding. Das ist vielleicht das falsche Territorium?«, hatte Christina gesagt, als sie vor wenigen Tagen in die Galerie gekommen war, um ihn doch noch davon zu überzeugen, mit nach Barcelona zu gehen.

»Du tust ja so, als sei das hier Nordkorea! Zur östlichen Brunnenstraße sind es nur ein paar Meter. Ich weiß, dass der Wedding kommt! Neukölln und Pankow sind auch gekommen, da kommt der Wedding auch, das ist doch logisch, vor allem, wenn Mitte nur eine Minute entfernt ist«, erklärte Paul, man müsse sich an so eine Straße nur dranhängen, der Rest komme von alleine.

Ein nasser Hund lief in die Galerie, danach eine Mitarbeiterin aus Ginas Hundestudio mit einem riesigen Fön in der Hand. »So was machen wir doch nicht, du Süßer!«, sagte sie, »Frauchen wird mir was husten, wenn ich dich so patschnass abgebe!« Sie drängte ihn in eine Ecke, dann flüchtete der hysterische Hund aus der Galerie, die Frau vom Salon folgte.

»Scheißköter«, sagte Paul.

»Ich war noch nie in Neukölln. Wann soll das denn gekommen sein?«, fragte Christina.

»Da kannst du jeden Immobilienmakler fragen. Die Gegend hat in letzter Zeit angezogen in den Preisen, das wird hier auch passieren. Und wenn sich das Zentrum auf uns zubewegt, dann werden hier auch keine Hunde mehr gefönt. Stell dir vor, in der Brunnenstraße macht jetzt Tarantinos Bar auf, die Tarantino sogar selbst besuchen will, da hängen Original-Kill-Bill-Schwerter.«

»Okay, vielleicht ist es ja doch der richtige Ort. Erst kommt ein Hund und dann John Travolta«, sagte Christina und fuhr anschließend in ihr Institut, um sich von ihrem Professor zu verabschieden.

Insgesamt saß Paul schon seit ein paar Monaten in der westlichen Brunnenstraße und wartete auf den kommenden Wedding und den globalen Kunstmarkt, aber das Einzige, was in seiner Galerie ankam, waren die Pakete seiner Mutter. Es waren große, leichte Pakete, seine Mutter schickte ständig Pakete aus Lanzarote, wo sie lebte.

»Danke für die Post, aber ich glaube, der Salat ist vielleicht doch frischer, wenn ich ihn hier kaufe«, erklärte ihr Paul am Telefon, nachdem er aus dem Café in seine Galerie zurückgegangen war.

»Nein, der, den ich dir schicke, ist ein ganz besonderer. So einen habt ihr gar nicht in eurer vitaminlosen Großstadt«, entgegnete sie. »Vitaminlose Großstadt« war bei ihr schon ein feststehender Begriff, er bedeutete: In Berlin kann man nicht überleben, wie kann man nur freiwillig in so eine Stadt ziehen? Diese Stadt ist unorganisch, ohne richtige Nährstoffe, eine Mangelstadt, komm lieber zurück zu mir auf die Insel.

»Das ist ein ganz normaler Kopfsalat, den haben wir auch, den kriegt man in jedem Supermarkt«, sagte Paul, er hatte es schon oft gesagt.

»Als ich neulich in der vitaminlosen Stadt war, habe ich nur Schnittsalat in euren Supermärkten gesehen, ganz kraft- und energielose einzelne Blätter lagen da herum«, behauptete seine Mutter, die allerdings zuletzt in Berlin gewesen war, als es die Mauer noch gegeben hatte.

Vielleicht sah damals der Salat wirklich nicht gut aus, dachte Paul, weil er aus Westdeutschland geliefert und erst noch durch die DDR transportiert werden musste.

»Es kann schon sein«, räumte er ein, »dass es hier damals keine richtigen Salatfelder gab für Westberlin, aber das hat sich geändert seit der Wende. Ganz Brandenburg ist voll mit guten Ackerböden. Auf jeden Fall leben wir nicht mehr zu Zeiten der Luftbrücke! Damals war es nötig, dass die Westalliierten Berlin versorgten, aber doch jetzt nicht mehr.« Weil jedoch seine Mutter auf die historischen Ausführungen nicht einging, versuchte er noch einmal auf den Punkt zu kommen: »Darum geht's auch gar nicht. Ein Paket aus Lanzarote braucht mehr als eine Woche. Glaub mir, der Salat, der hier ankommt, sieht ganz anders aus, als der, den du losgeschickt hast. Und manchmal wird er auch noch übers Wochenende postgelagert.«

Es gab Samstage, da musste Paul gegen das Verfaulen seiner Muttersalate in der Postlagerung richtig anrennen, um noch vor Schließung das Amt zu erreichen.

»Die geben immer Kärtchen ab und ich laufe dann durch den halben Bezirk, die Post ist übrigens viel weiter weg als der Supermarkt! Da gibt es absurde Schlangen, stundenlang füllen Omis irgendwelche Formulare aus und je länger ich in der Schlange stehe, umso mehr Angst bekomme ich, deine Pakete zu öffnen.«

Er hatte ihr bereits mehrmals erläutert, dass es durchaus sein könne, dass der Salat, den sie auf Lanzarote kaufte, vom spanischen Festland komme und dass es doch irre sei, einen Salat um die halbe Welt zu schicken. Schon die Vorstellung, dass seine Mutter mit ihrem Corsa über die Insel raste, nur um den Salat noch schnell auf das Postamt in Playa Blanca zu bringen, beunruhigte Paul, denn seine Mutter kümmerte sich nicht viel um Regeln, Vorfahrten oder Fahrbahnmarkierungen in Kurven oder beim Abbiegen, was sie völlig ohne Ironie mit den gesellschaftlichen Infragestellungen seit der Revolution von 1968 begründete; seitdem fahre sie nun mal so, es sei eben so drin. Am gefährlichsten waren die ständigen Lanzarote-Verkehrskreisel; sie behinderten die schnellen Salatfahrten seiner Mutter, sodass sie ohne anzuhalten und mit allem Urvertrauen, das sie in ihre Unsterblichkeit zu haben schien, in die Kreisel hineinraste.

»Was ist mit Christina?«, erkundigte sie sich.

»Sie ist schon in Barcelona. Ich bin hiergeblieben«, sagte Paul.

»Gut. Dann kannst du dich ganz auf dich konzentrieren. Wie geht es mit der Galerie voran?«

»Danke. Sehr gut. Die Ausstellung von Tobias Halmer läuft«, antwortete Paul.

»Hast du schon etwas verkauft?« Sie konnte mit ihrer Económica-telefónica-Vorwahl ewig lange telefonieren und Fragen stellen.

»Ich bereite gerade Verkäufe vor«, erklärte er.

»Du hättest dich auf dem Markt besser umsehen müssen, nicht gleich den Erstbesten nehmen, nur weil er dir sympathisch ist. Meist sind es die Unsympathischen, mit denen man Geschäfte macht. Ich habe von diesem Maler noch nie etwas gehört. Bist du dir mit deinem *Halmer-Projekt* überhaupt sicher?«

»Ja«, sagte Paul.

Er war sich nur noch nicht sicher, ob er seiner Mutter mitteilen sollte, dass es sich bei Halmer um einen blinden Maler handelte. Paul hatte sich sofort in dessen Bilder und Farben verliebt, vielleicht war es auch die tragische Geschichte gewesen, die ihn so berührt hatte, oder die Idee, dass blinde Malerei etwas ganz Neues sein könnte, da man ja immer Neues auf dem Kunstmarkt haben musste. Ob er nun berührt gewesen war oder die Sache schon berechnet hatte, Paul konnte das nicht mehr so genau unterscheiden.

»Weißt du was?«, sagte sie, »ich schicke jetzt per Express Chicoree und lege ihn in feuchte Tücher, dann hält er sich noch länger. Du wirst zu deinem Geburtstag einen herrlich frischen Salat haben!«

Kovac und das Halmer-Projekt

Der einzige Händler, der in seiner Galerie vorbeischaute, war der kroatische Schrotthändler Kovac. Er hatte gegenüber von »Pauls Painter« seine Montagehalle, in der er aus verschiedenen Einzelteilen Autos zusammenbaute. Paul gab ihm des Öfteren beim Rückwärtsrangieren mit dem Schrottlader Winkzeichen, damit er ohne Probleme auf die belebte Brunnenstraße fahren konnte.

Kovac war sehr klein, hatte trotz seiner mittleren Jahre ein junges, verschmitztes, meist mit Öl oder Rost verschmiertes Gesicht und pfiff immer irgendeine Melodie, obwohl er total unmusikalisch war. Dennoch trällerte es unentwegt unter Blechen und Karossen hervor, an denen er gerade herumschraubte. Paul war sich sicher, dass Kovac auch mit Autodealern zusammenarbeitete, weil manchmal nachts Frontlader vorfuhren, deren Scheinwerfer in Pauls Raum strahlten, und er von seiner Yogamatte aus sehen konnte, wie Autos abgeladen wurden. Am nächsten Tag wimmelte es dann bei Kovac nur so von weiteren Männern, die auch wie Kovac aussahen und alle Autos auseinanderbauten und so wieder zusammenbauten, dass es andere Autos waren. Paul war sogar der Meinung, dass Kovac in der Lage war, aus vier Autos fünf zu machen. Außerdem hatte er immer schwarzgebrannten kroatischen Schnaps, der genauso viel Lebensenergie besaß wie Kovac selbst.

Paul verbrachte den Vormittag seines Geburtstages in der Galerie und wartete auf das Express-Paket seiner Mutter, damit er nicht wieder mit einem Kärtchen zur Post rennen musste. Schon um neun Uhr kam Kovac mit einem Kanister und zwei Gläsern herüber, gratulierte und schenkte den ganzen Schnaps, den Kanister würde er wieder abholen. Sie stießen an, Kovac warf den Kopf zurück, schüttete den Schnaps herunter und erklärte mit einer Hingabe, als ob er soeben die Lösung für Pauls Probleme gefunden hätte: »Paulus!«, er nannte ihn immer »Paulus«, »Abschleppen, Kovac sagt: Abschleppen, die Kunsthändler!«

»Wie meinst du das, *abschleppen*?«, fragte Paul, »das sind doch keine Autos, die Kunsthändler?«

Draußen liefen zwei Kunden vom Brillen-Meyer vorbei. Sie kamen einfach herein, stellten sich vor die Bilder von Tobias Halmer und testeten die Sehqualität von Meyers Gläsern, immerhin sahen sie mit diesen fetten schwarzen Probebrillen aus wie Andy Warhol.

»Abschleppen, Kidnapping, Mafia diplomacija, nicht böse, Paulus, nur Trick!«, sagte Kovac, er war, seit ihm Paul von den Verkaufsrekorden für Kunst berichtet hatte, wie benommen von dieser Branche. Er staunte wie ein Kind, als er hörte, dass man für ein Osama-bin-Laden-Foto, das ein Künstler an der Oberfläche mit seiner eigenen Samenflüssigkeit bearbeitet hatte, umgerechnet acht Mercedesse kaufen konnte, nur für ein bespritztes Foto von einem Topterroristen. Und für einen eingelegten Hammerhai in Formaldehyd sogar ungefähr hundertsechzig nagelneue Mercedesse!

»Die Welt ist verrutscht!«, stöhnte er, Kovac sagte sehr oft »verrutscht«, meist schrie er es, wenn er beim Rückwärtsrangieren mit seinem Schrottlader das Eisentor streifte und Paul schuld war, weil er »verrutscht« guckte oder »verrutschte« Winkzeichen gab. Manchmal hörte er, wie Kovac beim Schrauben mit sich selbst schimpfte und er »Verrutscht!« aus seiner Schrotthalle fluchte.

Paul bekam zweimal die Woche neue Exponate, weil Tobias Halmer nicht aufhören konnte, Bilder zu liefern. Auf allen malte er seine Tochter, die bei einem Unfall tödlich verunglückt war. Halmer hatte noch versucht, sie an sich zu reißen in ihrem blauen Kleid für den Kindergeburtstag und mit ihrer Blume in der Hand. Der Lkw stieß durch ihren kleinen Rücken und ihr Vater verletzte sich so schwer an den Augen, dass er seine tote Tochter nicht mehr sehen konnte. Schon gleich nachdem er aus der Klinik entlassen worden war, tastete er sich durch seine Wohnung ins Atelier, hämmerte blind auf Keilrahmen herum, versuchte mühselig Leinwände aufzuspannen und Farben anzumischen, von denen er nicht wusste, welche es waren. In schrecklicher Ungeduld, Hast und Verzweiflung fieberte er dem ersten Bild entgegen. Dann malte er, begann mit dem zweiten; er malte seine Tochter immer und immer wieder und stellte sich vor, wie sie Tag für Tag ausgesehen hätte, so sollte sie weiterleben und älter werden.

Paul musste schon vierzig Bilder bei Kovac in der Montagehalle lagern, weil er gar nicht wusste, wie er sie alle in seinem Raum hätte unterbringen sollen. Bei ihm hingen fünf, die größten, buntesten, verkaufsträchtigsten. Halmer malte wie ein Besessener, und wenn er die Arme oder Füße zu weit weg vom Körper der Tochter setzte, sagte sein Zivi »weiter nach links« oder »mehr nach oben«, wobei Paul die Bilder am berührendsten fand, die entstanden, wenn der Zivi bereits nach Hause gegangen war. Halmer ließ dann die Farben und Erinnerungen an seine Tochter frei über die Leinwände fliegen.

Kovac schenkte gerade wieder seinen Schnaps aus dem großen Kanister in die kleinen Gläser ein, ohne dass er dabei etwas überschüttete.

»Lieber Kovac, kannst du das neue Bild vielleicht auch bei dir lagern?«, fragte Paul. »Ich weiß nicht mehr, wohin damit.«

»In Ordnung«, antwortete Kovac. »Aber muss endlich Kunsthändler mit Bus abschleppen bis in diese Nummer von Brunnenstraße. Mafia diplomacija, ich hole dir.« Dann kippte er beide Gläser mit seinem Gebräu herunter und atmete tief ein. »Riecht in diese Nummer immer noch wie Waschsalon!«

»*Mafia diplomacija*, was ist das überhaupt? Kroatischer Autohandel? Wieso sollte denn ein Kunsthändler etwas kaufen, wenn er vorher unfreiwillig hierher abgeschleppt wurde, der findet das doch nicht witzig«, sagte Paul, ihn strengte das mit dem Kunsthändler-Abschleppen langsam an, bei Kovac wusste man allerdings nie, vielleicht glaubte er wirklich, die Händler zu ihrem Glück zwingen zu müssen. »Und das mit dem Waschsalon verstehe ich überhaupt nicht! Eigentlich müsste das hier jetzt nach Urwald riechen!«

Pauls Handy piepte, SMS von Christina:

Habe mein zimmer hellblau gestrichen + eingerichtet. Schreibtisch am fenster. Morgen geht's im labor los. Draußen sonne. Leben. Alles so neu, so schön. Man kann ja in barcelona warten, bis der wedding gekommen ist. Besuch mich doch! LG

Paul sah auf sein Display. Er überlegte, was er antworten sollte. Oder überhaupt erst später antworten? Als er sein Galerie-Projekt startete, da war Christina ihm nah, aber jetzt hatte sie sich innerhalb von vier Tagen ein neues Leben eingerichtet: »Besuch mich doch! LG.« Er konnte sie nicht einfach so besuchen, das war ihr Weg, nicht seiner, er würde sich nur dranhängen in Barcelona und herumsitzen, während sie im Labor forschte und Karriere machte, außerdem hatte sie seinen Geburtstag vergessen. Und überhaupt: »LG«?!

Christina, das Pornoprojekt und der Butterkuchen

Silvester war er mit ihr durch den Botanischen Garten gelaufen. Er in seiner alten roten Schneejacke, sie mit einem Küchenmesser, mit dem sie an Fruchtknotenfächern von Rosskastanien herumschnitt, um Samenanlagen für das Labor zu entnehmen, die sie in einem Tuch in ihre Tasche steckte, Paul dachte noch, dass dies wenigstens Sinn machen würde im Gegensatz zum Kunstmarkt und dem völlig geisteskranken Samen auf dem Osama-bin-Laden-Foto. In der Ferne flogen einzelne Raketen in den tief hängenden Nachmittagshimmel.

Paul zündete eine Wunderkerze an und hielt die andere Hand hoch wie zum Schwur: »Ich werde im neuen Jahr die blinde Malerei zu einer begehrten Marke machen. Alle Maler, sogar die erfolgreichen, die natürlich immer weiter Erfolg haben wollen, werden zu mir kommen und behaupten, sie seien plötzlich erblindet. Es wird in Kürze nur noch so wimmeln von erblindeten Erfolgsmalern!«

Er stand direkt unter den rotbraunen Kronblättern der Rosskastanie, sehr selten im Winter, wie Christina noch bemerkte.

»Ich stelle mir vor, dass ich mit den marktgierigen Künstlern Blindentests durchführe und sie immer wieder gegen eine Wand laufen lasse, da ich wirklich nur erwiesenermaßen blinde Erfolgsmaler ausstelle. Und obwohl sie die Wand genau sehen in ihrer Verlogenheit, weil sie ja nur vortäuschen, blind zu sein, müssen sie immer wieder mit dem Kopf gegen die Wand rennen! Vielleicht lege ich dazu sogar Musik auf, bis irgendwann die Wand voller Blut ist von all den verlogenen und gegen die Wand rennenden Künstlern. Dann stoppe ich das Projekt, Kovac schmeißt alle raus, und ich stelle nur die Wand aus, mit einem kleinen Erläuterungstext im Katalog. Mit der blutigen Wand ist ja alles gesagt über die Welt.«

»Paul, ich glaube, das funktioniert nicht mit deinen blinden Malern im Wedding«, erklärte Christina, »aber ich bin verliebt.«

Er schwieg und sah auf ihr Küchenmesser.

»Ich werde dich erforschen«, sagte sie. »Und die Rosskastanien auch, darüber schreibe ich meine Arbeit, über Seifenbaumgewächse. Ich habe mich gerade entschieden.«

Sie küsste ihn, umarmte dabei das Gewächs mit, an dem Paul lehnte, und er mochte sich in dem Moment sogar selbst, er hätte sich auch geküsst: Wenn er so, wie er eben geredet hatte, immer denken und sein könnte, dann wäre er frei, dann würde er zwischen sich und die Welt so etwas wie einen unverbitterten Stolz schieben.

»In der Galerie liegt ein Paket«, sagte Christina. »Deine Mutter schickt dir Salat?«

»So ähnlich, eher symbolisch«, antwortete Paul.

»Symbolische Pakete mit Salat?«, fragte sie weiter, befremdet. »Aus Lanzarote nach Berlin?«

»Heute wird ja sowieso alles kreuz und quer herumgeschickt. Meine Mutter spielt gerne Luftbrücke«, erklärte er.

»Warum macht sie das?«, wollte Christina wissen.

»Damit ich Salat esse, was denn sonst?«

Er hatte sie im Supermarkt kennengelernt beziehungsweise sich nicht getraut, sie anzusprechen vor der Gemüsetheke, wo sie etwas genauer die Tomaten untersuchte. Als er schon bei den Joghurts war, entschloss er sich. Er lief zu einem dieser Beobachtungsspiegel gegen Diebstahl und betrachtete sein Aussehen. Er legte den Hemdkragen über das Jackett und lächelte; er sollte überhaupt mehr lächeln, dachte er. Seine Grübchen funktionierten, sie passten gut zu den braunen Locken, er sah lächelnd mit Locken so verspielt aus, eher undeutsch, mehr international. Er bemerkte, dass sich das Haar an den Seiten über Nacht verlegt hatte, es stand unförmig und unvorteilhaft ab, vielleicht war es auch dieser Diebstahlspiegel. Er überlegte, ob ein Spiegel mit Weitwinkelwirkung die Haare abstehen ließ, aber dann hätten auch seine Ohren abstehen müssen, standen sie aber nicht. Er lief zur Kosmetikabteilung, nahm eine Forming Cream und schmierte sie sich ins seitliche Haar.

Sie war immer noch in der Gemüseabteilung. Paul stach vor ihren Augen lächelnd und mit Herzrasen seine neue Visitenkarte »Pauls Painter« in eine holländische Wintertomate. Danach lief er zur Kasse. Eine Woche später schrieb Christina eine SMS.

> Schön, wie Paul Wendland so im Fruchtfleisch steckte.
> Machen Sie das immer so? Christina.

Paul fand, dass dies die beste SMS war, die er je bekommen hatte, da war alles drin: Nähe, Sex, Distanz, das Spiel dazwischen. Wenn man so eine Beziehung führen könnte wie diese SMS! Überhaupt fand er im Rückblick alle Beziehungsphasen am schönsten, die sich noch zwischen der ersten und der 25. SMS bewegten. Was danach kam, war ihm schon zu eingespielt und ab der 100. SMS gingen die Forderungen ein.

> Am Ende nahm ich sie, sie sah so glücklich aus.
> (2. SMS von Christina über die Wintertomate)

Christina war Ende zwanzig, eine große Frau, sehr dunkle Augen, ein Haar wie Vollmilchschokolade, Brüste, die nicht zu groß und nicht zu klein waren, umwerfende Stupsnase und auf dem linken Augenlid war ein hinreißendes, winziges, zartes Muttermal. Und sie war eine der vermutlich zielstrebigsten Frauen, die Paul seit seiner Mutter getroffen hatte, denn schon allein die Sache mit der glücklichen Wintertomate schien so was von eindeutig und klar.

Ihr Vater kam aus Spanien, seine jüdischen Eltern waren nach Barcelona emigriert. Christina lebte seit ihrer Geburt in Berlin, wo die Mutter ein etwas gesetzteres Modegeschäft in Charlottenburg führte. Christina war eher bürgerlich groß geworden, trug meist Kaschmir- oder Seidenteile aus der Boutique ihrer Mutter, die sie mit dem gängigen Berlin-Style aus Trainingsjacken und hohen Lederstiefeln kombinierte. Überhaupt schien sie sich nach etwas zu sehnen, das ihr einerseits eine Gegenwelt darstellte, andererseits aber auch das Gefühl gab, Vertrautes zu finden. Ein angehender Stargalerist war da genau die richtige Mischung, und Paul hatte ihr das Brunnenstraßen-Projekt lange Zeit genauso dargestellt, wie er es seiner Mutter und sich selbst darstellen musste, um nicht den Glauben zu verlieren. Natürlich wurde ihr irgendwann bewusst, dass meist sie die Kinokarten zahlte, aber da war sie schon zu verliebt in Paul mit seinen Projekten und seinem Geschäftssinn für blinde Seelenmaler.

Paul hatte einige Jobs hinter sich: gekellnert in Kreuzberg; Ausschank in einer Hotelbar am Lützowufer, er konnte am besten »Dark & Stormy« mixen; Abenddienst in einer anspruchsvollen Videothek am Prenzlauer Berg; Mitarbeit in einem Baumarkt, da war er einer der typischen Baumarktberater, die man nie zu greifen bekam, bei Paul lag es daran, dass er sich in den Korridoren ständig auf der Flucht befand, weil er von nichts eine Ahnung hatte, außer von Pinseln, mit Pinseln kannte er sich aus. Kurz vor dem Galerie-Projekt gab es das Helmholtz-Projekt, das war der Plan einer Biosaftbar am Helmholtzplatz, mit dem er sich nicht wirklich identifizieren konnte, er wollte die Bar nebenher betreiben und Studenten einstellen, was sich jedoch nicht rechnete, obwohl der Helmholtzplatz als Standort für Bio sehr gut war.

Er besuchte auch Existenzgründungsseminare: Gewerbeamt, Rechtsformen, Zuschüsse, wie das alles funktionierte. Dazu Coachings für Kapitalbedarf, Businesspläne, Ideen-Check, Marktanalysen, Akquise, Internetpräsenz, doch Paul hatte schon während der ersten Seminarstunde das Gefühl, dass die Gründungsberater selbst nur nach einer Gründung gesucht hatten und jetzt fein raus waren, da sie den letzten, gefährlichen Schritt nicht mehr gehen mussten.

Über Wasser hielt er sich schon seit längerer Zeit mit dem Pornoprojekt. Auf diese fantastische Idee war er während einer Nacht im »Best Western am Kirchheimer Dreieck« gekommen: Seine alte Ente 2CV hatte den Geist aufgegeben, aber Paul war ADAC-Mitglied, was sich mit einer Ente schon mehrmals als sinnvoll erwiesen hatte. Man kam auch für die Hotelkosten auf. Er saß auf dem schmalen Bett und starrte ein Bild mit einem Hund in Kakaobraun an. Irgendwann nahm er es von der Wand, stellte es mit der Rückseite nach vorne ins winzige Badezimmer und trat nach dem Duschen versehentlich von hinten durch die Leinwand. Er versteckte den kaputten Hund im Kleiderschrank und hoffte, dass es niemand bemerken würde. Als man ihm eine Sonderrechnung über 247 Euro nachschickte, bekam er seinen Geistesblitz: Für so einen dämlichen Kakaohund 247 Euro?!, dachte Paul und versuchte einen Pool von Herstellern für Hotelbilder aufzubauen, an die er über Möbelart-Häuser, Kunsthandwerkläden und Internetportale herantrat. Zwei sehr gute Zimmerbildmaler fand er unter den Kunstpädagogen der FU. Sie hießen Jonas und Ingo und malten Katzen, Hunde, Hirsche, Pferde, Hühner, Bäume, Blumen, Birnen, Engel, Melonen und den Mond. Manchmal machten sie auch auf abstrakt, was noch fürchterlicher war, aber die Zimmerbilder waren gefragt. Die Übergaben waren heimlich und diskret, so als handelte es sich um einen Kinderporno-Ring, und Paul spezialisierte sich vor allem auf Hotels in Autobahnnähe: A 4 Görlitz bis Zwickau, A 14 Leipzig bis Döbeln und Dresden bis Magdeburg, A 20 Wismar bis zum Dreieck Uckermark. Natürlich fragte er sich, was eigentlich perverser war, der globale Kunstmarkt oder sein Projekt mit den Katzen, Engeln und Hirschen für Sachsen, Sachsen-Anhalt und Mecklenburg-Vorpommern. Was wäre denn, wenn er einen vollgespritzten Osama bin Laden in Lutherstadt Wittenberg aufhängen oder in Tangermünde einen halbierten Hammerhai auf den Nachttisch legen würde, was würden denn da die Hotelgäste sagen?

Er fuhr alle sechs bis acht Wochen mit einem Kleinbus von Kovac los und belieferte die einzelnen Regionen. Manchmal hängte er die Bilder auch selbst auf und seine raumgestalterische Tätigkeit war ihm so widerlich, dass er dachte, er bräuchte Gummihandschuhe. In einem größeren Hotel am Kreuz Erfurt hatte er einfach in allen Zimmern das Pay-TV eingeschaltet und nebenbei Pornos gesehen, während er Hirsche, Engel und den Mond an die Wände nagelte, überhaupt stellte er seit Erfurt in allen Hotels, die Pay-TV hatten, Pornos an wie jeder andere Geschäftsmann auf Reisen.

Paul nahm wieder sein Handy und sah auf die SMS von Christina:

... Morgen geht's im labor los. Draußen sonne. Leben. Alles so neu, so schön ...

Was hieß das denn? Leben, alles so neu, so schön? – Wollte sie ihm andeuten, dass sie das alte Leben nun dort vergessen könnte und ihn gleich mit, wenn er sie nicht ganz schnell besuchen würde?

Besuch mich doch!

War das indirekt eine Drohung? Entweder du kommst oder ich werde es mir hier richtig schön machen! – Paul starrte immer noch auf sein Handy und das »LG« ganz am Ende der SMS, damit hatte sie schon ihr Entfernen angedeutet, dachte Paul, nicht »Kuss«, sondern »LG«, LG war die Strafe dafür, dass er nicht nach Barcelona mitgekommen war, vielleicht hatte sie seinen Geburtstag auch bewusst vergessen.

Kovac kippte noch einen Schnaps hinunter und wollte zurück in seine Montagehalle, das neue Halmer-Bild nahm er unter den Arm.

»Was dagegen ist faule Fisch und Osama-Quatsch? Die Welt ist verrutscht!«

»Weißt du eigentlich, wie lange eine Expresslieferung dauert?«, fragte Paul. »Ich warte auf Post.« Beim »faulen Fisch« war ihm wieder der Chicoree seiner Mutter eingefallen, den sie per Express aus Playa Blanca abgeschickt und der wahrscheinlich gerade eine Zwischenlandung in Nordafrika hatte. »Kann ich einen Zettel an die Tür kleben, dass man das Paket bei dir abgibt, falls es doch noch heute kommt? Meine Mutter hat was geschickt.«

»Ja«, sagte Kovac, er stand mit dem Halmer-Bild so anklagend da, als sei es ihm ernst mit der »verrutschten Welt«.

Außerdem schien es, dass er das Bild wirklich mochte und als bedeutend betrachtete, zumindest wollte es ihm nicht in den Kopf, dass man für faule Tiere und Terroristen Millionen zahlte und für Halmer und seine Kunst nichts.

»Warum du nicht verkaufen alles in Heimat, in Künstlerdeponie?«, fragte er. »Muss alles sofort mit Bus von Kovac in Künstlerdeponie und verkaufen! Nach Wolfsburg!«

»Nach Worpswede!, nicht Wolfsburg. Und das heißt Künstlerkolonie, nicht Deponie!«

Paul hatte ihm erzählt, dass er aus der »Künstlerkolonie Worpswede« komme und eine »Künstlerkolonie« etwas sei, wo fast alle Kunst machen würden, was Kovac sofort mit der Autostadt Wolfsburg verglichen hatte, nur dass in Worpswede nicht Automenschen lebten, sondern Kunstmenschen.

Am Mittag zündete Paul ein chinesisches Räucherwerk an und verließ seine Galerie. Er lief bis zur Zionskirche und bestellte beim Inder Mattar Paneer und einen Mango Lassi. Gerade das Zu-Tisch-Gehen, das Mittagessen, dass er auch wirklich mittags aß – Paul hatte danach eine große, unerfüllte Sehnsucht. Wenn er früher mit den Bauernkindern im Moor und in den Wiesen spielte, riefen sie plötzlich »Mahlzeit« oder »Mahltiet« und liefen weg. Und wenn dann Paul zu Hause hörte, wie seine Eltern zwischen drei und vier Uhr diskutierten, ob man vielleicht mittagessen könnte und vor allem, wer das Mittagessen machen sollte, stand er vom ungedeckten Tisch auf, tippte mit seinem Kinderfinger anklagend auf die Küchenuhr und erklärte: »Ist ja gar nicht mehr Mittag!«

Seine Eltern waren Künstler in der Künstlerkolonie. Der Vater hatte große Ziele, er wollte mit seinem Bleistift und seinen Zeichnungen den Kapitalismus stoppen; Pauls Mutter hielt es sich noch offen, mit welcher Kunstform sie ihre fernöstlichen Ideale aus Indien zum Ausdruck bringen würde. Auf jeden Fall verstanden beide nicht, dass das Mittagessen den Tag in zwei gleich große Hälften gliederte, in einen Vormittag und einen Nachmittag, und dass man so etwas brauchte, das hatte mit Indien und Kapitalismus nichts zu tun. Die anderen Kinder, die bereits Stunden zuvor auf den Wiesen »Mahltiet« gerufen hatten, waren unterdessen schon in der zweiten Hälfte kurz vor dem Abendbrot, und Paul lief ihnen mit dem Tag immer hinterher, er war immer der Letzte. Es war, als lebten die Bauern und die Künstler im Moor in unterschiedlichen Zeitzonen.

Das Einzige, was Paul pünktlich einnahm, war Kaffee und Kuchen. Um Punkt vier stellte Pauls Großmutter ihren Butterkuchen auf den Gartentisch und beendete die Diskussionen um Abläufe und Ordnungen, dann strömte es aus allen Ecken des Hauses auf das ofenfrische Blech zu, und man saß beisammen im Garten, den der Großvater entworfen und sein Leben lang gepflegt hatte, mit Rhododendron, Fliederbeeren, der alten Eiche und seinen Bronzemenschen der Geschichte.

Immer pünktlich und die Erste am Tisch, wenn der Butterkuchen kam: Johanna Kück, Pauls Mutter – die Beine im Schneidersitz, blätterte sie in ihren Schriften über den Schöpfergott Brahma herum und schaute sich Krishna mit seinen heiligen Kühen an. Als ob zu Hause nicht schon genug Kühe herumgestanden hätten, aber mit normalen norddeutschen Milchkühen gab sie sich nicht ab. Sie beschäftigte sich nur mit indischen Kühen, deren Augen enger beieinander standen und nicht so stark vorgewölbt waren und daher für Pauls Mutter auf ein tieferes Wissen hindeuteten. Sie hielt die glubschäugigen Kühe von Bauer

Renken oder Gerken für dämlich, weil sie stundenlang von den angrenzenden Weidewiesen in den Kückgarten herüberglotzten, ohne dass seine Mutter aus ihren Blicken irgendetwas Tieferes oder Heiliges herauslesen konnte.

»Na, ihr dummen Nordkühe«, rief sie meist hinüber, wenn sie am Tisch eintraf, und Paul hatte das Gefühl, er müsste sich bei den Kühen sofort dafür entschuldigen, sie konnten ja vom Indientick seiner Mutter nichts wissen. Er saß dann da und sah mitleidig Renkens Kühe an, während Johanna Briefe an Ringo Starr von den Beatles schrieb oder an die Gründer von irgendwelchen Heilungsbiotopen. Dabei aß sie ein Stück Butterkuchen nach dem anderen.

»Kommt die Milch für unseren Butterkuchen aus Indien oder aus Worpswede?«, fragte Paul, als sie wieder einmal »Na, ihr dummen Nordkühe« gesagt hatte. Er wollte ihr damit deutlich machen, dass es ungerecht war, sich an den Tisch zu setzen, selbst Butterkuchen zu essen und dabei die herüberguckenden Nordkühe zu beschimpfen.

Wenn es Sommer war, befand sich der Vater sowieso schon am Gartentisch und zeichnete und zeichnete. Schöpfertage, wie er sie nannte, hatten eine andere Einteilung als Menschentage und beim Vater gab es nur Schöpfertage. Sie waren wie eine heilige Glocke, unter der Ulrich Wendland die Jahre verbrachte, und manchmal klopften die Menschentage an die Glocke, doch es kam keine Antwort. Er bemerkte seinen Sohn gar nicht, wenn der sich auch an den Tisch setzte, um bei seinem Vater zu sein. Der Butterkuchen wurde einfach um ihn herum platziert und um die von der niedersächsischen Kunstkritik hoch gerühmten »Hasenmenschen im Zeitalter der Angst«. Mit den »Hasenmenschen« war Ulrich Wendland bekannt geworden, das waren Fabelwesen, die entweder dem Konsum nachjagten oder selbst von der kapitalistischen Warengesellschaft verfolgt wurden wie Hasen vom Jäger. Auf einer Zeichnung war zum Beispiel ein Hasenmensch dargestellt, der von Hunderten Lockenwicklern angegriffen wurde wie Tippi Hedren von den Vögeln bei Hitchcock.

Ebenso und fast pünktlich zum Butterkuchen: Paul Kück, der berühmte Großvater, der Rodin des Nordens, wie es Pauls Großmutter ihrem Enkelkind beigebracht hatte, mit kurz gerolltem »R« bei Rodin. Er schoss gleichzeitig zum Kuchenessen mit einer Bockflinte auf Maulwurfshügel, wenn er meinte, darin einen Rüssel dieser kleinen Grabviecher gesehen zu haben, oder er holte Spatzen vom Strohdach, was keinen, nicht mal mehr die Kühe aufregte, solange er nicht auf Exfreunde seiner Tochter zielte, was auch schon vorgekommen war.

So saß die Familie da auf der Gartenbank: Die Mutter mit Ringo Starr, indischen Kühen und den immer neuesten Zeitströmen, die sie in ihren Clubnächten in Bremen aufgesogen hatte; der Vater mit seinen Hasenmenschen, und der Großvater hielt Ausschau nach Rüsseln, ballerte auf kleine Haufen oder knallte »Volksschädlinge« ab, wie er sie nannte, die dann herunterrollten vom Dach und neben der Kuchentafel aufschlugen, wenn er traf.

»Agrarschädlinge bitte, die heißen Agrarschädlinge, *Volksschädlinge*, das ist Hermann Göring!«, das war das Einzige, was Pauls Vater unter seiner Schöpferglocke hervorbrachte, während die Großmutter zwischen Gartentisch und Backofen hin- und herlief, um die Familie mit weiteren Blechen Butterkuchen zu versorgen.

Nur Paul und »Nullkück«, sein leicht geistesgestörter Verwandter, sahen sich an und konzentrierten sich ausschließlich auf Großmutters Werk. Der Butterkuchen war wie eine zusammenhaltende Kraft in diesen Zeiten, wo die Generationen so aneinanderstießen, dass sich alles neu ordnen musste. Der Butterkuchen konnte die Menschentage mit den Schöpfertagen verbinden, und wenn es nur das gemeinsame Kauen war, das für Geschlossenheit und Verlässlichkeit sorgte in der Künstlerkolonie Worpswede – an diesem Ort im Norden, in den sumpfigen Wiesen am Rande des Teufelsmoors.

Der Inder stellte das Mattar Paneer auf den Tisch. Paul schüttete den gesamten Reis auf seinen Teller und starrte in den leeren Topf. Wie alte, bereits vergangene Leben fortdauern; als ob man an den alten Leben und Geschichten hängt wie an einer Kette, dachte Paul und starrte immer noch in den Topf des Inders. Vielleicht zog es ihn auch hinein, vielleicht fiel er auch durch den Topf in die Erinnerung.

Rilkesohn

Clara hieß sie, die Frau von Rilke, von der seine Großmutter immer erzählt und die sie als ihre beste Freundin bezeichnet hatte. In ihren Erzählungen kam Clara oft mit dem Fahrrad, was Paul beeindruckte, er konnte sich kaum vorstellen, wie die Frau von Rainer Maria Rilke, dessen Gedicht »Der Panther« er in der Schule lernen musste, seine Großmutter besuchte. »Ihm ist, als ob es tausend Stäbe gäbe und hinter tausend Stäben keine Welt« – und dann kam die Gattin von dem mit einem Fahrrad. Sie brachte für Pauls Großmutter zum Geburtstag einen Topf mit, es war ein doppelwandiger kalifornischer Patent-Kochtopf (Fabrikat: For everything), den Rilke 1901 aus Worpswede-Westerwede in Amerika per Katalog bestellt hatte und in dem nichts anbrannte, auch wenn man gar nicht umrührte.

»Der ist von Rainer, was soll ich noch immer an ihn denken? Koch du damit!«, sagte Clara und legte ihn Greta in den Schoß.

Greta, Pauls Großmutter, erzählte die nächsten zwanzig Jahre sehr viel von dem Topf. Der Rilketopf spielte in der Familie Kück und damit auch in der Künstlerkolonie eine zentrale Rolle. Wenn jemand zu Besuch kam, dauerte es keine zehn Minuten, bis es Linsensuppe gab. Greta stellte den Topf auf den Tisch, wünschte »Guten Appetit!« und bereits nach dem ersten Löffel Suppe kam ihr Satz: »Auch Rilke kochte in diesem Topf, Sie kennen doch sicher RAINER MARIA RILKE, den weltberühmten Dichter? Es war einmal sein Topf.« Dabei unterbrach sie die eigene Mahlzeit, um den Gast zu betrachten, so als überprüfte sie den Grad seines Erstaunens. Immer wenn Besuch eintraf, saß Paul als Erster am Tisch und wartete schon gespannt auf das Staunen.

Eine gewisse Zeit verkehrte auch der uneheliche Sohn von Rilke unter den Kücks, ihn konnte man mit dem Topf natürlich nicht beeindrucken. Er war ein hagerer Mann mit länglichem Hals und abfallenden Schultern, der im Archiv der Künstlerkolonie arbeitete. Rilke hatte ihn nach seiner Flucht aus Worpswede in Südschweden gezeugt, in der Nähe von Sundsholm, mit einer Cousine der Reformpädagogin Ellen Key, die das Buch »Das Jahrhundert des Kindes« geschrieben hatte. Später sagte man, dass die Mutter eine etwas ältere, reiche Münchner Pelzhändlergattin gewesen sei, mit der Rilke eine Nordafrikareise unternommen und die dann in Kairouan erotische Begehrlichkeiten entwickelt habe.

Der Sohn, der nun ein älterer Herr geworden war, erschien meist zu Fuß, wanderte durch die Wiesen und brachte alte Ausgaben seines Vaters mit, in manchen lag noch Rilkes taubenblaues Briefpapier. Wenn Greta nicht vom Rilketopf sprach, zitierte sie Verse, in denen bei Rilke die Blätter trieben und die Menschen allein blieben und lange Briefe schrieben, wenn der Herbst gekommen war.

»Oh, dieser Ton, dieser ganz bestimmte Rilketon!«, schwärmte sie und der Sohn stellte sich mit Anzug und Manschettenknöpfen im Garten neben die ebenfalls hagere Skulptur seines Vaters und rezitierte alle Gedichte von Rilke, in denen Blätter fielen, trieben oder der Herbst gekommen war. Danach roch der Garten immer nach seinem speziellen Eau de Toilette, das er direkt in Frankreich bestellte. Paul saß oft auf seinem Schoß und ließ sich erzählen, wie die Künstlerkolonie entstanden war und wie man früher mit dem Pferdebus oder dem Torfkahn nach Worpswede fuhr.

»Warum hast du denn so schwarze Hände?«, fragte Paul, als er die dunklen Innenflächen sah.

»Ach, die viele Arbeit mit der alten Zeit und den Dokumenten«, antwortete er mit leiser Stimme.

»Und warum hast du deinen Vater nie gesehen?«, wollte Paul wissen.

»Als Rilkekind hätte man auch mit den Wildgänsen leben können«, erklärte Pauls Mutter.

Abends zeigte ihm der alte Sohn, wie man die Hose und das Hemd zusammenlegte und über den Heinrich-Vogeler-Stuhl hängte für den nächsten Tag – und Paul beobachtete, ob die Hände mit der alten Zeit sein Hemd beschwärzten, aber es blieb immer sauber und duftete nach Frankreich.

Wenn Paul als Kind gefragt wurde, woher er denn komme, sagte er klar und deutlich »Aus Worpswede!« und sah die Menschen prüfend an. Er unterschied wie sein Großvater Dummköpfe und Nichtdummköpfe nur dadurch, ob sie Worpswede kannten.

»WORPSWAS?«, erkundigten sich die Dummköpfe.

»WORPSWEDE!«, sagte Paul, »das ist das berühmteste Dorf, das es auf der Welt gibt.«

»Ah, aus Worpswede«, riefen die Nichtdummköpfe, »aus der KÜNSTLERKOLONIE! Da willst du doch bestimmt auch Künstler werden, hast du denn schon das Moor gemalt, ist doch Moor, Teufelsmoor, oder?«

Von *Wollen* konnte keine Rede sein, Paul musste Künstler werden und irgendwie das Teufelsmoor thematisieren!

Kein Moor auf der Welt wurde mehr gemalt und beschrieben als diese sumpfigen Moorwiesen von Worpswede. Generationen von Malern waren nach Worpswede gekommen, Maler mit so erdigen Namen wie Mackensen, der Gründer der Künstlerkolonie, Modersohn, Overbeck, Vogeler oder Hans am Ende. Die Bilder, die sie malten, trugen Titel wie: »Das Moor«, »Die Moorwiese«, »Der Moorweg«, »Der Moorgraben«, »Der Moorkanal« oder »Wolken über dem Moor«, »Sturm im Moor«, »Herbststurm über dem Moor«, es gab auch »Gewitterwolken über dem Moor«, »Moor mit Mond«, »Moor vor Birkengruppe«, »Bauernmädchen auf Moorwiese« oder auch »Moorwiese mit Wollgrasbüschel im Morgenwind«, »Gottesdienst im Moor«, »Ein Mann geht ins Moor« und so weiter. Irgendwann kam noch der Dichter Rilke nach Worpswede, wanderte zwei Jahre durch die Wiesen und beobachtete die Maler, wie sie das Moor malten, worüber er ein Buch verfasste. Aber das war alles lange her und Paul hatte es schon tausendmal gehört. Er wusste, dass die Maler in seinem Dorf gelebt, das Moor in allen erdenkbaren Variationen gemalt hatten, und dass Paula Modersohn-Becker am Ende die Berühmteste von ihnen gewesen war, weil sie zwischendurch auch mal einen anrührenden Menschen auf die Leinwand gebracht hatte.

Und dann gab es natürlich auch noch den Heinrich-Vogeler-Kult! An Heinrich Vogeler kam man in Worpswede nicht vorbei, er hatte einfach alles hergestellt: Moorbilder, andere Bilder, auch Bücher, Buchumschläge, Stühle, Betten, Tapeten, Kaffeetassen, Teller, Gabeln, Messer, Löffel, sogar jede dritte Türklinke, die man in Worpswede heruntrerdrückte, war von Heinrich Vogeler entworfen. Als Kind lernte man über Heinrich Vogeler in der Grundschule:
1) Weltberühmte Bilder und Zeichnungen
2) Stühle und Betten
3) Tassen und Teller
Die Welt möblierte sich mit Ikea, Worpswede mit Vogeler.

Einen Satz seiner Mutter hatte Paul nie vergessen. Wieder war der Rilkesohn da, wieder falteten sie die Hose und legten sie ordentlich über den Vogeler-Stuhl.
»Vielleicht wirst du mich einmal in Erinnerung behalten als den Mann, der so gerne Hosen faltete«, sagte der alte Sohn. »Und was willst du einmal werden?«
Bei der Frage kam Pauls Mutter ins Zimmer.
»Du kannst meinen Sohn schon in dein Archiv aufnehmen«, erklärte sie. »Er wird zusammen mit deinem und meinem Vater der größte Künstler, den diese Kolonie je gesehen hat.«
Danach meldete sich Paul sogar von selbst in der Malschule an. Die ersten Bilder entstanden mit Tusche und mit Bienenwachs-Malstiften von Stockmar. Paul zitterte die Hand, wenn er auf das Moor, die Flüsse, Bäume und den Himmel der anderen Malkinder sah. Mit gesenktem Kopf und geschlossenen Augen stand er vor seinem Bild. Der Gedanke, dass ihn seine Mutter abholen würde, bevor er eine halbwegs modersohnhafte Landschaft mit Himmel auf dem Malbogen hatte, erfüllte ihn mit Panik.

Auch musste man in der Malschule lernen, warum der berühmte Himmel über Worpswede glänzte wie Seide, schimmerte wie Opal, brannte und glühte wie Feuer, mit wilden Wolkenheeren kämpfte wie eine Armee und in Schwermut trauerte wie eine Ballade.

1) Der Brodem des Moores
2) Die wasserhaltige Nordseeluft
3) Die Luft des Binnenlandes

Also: Nordseeluft, Binnenluft, Brodem des Moores. Manchmal hieß es auch das »Wrasen des Moores«, aber warum sagte man nicht, was es heißen sollte? Dieses »Brodem« oder »Wrasen« konnte sich Paul nicht merken, ihm reichte es schon, sich »Seide«, »Opal«, »Wolkenheere« und »Ballade« zu merken, und am Ende war er nicht nur schlecht im Himmelmalen, er konnte auch nicht anständig erklären, warum der Himmel über Worpswede glänzte, schimmerte, brannte, glühte, kämpfte und trauerte.

Nach ein paar Wochen Malschule entschied Paul, einen anderen Weg zu gehen. Er schloss sich in seinem Zimmer ein und legte siebenhundert Blatt weißes Papier vor sich hin, was laut seinen Berechnungen ungefähr den »Buddenbrooks« von Thomas Mann entsprach, ein Kunstwerk, das der Großvater ausdrücklich gerühmt hatte. Aus dem Fenster sah er seinen Vater draußen über den Zeichnungen der Hasenmenschen sitzen. Der Großvater ließ sich einen seiner historischen Bronzemenschen im Garten aufstellen und verschwand mit ein paar Ladungen Ton im Atelier, während Greta Butterkuchen backte oder Linseneintopf vorkochte. Nur Pauls Mutter saß unruhig im Garten, fing Dinge an und ließ sie wieder liegen. Sie war in einer Minute begeistert, erfüllt und in der nächsten schon wieder kalt, ungeduldig und stritt mit seinem Vater, der nicht gerne vom Menschentag unterbrochen wurde. Wenn Paul seine

Mutter beobachtete, dachte er oft, dass sie vielleicht auch noch nicht ihren Weg gefunden hatte. Ein paar Tage wanderte er noch in seinem Zimmer um die weißen Papierberge herum und fragte sich, wie sie sich wohl in ein Kunstwerk verwandeln ließen, dann tauschte er sie gegen ein kleines Notizbuch ein, das ihm seine Großmutter bei Stolte gekauft hatte.

Paul lief vom Inder den Weinbergsweg hinunter. Er wollte sich am Rosenthaler Platz noch etwas in sein Weltverlorenheitscafé setzen, bevor er wieder in die Brunnenstraße zurückkehren und Pauls Painter öffnen würde. Am Anfang hatte er überlegt, die Galerie einfach »Kück« zu nennen. Die anderen, im besseren Teil der Brunnenstraße, hießen »The Curators without Borders«, »Nice & fit« etc., er überlegte »Galerie Kück«, aber auch nur, weil er es für origineller hielt als dieses englische Herumgetexte.

Kück war da, wo er herkam, kein ungewöhnlicher Name. Innerhalb des Teufelsmoors war Kück ein Name, der so bekannt war wie die Modersohns oder die Buddenbrooks. Man kannte und achtete die Kücks. Nur außerhalb des Moors und der Künstlerkolonie führte der Name zu Nachfragen, Belustigungen, Aufforderungen zu buchstabieren, Paul hasste das.

»Sie meinen mit vorne und hinten einem K und in der Mitte ein Ü, das ist doch türkisch?«

»Nein, das ist nicht türkisch, es gibt ganz viele Kücks bei uns da oben.«

»Kommt das von Küken?«

»Nein, mit ck, so wie Glück!«

So stolz er anfangs auf sein hinteres Kück war, umso mehr empfand Paul mit den Jahren eine Art Kück-Komplex und nannte sich nur noch Wendland, obwohl ihn seine Mutter manchmal so komisch anschaute, wenn er sich gegenüber anderen als Paul Wendland ausgab, ohne Kück.

Die Kücks mit »ck« so wie Glück gingen davon aus, dass ihre Vorfahren nicht türkische, sondern wichtige niederländische Berater vom kurfürstlichen Johann Christian Findorff gewesen waren, der hier mit ihnen die Moorkolonisation, die umfassende Entwässerung durchgeführt hatte im Auftrag des Königs von Hannover. Pauls Großvater hielt sich als geborener Kück für einen Urbarmacher und Künstler in einem, eigentlich für den Ideal-Worpsweder. Paul junior lernte sehr früh: Kück, abgeleitet vom niederländischen »kijk«, heißt Blick, Einblick, Einsicht, also Erkenntnis.

Paul Kück (Rodin des Nordens)

Pauls Großvater war unter armseligen Verhältnissen aufgewachsen. Er fühlte sich von seinem Vater, einem Tarmstedter Bauern, schlecht behandelt und lehnte es ab, auf dessen marodem Hof zu arbeiten. Er ging in eine Steinmetzlehre bei einem Grabmal-Unternehmen, lernte in der Region alle Friedhöfe kennen und setzte die Gedenksteine auf die Gräber der verstorbenen Bauern. Irgendwann ernannte er sich zum Künstler und erschuf große Bronzeskulpturen von Persönlichkeiten, die er für bedeutend erachtete und die er in seinem Moorgarten aufstellte, bis sie von Landesmuseen, Städten, Gemeinden oder Sammlern wie Ferdinand von Schulenburg gekauft wurden.

Eine seiner für die Region bedeutendsten Skulpturen stellte Jürgen Christian Findorff dar, den Moorkommissar. Er stand auf einem Sockel direkt vor der Großen Kunstschau, in der die berühmten Moorbilder der Worpsweder Meister hingen.

Oder die Roselius-Skulptur: Ludwig Roselius, der Erfinder des koffeinfreien, herzschonenden Kaffee-HAG und Erbauer der weltbekannten Bremer Böttcherstraße, er hatte seine Skulptur selbst gekauft. Auch August Bebel, Gründer der Sozialdemokratie, stand als Skulptur im Moorgarten, wurde aber nach dem Krieg in der SPD-Kreiszentrale in Osterholz-Scharmbeck aufgestellt.

Die Gemeinde Tarmstedt besaß die Skulptur »Die Bauern von Tarmstedt«, eine Figurengruppe, die Paul Kück auch für Worpswede gewählt hatte, allerdings waren die Ausführungen unterschiedlich: Merkte man der sechsköpfigen, mehr gebückten Tarmstedter Bauerngruppe noch an, welche Mühen es bedeutet haben musste, das Teufelsmoor urbar zu machen, so blickte die Worpsweder Gruppe nach oben. Die sechste Figur stellte einen Maler dar, der den anderen mit erhobenem Pinsel seine Eindrücke vom Himmel schilderte, der ja bekanntlich in Worpswede so ungewöhnlich zu leuchten imstande war, während sich die Bauern, die Hände in die Hüften gestemmt, eher Gedanken über das aufkommende schlechte Wetter zu machen schienen. Ein Bauer war schon im Begriff wegzueilen, um vielleicht noch schnell das Heu einzufahren. Die Skulptur wurde unter dem Titel »Die Bürger von Worpswede« zu einem der Wahrzeichen der Kolonie.

Im Privatgarten von Paul Kück standen noch Willy Brandt, Luther, Bismarck, Rembrandt, Rodin, natürlich Rilke, Heinrich Schliemann, Heinz Rühmann, Pauls Großmutter, der Rote Franz, das war die berühmte norddeutsche Moorleiche, und andere Persönlichkeiten wie Max Schmeling oder Thomas Mann aus Lübeck. Es gab auch Skulpturen von Menschen, die man nur zwischen Bremen und Hamburg kannte: Henrich Focke zum Beispiel, den Bremer Flugzeugkonstrukteur, der Paul Kück erzählte, er habe sich zu Hause im Schuppen einen aerodynamischen Windkanal gebaut. Oder Gorch Fock aus Finkenwerder, der nicht nur Namenspate für ein deutsches Segelschiff war, sondern ein richtiger Dichter, dessen Erzählung über die Hochseefischer bei den Kücks im Buchregal stand.

Oder auch Gesche Gottfried, die Serienmörderin, die ihre ganze Bremer Familie und ihre Vermieterin, Nachbarn, Musiklehrerin und Mägde mit Mäusebutter, mit Arsenkügelchen in Fett, vergiftete. Was Paul Kück an Gesche Gottfried interessierte, fragten sich viele. Ein paarmal fuhr er sogar nach Bremen und stellte sich vor den Gesche-Stein, auf den man am Dom spucken konnte. Der Spuckstein befand sich genau an der Stelle, wo der Kopf der Mörderin liegen geblieben war, nachdem man sie enthauptet hatte. Angeblich wurde der Kopf sogar in Formaldehyd eingelegt und aufbewahrt und ging erst im Zweiten Weltkrieg verloren. Warum der Großvater so oft am Dom vor dem Spuckstein stand, wusste man nicht. Er spuckte nie.

Einige seiner Skulpturen sackten im feuchten Moorgarten ab, wenn sie zu gewichtig geworden waren, wie zum Beispiel Konrad von Wangenheim, der bei der Olympiade 1936 von seinem Pferd »Kurfürst« stürzte. Er brach sich das Schlüsselbein, stieg wieder auf, stürzte erneut, ritt weiter und rettete am Ende für die Deutschen die Goldmedaille. Paul Kück stellte ihn mit eiserner Miene dar, noch auf einem Pferd sitzend und mit der rechten Hand einen Zügel haltend, was insgesamt so schwer war, dass Konrad von Wangenheim Tag für Tag ein Stück mehr im Moor versank. Von Wangenheim mit Pferd war der Schwerste. Danach kam Luther.

SMS von Christina:

Habe mein zimmer hellblau gestrichen + eingerichtet. Schreibtisch am fenster. Morgen geht's im labor los. Draußen sonne. Leben. Alles so neu, so schön. Man kann ja in barcelona warten, bis der wedding gekommen ist. Besuch mich doch! LG

Das hat sie doch schon heute Morgen geschrieben, dachte Paul. Er saß wieder in seinem Weltverlorenheitscafé und starrte auf das Display. Diese Besuch-mich-doch-LG-Droh-SMS einfach noch einmal zu schicken, sagte er sich. Wieder ohne Glückwunsch! Wieder mit ihrem Labor und ihrem neu eingerichteten Leben, an das er sich dranhängen sollte! »Man kann ja in Barcelona warten, bis der Wedding gekommen ist.« »Erst kommt ein Hund, dann kommt John Travolta«, hatte sie ihm beim letzten Besuch in der Galerie gesagt, das war abfällig. Er beantwortete die SMS nicht.

»Habt ihr eigentlich Butterkuchen?«, fragte er.

»Nö«, sagte die bezaubernde Frau hinter dem Tresen mit den Brownies.

Paul fragte, warum denn überall an den Wänden des Cafés »Ruf mich nie an« stehen würde. Draußen stand neben der Tür, man solle »niemals alle Eier in einen Korb legen«, drinnen: »Ruf mich nie an«?

»Keine Ahnung«, antwortete sie. »Ist das ein Problem für dich?«

Paul verließ sein Verlorenheitscafé, er hatte mit der Frau ja nur ins Gespräch kommen wollen. Er ging die Brunnenstraße hoch in den traurigen Westen und erkundigte sich in einer Bäckerei nach ofenwarmem Butterkuchen: gebacken auf mittlerer Schiene, womit man die typische Helle des norddeutschen Butterkuchens erzielte, mit einer Packung Vanillezucker und einem knappen halben Teelöffel Salz, das flüssige Ei-Butter-Gemisch in den Teig hineingeknetet, die Milch nicht zu heiß, sonst starb die Hefe.

»Sonst noch Wünsche?«, fragte die Frau.

»Nein«, sagte Paul und nahm das Stück, das es gab.

Es war natürlich viel zu braun, die Höhe des Bodens nicht mal 1,5 Zentimeter, der Teig war garantiert nicht richtig aufgegangen, seine Großmutter nahm immer die Hefe von Dr. Oetker und die Milch von Renkens Nordkühen.

Paul lief mit dem Stück Butterkuchen die Brunnenstraße hoch und es war wie ein Versuch, wenigstens diesen kleinen Halt aus der alten Zeit durch Berlin zu tragen.

Beim Händler mit den verlorenen Ostzeiten

Er hielt an einem Blumengeschäft, das ihm bisher nie aufgefallen war, und überlegte, Blumen zu schicken statt SMS, Blumen für Christinas Schreibtisch, das wäre ein kräftigeres Zeichen als diese zwischen allen anderen Dingen dahingetippten SMS.

Drinnen saß ein älterer Mann und schlief. Er war auf dem Stuhl heruntergerutscht und auf seinem Schoß lag eine Tüte mit Frischhaltepulver.

»Hallo?«, sagte Paul vorsichtig.

Der Mann schreckte hoch, rückte seine Brille zurecht, sah auf die Uhr und redete wie ein Wasserfall. Das sei ihm noch nie passiert in fünfunddreißig Jahren Brunnenstraße; zu Ostzeiten nicht, als er nur Kunstblumen verkauft habe, und zu Westzeiten auch nicht, in denen alles schlechter geworden sei, obwohl er doch jetzt richtige Blumen habe.

Trotzdem sei früher alles besser gewesen, als es noch eine Mauer gab und dahinter Kunstblumen, er wolle gar keine richtigen Blumen, Kunstblumen mit einer schützenden Mauer davor wären ihm lieber!

»Entschuldigung, haben Sie Fleurop?«, unterbrach ihn Paul, als sein Handy klingelte, seine Mutter. Er wollte es einfach klingeln lassen, schon allein die Vorstellung überforderte ihn, dass sie ihn jetzt wieder fragen könnte, ob der frische Salatkopf in Berlin eingetroffen sei. Und wenn es etwas Dringendes war? Er dachte eigentlich jedes Mal, dass es etwas Dringendes sein könnte, wenn sie anrief. Er ließ es meist fünfmal klingeln, während er beim zweiten Klingeln entschied, nicht ranzugehen, beim dritten unsicher wurde, beim vierten sich vorstellte, wie sie in einen der gefährlichen Lanzarote-Kreisel hineingerast war und einem Lkw die Vorfahrt genommen hatte und sich jetzt aus dem Krankenwagen ein letztes Mal zu ihrem Sohn durchstellen ließ. Beim fünften Klingeln nahm er ab.

»Alles in Ordnung?«, fragte er direkt.

»Paul, das Haus!«, rief sie, sie klang wirklich in Not. »Ich habe vorhin den Stand der Gipsmarken durchbekommen, das Haus sinkt immer mehr!«

»Fleurop? Fleurop?!«, sprach der Blumenhändler dazwischen. »Immer musste kiek'n, wat die and'ren anbieten und wat deen' ihre Blumen kosten statt dit alle Blumen kosten, wat se kosten und Ruhe is'!«

»Ich kann jetzt gerade nicht«, entschuldigte sich Paul.

»Nimm den Zug nach Bremen. Fahr in unser Dorf und setz dich dort mit Brüning in Verbindung.« Die Stimme seiner Mutter zitterte. »Es ist auch dein Haus und das deines Großvaters. Wir haben immer überlegt, ob wir etwas Großes daraus machen können, weißt du noch?«

Sein Großvater hatte das Haus in Worpswede 1937 erworben und nach und nach umbauen, das Fachwerk erneuern und das Dach mit Reet decken lassen. Das einzige Problem war, dass das Haus im Teufelsmoor stand. Und dass es Jahr für Jahr um ein paar Zentimeter mehr darin versank. Paul hatte immer gedacht, dass er eines Tages das große Haus mit dem Grundstück verkaufen könnte, wenn er in Berlin scheitern sollte und Geld brauchen würde, was ja relativ wahrscheinlich war, doch dafür durfte das Haus, sein Erbe, nicht im Teufelsmoor versinken.

»Wat krumm jeloof'n?«, fragte der Blumenhändler mit den verlorenen Ostzeiten.

»Da, wo ich herkomme, versinken die Häuser«, sagte Paul und überlegte, ob er eine Tasche oder einen Koffer packen sollte für die Heimat und wie lange er dort wohl bleiben würde.

»Wat denn, wie kann eenem denn dit Haus versink'n?«, fragte der Blumenhändler.

»Wenn es keinen Halt mehr hat«, antwortete Paul.

Zweiter Teil
In der Künstlerkolonie

3
Ankunft im Moor (Nullkück und das Großvaterhaus)

Am Vormittag stand Paul im Moor. Nullkück hatte ihm bereits die Gipsmarken gezeigt, die er seit vielen Jahren zur Kontrolle an die Außenwände setzte. Das Haus war in den vergangenen vier Monaten um fast fünf Zentimeter abgesunken.

Paul rief sofort bei der Baufirma Brüning an, aber Jan Brüning, hieß es, machte Mittag und saß zu Tisch.

»Gott, Gott«, stammelte Nullkück, trampelte mit seinen Gummistiefeln im Moor herum, das aufgrund der starken Regenfälle nicht mehr trocken zu kriegen war.

»Bestimmt die Klimakatastrophe«, sagte Paul und klopfte Nullkück auf die Schulter, der die Fäuste zum Himmel hob und bemüht schien, etwas Grundsätzliches zum Ausdruck zu bringen. Vielleicht zu diesem Haus, in dem sie beide groß geworden waren und in dem Nullkück noch immer lebte. Vielleicht zur Begrüßung von Paul, der lange nicht mehr hier gewesen war. Doch dieser erste Morgen, an dem sie sich wiedertrafen, schien noch zu unvertraut. Am Ende rief er »Klima, Klima«, streckte dabei eine Faust nach oben und stieß gleichzeitig den Fuß wütend in den weichen Boden, so als gäbe es irgendetwas zwischen Himmel und Erde, das ihm sein Leben in diesem Haus lassen sollte.

Paul hatte nie begriffen, in welchem verwandtschaftlichen Verhältnis er zu Nullkück stand. Früher sagte er meist Onkel, weil Nullkück ihm so vertraut erschien, auch waren die Bezeichnungen, wie man den Sohn vom Bruder seines Großvaters nannte, viel zu kompliziert. Außerdem gab es noch Gerüchte: Nullkück sei ein Adoptivkind, ein unehelicher Sohn von Mackensen, dem Koloniegründer. Und Hilde, die Mutter, in Wirklichkeit gar nicht die Mutter, da sie angeblich unfruchtbar sei. Auf jeden Fall war Nullkück geistig ein bisschen debil, ein »Torfkopp« oder »Tüffel«, wie Pauls Großvater das bezeichnete. Aus so einem Menschen werde nun mal nichts im Leben, und er bräuchte eigentlich auch überhaupt nicht da zu sein, sagte der Großvater und nannte ihn »Nullkück«, was so viel hieß wie »kein Kück«.

Paul wunderte sich schon als Kind, dass dieser Verwandte mit dem komischen Namen immer jünger aussah, als er war. Vielleicht lag es an seinem kindlichen Gemüt, den schönen, etwas zu großen blauen Augen, die ständig in Bewegung waren und zart leuchteten; an dem immer noch kräftigen, blonden Haar, das er sich selbst schnitt wie Prinz Eisenherz. Er trug seit 1955 die grauen Hosenträger, die ihm Hilde geschenkt hatte und die abwechselnd eine dunkelblaue oder eine dunkelbraune Cordhose hielten. Dazu uralte, aber robuste Leinenhemden, er hatte fünf solcher Hemden, tausendmal gewaschen, alle milchgrau. Und da es in dieser Gegend nicht unüblich war, wenig zu sprechen, fiel seine Behinderung nur dann auf, wenn er etwas sagen wollte und er immer dieselben Worte hintereinanderreihte. Es war dann eine große Traurigkeit in seinen Augen, die Sätze und Reden lagen darin wie eine Sehnsucht, wie Gedanken unter dem Eis.

Als Kind hatte Paul diesen Nullkück geliebt. Er war ungefähr zwanzig Jahre älter, aber man konnte mit ihm spielen und er war der Einzige, der Paul wirklich zuhörte. Sie fuhren auch zusammen Trecker. Nullkück war in der Lage, mit dem Hanomag R16 vom benachbarten Bauern

Gerken Heu zu wenden, zu düngen, Steckrüben einzufahren und dabei die jungen Bäuerinnen auf den Feldern verrückt zu machen, indem er über die Wiesen hinweg auf sie zuraste, um aus voller Fahrt seine Liebesbriefe abzuwerfen.

> Liebe Berta.
> Ich beobachte Dich schon lange aus der Ferne auf dem Kartoffelacker. Dein Haar flattert im Wind wie ein gold'ner Seidenmantel. Leider habe ich keine Zeit anzuhalten, denn der Winter naht und ich muss über die Felder jagen.
>
> Nullkück, 1968

Nullkück stellte solche Briefe bis weit in die Siebzigerjahre mit dem Trecker zu – viele Briefe, auf verschiedenen Feldern, für fast alle Bäuerinnen und immer gezeichnet mit »Nullkück«. Als Kind konnte sich Paul gut in die Lage der betroffenen Bäuerinnen versetzen. Er fand »Nullkück« für Liebesbriefe überhaupt nicht geeignet und suchte eine Zeit lang selbst nach einem anderen Namen, nur hatte sich die Familie und die Bauernschaft längst daran gewöhnt, und auch Nullkück wollte sich nicht mehr anders nennen, es war eben so drin.

Lesen und Schreiben hatte er auf der Sonderschule gelernt, da war er damals der Beste. Er schrieb gerne und wenn er sich verschrieb, nahm er Radierwasser, »Tintentod« von Pelikan, das ihm Hilde jedes Jahr zum Geburtstag schenkte. Nur wenn er sprechen wollte, wurde er langsam. Meist waren es nur ein oder zwei Worte, die er auf die Schnelle bilden konnte, obwohl ganze Sätze und lange Reden in seinem Geiste vor ihm standen.

Vielleicht war das der Grund, warum das Haus auf dem Teufelsmoordamm eines der ersten war, in das die Telekom ein Modem installiert hatte. Seitdem mailte Nullkück den ganzen Tag, aber vermutlich nicht mehr Berta und den anderen, denn die Bäuerinnen ringsum, denen er früher Liebesbriefe bei der Feldarbeit vom Trecker zuwarf – sie waren alt, tot oder hatten kein Internet.

Nullkück lebte als Letzter der Kücks in dem riesigen Haus. Pauls Mutter hatte sich stets vorgestellt, das Anwesen der Künstlerkolonie als Heimatmuseum, als Atelierhaus anzubieten oder das Ganze erst einmal gut zu vermieten, aber es schien alle Interessenten abzuschrecken, wenn man ihnen mitteilte, dass ein leicht geistesgestörter Mann namens »Nullkück« im hinteren Bereich des Hauses sein Zimmer behalten müsse.

Pauls Mutter hatte es nie übers Herz gebracht, ihn in ein Heim abzuschieben. Vielleicht lag es daran, dass sie dadurch nicht einmal ihr Gewissen hätte beruhigen können, denn Nullkück brauchte keine Hilfe, er war in der Lage, für sich selbst zu sorgen. Er machte sich jeden Tag dreimal Buchweizenpfannkuchen und das Behindertengeld reichte. Einen Teil davon bekam Paul, das hatte seine Mutter so geregelt, da es ihr Erbe war und Nullkück völlig mietfrei wohnte. Dafür leistete er kleine Reparaturarbeiten, hielt die Zimmer instand und wischte Staub. Er entfernte das wuchernde Moos, das sich an den Außenwänden ausbreitete, und beobachtete die Gipsmarken, um die Absenkung des Hauses zu kontrollieren und der Erbin die Zwischenstände nach Lanzarote zu übermitteln. Im Garten verrichtete er Laubarbeiten, mähte Gras mit der Sense, bekämpfte die Maulwurfshügel und kümmerte sich um die großen Bronzeskulpturen von Paul Kück.

Nullkück war also eine Art Hausmeister und Hausbesetzer in einem. Er sah nach dem Rechten, aber er besetzte auch das große Haus mit seinem freundlichen »Torfkopp«

und seinen Buchweizenpfannkuchen, sodass die Erbin und ihr Sohn warten mussten, bis es Nullkück eines Tages nicht mehr geben würde.

Die fünf Brüder von Pauls Mutter konnten oder mochten keine Erbansprüche geltend machen. Sie waren entweder tot oder verrückt geworden oder wollten nie mehr etwas mit dem Haus zu tun haben. Einer der Brüder, der in Lübeck in der Irrenanstalt lebte, hatte sogar schriftlich dem Erbe widersprochen, gerade so, als würde ein Fluch auf dem Haus liegen.

Früher hatte Johanna Kück mit ihren Eltern und Brüdern den westlichen Flügel des Hauses bewohnt, der eindeutig der Schönste war, mit einer großen Diele, aus der man in die Weite der Moorwiesen blicken konnte – so weit, bis die Kühe in den Himmel liefen. Von der Diele aus, in der gegessen wurde, gelangte man ins Wohnzimmer mit dem Kachelofen, den Paul Kück durch die Wand hatte bauen lassen und der auch die Diele mitheizte. Im Wohnzimmer stand der gigantische Kleiderschrank aus schwerer Eiche, den er eigenhändig gebaut, bei dem er sich aber entweder beim Zusägen verrechnet hatte oder in einen Größenwahn verfallen war, am Ende hätten alle Kücks der Welt ihre Kleider dort hineinhängen können.

Es gab eine Zeit, da lebten in diesem Haus lauter Kücks mit ovalen Gesichtern, großen Ohren, Sommersprossen, blauen Augen und blonden Schöpfen. Im östlichen, mehr im Urzustand belassenen Flügel des Hauses, in der großen Diele, wohnten die beiden Brüder von Paul Kück, er hatte sie mit in sein Haus aufgenommen. Sie hießen Johan und Hinrich Kück und besaßen jeder fünf Kühe, die auch in der Diele wohnten und die sie mitgebracht hatten aus dem benachbarten Tarmstedter Moor, aus dem die Kücks stammten. Von den Brüdern war Paul Kück der Einzige, der nicht in den Krieg musste, er galt als »uk«, als »unabkömmlich« und »unersetzlicher Künstler«. Seine Frau Greta kam ebenfalls aus dem Moor, genau wie die Brüder und Hilde, die Frau von Hinrich. Nur die schöne Marie war Worpswederin, Johan hatte sie 1934 auf dem Erntedankfest hinter der Zionskirche kennengelernt.

Insgesamt brachten es die Kückbrüder mit ihren Frauen im Teufelsmoor auf dreizehn Kinder, alles Jungs, bis auf Johanna, doch Hilde, die so lange Unfruchtbare, verzweifelte. Um sie herum purzelten die Kinder auf die Welt, heimsten die anderen Kückfrauen Mutterkreuze ein, nur sie empfing nichts – bis sie sich aus Wut und Verbitterung eine Brust zerschnitt.

»Ich hatte ganz vergessen, wer hier alles herumsteht!«, sagte Paul, während Nullkück ihn wie einen Gast durch den Garten führte, so wie es der Großvater früher tat, wenn Besucher kamen und den ruhmreichen Menschengarten zu durchlaufen hatten.

Sie standen gerade vor Luther, dem »großen Reformator«, wie es der Großvater dem Enkel schon als Kind erklärt hatte. Der große Reformator lief ganz besonders Gefahr, im Moor zu versinken, da es das künstlerische Ziel des Großvaters gewesen war, nicht nur die Seele und die Geheimnisse in der Bronze zu erfassen, sondern auch das Gewicht und die genauen Körpermaße. Luther war ein Koloss, bestimmt über 100 Kilo schwer, ein Bronzeberg mit flacher Mütze auf dem Kopf und einem zufriedenen Gesicht.

Gegenüber von Luther, auf der anderen Seite der alten Eiche: Rembrandt, 95 Kilo, mit großem, schräg modelliertem Hut und wildem Haar, einer der »berühmtesten Maler«, den auch die alten Worpsweder schätzten, Paul dachte als Kind, das sei Robin Hood.

Nullkück führte ihn zu Napoleon Bonaparte, dem »großen Schlachtenlenker«, wie ihn der Großvater genannt hatte, nur 1 Meter 66 Körperlänge, aber 90 Kilo schwer aufgrund der französischen Küche. Geschwungener, anmutiger, fast weiblicher Mund, die Nase fein gebildet, die Augen milde ohne Trotz. Wie hatten in einem Kopf voll Ebenmaß all diese Kriege und Schlachten sein können?, dachte Paul und schritt mit Nullkück weiter den Garten ab.

Max Schmeling, »der große Meister«, der Schwergewichtsboxer, der den »braunen Bomber« aus Amerika k.o. geschlagen hatte: 90 Kilo, 1,85, mächtige Augenbrauen, mit ausgestrecktem linken Schlagarm und entschlossenem Gesichtsausdruck.

Sie liefen jetzt einmal um Otto von Bismarck herum, den »großen Preußen«, ebenfalls 90 Kilo, stolze 1,90, ein deutscher Riese im Moor mit Pickelhaube und Generalsuniform nach der Ehrenbeförderung.

Daneben stand Rodin mit gerolltem »R«, »mein Kollege, meine andere Hälfte«, wie Pauls Großvater immer gesagt hatte, 85 Kilo, langer Mantel, gottähnlicher Bart, die Menschen und Dinge prüfender Blick. Wenn der Großvater früher vor seiner Rodin-Skulptur stand und die Besucher im Garten auch über ihn, über Paul Kück, den Rodin des Nordens sprachen, dann war er sogar kurz davor, die Reinkarnationslehre seiner Tochter zu vertreten.

Danach folgten Heinrich Schliemann, der Troja und den Schatz des Priamos ausgegraben hatte, und Thomas Mann aus Lübeck, aus dessen Feder die berühmten »Buddenbrooks« stammten und bei dem Pauls Großvater auch gerne einen Bericht über die Kücks in Auftrag gegeben hätte. Schliemann und Mann sahen sich zum Verwechseln ähnlich mit ihrer hohen Stirn, dem glatt nach hinten gestrichenen Haar, dem Schnauzbart und der angedeuteten Fliege am Hemdkragen: beide 75 Kilo.

Willy Brandt, Rilke, Heinz Rühmann, Pauls Großmutter, Albert Einstein, der wahnsinnige Nietzsche und die rote Moorleiche waren die Leichtesten.

Willy Brandt, »der große Sozialdemokrat«, hatte eine ungewöhnlich hohe Stirn und tiefe Falten um den Mund.

»Sieh mal, diese Ecken in den Haaren!«, sagte Paul und erinnerte sich, dass er seinem Großvater beim Modellieren von Willy Brandt zugesehen und ihn irgendwann auf etwas Ungewöhnliches hingewiesen hatte: Oberhalb des Kopfes ragte ein Haaransatz wie eine Landzunge in die Stirn und an den Rändern entstanden diese ungewöhnlichen Ecken.

Rilke sieht aus wie eine dünne Ziege, dachte Paul.

Albert Einstein, »das Genie«, hatte zwar eine komplizierte Theorie erfunden, aber dafür eine schöne Clownsnase und fliegende Haare, die im Vergleich zu Rembrandt akkurat gestaltet waren.

Heinz Rühmann zog schelmisch die Augenbrauen hoch und wirkte wie ein großes Kind. Der bronzene Zylinder saß schief auf seinem Kopf, so als wolle er nie erwachsen werden.

Der Rote Franz war äußerst dünn und nackt, man erkannte eigentlich alles: Kopf, Nase, Lippenbart, Rumpf, sogar die 1700 Jahre alten Schamhaare hatte der Großvater in Bronze gießen lassen, weil der Rote Franz angeblich mit gut erhaltenen, roten Schamhaaren im Moor entdeckt worden war.

Nietzsche sah aus wie ein Irrer. Länglicher Kopf, der mit einer seltsamen Haartolle abschloss, Augenbrauen wie Büsche und ein Bart von einem Walross, nur die Eckzähne fehlten. Auf seinem Sockel stand: »Gott ist tot«. Es war aber völlig unklar, was der Großvater mit Nietzsche zu tun gehabt hatte, er hatte sich weder für Nihilismus interessiert noch war Nietzsche Norddeutscher gewesen. Wahrscheinlich musste man als Künstler Nietzsche im Garten stehen haben oder sein Großvater hatte noch einen großen Philosophen gebraucht, sonst war ja alles vorhanden: Politik, Sport, Kirche, Kunst, Naturwissenschaften, Schauspiel, Literatur, Archäologie, mit Musik allerdings hatte er nichts anfangen können, Beethoven, Bach oder Richard Wagner waren nicht berücksichtigt worden. Nur Ringo Starr, »der große Popstar«, stand noch im Garten, den hatte er seiner Tochter zum Geburtstag gegossen: in die Stirn fallende Haare (Pilzkopffrisur), große, spitze Nase, geschwungener Mund, aber männlicher als beim Schlachtenlenker. Er trug eine Art Burberry-Mantel mit Krawatte und war mit Heinz Rühmann die charmanteste Erscheinung im Garten. Pauls Großvater hatte es damals tief beeindruckt, als ihm seine Tochter erzählte, dass Ringo Starr vor den Frauen in England durch Kanalsysteme flüchten musste.

Sie standen jetzt vor Pauls Großmutter. Sie wurde mit einem angedeuteten Blech Butterkuchen dargestellt, außerdem mit einem viel zu ernsten Ausdruck, wie Paul empfand.

»Meine Großmutter sieht aus wie Margret Thatcher mit einem Kuchentablett in der Hand. Findest du nicht? Wie diese Eiserne Lady aus England! Dabei ist das meine Oma, ich hätte sie sanfter und lächelnd dargestellt«, sagte Paul, es war ja die einzige Skulptur im Garten, die er wirklich beurteilen konnte.

Seine Großmutter gehörte zusammen mit Nullkück zu den Personen aus den Menschentagen, die sich von Personen aus den Schöpfertagen dadurch unterschieden, dass sie jemandem zulächeln konnten, die Schöpfer lächelten nicht.

»Sieh mal, sogar der Bismarck schaut freundlicher. Vielleicht ist es aber auch am schwierigsten, seine eigene Frau zu erkennen.«

Nullkück nickte zustimmend mit dem Kopf, während sich Paul seine Großeltern als Liebespaar vorzustellen versuchte. Berührungen, Umarmungen oder gar Küsse konnte er keine erinnern, solche Zärtlichkeitsbilder hatte er nicht einmal von seinen Eltern. Er war als Kind irgendwie da gewesen, aber alle Zeichen, warum er denn eigentlich auf die Welt gekommen war, die waren verschwunden.

»Da ist die glühende Frau!«, rief Paul, als er die Marie-Skulptur entdeckte. Früher hatte sie abseits des Gartens gestanden am Rande, doch nun war sie mitten unter den großen Männern und immer noch das eindeutig Schönste im ganzen Garten.

Im wirklichen Leben war Marie ein paar Monate vor Ende des Krieges von der Gestapo abgeholt worden, erzählten die Leute, nachdem ihr Mann an die Front gezogen war und sie im Dorf die Nazis beschimpft und dem Gauleiter ihre beiden Mutterkreuze zurückgegeben hatte, das silberne, hieß es, habe sie ihm sogar auf den Kopf geschlagen.

»Marie war eine glühende Frau«, flüsterte der Großvater, wenn Paul ihn durch den Garten zur Marie-Skulptur begleitete, um wie jedes Jahr Blumen zum Geburtstag zu bringen.

»Die einzige Kommunistin in unserer Familie«, sagte er und legte die Rosen an den Sockel. Marie war die einzige seiner Frauen, die auf einem Sockel stand.

»Eine Komnuistin«, wiederholte Paul mit Schwierigkeiten ab der zweiten Silbe und nahm die Milchkanne, die Renken, der Bauer von nebenan, tagtäglich bei Marie abstellte.

»Ich musste sie in Bronze gießen, damit sie nicht verbrennt. Wenn du in was hineingerätst, aus dem du nicht wieder herauskommst, kann dich auch die Liebe umbringen«, fügte der Großvater leise hinzu und stellte seine Lieblingsfrage: »Warum sind meine Kunstwerke innen hohl?«

»Damit die Seele und die Geheimnisse und die Stärken und Fehler der Menschen Platz haben.«

Paul hatte die Frage schon oft beantwortet und wiederholte auch nur die Worte seines Großvaters, der von seinen Kunstwerken sprach wie von richtigen Menschen, die er alle kannte. Den großen Reformator, den großen Schlachtenlenker, den großen Preußen usw. hatte er natürlich nie persönlich getroffen, aber er kannte sie auf seine eigene Weise. Ganz besonders den großen Rodin, der er ja quasi selbst war. Und Willy Brandt, »den großen Kanzler«, der ihm 1973 einen Besuch abstattete und auch zu Kaffee und Kuchen blieb.

Pauls Großvater lief gerne durch den Garten, umkreiste seine Skulpturenmenschen und hielt sie an der Schulter oder grüßte im Vorbeigehen. Er lebte mit ihnen allen, mit ihren Seelen, die in den Hohlräumen der Bronze aufgehoben waren, mit ihren Fehlern und Geheimnissen, ihn interessierten überhaupt nur Menschen mit Geheimnissen und Fehlern, ohne die es die großen Taten, wie er glaubte, nie gegeben hätte.

Paul bemerkte, wie sein Großvater manchmal zu Marie hinübersah, wenn er mit der Familie im Garten saß. Er wirkte dann abwesend, still. Und seine Augen waren sanft, nicht wie sonst, prüfend, unruhig, sein Gegenüber durchbohrend. Wenn er zu Marie hinübersah, öffneten sich die Augen wie Flügeltüren. Paul stellte sich vor, wie er hineingehen und hinter den Augen des Großvaters weiterlaufen könnte in ein gelebtes, langes, großes Leben, in dem es glühende Frauen gab, Kommunistinnen, Geheimnisse, Dichterfrauen mit berühmten Töpfen, Kaffeebarone, am Ende sogar Präsidenten, die dem Großvater im Garten einen Besuch abstatteten und vom Butterkuchen aßen.

Greta mochte die Marie-Skulptur nicht. Sie hasste sie. Marie müsse weiter weg, zischte sie, weg aus dem Garten. Auf keinen Fall durfte sie in ihrer Nähe oder im Umfeld der großen Persönlichkeiten stehen.

»Was soll sie denn da jetzt neben Luther?«, fragte sie, als ihr Mann die Marie-Skulptur zwar weg von ihr und Rilke, aber in die Nähe des großen Reformators umgesetzt hatte.

»Stell sie doch neben deine Moorleiche! Was hat dieses Bauernweib mit Luther oder Heinrich Schliemann zu tun? Ich will sie da nicht sehen!«

Pauls Großvater musste Marie insgesamt viermal im Garten umsetzen, bis seine Frau ihn endlich in Ruhe ließ. Am Ende stand Marie am Rande des Gartens und Greta zwischen ihrem Blätterfall-Rilke und Heinz Rühmann, ihrem Helden aus der »Feuerzangenbowle«.

Warum der Großvater Marie einen Sockel gegeben hatte und seiner Frau keinen, wusste Paul nicht.

»Sag mal, und diese ganzen Seile? Das hast du dir ausgedacht?«, fragte Paul.

Nullkück nickte und es schien, als beobachtete er die erstaunten Blicke des anderen.

Durch den gesamten Garten waren Seile gespannt, die von den Skulpturen zur alten Eiche führten und verhindern sollten, dass die großen Männer im Garten versanken. Früher hatte Nullkück ihnen noch mithilfe der Bauern Pflasterplatten unterlegt, die aber mit der Zeit in das Moor getrieben waren, sodass er dazu übergegangen war, die Skulpturen durch Schiffsseile zu sichern.

Er hatte zum Beispiel Luther ein Seil um den Bauch gebunden, das andere Ende um die im Garten stehende alte Eiche geführt und am oberen Baumstamm befestigt. Als sich die alte Eiche mit der Zeit leicht in Richtung der schweren Luther-Skulptur neigte, versetzte er mit einigem Aufwand andere Skulpturen um die Eiche herum, sodass daraufhin die Rembrandt-Skulptur die Neigung der Eiche durch Luther korrigierte und sie in ihre Richtung zog. Zog Napoleon den Stamm in eine wiederum andere Richtung, korrigierte der gegenüberstehende Max Schmeling die Eiche in die Gegenrichtung. Dasselbe Prinzip wendete er auch bei Pauls Großmutter und Marie an, die er gegen den Willen der verstorbenen Großmutter vom Rand in die Mitte des Gartens versetzte, aber es ging nicht anders. Die beiden Frauen mussten nun zusammenhalten. Sie waren gegenüber an der alten Eiche festgebunden, um gemeinsam für ein Gleichgewicht zu sorgen und einander im Moor zu stabilisieren, Greta Kück mit ihrem angedeuteten Blech Butterkuchen, Marie, nach wie vor eins der kunstvollsten, lebendigsten und gelungensten Werke von Pauls Großvater.

Auch Otto von Bismarck, Auguste Rodin, Albert Einstein, Rilke, Ringo Starr, der Rote Franz, Heinz Rühmann und Heinrich Schliemann sowie Thomas Mann aus Lübeck hatten Schiffsseile um Kopf oder Brust und wurden von der alten Eiche gehalten beziehungsweise stabilisierten sich ihrerseits selbst. Es sah beeindruckend aus: lauter historische Gestalten, die mit Seilen und einer Eiche verbunden waren: Der große Schlachtenlenker vis-à-vis vom großen Boxmeister, der große Maler gegenüber vom großen Reformator, Troja gegenüber von Lübeck und den Buddenbrooks oder das Genie mit seiner Relativitätstheorie gegenüber vom Roten Franz mit seinen tausendsiebenhundert Jahre konservierten Schamhaaren, dazu Willy Brandt mit dem irren Nietzsche, Marie mit Pauls Großmutter – alle festgebunden mit straffen Schiffsseilen an einer Eiche, die zwar unter erheblicher Spannung stand, aber Nullkücks System war perfekt.

»Tolle Technik!«, rief Paul und nickte anerkennend mit dem Kopf, während Nullkück verlegen und stolz die Spannung der Seile überprüfte.

Pauls Handy klingelte.

»Warum antwortest du nicht?«, fragte Christina.

»Ich habe viel zu tun«, erklärte er. »Ich wollte dir Blumen schicken, das ist schöner als SMS. Wie war dein erster Tag?«

»Genial. Ich beschäftige mich jetzt mit springenden Genen«, rief sie durch das Telefon. »Das sind DNA-Abschnitte im Genom, das wurde beim Indianermais entdeckt! Wann kommst du mich besuchen?«

»Warum schreist du so?«, antwortete Paul.

»Ich bin mit Kollegen auf der Rambla«, sagte sie, genauso laut, und Paul hätte gerne gefragt, warum sie schon mit Kollegen unterwegs war, wenn sie erst vor zwei Tagen angefangen hatte.

»Felipe schlägt mir vor, meine Arbeit über die springenden Gene im Schlauchpilz zu schreiben!«

»Aha. Und wer ist Felipe?« Sie klang so lebensfroh, dachte Paul. »Sag mal, wolltest du nicht über unsere Rosskastanie forschen?«, er überlegte, ob er auch fragen sollte, warum sie eigentlich »LG« geschrieben hatte mit so einer plötzlichen Abkürzungskühle?

»Felipe ist der Assistent von Dr. Sanchez und er meinte, dass das nichts mit der Gegenwart zu tun hätte!«, antwortete sie.

»Ich versteh kein Wort! Was hat nichts mit der Gegenwart zu tun?« Paul wurde wütend.

»Rosskastanien!«, schrie Christina und versuchte ihr neues Thema anschaulicher zu machen: »Ich soll jetzt springende Gene untersuchen, die von einem Schlauchpilz auf einen Schimmelpilz überspringen und sich dann mit ihren eigenen Proteinen stabil kodieren, obwohl sie sich im Erbgut eines anderen Pilzes befinden.«
Paul wollte etwas Persönliches sagen, aber er konnte es unmöglich brüllen, damit Christina es auf der Rambla in Barcelona begriff.
»Bist du noch dran?«
»Ja«, sagte Paul.
»Felipe hat Gene von Zuckerrüben ins Genom von Fliegen installiert, er will über transgene Fliegen habilitieren und schlägt mir vor, wie es wäre, wenn wir ...«
»Du, ich befinde mich gerade zu Hause im Moor und muss mich um die Kücks und meine Heimat kümmern, lass uns ein anderes Mal über eure Scheißfliegen reden!«
Christina sagte nichts mehr. Sie schwieg. Paul hörte nur das Rauschen von Barcelona.
»Scheißfliegen nehme ich natürlich zurück«, versuchte er sich zu entschuldigen. »Ich finde es interessant, das musst du dann mal genauer erklären, wie da die Gene so springen, aber ich stehe hier auch vor großen Problemen, du hättest auch mal fragen können, wo ich gerade bin. Mein Erbe sinkt ab! Man muss jetzt schnell einen Rettungsplan entwickeln, ich melde mich. – Okay?«
Er hatte noch eine kleine Pause vor der Verabschiedung gemacht, aber sie fragte nicht nach. Neben ihren neuen, wichtigen Aufgaben in Barcelona hatte er mit seinen Sorgen im Moor wohl keinen Platz, dachte Paul. *Wann kommst du?* – Als ob er in seinem Leben alles stehen und liegen lassen und sich ihren Plänen und ihren Genen einfach so anschließen sollte!

Nullkück hatte das Telefonat in Bruchstücken verfolgt und sah Paul mit großen Augen an, vermutlich war es das erste Beziehungsgespräch, das er seit dem Tod von Pauls Großeltern miterleben konnte.

»Das war meine Freundin«, sagte Paul. »Die kennt dich auch, ich habe ihr alles erzählt.«

Er lockerte den Knoten seiner Krawatte, die er bewusst für die Reise in die Heimat trug. Es war seine einzige Krawatte, eine dunkelblaue, die er nicht mehr binden musste, weil er sie seit der Beerdigung seiner Großmutter, der anderen, der Wendland-Großmutter, so belassen hatte. Er lockerte den Knoten, als schnürte ihm das neue Leben von Christina – oder sein altes in der Heimat – langsam die Luft ab.

Wie erklärt man die ganzen Kücks und die inneren Kühe?

Er dachte daran, wie er Christina im Botanischen Garten seine Familienverhältnisse zu erläutern versucht hatte: die Brüder seines Großvaters, die irren Namen der Kückkinder. Eins hieß Hinrich Paul Johan, das nächste Paul Johan Hinrich, man benannte die Söhne nämlich nach den Kückbrüdern. Und um sie angeblich besser unterscheiden zu können, bekam jeder drei Namen: Paul Hinrich Johan oder Johan Paul Hinrich. Einfach war auch noch Hinrich Johan Paul. Sonderbar wurde es aber ab den Kückkindern sieben bis zwölf. Eins zum Beispiel hieß »Paul Hinrich Hinrich«, was man immer noch besser fand als Kück 7, Kück 8 oder Kück 9.

»Ich kann mir gar nicht vorstellen, was bei den Kücks los war, wenn die alle Kinder zusammenriefen«, sagte Christina, nachdem sie ihm vorgerechnet hatte, dass es bei dem ganzen Hinrich-Hinrich-Paul-Johan-Chaos wahrscheinlich einfacher sei, sich alle Pflanzen im Botanischen Garten zu merken.

Als Kind hatte sich Paul die Kücks immer wie Matroschka-Puppen vorgestellt: Stundenlang konnte er dasitzen und diese russischen Puppen aus Lindenholz entschachteln. In einer großen Puppe steckte eine kleinere, in dieser dann wiederum eine etwas kleinere Puppe usw., Paul schachtelte und schachtelte und dachte, so würde das auch ewig mit den ganzen Kücks weitergehen. Den dicksten Puppen gab er die Namen Paul, Hinrich und Johan, dann wurde losgeschachtelt. In einer Schachtel Paul Hinrich Johan, in der nächsten Paul Johan Hinrich, danach Hinrich Paul Johan, irgendwann kam seine Mutter aus einer Schachtel, dann er selbst, nur bei Nullkück war er sich unsicher, aus welcher Puppe er ihn herausschachteln sollte.

Paul schlug vor, der Hauptachse im Garten zu folgen und gegenüber vom »Deutschen Wald« in den »Sumpf- und Wasserpflanzengarten« einzubiegen.

»Mensch, so viele Kücks«, fasste Christina zusammen.

»Meine Oma wollte immer das goldene Mutterkreuz, das sind acht Kinder. Eins aus Silber hatte sie schon«, erklärte Paul.

»Eure Familien bekamen Medaillen für Kinder?«, wollte Christina wissen.

»Kreuze, ja, das klingt nicht schön«, antwortete er.

»Das klingt grausam, wenn ich daran denke, was es für die Kinder in der Familie meines Großvaters gab«, bemerkte sie.

Paul schämte sich für seine Unbedachtheit. Durfte er überhaupt von seiner deutschen Familie erzählen, wenn er mit einer Frau zusammen war, deren Großvater als einer der wenigen aus seiner jüdischen Familie nach Barcelona hatte fliehen können?

»Man muss aber wieder sechs Kückkinder abziehen«, sagte Paul, fast so, als wolle er die Mutterkreuze zurücknehmen. »Als Johan im Krieg fiel und seine Frau Marie auch umkam, gab Tante Hilde die Kinder in ein Heim.«

»Aber Tante Hilde hatte doch keine Kinder. Warum hat sie nicht die Kinder von Marie genommen?«, fragte Christina.

»Sie hat sie ja auch zuerst genommen, aber dann kam ihr eigener Mann nicht mehr aus dem Krieg zurück. Wie hätte denn mein Großvater alleine dreizehn Kinder und zwei Frauen durchfüttern sollen? Meine Urgroßmutter aus Tarmstedt saß da auch noch herum!«, rechtfertigte Paul seine Familie.

Wie dieser Familienton aus ihm hervortrat, dachte er. Wie er in genau jenen Verteidigungston verfiel, den er früher von seiner Großmutter oder Mutter kannte, wenn er auf die Marie-Geschichte zu sprechen kam. Er wollte Christina erzählen, dass Marie nicht einfach so umgekommen, sondern von Gestapo-Leuten abgeholt worden war, was ihm jedoch wie eine weitere, seltsame Verteidigung vorkam, so als müsste er das Leid seiner Familie gegen das Leid ihrer Familie setzen.

»Weißt du, wie mein jüngster Onkel heißt, der jetzt in einer Psychiatrischen Anstalt in Lübeck lebt?«, fragte er stattdessen.

»Keine Ahnung. Auf jeden Fall Kück«, Christina schien immer noch an die Mariekinder und die Mutterkreuze zu denken.

»Paul Hinrich Hinrich Kück, genannt PHH! Da kann man ja nur in die Klapsmühle kommen!«, sagte er.

»Aber wie kann man denn einen Menschen *Nullkück*

nennen? *Nullkück* ist der wahnsinnigste und unmenschlichste Name von allen!«, fand Christina.

Paul zog sie nach links in den »Sumpf- und Wasserpflanzengarten« mit Moor-Anlagen, mit Feuchtwiese und Röhricht.

»Rate mal, wie viele Kühe es in Worpswede gab?«, fragte er, Christina sah ihn irritiert an.

»Also, im Jahre 1968 waren es 40.000 Kühe und nur 8.000 Einwohner, da hatte umgerechnet jeder durchschnittlich fünf Kühe«, erklärte Paul. »Und darum konnte auch nie jemand in die Ferien fahren. Nur die Künstler konnten Ferien machen, die hatten in der Regel keine Kühe.«

Später gaben zwar viele Bauern die Kühe und das Bauerntum auf und ergriffen andere Berufe, aber trotzdem fuhren sie nie in die Ferien, so als hätten sie noch innere Kühe. Das war die eine Hälfte der Worpsweder, erinnerte sich Paul: Sie hatte richtige oder innere Kühe und verließ nie den Ort. Die andere Hälfte bestand aus zugezogenen Künstlern, Revolutionären und ein paar reichen Hanseaten aus Bremen, die das Dorf für ihre Sommerfrische erkoren.

»Christina, du kannst dir nicht vorstellen, was das in Worpswede für eine Mischung war«, sagte Paul. »50 Prozent Künstler, Irre und Hanseaten. 50 Prozent Bauern mit Kühen und Menschen mit inneren Kühen!«

»Was sind denn innere Kühe?«, fragte sie.

»Innere Kühe sind schwere Seelen, die niemals das Moor verlassen können«, antwortete er.

»Sag mal, steht da hinten nicht Malte Jahn und guckt herüber?«, fragte Paul erschrocken. »Das ist doch Malte!«

Nullkück nickte und überprüfte noch einmal das Seil von Luther, beim großen Reformator musste er jeden Tag die Spannung des Seils überprüfen.

Es war tatsächlich Malte, dachte Paul und sah nun ebenfalls zum Nachbarn hinüber.

Malte war sein Kindheitsfeind und der Enkel von Emil Jahn, einem Bildhauer, der ebenfalls Menschenskulpturen erschaffen und den Pauls Großvater abfällig einen »Kunsthandwerker« genannt hatte. 1940 war es zwischen den beiden auf dem Damm zu Handgreiflichkeiten gekommen, weil Jahn in Höhe seiner Einfahrt ein großes Schild aufgestellt hatte mit der Aufschrift: »Der Bildhauer«. Natürlich gab es nach Ansicht von Paul Kück nur einen Bildhauer in Worpswede, der auf sein Schild »Der Bildhauer« schreiben durfte, und das war eindeutig er, der auf der »Großen Deutschen Kunstausstellung« 1939 in München zusammen mit führenden Bildhauern wie Georg Kolbe, Bernhard Bleeker, Josef Thorak oder Fritz Klimsch ausgestellt hatte!

Emil Jahn war zwei Jahre früher als Paul Kück in sein Moorhaus gezogen, hatte einiges investiert und das Haus neu gründen lassen, damit es nicht absinken konnte. Doch dann begann er unter dem Ruhm seines neuen Nachbarn zu leiden, denn auch Jahn modellierte Gestalten der Geschichte. Auch von ihm gab es einen opulenten Moorkommissar. Ebenso goss er Rilke, Nietzsche, Rembrandt in Bronze, und in seinem Garten standen Konrad Adenauer, Ludwig Erhard, sogar Heinrich Lübke, der bei einem Afrikabesuch »Meine Damen und Herren, liebe Neger« gesagt haben soll, da fasste sich sogar Nullkück an den Kopf.

Modellierte Kück vor allem Sozialdemokraten – Bebel, Brandt, auch Philipp Scheidemann –, so spezialisierte sich Jahn auf die Christdemokraten und die Liberalen, gleich an der Einfahrt stand immer noch Theodor Heuss. Die ganze

Geschichte der Republik bildete sich auf dem Teufelsmoordamm ab, dank des Zutuns von Emil Jahn, allerdings ohne dabei solche Erfolge vorweisen zu können wie sein Nachbar.

Die Sache mit dem Schild schien ein verzweifelter Versuch, sich Kundschaft zuzuführen. Wenn man von der Überhammer Landstraße das Haus und Atelier von Paul Kück erreichen wollte, kam man unweigerlich als Erstes an der Zufahrt von Emil Jahn vorbei. Ludwig Roselius zum Beispiel, der Erfinder des koffeinfreien Kaffee-HAG und Erbauer der weltbekannten Bremer Böttcherstraße, er bog 1940 zuerst in die falsche Zufahrt ein, als er das Schild »Der Bildhauer« sah. Paul Kück konnte gerade noch verhindern, dass Roselius seine Bronzeskulptur beim Falschen in Auftrag gab.

»Wer is denn al Emil Jahn?«, rief er von der Einfahrt seinem Nachbarn zu.

»Kück, nehm di in Acht!«, schrie Jahn zurück, »du hest wat to verbargen!« Manchmal schickte er auf Hochdeutsch hinterher: »Du hast Dreck am Stecken! Eines Tages wird man sehen, wer Paul Kück wirklich ist!«, dabei zeigte er mit dem Finger auf die Scheune.

Die alte Scheune stand gegenüber von Nullkücks Zimmer und dem Ostflügel des Hauses. Als Hinrich und Johan in den Krieg mussten, stapelten sie darin das Stroh des Sommers 1943, das sie zum Einstreuen für die Kühe in der Diele verwenden wollten und das angeblich noch immer dort lag. Sie stellten in der Scheune ihre Landwirtschaftsgeräte unter, die Dreschmaschine, die Kartoffel- und Kornwaage, die Schrotmühle, die alten, aus Holz geflochtenen Obstkörbe. Und sie lagerten dort ihren Schnaps, den Kornbrand und den Himbeergeist, den sie heimlich im Verborgenen der Scheune brannten und in Holzfässern gären ließen.

Darum hieß dieser Ort auch »Schnapsschuppen«, aber nur hinter vorgehaltener Hand, denn gerade Emil Jahn, der feindliche Nachbar, durfte vom heimlichen Schnaps nichts wissen. Dann, als die beiden Brüder in den Krieg gezogen waren, Hinrich an die Westfront, 7. Armee der Heeresgruppe D; Johan an die Ostfront, Nordukraine, in ständig wechselnden Heeren – ab da nahm Paul Kück den Schlüssel an sich und stellte seine Gipsmodelle zum Austrocknen in der Scheune unter.

»Die Scheune«, sagte er, »hat die richtige Temperatur für meine noch unfertigen Menschen.«

Johanna war voller Ehrfurcht vor diesem Ort der unfertigen Menschen ihres Vaters. Sie und ihre Brüder durften nie dort hin. Es gab auch keine Fenster, kein Licht, es war stockdunkel.

»In der Scheune«, raunte ihr Vater, »verwandeln sich meine Formen in Menschen, dort werden sie in der Dunkelheit lebendig, stört sie nicht. Stört sie nicht, bis sie sich vollendet haben! Eine Form, die in der Verwandlung ist, kann oft zu Dingen führen, vor denen wir uns in Acht nehmen müssen!«

Das sagte Paul Kück seit 1944, als der Herbst begann, und in Acht nahmen sich alle: Johanna, ihre Geschwister, ganz besonders ihr Bruder Paul Hinrich Hinrich, PHH genannt, der jetzt in der Psychiatrischen Anstalt in Lübeck lebte. Es hieß, er sei durch die geheimnisvolle Scheune mit den Formen, die sich in Menschen verwandelten, krank geworden.

Johanna Kück (Muttertelefonat Nr. 1 im Moor)

»Scheißschlamm!«, rief Paul, als er auf seine Turnschuhe sah, beziehungsweise er sah sie gar nicht mehr.

Nullkück sah ebenfalls auf seine halb versackten Gummistiefel und rief nur »Moor«, beim zweiten »Moor« klingelte Pauls Handy, auf dem Display leuchtete »Mutter auf dem Mond«, das war Pauls neueste Protestformulierung, immerhin leistete er seit gestern Widerstand gegen seine Mutter durch die Eingabe der Rufererkennung. Sie saß auf Lanzarote in tausend Jahre alten Gesteinsformationen mit ihrer Económica-telefónica-Vorwahl und er musste sich um alles kümmern, er würde überhaupt nicht mehr rangehen, dachte er, wenn es nicht diese gefährlichen Lanzarote-Verkehrskreisel gäbe.

»Alles in Ordnung?«, fragte er wieder direkt.

»Ja, wo bist du?«, fragte sie.

»Im Moor!«, antwortete Paul.

»Ah, im Moor, sehr gut! Und wie ist die Lage? Hast du nasse Füße?«

»Ja, wie immer.«

»Ich habe dir schon tausendmal gesagt, dass man im Moor Gummistiefel anziehen muss.«

»Ich habe aber keine mehr, ich lebe in Berlin, in der Hauptstadt!«, betonte Paul, derweil Nullkück schon einen seiner Gummistiefel ausgezogen hatte und ihm lächelnd hinhielt.

»Ist der Chicoree angekommen?«, fragte sie.

»Nein, der liegt jetzt schön rum auf der Post in Berlin, ich bin ja nun im Moor!«, antwortete Paul.

»Nicht so schlimm. Ich habe noch extra Luftlöcher in den Karton gemacht, dann kann der Salat atmen.«

»Fantastische Idee!«, sagte Paul.

»Ja«, sagte sie. »Als Erstes kaufst du dir jetzt ordentliche Gummistiefel, ohne Gummistiefel kannst du das Haus nicht retten! Hast du Brüning angerufen?«

»Der ist zu Tisch!«, entgegnete Paul.

»Mein Gott, es geht um die Geschichte der Künstlerkolonie! Da sitzt man nicht zu Tisch!«, meinte seine Mutter.

»Okay, ich rufe nach der Mittagsruhe noch mal an, so schnell versinken das Haus und die Künstlerkolonie, glaube ich, nicht«, sagte er, wissend, dass seine Mutter das Wort »Mittagsruhe« mindestens so hasste wie das Zu-Tisch-Sitzen der Norddeutschen, was die Kückfrauen und die Frauen der benachbarten Bauern schon immer veranlasst hatte, bereits um zehn Uhr morgens mit dem Kartoffelschälen zu beginnen, weil um zwölf »Mahltiet« war und der gesamte Teufelsmoordamm zu Tisch zu sitzen hatte.

»Wie geht es Großvaters Männern?«, fragte sie.

»Gut«, sagte Paul.

»Und deiner Großmutter?«

»Nullkück hat sie an der alten Eiche festgebunden«, erklärte Paul. »Die anderen auch, die stehen alle im Kreis. Sieht aus wie beim Kettenkarussell. Die fliegen aber nicht, sondern stecken bis zu den Knien im Moor.«

»Aha, da hat sich Nullkück wieder was ausgedacht«, kommentierte seine Mutter.

»Das Schild bei Jahns gibt's immer noch, ganz verwittert und moosbewachsen: *Der Bildhauer*«, berichtete Paul. »Ich dachte, der lebt schon lange nicht mehr?«

»Sein Enkelsohn, der Malte, ist auch Bildhauer geworden, wie sein Großvater, Künstler«, bemerkte Pauls Mutter.

»Soll das jetzt ein Vorwurf sein? Mir ist doch Malte total egal!«, seine Mutter musste das Wort »Künstler« nur in den Mund nehmen, schon fühlte sich Paul angegriffen.

»Was unser Haus betrifft, da hat dein Großvater immer am Eichenschrank gemessen, der ist das Schwerste, das Wichtigste, wichtiger noch als der Kachelofen!«, erklärte sie. »Wurde auch eine mögliche Absenkung des Eichenschranks überprüft?«

Sie hatte aus Lanzarote so laut »Eichenschrank« betont, dass auch Nullkück mit Nachdruck »Eichenschrank« wiederholte und Paul seinen rechten Schuh noch tiefer in den Schlamm presste vor Wut darüber, dass er wieder der Herrschaft seiner Mutter verfallen war.

»Gerade du bist mit dem Eichenschrank sehr verbunden, das wirst du ja wohl noch wissen«, sprach sie weiter. »Wenn sich der Eichenschrank absenkt, dann senkt sich früher oder später alles ab! Und nimm das Geld für Brüning erst mal aus meiner Lebensversicherung, die ich dir übertragen habe. Wir machen halbe-halbe. Du nimmst einen Teil aus der Versicherung, den Rest schieß ich zu. Dass die in Worpswede aber auch immer noch so stur zu Tisch sitzen! Ich muss los!«

Manchmal wusste Paul nicht, ob er mit einer Karikatur telefonierte oder ob seine Mutter wirklich so war. Er konnte auch nicht die alten Geschichten, die er von Johanna kannte, mit ihrer heutigen Tonart verbinden. Die Mutter war immer etwas Überzeichnetes, vielleicht auch, weil die Reizpunkte und Wiederholungen mehr und mehr in den Vordergrund traten und der Rest der Beziehung abstarb. Paul dachte oft, man müsste dazu aufrufen, beim Übergang einer Frau zur überzeichneten Mutter ganz besonders aufzupassen. Andererseits: War Johanna nicht auch eine Mutter, nach der sich Söhne sehnten, deren Mütter Plätzchen backten, ihre Wehwehchen aufzählten und stundenlang Fernsehen guckten oder Linienbus fuhren?

Pauls Mutter ließ sich von niemandem irgendeine »Fremdenergie aufdrücken«. Fernsehen und Linienbusse lehnte sie ab, Krankheiten ebenfalls, Plätzchen sowieso, Männer mittlerweile wohl auch. Sie lebte einfach ihr seltsam schönes Leben in ihren kreativen und psychologischen Kursen auf Lanzarote und liebte Salat, Gummistiefel und Lebenstipps für Söhne und Seminarteilnehmer.

Warum sollte er weiter differenzieren, sagte sich Paul. Wie sollte er differenzieren bei einer Mutter, die auf Lanzarote ein »Bewusstseinsstudio« leitete und ständig wie eine Westalliierte Salatköpfe über den Atlantik zu ihrem Sohn in die »vitaminlose Großstadt« schickte? Genau so war es und das bestimmt noch sehr lange. Paul war sich sicher, dass seine Mutter 120 Jahre alt werden würde und er noch genug Zeit hätte, irgendwann einmal nicht ans Telefon zu gehen. Er war jetzt 35 Jahre alt, in noch einmal fünfundvierzig Jahren, zu seinem 80. Geburtstag, da würde er einfach mal nicht rangehen, wenn seine topfitte, immer noch Kurven schneidende und in alles hineinrasende Mutter anrief mit irgendeinem neuen Supertarif.

Paul und Nullkück standen vor dem gewaltigen Eichenschrank im linken Flügel des Hauses. Die Dielen waren um den Schrank herum abgesunken und die Fußleisten hingen an der Wand und hatten keinen Kontakt mehr mit dem Boden. Um den Schrank aufzumachen sowie den Schlüssel umzudrehen, musste sich Paul leicht bücken und nicht wie früher springen, wenn er in dem Schrank die versteckte Schokolade vermutete.

Paul war in diesem Schrank zur Welt gekommen. Er war eine, wie seine Mutter überall zu sagen pflegte, SCHRANKGEBURT VON 68. Paul kam dieser Ausdruck immer etwas programmatisch vor und er hatte das Gefühl, dass er als SCHRANKGEBURT VON 68 jemand war, der schon bei seiner Geburt aus der Gesellschaft hätte aussteigen sollen. Andere Kinder wurden in kreisstädtischen Krankenhäusern in Osterholz-Scharmbeck oder Lilienthal geboren und wenn nicht, so wenigstens zu Hause in einem herkömmlichen Bett – Paul in einem Schrank.

Seine Mutter hatte immer behauptet, dass das Liegen nur eine Erfindung der modernen Zeit sei und sich in viel höheren Kulturen aufrechte und archaische Gebärhaltungen finden ließen, die auf die Schwerkraft der Erde setzten. Und so habe sie, umgeben von tausend Jahre alter Eiche, mit den Armen über der Kleiderstange gehangen, ihr Beckenboden sei dabei frei geblieben – was Paul eigentlich nie so genau hatte wissen wollen – und bei kurzer Pressphase plus Schwerkraft wäre Paul dann fast auf den Schrankboden gefallen, wenn ihn Ulrich Wendland nicht aufgefangen hätte.

4
Ohlrogge im Don-Camillo-Club (I)

Peter Ohlrogge ging nur ins Bordell, wenn es in Worpswede regnete. Er legte dann den Regenüberhang an mit riesiger Kapuze, stieg auf sein Fahrrad und fuhr von Viehland, das hinter der Ortsgrenze Worpswedes lag, zum Weyerberg. Dort schloss er sein Fahrrad an einen Baum, nahm vorsichtshalber auch die Luftpumpe aus der Halterung und lief in seiner dunkelgrünen Regenausstattung, in der er aussah wie ein großer Frosch, die andere Seite des Weyerbergs hinunter bis zum Bordell, das sich gleich hinter dem Barkenhoff befand. Früher war dort die Hofstelle einer versoffenen Bauernwitwe gewesen, doch dann kam Heinrich Vogeler, Ohlrogges großes Vorbild, und baute aus den Kuh- und Schweineställen eine anmutige Villa mit weiß strahlender Freitreppe und einer herrschaftlichen Terrasse sowie dem Dichter Rilke als Dauergast im Giebel.

Es regnete also wieder in Strömen in Worpswede und Ohlrogge hatte es auch diesmal als ein göttliches Zeichen gedeutet, den Abend bei den Huren zu verbringen. Er lief mit seinem Froschanzug den Osthang des Weyerbergs hinunter, bemerkte, wie im Barkenhoff Lichter brannten, und näherte sich mit leisen Schritten. Er sah durch das Fenster einem jungen Künstler zu, der konzentriert über seiner Arbeit saß im weißen Hemd, dabei hörte er eine russische Musik, die immer schneller und lebendiger wurde.

Wie oft war Ohlrogge früher durch den Barkenhoff gelaufen, hatte wie die berühmten Künstler auf der Terrasse gesessen und gedacht, er könne ein neuer Heinrich Vogeler werden, Großkünstler, erfolgreicher Utopist, Märchenkönig, ein Idealmensch. Und sah er nicht auch ein bisschen so aus wie dieser Vogeler: das feine, blasse Gesicht, die spitze Nase, der schmale, leicht traurige Mund, die fernblickenden Augen? Was hatte sich Ohlrogge nicht alles erträumt: Arbeit, Erfüllung, Ruhm, die Welt verändern, Anführer der neuen Generation, dazu eine junge Frau, mit der er auf einer hellen, herrschaftlichen Terrasse sitzen konnte, die doch für sein Leben vorgesehen war!

Ohlrogge drückte die Klingel des Don-Camillo-Clubs.

Martha, die Barfrau des Hauses, öffnete die Tür. Sie nahm Ohlrogge die Luftpumpe ab, zog ihm den Regenschutz über den Kopf und hängte den Umhang zum Abtropfen an einem Bügel draußen unter die Rinne des Daches. Danach holte sie ein Handtuch aus der Toilette gleich neben der Eingangstür und rubbelte über Ohlrogges grau gelocktes Haar, das an manchen Stellen trotz Kapuze vom Regen nass geworden war.

»Na, dann komm mal rein. Heute sind wieder die Parkinsons da«, sagte sie.

»Was, jetzt schon?«, fragte Ohlrogge erstaunt, der Club hatte um acht Uhr aufgemacht und jetzt war es erst fünf nach acht.

Die Parkinsons besuchten den Club meist als Gruppe. Manchmal zu zehnt und sie buchten dann sofort die gesamte Belegschaft, ohne überhaupt ein Vorgespräch zu führen. Die Parkinsons kamen aus der Neurologischen Klinik in Osterholz, die ihren Patienten einen Wirkstoff verabreichte, der im Gehirn der Kranken einen bestimmten Botenstoff produzierte und den Tremor, das Zittern, die Steifheit und die Verlangsamung der Bewegungen bekämpfte. Das Teuflische war, dass der Wirkstoff zwar dem Morbus Parkinson entgegenwirkte und problemlos den Schutzwall, den das Gehirn umgab, durchdringen konnte, aber extreme Nebenwirkungen hatte: exzesshafte Süchte, Spielsucht, Kaufsucht, vor allem verstärkte Sucht nach erotischer Spannung und Sex. Ohlrogge war einmal an der Bar mit einem Kranken ins Gespräch gekommen, der nach der ersten Therapie die Sucht nicht mehr zu zügeln imstande gewesen war und seine Frau verloren hatte. Er hatte nach immer neueren Spannungen gesucht, erst im Bekanntenkreis, dann bei Unbekannten auf der Straße und auf Schulhöfen. Am Ende war er Gast in allen Bordellen und Sexshops in Niedersachsen gewesen. Andere, leichtere Mittel oder alternative synthetische Präparate aus Tollkirsche, Bilsenkraut, Schöllkraut, Eisen, Zinn oder Blei hatten nichts genutzt, sie schlugen auch nicht bei der Osterholzer Gruppe an. Am Ende blieb nur die Wahl zwischen einer Beweglichkeit mit jener Sucht, die einen so einsam machte, oder einer zitternden Unbeweglichkeit und Lähmung mit wachen, gesünderen Sinnen.

Ohlrogge saß an der Bar und wartete auf Frauen aus Osteuropa oder Lateinamerika. Er griff in seine Tasche und bestellte bei Martha heißes Wasser, Ohlrogge trank fast nur Fencheltee, um seinen häufigen Verstopfungen vorzubeugen. In der Regel nahm er sich ein paar Beutel mit, er steckte sie ins Jackett unter dem Regenüberhang und gelegentlich verstaute er dort auch gedörrte Früchte wie Aprikosen, Pflaumen oder Feigen, wenn er sich vornahm, den ganzen Abend bis in die Nacht im Don-Camillo-Club zu bleiben.

Es war schon kurz vor neun. Martha drückte auf der Fernbedienung herum, um den Porno anzustellen, der, wenn alles funktionierte, auf einem winzigen, über der Bar hängenden Bildschirm lief: Eine Frau kommt zu einem Mann zum Putzen und putzt ein bisschen und dann nicht mehr. Dieser Film lief jeden Abend, wenn die Technik mitspielte. Ohlrogge tunkte seinen Beutel in die Tasse und wartete darauf, dass die Parkinsons zum Ende kamen, dabei versank er in seinen eigenen Krankheiten: Vergangenheiten. Gab es Menschen, die an Vergangenheiten hingen wie an Nadeln?

Sommer 1967, gleich nachdem er verlassen wurde
(Das Duell)

Er kommt einfach uneingeladen zu einem von Paul Kücks Gartenfesten und bringt seine zwei Vorderladerpistolen mit, Modell Napoleon Le Page, eine für Rechts-, eine für Linksschützen, 45er, Präzisionsrundkugeln, mit schwarzem Transportkoffer.

Die letzte Duellforderung hatte es in Worpswede 1895 gegeben, als der junge Maler Otto Ubbelohde mit einer Kohlezeichnung Fritz Mackensen, den Gründer der Kolonie, karikierte. Mackensen hängte seine blank gebürstete bayerische Offiziersuniform in die Morgensonne und errichtete schon den Schießstand am Weyerberg, als das Duell vom Offiziersehrengericht in Bremen untersagt wurde, wo Mackensen die Genehmigung beantragt hatte.

Er selbst, Peter Ohlrogge, hat im Sommer 1967 auch keine Genehmigung, woher auch? Er steht im Moorgarten der Kücks und sieht den neuen Freund, der neben Johanna an der Gartentafel sitzt und wie selbstverständlich einen Arm um sie legt. Einmal fährt er mit der Hand durch ihr Haar, zieht es sanft nach hinten, um sich über ihr Gesicht zu beugen und den leicht geöffneten Mund zu küssen, dabei legt er die andere Hand auf ihren Schoß. Es ist die rechte Hand, er wird mit rechts schießen, denkt Ohlrogge und geht mit pochendem Herz, das rast, das schreit, das dieses Bild nie wieder wird loslassen können, auf die Tafel zu. Er öffnet den kleinen Transportkoffer. Er greift in die samtschwarze Vertiefung, um die von seinem Vater gepflegten Waffen herauszuholen, ein Erbstück, mit dem er bisher nie etwas anfangen konnte. Zuerst die Pistole für Rechtsschützen, dann die andere für Linksschützen. Bei beiden wird die Treibladung über Hütchen gezündet, indem ein Schlaghahn auf einen sogenannten Piston trifft, der entweder rechts oder links vom Lauf angebracht ist. Er drückt dem neuen Freund von Johanna die Pistole für rechts in die Hand. Er selbst wird mit links schießen, er ist Linkshänder wie alle Menschen, die er verehrt, er hat das nachgeprüft: Muhammad Ali, Mozart, Bob Dylan, Rachmaninow, Caspar David Friedrich, die Jungfrau von Orléans, Picasso.

Er stellt sich im Moorgarten im Abstand von 25 Fuß auf, die er vor Herzrasen mehr taumelnd zurücklegt und die er der Beschreibung eines Duells im alten Stil zwischen dem russischen Dichter Puschkin und einem französischen Gardeoffizier entnommen hat.

Einige Gäste aus Bremen, die ihn, Peter Ohlrogge, nicht kennen, unterbrechen ihre Gespräche und erwarten ein Happening, das öfter auf Künstlerfesten in Worpswede praktiziert wird. Andere, die ihn sehr wohl kennen und wissen, dass Johanna frisch verliebt ist – sie stehen halb erstarrt, halb gerührt da in einem Moment großer Gefühle, in dem sich doch eine Frau besinnen und zu ihrer alten Liebe zurückkehren müsste.

»Schieß!«, ruft er dem anderen Mann zu, greift noch einmal am Griff nach, der nicht fest genug in seiner feuchten Hand liegt. »Schieß doch!«, schreit er.

Die Happening-Zuschauer aus Bremen spenden aufmunternden Applaus, doch der neue Freund schaut nur irritiert Johanna an.

»Bei Ihnen empfängt das Piston den Schlaghahn links, damit Sie mit rechts schießen können!«, ruft Ohlrogge.

»Ist das eine Aktion? Wer ist das?«, fragt der andere blass.

»Mein Exfreund«, sagt Johanna und starrt ihre frühere Liebe an, die nun ankündigt, bis drei zu zählen und dann selbst zu schießen.

Statt sich mit einer Napoleon-Le-Page-Pistole vertraut zu machen, fragt der Neue, warum ihm Johanna nichts von einem Exfreund erzählt hat. »Welcher Exfreund?«, erkundigt er sich.

Ohlrogge ist schon bei drei angekommen, als ihm deutlich wird, dass der andere Mann nicht einmal weiß, wer er ist! Und dass es Johannas alte Liebe nicht einmal mehr gegeben hat! Zudem wird ihm deutlich, dass der andere auf die Forderung zu schießen, nicht reagiert, im Gegenteil: Er holt sogar aufreizend ruhig bei Johanna Erkundigungen ein, so als rechne er nicht im Geringsten damit, gleich tot zu sein. Ohlrogge hebt seine Pistole und zielt.

Dann fällt ein Schuss. Erst dieses Klacken, das Wegschlagen seines Arms, dann der Knall in den Ohren. Er sieht noch, wie Paul Kück langsam die Flinte senkt, danach: das Blut, das Loch, der jetzt einsetzende reißende Schmerz, die Atemnot.

Ohlrogge verlässt den Garten und die Gesellschaft. Die Blutspur, die er zieht, verfolgt die Polizei bis in sein winziges Haus hinter dem Ortsrand.

5
Muttertelefonat Nr. 2 (Der Künstler des Jahrhunderts)

Zum Abendbrot hatte es Buchweizenpfannkuchen gegeben und Nullkück spülte die Heinrich-Vogeler-Teller, als das Handy klingelte.

»Stell dir vor, was gerade passiert ist!«, rief Pauls Mutter.

»Der Kreisel! Bist du verunglückt?«, fragte Paul.

»Nein, ich war gerade beim Briefkasten. Etwas Wundervolles!«

»Was denn?«

»Rate!« Sie war völlig aufgedreht.

»Der amerikanische Präsident hat sich für dein Seminar angemeldet?«

»Besser!«

»Keine Ahnung.«

»Den ganzen Tag schon lag der Brief im Kasten! Hätte ich das gewusst! Heute Morgen war mir nicht nach Post und nun das! Ich werde die Nacht nicht schlafen können vor Freude! Freu du dich auch!«

»Worüber denn?«, Paul war schon wieder völlig angespannt, »Nun sag doch einfach, worüber?«

»Unser Vater, dein Großvater, ist KDJ!«, schrie seine Mutter, sodass auch Nullkück beim Spülen der Vogeler-Teller kerzengerade dastand und auf das Handy starrte, Paul hielt es erst einmal von seinem Ohr weg.

»Was ist das?«, fragte er nach einer kleinen Pause, es klang irgendwie nicht gut.

»Was das ist?«, antwortete sie völlig außer sich. »Das ist

eine der bedeutendsten Ehrungen, die man bekommen kann! Dein Großvater wird von der Künstlerkolonie Worpswede zum KÜNSTLER DES JAHRHUNDERTS ausgerufen, ich halte die Mitteilung gerade in der Hand!«

»Nichts gegen Opa«, sagte Paul vorsichtig, »aber muss man nicht erst mal die ganzen anderen ausrufen, Paula Modersohn-Becker oder Heinrich Vo...«

»Die waren doch schon!«, unterbrach sie ihn, »Opa ist der Siebte, der ausgerufen wird! Ich lese dir vor, was die geschrieben haben:

Sehr geehrte Frau Johanna Kück,
für den kommenden Kunst-Sommer hat die Gemeide
Worpswede zum siebten Mal den KÜNSTLER DES
JAHRHUNDERTS (KDJ) ermittelt. Nach nur kurzen
Beratungen unseres sachkundigen Gremiums steht es nun
fest – und so Ehre, wem Ehre gebührt, heißt es bei Goethe,
liebe, verehrte Frau Kück – ...

Etwas geschwollen«, kommentierte sie, »aber jetzt kommt's:

Wir teilen Ihnen mit, dass Ihr Vater zum diesjährigen KDJ
ernannt worden ist. Er steht nun in einer Reihe mit
Mackensen – Modersohn-Becker – Otto Modersohn –
Vogeler – Hans am Ende – Rilke.

Hast du das gehört? *In einer Reihe*!« Sie freute sich wie ein Kind. Sie las weiter:

Die Öffentlichkeit wird bereits in den nächsten Tagen informiert und für den Sommer ist in der Großen Kunstschau eine Sonderausstellung mit den Werken Ihres Vaters geplant.

»Sonderausstellung!«, wiederholte sie. »Hast du gehört? Bei Graf Ferdinand von Schulenburg muss man Leihgaben anfragen. Den August Bebel aus Osterholz holen. Findorff am besten in Kopie aus Gnarrenburg, man kann ja in Worpswede nicht das Wahrzeichen abmontieren! Die Bauern von Tarmstedt müssten auch her, eine Kopie steht in Kirchtimke, wenn ich mich recht entsinne. Aus Bremen der Roselius und Gorch Fock aus Finkenwerder. Am besten überall anfragen!«

»Wer soll denn da anfragen?«, Paul wusste nicht, wie seine Mutter sich das vorstellte.

»Ich denke, dass am besten direkt du anfragst, als Kück, vielleicht in Absprache mit den Veranstaltern! Theodor Storm holst du aus Husum ... *Der Nebel drückt die Dächer schwer / Und durch die Stille braust das Meer* ... Das habe ich dir immer rezitiert, weißt du noch? Das hast du so gerne gemocht. *Über der Heide hallt mein Schritt, dumpf aus der Erde wandert es mit* ... Wo, Paul, war noch mal Karl der Große? Wir sollten eigentlich auch die Erben von Willy Brandt anfragen, schließlich muss bei denen der Originalguss stehen, vom großen Sozialdemokraten brauchen wir das Original!«, wirbelte seine Mutter und las weiter:

> Wir bitten auch Sie, verehrte Frau Kück, Kunstwerke, die noch in Ihrem Privatbesitz in Worpswede sind, zur Verfügung zu stellen.

»Sag mal, was hast du gesagt? Die stecken alle bis zu den Knien im Moor?«, fragte sie zwischendurch.

»Ja, aber ich habe auch gesagt, dass Nullkück sie an der alten Eiche festgebunden hat. So gehen sie nicht unter«, antwortete Paul.

»Also, eins muss klar sein. Wenn dein Großvater jetzt KDJ

wird, dann müssen die Kunstwerke aus dem Moor raus. Wer steht da noch gleich?«

»Die, die da immer standen«, sagte Paul, ganz erschöpft vom Wirbel seiner Mutter.

»Ringo Starr auch? Und Rilke?«

»Ja. Rilke sieht aus wie eine Ziege. Wie kürzen die das ab?«

»KDJ. Das ist die Fachabkürzung. Man sagt ja auch BRD!«

»Wer hat den Brief geschrieben?«, fragte Paul.

»Die Tourismus- und Kulturmarketing GmbH!« Sie las weiter:

Wir haben bereits veranlasst, in den nächsten Wochen Mitarbeiter zum Abholen der Werke in den Teufelsmoordamm 5 zu entsenden, falls dies möglich ist.

»Paul, ich benachrichtige die GmbH, dass es möglich ist, und du sorgst am besten mit Nullkück und Brüning dafür, dass alles zum Abholen bereitgestellt wird! Ich schreibe zudem die Erben von Willy Brandt an und frage nach dem Originalguss. Mensch, Junge, was da alles auf uns zukommt: das Haus neu gründen und KÜNSTLER DES JAHRHUNDERTS!«

»Bist du sicher … ?«, unterbrach Paul, er war aufgestanden und lief durch das Haus. »Ich meine, Ulrich schien doch immer etwas, wie soll ich sagen, skeptisch, ob Willy Brandt hier wirklich bei Opa im Garten war, um eine Skulptur zu bestellen …« Er wollte seine Mutter nicht bremsen, er hatte nur keine Lust, sich am Ende auch noch um den Originalguss vom großen Sozialdemokraten zu kümmern, darauf würde es ja hinauslaufen, ihm reichte das ganze andere schon.

»Die Brandt-Witwe soll total kompliziert sein«, fügte er hinzu.

»Sei doch nicht wieder so negativ!«, sagte sie.

»Bin ich nicht!«, erklärte Paul. »Die sind nur alle wahnsinnig schwer! Es ist nicht so einfach, die Bauern aus Tarmstedt zu holen oder Theodor Storm aus Husum. Außerdem muss ich mich ja auch um meine Galerie in Berlin kümmern, ich hatte eigentlich nicht vor, hier Wochen zu bleiben«, er lockerte wieder den Knoten der Krawatte.

»Ich sehe das auch wie eine schöne Fügung«, befand seine Mutter. »Kaum entscheiden wir uns, unser Haus auf neue Füße zu stellen, schon kommt so eine wundervolle Nachricht. Wenn Husum nicht geht, dann holst du einfach den Bebel aus Osterholz und den Findorff aus Gnarrenburg und erkundigst dich beim Focke-Museum nach der großen Giftmörderin Gesche Gottfried, diese Idee kommt mir gerade, die bringt in die Ausstellung noch mal eine andere Farbe hinein, das war damals Großvaters Skandalskulptur, er hat auch nie auf den Spuckstein in Bremen gespuckt, irgendetwas hatte er mit dieser Gesche.« Sie las den Rest des Briefes:

Zum Festakt am 25. Juli laden wir Sie, sehr geehrte Frau Kück, schon jetzt herzlich ein, in der Hoffnung, dass Sie Ihrer alten Künstlerkolonie wieder einmal die Ehre erweisen.

»Ich dachte, man hätte meinen Vater schon vergessen. Und jetzt das, nach all den Jahren«, ihre Stimme wurde weich und leise vor Rührung. »Wenn von Großvater wieder etwas verkauft wird, dann bekommst du das Geld. Ich umarme dich.«

Sie sprach noch vom Heimatmuseum, das nun bald aus

dem Haus werden könnte, und bat ihren Sohn, sofort anzurufen, wenn über ihren Vater etwas in der Zeitung stünde, danach legte sie auf.

Paul starrte auf seinen Geburtsschrank von 68 und die leere Kleiderstange. Sie war ursprünglich eine Vorderachse gewesen, sein Großvater hatte sie angeblich einem Militärfahrzeug der englischen Truppen entnommen, das im Moor stecken geblieben war. In der Ecke des absackenden Schrankbodens hing ein Spinnennetz. Es roch nach Feuchtigkeit, nach Moder, nach Untergang. Paul wurde schwindelig. Die meisten Menschen kehrten nie an die Stelle ihrer Geburt zurück, aber wenn man plötzlich genau davorstand und sich vorstellte, dass gleich die Ratten kamen?

Nullkück hatte ein feines Gespür für die Gedanken anderer Menschen. Er begab sich mit einem Eimer Wasser und Feudel in den Schrank und wischte den Boden. Irgendwann hing er an der alten Achse wie Pauls Mutter und feudelte dabei mit den Füßen die unteren Seitenwände.

6
Ohlrogge im Don-Camillo-Club (II)

Peter Ohlrogge saß an der Bar und wartete darauf, dass die Parkinsons endlich die Zimmer des Don-Camillo-Clubs räumten, damit wenigstens eine der Huren wieder frei werden würde.

»Mensch, Martha, das kann doch nicht angehen! Vielleicht schaust du mal nach?«, fragte er und legte seinen Finger auf die Uhr, es war schon zehn nach elf.

»Ich kann nichts machen«, antwortete Martha und drückte auf der Fernbedienung vom Videorecorder herum. »Wenn sie zahlen, dürfen sie so lange, wie sie wollen. Aber irgendwann können die auch nicht mehr. Noch heißes Wasser?«

»Ja, aber vielleicht müsste man mal die Klinik in Osterholz verständigen. Es könnte ja sein, dass das unter rein medizinischen Gesichtspunkten ...«

»Wir sind ein diskreter Club«, unterbrach sie ihn, »wir rufen auch nicht in der Malschule an und sagen, wer hier rumsitzt«, sie hatte Ohlrogge irgendwann einmal in den Wiesen beim Fluss gesehen, wie er einer Gruppe Malunterricht gab, Landschaftsaquarelle.

»Schon gut, Martha. Ich hätte nur gern auch mal irgendwann eine Frau hier neben meinem Hocker«, Ohlrogge drückte jetzt ebenfalls auf der Fernbedienung für den Porno herum, aber es flimmerte nur. Einmal sah er ganz kurz die Brust von der Frau, die eigentlich zum Putzen gekommen war, dann war sie weg.

»Man könnte ja mal grundsätzlich einen anderen Film

besorgen. Hier läuft, wenn das Mistding funktioniert, immer nur diese Putznummer. Es gibt bestimmt auch sehr fantasievolle Streifen«, sagte Ohlrogge.

Er aß eine seiner Feigen, tunkte einen weiteren Beutel mit Fencheltee in die Tasse und versenkte sich wieder in seine Vergangenheiten.

Spätsommer 1967, Güllefahrt (Zweiter Amoklauf)

Er kann den angeschossenen Arm noch nicht richtig strecken, als ihn Frau Schröter, die Galeristin, anruft, ob er wieder malen könne. Das mit der Hochzeit fällt nur nebenbei. Frau Schröter ist schon auf dem Sprung, vormittags war Standesamt, am Nachmittag nun das große Hochzeitsfest. Sie hatte nicht gesagt, auf welche Hochzeit sie gehen würde, aber die Pause, die sie plötzlich macht, die Unbedachtheit, die ihr wohl gerade selbst deutlich wird – sie durchfährt ihn wie ein Blitz. Das Herz beginnt zu rasen, zu schreien, dazu die Taumelgefühle.

Er muss gar nicht lange mit sich ringen. Bereits seit Tagen ärgert ihn der Güllegeruch der Bauern, die ihre Wiesen in Viehland von morgens bis abends düngen. Wie in Trance läuft er zum Wellbrock-Hof, der schon zu Abendbrot sitzt. Er besteigt den Traktor mit Güllefass, ein richtiger Schleudertankwagen mit eingebauter Pumpvorrichtung zum Abspritzen der Gülle wie bei der manuellen Strahl- oder Tragkraftspritze der Feuerwehr.

Er fährt nach Worpswede, biegt in den Teufelsmoordamm ein und stoppt erst, als er direkt in Kücks Moorgarten steht.

Das Hochzeitsfest von Johanna ist in vollem Gange und Wellbrocks Gülle ein Gemisch aus Urin, Kot, Einstreu und wenig Wasser, man nennt so etwas hier Schwemmmist oder Dickgülle. Er zieht den Schlauch sofort aus dem Schleudertankwagen, er hatte es oft genug beobachtet, wenn er in seinem kleinen Haus saß und den Bauern stundenlang zusah, wie sie ihre Wiesen güllten.

Es gibt nun zwei Möglichkeiten: Beim Schleudertankwagen wird die Ausbringung der Gülle durch ein Schaufelrad im Tank so beschleunigt, dass sie mit Überdruck gegen einen Prallkopf geleitet wird, der wie ein automatisches Verteilgerät funktioniert und die Gülle mit einer Arbeitsbreite von 25 Metern grobtropfig verteilt. Ohlrogge entscheidet sich jedoch zunächst für die manuelle Vorrichtung und die externe Pumpe, die das Güllegemisch in einen Schlauch mit Strahlspritze leitet, womit es einfacher wird, punktuell zu arbeiten.

Es ist wie bei dieser Duellsituation ein paar Wochen zuvor: Hinten im Garten, vor der Luther-Skulptur, steht Johannas Vater, der ihn mit starren Augen fixiert, so als wolle er ihn noch im letzten Moment mit seinem Blick abschießen, denn die Flinte hat er diesmal nicht parat.

Ohlrogge richtet die Güllespritze direkt auf den Vater und die Hochzeitsgesellschaft: auf Johanna, die Braut, auf Ulrich Wendland, den Bräutigam, auch mit so einer angepassten Pilzkopffrisur, auf die komplette Verwandtschaft und halb Worpswede inklusive Frau Schröter und der historischen Skulpturen von Bismarck bis Rilke, Ringo Starr und Schliemann. Er steht der ganzen Gesellschaft vielleicht zehn Sekunden bewegungslos gegenüber wie in dieser Szene aus »Spiel mir das Lied vom Tod« mit Henry Fonda und Charles Bronson, nur die Mundharmonika fehlt. Dann öffnet er alle Ventile und spritzt, diesmal beidhändig, 2.000 Liter in zwei Minuten bei einem Druck von acht Pascal. Danach stellt er noch um auf das automatische Prallkopf-

Verteilgerät und verlässt die Hochzeit zu Fuß, während die restlichen 500 Liter aus dem Tank in einer Arbeitsbreite von 25 Metern grobtropfig verteilt werden.

Es wird Herbst (Über Eifersucht, Demütigung, Krankwerden)

Zwei Monate nach der Trennung und zehn Tage nach der Aktion mit der Gülle bekommt Ohlrogge Post. Er könne seine Bilder in der Galerie abholen, das Programm habe sich geändert, man müsse sich jetzt NEUEREN ZEITGEISTSTRÖMUNGEN zuwenden. Normalerweise hätte man einem Künstler mit so einer irren Gülle-Aktion sofort alle Türen geöffnet und in ihm die absolut neuesten Strömungen vermutet, aber in Worpswede wenden sich alle ab. Zudem kommen die ersten Anzeigen wegen Diebstahls landwirtschaftlicher Fahrzeuge, Vandalismus, Beschädigung und Verunreinigung fremden Eigentums, Verstoß gegen die Düngeverordnung, diverse Schadensersatzforderungen, ebenso vom Hof Wellbrock, Ohlrogge hat gar nicht geahnt, was Scheiße, wenn sie juristisch wird, plötzlich kostet. Drei Wochen später, als er durch das Dorf läuft, sieht er das Plakat der neuen Ausstellung bei Schröter: »Hasenmenschen im Zeitalter der Angst«.

Er fährt nach Hause, wartet auf Regen und zieht seine dunkelgrüne Schutzkleidung mit der riesigen Kapuze an. Er fährt nach Worpswede zurück und läuft an Frau Schröter vorbei wie ein Frosch in die Ausstellung.

Da ist er also, der gefeierte Künstler, der mit seinen angreifenden Lockenwicklern, den schlagenden Kochlöffeln und blöden Pürierstäben die neueren Strömungen bedient, lustig die Welt anklagt, sich aber höchst diplomatisch durch die Künstlerkolonie bewegt. Er zieht nicht nur in die große Villa der Kücks, schläft ungestört mit der Tochter des Hauses, schwängert sie sofort, heiratet sie sogar, sondern er bekommt jetzt auch noch für seine Hasenmenschen die Wände leergeräumt, wo eben noch die zeitlosen Himmelbilder von Peter Ohlrogge hingen!

Im Eingangsbereich hängt neben einem kurzen Grußwort von Horst Janssen die Ausstellungskritik der Hamme-Nachrichten:

> Man fühlt sich unweigerlich an Goya erinnert, an die »Los Caprichos« des spanischen Malers, an das Bild »Der Schlaf der Vernunft gebiert Ungeheuer« und auch Ulrich Wendland zeichnet, was ihn verstört, was ihn ängstigt, was er tagträumerisch sieht. Wendland ist der neue Goya unserer Zeit, der auch in künstlerischer Verbindung zu dem Star-Zeichner Horst Janssen ...

Ohlrogge liest nicht weiter, er reißt vor Hitze fast seine Froschverkleidung herunter. Was für eine Anmaßung, Wendland mit Goya zu vergleichen, denkt er, was für ein widerlicher Superlativ! »Man fühlt sich unweigerlich an Goya erinnert«, wer ist denn »man«? Alle?! Müssen sich jetzt alle unweigerlich an »Der Schlaf der Vernunft gebiert Ungeheuer« erinnert fühlen oder geht es auch eine Nummer kleiner?! Und muss man da auch noch Horst Janssen oben draufpacken!? Ohlrogge ist kurz davor, Frau Schröter seine Fragen an den Kopf zu werfen.

Als sie mit einem Wendlandkunden ins Gespräch kommt, passt er den richtigen Moment ab und spuckt auf den neuen Goya der Zeit. Er spuckt aus innerer Notwendigkeit, aus Wut, Hass, Verachtung und aus Ekel vor einer maßlosen Welt, die jene, die im Licht stehen, vergöttert und die, die es auch einmal gegeben hat und die auch geliebt worden waren, vergisst, entsorgt, ja, wie ein altes Bett aus der Welt herausschiebt. Er spuckt um sein Leben.

Danach fährt er mit dem Fahrrad hinter die Ortsgrenze nach Hause und legt sich ins Bett. In den nächsten Wochen wird er immer dünner, blasser und kränker.

Er schreibt Briefe an Johanna, sendet sie in den Teufelsmoordamm 5:

Liebe Johanna!
Warum hast du mir diese Liebe eingeflößt und lässt mich dann allein? Verzeih mir, was ich tat. Keine Nacht finde ich mehr Schlaf. Keinen Strich kann ich mehr malen.

Sie antwortet nicht.

Liebe Johanna!
Wie grausam und mechanisch mir alles erscheint. Hast du nun in Herrn W. einen Menschen gefunden, der sich wie dein Vater zum Zentrum von allem macht? Die Liebe kann in keinen Wichtigkeitswettbewerb treten und das sollte sie auch nicht. Muss ich mich morgen zum neuen William Turner ausrufen lassen? Herr W. und ich, wir hätten beide schießen sollen, dann hätte etwas Höheres entschieden.

Winter 1967 (Das Trennungsjahr nimmt kein Ende)

Es geht um die Schadensersatzansprüche wegen der Amokfahrt mit dem gestohlenen 2500-Liter-Güllewagen: zerstörte und in Rechnung gestellte Festkleider, Anzüge, Hemden, Sommerhüte. Circa 100 ruinierte Heinrich-Vogeler-Stühle, Jugendstil, mit Binsen geflochten, die Armlehnen aus Eichenholz gedrechselt. Ein ungenießbar gewordenes Hochzeitsbüfett vom »Kaffee Worpswede«. Vernichtete Blumenarrangements, Dekorationen, Geschenke, Plattenarchive, Musikboxen, vom Strahl zersprengte Konditoreiwaren von »Barnstorff« sowie eine riesige Hochzeitstorte von »Knigge« aus Bremen. Zerschossene Wein-, Sekt- und Schnapsgläser sowie die Brillengläser des Pastors. Ein angeblich vom Güllestrahl weggespülter und nie mehr wieder gefundener Brustschmuck, den der Dichter Gottfried Benn einer Worpswederin geschenkt hat. Gretas uraltes Tarmstedter Familienporzellan von 1848, ein Wunder, dass nicht für den heiligen Rilketopf irgendwelche Beulen reklamiert werden.

Mittlerweile hat auch Herr W. Schmerzensgeldansprüche geltend gemacht, sowohl wegen des harten Güllestrahls, der ihn gegen eine der Bronzen im Garten geschleudert habe, als auch wegen des nicht stattgefundenen Duells. Ein »Trauma« habe der neue Goya davongetragen, mit ärztlichem Gutachten, 2.000 Mark, plus 400 Mark Anwaltsgebühren und 10 Stunden Physiotherapie mit Heilbädern.

Was alles nichts ist gegen die Gülle-Klage und die Ansprüche des Brautvaters auf eine Sonderreinigung für seine historischen Skulpturen und eine komplette Erdreinigung wegen überhöhter Nitratmengen: Aushebung der Erdoberschicht, sechshundert Kubikmeter Frischerde mit anschließender Neusaat eines Rasens, circa 2.500 Quadratmeter, sechs Wochen Arbeitslohn von drei Mann eines Meistergärtnereibetriebes. Allein diese Forderung beläuft sich schließlich auf 22.770 Mark – Ohlrogges Existenz, seine ganze Lebensenergie fließt neben den Schadensersatzansprüchen der Worpsweder vor allem in den Wiederaufbau des Kück'schen Moorgartens.

Seinen Liebesschmerz bekommt Ohlrogge nicht mehr

in den Griff. Der Schmerz ist nicht nur in die Erdschichten des Gartens eingedrungen, er schlägt sich auch in 35 Rechtsstreitereien nieder. Jede für sich profan und lächerlich, aber zusammengenommen wie ein Todesurteil für einen Mann ohne Absicherungen.

Wie kleinlich, wie unmenschlich und kalt die Menschen werden, wenn sie sich hinter juristischen Substantiven und Anwaltspapieren verschanzen und gegen seinen Schmerz Ansprüche für Sachgegenstände geltend machen. Warum fragt niemand nach der Zurechnungsfähigkeit verletzter Gefühle und Liebe?

Wie diese Geliebte von Gottfried Benn auf einem Brustschmuck herumreiten kann! Und ist sie überhaupt seine Geliebte? Dann gibt es wohl zwei, denn die eine, meint Ohlrogge sich zu erinnern, hieß Ursula und ging doch nach Berlin!

Er überlegt sogar, einen Brief an Gottfried Benn höchstpersönlich zu schreiben, ob er einmal Stellung nehmen könne, Ursula und wer noch in Worpswede? Hatten Sie mal was mit einer »Henriette K.«? – Vielleicht würde er eine Affäre mit dieser Worpswederin abstreiten und sich damit der Wert des verdammten Brustschmucks um ein Vielfaches reduzieren, aber dann kommen weitere Rechnungen und Forderungen mit schlimmen Zahlen und kalten Substantiven, sodass er von seinem Gottfried-Benn-Brief ablässt, ohne zu wissen, dass der sowieso schon längst tot ist, was man allerdings auch nicht ahnen kann, da die Klägerin so tut, als wäre sie immer noch die aktuelle Gottfried-Benn-Geliebte.

Stattdessen stellt er nun Rückfragen, um nicht alles hinzunehmen, was man von ihm fordert: Wie viel vom Büfett war schon angeschnitten oder verzehrt, als er die Ventile öffnete, und wieso werden sämtliche Torten in Rechnung gestellt? Warum wird der von ihm beantragte Mengenrabatt bei der Reinigung nicht berücksichtigt, immerhin hat er für den Großauftrag gesorgt, aber wohl schlecht die verunreinigten Textilien bei den Worpswedern einfach einsammeln und bei der Reinigung unter dem Namen Ohlrogge als Sammelauftrag selbst einreichen können. Er fragt nach beim »Getränkehandel Stelljes«, bei »Jacobs-Kaffee« in Bremen, bei der Gärtnerei der Uphoff-Söhne, ob es nicht auch günstigere frische Erde gebe; bei den Wellbrocks, wieso Gülle eigentlich so irrsinnig teuer sei; beim Landwirtschaftsamt in Osterholz, warum er bestraft werde wegen Verstoßes gegen die »Sperrfrist« in der »Gülleverordnung«, wo doch alle Bauern in Worpswede das ganze Jahr rund um die Uhr güllen. Es gibt 1967 in Worpswede 40.000 Kühe, man weiß gar nicht, wohin mit der ganzen Gülle, und leitet sie manchmal heimlich in die Hamme, in den Heimatfluss, nur jetzt, als er die Gülle verwertet, da ist sie plötzlich ein kostbares Gut.

Am schlimmsten sind die Reinigungen von der Familie des Goya-Gatten und die Sommerhüte seiner angereisten Münchnerinnen, alle natürlich textiltechnisch nicht mehr reinigungsfähig: Wiederbeschaffungswerte, Schadenskompensationen, der reinste Horror. Bei den bayerischen Sommerhüten geht es richtig rund und es scheint, als würde Herr W., der neue Ehemann, das noch befördern, ihn obendrein auch noch mit den Sommerhüten fertigmachen wollen.

Liebe Johanna!
Wellbrocks klagen jetzt auf einen neuen Schleudertankwagen! Warum tust du nichts? Wie soll ich die 22.770 Mark zahlen? Willst du mich mit deinem Vater und seinem Garten, deiner neuen Verwandtschaft und den Worpswedern

umbringen, nur weil ich mein Herz für dich nicht töten kann? Wundere dich nicht, wenn ich umso verbitterter kämpfen werde.

Sie antwortet nicht. Er hofft jedes Mal, wenn er den Briefkasten öffnet, dass Post von Johanna darinliegt. Er sehnt sich nach ihrem Wesen, ihrer Verrücktheit, ihrem Indientick, ihrer verspielten, tiefen Leidenschaft – kindlich, wie sie war, zickig, wie sie war, bedingungslos, streng, dann zart und mütterlich mit ihren klaren blauen Augen. »Meine preußische Prinzessin« hat er sie genannt. Ja, in einer preußischen Prinzessin, denkt er, liegt das ganze Glück für einen Mann.

Liebe Johanna!
Bitte frage deinen Vater, ob er in der Sache noch Spielraum sieht. Wenn jetzt noch Spezialreinigungen von vielen Skulpturen dazukommen, bricht es mir das Genick. Ich sitze mit den Kisten in einem kleinen roten Backsteinhaus hinter der Ortsgrenze, wo die Straße nach Osterholz eine Rechtskurve macht. Wir könnten hier Frieden schließen. Dein Peter.

PS: Trägst du dein Haar wieder lang?

Keine Antwort.
So!, sagt er sich, nachdem er wieder jeden Tag gewartet hat: Jetzt reicht's! Ohlrogge beschließt, seine geliebte Johanna zu hassen. Er hasst und er zahlt. Und traut sich kaum noch, sein kleines Haus zu heizen. Er gibt Malstunden und wird sämtliche Forderungen von 52.900 Mark bis 1988 abstottern können, er wird von 1968 bis 1988 mit Malstunden für untalentierte Touristen im Moor büßen. Zwanzig Jahre – und noch viel länger – wird er mit diesen Kleck-

sern und Hausfrauen in der feuchten Hamme-Niederung stehen, und die Kälte und dieses Moor werden in ihm immer höher steigen. Er wird monatlich auf seine Kontoauszüge bei der Sparkasse starren und mit jedem Monat wird der Hass in ihm wachsen.

Für eine kurze Zeit flüchtet er nach Lauenburg zu seinen Eltern, in den südlichsten Zipfel von Schleswig-Holstein. Der Vater unterhält ein Geschäft für Schuhreparaturen. Später baut er an und eröffnet ein Fachgeschäft für Gesundheitsschuhe, in dem auch die Mutter tätig wird. Ohlrogge bittet seinen Vater, ihm zu helfen, allerdings erklärt er, er bräuchte das Geld für ein neues Atelier, für eine Investition in der Künstlerkolonie. Dass sich die Ersparnisse des Vaters im Kückgarten und im Schadensersatz der Worpsweder wie Schnee auflösen werden, das kann er ihm nicht sagen.

Er sitzt in der Wohnung über dem Schuhgeschäft, zieht die weißen Tüllgardinen zu und versteckt sich vor den Blicken der Nachbarn, die gar nicht auf die Idee kommen sollen zu fragen, warum der »große Künstler« eine Zeit lang wieder bei seinen Eltern in Lauenburg lebt. Er empfindet die Menschen, die er in das Geschäft seiner Eltern gehen sieht, als so eckig und einsilbig, dass er fast Sehnsucht bekommt nach Worpswede und Viehland, gegen Lauenburg erscheint ihm das wie Italien.

Manchmal geht er aus schlechtem Gewissen nach unten in die Schusterei und hilft mit, das Schuheputzen ist das Einzige, was er kann.

»Musst du nicht ein Bild herstellen?«, fragt ihn sein Vater.

»Ich mache Urlaub«, antwortet er und sagt, dass er beim Putzen und Polieren Ruhe und Erholung finde. In Wahrheit bekommt er bei jedem Lauenburger Paar, das er aus der Ablage reparierter Schuhe nimmt, Angstzustände. Es gibt Namensschilder an den Lauenburger Schuhen, er weiß immer, welchem Kunden er gerade die Schuhe putzt. Einmal fällt ihm auf, dass er die Schuhe seiner früheren Jugendliebe Inge Wichmann in den Händen hält. Vor ihm stehen auch Kinderschuhe: Größe 23 und 34, dazu Herrenschuhe, Größe 44, alle in der Ablage unter Inge Wichmann.

Nach zwei Monaten, in denen er sich mehr und mehr hinter den weißen Gardinen seiner Eltern abtötet, kehrt er an den Rand von Worpswede zurück – einen neuen Versuch startend, das Leben wiederzufinden.

Peter Ohlrogge sprang mit einem Satz vom Barhocker des Don-Camillo-Clubs. Sylwia, eine Frau aus Polen, kam aus einem der Zimmer, auf dem sie mit zwei Parkinsons gewesen war. Sie lehnte sich an die Bar, zog ihren Lippenstift nach und sah mit leeren Augen in Ohlrogges kalt gewordenen Fencheltee.

7
Die erste Nacht nach langer Zeit

Es regnete immer stärker und Paul lag lange wach in seinem Jugendbett, das eigentlich ein Hochbett war. Es stand auf eckigen Holzpfeilern, auf die Paul als Kind bestanden hatte, weil er zwischen sich und dem Moor einen größeren Abstand haben wollte.

Gegenüber vom Bett hing das alte Bild vom Haus, »Herbststurm über deiner Moorkate (1967)«. Ein früherer Freund seiner Mutter, ein Versager, ein Kranker, ein Verrückter, wie es hieß, hatte es gemalt und ihr geschenkt. Paul hielt die kleine Bettlampe auf das Bild. Ihm war es früher nie aufgefallen, aber das Haus war plötzlich ganz klein unter einem Himmel, der wie eine unendlich große Macht über das Land hinwegeilte. Paul richtete sich auf, weil er dachte, die Wolken würden sich bewegen. Er saß da in einem alten braunen Schlafanzug von Nullkück, den dieser noch zusammen mit der frischen Bettwäsche gebügelt hatte, und starrte auf das Bild: Wie winzig, wie unbedeutend das Haus, das einmal seine Kindheit, seine Welt gewesen war – wie unbedeutend und lächerlich überhaupt das ganze kleine Leben, wenn darüber so ein Himmel stürmte! Es beruhigte ihn. Berlin, seine Projekte, sein Weg, die Karriere! – Vielleicht konnte man das alles leichter nehmen?

Er leuchtete mit der Lampe in das dunkelblaue Regal, in dem nur noch acht Bücher standen. »Serafin und die Wundermaschine«, eine Geschichte, die Paul als Kind geliebt hatte, weil sich Serafin, der Fahrkartenknipser, mit der

Wundermaschine eine Treppe in die Wolken baute, um wegzulaufen.

»Die Schneekönigin«, die einen Jungen entführte, dem ein Splitter vom bösen Zauberspiegel ins Auge geraten war, sodass er in der Königin nur das Schöne sah. Er musste in ihren hundert kalten Eissälen leben, wo sie ihn täglich küsste und sein Herz beinahe erfror. Auf der ersten Seite war eine Widmung: *Frieren. Eis werden. Weinen. Auftauen. Fließen. In die Welt gehen. Von Deinem Onkel P. H. H. (Paul Hinrich Hinrich)*

Daneben stand ein Buch über John Lennon und Yoko Ono mit den berühmten »Bed-In«-Interviews, die das Paar eine Woche lang direkt aus dem Bett in Amsterdam mit Reportern geführt hatte, angeblich für den Frieden. »Rembrandt als Erzieher« von Julius Langbehn, uraltes Buch, klang langweilig. »Die Buddenbrooks. Verfall einer Familie« in der Ausgabe des Großvaters, in die er hineingeschrieben hatte: »*Einer von uns aus dem hohen Norden!*«.

Das Buch »Unser Teufelsmoor« war mehr eine Broschüre, die auseinanderfiel, als Paul darin blätterte. Er las eine Seite über die Torf- oder Bleichmoose des Moores, die alles, was im Moor lag, gut konservierten. Danach las er eine Seite über die Moorfunde selbst, die man beim Torfstechen in Heudorf, Tiste, Wilstedt, Hüttenbusch, Breddorf und zweimal in Frankenborstel entdeckt hatte:

Nomadische Jäger und Sammler, zum Tode verurteilte oder den Göttern geopferte Germanen, die gefesselt ins Moor geworfen wurden. Sachsen, Wikinger, Schweden, kaiserliche und napoleonische Truppen, die alle ins Moor gelockt wurden und versanken. Verunglückte Torfbauern und Kinder, mit Morast gestopfte Hexen, vergewaltigte Frauen und andere, die alle in unserem Teufelsmoor herumliegen wie geräucherte Schinken.

Daneben standen die Bücher »Kartoffeln mit Stippe« von Ilse Gräfin von Bredow, Gorch Focks »Seefahrt ist not« und »Am Anfang war der Wasserstoff« von Hoimar von Ditfurth. »Die Sagen der Germanen« waren weg, stattdessen gab es jetzt das Buch »Die Funktion des Orgasmus« von Wilhelm Reich, das Paul entweder in seiner Kindheit übersehen oder seine Mutter bei einem ihrer Besuche dort hingestellt hatte.

Paul war bis in die Nacht damit beschäftigt, Spinnen zu fangen, die er in Klopapier zerdrückte und die Toilette runterspülte. Dann hörte er dem Regen zu, wie er gegen die Fensterscheiben prasselte. »Hinterm Weyerberg scheint der Mond hervor / Und der Nebel steigt aus dem Teufelsmoor«, das hatte seine Großmutter abends für ihn gesungen. Er sah auf das Handy. Keine Nachricht von Christina aus Barcelona. Er schrieb:

Liege in meinem kindheitsbett mit alten bilderbüchern.
Dein handy ist aus. Paul.

Der norddeutsche Herr Brüning (Der zweite Tag im Moor)

Am frühen Morgen des zweiten Tages wachte Paul durch eine Bodenprobe auf. Jan Brüning, Chef der Worpsweder Baufirma Karl-Ernst Brüning, stand direkt am Fenster mit einer riesigen Lanze in der Hand und sah zu, wie Paul die Augen aufschlug.

Vorhänge hatte es unter den Künstlern in Worpswede nie gegeben!, war Pauls erster Gedanke, als er in Brünings blassblaue Augen sah, an Vorhänge konnte er sich nicht erinnern, nur die Bauern und Handwerker hatten Gardinen. Man konnte überhaupt die Einwohner von Worpswede in

Menschen mit Gardinen und in Menschen ohne Gardinen unterscheiden.

»Moin«, sagte Paul und hielt sich beim Aufstehen die Decke vor den Körper.

»Moin«, sagte Brüning und lief mit der Lanze weiter den Garten ab: kugelrunder Körper im dunkelblauen Arbeitskittel, dazu eine gleichfarbige, filzartige Bauernmütze.

Mein Gott, der kommt ja mitten in der Nacht!, dachte Paul, dem ein Arbeitsbeginn um Punkt sieben bewundernswert erschien, zudem hatte er wieder das schlechte Gewissen, unredlich zu sein, lebensfern, nicht auf den Punkt. Er kannte dieses Gefühl aus Berlin, wenn Stromableser oder Handwerker im Auftrag der Hausverwaltung in aller Herrgottsfrühe vor der Tür standen und ihn in der übergeworfenen Notkleidung ansahen wie etwas Unnützes, Sonderliches, Fremdes, wie etwas aus der Herde Ausgestoßenes. Paul bekam dieses Gefühl ebenso regelmäßig bei Omnibussen, die er verpasste. Oder U-Bahnen, auf deren Türen er noch zurannte, die sich aber vor ihm schlossen mit einem Signal, und in denen er innen die Gesichter der Menschen sah mit diesen Ausdrücken vermeintlicher Feststellungen: Der ist nicht hereingekommen, der gehört nicht zu uns, er hat es nicht geschafft, er hat sich nicht im Griff, so ist sein Leben – da steht er nun.

Paul hatte sich schnell angezogen und auch die Krawatte umgebunden mit dem alten Knoten. So lief er in den Garten.

Nullkück ging bereits putzmunter neben Brüning auf und ab, überprüfte ebenfalls die Bodenverhältnisse und spannte das Seil von Luther an der alten Eiche nach.

Jan Brüning stampfte mehrmals mit seinen Gummistiefeln auf dem Grund herum, bis der ganze Moorboden wackelte. Dann runzelte er die von Wind und Wetter gerötete Stirn und schwieg.

»Ist so weit alles in Ordnung?«, fragte Paul vorsichtig in die Stille hinein.

Brüning nahm ein Stofftaschentuch aus der Hose, schnäuzte sich gründlich und stopfte das Tuch wieder zurück. Dabei ließ er seinen Blick Quadratmeter für Quadratmeter über den Garten streifen, auch schien er Nullkücks Konstruktion zu betrachten und die an der Eiche angeseilten Männer.

Er antwortete nicht. Langes Schweigen.

»Ja, ja, der alte Garten«, sagte Paul etwas hilflos und fügte nach einer weiteren Pause hinzu: »Interessanterweise hat in diesem Garten einmal der Erfinder des koffeinfreien Kaffee-HAG mit Großvater gesessen, da drüben, da war der Tisch. Meine Großmutter sagte immer: *Kaffee-HAG schont das Herz.*«

Es begann zu regnen. Nullkück spannte einen hellblauen Schirm auf und hielt ihn über Brüning, Paul und sich. So standen sie da, alle schweigend, während der Regen auf den Schirm prasselte.

»Nee, so geiht dat nich!«, brach es plötzlich aus Brüning heraus, er riss mit einem Ruck wieder sein zerknittertes Stofftaschentuch aus der Hose, um sich erneut kräftig zu schnäuzen, beide Nasenflügel mit der Hand abzureiben und danach ohne weitere Erklärungen zu schweigen.

»Hm«, bemerkte Paul. Er dachte darüber nach, wie lange es wohl dauern würde, bis auch er die norddeutsche Langsamkeit und das Schweigen in sich aufgenommen hätte. Nach einer Weile überlegte er, ob sich Brünings »Nee, so geiht dat nich!« auf den herzschonenden Kaffee oder vielleicht doch auf die vor fünf Minuten gestellte Frage bezogen hatte, ob denn so weit alles in Ordnung sei.

Nullkück machte unter dem Schirm einen kleinen Ausfallschritt und trat einen Maulwurfshügel kaputt. Meist nahm er dafür einen Wasserschlauch und schlämmte die Hügel mit einem starken Strahl ein oder er bekämpfte und vertrieb die Maulwürfe, wie der Großvater, der es nicht hatte ertragen können, wenn diese Viecher mit ihren Rüsseln den gesamten Garten neben seinen Kunstwerken auftürmten. Die Maulwürfe hoben nicht nur den Garten aus und schoben Hügel für Hügel neben die Skulpturen, sondern sie gruben sich auch unter die historischen Werke: Ganze Tunnel und unterirdische Gang- und Schachtsysteme verliefen unter Bismarck, Luther und Konsorten hindurch, was sie noch schneller im Moor versinken ließ. Nullkück wendete dagegen Holunder und Knoblauchbrühe an, die er auf die Haufen träufelte, das störte die empfindlichen Nasen der Maulwürfe. Sie hatten zudem empfindliche Ohren, sodass Nullkück Holzpfähle in die Hügel steckte und die Maulwürfe mit Klopfzeichen nervte, wenn sie nachmittags schlafen wollten, weil in der Regel nachts gegraben wurde.

»Also, sogar Willy Brandt, der große Sozialdemokrat, hat sich 1973 in diesem Garten aufgehalten«, sagte Paul, um das absolut schleppende Gespräch in Gang zu halten.

»Sehen Sie, da steht er neben meiner Großmutter. Sie hat ein Stück Butterkuchen aufgehoben, das er nur zur Hälfte aufessen konnte, weil er schnell weitermusste nach Bonn wegen dieser Spionagesache.« Paul wollte verdeutlichen, dass es sich hier um einen historischen Garten handelte mit einem Haus, welches man schon aus Gründen der Heimatgeschichte oder einer noch größeren Geschichte zu retten verpflichtet wäre mit allen Mitteln.

Man schwieg so vor sich hin.

»Stellen Sie sich vor, Herr Brüning, Kück ist zum Künstler des Jahrhunderts ausgerufen worden. Letztes Jahr war Rilke, jetzt ist mein Großvater dran.«

Schweigen.

»Mögen Sie Rilke? Das ist der da! Links neben Rühmann, gegenüber von Ringo Starr. Ich glaube, mein Großvater war von dem genervt, wegen dem Topf, wir besitzen einen Topf von Rilke, den hat meine Großmutter ständig poliert. Vielleicht nervte ihn auch das ständige Blätterfallen, bei uns wurden auch das ganze Jahr über Blätterfall-Gedichte aufgesagt, wie war das noch? Die Blätter fallen, fallen wie von weit / als welkten in den Himmeln ferne Gärten ...«

»Dat helpt nix!«, erklärte Brüning völlig unerwartet. »Erdbohrers sünd swoor Gerät! De versackt mi in'n Schluh!«, in Worpswede sagte man »im Schluh«, »Schluh« hieß Sumpf.

»Kiek maal!« Er steckte mit einem Ruck die Lanze in den Schluh, die ungefähr vier Meter versank. »Düvel! Dat mutt mit Pahlen grünnt warrn! Eerst de Grippen, achteran denn mit Pahlen grünnen!«

Paul sah Brüning an, dann Nullkück, der anscheinend auch keine Ahnung hatte.

»Wie bitte?«, *grünnen* kannte er immerhin von seinem Großvater, der oft vom *Grünnen* der Familie oder vom *Existenzgrünnen* gesprochen hatte. »Was wollen Sie genau gründen?«, fragte Paul höflich.

»Pfähle! Aber erst brauch ich Grippen!«, übersetzte sich Brüning freundlicherweise selbst.

»Gut«, sagte Paul leicht nervös, »wie kriegen Sie die, diese *Grippen*?«

»Vun jede Huuswand Grippen bet na den deepsten Punkt!«

»Gräben, Gräben«, rief Nullkück und tippte dabei Paul auf die Schulter.

»Danke, danke«, sagte Paul und merkte, dass die Sache anfing, ihn zu überfordern.

»Was kostet das denn?« fragte er Brüning, der daraufhin abschätzend mit dem Kopf nickte.

»Tweehunnert Bohrlöcker. Dach afstütten. Denn Butenwannen weg. Un wo de Wannen weg sünd, dor denn bohren. Beton rin un fardig is!«

»Aha«, sagte Paul, »Sie meinen also: Beton rein und fertig! Aber was, Herr Brüning, was wird es kosten?«

Brüning zupfte an seiner dunkelblauen Mütze. »Wenn man nich wie die Menschen von hier auf einer Wurte baut, kostet das später was. Eine nachträgliche Pfahlgründung kostet was«, erklärte der Mann mit der Mütze, der ausgerechnet bei den Kosten immer hochdeutscher wurde.

»Bei den Grippen helfen er und ich mit«, sagte Paul und hielt Nullkück am Arm. »Wir können auch andere Jobs übernehmen. Wir müssen nämlich auf die Kosten achten, Herr Brüning!«

Die Hälfte der Kosten für diese Pfahlgründung, hatte seine Mutter gesagt, sollte er vom Geld aus der Lebensversicherung zahlen, die sie ihm zu seinem 18. Geburtstag überschrieben hatte, weil sie der Meinung war, dass von solchen Policen negative Schwingungen ausgingen. Wer das Leben versichern wolle, ziehe den Schaden an, darum fuhr sie stets unangeschnallt Auto. Vermutlich ging auch von Fahrbahnmarkierungen eine negative Schwingung aus, von einer geschnittenen Kurve hingegen oder einem Lanzarote-Kreisel, in den man einfach hineinraste – die reinste Lebensbejahung. Paul hatte sich die Versicherung über 20.000 Euro auszahlen lassen und als Startkapital für die Eröffnung seines Galerieraumes und die Mieten von monatlich 450 Euro bereitgestellt, so lange bis sich der Verkaufsraum von selbst tragen würde. Was davon übrig bliebe, könnte er für andere Dinge verwenden, zum Beispiel für die Gründung einer Familie – irgendwann einmal.

Paul griff nach seinem Handy in der Jackentasche. Keine SMS von Christina. Er wandte sich unter dem Regenschirm leicht von Brüning und Nullkück ab und tippte schnell:

Habe sorgen und sehnsucht. Dein paul.

»Schall ik faxen?«, fragte Brüning, »Kostenvöranslag faxen?«

»Haben wir denn Fax?«, gab Paul die Frage an Nullkück weiter, der daraufhin energisch »Mailen!« ausrief.

»Mailen macht Tille, meine Frau«, entgegnete Brüning, »ich fax lieber, so maakt wi dat!«

Er nahm einen Zettel mit nullkueck@freenet.de entgegen, zog blitzschnell wieder sein Stofftaschentuch heraus, schnäuzte sich noch einmal, wie zum Abschied und Finale dieser norddeutschen Sinfonie, und ging.

Nullkück hatte den offenen Schirm unter den Arm geklemmt und die Daumen über dem Bauch in seine Hosenträger gedreht. Er sah aus wie jemand, der zufrieden war mit sich und dem Verlauf der Geschäftsverhandlungen.

»Was mailst du denn so?«, fragte Paul.

Nullkück lächelte. Er hatte eine zarte und schöne Freude, wenn ihn jemand etwas fragte und überzeugt zu sein schien, dass auch der Nullkück an der Welt teilnehme. Er machte ein geheimnisvolles Gesicht und zupfte gleichzeitig verlegen an seinen Hosenträgern wie Charlie Chaplin.

Diese Verlegenheit, dieser tastende Stolz, obwohl die anderen über ihn lachten – erinnerte sich Paul. Langsam stiegen die alten Bilder wieder auf.

Elternstreit (Und nie gelebte Vatertage)

Nullkück hatte im Garten gestanden und an seinen Hosenträgern gezupft, während die anderen erst lachten, dann stritten, bis er wegrannte, weil er spürte, dass er der Grund war für den Streit: Wieder hatte er mit dem Hanomag R16 für die benachbarten Bauern Heu gewendet und einen Liebesbrief aus voller Fahrt abgeworfen.

Liebe Rieke.
Schon lang beobachte ich Dich auf dem Feld bei Renken.
Du bist die schönste Tochter vom Tietjen und es macht
mich rasend, wie Deine Beine in der Pause vom Strohballen
baumeln. Leider kann ich den ganzen Sommer nicht halten.
Warten wir bis Herbst, wenn die Blätter fallen. Vielleicht
steige ich dann herab von meinem Hanomag.

Nullkück, 1973

»Seid ihr eigentlich wahnsinnig?«, meinte Pauls Vater. »Irgendwann fährt der eine um, irgendwann sterben hier junge Landarbeiterinnen!«

»Die sterben nicht«, erklärte Pauls Mutter, »im Gegenteil, die blühen auf, wenn die so einen Brief bei der Landarbeit zugeworfen bekommen!«

»Lass uns weggehen, Johanna, nach München, die sind doch hier alle schwachsinnig. Was soll das sein, ein Agrar-Rebell? Wenn ausgerechnet der debilste aller Kücks den ganzen Tag Trecker fährt und flammende Briefe abwirft?«, fragte sein Vater.

»Ich geh hier nicht weg! Lass ihn doch Trecker fahren und flammende Briefe abwerfen!«, antwortete seine Mutter. »Glaubst du, du bist ein besserer Rebell mit deinen

Sachen, die du in Galerien wirfst? Am Ende, wenn die Landarbeiterinnen dieser Gegend alt geworden sind, dann haben sie sehr besondere Liebesbriefe. Aber von dir, was werden die Arbeiterinnen von dir gehabt haben? Ein Liebesbrief, der rettet mehr die Welt als alles andere!«

Pauls Vater kam aus München, er hatte sich vorgestellt, mit Johanna irgendwann zurückzugehen in seine Heimat, doch sie wollte nicht.

»Johanna, du musst dich aus diesen bäuerischen und familiären Verkrustungen lösen«, forderte er. »Wie wäre es, wenn wir mit oder ohne Kind erst einmal für eine Zeit nach Berlin oder München gehen, in die Zentren der Bewegung?«

Paul saß mit am Gartentisch und verfolgte wieder einmal eine Diskussion seiner Eltern, in der sie »mit oder ohne Kind« sagten, und er fragte sich, ob er das Kind sei und was dann aus ihm werden würde.

»Man muss ja eher Worpswede als ein Zentrum der Bewegung bezeichnen und nicht Bayern«, rief seine Mutter. »Bayern, soll das ein Scherz sein? Wenn es schwachsinnige, bäuerische und familiäre Verkrustungen gibt, dann ja wohl in Bayern!«

»Pass mal auf«, konterte sein Vater, »wir in Schwabing haben auch eine Künstlerkolonie! Wir haben den *Blauen Reiter* gegründet, weißt du, was das ist, der *Blaue Reiter*? Das war eine Künstlergruppe mit Kandinsky und Klee, die kennt man heute noch, aber wen kennt man denn aus eurer Minikolonie? Hier gibt es ja nicht mal so was wie Uschi Obermaier!«

Diese Uschi Obermaier hätte sein Vater nicht wieder erwähnen dürfen, dachte Paul, er saß eingekeilt zwischen seinen Eltern auf der Gartenbank.

»Du denkst wohl, alle finden deine blöde Schwabing-

Schlampe toll! Ich kann ja auch mal mit Ringo Starr oder den Rolling Stones schlafen, glaubst du, das ist schwer?«

Dafür müsste sie allerdings Worpswede verlassen, die kommen bestimmt nicht hierher, überlegte sich Paul.

»Ich habe nie gesagt, dass ich die toll finde, ich finde den Frauentyp, den sie verkörpert, für meine Arbeit interessant: Die flache Silhouette«, lenkte sein Vater ein. »Lass uns wenigstens von deinen Eltern getrennt Mittag essen. Einmal am Tag Kuchen, das reicht doch?«

»Dann koch was! *Die flache Silhouette*, so ein verlogenes Gequatsche!«, sie warf ihm die Silhouette förmlich an den Kopf. »Gib doch zu, dass du die scharf findest wie alle Männer, eure ganze Gattung ist in dieser Hinsicht so was von simpel!«

Schon bei »Minikolonie« hätte sie ihm am liebsten eine gescheuert, hatte Paul gespürt, er kam aus dem Streit nicht mehr heraus, höchstens unter dem Tisch durch, doch dann hätte er auch ein Stück durch das nasse Moor kriechen müssen.

»*Schwabing*, wo soll denn das sein?«, setzte seine Mutter ihren Feldzug gegen München, Uschi Obermaier und den Blauen Reiter fort. »Gerade du hast von unserer Kolonie sehr viel profitiert! Und von den guten Kontakten meines Vaters. Du nutzt ihn doch nur aus! Vorne herum schleimst du dich ein und hintenrum erzählst du mir was von faschistischer Bauernfamilie, spinnst du?«

»Ich habe gar nicht *faschistisch* gesagt, nur *schwachsinnig*, wegen Nullkück!«, warf Pauls Vater ein. »Wenn ihr hier im Garten wenigstens George Harrison aufgestellt hättet, Ringo Starr ist wirklich der Unbegabteste von allen! Außerdem musst du dich entscheiden: Stones oder Beatles!«, doch seine Mutter ging auf solche Hinweise nicht mehr ein.

»Meine Tante war Kommunistin! Mein Vater ist Worpsweder Sozialdemokrat, der hier an diesem Gartentisch mit Willy Brandt gesessen hat! Meinst du, Willy Brandt setzt sich bei seinem Besuch in Worpswede einfach so mit einem verkrusteten, schwachsinnigen Bauern an eine Gartentafel?!«

»Entschuldigung, Johanna, aber ich habe Willy Brandt hier gar nicht im Garten gesehen, wo war er denn?«, setzte sein Vater nach.

»Du kannst ihn hier auch nicht gesehen haben, weil du schon bei Netzel warst, um ihn dort zu sehen!«, schrie seine Mutter, die einfach übernahm, was ihr Vater vom Besuch Willy Brandts berichtet hatte, als der 1973 in der Kunsthalle Netzel eingetroffen und vorher angeblich noch zehn Minuten bei Paul Kück im Moorgarten gewesen war, um sich die Skulptur von August Bebel anzuschauen und eine von sich selbst in Auftrag zu geben.

»Ich war nicht bei Netzel!«, hielt sein Vater dagegen. »Jetzt fällt's mir wieder ein! Ich war den ganzen Tag im Garten, weil ich hier auf Horst Janssen gewartet habe!«

Horst Janssen, dachte Paul, das war der dickste Mann der Welt. Janssen hatte vier Kinder mit vier verschiedenen Frauen, wurde mit dem großen Maler verglichen, der im Garten neben dem irren Philosophen stand, und fuhr oft im Taxi und Bademantel von Hamburg nach Worpswede, um auf den Festen zu trinken. Sein Vater bemühte sich damals um Janssen, weil es gut war, mit ihm in Kontakt zu stehen, er zeichnete auch mit Bleistiften.

»Ach so, du warst hier also mit diesem fetten, versoffenen, frauenfeindlichen Genie verabredet?«, fragte seine Mutter spitz, ohne ihn überhaupt antworten zu lassen. »Aha! Dann haben meine Eltern also Horst Janssen bewirtet, weil sie dachten, das sei Willy Brandt, oder was? Wie schwachsinnig bist *du* eigentlich?«, danach lief sie sofort zur Gefrierkühltruhe auf der Diele und nahm das angebissene Stück Butterkuchen heraus, das ihre Mutter eingefroren und Willy Brandt den Angaben zufolge nur zur Hälfte gegessen hatte, weil er schnell weitermusste nach Bonn wegen dieser Spionagesache. Sie hielt Pauls Vater das Stück unter die Nase wie das Schweißtuch der Veronika.

»Janssen ist gar nicht frauenfeindlich, er liebt die Frauen, er zeichnet jeden Tag eine andere! Johanna, das ist ja lächerlich mit diesem Stück Kuchen! Mein Gott, worüber reden wir eigentlich? Ich habe doch nur gefragt, ob wir unser ganzes Leben in diesem Garten bleiben müssen oder ob es vielleicht möglich wäre, auch mal woanders hinzugehen. Das mit Schwabing und München war nur ein Vorschlag«, sagte er, langsam ermüdend.

Natürlich hätte man ihn im Kampf gegen den Kapitalismus gerade in den größeren Städten gebraucht, dachte Paul damals, als er seinen geschlagenen Vater betrachtete, in Worpswede gab es nicht mal ein Kaufhaus. Oft beobachtete er seinen Vater, wie er im Moor saß mit dem Otto-Katalog, um sich von Waren anregen zu lassen, die seine Hasenmenschen verfolgen könnten.

Pauls Vater beugte sich wieder über seine Zeichnung: Eine riesige Wanne mit dampfendem Kaffee, in dem die Hasenmenschen um ihr Leben kämpften. An den Rändern der Wanne saßen Jacobs- und Kaffee-HAG-Soldaten und kippten immer mehr in die Todeswanne.

Inspiriert zu dieser Todeswanne hatte ihn die neue Freundin von Johanna, Lena Jacobs aus Bremen, hübsch, aber nach Karl Marx ökonomisch imperialistisch, Tochter des Kaffeeherstellers Walther Jacobs. Pauls Großvater war begeistert. Erst Roselius mit dem Kaffee-HAG, jetzt Jacobs, die Krönung, die gesamte Spitze des deutschen Röstkaffees gab sich bei den Kücks die Klinke in die Hand.

»Ich möchte nicht, dass du die Familie meiner Freundin für deine Botschaften benutzt«, sagte Pauls Mutter.

»Aber sie bringen uns alle langsam um, die Kapitalisten!«, erwiderte sein Vater.

Paul saß nach wie vor eingekeilt auf der Gartenbank und fand es komisch, dass sein Vater selbst aus einer Tasse den gefährlichen Kapitalismus trank.

Nullkück lächelte immer noch. Es schien, als warte er auf die nächste Frage.

Am Tag zuvor, als Paul mit dem Bus aus Bremen angekommen und den Rest zu Fuß gelaufen war, hatte er ihn bereits in seinem Zimmer sitzen sehen, am kleinen Tisch vor dem klobigen Computerbildschirm, das Gehäuse war ganz verdreckt und verklebt. Unter dem Tischchen ragte der mächtige Tower hervor und ein etwas modernerer Farbdrucker. Ganz vertieft saß Nullkück da in seiner Cordhose mit Hosenträgern und mit einem seiner milchgrauen Leinenhemden. Manchmal druckte er etwas aus.

»Du bist wohl viel online, was?«

Nullkück zog die Hosenträger nach vorne, ließ sie lässig zurückschnellen und sagte so locker und flüssig, wie es Paul noch niemals zuvor von ihm gehört hatte: »Flatrate, Flatrate.«

Paul zog wieder am Knoten seiner Krawatte. Was für eine Enge er spürte. Dieses Moor, das einem die Turnschuhe einbetonierte, wenn man nicht aufpasste. Die Erinnerungen an das ewige Elternstreiten, das einem die Seele zerfressen konnte. Dieses kleine, traurige Leben von Nullkück. Bei ihm wusste man nicht einmal, ob er von Hilde geboren, gefunden oder geklaut oder doch von Mackensen, dem Koloniegründer, gezeugt worden war. Und dieser

Eichenschrank, in dem Paul geboren worden war und der jetzt nach und nach im Moor absackte. Und der ihn wieder daran erinnerte, dass das Wichtigste an seiner Geburt die Demonstration der »Beckenfreiheit« und der archaischen Kulturen gewesen war. Wie konnte man nur bei der Niederkunft eines Menschen in einem Eichenschrank an einer Kleiderstange hängen, die eigentlich eine Vorderachse war aus dem Dritten Reich, und dann von »Beckenfreiheit« sprechen, dachte Paul.

Er riss sich die Krawatte über den Kopf. Atmete. Eine bestimmte Bewegung, eine Berührung seines Vaters kam ihm in den Sinn.

Es war bei der Beerdigung der Wendland-Großmutter in München gewesen. Sein Vater band ihm noch diese dunkelblaue Krawatte vor der Aussegnungshalle auf dem Nordfriedhof. Er band zwar nur einen Knoten, aber so wie die Hände des Vaters ihn dabei berührten, während sie das eine Ende durch die Schlaufe führten: Paul hatte es als eine der größten Zärtlichkeiten empfunden und nie vergessen. Vielleicht löste er deshalb nie ganz den Knoten, dachte er.

»Du hättest nicht extra kommen müssen«, sagte sein Vater, als er die Krawatte fertig gebunden und den Knoten zugezogen hatte.

»Sie war doch meine Großmutter«, antwortete Paul.

Sein Vater wollte noch etwas sagen, er setzte kurz an: »Weißt du, Paul ...« – dann schwieg er. Er steckte ihm Geld oben ins Jackett, es war das erste Mal, Paul konnte sich nicht erinnern, jemals Geld von seinem Vater bekommen zu haben. Früher ja, für ein Eis bei »Dolomiti«, für das Kettenkarussell und Zuckerwatte auf dem Erntedankfest. Später kamen Geschenke zum Geburtstag, kleine Päckchen mit Autos aus Amerika, Spielautos, Paul war vierzehn, aber der Vater schickte Spielautos. Irgendwann kamen keine mehr.

Seine Eltern trennten sich, da war Paul sieben. Der Vater ging nach Amerika, ausgerechnet ins Feindesland, das am schlimmsten seine Hasenmenschen verfolgte. In Amerika entwickelte er sich zum Werbegrafiker bei der Chrysler Company und entwarf Logos im Auftrag von Lee Iacocca, dem berühmten Automobilmanager. Er heiratete, zeugte vier Kinder, nahm die amerikanische Staatsbürgerschaft an und liebte Michigan, Paul hatte keinen Kontakt mehr zu ihm.

In München war ihre letzte Begegnung. Sie saßen nebeneinander in der Aussegnungshalle, Paul mit seiner blauen Krawatte, der Vater leise weinend. Es war das erste Mal, dass er ihn weinen sah. Er nahm seine Hand und hielt sie. Ein Vogel hatte sich oben unter der hohen Decke der Kapelle verirrt und rief um Hilfe, sodass die Trauerrede auf die Großmutter im Hall der Vogelrufe unterging.

Am Abend wollte der Vater zurück nach Michigan fliegen, Paul hatte nicht viel Zeit, um ihm näherzukommen. Vielleicht nahm er deshalb seine Hand. Er hatte ihn verloren und dieses stille Handhalten war besser, als ihn in wirklichen Begegnungen, Gesprächen und zum Ausdruck gebrachten Gefühlen wiederfinden zu wollen. Vielleicht wäre so ein Versuch noch trauriger gewesen, wenn Paul festgestellt hätte, dass es nichts mehr zu sagen gab, dass all die Zeit eine zu große Entfernung war; wenn das Schweigen, das sie Hand in Hand miteinander teilten, ein Schweigen geworden wäre, das um Worte und Anschluss zueinander rang. Jetzt konnte es Paul bei der unzerstörten Erinnerung belassen, sein Vater habe ihn doch geliebt und nur durch die Trennung einen Bruch mit der alten Welt machen müssen. Es war ein seltsames Glück.

Paul hielt seine Hand und in diesem Halten und im zärtlichen Binden des Knotens zuvor waren gemeinsame Vater-Sohn-Reisen, Picknicks auf sommerlichen Wiesen, still auf dem Schoß sitzen, Baumklettern, vorlesen, kleine Ringkämpfe, Drachen steigen lassen, in die Wellen springen, Schlitten fahren, umfallen, weinen, gehalten werden ... lauter nie gelebte Vatertage.

Nullkück stand immer noch so da, als warte er auf eine weitere Frage. Paul ging in seinem Handy auf »Gesendete Objekte« und schickte Christina zum zweiten Mal:

Habe sorgen und sehnsucht. Dein paul.

»Hast du eigentlich auch Angst vor der alten Scheune?«, fragte er und zeigte auf den geheimnisvollen Ort, den er als Kind gemieden hatte, weil auch seine Mutter einen Bogen um die Scheune machte. »Da drin soll es gespukt haben, da waren doch die Seelen drin, vor denen man sich in Acht nehmen musste.«
Nullkück sah ihn an, sein Blick war ernst, die Mundwinkel zitterten. Er zog einen rostigen Schlüssel aus seiner Cordhose und rannte auf die alte Scheune zu. Er steckte den Schlüssel ins Schloss und drehte ihn um. Dann riss er die große Tür auf, die so knarrte, quietschte, ächzte und tönte, als würde sie schreien wie ein Mensch.

8
Die Mariegeschichte

Am Vormittag wanderte Paul über den Weyerberg und die Lindenallee in die Große Kunstschau. Er hasste zwar die ganzen Moorbilder, aber oft waren dort Schulklassen oder Schülerinnen von Akademien und dann war das Museum belebt von jungen Frauen, denen man erzählen konnte, dass man direkt aus Worpswede kam, Hausgeburt!, und obendrein Enkel vom Rodin des Nordens war. Paul kannte Geschichten von Nachkommen, die vor den Moorbildern ihrer Ahnen fremde Frauen abschleppten. Er blieb vor der Kunstschau stehen und strich mit der Hand über das Findorff-Denkmal seines Großvaters. Der Moorkommissar stand immer noch da wie früher mit seinen eingedrehten Bronzelocken.

Es war Dienstag und niemand da außer ein paar älteren Damen, die sich bei der Kasse als Malgruppe aus Oldenburg anmeldeten, mit Gruppenrabatt. Paul flüchtete an den großen Moorbildern vorbei in den hintersten Raum, dann blieb er stehen – da war sie, er hatte das Bild schon ganz vergessen.

Die glühende Frau aus Großvaters Garten: Marie.

Sie stand vor ihm, in einem roten Kleid, mit Strohhut und ihrem hellen Haar. Sie sah ihn direkt an. Es war, als öffnete sich alles, als würde sie immer größer, als käme sie auf ihn zu und nähme ihn mit ins Bild.

Frühjahr 1944 auf der Treppe bei Stolte: Der Kolonievater trifft eine junge Frau

Fritz Mackensen, der berühmteste der Worpsweder Maler, lief gerade über die Steintreppe vom Kram- und Aussteuergeschäft Stolte, um für ein Abendessen mit den Kulturgauleitern von Niedersachsen und Weser-Ems die passenden Weine zu beschaffen. Er wollte soeben die Türklinke herunterdrücken, als sie ihm entgegentrat: hochgewachsen, in schlanker Gestalt, mit tiefblauen Augen, langen, ungewöhnlich blonden Haaren sowie mit einem großen, energisch gezeichneten Mund, der sofort Hingabe versprach.

Mackensen wich ein paar Schritte zurück, die Hand hielt er für Stoltes Türklinke vorgestreckt, doch innerlich sah er schon die Farben: Kobaltblau, Pariser- oder Preußischblau, am besten Azurit (Augen!); Neapelgelb, Leipziger oder Zwickauer Königsgelb, vielleicht aber auch Chromgelb mit Safran (Haare!); Spanischrot mit viel Zinnober, am besten nur Zinnober (Kleid!) ... Er stand wie angewurzelt auf der Steintreppe, die aus dem ältesten Findling von Worpswede geschlagen worden war: Wie lange ist es her, fragte er sich, dass ich eine Frau getroffen habe und sofort innerlich meine Farbpalette durchgegangen bin?

»Guten Tag, ich bin Mackensen, ich werde Sie malen! Hundert Reichsmark sollen Sie bekommen«, erklärte er und dachte: Fritz, du musst sie sofort auf die Leinwand bringen, bevor du alt wirst! Mal sie, gleich so wie sie da steht, auf Stoltes Steintreppe gegenüber der alten Blutbuche! Oder vor einem Moorgraben, Treppen lagen ihm eigentlich nicht, aber mit Moorgräben war er der Beste, der Berühmteste!

Er hatte immer noch seinen aufgezwirbelten Schnurrbart von früher, das scharf geschnittene Gesicht und den Anspruch, als Gründer der Kolonie das künstlerische Oberhaupt zu sein, dem nicht nur die größte Ehre gebührte, sondern auch alle Bauernmodelle, ganz zu schweigen von den Malschülerinnen, die er sich in den Wiesen beim Unterricht nahm.

Die junge Frau verbeugte sich leicht und schüttelte die vorgestreckte Hand des Meisters. Mit der anderen Hand hob sie sogar leicht das rote Kleid, das ihr Ehemann bei seinem letzten Besuch als Geschenk mitgebracht und das sie nun vor dem Gang ins Dorf angezogen hatte, damit es gegen ihre Traurigkeit anstrahlte, gegen diese Zeit ohne Mann, nur mit Krieg und Angst.

Mackensen führte die Frau kurz entschlossen zurück in das Geschäft, kaufte einen Strohhut und setzte ihn behutsam auf ihren Kopf. Dann notierte er ihr Tag und Uhrzeit für eine erste Sitzung am Nachmittag in seinem Atelier, Villa Susenbarg am Westhang des Weyerbergs.

Hilde ließ sich von den Ereignissen bei Stolte bis ins Detail unterrichten. Nun war sie die Einzige der Kückfrauen, die in ihrem Leben nichts Außergewöhnliches aufweisen konnte außer einer hässlichen Brust, die sie sich aus Bitterkeit und Wut über ihre Unfruchtbarkeit zerschnitten hatte. Greta war die Frau des Staatskünstlers Paul Kück geworden. Und Marie sah der Laufbahn als vielleicht letztes Modell des Worpsweder Großmalers und Kolonievaters entgegen! Mackensen machte Marie sogar das Angebot, in seiner Villa Hausarbeiten zu verrichten und bei hohen Gesellschaften Wein auszuschenken. Nur bei Hilde blieb es dunkel.

»Du hast doch ein interessantes Gesicht«, sagte Greta, als sie Hilde vor dem Spiegel weinen sah und ihr die Tränen von den hervorstehenden Wangenknochen strich. »Du musst dich ihm auch zeigen. Er geht jeden Tag zu Stolte, um seinen Wein zu holen. Ich begleite dich. Warum sollte er uns nicht alle malen?«

Am nächsten Tag lauerten sie dem Maler auf der Steintreppe auf. Hilde trug ohne Umschweife ihr Anliegen vor, ob es nicht interessant wäre, sämtliche Kückfrauen zu malen, gewissermaßen eine Serie, erst einzeln, dann alle zusammen als »Triptychon«, sie konnte es kaum aussprechen. »Also, drei Kückfrauen in einem Bild!«, so etwas Ähnliches hatte sie sich vorher in einem Albrecht-Dürer-Katalog bei Paul Kück im Atelier angeschaut, doch Mackensen lehnte ab. Er lehnte sie ab und Greta gleich dazu.

»Diese Marie, diese Augen, dieses Blau, das seine Farbe wechselt wie das Meer! Nordsee! Azurit, vielleicht lege ich noch echtes Ultramarin drüber!«, schwärmte er. »Diese Haare! Sonnenhaar, Engelshaar!« Gleich danach sagte er: »Feingoldenes Haar, wie das schöne Haupt von Konstantinopel! Leningrad!«, Mackensen vergaß bei Marie sogar, dass er strenger Nationalist war, und wurde auch mit seinen Vergleichen immer üppiger: »Goldkuppeln mit Spitzen! Ich werde mir ein spezielles Gelb aus Indien kommen lassen, gewonnen aus dem Harn von Kühen, die man vorher mit Mangoblättern füttert!«, erklärte er und grüßte Ferdinand Stolte, der ihm schon die Tür öffnete, während die Kückfrauen im Hintergrund zu Steinsäulen erstarrten, als seien sie eine neue Anschaffung auf Stoltes Findlingstreppe.

Greta berichtete ihrem Mann über das Auftreten des Herrn Mackensen und dass er sie gleich mit ablehnte, obwohl sie sich überhaupt nicht angeboten hatte. Nein, er würde nur Marie wollen, die angeblich schöne Kuppeln hätte mit Spitzen, am liebsten würde er sie mit dem da unten malen!

»Mit was?«, fragte ihr Mann nach.

»Mit den Hoden! Sack! Glied! Penis!«, schrie Greta – und so etwas ehrwürdigen Frauen wie ihr und Hilde auf einer öffentlichen Treppe zum Kaufhaus an den Kopf zu werfen, eine Zumutung, dieser geile Kolonievater mit seinem Marie-Gerede! »Immer nur Marie, Marie, die Frau deines Bruders, eines unbegabten Bauern, den wir in unserem Haus nur dulden, weil die Zeiten so schwer sind! Und wie die in letzter Zeit durchs Dorf läuft! Im roten Röckchen, halb nackt!«, schimpfte sie.

Ihr Mann sah dabei aus dem Atelierfenster, wie Marie vor der Scheune Obst in Körbe füllte.

Wieso hatte er das nie bemerkt, fragte er sich, dieser Körper, dieser Hintern? Und jetzt kam dieser Bock von Mackensen und vergriff sich an seinen Kücks? Künstlerisch und wie noch? Das ist meine Kückfrau!, dachte er.

»Paul«, sagte Greta und zog mit einem Ruck die neu angebrachte Jalousie herunter, die eifersüchtige Männer einst im Orient erfunden hatten, um ihre Frauen vor den Blicken der Welt abzuschirmen. Es war aber möglich, von innen durch so eine Jalousie hinauszusehen und auch bei dem Blöcker-Fabrikat aus Bremen, das Paul Kück erworben hatte, damit er zuweilen ungestört arbeiten konnte, sah er jene Frau, die sich gerade mit Äpfeln über die Weidenkörbe beugte, in schönster Deutlichkeit.

»Paul!«, wiederholte Greta, zog am Ärmel ihres Mannes und sagte: »Morgen wirst du damit beginnen, die lebensgroße Skulptur von Greta Kück zu erschaffen!«

Während also Hilde kurz davor war, wieder zum Messer zu greifen, um sich auch noch die zweite Brust zu zerschneiden, stand Greta Kück vor ihrem Mann und forderte eine dreidimensionale Plastik der stolzen Künstlergattin. Paul Kück willigte ein und vertagte die Arbeit auf unbestimmte Zeit.

Zwei Tage nach der Szene im Atelier ließ er sich von Marie Äpfel bringen, auch um ihr mitzuteilen, dass er ebenfalls entschlossen sei, sie als Modell zu nutzen, aber – so der Plan – besser, ergreifender und sogar unverhüllter, als es Mackensen, der senile Großmaler, je auf die Leinwand zu bringen imstande sein würde.

»Für die Skulptur einer Frau benötige ich Ruhe, da können wir keine Familie gebrauchen«, sagte er und sah durch die Jalousie in den Garten, ob von irgendwoher Greta anrückte. »Wir gehen in die Scheune. Trage das rote Kleid. Ich bereite alles vor.«

Marie stand mit dem Obstteller da und konnte sich kaum vorstellen, dass von ihrem kleinen Leben einmal so viel bleiben würde. Ihr Bild, gemalt vom Gründer der Kolonie, und dann sollte es sie auch noch als Bronzemenschen geben, so wie diesen Schlachtenlenker im Garten oder den Mann, der Troja ausgegraben hatte.

Frühjahr 1944 in der alten Scheune: Paul Kück und sein Modell Marie

Den Ton trug er unter feuchten Tüchern unauffällig in die Scheune, ebenso seinen großen Atelierscheinwerfer, sonst wäre es zu dunkel. Die fertigen Tonmodelle, die hier zum Austrocknen standen, rückte er vorsichtig zur Seite.

Marie klopfte.

Paul Kück öffnete die Tür und schloss sie von innen ab. Er schob eine der Schnapskisten von Johan und Hinrich ins Licht und deutete Marie an, sich auf die Kiste zu stellen in ihrem Kleid.

»Am Anfang steht der plastische Entwurf«, erklärte er und stellte den Scheinwerfer ein, um Marie von oben bis unten zu beleuchten. »Wie alle Bildhauer zuvor, wie Michelangelo, wie Rodin, so fertige auch ich eine Tonskizze an. Wir nennen es Bozzetto, das ist italienisch und bedeutet Entwurf, Modell, auch Makette genannt. Ist dir warm genug?«

Marie nickte mit dem Kopf.

»Rodin bevorzugte wie ich den weichen Ton, mit dem wir die Bewegung formen und den Körper erfühlen können. Ich mache aus dir eine moderne Skulptur, einen überlebensgroßen Akt, der an allen Stellen atmet. Mir schwebt eine Venus von Worpswede vor, eine Sonnenfrau. Wenn die Sonne aufgeht, dann liegt ihr Licht überall. Könntest du dein Haar ... Marie, zeig mir, wie du dein Haar öffnest.«

Wieso hatte er das nie bemerkt, fragte er sich wieder, während sie das Band öffnete: diese Haare, dieser Hals, diese Schönheit? War es, weil sie sonst immer Bauernkleider trug, die über den Körper fielen wie Säcke? Weil sie die Frau seines jüngsten Bruders war und sich deshalb jeder genauere Blick verbat? Aber warum? Schließlich war er es, der seinem unbegabten Bruder erlaubte, mit seiner Frau in diesem Haus zu wohnen, da es schwere Zeiten waren – Greta hatte recht –, aber dann durfte er sich ja wohl wenigstens die Frau ansehen, wenn sie schon mietfrei lebte? Außerdem war er Künstler! Er durfte, ja, er musste sich die Menschen genauer ansehen, insbesondere Frauen, endlich Frauen, sein ganzer Garten würde aussterben, wenn nicht irgendwann etwas von der anderen, der weiblichen Seite dazukäme! Und er wusste schon jetzt, dass Marie seinen Blick auf den weiblichen Körper veränderte. Inspiration, Muse, Eingebung, der ganze schöne, gewöhnliche Kitsch des entfesselten Künstlers fiel ihm ein; er dachte auch an den 40-jährigen Rodin, dem Camille, seine Schülerin, Modell gestanden hatte und dessen robuster Stil mit einem

Mal weicher, lyrischer wurde, mit Bewegungen, die auch nach innen wiesen.

»Na, was hat Mackensen mit dir gemacht?«

Er sah ihr direkt in die Augen, sodass Marie ausweichend zu Boden blickte.

»Ein bisschen Licht, ein bisschen Schatten? Die alte Malerei, Marie, ist eine Täuschung, Keilrahmen mit Farbe. Ein Mann mit Kohle und einem Radiergummi ...«, er lachte leicht, dann sagte er ruhig und sachlich: »Mir, Marie, mir gehört der menschliche Körper. Zieh dich bitte aus«, dabei bereitete er seine Instrumente vor, die Modellierhölzer, den Ton, den er schon mit seinen großen Händen wärmte. Er sah Marie, die sich zögerlich entkleidete, gar nicht an.

Frühjahr 1944 im Moor: Mackensen und sein Modell Marie

Der Maler stand mit Marie in den Hammewiesen, nahe eines Moorgrabens. Frühjahrssonne. Die Blätter mit den Kohleskizzen hatte er neben der Staffelei aufgeschlagen, sie flatterten im Wind. Schnell wanderten seine Augen zwischen der Frau und dem entstehenden Bild, konzentriert, entrückt, wie immer bei der Arbeit.

»Als Rembrandt die nackte Bathseba malte«, sagte er nach einer Weile, »da nahm er seine Haushälterin als Modell. Sie schenkte ihm später eine Tochter.«

Marie hatte keine Ahnung, was Mackensen damit sagen wollte, und sah ihn weiterhin, wie angeordnet, mit großen Augen an, in einem Arm die Kornblumen, mit der anderen Hand sich das vom Wind durcheinandergebrachte Haar ordnend.

»Bathseba, dat weer Urija sien Fro«, fuhr Mackensen fort, er wechselte aber sofort wieder ins Hochdeutsche, mit dem es ihm angemessener erschien, von biblischem Sex zu berichten. »Bathseba, die Ehefrau des Urija, wurde von König David auf der Straße entdeckt. Als sie von ihm schwanger wurde, da befahl er, Urija aus dem Krieg zu holen, in der Hoffnung, er würde bei seiner Frau schlafen und das Kind als das seine anerkennen.«

Mackensen drückte eine Metalltube aus, tauchte den Pinsel in sein neues Indischgelb und fragte: »Ob Rembrandt wohl daran dachte, als er seine Haushälterin nahm?«

Marie gewöhnte sich langsam an die Reden der Künstler. Paul Kück sprach ständig von Rodin und dass er wie Rodin ihren menschlichen Körper als Kunstwerk zum Atmen bringen würde, wofür sie sich mehrmals hatte ausziehen müssen; Fritz Mackensen begann jeden Satz mit Rembrandt, der Rest waren lange Sätze, umständlicher als bei Paul Kück, mit seltsamen Fragen. Woher sollte sie wissen, was Rembrandt gedacht hatte, als er seine Haushälterin nahm, um diese Nackte zu malen? Sie wusste ja nicht einmal genau, wer Rembrandt war, geschweige denn, warum dieser andere Mann sich weigerte, während der Kriegshandlungen bei seiner Frau zu liegen, und ihn der König daraufhin umbringen ließ, um die Nackte selbst zu heiraten.

Marie hatte sich das Modellstehen insgesamt auch einfacher vorgestellt, vor allem kürzer. Sie gewann einerseits eine hohe Achtung für den Künstler, sein Wissen und seine langwierige, von ständigen Verwerfungen und Neuversuchen begleitete Arbeit. Andererseits lernte sie erstmals wirklich die Männer kennen. Wie groß ihre Reden, Mühen und Anstrengungen waren, wenn sie auf etwas trafen, dessen sich Marie nun selbst immer bewusster wurde: ihre

Schönheit und ihren trotz ländlicher Arbeit und Kindern ungewöhnlichen Körper.

Dem Bild, das Fritz Mackensen im Frühjahr 1944 fertigstellte, gab er den Titel: »Die Frau am Moorgraben (Moormadonna)«.

Eine große, aus der Moorniederung aufsteigende Frau wie eine Lichtgestalt: zinnoberrotes Kleid, Kornblumen im Arm, eine aufrechte, fast vornehme Haltung mit einem ernsten, natürlichen, offenen Ausdruck und wachen, fast mädchenhaft neugierigen, unglaublich tiefblauen Augen, dazu weiche, nur von Sonne und Sommersprossen gezeichnete Haut. Ihr Handgelenk zierte ein Armreif, den Johan für seine Frau bei einem Silberschmied gekauft hatte, mit der Gravur *in Liebe, J.* Auf dem Kopf trug sie Mackensens Strohhut, aus dem der Maler ihr Haar hervorquellen ließ wie fließendes helles Gold mit einer letztendlichen Mischung aus gelbem Ocker, Musivgold mit Schwefel, Zinn und Salmiak sowie Pigmenten vom Baumharz aus Ceylon und einem Rest jenes Harns der indischen Kühe, die man vorher mit Mangoblättern fütterte und dann fast verdursten ließ, wodurch das Indischgelb noch intensiver leuchtete.

So ein Bild hatte Mackensen noch nie gemalt. Es war sein bestes. Die sonstige nordische Schwere kam hier nicht zum Vorschein und der Maler stand davor und war ganz irritiert von solch undeutscher Anmut.

Die Haare hatten sogar etwas von den Sonnenblumen van Goghs; in den Augen strahlten sündhaft teure Lapislazuli-Pigmente wie bei Raffaels Madonnen; das rote Kleid sah aus wie von Henri Matisse – für einen deutschnationalen Maler wie Mackensen war das Bild im Grunde genommen die reinste Volkszersetzung.

»Man soll es vorsichtshalber an den Rand hängen«, erklärte er, bevor das Ölgemälde im Rahmen einer Worpsweder Sonderausstellung zu Ehren von Fritz Mackensen schon bald der Öffentlichkeit präsentiert wurde. Die Rede in der Großen Kunstschau hielt der Landeskulturverwalter Schmonsees. Und während Schmonsees in seiner Lobrede von Blut und Boden und Scholle sprach, schaute die gesamte Gesellschaft schräg am Redner vorbei und betrachtete die am Rande hängende »Moormadonna«.

Marie lief draußen aufgeregt um die Große Kunstschau, setzte sich am Weyerberg ins Gras und schrieb einen Brief an Johan in der Nordukraine.

Paul Kück zeigte sich, wie alle anderen Worpsweder Künstler, ebenfalls bei der Ausstellungseröffnung und stand in einem Moment, in dem ihn niemand beobachtete, allein vor der »Moormadonna«.

Nur Hilde und Greta saßen zu Hause im Moorgarten und beschlossen, Marie von diesem Tag an das Leben zur Hölle zu machen.

»He, Sie! Dürfen wir auch mal an das Bild ran? Der steht ja die ganze Zeit davor!«, sagte eine der Frauen aus der Oldenburger Malgruppe. Sie war knallrot vor Empörung. Ihre Kolleginnen schüttelten den Kopf und die Dickste schob sich mit rechtschaffenem Eifer vor das Bild.

»Das Gemälde fehlt uns nämlich noch«, sagte die Dünnste, die einen Rucksack trug, aus dem die Holzstiele mit Borsten herausguckten. Grauenhaft schlechte Pinsel, Borstenpinsel mit rostanfälligen Metallzwingen, die sich wahrscheinlich schon lockerten und jeden geraden Strich unmöglich machten, was bei der Gruppe garantiert auch egal war, dachte Paul.

Er entfernte sich mit dem typischen Hochmut, den die Einheimischen von Kind an entwickelten gegen die Unflätigkeit der Touristen, die sich in einem »staatlich anerkannten Erholungsort« ausbreiteten.

»Touristen, ich hasse Touristen!«, murmelte er vor sich hin. Früher hatte er »Touristen« immer mit »Terroristen« verwechselt, das war noch komplizierter als »Kommunisten« und »Komponisten«.

1977, als ganz Deutschland von Terroristen sprach, wurde Worpswede »staatlich anerkannter Erholungsort« und fortan heimgesucht von Touristen, die mit immer dickeren Bussen anrückten. Paul konnte es über jedem gelben Ortsschild lesen: STAATLICH ANERKANNTER ERHOLUNGSORT. Die Künstler versammelten sich und protestierten. In einer geheimen Aktion schraubten sie alle Schilder ab, und am nächsten Tag gab es an den Ortseingängen neue Schilder, die wiederum erneute Aktionen hervorriefen, aber die Gemeinde Worpswede schien ein unerschöpfliches Reservoir an STAATLICH ANERKANNTER ERHOLUNGSORT-Schildern zu haben.

Im selben Jahr entführte Paul mit Kameraden ein Kind von Touristen aus Cloppenburg und band es in der Marcusheide an eine Birke. Er spürte Hass auf das dicke Kind, das mit seinen Eltern nach Worpswede gekommen war, um dort Kuchen zu essen und sich zu erholen, anstatt Skulpturen oder Hasenmenschen von seiner Familie zu kaufen. Er riss hinter der Birke an der Schnur, bis sich der Bauch des Kindes in zwei fette Hälften teilte. Am Ende musste es ein Schild hochhalten: »Gefangener Tourist«. Paul holte von zu Hause einen Topf und setzte ihn dem Kind auf den Kopf, vielleicht war es sogar der Rainer-Maria-Rilke-Topf.

»Eine Künstlerkolonie ist eine besondere Form des Zusammenlebens von Künstlern«, hörte Paul eine Frau mit lauter Stimme sagen, er war schon auf der Flucht vor der

Oldenburger Gruppe im runden Hauptraum angekommen und stand neben einer Schulklasse mit ihrer Lehrerin.

»Von der Nähe zur Natur erhofft sich der Künstler die nötige Inspiration. Besonders das Moor war für die alten Worpsweder so wichtig wie für die Griechen und Römer der Marmor«, aber ihre Klasse schien das nicht sonderlich zu interessieren. Die Jungen schubsten sich, die Mädchen fuhrwerkten in ihren Haaren, tippten auf den Handys herum und ließen Kaugummis vor ihren rot bemalten Lippen knallen.

»Wer war Fritz Mackensen, Philipp?«, rief die Frau ganz laut, um sich Gehör zu verschaffen.

»Keine Ahnung, Frau Lessmann«, sagte der Junge.

»Judith, weißt du es?«

»Ein Künstler, was denn sonst?«, sagte die Schülerin.

»Richtig. Ein Maler! Mit wem verglichen?«

»Michael Schumacher«, rief ein Junge und alle lachten.

»So ein Unsinn. Mit Rembrandt! Und wann gestorben?«, fragte Frau Lessmann.

»1953«, antwortete Paul. »Mein Großvater war sogar dabei.«

Es stimmte wirklich. Paul Kück hatte das oft erzählt, auch weil man damals ein Stück altes Worpswede zu Grabe trug, von dem sich die meisten wohl allzu gerne verabschieden wollten.

Mai 1953: Mackensens Begräbnis, danach gehen die Künstler kegeln (Über Liebe, Schuld und Marie)

Ein warmer Platzregen war über dem Friedhof herniedergegangen, und gleich danach hatte sich die Sonne ihren Weg durch die Wolken gebahnt. Der Himmel sah in seiner helldunklen Zerrissenheit aus wie bestellt für den großen Worpsweder Landschaftsmaler.

Gleich hinter dem Sarg lief Martha Vogeler, ehemaliges Topmodell und erste Frau Heinrich Vogelers, begleitet vom schönen Kunsthistoriker Hans Hermann Rief. Dahinter kamen die beiden Maler- und Dichterbrüder Uphoff, der Fotograf Hans Saebens, die Maler Wilke, Rohde, Dodenhof, Krummacher und Müller; die Galeristen Cetto, Netzel und Pinkus, letzterer Sohn eines jüdischen Textilindustriellen, mit einer Armagnac-Flasche unterm Arm eher feiernd denn trauernd. Es folgten der Komponist Ernst Licht, sämtliche Schülerinnen Mackensens und Liesel Oppel, die wundersame Malerin, begleitet von ihrem hochgewachsenen Besuch aus dem Atlasgebirge, einem muslimischen Mann mit Turban, was als kleine Rache am deutschnationalen Mackensen gewertet wurde, den sie nicht ausstehen konnte. Dazwischen einige Ex-Kulturgauleiter aus Niedersachsen und Weser-Ems, die Christ- oder Sozialdemokraten geworden waren; die Feuerwehr, der Schieß- und Schützenverein, der Männergesangsverein, die Torfschiffer, sämtliche Worpsweder Großbauern von Behrens über Monsees bis Wendelken, dazwischen: Paul Kück mit Greta, Tochter Johanna, fünf Kücksöhnen, Hilde mit dem kleinen, debilen Nullkück. Anwesend auch die gesamte Familie Stolte etc. pp. Dieser Tag war wie ein Panorama der alten Worpsweder Gesellschaft.

Die Trauergemeinde zog rechts an der Zionskirche vorbei, schwenkte am nächsten Hauptweg ein kleines Stück nach links und hielt vor der Gruft.

»Kunst ist die Spiegelung der Natur in einer Menschenseele. Wie die Seele, so die Kunst«, stand auf dem Grabstein, den ein Konkurrent von Paul Kück angefertigt hatte.

»Langweiliger Grabstein«, murmelte Kück, als er eine

Schaufel Erde auf den Sarg schüttete, dann kondolierte er der Witwe. An das Grab trat auch der Dichter Gottfried Benn aus Berlin, der nicht so richtig wusste, was er dort sollte, er begleitete nur seine junge Geliebte aus Worpswede. Greta befand sich etwas abseits mit den Kindern und der siebten Frau des Gesamtkünstlers Tetjus Tügel. Noch beim Verlassen des Friedhofs behauptete Greta, sie sei das Modell für die »Moormadonna« auf dem Mackensen-Bild. Sie sagte es zu mehreren Trauergästen, was Paul Kück hörte und schon kurze Zeit später wieder richtigstellte.

Nach der Beerdigung gingen die Künstler in den von Otto Modersohn gegründeten Kegelverein, wo sie sich oft trafen und kegelten. Dabei waren der Dichter Schenk, der Maler Krummacher, die vielseitigen Uphoff-Brüder, der Landschaftsarchitekt Schwarz sowie das Universalgenie Tetjus Tügel. Und Paul Kück. Man erzählte sich Mackensen-Geschichten und sie handelten natürlich alle von Frauen, auch von Marie.

Mackensen hätte sie geliebt wie eine Blume, nur einen Sommer lang, berichtete Kück. »Und für ihre Haare hat er sich sogar ein besonderes Gelb kommen lassen, Samenflüssigkeit aus Indien! Und dann hat er sich Marie als Servicefrau in seine Villa genommen, wo sie bei Nazi-Gesellschaften Wein nachschenkte, meist in ihrem roten Kleidchen, wie auf dem Bild. Ja, und irgendwann hat er wohl auch bekommen, was er von Marie wollte, aber da forschte sie schon in seinem Leben. So ist das mit den Weibern, kaum bist du mit ihnen vertrauter, durchforschen sie dein Leben!«

Paul Kück stand vor seinen Kegelfreunden und berichtete immer ausführlicher: »Wusstet ihr, dass er eine behinderte Tochter hatte? Marie besuchte sie heimlich in einer Anstalt in Bremen, da gab es einen wahnsinnigen, halb blinden Arzt, der alles zu Tode sterilisierte, was ihm in die Finger kam!«

»Sag mal, malen mit Samenflüssigkeit aus Indien, so was gibt's doch gar nicht?«, fragte Schenk, der Dichter.

»Doch!«, sagte Kück. »Samenflüssigkeit von indischen Pferden, wenn ich das richtig verstanden habe.«

Die anderen sahen ihn gespannt an, denn weder von der Samenflüssigkeit noch von einer behinderten Tochter des Kolonievaters hatte bisher jemand etwas gehört.

»Wisst ihr denn, dass Mackensen sich für einen großen Erfinder hielt? Er schraubte vor Marie stundenlang an einem neuartigen Gewehr herum!« Kück deutete einen aufgezwirbelten Schnurrbart an und wechselte das Standbein: »*Meine sensationelle Zielvorrichtung, Marie! Wird gerade von Generaloberst Fromm geprüft für die große Schlussoffensive! Das erste Gewehr, mit dem man um die Ecke schießen kann!*«

Paul Kück war von sich und der Geschichte so begeistert, dass er Mackensen noch einmal auf Platt sprechen ließ: »*Dat eerste Gewehr, mit dat 'n üm de Eck scheten kann! Damit erringen wir den Endsieg, auch in Worpswede, Marie ...*«

Alle lachten. Er konnte Mackensen sehr gut nachmachen: Der zackige Ton, die angespannte Körperhaltung, mit der er andeutete, wie der Kolonievater das für den Endsieg konstruierte Infanteriegewehr präsentierte.

Er berichtete auch, wie Marie bei einem von Mackensens Empfängen den Gauleiter beschuldigt habe, dass er Johan, ihren geliebten Mann, mit dem verdammten Krieg umbringen würde. »Sie hielt den Weinkrug in der einen Hand und die andere streckte sie der Abendgesellschaft entgegen. Sie zeigte mit dem Finger auf Gauleiter Telschow, Landeskulturverwalter Schmonsees, Arbeitsdienstführer Hubert und auf Schulleiter Steinhörster! Am Ende gab sie dem Gauleiter ihre Mutterkreuze zurück, das bronzene und das silberne, beide!«

»Kegeln wir jetzt mal?«, fragte Tetjus Tügel, das Universalgenie, das aufgrund seiner großen Hände besonders gut kegeln konnte.

»Hat Mackensen dafür gesorgt, dass Marie verschwand? Sie ist doch verschwunden?«, fragte plötzlich einer der Maler, es war der alte Krummacher, den die Sache mit Marie immer nachdenklicher machte.

»Erst die große Muse, diese Samenflüssigkeit extra aus Indien, ich will gar nicht wissen, was so etwas gekostet hat, dann die Nazirunden in seiner Villa und auf einmal ist Marie verschwunden? Das ist doch auffällig!«, bestätigte ihn Schenk, der Dichter.

»Schwanger, eindeutig schwanger, ich kenn mich da aus, das Hengst-Gelb ist doch nur ein Gleichnis!«, sagte Tügel, dem sonst eigentlich immer alle Frauen des Ortes zugefallen waren und der schon seinen zweiten Wurf absolvierte.

»Aber doch nicht vom ollen Mackensen?«, fragte Paul Kück.

»Der hat seit Gründung der Kolonie alles ins Gras gelegt, was einen Rock anhatte«, unterstrich der Landschaftsarchitekt, der einen guten Überblick zu haben schien: »Ottilie, Hermine, Berta, Mieke, Metje, was meinst du, was mir Clara alles erzählt hat, nur Paula wollte angeblich nicht.«

»Für mich ist die Sache klar«, vermerkte wieder Tügel, »Rubens war auch vierzig Jahre älter als Helene. Es wäre übrigens schön, wenn ihr mal eine Kugel werft! Ich kann ja nicht gegen mich selbst gewinnen!«

»Aber wenn man eine Frau schwängert, lässt man sie doch nicht von der Gestapo abholen?«, es war wieder Paul Kück, der diese Frage stellte.

»Ich höre auf dem einen Ohr nichts mehr, es wird immer schlimmer. Was hast du gesagt?«, fragte Krummacher.

»Wenn man eine Frau liebt, dann lässt man sie doch nicht verschwinden!«, wiederholte Kück lauter.

»Ach so. Hm. Na ja«, sinnierte Krummacher. »Wenn man gleichzeitig eine deutsche Ehe führt, dann vielleicht schon«, Krummacher wurde zwar immer tauber, aber er hatte einen guten Blick für die Verhältnisse der Menschen.

»Man muss sich Hertha Mackensen, gebürtige Stahlschmidt, doch nur anschauen! Der alte Fritz hat sich verrammelt, schwupp, schwanger. Wenn eine Stahlschmidt das rauskriegt, ist Feierabend. Und schon ist die andere verschwunden. Nicht wegen ein paar zurückgegebener Mutterkreuze!«, erklärte natürlich Tügel und hielt Kück die Kugel hin. »Was ist denn das hier für ein Männerabend? Wenn du jetzt alle umhaust, spendiere ich 'ne Buddel und 'ne Jungfrau! Oder braucht ihr erst alle Samen aus Indien?«

»Wie ihr redet! Macht die Sache nur immer kleiner!«, sagte Fritz, der jüngere der Uphoff-Brüder. »Ihr wisst doch, was in unserem Dorf für Sitten herrschten!«, Fritz hatte ein blasses, anklagendes Gesicht. »Erinnert ihr euch noch an den Juden, der den Tennisplatz hatte?« Er bekam jetzt auch dünne Lippen und sah seinen älteren Bruder an. »Irgendwann war der Jude weg und wir haben Tennis gespielt. Aber wer von euch hat gefragt, wohin er verschwunden ist? Wenn wir darüber reden, warum Menschen verschwinden konnten, dann sollten wir uns anschauen. Wir haben Tennis gespielt. Das ist keine zehn Jahre her. Das waren wir! Tennis gespielt!«

Es war so still unter den Männern, dass Fritz einfach seine Kugel in die Bahn rollte und alle Kegel umwarf, was ihm noch niemals zuvor gelungen war. Die Männer lösten die Anspannung im Beifall auf.

»Jeder, der überlebt hat, ist also schuldig geworden? Ist es das?«, fragte der ältere Uphoff mitten in den Applaus für seinen Bruder hinein. »Es tut mir leid, dass ich mich nicht so verhalten habe, dass ich getötet werden musste. Aber du, Brüderchen, du lebst ja auch noch ganz gut.« Er bezahlte seine Getränke und zog die Jacke an.

»Übrigens«, sagte er beim Gehen: »Der König der Kolonie macht ein Kind mit der Frau eines Bauern, der an der Ostfront kämpft? Die Geschichte habe ich irgendwo schon mal gehört.«

Paul Kück wog derweil seine Kugel, kurz vor dem Wurf, nachdenklich in der Hand. »Wie schade, dass man Marie nicht mehr fragen kann«, sagte er.

»Vielleicht taucht sie ja eines Tages wieder auf? Mit einem Millionär aus Amerika!«, sagte Tügel und lachte.

»Ja, vielleicht«, sprach Paul Kück vor sich hin.

Dann sah er dem fast lautlosen, immer schnelleren Lauf seiner Kugel nach.

9
Ohlrogge liest Zeitung, gerät außer sich und läuft zu den Kühen

Peter Ohlrogge hatte die Nacht im Don-Camillo-Club verbracht und war mit dem Duft einer Frau, die sich Sylwia nannte und deren Leben er kaum kannte, zurückgekehrt und in sein Bett gekrochen.

Am späten Vormittag saß er aufrecht da und sah auf seine Hände. Sie schienen kleiner geworden zu sein mit der Zeit, dachte er, wie alte fremde Hände lagen sie auf der weißen Bettdecke.

Er sah sich im Zimmer um. Überall standen Bilder, ungefähr zwanzig an jeder Wand, auch in der kleinen Küche und im Badezimmer, alle mit der Bildfläche nach hinten, eines an das andere gelehnt. Er drehte nie eines um. Er wollte sie nicht sehen.

Seine letzte Ausstellung war vor 27 Jahren gewesen. Frau Schröter hatte ein Bild verkauft, sie hatte es selbst gekauft, wie er später bemerkte, als er bei ihr zu Hause zum Abendessen eingeladen war. Sie schlug vor, ihn wegen des Regens nach Viehland zurückzufahren, da stand es in der Garage. Sie machte schnell die Scheinwerfer wieder aus, aber er hatte es schon gesehen. Sie schwieg und fuhr ohne Licht aus der Garage.

Seine Staffeleien benutzte er nur noch zum Aufhängen der Wäsche. Auf dem Tisch standen die alten Farben, Blautöne und Pinsel, aber er brauchte sie nicht mehr. Nur für die Terpentinflasche hatte er noch Verwendung. Wenn die Wellbrocks wieder güllten, öffnete er die Flasche und dann kämpfte das Terpentin gegen die Gülle an wie er gegen seine Erinnerungen, doch immer war die Gülle stärker.

Er roch an seinen Händen und Haaren, ob etwas von dieser Sylwia aus dem Club geblieben war, der Duft war sein einziger Gefährte, der ihn nach Hause begleitete. Er konnte den Duft umarmen wie eine Geliebte und presste dabei seine Glieder fest aneinander. Am Morgen war sie dann weg.

Er stand meist spät am Vormittag auf und holte sich die Zeitung ins Bett, die in der Regel vom Regen nass geworden war. Später fuhr er mit dem Fahrrad zu seinem Bäcker, kaufte zwei Brötchen und setzte sich zu Hause an den Tisch.

Wenn das Telefon klingelte, war es die Malschule. Sie rief ein paarmal im März an, um die Termine für den Frühling und Sommer durchzugeben, den Rest des Jahres klingelte das Telefon nicht. Ohlrogge überlegte oft, es abzumelden und das Geld für die Grundgebühr besser im Don-Camillo-Club zu lassen, aber er hing an dem Anschluss, so als habe er es noch nicht aufgegeben mit der Außenwelt.

Manchmal rief er Nummern an, die er in kleinen Anzeigen in der Zeitung fand, und landete in Karussellen mit Frauenstimmen. Er besaß kein Telefon mit einem modernen Tonwahlsystem und konnte sich deshalb zu keiner der Frauen live durchstellen lassen. Er verweilte dann in den Endlosschleifen mit den heißen Tonbandstimmen.

Was noch?

Manchmal trug er Igel und Hasen, die versucht hatten, die Straße zu überqueren, auf seinen alten Malplatten in die Wiesen. Er grub Gräber und hielt kleine Trauerreden, bei denen er regelmäßig weinte.

Oft erschrak er, wie laut es war, wenn er in seiner Stille zu Hause die Brötchen aß. Wenn er seinen Ellenbogen vom Tisch nahm, um zu der meist schon dunkelgelben Butter zu greifen, wackelte es. Es wackelte schon seit zwanzig Jahren, und wie oft hatte er etwas suchen wollen, ein Stück Pappe, ein Stück Holz, um es unter den Tisch zu schieben, aber irgendwie fehlte ihm die Kraft.

Ohlrogge stand auf, lief vor die Tür und holte die Zeitung. Die kleine Meldung auf der ersten Seite traf ihn wie eine der Gewehrkugeln damals im Garten, kurz nachdem sich Johanna von ihm getrennt hatte.

Paul Kück wird Künstler des Jahrhunderts (KDJ). Lesen Sie Seite 7 dieser Ausgabe.

Ohlrogge zerriss die regennasse Zeitung in mehrere Stücke bei dem Versuch, auf Seite 7 zu gelangen. DIESES SCHWEIN VON PAUL KÜCK WIRD KÜNSTLER DES JAHRHUNDERTS!?!

Er las Seite 7 gar nicht mehr, er hatte ohnehin für dieses Jahr mit Fritz Overbeck gerechnet, mit Clara Westhoff oder Otto Ubbelohde. Auch Bernhard Hoetger und Tetjus Tügel hätte man sich denken können, vielleicht wäre auch die Zeit reif gewesen für Richard Oelze! ABER KÜCK?!? Ein bildhauernder Handwerker, der historische Denkmäler anfertigte und der ihn mit einer Bockflinte für Maulwürfe eiskalt über den Haufen schoss??! Und der ihn obendrein mit 22.770 Mark für Gartenpflege und Skulpturenreinigung ruinierte und für den Rest seines Lebens zu Malstunden mit Hobbykünstlern im Moor verurteilte?!!

Ohlrogge sah wieder alles vor sich: das Gartenfest, den hinterhältigen Paul-Kück-Schuss, dieses Klacken und Wegschlagen seines Arms, dann erst der Knall in den Ohren, danach: das Blut, das Loch, Johanna, die eben noch dagesessen hatte mit leicht geöffnetem Mund, den fremden Kuss erwartend, der jetzt einsetzende reißende Schmerz, die

Atemnot, die Hasenmenschen, der Goya-Vergleich, das Abhängen seiner Bilder bei Schröter usw.

Er sank neben sein Bett.

Die Skulpturen! Die Scheißskulpturen hätte man doch sowieso irgendwann reinigen müssen, dachte er, er wusste noch auswendig, wie das sündhaft teure Reinigungsvorhaben in der Forderung umschrieben gewesen war: ANWENDUNG EINER SPEZIALPASTE (MÜNCHENER FABRIKAT). So eine Ungeheuerlichkeit!! Für die Gülle brauchte man keine SPEZIALPASTE AUS MÜNCHEN, da hätte ein normales Abspritzen mit Wasser gereicht! Er lief rot an vor uralter Wut, so als hätte sich das Ganze erst vor fünf Minuten abgespielt.

Auch die grüne Patina, die Sulfate und basischen Kupferchloride, die sich auf der Bronze nicht durch die Gülle, sondern durch die Zeit gebildet hatten, ließ Paul Kück mit der Spezialpaste aus München abtragen, was nicht nur ungeheuerlich war, nein, es war auch kriminell, da war sich Ohlrogge sicher, denn wieso sollte er für die Korrosionen der Zeit aufkommen, für die Zeit konnte er ja nichts! Trotzdem wurde das kunstlose Kück'sche Gesamtwerk durchpoliert mit seinem Geld, mit seiner Energie und seiner Existenz! An seine Blautöne, an die teuren Ultramarinfarben war nicht mehr zu denken, geschweige denn an echtes Ultramarin aus Lapislazuli! Er konnte sich keine einzige Tube mit Lapislazuli mehr leisten, als Kück anfing, mit der Spezialpaste zu polieren! Sogar Skulpturen, die nicht betroffen waren und etwas weiter abseits der Hochzeitsgesellschaft gestanden hatten, wurden poliert, ebenso Goethe, Schiller und Immanuel Kant! Sie hatte es im Garten nicht einmal gegeben, standen aber dennoch auf der Reinigungsliste! Paul Kück machte es so, wie wenn man dem Falschen hinten drauffährt und am Ende ist es nicht nur die Stoßstange, sondern das Heck, die Achsen, die Lenkung, die Vorderhaube, der Motor, das ganze Auto, in diesem Fall: Goethe, Schopenhauer, Sepp Herberger, die Gebrüder Grimm, Hildegard Knef, Karl der Große, Liselotte Pulver, Rosemarie Nitribitt, Rudolf Diesel, James Bond! Wer ihm so gerade einfiel, tauchte auf und trieb die Kosten und die Menge der beanspruchten Spezialpaste in die Höhe, von der sich andere Worpsweder Bildhauer wahrscheinlich nur ein paar Tuben in ihrem Leben leisten konnten. Unfassbar, dass das alles so durchging! Was hatte denn Paul Kück mit James Bond zu tun?? – Nichts! Rosemarie Nitribitt, wo war die denn im Garten?? Nirgendwo! Als ob eine ermordete Edelhure so einfach in Greta Kücks Garten neben ihrem Blätterfall-Rilke gestanden haben könnte! Aber nein, im Schadensbericht war das egal, da ging es nur darum, der Münchener Spezialpaste tonnenweise habhaft zu werden! Gier! Diese Gier! Diese kriminelle Gier auf Kosten eines anderen!

Ohlrogge musste nach Luft schnappen.

Überhaupt, was für ein Begriff: KÜNSTLER DES JAHRHUNDERTS, und dann einer, der mit SPEZIALPASTEN betrügt und ausbeutet und mit BOCKFLINTEN AUF ANDERE KÜNSTLER SCHIESST, DIE SICH WEGEN IHM KEINE NEUEN FARBEN MEHR LEISTEN KÖNNEN!

So viel Fencheltee oder gedörrte Früchte konnte Ohlrogge gar nicht einnehmen, wie ihn diese Zeitungsmeldung mit all ihren Ursachen und Wirkungen verstopfte.

Er lief mit der Zeitung und im Schlafanzug bis zur Wellbrock-Wiese, auf der die Kühe das Gras kauten, Speichel bildeten und zwischen ihren vier Mägen hin und her verdauten.

Ihm fielen immer weitere Details ein: Der Vater seiner alten Liebe, er wolle es selbst machen, hieß es damals plötzlich. Er wolle seinen Garten selbst ausheben und reinigen, neu mit Frischerde auffüllen und Gras säen. Er nahm den Schadensersatz für den überhöhten Nitratgehalt, das Geld für sechshundert Kubikmeter Frischerde, Saatgut und sechs Wochen Arbeitslohn von drei Mann eines Meistergärtnereibetriebes – UND LIESS DANN ALLES, WIE ES WAR, IN SEINEM SCHEISSGARTEN. – Er war schuld, er ruinierte ihn, weil er ihn hasste, seitdem er, Ohlrogge, mit seiner Tochter geschlafen und sich am Ende auch noch auf seinen reservierten Stuhl gesetzt hatte!

DER RESERVIERTE STUHL, schoss Ohlrogge durch den Kopf! Vielleicht war der Hass aus der Geschichte mit dem reservierten Stuhl entstanden.

Sommer 1967: Geisterstunde bei den Kücks

Im Moor wacht er früh auf, weil ringsum die Vögel in den Birken singen. Er setzt sich auf die Fensterbank und beobachtet Johanna, die sich im Bett diagonal ausbreitet. Die eine Hand liegt auf ihrer nackten Schulter, der andere Arm ist durchgestreckt. Ein Bein überragt das Bettende, sodass ein zierlicher Fuß mit rot lackierten Nägeln übersteht; das andere Bein ist angewinkelt und umschließt die Decke.

Er sitzt auf der Fensterbank und fragt sich, ob es Frauen gibt, die sogar im Schlaf wissen, wie sie besonders schön aussehen. Dann schaut er nach draußen in den Moorgarten.

Ihr Vater sitzt bewegungslos in einem seiner thronartigen, von Heinrich Vogeler entworfenen Jugendstil-Stühle. Um Punkt sechs Uhr steht er auf, schreitet langsam auf die Marie-Skulptur im Garten zu und senkt leicht seinen Kopf. Er geht zurück, erreicht die Gartentafel, rückt den zweiten Heinrich-Vogeler-Stuhl vor, auf dem aus unerklärlichen Gründen sonst nie jemand Platz nehmen darf, und setzt sich wieder in seinen eigenen Thron. Nach einer Weile, in der er wie entrückt den zweiten Stuhl angestarrt hat, hebt er leicht seinen Arm und ruft: »Hol Butterkuchen!«

So geht das wochenlang. Jeden Morgen, sechs Uhr: sitzen, auf Marie zuschreiten, erneut Platz nehmen, dann der fast gespenstische Ruf »Hol Butterkuchen!«

»Wach auf!«, sagt Ohlrogge, er versucht Johanna zu wecken. »Dein Vater begrüßt jemanden im Garten, aber da ist niemand!«

»Ich warne dich. Lass uns in Ruhe«, sagt sie und zieht die Decke über ihren ganzen Körper.

Eines Morgens springt er im Rücken des Vaters von der Fensterbank und setzt sich auf den verbotenen Stuhl, auf dem nur das Unsichtbare Platz nehmen darf.

Als der Vater wieder zurückkommt, sieht er dessen Augen: aufgerissen, dunkel flackernd, dann leer und immer kälter, mondähnlicher werdend – sie sehen ihn an wie die Augen eines Mannes, dem man nicht nur den Stuhl, sondern das Leben genommen hat.

Er hält dem Blick des Vaters nicht mehr stand und schaut weg. Er steht jetzt in einem Garten in Sibirien. Kalter, weißer Boden. Eiswinde.

Sommer 1967: Die Funktion des Orgasmus von Wilhelm Reich (Danach: Trennung und Rausschmiss)

Einen Tag später schlafen sie miteinander und Johanna fängt dabei wieder mit ihren Atemübungen an, den richtigen Beckenbewegungen, ihr Fachbuch liegt aufgeschlagen daneben.

»Wie soll man in einem Haus, in das jeden Morgen Gespenster kommen, die richtige Atemtechnik lernen?«, fragt er, um eine Art Testballon zu starten, nachdem ihm die merkwürdigen Szenen im Garten keine Ruhe lassen.

»Mein Vater ist Sozialdemokrat, du Arschloch! Kümmere dich lieber um Vietnam!«, sagt sie mitten in ihren Beckenbewegungen, die ihm ohnehin vorkommen, als wolle sie den Sex im Hause ihres Vaters durch die Übungen aus dem Fachbuch verharmlosen.

»Ich habe doch nur gefragt, wie ich atmen soll. Was hat das mit Sozialdemokraten und dem Vietnam zu tun?«, flüstert er, er weiß wirklich nicht, wie sie darauf kommt, und hört ihren Vater direkt vor dem Zimmer auf den knarrenden Dielen hin und her gehen. »Lass uns mal woanders bumsen. Hier geht das nicht. Vielleicht fahren wir irgendwohin. Wir könnten morgen ans Meer«, schlägt er vor, denn der Vater muss beides vernommen haben, den fachgerechten Sex nach Wilhelm Reich und die Unterhaltung, überhaupt: Wann immer sie miteinander schlafen, hört er den Vater auf den Dielen des Hauses umhergehen wie einen Wachposten. Es ist, als schliefen sie immer zu dritt.

Ein paar Tage später packt Johanna Kisten. Sie wirft alles lieblos zusammen. Und ihr Vater trägt Kiste für Kiste eigenhändig aus dem Haus und auf den Teufelsmoordamm, während Nullkück in seinem Zimmer sitzt und durch das Fenster sieht. Am Ende werden auch die Bilder aus dem Haus getragen, diese weiten Ohlrogge-Himmel, vor denen man früher stand und den Atem anhielt, weil man glaubte, eine riesige Kraft würde über einen hinwegeilen. Nun stehen sie alle auf dem Damm neben seinen traurigen Kisten. Es ist gewissermaßen Ohlrogges letzte große Ausstellung.

10
Paul beginnt zu graben und kann wieder nicht atmen (Und Bauer Renken kommt seit 1945 mit der Milch)

Paul lag am Nachmittag in seinem Hochbett und schlief. Brüning, der ihn am Morgen um sieben aus dem Bett geholt hatte; die Kunstschau mit ihren Bildern, ja, wahrscheinlich hatten ihn die Moorbilder müde gemacht, die Heimat machte sowieso müde; vielleicht war es auch sein Kindheitsbett, in dem er sich in der Nacht mehrmals drehen und wenden musste, um die richtige Position zu finden.

Um zwei Uhr wachte er durch einen Spatenstich auf. Brüning junior stand direkt am Fenster, ganz wie der Vater, und sah zu, wie Paul die Augen aufschlug.

Bestimmt ist er schon zu Tisch gewesen und hat zu Mittag gegessen!, war sein erster Gedanke. Bestimmt haben die Brünings Gardinen, dachte Paul als Zweites, denn ein Worpsweder ohne Gardinen würde niemals so durch die Fensterscheibe glotzen mit einem Spaten und einer Stechschaufel in der Hand.

»Moin«, sagte Paul.

»Mahltiet«, sagte Brüning junior, er konnte nur der Sohn von Jan Brüning sein, er sah genauso aus: kugelrund schon mit zwanzig, der dunkelblaue Arbeitskittel, aus dem das Stofftaschentuch heraushing, dazu die Gummistiefel, die Mütze, darunter das ebenfalls sehr runde Gesicht mit blauen Augen.

»Heißt du Karl oder Ernst, Karl-Ernst oder andersrum?«, fragte Paul, es war gar nicht so schwierig, es gab nur diese vier Namen zur Auswahl: Der Großvater hieß Karl-Ernst

Brüning, dessen Sohn Jan Brüning hatte den Betrieb übernommen und die Enkel mussten Karl, Ernst, Karl-Ernst oder andersherum heißen, das war ja bei den Kücks auch so, die Familien hier hatten wirklich etwas von diesen Schachtelpuppen.

»Karl«, antwortete er. »Mien Broder Ernst schüffelt op de anner Siet.«

»Aha. Logisch. Ich heiße Paul. Ich ziehe mir Gummistiefel an, und dann helfen Nullkück und ich mit. Ich hoffe, ihr habt noch Spaten und Schippen.«

Er schlüpfte in seine Hose, nahm den Kostenvoranschlag der Firma Brüning und lief ins Badezimmer. Er spülte eine Spinne ins Waschbecken und rechnete beim Zähneputzen.

Der Kostenvoranschlag (Kostenvöranslag), den Tille Brüning im Auftrag ihres Mannes gemailt hatte, sah als Erstes die Einrichtung der Baustelle vor:

Posten 1: Entwässerung Garten (Abzugsgrippen)
Reiner Arbeitslohn / 1.550.– Euro

Er starrte auf sein Handy, das neben dem Zahnputzbecher lag. Keine Antwort aus Barcelona.

Posten 2: 68 Betonpfähle setzen (44 auf Längsseiten,
24 auf Giebelseiten). Bis 4–10 Meter Gründungstiefe /
15.700.– Euro

15.700?! Er stoppte mit den Putzbewegungen.

Nullkück klopfte an die Badezimmerscheibe und hob die Stechschippe in die Höhe, winkte und lächelte.

Paul grüßte mit der Zahnbürste und kalkulierte, dass sich mit Nullkück und ihm der Posten 1 vielleicht reduzieren ließe, wenn sie richtig anpacken und mitschaufeln würden.

Aber Posten 2? Wieso konnten 4 bis 10 Meter lange Betonpfähle so teuer sein? 15.700 Euro?!

Er sah wieder auf das Handy. Felipe fiel ihm ein. Dieser Felipe. Er hatte Christina vorgeschlagen, dass sie irgendetwas ins Genom von Fliegen installieren könnten. Er mit ihr. Zusammen!

Nullkück klopfte wieder.

Paul machte das Badezimmerfenster auf: »Mensch, ich komm ja gleich, ich putze mir gerade die Zähne! Spann doch so lange Luther nach!«

Nullkück reichte ihm ein rund geformtes Stück Metall durch das Fenster. Es war ganz schwarz, verkrustet.

»Was ist das?«, fragte Paul.

»Graben, graben«, antwortete Nullkück und lief zurück in den Garten.

Paul hielt das Stück unter den Wasserhahn. Er kratzte mit dem Fingernagel, bis er etwas Helles durchschimmern sah. Es könnte ein Schmuckstück sein, dachte er und legte es auf das Waschbecken. Ihm schoss ein Bruchstück von dem, was er geträumt hatte, durch den Kopf: Marie steigt aus dem Bild. Nimmt ihn an der Hand. Sie laufen durch das Dorf. Zu Stolte. Ins Moor. Immer tiefer hinein.

Er drückte Wiederwahl und wartete mit pochendem Herzen bis zur Mailbox. Christina ließ ihn ins Leere klingeln. Wenn sich die Handygewohnheiten eines Partners verändern, hat er einen anderen Menschen getroffen, fühlte er.

Posten 3: Stützeinrichtung Dach. Bohrungen auf Linie der Außenwände bis auf Grund. Pfähle setzen. Neues Fundament über Pfähle gießen. Zement, Material, Arbeitslohn (4 weitere Hilfskräfte) / 17.950.– Euro

Die Spinne, ein moortypischer Weberknecht, war aus dem Abfluss wieder hochgekrochen und hatte überall Zahnpasta. Paul tippte mit zitternden Fingern in sein Handy:

Ist es so schwer ein bisschen liebe zu senden?
Oder ist es so aufregend mit euren fliegen?

Hatte er richtig gelesen? 17.950? Kam das jetzt noch zu den 15.700 dazu? Er drückte den letzten Rest der Zahnpasta über dem Weberknecht aus und drehte heiß und kalt bis zum Anschlag.
Handy? – Nichts!
Damals im Botanischen Garten unter der Kastanie hätte er ihr antworten können: ich dich auch! – Doch eins zu eins, aus der Nähe, ich liebe dich? Ohne zwischengeschaltete Handys, Netzbetreiber und Signalisierungskanäle? Es kam ihm vor, als könne er so etwas nur aus der Entfernung ausdrücken oder Gefühle nur noch unter Bedrohung übermitteln, aus dem Teufelsmoor in Worpswede auf die Rambla nach Barcelona oder in irgendwelche gottverdammten katalanischen Betten.
Zusammengerechnet waren das jetzt mit Abzugsgrippen 35.200 Euro! Zuzüglich der Mehrwertsteuer und der Kosten für die Säuberung der Erdbohrer, Raupen, Bagger, Betonmischer. Und das alles ohne die Maurerarbeiten, um die Wände wieder hochzuziehen, dafür rechnete Paul vorsichtshalber 8.000 plus Ziegel. Er sah in den Spiegel. Er war blass. Er musste Brüning drücken. Es ging zwar um das Einzige, was er erben würde, aber die Kosten für die Neugründung des Hauses übertrafen bei Weitem das Geld aus der Lebensversicherung. Bei der angedachten Halbe-halbe-Regelung seiner Mutter würde das Geld komplett in die

Neugründung fließen und für Berlin, seine Projekte und sein Leben bliebe nichts mehr. Natürlich war es sinnvoll, Geld in das Haus und sein Erbe zu investieren, aber alles? Und wann könnte er es dann verkaufen? Nach Nullkücks Tod? Nach dem Tod seiner Mutter? Vielleicht, dachte Paul, wollte sie ihn nur spüren lassen, dass ihm das Haus, in dem sie ihn auf die Welt gebracht hatte, gefälligst etwas wert sein sollte. Vielleicht wollte sie, dass er um seine Kindheit kämpfte und damit um den Teil ihres gemeinsamen Lebens, der in diesem Haus stattgefunden hatte. Vielleicht wollte sie auch, dass er vor ihr auf die Knie fiel und endlich zugab: MAMA, DU HAST JA RECHT! MEINE PROJEKTE LAUFEN NICHT UND MEIN BRUNNENSTRASSEN-PROJEKT MIT DEM HALMER-PROJEKT WIRD NIE LAUFEN, DER MALER IST JA AUCH NOCH BLIND, ICH BIN SO BLÖD, ICH STELLE EINEN BLINDEN MALER AUS! – und er deshalb nicht alles Geld aus der Lebensversicherung ins Haus pumpen könnte, allenfalls ein Viertel, er bräuchte ja auch Geld für das Leben in Berlin? Er könnte doch nicht mit Nullkück zusammenziehen, im Moor sitzen und fortan nur noch Buchweizenpfannkuchen essen und allmählich wieder selbst ein Kück werden? Er überlegte, ob er seinen Vater in Amerika informieren sollte, schließlich hatte der auch einmal in diesem Haus gelebt, umsonst, und jetzt war er reich, in der Automobilbranche, und saß gemütlich am Michigansee.

Der Weberknecht bewegte sich in kreisenden Bewegungen auf den Abfluss zu und schien nunmehr unfähig, jemals wieder von unten heraufzukriechen.

Paul lief in den Garten, wo Nullkück und die Brüningsöhne schon damit begonnen hatten, die Abzugsgrippen vor den Giebelseiten des Hauses auszuheben. Vom Ost-

und Westflügel klangen die Stechgeräusche der Spaten und Schaufeln herüber und ergaben sogar, wie Paul bemerkte, einen gemeinsamen Takt.

Er legte sein Handy in die Schubkarre, nahm eine Stechschaufel und stach einen Tag nach Ankunft in der Heimat mit energischem Schwung ins Moor. Als er die erste Schaufel mit der bleischweren Erde ausgehoben hatte, gluckste und zischte es aus der Spalte, bis das Moorwasser nachsickerte. Er versuchte in den Takt der anderen zu kommen, stach wieder hinein, hob die Schaufel, die ihm beim zweiten Mal schon schwerer geworden war, und es gluckste und zischte noch lauter. Bei der ungefähr zwanzigsten Schippe schien das Moor zu singen.

Paul starrte in die Schlammlöcher. Seine Augen tränten, das Atmen wurde immer schwieriger. Seine Moorallergie war zurück.

Die Moorallergie! (Und das schreckliche Lachen von Bauer Gerken)

»Junge, du kannst keine Moorallergie haben, weil es so etwas gar nicht gibt!«, hatte seine Mutter gesagt und der Worpsweder Dorfarzt dies 1973 bestätigt.

»Die sogenannten Bleichmoose, Frau Kück, gelten als ungemein gesundheitsfördernd! Torf- oder Bleichmoose produzieren Gerb- und Huminsäure und gedeihen besonders gut im sauerstofflosen Moor, man sollte darin unbedingt baden!«

»Davon bin ich überzeugt«, sagte Pauls Mutter.

»Machen Sie sich keine Sorgen, Frau Kück. Unsere Moorleichenfunde aus Heudorf und Hüttenbusch«, führte der Dorfarzt aus, »diese Funde wurden über die Jahrtausende durch die Bleichmoose gut konserviert, weil sie in der Lage sind, jede Bakterie zu töten.«

Sie töteten auch fast alle anderen Pflanzen in Pauls Heimat, darum wurde die Gegend auch »Dovelsmoor« genannt, »Taubes Moor«, später »Teufelsmoor«. Nur ein paar Heidekrautgewächse konnten dort leben: die Krähenbeere, die Rauschbeere, Blaubeere und die Glocken- und Besenheide, das schmalblättrige Wollgras und der Fieberklee, das war's, vielleicht noch der Gagelstrauch. Der Rest ging neben den Bleichmoosen unter. Sogar die Bleichmoose selbst starben unten herum ab und verwandelten sich zusammen mit Sumpfgräsern, Seepflanzen und den Körperchen von jahrtausendealten Insekten, Käfern, Knochen und Fischgräten zu Torf, zum Teufelsmoor – zu einem sauerstofflosen, keimfreien Grab, das deshalb noch heute Auskunft über die Vergangenheit gab.

»Vielleicht kann ich nicht atmen, weil das Moor keine Luft hat?«, fragte Paul.

»Das ist Unfug«, antwortete der Arzt. »Lass dir mal den Roten Franz aus Heudorf zeigen! Der Rote Franz besitzt noch nach über 1000 Jahren rosige Wangen und Haare auf dem Kopf. Sogar das Zahnfleisch ist gut. Keine Parodontose!«

»Ich danke Ihnen«, sagte Pauls Mutter. »Das Moor hat das Wasser und das Wissen alter Zeiten gesammelt und es hat eine Heilkraft, die man nicht einmal mit der Blauen Lagune auf Island vergleichen kann, mein Schatz. Es kommen andere von weit her, um hier bei uns im Moor zu sein.«

»Vielleicht kann ich nicht atmen, weil Marie auch noch im Moor ist?«, fragte Paul, weil er wirklich nicht atmen konnte.

»Was erzählst du da für Märchen? Marie ist abgeholt

worden!«, antwortete seine Mutter, und er dachte wieder an das grausige Lachen von Bauer Gerken ein paar Tage zuvor.

Paul hatte zugesehen, wie Gerken mit dem Trecker eine Kuh von Bauer Semken aus dem Moor zog, die in den Graben gefallen war. Semken sprang noch mit dem einen Ende eines Seils hinein und tauchte unter der Kuh hindurch. Als Gerken sie dann mit Vollgas herausgezogen und gerettet hatte, stieg er vom Trecker und sagte, dass das Teufelsmoor schöne Moorleichen habe. Man könnte ja mal nach Marie suchen, die würde er auch gern mit seinem Hanomag da herausholen.

»Marie war die einzige Komnuistin in unserer Familie und wurde abgeholt«, erklärte Paul dem Bauern, immer noch mit Problemen ab der zweiten Silbe.

Danach stieß Bauer Gerken mit einem grausigen Lachen und den Worten »abgeholt, abgeholt!« einen seiner Gummistiefel in das Moor.

»Hörst du, wie es singt?«, sagte Paul, weil es ihm unangenehm erschien, im Garten tatenlos herumzusitzen, während der andere die Abzugsgrippen schaufelte.

Karl sah ihn mit blassblauen Augen an, nahm sein zerknittertes Stofftaschentuch, das noch größer war als das seines Vaters, und schnäuzte sich. Er schnäuzte so stark, dass Pauls Stechschaufel vibrierte.

»Also, es singt natürlich nicht wirklich, das Moor, aber es macht manchmal so seltsame Geräusche. Sag mal, du kommst aus dem Moor, ich komme aus dem Moor, wir graben zusammmen Abzugsgrippen, und da würde ich dich mal gerne fragen: Hast du eigentlich auch diese Moorallergie? ...«, aber das Schnäuzen wurde noch heftiger und lauter, so als ob es den Dialog ersetzte. Oder vielleicht war es auch der Dialog, vielleicht lag in diesem Schnäuzen etwas wie Sprache, Ausdruck und eine Sicht der Welt, in die sich Paul erst wieder hineinfinden musste.

Der alte Bauer Renken kam wie früher mit der Milch. Er trug seinen tiefblauen Kittel, dazu Mütze und Pettholschen, diese typischen breiten Holzschuhe, die aussahen wie Bügeleisen und die früher die Torfbauern alle getragen hatten, um nicht sofort im heimtückischen Teufelsmoor zu versinken. Die Holschen klapperten richtig, als Renken auf das Holzbrett pettete, das über dem großen Graben lag. Der große Graben zog die Grenzlinie zwischen den Grundstücken von Kück und Renken, und Renkens Pettholschen klapperten seit 60 Jahren über den Graben, wenn er mit der Milch kam. Seit 60 Jahren stellte er die Milchkanne in den Garten neben Marie, und wenn in der Zeitung etwas über Paul Kück gestanden hatte, brachte er auch die entsprechende Seite mit.

»Mien leve Jonny!«, sagte er meist, »Mein lieber Jonny!«, das hieß so viel wie »Donnerwetter« oder »Düvel!«.

Pauls Großvater tat dann so, als hätte er die Zeitung noch nicht gelesen: »Na, Renken, wat de Zeitungsfritzen woll wedder schrieven doot?«, fragte er scheinheilig, dabei kannte er jede Zeile.

»Butscher!«, sagte Renken und drückte Paul die Kanne und die Zeitung in die Hand. Er schien erstaunt, dass aus dem »Butscher« ein Mann geworden war, und tätschelte Paul mit seiner furchigen Bauernhand. Sie roch nach Stall, Vieh und Mist.

»Vun dien Grootvadder snackt se sogor noch, wenn he al doot is!« Damit meinte er wohl, dass man Pauls Großvater gerade zum Künstler des Jahrhunderts ernannt hatte, obwohl er längst tot war.

»Ja, das ist ein Ding, Herr Renken, wer hätte das gedacht«, sagte Paul.

Renken nickte mit dem Kopf und nahm die Milchkanne vom Vortag, die Nullkück stets an den Sockel von Marie platzierte.

»Butscher!«, wiederholte er und sah Paul immer noch mit staunenden Augen an, so als hielte er das Fortschreiten der Zeit für unerklärlich. Dann klapperte er über den großen Graben zu seinem Hof hinüber.

11
Ohlrogge bleibt bei den Kühen und lässt die Vergangenheit nicht los

Peter Ohlrogge lief im Schlafanzug um die Kühe herum, die ihn graskauend und desinteressiert anstarrten, sie kannten ihn ja schon.

»Dieser Verbrecher!«, fluchte er vor sich hin. »Warum werden immer die Verbrecher belohnt? DIESER SPEZIAL-PASTENBETRÜGER VON PAUL KÜCK! BOCKFLIN-TENKILLER!«

Wenn Ohlrogge in besserer Verfassung war, erlebten ihn die Kühe ruhiger. Dann saß er auf dem Weidezaun und sah in ihre großen dunklen Augen, die ihn an gemütliche Kinderhöhlen erinnerten, in die er sich zu Hause in Lauenburg verkrochen hatte, wenn er dem Leben der Schuhreparaturen entfliehen wollte. Man könnte sich von der Welt verabschieden und in den Kuhaugen leben, dachte Ohlrogge oft. Diese großen dunklen Augen schienen ihm einen Weg zu weisen ins Innere der Erde oder auf den Grund einer anderen, freundlicheren Welt ohne die Traurigkeit, die ihn täglich umgab.

Zwischen ihm und den Kühen existierten auch beachtliche Übereinstimmungen: Bis zu neun Stunden pro Tag verbrachten die Wellbrock-Kühe damit, das angedaute Gras aus ihrem Pansen heraufzuwürgen und mit unermüdlichen Kaubewegungen zu zerkleinern. Bis zu 30.000 Mal am Tag konnten sie das Hinaufgewürgte immer weiter zerkauen. Bei Ohlrogge hatte bisher keiner nachgeforscht, aber wenn man seine Gedanken gezählt hätte, die jeden Tag um die

Vergangenheit kreisten, man wäre bestimmt auf ein ähnliches Ergebnis gekommen.

Sommer 1967: Wie er hinter die Ortsgrenze zieht und im Moor versauert

Als auch noch die letzte lieblos gepackte Kiste auf dem Teufelsmoordamm abgestellt wird, ist sein Leben im Arsch. Er fühlt es. Er sieht die traurigen Kisten und spürt einen Riss. Auf der einen Seite: Licht, vergangen. Auf der anderen Seite: Dunkel, beginnend, Dämmerung.

Er trägt alles zum Westhang des Weyerbergs und baut sich aus Kisten und Bildern eine Höhle unter den Bäumen neben den Maisfeldern. Drei Wochen schläft er draußen, dann zieht er ganz an den Rand, sogar hinter die Ortsgrenze von Worpswede.

In Viehland, an einer Schnellstraße, hinter einer gefährlichen Rechtskurve, findet er ein 35 Quadratmeter großes, würfelartiges Haus. Umgeben von Kuhwiesen und mit einem mächtigen Baumstamm vor dem Fenster, der das Licht nicht ins Haus lässt, aber immerhin als Rammbock dient für besoffene Autofahrer, die aus der Kurve fliegen. Hinter diesem Rammbock lebt Ohlrogge weiter. Er stapelt die Kisten in die Ecken und deckt seine Liebe mit Tüchern und Bettlaken zu. Die nächsten 35 Jahre stehen sie so da.

Er tut nicht viel in all der Zeit.

Zwanzig Jahre lang »Malschule Paula«: Tuben ausdrücken mit Touristen und Hausfrauen, Farben mischen, Pinselauswahl. Moor malen, Fluss malen, Horizont malen. Von April bis November, jede Woche dreimal.

Wie gern würde er sich wieder verlieben, denkt er oft. In eine fremde, talentierte, ihn neu befeuernde Malschülerin.

Aber seine Kurse werden bevölkert von Frauen, die vorlaut sind, hässlich, ungeduldig, in ihren Farben herummatschen und sofort drauflospinseln, ohne Zartheit, ohne Empfindung. Eine Zeit lang bringen sie sogar Kassettenrecorder und Aerobic-Sachen mit und machen nach dem Kurs dynamische Bewegungen, sodass die Vögel aufschrecken und sich andere Wiesen suchen.

Manchmal fragen ihn Kollegen von der Malschule, ob er mitkommen wolle auf Demonstrationen gegen Atomkraft oder Pershing-II-Raketen. Einer Demonstration gegen die Kücks hätte er sich angeschlossen, aber für die Umwelt oder den Weltfrieden fehlt ihm die Kraft. Stattdessen läuft er durch das Moor und schlägt mit dem Stofftaschentuch, das er sich wie alle Männer hier zugelegt hat, gegen Zaunpfähle, manchmal auch gegen Kühe. Er weiß nicht, warum.

1989 geschieht etwas: 7 Paula- und 7000 Ohlrogge-Tage (Über die Ruhmsucht der Menschen)

Eine Wissenschaftlerin findet anlässlich des 100-jährigen Jubiläums der Künstlerkolonie heraus, dass die berühmte Malerin Paula Modersohn-Becker im Winter 1906 in einem leer stehenden, kleinen, quadratischen Ziegelsteinhaus in Viehland unterkam, als sie sich von ihrem Mann trennen wollte. Eine Woche wohnte sie in dem Haus und wartete auf Geld für die Fahrkarte nach Paris.

Im Frühjahr klopft der Tourismusbeauftragte der Künstlerkolonie bei Peter Ohlrogge und betritt feierlich die mit Kisten vollgestopfte Behausung.

»Hier hat sie also einmal gelebt!«, sagt er, sieht sich etwas naserümpfend um und unterbreitet Ohlrogge ein Angebot:

»Könnten Sie sich vorstellen, ein feines Appartement in unserer schönen Neubausiedlung zu beziehen, gleich hinter dem Supermarkt, Herr Ohlenbrock?«

»Ich heiße Ohlrogge. Rogge, nicht Brock!«, antwortet er. Dabei sieht er den Tourismusbeauftragten mit einer Haltung an, die diesen nach ungefähr einer Minute wieder aus der Tür gehen lässt.

Ohlrogge schwört sich: Nie im Leben wird er Worpswede dieses Haus geben! Er hat es damals für wenig Geld von den Wellbrock-Erben erstanden, weil ihnen der angebliche Defekt des Schleudertankwagens und der absurde Güllepreis, der ihm vom alten Wellbrock abverlangt worden war, aufrichtig leidtat, der junge Wellbrock erwies sich als anständiger Bauer.

8.000 Mark bietet ihm das Tourismusamt nun plötzlich schriftlich. »Für jeden Paula-Tag, den sie in dem bescheidenen Häuschen lebte, mehr als tausend Mark«, merkt man noch flott an.

Das ist so pervers wie unverschämt, denkt Ohlrogge. Was wird denn mit den ganzen Tagen, die *er* in dem Haus gelebt hat, fragt er sich, diese Tage werden wohl gar nicht miteingerechnet? – So vergessen ist er schon! Er hasst Worpswede für diese Anfrage und dieses widerliche Rechenexempel. Seine kleinen roten Backsteinmauern, die auch von seiner Trauer, Klage und von seinem Leben erzählen – diese Mauern will man jetzt einfach in einer riesigen Paula-Welle vermarkten?! Und wie verlogen! Fast ihr ganzes Leben hatte Paula unter Worpswede gelitten, wie er! Wurde belächelt, nicht anerkannt, auch wie er! Nur jetzt, wo man entdeckt hat, dass sie die vielleicht größte Malerin des vergangenen Jahrhunderts gewesen ist, da kommt plötzlich der Tourismusbeauftragte und will auch noch Paulas unruhige, von Worpswede zermarterten und von Zukunftsangst gepeinigten Tage in seinem Haus vermarkten, nein, nein, nein!

Ohlrogge rechnet: Sieben Paula-Tage stehen im Vergleich zu ungefähr 7000 Ohlrogge-Tagen, und man muss sich auch, denkt er, gegen die überhöhte Ruhmsucht der Menschen zur Wehr setzen, die es nicht interessiert, was jemand in seinem Leben gemacht hat, sondern nur, ob er berühmt war!

Ohlrogge liest nach, was über die sieben Tage von Paula in seinem Haus geschrieben wurde. Viel ist es nicht. Bauer Brünjes hatte sie auf dieses Häuschen aufmerksam gemacht, von dort schrieb sie einen Brief an den Vermieter des Ateliers, 14 Avenue du Maine, wo sie in Paris arbeiten wollte. Ferner wurde ein Dokument aus dem Winter 1906 an ihre Schwester Herma entdeckt:

Sitze in meinem Versteck am Rande des Worpsweder Lebens und warte auf das Geld von Hauptmann. Ich habe Sehnsucht nach der Welt. Otto hat nicht einmal gemerkt, wie ich Kisten packte im Atelier. Er kegelte, er kegelt ständig. Oder sammelt Grashüpfer.

In den Folgejahren kommen sogar Kunsthistoriker und Touristen, die nichts auslassen. Sie laufen auf sein Haus zu und quetschen ihre Nasen an sein kleines Fenster, aber er schlägt von innen mit dem Schnupftuch, mit der Fliegenklatsche gegen die Scheibe oder er hält ihnen die alte Pistole unter die Nase, mit der er einmal Herrn W., den neuen Goya, zu erschießen gedachte.

Im Don-Camillo-Club leiht er sich bei Martha eine Perücke und bindet sie hinten zu einem Zopf. Als er eine Touristengruppe kommen sieht, läuft er ihr mit Pinsel und Perücke entgegen und ruft: »Ich lebe noch, ich lebe noch!

Und wer seid ihr? Seid ihr Rilke oder Otto? Otto, oh, mein Otto, ich bin Paula! Ich habe mich hier versteckt, lass uns noch mal neu anfangen!« Die Gruppe springt auf ihre bei Brookmanns gemietete Kutsche und fährt schnell wieder weg.

In Worpswede nennt man ihn einen Hausbesetzer, einen Geisteskranken. Bei manchen heißt er der »Gülle-Liebhaber«, »Gülle-Ex« oder »Gülle-Rogge«, der das kleine Paula-Haus nicht hergeben will, das in einigen Jubiläumsschriften sogar als »Paulas Emanzipationshaus« gewürdigt wird.

Auch über die Malschule versucht der Tourismusbeauftragte Druck auf Ohlrogge auszuüben, damit er das »Emanzipationshaus« endlich räumt. Ohlrogge setzt sich hin und schreibt einen bösen Brief.

Sehr geehrter Herr Tourismusbeauftragter!
Ich habe Ihnen etwas aus dem Worpsweder Kirchenarchiv herausgesucht. Es ist das Protokoll vom 6. August 1911, etwas trocken, aber sehr interessant: »Der Vorsitzende legte nochmals den Antrag über Errichtung eines Denkmals für die verstorbene, auf unserem Kirchhof beerdigte Frau Modersohn geb. Becker, vor. Der Kirchenvorstand lehnt den Antrag ab.« So viel zur Verlogenheit der Menschen.
PS: Für 99.000 Mark können Sie das Emanzipationshaus haben, Sie im Ruhm herumpiekender Tourismusgeier, der sich über eine Frau hermacht, der man früher nicht mal einen Gedenkstein geben wollte!

Worpswede, den 11. November 1989

Die Sache mit dem Emanzipationshaus verstärkt seinen Worpswede-Hass und Worpswede-Schmerz. Er kann tagelang dasitzen in erstarrter Unruhe und sich die alten Bilder wachrufen. Von den fundamentalen Umwälzungen in Berlin und Osteuropa bekommt Ohlrogge nichts mit. Er beschäftigt sich mit Schuld- und Opferfragen, er fertigt sogar Ranglisten mit Schuldigen an, die er für sein Scheitern verantwortlich hält. Er ist jetzt 49 Jahre alt, und wegen folgender Personen oder Personengruppen ist sein Leben gescheitert:

1. Paul Kück
2. Johanna Kück (Verräterin meiner Liebe)
3. Klein-Goya (Herr W.) und seine Münchener Verwandtschaft! (Modisches, oberflächliches Pack)
4. Der Kulturteil der Hamme-Nachrichten (Siehe widerliche Kritik zu Hasenmenschen im Zeitalter der Angst)
5. Worpswede-Galerie Schröter (Wankelmütig, verräterisch)
6. Greta Kück (Butterkuchentante) und Nullkück (Geisteskranker Spanner)
7. WORPSWEDE! (Schuld in folgender Reihenfolge: Der Pastor / Gottfried-Benn-Geliebte mit ihrem verdammten Brustschmuck! / Die Worpsweder Reinigung / Getränkehandel Stelljes / Landschaftsgärtnerei Uphoff / Bäckerei Barnstorff / Familie Stolte, die diese Scheißkünstlerkolonie entdeckte / Usw.
8. DER ALTE WELLBROCK (Gülle-Nazi) und das korrupte Landwirtschaftsamt OHZ (Ohne Hirn Zugelassen! Ochsen Hinterm Zaun!)
9. Die hässlichen Hobbymalerinnen in der Malschule Paula (Verhinderer meiner Kunst)
10. Der Worpswede-Tourismusbeauftragte (Ruhm-Geier!) / Die Worpswede-Touristen (Muss man bekämpfen wie Insekten)

Manchmal nimmt er einen Radiergummi und ändert etwas. Als er vom Tourismusamt weitere Post erhält, in der es heißt, er schade der Kunst und dem Ansehen von Worpswede und sei außerdem ein Wucherer (ausgerechnet er mit seinen zu leistenden Spezialpasten-Horror-Zahlungen!) – da setzt er den Tourismusbeauftragten noch vor die Worpsweder Galerie und Frau Schröter, die immerhin ein paarmal angerufen hat in den Achtzigerjahren. Klein-Goya steht 1968 noch auf Platz 1, aber mit den Jahren, in denen die Eifersucht nachlässt und der Hass auf die Kücks bleibt, rutscht er auf Platz 3. Es kommen auf der Rangliste auch neue hinzu: Bauer Gerken zum Beispiel, der sogar 22 Jahre nach der Gülle-Hochzeit Schadensersatz fordert wegen Überschreitung des Nitratgehalts im Grundwasser, was angeblich bei den Gerkens Schilddrüsen-Unterfunktionen, Kröpfe und Jodmangel verursacht habe. Ohlrogge platziert Gerken noch auf Platz 7 vor der verlogenen Gottfried-Benn-Geliebten mit ihrem nervtötenden Brustschmuck.

Ihn lassen die Hochzeit und der Schmerz, der sich von der Liebe abgekoppelt hat, einfach nicht mehr los. Der Schmerz wächst in ihm zu etwas ganz Eigenem heran.

12
Nullkücks Briefe an Tille und Else (Und das Muttertelefonat Nr. 3)

Familie Brüning schien wirklich Probleme mit den Nasen zu haben. Karl hatte wieder sein Stofftaschentuch hervorgeholt, das seltsamerweise immer größer wurde, und schnäuzte sich noch einmal so kräftig, dass nun sogar der Moorgarten leicht erzitterte. Wie ein Vorbeben, dachte Paul, wie ein Bruch, den die Erde einleitet und leise ankündigt.

Auch Pauls ganze Kindheit über hatte die Erde gewackelt. Anders als in Kalifornien lag es nicht an der Verschiebung der Erdplatten, sondern an der ersten Torfmoosschicht des Moores, die man Schwingdecke nannte und die ständig nachgab, vielleicht auch, um die Erinnerung an das Urstromtal und das Meer, das dort einmal gewesen war, wachzuhalten. Die Schwingdecke zog sich über das Grundstück und die umliegenden Wiesen, wo die Bauern mit ihren Kühen lebten, und endete erst vor der ansteigenden Ortsmitte rund um den Weyerberg, an dem die meisten Künstler wohnten. Nur Pauls Familie eben nicht, die saß mitten im Moor auf der Schwingdecke. Besonders schlimm war es bei den Gartenpartys seiner Eltern. Bei den Rolling Stones oder den Beatles lag Paul im Bett und stellte sich vor, wie unter ihm die Erdplatte aus Amerika mit der Schwingdecke aus Worpswede zusammenkrachte und dann die Welt mit den Kücks unterging.

»Kiek maal«, sagte Karl. »Dat hett mien Mudder in de Schuuvlaad funnen!« Er hielt Paul einen Brief hin, in Druckschrift geschrieben. Die Tinte war schon fast verblichen.

Liebe Tille.
Ich weiß, dass Du die Tochter vom Geffken bist und den Sohn vom Brüning heiraten willst. Ich beobachte Dich schon lang auf dem Kartoffelacker. Deine Brüste sind wie der Vorfrühling, der sich langsam vortastet in seine ersten Liebesträume. Ich wünschte, ich könnte mit in diesen zarten Träumen leben. Doch leider kann ich nicht halten und Dir einen Haselstrauch schenken, denn der große Sommer naht und ich muss die Felder pflügen.

Nullkück, 1972

Offensichtlich waren auch an Nullkück die Auswirkungen von 1968 nicht vorübergegangen. Es gab Briefe an Berta, an Wenke, Elisabeth, an die schöne Rieke Tietjen, an Rosel, Sine, Freia, Frauke, Birte, Beeke, Dörthe und Adeline. Sie alle arbeiteten wie Tille auf den angrenzenden Feldern und bekamen ihre Briefe bei voller Fahrt vom Trecker zugeworfen.

Es gab auch einen Brief, den eine junge Bäuerin nach einiger Zeit empört zurückschickte, und den seine Mutter allen zeigte.

Liebe Else.
Schon lang beobachte ich, wie Du süß und glühend voller Sehnsucht Steckrüben in Deinen Händen wiegst. Leider kann ich den ganzen Sommer nicht halten. Warten wir bis Herbst, wenn die Blätter fallen. Vielleicht steige ich dann herab vom Hanomag.

Nullkück, 1968

Nullkück war damals auf dem Gebiet des Briefverkehrs eine Mischung aus Rilke und Rainer Langhans aus der Kommune 1 – und Pauls Mutter wertete den Brief als ein besonderes Dokument, an dem man ablesen konnte, wie Tradition und Moderne, das alte Worpswede und die neuen Zeichen der Zeit selbst in den Liebesbriefen eines Debilen miteinander rangen und zum Ausdruck kamen.

An manchen Briefen schien Nullkück auch sehr zu arbeiten. Die »Steckrüben« im Brief an Else zum Beispiel, sie waren, nachdem er sie wohl mit Hildes Tintentod gelöscht hatte, irgendwann wieder sichtbar geworden und trotzten den chemischen Stoffen, die nicht ewig wirkten. So musste es also in der vom Trecker abgeworfenen Endfassung erst keine »Steckrüben« gegeben haben, sondern nur die Worte: »... wie Du süß und glühend voller Sehnsucht Deine Hände wiegst ...«, das »in« und die jeweils letzten Buchstaben von »Deinen Händen« hatte er auch weggekillert, vielleicht empfand Nullkück das Bild mit den Rüben in Elses Händen als zu gewagt und heikel, doch die Zeit brachte es wieder hervor.

Oft machten sich die Bauern über ihn lustig. Er stand dann da, lachte mit, aber er lachte nicht wirklich. Er versuchte länger zu lachen als alle anderen, während seine Augen zu weinen schienen.

»Schön, die Stelle mit dem Vorfrühling«, sagte Paul und gab Karl den Brief zurück. »Deine Mutter sollte sich diesen Brief gut aufheben.« Er tippte erneut in sein Handy und schickte die SMS zum zweiten Mal.

Ist es so schwer ein bisschen liebe zu senden? Oder ist es so aufregend mit euren fliegen?

Danach stach er wieder ins Moor. Aus der Schubkarre klingelte das Handy.

»Ist alles in Ordnung?«, fragte Paul.

»Wunderbar, ist schon was über Großvater in der Zeitung erschienen?«, erkundigte sich seine Mutter.

»Ja, Renken war vorhin da mit seinen Klapperschuhen. Ich glaube, die heißen Pettholschen, Petten gleich treten, oder? *Mein lieber Jonny,* hat er gesagt, wie früher. Er stellt die Milch immer noch bei Marie ab. Und da steht auch jedes Mal die leere Kanne vom Vortag. Ich habe das Gefühl, man hat die Zeit hier einfach angehalten.«

»Aha, ist ja interessant. Was steht denn nun in der Zeitung?« Sie war richtig ungeduldig. Die Sache mit den Pettholschen und der Zeit, die durch die Milchkannen angehalten wurde, interessierte sie überhaupt nicht.

»Moment«, sagte Paul, »ich schaufle gerade im Moor, Abzugsgrippen!«

»Sehr gut! Lies schnell vor und dann schaufle weiter!«, ordnete seine Mutter an.

Für den kommenden Kunstsommer hat die Gemeinde Worpswede zum siebten Mal den Künstler des Jahrhunderts benannt. Die posthume Ehrung, die seit 1997 vergeben wird, fiel in diesem Jahr auf den Bildhauer Paul Kück, dessen Denkmal für den Moorkommissar Findorff zu einem Wahrzeichen der Künstlerkolonie geworden ist. Bericht folgt.

»Wie, mehr nicht?«, fragte seine Mutter. »Das ist alles zum KDJ?« Sie benutzte die Abkürzung KDJ jetzt auch ganz selbstverständlich, wie BRD.

»Die schreiben doch *Bericht folgt.* Da kommt noch was«, sagte Paul.

»Dass Großvater *in einer Reihe mit Rilke* steht, hätten sie schon berichten können! Warum drucken sie den Brief, den ich bekommen habe, nicht ab?«

»Weiß ich nicht«, antwortete Paul. »Können wir vielleicht über Festnetz telefonieren? Mein Akku ist gleich leer. Außerdem würde ich dir gern sagen, was die Pfahlgründung kostet, nämlich über 40.000 Euro! Wenn ich davon die Hälfte zahle, habe ich nichts mehr, dann ist das Haus gerettet, aber dafür bekomme ich in Berlin Probleme.«

»Ich habe dir doch gesagt, dass du gerade dabei bist, dein Erbe zu sanieren! Du machst eine gute Investition, das Haus mit dem Grundstück liegt locker bei über einer halben Million. Außerdem kommt nun auch ein Schönes zum anderen, denn wenn du Großvater jetzt auf dem Kunstmarkt handelst, wirst du staunen!«, erklärte seine Mutter voller Überzeugung.

Paul zögerte einen Moment. »Sei mir nicht böse, aber *KDJ*, das scheint mir eher eine regionale Ehrung zu sein. Ich glaube, der Kunstmarkt kriegt das gar nicht mit.«

»Was redest du da? *In einer Reihe mit Rilke und Paula Modersohn-Becker*, das ist doch nicht regional, das ist überregional! Überregionaler geht's ja wohl nicht!«

»Mein Akku, ich will's nicht so lang machen, ich wollte nur sagen, dass wir mit dem Haus noch mal überlegen müssen ...«

»Wir müssen mit dem Haus nicht überlegen! Was ist eine Investition von 20.000 gegen eine Immobilie von über einer halben Million? Verkauf nur vier Skulpturen und wir müssen über Geld nie wieder reden! Spürst du denn nicht, wie sich gerade eins zum anderen fügt?«

»Doch, ja, aber ich glaube, dass sich der Kunstmarkt trotzdem schwertut mit metergroßen Bronzeskulpturen, die Luther darstellen, meine Großmutter oder Heinz Rühmann«, versuchte Paul noch einmal seiner Mutter zu verdeutlichen.

»Das ist dem Kunstmarkt egal, was sie darstellen, Hauptsache, sie sind von *ihm*«, erklärte sie kategorisch. »Es geht um die Marke!«

»Weiß ich nicht. Darauf würde ich mich, ehrlich gesagt, nicht verlassen.«

»Da muss ich mich aber sehr wundern! Du kaufst irgendwelche Blue Chips an der Börse in Hongkong, erzählst mir, dass die nach oben gehen, obwohl du nicht mal erklären kannst, was solche Blue Chips überhaupt sind, aber auf deinen eigenen KDJ-Großvater würdest du dich nicht verlassen?«

»Ich würde das nicht miteinander vergleichen. Ich weiß nicht, was das mit den Blue Chips zu tun hat! Da habe ich einen Fehler gemacht, ich hab mich auf den Hang Seng Index verlassen, darauf hat sich die halbe Welt verlassen!«

»Du machst ständig Fehler!«

»Jeder macht Fehler! Hätte dein Vater ein Haus auf einer festen Wurte oder Worps gekauft, dann müsste ich jetzt nicht im Schlamm herumbuddeln! Es gibt übrigens sehr wohl eine Moorallergie! Ich kann nämlich schon wieder nicht atmen! In Berlin konnte ich immer atmen, nur hier nicht! Diese fürchterlichen, sauerstofflosen Bleichmoose! Obenherum lebend, untenherum tot, sie wachsen auf ihrem eigenen, abgestorbenen Untergrund, habe ich gelesen! Und in diesem Untergrund, in diesem dickflüssigen, toten Wasser, in dem wahrscheinlich auch alte Germanen, Hexen und Jäger und sonst was herumliegen, wolltest du, dass ich bade!«

»Da macht jemand eine Banklehre und dann weiß er noch nicht einmal, dass Blue Chips nicht gut sind, das beschäftigt mich.«

»Mein Gott, die waren mal gut, aber dann wurde ungeheures Geld verbrannt und es war überall weg!«

»Geld kann nie ganz weg sein! Bei dir ist es weg! Und wenn deine Bank behauptet, dass es bei ihr auch weg sei, dann würde ich die sofort fragen, wo es jetzt ist. Irgendjemand muss es ja haben! Als ehemaliger Bankmann kann man doch nicht so naiv sein!«

»Ich war nur zwei Wochen in der Bank! Außerdem ...«, er kam nicht mehr dazwischen.

»Ich mag das Naive. Eigentlich ist das Naive etwas Schönes. Es schützt die Welt vor dem kalten Blick, aber wenn du jetzt den KDJ nicht ordentlich verkaufen kannst, dann bist du auch noch ein naiver Galerist, bei dem nur Erfolglose herumhängen. Du kannst dir doch nicht von so einem die ganze Galerie vollstellen lassen? Da muss man auch mal ein Machtwort sprechen. Nimm lieber deinen Großvater und trenne dich von dem Erfolglosen!«

»Tut mir leid, ich liebe deinen Vater, aber Opa ist total out! Du nervst, du hast keine Ahnung vom Kunsthandel!«, schoss er zurück.

Mein Gott, er hatte doch recht, dachte er, seit 30 Jahren hatte keiner mehr etwas von Paul Kück gekauft, nur Ferdinand von Schulenburg, aber der war auch schon tot. Er würde sich lächerlich machen, wenn er in seiner Galerie in Berlin zwischen diesen Opa-Skulpturen sitzen und so tun würde, als ob sie *überregional* wären, abgesehen davon, dass sowieso keiner in die Galerie kam außer Kovac, aber das wusste seine Mutter ja nicht.

»Junge, Junge, du bist aber in keiner guten Verfassung heute. Ich rufe später wieder an, wenn du dich beruhigt hast!«

Sie legte auf.

Diese Art Achterbahn fuhr sie oft. Ob es die Bleichmoose waren, die jede Bakterie töteten und angeblich gut für die Gesundheit waren, oder Blue Chips, die man in Hongkong nicht hätte kaufen dürfen, ganz egal – sie wusste alles besser. Und wenn Paul nicht atmen konnte oder seine Sicht der Dinge vortrug, stellte sie ihn als unwissend dar, unfähig, naiv oder negativ denkend, wie im Falle vom Willy-Brandt-Besuch, wo man aber wirklich nicht wusste: War Willy Brandt nun tatsächlich in Großvaters Garten gewesen oder vielleicht doch nicht, schließlich war das angebissene Stück Butterkuchen in der Gefrierkühltruhe noch kein Beweis. Und wehrte er sich, wie jetzt mit dem Kunstmarkt, dann war er plötzlich ihrer Ansicht nach in einer schlechten Verfassung, sodass sie das Gespräch lieber beendete. Es war zum Schreien. Er schrie aber nicht, er schluckte die Telefonate mit seiner Mutter herunter wie Steine.

13
Der Fund im Moor

Paul hatte gerade wieder zu graben begonnen, als Nullkück auf ihn zurannte und wild mit den Armen gestikulierte.

»Paul, Paul!«, schrie er. »Komm, komm!« Dann zog ihn Nullkück auf die andere Seite des Gartens. Karl folgte. Sein Bruder Ernst stand da und starrte in die Tiefe.

Sie waren mit den Abzugsgrippen im Laufe des Tages schon fast bis zum großen Moorgraben vorgedrungen, der das Grundstück umgab und in den alle neuen Abzugsgräben münden sollten. An dieser Stelle, kurz vor der Mündung, blickte Paul nun hinunter in den Sumpf und auf den Kopf eines Menschen.

Nullkück hatte vor lauter Aufregung den halben Teufelsmoordamm alarmiert, und ungefähr eine Stunde später hob man den Fund unter größten Anstrengungen aus dem Moor und legte ihn auf die Wiese. Während Nullkück ihn mit dem Gartenschlauch abspritzte, standen die Brünings sowie die Männer vom Damm hinter dem Wasserstrahl und sahen zu, wie sich Schlamm, Torf und Bleichmoose aus den Ohren, den Nasenflügeln und Augenhöhlen allmählich lösten und herausliefen.

Semken war auch erschienen, ebenso Malte Jahn, der herbeigeeilt war und aussah wie sein Großvater: hager, mit langem Hals, spärlichem Haar, nur der Stock fehlte. Anwesend auch Bauer Renken und Bauer Gerken, der schon 94 war und beim Ausheben des Fundes Anweisungen gegeben hatte.

Als Letzter kam Herr Lundt, der Bremer NASA-Physiker, der vor langer Zeit auf dem Teufelsmoordamm ein Zimmer gemietet hatte, weil er im Rahmen der Apollo-Mission Ruhe brauchte für die Oberflächenbeschichtung einer neuen Weltraumfähre beim Übergang vom All in die Erdatmosphäre, angeblich stand er damals kurz vor der Erfindung neuartiger Hitzeschutzkacheln. Er war ganz grau und in Worpswede alt geworden. Er schaute kurz auf den Fund, dann in die Moorspalten und lief weg.

Nullkück spritzte noch einmal von oben bis unten alles ab und beendete seine Arbeit mit dem Gartenschlauch.

Der alte Gerken zog seine Mütze und war der Erste, der das Wort ergriff. Es war, als würde man durch das Moor fallen in eine andere Zeit.

Malte Jahn entfernte sich zügig, seine Augen brannten.

Paul setzte sich auf einen Schlammhaufen. Er war bleich, ihm wurde übel.

14
Ohlrogge kann immer noch nicht loslassen und trinkt Kaffee von 1933

Allmählich begannen auch die Kühe unruhig zu werden. Ohlrogge hatte die Wiese im Schlafanzug mehrmals abgeschritten und ungewöhnlich oft umrundet, sodass die Wellbrock-Kühe schon ganz tüdelig aussahen. Zumindest starrten sie ihn nicht mehr graskauend desinteressiert an, sondern einige stellten ihre Kauvorgänge ein und warfen sich untereinander Blicke zu.

»KÜNSTLER DES JAHRHUNDERTS«, schimpfte er vor sich hin. »Das kann nicht wahr sein! NICHT DER! NICHT KÜCK, NICHT DIESES SPEZIALPASTENSCHWEIN, DIESER BOCKFLINTENFASCHIST!?«, immerhin steigerte er sich in seinen Wiederholungen.

»HOL BUTTERKUCHEN! – Das klingt doch wie HEIL HITLER!«

Warum war ihm das früher nie aufgefallen?, dachte Ohlrogge und erinnerte sich an die seltsamen Szenen im Kückgarten mit dem reservierten Stuhl und diesen gespenstischen Rufen des Vaters, wenn der Morgen graute und alle schliefen.

HOL BUTTERKUCHEN!

Ohlrogge hatte keine Ahnung, warum es ausgerechnet wie HEIL HITLER klang. Wahrscheinlich war es die Aussprache, der Ton, den Ohlrogge noch immer im Ohr hatte von damals: HOL BUTTERKUCHEN! – zackig, wie aus der Pistole geschossen, mit fast mechanischer Erregung, so als sei der Butterkuchen der Führer.

»Ich mach dich fertig!«, schrie er plötzlich die Kühe an. »Da gibt's ja auch die Sache mit der Kriminalpolizei!«

Ja, Marie fiel ihm wieder ein, um deren Skulptur der alte Kück im Morgengrauen immer herumgelaufen war. Marie, die in der Familie Kück immer zugegen gewesen war wie ein Gespenst. Wie eine Untote. Und wusste nicht dieser Jahn, dieser Nachbar ... Da war doch was? Jahn, Marie, Kriminalpolizei ...

Ohlrogge krümmte sich.

»Ich muss aufpassen«, stöhnte er vor den Kühen. »Ihr habt vier Mägen ... aber ich ... ich habe nur einen.«

War es vielleicht wieder Zeit für eine Therapiestunde? Gab es denn so etwas wie Vergangenheitssucht?

Frühsommer 1967, noch vor der Trennung: Mit Jahn auf dem Moordamm (Fragen zu Maries Tod)

Der Nachbar Emil Jahn ist ein hagerer Mann mit langem Hals und schütterem Haar. Die ganze Familie Kück flucht über ihn, weil sein Schild »Der Bildhauer« unverfroren und geschäftsschädigend sei. 30 Jahre schon würden die Kunden in die falsche Einfahrt einbiegen.

»Warten Sie!«, ruft er, als er Ohlrogge vorbeigehen sieht. »Ich möchte Ihnen endlich einmal mitteilen, es ist nicht nur das Schild!«, dabei hört man bis zu den Kücks, wie der Stock, an dem er geht, auf den Teufelsmoordamm schlägt. »Es gibt auch einen anderen Grund, warum die Kücks so schlecht über mich sprechen.«

»So, so«, sagt Ohlrogge und schaut Jahn an, der ihm körperlich unangenehm ist, außerdem hat er keine Ahnung, was der Mann von ihm will.

»Haben Sie nicht auch schon mal gedacht, dass Hilde gar

nicht die Mutter von Nullkück sein kann?«, fragt Jahn und streckt seinen Hals in Richtung der Kück'schen Einfahrt.

»Alles lange her«, antwortet Ohlrogge.

»Ja, aber Marie ist nicht tot gemeldet worden.« Er macht eine kleine Pause, in der er wieder seinen Hals reckt, so als suche er Marie rechts und links in den Wiesen. »Ich habe immer gesagt, was ich wusste. Es kam ein Auto von der Worpsweder Polizei, Kriminalpolizisten, die haben nach ihr gefragt. Das waren keine von der Gestapo.«

Ohlrogge will gehen, er weiß ja, dass die Jahns und die Kücks sich hassen, was soll er sich da einmischen.

»Hier, die schenke ich Ihnen! Das ist eine Dienstmarke, die ist echt, *Gemeinde-Kriminalpolizei* ist da eingeprägt.« Jahn drückt sie ihm in die Hand. »Die Dienstmarken von der Gestapo waren quadratisch aus Silber, diese aber ist rund aus Kupfer. Die können Sie mal Ihrer Freundin zeigen, die habe ich hinter Kücks Schuppen gefunden, die brannten da ja heimlich Schnaps. Außerdem kamen da nachts Stimmen aus dem Schuppen. Ich habe Stimmen gehört!«

Ohlrogge wird es unheimlich, er will sich verabschieden.

»Wissen Sie, meine Frau war immer misstrauisch«, berichtet Jahn weiter. »Marie hatte ihr einmal erzählt, dass sie bei Mackensen gehen musste, weil sie nicht mit ihm ... Na, Sie wissen schon. Mit Kommunismus hatte das nicht so viel zu tun!«

»Hm, vielleicht hat sie ja doch mit ihm ... Was wissen wir von den alten Herzen, Herr Nachbar, wenn wir nicht mal unsere eigenen ergründen können?«, sagt Ohlrogge und geht schnell die Einfahrt zu den Kücks hinunter. Er denkt noch, was für ein windiger Mann und wie irrsinnig, dass es das überhaupt gab: eine Kriminalpolizei im Nationalsozialismus!

Im Garten beim Kaffeetrinken fragt er: »Herr Kück« – er siezt den Vater von Johanna – »Herr Kück, was ist eigentlich mit dem Auto, das Sie hier gefunden haben? Ist das von den englischen Truppen, der Gestapo oder der Kriminalpolizei? Kann man wahrscheinlich schwer unterscheiden. Und haben Sie etwa das ganze Auto auseinandergebaut?« Er weiß ja, ein Teil davon, die Achse, dient als Stange im großen Eichenschrank.

Der Vater lässt sein Stück Butterkuchen fallen und geht ins Atelier. Die Mutter nimmt ihr Tablett und läuft in die Küche. Ohlrogge will Johanna noch das runde Kupferding von der Kriminalpolizei zeigen, doch sie steht auf und fährt ohne ein Wort nach Bremen zur Jacobs-Tochter, dann in die »Lila Eule«, in ihren Lieblingsclub.

Herbst 1972, vier Jahre nach der Trennung: Ohlrogge bei einem Fachmann für Vergangenheit (Dr. Anton Rudolph)

In der Zeitung überblättert er die Watergate-Affäre und liest über einen Mann in der neu gegründeten Uni Bremen, der sich professionell genau mit jener Vergangenheit auseinandersetzt, die auch Ohlrogge für sein Schicksal mehr und mehr verantwortlich macht.

Er sucht ihn am Institut für Geschichtswissenschaft in seinem Dienstzimmer auf, vollgestopft mit Zeitungen, die so uralt sind und stauben, dass Ohlrogge sich schon beim Eintreten an den Armen kratzt.

»Sie kennen ja die Hamme-Nachrichten, wenn Sie aus der Gegend kommen«, sagt Anton Rudolph zur Begrüßung. »Ich habe hier alle Ausgaben von 1933 bis 1945. Wissen Sie, wie viele das sind?«

Ohlrogge sieht ihn gar nicht. Er hört nur die Stimme

hinter den Zeitungstürmen, die sich unten fast pulverartig auflösen und verrotten und oben bis unter die Decke des Dienstzimmers wachsen. Seltsam, denkt Ohlrogge, die Uni ist ganz neu, auf den Fluren riecht es nach Fensterkitt und frischen Bodenbelägen, nur hier schaut es aus, als stünden die alten Papiertürme schon seit langer Zeit. Hinter den Türmen hört er wieder die Stimme.

»Erst blättern Sie eine Woche durch und noch eine und es wird ein Monat und bald ein Jahr. Dann fangen Sie im Januar mit einem neuen Jahr an und Ihre Hände sind schwarz geworden. Man kann es auch nicht mehr abwaschen, schauen Sie mal!«

Ohlrogge sieht zuerst die Innenflächen der Hände, die Anton Rudolph hervorstreckt, sie sind wirklich dunkel.

»Haben Sie 1939 geschafft, müssen Sie auch 1940 schaffen und danach 41, 42, 43 ... Manchmal habe ich zwischen all den Jahren Mittagsschlaf gemacht.«

Ohlrogge spürt wieder den pulverartigen Zeitstaub und kratzt sich im Gesicht, während von Rudolph nun alles zu sehen ist: ein Mann von mittlerer Statur in einem zu großen Jackett. Die Haare angegraut, aber lockig, lang und ein bisschen wie bei ihm, denkt Ohlrogge. Auch trägt Rudolph Turnschuhe und gießt jetzt Wasser in eine völlig verkrustete Kaffeemaschine.

»Ich komme wegen Kück, Worpswede«, sagt Ohlrogge und beobachtet den Historiker.

»Kück ... Kück ... da sind so viele Kücks ...«

»Paul Kück!«, erklärt Ohlrogge. »Der Bildhauer, ich spreche vom *Rodin des Nordens*!«

»Kück ... ein Bildhauer namens Kück ...«, überlegt Rudolph weiter und Ohlrogge ist schon leicht resigniert, er hat eigentlich erwartet, dass der Historiker bei dem Namen Paul Kück quasi den Wasserbehälter fallen lässt.

»Ja, vielleicht ... Warten Sie mal ... Vielleicht war da was ...«, meint Rudolph sich zu erinnern. Er stellt die Kaffee-HAG-Dose mit dem roten Rettungsring ab und greift hinter den Zeitungstürmen nach einem Ordner mit »Diverse«.

Ohlrogge hält seine Nase in die Nähe der dampfenden Kaffeemaschine. Der Geruch erinnert ihn an alles: den Garten, die Nachmittage, die Tafel mit Butterkuchen. Genau diesen Geruch hatte auch der Kaffee von Greta Kück, egal, ob es HAG war oder später Jacobs, es lag wohl an ihrer alten Maschine.

»Na, also!«, sagt Rudolph, heftet ein Blatt aus dem Ordner und überreicht es seinem Besucher. »Wissen Sie, was die Nordische Gesellschaft war? Die Liste ist vom 3. Oktober 1941. Lesen Sie!«

Ohlrogge sieht auf ein in Reichsschrift verfasstes Papier, vergilbt. Oben steht:

Mitglieder / Ratsmänner der Nordischen Gesellschaft

Er geht die Liste durch mit Gauleitern, Reichsleitern, Stabchefs etc., er will gerade fragen, was er damit soll, als Ohlrogge unten diesen Namen sieht:

Paul Kück / Ratsmann für Worpswede und Osterholz

Sein Herz rast. Paul Kück zusammen mit NSDAP, SS, SA und dem Deutschen Kulturkampfbund in einer Gesellschaft!

»Kann ich das behalten, Herr Dr. Rudolph?«, fragt Ohlrogge, er hält die Liste wie eine Trophäe in der Hand.

Rudolph ruft seinen Assistenten, der im Nebenzimmer sitzt, in dem die Vergangenheit nur in Form einer Gesamtausgabe von Karl Marx vorhanden ist, sonst nichts, nur der frische Fensterkitt, das noch stark riechende Linoleum des Fußbodens und Karl Marx.

»Mach eine Kopie von dieser Liste«, weist Rudolph seinen Assistenten an, dann überreicht er Ohlrogge verschiedene Schriftstücke, »spezielle Worpswede-Broschüren«, wie Rudolph erklärt, kleinere, größere, die allesamt aussehen wie Akten.

Eine, die größte, handelt von Fritz Mackensen, dem Gründer der Künstlerkolonie. »Moorlandschaften und Hitler-Porträts. Reinrassige, erbgesunde Bauernfamilien im Auftrag der Reichskulturkammer«, überfliegt Ohlrogge und blättert in der nächsten Spezialbroschüre, in der es um Otto Modersohn geht, der zwar einen romantischen roten Bart gehabt haben soll, nebenbei aber Bilder an Goebbels veräußerte.

»Wussten Sie«, fragt Rudolph, »dass Mackensen eine geistig behinderte Tochter hatte?«

Ohlrogge schüttelt den Kopf. Er blättert schon in der Broschüre, die sich mit der in Lübeck gegründeten »Nordischen Gesellschaft« befasst, die ab 1933 ein Kampfbund für den »Nordischen Gedanken« war, allerdings hat Ohlrogge keine Ahnung, was der »Nordische Gedanke« sein soll, mit NG abgekürzt.

»Eine behinderte Tochter haben und dann erbgesunde Familien malen!«, sagt Rudolph aufgebracht, dabei hält er seinem Gast noch einmal die Mackensen-Broschüre hin, die wirklich am umfangreichsten ist.

Ohlrogge denkt an den behinderten Nullkück, den er in den Jahren, als er bei den Kücks lebte, wie eine zusätzliche Bürde empfand: erst der Vater, der Wachposten von Johanna, seine gespenstischen Rituale im Garten, die keiner im Hause bemerken wollte; dann die ewig backende Mutter, die, wenn sie nicht backte, mit Wiener Kalk einen angeblichen Original-Kochtopf von Rilke scheuerte wie den Heiligen Gral und dazu Herbstgedichte rezitierte; und dann obendrein noch der debile Nullkück, der vom ganzen Gerede über seine Mutter Hilde keine Ahnung hatte und jeden Tag Trecker fuhr und dabei seltsame Briefe an die Bäuerinnen verteilte. Einmal hatte Nullkück beobachtet, wie sie es in Johannas Zimmer trieben: das Gesicht an das Fenster gepresst, Vorhänge gab es nicht, bis Ohlrogge mit einem Satz aus dem Bett sprang, schnell das Fenster öffnete und Nullkück mit der flachen Hand mehrmals ins Gesicht schlug, gewissermaßen stellvertretend für alle Kücks gleich mit. Nullkück blutete drei Tage die Nase und er trat Ohlrogge nie wieder unter die Augen.

»Alexandra, sie hieß Alexandra und wurde von Mackensen in eine Anstalt nach Bremen abgeschoben«, erklärt Rudolph, der sich in den Kolonievater geradezu festgebissen hat.

»Das ist ja ein Ding. Haben Sie auch noch etwas zu Kück?«, fragt Ohlrogge.

»Nein«, antwortet Rudolph, reicht aber eine weitere Broschüre, diesmal die Hoetger-Broschüre.

»Kennen Sie das Mackensen-Bild *Die Frau am Moorgraben?*«, fragt Ohlrogge, ihm fällt die Begegnung mit dem Nachbarn Emil Jahn wieder ein, dessen Marie-Gerede und die Kälte, die er am Tisch bei den Kücks spürte, als er fragte, was denn mit diesem Auto gewesen sei, von dem die Vorderachse im Eichenschrank stammte.

»Interessant, dass Sie das ansprechen«, sagt Rudolph. »Mackensen forderte dieses Bild zurück, nachdem er hörte, es habe ein Kommunist aus Berlin gekauft. Immerhin, konsequent war er ja.«

»Die Frau am Moorgraben war eine Kück und sie war

angeblich auch Kommunistin! Sie hieß Marie!«, ruft Ohlrogge, halb begeistert, halb enttäuscht, dass Rudolph alles nur durch die Mackensen-Brille sieht. »Bleiben wir doch einen Moment bei dieser Marie Kück«, bittet er. »Hat Mackensen sie mal irgendwo erwähnt?«

»Weiß ich nicht«, sagt Rudolph. »Kann mir kaum vorstellen, dass die Frau am Moorgraben eine von Ihren Kücks war.«

»Sie soll sogar ein Kind mit ihm gehabt haben! Nullkück, es hieß Nullkück!«, bringt Ohlrogge ganz beherzt hervor, er hofft jetzt, Rudolph für seine Mackensen-Marie-Geschichte zu gewinnen.

Rudolph lacht kurz auf, dann schüttelt er den Kopf. »Meinen Sie, mir wäre da etwas verborgen geblieben? Wollen Sie mir, dem Mackensen-Experten, ein Kind andrehen, ausgerechnet von einer Kommunistin, mitten in die abgeschlossene Dokumentation hinein?«

»Nein, nein«, beruhigt Ohlrogge den Historiker und streicht ihm mit der Hand kurz, aber besänftigend über den Arm. »Sie meinen also, es gibt Ihren Nachforschungen zufolge gar keinen Verweis auf die familiäre Verbindung Mackensen-Kück?« Er denkt an den Rilketopf, an die bedeutenden Skulpturen im Garten von Paul Kück, an die Jacobs-Tochter, an die Geliebte von Gottfried Benn, die auch ständig im Garten herumgesessen hatte, es gab ja einen Hang in dieser Familie, sich mit Bedeutung zu umgeben. Vermutlich hatten sich die Kücks irgendwann so in das Mackensen-Bild hineingedeutet, dass am Ende sogar ein Kind dabei herausgekommen war, ein erfundenes, ein Kunstkind.

»Da fragt man sich natürlich«, versucht Ohlrogge noch einmal eine Spur aufzunehmen, »warum Mackensen diese Marie Kück verraten haben soll und von der Gestapo abholen ließ, wenn er sie Ihrer Meinung nach gar nicht kannte? Zumindest Ihren Nachforschungen zufolge, Herr Dr. Rudolph, auf keinen Fall schwängerte? Er war ja außerdem auch schon 77, obwohl, bei Kolonievätern weiß man nie. Eines allerdings können Sie nicht wissen und ich weiß es von Jahn, dem Nachbarn: Mackensen machte Marie tatsächlich ein sexuelles Angebot, das sie ablehnte. Danach flog sie raus. Es ging da wohl nicht um den Kommunismus. Sie lehnte nur das sexuelle Angebot ab. Aber da kommt ja nicht gleich die Gestapo, oder? Marie arbeitete bei Mackensen als Einschenkfrau, Ausschankfrau, wie nannte man denn das, Schankfrau?«

Rudolph hört gar nicht mehr zu und tritt etwas verlangsamt in den Flur, um Ausschau nach seinem Assistenten zu halten. Er wirkt, sobald er nicht die Rede führt, wie ein Schiff, das die volle Fahrt unterbrechen muss.

»Ich wollte im Prinzip auch nur sagen, dass man einmal nach dieser Marie gefragt hat, und es waren eher Kriminalpolizisten, nicht Gestapo-Leute! Das weiß ich auch von Jahn.«

Rudolph reißt mit einem Ruck die Kanne aus der Kaffeemaschine und stellt seinem Gast einen bis zum Rand gefüllten Pott hin, ohne Milch.

»Vielen Dank. Schauen Sie mal«, sagt Ohlrogge und holt die Polizeimarke aus der Tasche, die ihm Jahn auf dem Moordamm gegeben hat. »Was also, wenn es eine Kriminalpolizei gab, die Marie Kück suchte, nachdem sie angeblich abgeholt worden war?« Er hält Rudolph die runde Kupfermarke mit Dienstnummer hin. »Die wurde bei Paul Kück gefunden hinter der Scheune im Moor! Da kamen auch Stimmen raus!«, er ist richtig stolz auf seine detektivische Ader, allerdings ist das auch schon das Ende seiner Redezeit und der Marie-Geschichte.

»Was glauben Sie? Kriminalpolizisten, SA, Gestapo, das war doch alles vermischt in den Dörfern!«, erklärt Rudolph. »Wenn Sie diesem Kück etwas anhaben wollen, dann halten Sie sich an meine Liste! Was wollen Sie mit diesem Stück Blech? Dieses ganze Gerede! Wenn ich jedem sexuellen Angebot historisch nachforschen würde, könnte ich meinen Beruf an den Nagel hängen! Und wissen Sie, wie viele Kücks es in Worpswede gab und wie viele Witwen? Man fragte ständig nach allen möglichen Frauen, mit denen die Behörden die Rente regeln mussten. Wann soll da überhaupt gesucht worden sein?«

»April 1945«, sagt Ohlrogge leise.

»Ich lach mich tot. Da standen schon die Engländer vor der Tür! Da hat überhaupt niemand mehr was gesucht. Das Einzige, was da in Worpswede händeringend gesucht wurde, waren reine Westen!«

Rudolph ist nun wieder gut in Fahrt, und Ohlrogge erkennt, dass seine laienhaften Ermittlungen, genährt von diesem windigen Jahn mit seiner Dienstmarke, keinerlei Durchschlagskraft besitzen.

Gut, denkt er, Dr. Rudolph hat recht, konzentrier dich lieber auf die Liste. »Was war noch mal der Nordische Gedanke?«, fragt er vorsichtig.

»Wussten Sie, dass er im April 1945 an Plänen arbeitete für ein neuartiges Infanteriegewehr, mit dem die Deutschen um die Ecke schießen sollten?«, Rudolph war schon wieder bei seinem Lieblingsthema.

»Sie wissen ja alles über Mackensen«, lobt Ohlrogge und fragt verwundert nach: »Die Worpsweder Künstler arbeiteten also an Gewehren? Mein Gott, und da habe ich mal gelebt!« Er trinkt einen kleinen Schluck vom Kaffee, der so bitter und dickflüssig schmeckt, als hätte er seit 1933 dahingeköchelt.

»Wenn Sie meine Broschüren aufmerksam gelesen haben, dann können Sie nicht einmal mehr hinter dem Ortsrand leben«, prophezeit Rudolph und sieht nach seinem Assistenten, wo dieser mit der Liste bleibt.

Was ist das für ein Horrorkaffee, denkt Ohlrogge, ein Mörderaroma, mein Magen! Er will aber höflich sein und nimmt einen weiteren Schluck. Von zu Hause hat er sich sicherheitshalber seinen Beutel Fencheltee mitgebracht. In dem Buch »Beginne zu leben – die Gegenwart als Schlüssel« hat er gelesen, dass Menschen, die sich nicht von der Vergangenheit lösen können, oft an chronischen Verstopfungen und sogar an Darmverschluss erkranken und viel bitteren Fencheltee trinken sollen wegen der ätherischen Öle im Fenchel, die den Verdauungsapparat geschmeidiger halten, genauso wie gedörrte Früchte.

Der Assistent kommt und überreicht ihm die kopierte Liste. Ohlrogge steckt sie sofort in die Tasche.

Es werde nicht mehr lange dauern, erklärt Anton Rudolph, dann würde er sein umfassendes »Lexikon der Norddeutschen Kunst zwischen 1933 und 1945« abgeschlossen haben. Die Gespräche mit einem Verleger seien fruchtbar gewesen, der Landtag habe Unterstützung zugesagt, ebenso die Stiftung niedersächsischer Gedenkstätten, die Broschüren seien gewissermaßen nur Vorstufen des großen Lexikons, in dem Mackensen und Worpswede offiziell zu Fall gebracht würden.

»Paul Kück doch wohl auch?«, fragt Ohlrogge nach.

»Natürlich, alle«, beruhigt Rudolph seinen Gast und lächelt.

Dann verabschieden sie sich. Kurz bevor Ohlrogge aus dem Dienstzimmer tritt, umarmt er Rudolph, flüchtig zwar, aber wie ein Mann, der gerührt darüber ist, dass er nach langer Zeit wieder ein Gespräch führen konnte.

»Warum interessieren Sie sich eigentlich für das alles?«, fragt Rudolph noch.

»Weil ich so bitter enttäuscht wurde«, antwortet Ohlrogge. »Weil die Kücks und Worpswede mein Leben zerstört haben.«

Zu Hause hängt er die neue Liste mit der »Nordischen Gesellschaft« über sein Bett, neben die alte Liste mit den Schuldigen. Dann wartet er mit Vorfreude auf die Veröffentlichung des »Lexikon der Norddeutschen Kunst zwischen 1933 und 1945«, doch es erscheint nicht.

Es sei noch unvollendet, sagt Anton Rudolph am Telefon, als sich Ohlrogge erneut verabreden will. Treffen könne er sich nicht, aber im nächsten Frühjahr komme das Werk endgültig und mit der besagten Liste auf den Markt, dann müsse man sich in Worpswede warm anziehen, erklärt Rudolph voller Zuversicht.

Als es im nächsten Frühjahr immer noch nicht erscheint und Ohlrogge auch gelesen hat, dass Dr. Rudolph Teile seiner Mackensen-Broschüre nur in einem Preisausschreiben über norddeutsche Heimatforschung unterbringen konnte, da beginnt er selbst Kopien von der Liste zu machen und sie an Zeitungen zu schicken, aber die Liste wird nicht abgedruckt. Weder in den Hamme-Nachrichten, noch im Weser-Kurier oder im Osterholzer Anzeiger. Er läuft daraufhin durch Worpswede, um die Liste selbst publik zu machen. Er hängt sie an die Tür von Stolte, dem Lebensmittelgeschäft. Er bringt sie im Kaffee Worpswede an. Im Gasthof zum Hemberg. Und im Barkenhoff, aber überall hängt seine Liste höchstens zehn Minuten. Kaum hat er die Räume verlassen, verschwindet auch die Liste.

Ohlrogge entscheidet sich nun für andere Plätze. In der Marcusheide hängt er sie an die Birken. Auf dem Weyerberg legt er sie auf Parkbänken aus. An der Hamme klebt er sie an die Brückenpfeiler. An den Ortseingängen über die weißen Schilder, auf denen STAATLICH ANERKANNTER ERHOLUNGSORT steht, aber auch hier hält sie sich nicht lange. Es ist, als gäbe es in Worpswede nicht nur ständige Wachposten, die das Liebesleben der Worpsweder Töchter überwachen, sondern auch Wachposten, die Worpswede rund um die Uhr von der Liste säubern, die an eine unschöne Vergangenheit erinnert.

Einmal versteckt er sich hinter einem Baum unweit eines staatlichen Schildes, über das er seine Liste geklebt hat, und wartet auf die Wachposten. Nach einer Stunde, in der niemand gekommen ist, tritt er vor das Schild, doch die Liste ist weg. Nur STAATLICH ANERKANNTER ERHOLUNGSORT kann man wieder lesen. Es ist gespenstisch.

Am Ende nimmt er seine Liste und steckt sie in irgendeine der Kisten, die Johanna und ihr Vater damals lieblos gepackt und auf den Teufelsmoordamm abgestellt haben. Zweimal telefoniert er noch mit Anton Rudolph, dann bricht der Kontakt ab.

Peter Ohlrogge hatte die Wiese ein Dutzend Mal hin und her und kreuz und quer durchschritten oder umrundet, sodass die Wellbrock-Kühe dazu übergegangen waren, das seltsame Verhalten des Mannes hinzunehmen und wieder in ihre normalen Abläufe zurückzufinden. Sie kauten in aller Ruhe ihr Gras, als Ohlrogge mitten unter ihnen stoppte.

»Nun hört mir mal zu!«, sagte er in die Abenddämmerung hinein und sah dabei auf seine mit Kuhfladen verklebten Hausschuhe. »PAUL KÜCK WIRD NICHT KÜNSTLER DES JAHRHUNDERTS! IHR WERDET NOCH ALLE AN MICH DENKEN!«

Es war nur noch eine Kuh, die ihn, ohne zu kauen, ansah.

15
Paul sitzt im Café Central, erinnert sich an fremde Schlafzimmer und alte Marie-Fragen (Dann kommt der Mann mit der Würde)

Nach dem Fund im Moor war es bald Abend geworden und Paul flüchtete vor der Ausgrabung in das Café Central.

Es hatte sich kaum verändert. Immer noch die kleinen Tische unter den stützenden Holzpfeilern, der knarrende Boden, die blauweißen Heinrich-Vogeler-Tassen. Früher saßen hier die Jugendlichen, warteten, kifften und überlegten, ob sie Maler, Drogenhändler oder Bankangestellter werden wollten.

Paul setzte sich in die hinterste Ecke, wo er früher immer gesessen hatte, atmete durch und schaute ins leere Central. Konnte er sich noch an das Gefühl von damals erinnern, alles vor sich zu haben: ein offenes, beginnendes Leben, Worpswede hinter sich lassend, ein Leben ohne die Kücks, ohne Moor, irgendwo in einer Weltstadt, mit gepflasterten Plätzen, Tausenden von Cafés, Frauen, Möglichkeiten?

> Der reinste horror zu hause! Bitte melde dich! Oder hältst du unsere fernbeziehung teufelsmoor – barcelona für sinnlos? Dann sag es doch! P.

»Habt ihr Latte Macchiato?«, fragte er den bärtigen Kellner, nachdem er Christina die SMS gesendet hatte.

»Tasse Milchkaffee. Kein Problem«, antwortete der Mann.

»Nee, Espresso mit Milch. Im Glas. Keine Tasse. Und oben Milchschaum drauf, Latte Macchiato«, erklärte Paul.

Er nahm sich die Zeitung, die auf dem Nebentisch lag, und las im Lokalteil noch einmal die Meldung über seinen Großvater. Er blätterte die ganze Zeitung durch, um zu prüfen, ob die Meldung über den Künstler des Jahrhunderts auch in den überregionalen Nachrichten stand.

Einmarsch der USA in Bagdad
Unruhen im Kongo
Deutschland sucht den Superstar (RTL kündigt neue
Staffel an)

Über seinen Großvater und den »Künstler des Jahrhunderts« gab es nichts mehr. Er hatte recht und seine Mutter irrte. Es war doch eine regionale Ehrung!

Aber war das nicht sowieso alles egal, wenn man herausfinden würde, was sie am Nachmittag am Rande des Gartens entdeckt hatten?

Paul hatte immer noch Nullkück vor Augen, wie er außer sich war vor Aufregung. Bauer Gerken, wie er vor dem Fund stand. Und Malte Jahn, der mit brennenden Augen wegrannte.

Paul schlug die Zeitung zu und beobachtete, ob der Kellner hinter dem Tresen die Milch für seinen Latte Macchiato wirklich aufschäumte; auch versuchte Paul zu erkennen, ob sich aus dem Gesicht irgendein Gesicht seiner Kindheit, ein vergessener, früher einmal vertrauter Ausdruck herausschälte, aber er sah nichts von früher.

Vielleicht wohnte der Musiker noch über dem Central? Dieser Geiger, der auf Festen so schön und traurig spielte, dass Paul einmal, als er Kind war, in das Schlafzimmer eines Gastgebers lief, um in die Kissen zu weinen. Er fand die Gastgeberin mit einem Mann vor, dessen Kopf er von den Wahlplakaten der Worpsweder Kommunisten kannte. Das

Bett, in dem sie lagen, war natürlich von Heinrich Vogeler, es knarrte und wackelte. Der Kommunist, dachte Paul damals, man muss ihn in Bronze gießen, damit er abkühlt! Er dachte an Marie, an die glühende Frau, die auch Kommunistin gewesen war, aber diese Frau, das war die Frau vom Komponisten, nicht vom Kommunisten, das war doch nicht dasselbe?

»Sind Sie Kommunist oder Komponist«?, fragte Paul den Mann mitten in sein Stöhnen hinein.

»Kommunist. Wieso?«, antwortete er völlig verdattert und sich auf der Frau umdrehend.

Paul schlug danach die Tür zu.

Mit Kommunisten verband er seitdem Ehebruch. Eine seiner Kinderfragen lautete: Wenn Marie Kommunistin war, hat sie dann auch mit einem anderen Mann im Bett gelegen?

Er erinnerte sich jetzt auch wieder an Bernhard Haller, der zu allen Worpsweder Festen geladen war. Er trug immer einen schwarzen Kordanzug mit Weste, Taschenuhr und Melone. Er war Maler, fuhr angeblich zur See und sprach auf den Festen mit so lauter Stimme, dass man ihn bis in die Moorwiesen hörte.

»Ich aß die gedörrten Fische und das gesäuerte Brot der Araber!«, rief er über die Moorwiesen, Paul kannte die Worte auswendig: »Ich schlief in den Matten der Legionäre und hörte das Singen des Sandes von Südmarokko!« Dann kam Pauls Lieblingsstelle: »Ich durchquere vom Westen her ohne Hemd die Sahara und verehrte die Frauen der Wüste in den Oasen!«

Viele fragten sich, was er nun in Worpswede machte, aber Paul fand den Hinweis mit den Frauen in der Wüste hilfreich. Im Prinzip spielte Bernhard Haller in der Wüste die Rolle von diesem Gottfried Benn in Worpswede.

Paul kam der Hemberg in den Sinn, der Geruch von Bratkartoffeln. Die Bergstraße hinunter, vorbei an der alten Post und am Fotofix, lag die von Heinrich Vogeler erbaute Gaststätte zum Hemberg. Im Hemberg hatte Paul früher auf dem Schoß seines Vaters gesessen und zugesehen, wie er Matjesfilet mit Bratkartoffeln aß oder Bratkartoffeln mit Knipp, einem typischen norddeutschen Fleischmix mit Grütze. Jonny, der Chef des Hauses, zapfte Bier. Im Hintergrund standen Bauern am Tresen und tranken schweigend Schnaps, putzten sich die Nasen mit ihren verknitterten Stofftaschentüchern und warfen 50-Pfennig-Stücke in den Spielautomaten, der vor sich hinratterte.

»Neu hier?«, fragte der Kellner, als er über den knarrenden Boden schlurfte.

»Wieso? Ich bin aus Berlin«, antwortete Paul und sah, dass der Mann ein Stück seines viel zu langen Pulloverärmels in den Schaum des Latte Macchiato tauchte.

»Wie ein Tourist siehst du nicht aus. Bist du Stipendiat im Barkenhoff?«, er blieb mit dem Glas vor Paul stehen. »Gott sei Dank gibt es die Stipendiaten, ich war auch mal einer. Im hinteren Raum hängen Arbeiten von mir. Mischtechniken auf Japanpapier. Und was machst du?«

»Dein Pullover hängt in der Latte«, sagte Paul, es waren jetzt wirklich Wollflusen auf dem Milchschaum.

Aus dem hinteren Raum des Cafés klang eine Melodie, er kannte sie irgendwoher. Sie wurde immer schneller und schepperte dabei, so als würde man die Lautsprecher übersteuern.

»Was ist das?«, fragte Paul.

»Da spielt einer Gameboy. Kennst du Tetris? Das mit den herunterfallenden Formen? Der hat auch ein Stipendium und spielt den ganzen Tag Tetris, dazu bestellt er Leitungswasser, das ist echt seltsam«, sagte der Kellner, stellte endlich das Glas ab und krempelte seinen flusigen Pullover hoch.

»Ich habe aber kein Stipendium«, erklärte Paul.

»Der aber! Der kommt aus Russland. Ich habe den noch nie mit einem Zeichenblock gesehen, immer nur mit Gameboy. Ich kann die Melodie langsam nicht mehr hören.«

Ein Mann mit weißem Jackett betrat das Café Central. Er öffnete den Knoten seines Seidenschals, setzte sich an die Bar und warf Paul einen kurzen Blick zu. Dann zog er ein Buch aus seiner Tasche, »Der China-Code«.

Paul sah aus dem Fenster. Was für eine Enge er wieder spürte. Dieses Central mit seinen Sonderlingen und Wollflusen und den ganzen Heinrich-Vogeler-Tassen, hier konnte man ja schon deswegen nur aus dem Glas trinken! Aber das war nichts gegen das Moor und die Mariegeschichte, die immer mehr in ihm hochstieg wie ein alter, grausiger Nebel aus der Kindheit. Was war mit Marie geschehen? WAS WAR MIT MARIE GESCHEHEN? Und hatte er nicht nach dem Fund am Nachmittag andere Sorgen als jetzt auch noch die ganzen alten Fragen wieder auszugraben?

Herbst 1974, Familiengespräche: Kann ein toter Onkel ein Kind zeugen? Und liegt Marie doch im Moor?

Wieder hatte Paul gefragt: »Was ist mit Marie geschehen?«

»Marie war zu stolz und unvorsichtig in einer schwierigen Zeit«, antwortete ihm seine Großmutter.

»Ist sie abgeholt worden, weil du sie nicht mochtest?«

»Davon wird man nicht abgeholt. Außerdem mochte ich sie doch, aber man gibt nicht einfach beide Mutterkreuze zurück! Da brachte man sie in ein geheimes Lager, selbst

Mackensen wusste es nicht. Erst hat er sie geliebt, am Ende hat er sie fallen lassen. So sind die Männer.«

Paul fragte noch dreimal, warum sie die Kinder von Marie in ein Heim gegeben und nicht selbst behalten hätten, aber jedes Mal hieß es: Es war Krieg. Es gab nichts zu essen. Hätten wir hier alle verhungern sollen wegen ihrer sechs Waisenkinder?

Malte, der Jahnenkel aus der dritten Klasse, erzählte auf dem Schulhof: »Die Tante von Paul ist früher mit Kissen unter dem Bauch durchs Dorf gelaufen und hat nur so getan, als ob sie schwanger ist!« Und wie durch ein Wunder hätte dann eine Unfruchtbare ein Kind bekommen von einem Onkel, der schon zwei Jahre tot war!

Da lachten die Kinder, lachten über Paul, obwohl sie sich für solche komischen Geschichten von früher gar nicht interessierten.

»Du Lügner, dein Großvater ist ja nur ein kleiner Kunsthandwerker, den niemand kennt auf der Welt!«, schmetterte ihm Paul auf dem Schulhof entgegen.

Zu Hause berichtete er: »Malte sagt, dass Hilde von einem Kissen schwanger war und dann ein Kind bekommen hat von meinem schon zwei Jahre toten Onkel? Ist das ein Wunder oder stimmt das nicht?«

»So ein Unfug! Warum kann man ihr nicht einfach das Kind lassen!«, schimpfte Greta.

Am nächsten Tag stand Malte auf dem Schulhof und hatte neue Munition: »Das Kind kommt woandersher! Dein Onkel Hinrich war schon lange tot! Bei uns war der Ortsgruppenleiter der Nationalsozialistischen Deutschen Arbeiterpartei!«

»Was war bei euch?«, fragte Paul verunsichert.

Malte konnte es kaum aussprechen, er hatte es auswendig gelernt: »Ortsgruppenleiter der Nationalsozialistischen

Deutschen Arbeiterpartei! Mit der Benachrichtigung für die Angehörigen von Gefallenen!«

»Versteh ich nicht, du lügst!«, schrie Paul.

»Der hat bei uns geklingelt wegen dem Bildhauer-Schild, du dummer, krimineller Kück, du Klappspaten!«, schrie Malte zurück. »Eure andere Tante habt ihr im Moor vergraben und die Polizei hat sie gesucht!«

Die Kinder lachten wieder und Hilde weinte, als sie das hörte. Nie hatte sie eine Benachrichtigung vom Tod ihres Mannes bekommen. Als Pauls Großvater im Sommer 1945 bei der Wehrmachtsauskunftsstelle nachgefragt hatte, hieß es nur, alle Verluste seien über den Ortsgruppenleiter gemeldet worden.

»Hinrich aber nicht!«, erklärte Pauls Großvater, außerdem konnte man den Ortsgruppenleiter nicht mehr fragen, der hatte sich, zusammen mit dem Schulleiter, aufgehängt.

Paul Kück wendete sich daraufhin an eine höhere Stelle, schließlich ging es darum zu beweisen, dass Hilde ihr Kind nicht von einem bei der Zeugung bereits toten Mann bekommen hatte, wie es dieser Lügen-Nachbarsjunge behauptete. Allerdings herrschten in der Wehrmachtsauskunftsstelle chaotische Zustände: 1943 war sie von Berlin nach Thüringen verlegt worden, dann, als die Sowjets Thüringen besetzten, von den Amerikanern nach Fürstenhagen bei Kassel, später zurück nach Berlin. Irgendein Beleg oder eine Kopie des Benachrichtigungsdienstes über Hinrichs Tod war nicht mehr aufzutreiben, und der Kompaniechef, der die Verluste dem jeweiligen Ortsgruppenleiter meldete, im letzten Gefecht gefallen.

»Den Krieg verlieren und dann nicht mal die Bürokratie im Griff haben! Was ist bloß los mit den Deutschen?«, schimpfte Pauls Großvater.

Hilde hatte gehofft, so lange gehofft. Und Pauls Großmutter sagte: »Als Hinrich das letzte Mal von der Front kam, fuhren sie für eine Woche in den Harz. Sie liebten und liebten sich, um den Krieg zu vergessen. Und danach kam er nie wieder.«

»Und Marie? Haben wir Marie im Moor vergraben?«, fragte Paul.

Seine Mutter knallte ihm eine. Die Großmutter maßregelte daraufhin ihre Tochter und streichelte dem Enkel sanftmütig über die glühende Wange. »Was erzählst du da für Märchen'...«

Später, als Malte sogar behauptete, dieser Willy sei nie bei den Kücks zu Besuch gewesen, prügelte sich Paul auf dem Pausenhof. Am nächsten Tag brachte er heimlich das tiefgekühlte Stück Butterkuchen mit, das seine Großmutter eingefroren und Willy Brandt angeblich nur zur Hälfte gegessen hatte, weil er schnell weitermusste wegen der Spionagesache. Er zeigte es Malte und den anderen Kindern, aber sie lachten wieder. Paul steckte das kalte Stück sofort in seine Hosentasche. Er zitterte am ganzen Leib.

1974 wurde Hilde »winterweich«, wie man das im Teufelsmoor nannte. Sie fragte noch, ob jemand mit ihr und Nullkück am Wochenende in den Vogelpark nach Walsrode fahren würde, sie sei doch nirgendwo gewesen in ihrem Leben.

»Aber du warst mal im Harz!«, sagte Paul.

Hilde schaute ihn mit trüben Augen an. »Da gibt es Flamingos«, flüsterte sie und suchte noch einmal ihre Stimme. Und Nullkück, der Komiker, stellte sich auf die Zehenspitzen, streckte seinen Hals und rief zweimal begeistert »Flamingo«. Pauls Mutter winkte ab. Sonntag würden sich die Filmleute von »Die bitteren Tränen der Petra von Kant« am Drehort in Worpswede treffen, da sollte Paul den Regisseur kennenlernen.

Als sie zurückkamen, war Hilde tot. Sie war mit offenen Augen gestorben. »Da gibt es Flamingos« waren ihre letzten Worte. Nullkück saß an ihrem Bett.

Kaum war sie beerdigt, flüsterte Greta den Gästen zu, in ihrem Haus würde ein Sohn des alten Mackensen leben. Die Mutter sei ihre Schwägerin gewesen, eine Unvernünftige in einer schwierigen Zeit, ein Flittchen, eine Kommunistin, die Nazis hätten sie abgeholt. »Beim Gründer der Künstlerkolonie stimmte was mit den Genen nicht. Lauter geistesgestörte Kinder, auch dieses!«

Sie zeigte dann auf Nullkück, der vor den Blicken der anderen in sein Zimmer flüchtete.

»Was soll man machen?«, seufzte sie. »Aber immerhin ein echter Mackensen!«, dabei hatte sie ein Blitzen in den Augen, wie wenn sie ihren berühmten Topf mit den Linsen servierte oder den Rilkesohn über die Wiesen kommen sah.

Paul lief oft in sein Kinderzimmer, blätterte in Worpswede-Katalogen und verglich den Kopf von Mackensen mit dem Kopf von Nullkück, der stumm in seinem Zimmer saß und an den Liebesbriefen schrieb.

»Ich würde Sie gerne etwas fragen«, sagte der Mann mit dem »China-Code«.

Paul hob seinen Blick aus dem Milchschaum.

»Ja, Sie da, aus Berlin!«, er drehte sich leicht auf seinem Barhocker um und sah Paul direkt an, was ihn erschreckte, so eine Anrede war er gar nicht mehr gewöhnt.

»Bitte«, erwiderte er verhalten und starrte den Mann an, der sich nun ganz auf dem Hocker umgedreht hatte und aussah wie zum Absprung auf seine Beute.

»Sie können es nicht wissen, aber ich weiß es. Die Welt, auch Berlin, da, wo Sie herkommen, das ist ein Irrenhaus, ein Krankenhaus, ein Gefängnis. Wenn Sie wirklich wissen wollen, was Freiheit ist, schließe ich jetzt das Central ab, damit wir hier in Ruhe miteinander reden können. Ludwig, gib mir den Schlüssel!«

Paul bekam augenblicklich Herzrasen. Der Mann nahm den Schlüssel und schloss mit einer schwungvollen Bewegung von innen das Café ab, dann begab er sich direkt an Pauls Tisch.

»Guten Abend. Mein Name ist Gustav Hügel. So wie Sie da sitzen, sehe ich es deutlich. Soll ich sagen, was Ihnen fehlt? Die Zeitlosigkeit, das Vollindividuum! Sie wollen weit vorne mitschwimmen in der Zeitbrühe, in diesem Zufallsgemisch, und dabei lösen Sie sich auf wie eine Brausetablette!«

Paul nahm aus lauter Fassungslosigkeit einen Schluck Latte Macchiato mit Wollflusen, weil er nicht wusste, was er sonst machen sollte. Die russische Melodie hörte er auch nicht mehr, der Tetris-Typ war wohl gegangen, nun waren sie nur noch zu dritt im zugeschlossenen Central.

»Ich werde Ihnen jetzt kurz erläutern, was Sie tun müssen, damit Sie sich nicht in der Welt auflösen. Sind Sie bereit?«

Paul bekam Schweißausbrüche, stierte auf den Schlüsselbund, der in der Tür vom schwungvollen Drehen hin und her pendelte, und sagte: »Ja, ja.«

»Gut, gut. Dann denken Sie nun darüber nach, was Sie alles tun, um anerkannt zu sein. Und fühlen Sie sich würdevoll, während Sie alles tun, um anerkannt zu sein? Wie alt sind Sie?«

»35«, stotterte Paul und bemerkte, wie ihn kleine grüne Augen attackierten und ihm eine Luft von Alkohol entgegenströmte.

»Ein entscheidendes Alter! Sie stellen jetzt Ihre Weiche!

Selbst-Entdeckung, Vollindividuum, oder Sie lösen sich auf wie eine meinetwegen kurzfristig anerkannte Brausetablette. Wissen Sie, warum sich die Menschen an Funktionen und Erfolge klammern?« Er rückte mit dem Stuhl näher heran. »Weil sie sich innerlich schon aufgelöst haben durch die herrschenden Brausekräfte, deshalb! Die Menschen haben nichts anderes. Als allerersten Schritt würde ich Ihnen persönlich empfehlen, keine Zeitung zu lesen und auch den Latte Macchiato wegzulassen. Modisches Zeugs. Dieses Schaumding steht vor Ihnen wie ein Ausrufezeichen! Wenn Sie zu Ihrem eigenen Kern vorstoßen, tut es auch ein normaler Filterkaffee.«

»Ich muss leider gehen«, sagte Paul, ihm reichte es. Erst der aufsteigende Marie-Nebel und jetzt dieser Wahnsinnige mit seinen Brausekräften und Filter-Anweisungen.

Paul legte 2 Euro 50 für Ludwig auf den Tisch, während er schon den Schlüssel in der Tür fixierte, den er in spätestens zehn Sekunden umzudrehen gedachte, um das Café Central zu verlassen, schließlich hatte er anderes zu tun, zu Hause im Garten lag dieser Horrorfund herum, warum sollte er sich jetzt auch noch mit diesem Irren abgeben?

»Es war mir eine Ehre. Worpswede ist ein guter Ort für Ihre Aufgabe. Soll ich Sie anmelden lassen?«, fragte Gustav Hügel und hob das Glas, so als trinke er auf seinen Gast.

Paul drehte den Schlüssel um, atmete etwas ruhiger und fand endlich den genervten Tonfall, den er schon die ganze Zeit zum Ausdruck bringen wollte, sich aber in einem verschlossenen Raum mit einem Totalverrückten nicht anzudeuten getraut hatte: »Anmelden wofür?«

»Ich gründe in Worpswede eine Schule der Würde«, antwortete der Mann höflich.

»Ich hab echt andere Sorgen! Schönen Abend!«, wünschte Paul und knallte die Tür zu.

Auf den Treppenstufen vom Central kam ihm eine Frau entgegen, behangen mit rasselndem Schmuck und großen Ohrringen, mit Rouge auf alter, faltiger Haut und mit einem Wollkleid, das so lang war, dass es über die Stufen strich. Paul nickte freundlich und lief die Treppe hinunter.

»Guten Abend. Erinnerst du dich? Ich bin es, die Geliebte von Gottfried Benn und Horst Janssen«, sagte die Frau mit dunkler Stimme.

»Kenn ich nicht«, sagte Paul. Er nahm zwei Stufen gleichzeitig und setzte an zum Dauerlauf.

Es war dunkel geworden und regnete. Paul lief durch die Marcusheide, in der sich schon ein paar Verzweifelte erhängt hatten und durch die Paul früher immer so schnell gerannt war, wie er konnte, wenn es zu dämmern begann, weil er an jeder Birke einen hängenden Künstler zu sehen glaubte. Er überquerte den kleinen Tetjus-Tügel-Weg (auch ein Künstler), bog auf den Bernhard-Hoetger-Weg (noch ein Künstler) und machte immer schnellere Schritte. Vielleicht folgte ihm dieser Wahnsinnige aus dem Central oder die Geliebte im Wollkleid. Ihm schoss ein Bruchstück vom Traum durch den Kopf: Marie steigt aus dem Bild. Nimmt ihn an der Hand. Läuft mit ihm durch das Dorf. Zu Stolte. In die Scheune. Am Ende ins Moor. Alles ist schwarz-weiß, wie auf alten Fotos. Nur ihr Kleid ist rot. Er versuchte sich gerade zu erinnern, was Marie ihm in der Scheune zeigen wollte, als der Wind so laut durch die Äste fuhr, dass Paul zusammenschrak.

Er lief immer schneller über den Osthang des Weyerbergs. Krähen quarrten über den Berg. Am Himmel stand der volle Mond, vor den sich dahinjagende gelbe Wolken schoben, die auch die Sterne verhüllten. Die Heide lag kupferrot hinter Paul im Dämmerlicht. Jetzt bloß keine inneren Landschaftsbeschreibungen machen, dachte er, er musste an die Malschule denken, an die Unterrichtsstunden, in denen er sich mit seinen gemalten Landschaften und Himmeln vor den anderen Kindern blamierte und am Ende aufsagen sollte, warum der Himmel über Worpswede glänzte, schimmerte, brannte, kämpfte und trauerte: Nordseeluft, Binnenluft und dieser blöde »Brodem des Moores«, erinnerte sich Paul, er war schon auf dem Fritz-Overbeck-Weg (noch ein Künstler!) – als ihm eine Gestalt entgegenkam. Hinter ihr brach der Himmel auf. Es war, als laufe sie direkt aus dem aufgerissenen Himmel heraus.

Die Gestalt sah zu Boden, als sie sich trafen. Sie grüßte nicht und trug einen dunklen, nass glänzenden Umhang.

16
Ohlrogge beschließt, hinter der Kück-Scheune nach der Vergangenheit zu graben, und schickt die Frau mit der Gottfrage weg

Peter Ohlrogge hatte die Nacht wieder im Don-Camillo-Club verbracht und war mit dem Duft einer Frau, die sich Coco nannte und deren Leben er nicht kannte, zurückgekehrt und in sein Bett gekrochen.

Am späten Vormittag saß er aufrecht an das Kissen gelehnt und sah auf die Polizeimarke. Das runde Kupferstück lag auf der Bettdecke und in der Hand hielt er seinen Skizzenblock. Er entwarf keinen Himmel wie früher, sondern rekonstruierte ein Gespräch von vor über 30 Jahren auf dem Teufelsmoordamm:

> Herr Jahn (Nachbar von Paul Kück) gibt mir Polizeimarke = Kripo! Angeblich hinter der Scheune gefunden, aus der Stimmen kamen!

Er dachte über die alte Scheune nach und sah sich mit Johanna die Einfahrt zum Haus hinunterlaufen. Von all seinen Vergangenheiten, mit denen er lebte, hatte er diese Erinnerung immer ausgelassen.

Sommer 1967, kurz vor der Trennung: Wie er Johanna gegen ihren Willen in der Scheune nimmt

Sie kommen vom Meer, von der Nordsee. Sie waren den

Strand entlanggelaufen und hatten einen Seehund gefunden mit offenen toten Augen. Danach hatte er versucht, sie in die Dünen zu ziehen und im weißen Sand zu lieben, aber Johanna wollte nicht. Jetzt sind sie zurück, er möchte endlich mit ihr schlafen.

»Lass uns in die Scheune. Im Haus sind wir so unfrei, da hältst du mir immer den Mund zu.«

»Nein«, sagt sie.

»Warum nicht?«, fragt er.

»Weil wir da als Kinder nie hineinsollten, darum!«, antwortet sie.

»Aber jetzt bist du eine Frau, du kannst machen, was du willst«, sagt er und presst sie gegen die Scheunentür. Er klemmt sie zwischen seinen Beinen ein und dreht den Schlüssel um.

»Hör bitte auf, da drin ist es dunkel, da riecht's nach Ton, nach Menschenseelen, außerdem ...«

Er drängt sie in die Scheune und drückt sie in die Strohballen, die er beim Öffnen der Tür hinten gesehen hat.

»Lass das, ich seh überhaupt nichts, ich will nicht, außerdem ist das gerade ein kritischer Zeitpunkt ...«, sagt sie, während ihn die Lust überkommt, Johanna in ihren Kinderängsten zu lieben. Sie wirkt auf ihn plötzlich wie ein Mädchen, das er heimlich und anfangs auch gegen ihre Widerstände verführen muss. Er nimmt sie im Stroh, gegen ihren Willen, aber wenigstens hat er das Gefühl, dass ihr Vater nicht weiß, wo sie sind, und nicht auf und ab geht vor Johannas Schlafzimmertür.

Er ist schnell fertig. Danach zieht sie schweigend ihr Kleid zurecht und läuft mit tastenden Schritten durch die Dunkelheit. Er hört sie die Tür zuschlagen und bleibt im Stroh liegen. Er fragt sich nicht, was eben geschehen ist. Er weiß nur, dass er recht hat: Im Haus kann man keine Liebe machen. Entweder am Meer in den Dünen oder hier in der Scheune, aber nicht im Haus mit so einem Vater vor der Schlafzimmertür und einem Fachbuch über Beckenübungen im Bett. Ja, sagt er sich, es sind andere, die sein Verhalten veranlassen.

Ohlrogge notierte:

Scheune = Johannas Angst! Gespenster in der Scheune??
Menschenseelen??

Er nahm die Polizeimarke in die Hand, die Jahn hinter der Scheune gefunden hatte.

Ihm fiel diese Szene im Garten wieder ein: Er fragt den Vater von Johanna nach dem liegen gebliebenen Auto.

Englische Truppen? Gestapo? Oder doch die Kriminalpolizei? Die Vorderachse ist im Schrank. Und wo ist der Rest? Gab es auch Kriminalpolizisten in dem Auto?

Danach springen alle Kücks vom Butterkuchentisch auf und laufen weg.

Ohlrogge sah wieder auf die Marke.

Dr. Rudolph hatte damals kein offenes Ohr gehabt für die Marie-Theorien, sie passten nicht in seine fertige Welt von Worpswede und Mackensen, aber Ohlrogge spürte nun, dass die Marie-Spur mit der Polizeimarke und diesen Stimmen aus der Scheune nicht ins Leere führen würde. Im Nachhinein war das Gespräch bei Dr. Rudolph 1972 ideal verlaufen. Rudolph hatte nämlich recht gehabt: Ein Kind des 77-jährigen Mackensen mit einer schönen Bäuerin hätte ihm irgendwie unterkommen müssen bei seinen Forschungen, und das war es nicht, also war die Sache für ihn erledigt. Auch der Hinweis von Ohlrogge auf die Aussage von Nachbar Jahn, wonach Marie keine Kommunistin gewesen sei, sondern lediglich ein sexuelles Angebot von Mackensen erhalten, aber abgelehnt habe, interessierte Dr. Rudolph nicht. Genau dies jedoch war die Stelle in der Geschichte, an der Ohlrogge schon damals hellhörig geworden war: Wenn Marie keinen Sex mit einem 77-jährigen Kolonievater haben wollte, konnte sie Mackensen doch dafür nicht einfach abholen lassen, das hätte ja selbst die Gestapo für übertrieben gehalten?! Und genau an diesem Punkt kamen nun also Paul Kück und die Polizeimarke ins Spiel, die hinter der Scheune gefunden worden war und die jetzt auf Ohlrogges Bettdecke lag!

So weit klar?, fragte er sich selbst und nickte.

Ja, das war alles sehr klar! Die Wege zur Rache mochten für Außenstehende verschlungen, beliebig und nicht mehr nachvollziehbar sein, aber hier war alles eindeutig, er musste nur endlich zur Tat schreiten! Da, wo diese Marke einmal gelegen hat, da liegt heute vielleicht noch etwas ganz anderes, dachte Ohlrogge und richtete sich im Bett auf. Er notierte:

Paul Kück behauptet: Marie 1944 von Gestapo abgeholt.
Aber WOHIN gebracht?? KZ-Recherche! Überall nachfragen!!! Wenn, dann muss es Akten geben. Und wenn
Marie in keinen Akten auftaucht, GRABE ICH HINTER
ODER UNTER DER SEELENSCHEUNE!!!

Es klopfte an der Tür. Ohlrogge schreckte auf. Er nahm die Fliegenklatsche für Paula-Touristen und ging zur Tür, er hatte noch seinen Schlafanzug an.

Eine ältere Frau mit einem altmodischen Hut und einem dunkelblauen, abgetragenen Mantel stand vor ihm. In der

Hand hielt sie einen struppigen Koffer, mit Seehundsfell bezogen.

»Glauben Sie an Gott?«, fragte sie müde, fast mechanisch.

Ohlrogge hatte sich diese Frage noch nie gestellt. »Nein, ich glaube nicht«, antwortete er.

»Haben Sie Interesse an Zeitschriften? Funk Uhr. Neue Post. Die Familie. Jagd-Zeitung?«, fragte die Frau noch erschöpfter, als sie nach Gott gefragt hatte. Der Regen tropfte vom Hut auf ihre Schulter.

»Nein, eigentlich nicht. Mir reicht diese schon«, antwortete er und hob die nasse Zeitung auf, in der ihm die letzte Rückmeldung so wehgetan hatte.

»Dann muss ich weiter«, sagte die Frau und legte die Zeitschriften wieder in ihren struppigen Koffer neben die Bibel. »Auf Wiedersehen.«

»Auf Wiedersehen«, sagte Ohlrogge.

Er schloss die Tür und sah aus dem Fenster, wie die Frau mit ihrem Koffer über die Wiese zur Straße ging. Hätte er eine der Zeitschriften abonnieren sollen? Aber er interessierte sich nicht für solche Zeitschriften und wahrscheinlich wurde man sie auch nie wieder los. Er öffnete die Tür.

»Brauchen Sie vielleicht einen Regenschirm?«, rief er ihr hinterher.

Die Frau drehte sich nicht mehr um.

17
Der Reichsbauernführer – Vom Umgang mit Geschichte (Pauls dritter Tag im Moor)

Paul hatte nach dem Abend im Café Central mit dem Mann und seinen seltsamen Fragen nicht einschlafen können und irgendwann angefangen, alle Latte Macchiatos zu zählen, die er wohl schon in seinem Leben in Berlin getrunken hatte. Nun wachte er am frühen Morgen durch Bauer Renken auf, der mit der Milchkanne und seinen moortüchtigen Pettholschen über den großen Graben und das Holzbrett klapperte und durch den Garten pettete. Auch brachte er wieder die Zeitung mit, nur diesmal sagte er nichts. Er legte sie mit der aufgeschlagenen Meldung neben die Kanne, nahm die leere vom Vortag, welche Nullkück wie gewohnt am Sockel von Marie platziert hatte, und ging.

Vom Fund im Moor stand in der Zeitung Folgendes:

In der Künstlerkolonie Worpswede wurde bei Grabarbeiten im Garten des 1978 verstorbenen Bildhauers Paul Kück ein Denkmal entdeckt, bei dem es sich um den NS-Reichsbauernminister Richard Walther Darré handeln könnte, dessen Buch »Das Bauerntum als Lebensquell der nordischen Rasse« 1933 von Adolf Hitler ...

Paul las nicht weiter. Er rannte in die Küche und beorderte Nullkück in den Garten. Er befahl ihm, links anzufassen, er selbst übernahm die rechte Seite. Dann kippten sie den Reichsbauernführer um, sodass er auf dem Rücken im

Moor lag. Nur der von Pauls Großvater ausgerichtete Arm ragte noch steil zum Gruß nach oben. Die Haare waren nach hinten glatt modelliert. Der Mann hatte eine hohe Stirn, kräftige Augenbrauen sowie eine das Gesicht in die Länge ziehende Nase, spitz geformt über schmalen Lippen. Die Konturen der Mundwinkel waren ernst, wiesen streng nach unten und wurden kontrastiert von einem aufgeschlagenen Mantelkragen.

Nullkück war außer Atem. Paul schmerzte der Rücken. Der Mann war bestimmt zwei Meter zehn groß und über hundert Kilo schwer! Bronze. Innen hohl, aber mit einer Wandstärke von bestimmt fünf Millimetern. Alle anderen Skulpturen im Garten waren kleiner, sogar Max Schmeling und Otto von Bismarck, die als groß galten, aber offenbar war der Reichsbauernführer ein Riese gewesen. Um ihn die restlichen Meter zum Graben zu schaffen, entschied Nullkück, auf Pauls Seite zu kommen, um den Mann zu rollen. Sie hoben, sie hievten ihn hoch, drehten ihn über den Schwerpunkt und ließen ihn mit dem Gesicht ins Moor fallen. Das hatte gut funktioniert, allerdings bohrte sich der grüßende Arm so sehr in den Schlamm, dass an Weiterrollen nicht zu denken war. Wie ein Widerhaken steckte der Arm mit der Hand im Moor.

Nullkück schlug vor, alles auf die Schubkarre zu verladen, aber die hatten Brünings mitgenommen. Er holte seine eigene, sie hatte in der Mitte ein Loch und kaum Luft auf dem Reifen. Paul kannte diese Schubkarre noch aus der Kindheit, mit der hatte sein Großvater erschossene Maulwürfe durch den Garten gefahren, aber für den Reichsbauernführer benötigte man eine bessere.

»Da brauchen wir Vollgummireifen und verstärkte Kufen«, erklärte er.

Sie hoben den Reichsbauernführer ein Stück nach oben,

um den Arm aus dem Schlamm zu ziehen, was so anstrengend war, dass beide die Lippen zusammenpressten. Dann stellten sie ihn vorerst wieder auf den Sockel und atmeten durch.

Vielleicht war das auch nicht der richtige Umgang mit Geschichte, dachte Paul.

Es ging gegen zwölf. Schon seit einer Stunde rollten und hievten sie diesen Führer durch das Moor, und jetzt stand er nur zwei Meter von der Stelle entfernt, wo sie ihn gestern beim Ausheben der Abzugsgräben gefunden hatten.

Paul beobachtete die anderen, an der alten Eiche festgebundenen Figuren. Sie blickten stumm herüber, so wie man herüberblickt, wenn ein Fremder in einem Dorf ankommt.

Nullkück nahm Renkens Milch, ging in die Küche und machte Buchweizenpfannkuchen. Zehn Minuten später rief er zum Essen. »Mahltiet, Mahltiet.«

»Mahlzeit«, sagte Paul.

Es war Punkt zwölf. Er fühlte sich am dritten Tag für einen Augenblick wie gehalten und aufgehoben.

Er setzte sich an den Küchentisch, aß vom Pfannkuchen und legte sein Notizbuch neben den Teller. Nach dem Essen schlug er eine freie Seite auf und formulierte den ersten Entwurf für eine Anzeige.

Großes, historisches Haus in Worpswede zu verkaufen.
Fachwerk. Reetdach. Das Haus hat einen großzügigen
Wohnbereich. 16 Zimmer, Küche, mehrere Bäder und WC.
Kachelofen. 2.500 m² Gartenfläche. Mit oder ohne Hausmeister.

18
Ohlrogge schaut für einen Augenblick auf sein gegenwärtiges Leben und wird um Punkt zwölf Uhr alt

Peter Ohlrogge lag in seinem Bett und wartete, dass die Zeitung trocknete.

Mit seinen Marie-Ermittlungen war er nicht weitergekommen. Er wusste nicht, ob man Gedächtnisstätten überhaupt anrufen konnte und an welche er sich zuerst wenden sollte. Auch fühlte er seit der Frau mit dem struppigen Koffer und der Gottfrage eine kalte, lähmende Angst.

Er sah auf seine Hände. Sie schienen noch kleiner geworden zu sein in der letzten Zeit. Zwei immer kleiner werdende Hände lagen vor ihm auf der Bettdecke, sie sahen so lebensmüde aus wie die Frau von vorhin. Sein Blick wanderte durch das Schlafzimmer, in dem ein kleines Brigitte-Bardot-Bild hing: die Bardot auf dem alten roten Filmplakat von Godard, ihre Brüste, ihr Mund. Ohlrogge stellte sich ihre Hände vor, wie sie alt und kleiner geworden irgendwo in Frankreich über traurige Tiere streichelten. Er betrachtete sein Wohnzimmer mit dem Tisch, der fast den ganzen Raum ausfüllte; den Boden, auf dem überall Flaschen herumstanden, die er jeden Morgen wegbringen wollte; die Kisten aus dem alten Johanna-Leben, diese 35 Kisten, die er, als er hier eingezogen war, abgestellt und abgedeckt hatte, so als könnte man den Schmerz mit Bettlaken unsichtbar machen.

Sommer 1967: Die letzten Tage, nachdem sie vom Meer gekommen und in der Scheune gewesen sind

»Da ist jetzt ein anderer«, sagt Johanna, als er das Haus verlassen soll.

»Da ist jetzt ein anderer« – was für ein schrecklicher Satz. Kalt, von einem Tag auf den anderen, Johannas ganze Kraft, der Strom von großen und kleinen Zartheiten, wie abgetrennt von ihm mit einem Fallbeil.

»Hältst du mein Seelenband?«, hatte sie am Meer gefragt.

»Ein Seelenband halten ist ein Ja für Jahrhunderte«, hatte er gesagt.

Am nächsten Abend war sie in einen Club nach Bremen gefahren. »Lila Eule«, da ging man hin.

Schön sei es gewesen, sagt sie, als sie erst am Morgen mit offenem Haar und ihrem kornblumenblauen Flatterkleid im Garten steht.

»So lange?«, fragt er, sein Mund wird immer dünner vor Angst. Sie steht da wie in einem Eismantel, denkt er, sie muss aufpassen, dass ihr der kalte Mantel nicht zerschmilzt vor lauter Glut von der Nacht.

Johanna sieht lieber zu Boden, sodass ihr Gesicht vom Haar verdeckt wird. Sie streicht es sich hinter das Ohr, will etwas sagen, dann lässt sie ihn stehen und schließt sich im Badezimmer ein, feilt ihre Fußnägel für den anderen.

Später packt sie die Kisten, die ihr Vater eigenhändig auf den Teufelsmoordamm stellt, in den Nieselregen, zusammen mit den Bildern.

»Bloß wegen der Scheune? Es tut mir leid, ich wollte dir nicht wehtun, Prinzessin«, sagt er, hilflos zwischen den Kisten stehend.

»Es tut mir leid mit dem Stuhl!«, sagt er zum Vater. »Auch mit der Autofrage, es war natürlich britisch! Ich habe nie behauptet, dass Sie ein Auto der Kriminalpolizei verschwinden ließen, da wären ja auch noch Polizisten drin gewesen, der Herr Jahn hasst Sie, weil Sie so ein erfolgreicher Künstler sind!«, doch der Vater lässt nur die letzte Kiste auf den Teufelsmoordamm fallen.

Ohlrogges Blick wanderte wieder zu den Vergangenheitskisten. In all den Jahren hatte er manchmal vorsichtig hineingesehen: Schallplatten, die sie gehört, Bücher, die sie gelesen, Kerzenständer, die an ihrem Bett gestanden hatten, sogar das fast heruntergebrannte Bienenwachs ihrer letzten Nächte lag in einer der Kisten. Alte Zeitungen, Briefe, vertrocknete Pinsel, zusammengehalten von mürben Gummibändern. Die alten Hausschuhe vom Teufelsmoordamm, Haarbänder von ihr, mit denen er aufgerollte J.M.W.-Turner-Plakate gebunden hatte.

Fotos: sie und er, eine ganze Serie, etwas schief und unscharf, manche auch fotografiert von Nullkück. Ein alter Kassettenrekorder, Pingpongbälle, Schuhcreme, Tüten mit Spannzangen, Worpswede-Kataloge, in einem war auch ein Worpswedehimmel von ihm abgebildet. In einer der Kisten lagen das Lebkuchenherz vom Bremer Freimarkt aus den Sechzigerjahren und der Stein vom Spaziergang an der Nordsee.

Ein Bügeleisen, Wäscheleinen, verknotet mit alten Lichterketten und der Drachenschnur, mehrere defekte Rasierapparate, die man vielleicht noch reparieren konnte. Wärmflaschen, Reste von Duftwasser.

Johannas Weleda-Hustensaft, abgelaufen. Halb zerrissene Kästen mit Gesellschaftsspielen von früher: *Mensch ärgere dich nicht*, der rote Deckel vom Nordseestein durchbrochen, das groß geschriebene *Mensch* des Deckels lag irgendwo – wie lieblos Johanna damals die Kisten gepackt hatte, dachte er.

Manchmal trat er verärgert mit dem Fuß auf eine der Kisten, sie gingen einfach nicht mehr richtig zu. Halb ruhte die alte Zeit in den Kisten, halb stieg sie aus ihnen heraus. Einmal hatte er mit voller Wucht auf das steinharte Lebkuchenherz geschlagen, seitdem klemmte es mit der Zuckergusszeile »Du bist mein Stern« unverrückbar zwischen den alles verkeilenden Pingpongschlägern und der alten Moulinex-Maschine, in der mittlerweile das *Mensch* vom Deckel des Gesellschaftsspiels gelandet war.

Irgendwo in einer der Kisten musste auch die sinnlose Liste mit Paul Kück und der Nordischen Gesellschaft liegen, fiel Ohlrogge ein, er hatte damals entschieden, dass die Nordische Gesellschaft in eine dieser Kisten gehörte.

Warum schmiss er nicht einfach alles weg? Wegschmeißen! Warum nicht morgen alles wegschmeißen, dachte er.

Neben den Vergangenheitskisten standen Vasen mit vertrockneten Blumen, die er morgen wegbringen könnte. Aus der Zimmerpflanze, die man vor zwanzig Jahren hätte umtopfen müssen, wuchs eine knorrige neuartige Pflanze. Die andere war an den Topfrand gedrängt, blätterlos. So stellte er sich seinen Magen vor, in dem das Lebendige verdrängt wurde von knorrigen Fremdgewächsen.

Neben einer der Kisten lag die alte Napoleon-Le-Page-Pistole, die ihn fast hinter Gitter gebracht hätte. Die Kugel, die für Herrn Klein-Goya bestimmt gewesen war, steckte immer noch darin. Die zweite Pistole hatte er damals im Garten zurücklassen müssen.

Und das alte Telefon stand noch da, mit dem er bei Frauen anrief, deren Nummern er in lokalen Postwurfsendungen fand. Seit ein paar Wochen benutzte er eine Nummer für »scharfe Frauen aus deiner Region«. Eine andere für orientalischen Telefonsex mit »türkischen Girls ohne Tabus«. Und eine weitere Nummer für »Teledominas«, die einem angeblich ohne Wartezeit direkte Befehle erteilen wollten. Bei allen Nummern aber landete Ohlrogge jedes Mal zuerst bei einer Ansage, die ihm ellenlang erklärte, dass er die Speichertaste oder Rautetaste drücken sollte, dann die Sterntaste und wieder eine der anderen Tasten, um gleich mit den Frauen live sprechen zu können oder mit ihnen Sprachnachrichten auf privaten Voice-Boxen auszutauschen in der Audio-Reality.

Das Einzige, was Ohlrogge in seiner wachsenden Erregung begriff, war, dass er keine Tasten, sondern nur eine Scheibe hatte. Aber auch, wenn er nur an ihr herumdrehte, hörte er Frauen, die ihm Dinge sagten wie: »Ich bin die Jenny und warte im Stroh ...« oder »Uhhh, komm, ich bin Jasmin aus dem Land der heißen Nächte und weiß, dass du Bauchtanz magst ...« Ohlrogge dachte immer, dass dies die privaten Voice-Nachrichten für ihn waren, und hörte sich alles an. Er fühlte sich auch ohne Tasten angesprochen, und das war auch mal etwas anderes als dieser ewige Putzporno im Club.

Manchmal sprach er etwas Persönliches in den Hörer. Einmal vernahm er bei einer Frau im Hintergrund Sirenen und eine Minute später fuhr auf der Viehländer Landstraße ein Wagen auf sein Häuschen zu, mit Blaulicht. Da legte er schnell auf.

Wieder sah Ohlrogge auf seine Hände. Wieder die kalte, lähmende Angst. Was hast du die vergangenen 30 Jahre gemacht? – fragte er sich. Irgendeine Frau hätte es doch geben können? Warum hast du keine Kinder? Wieso kommt dich niemand besuchen? Warum klingelt dieses Scheißtelefon nur im März, wenn die Malschule Termine durchgibt? An was hast du all die Jahre gedacht, das für dich vorgesehen sei? Glaubtest du immer noch, du seist in Wahrheit ein Genie, das, wenn man es nur endlich erkannt hätte, mit sich selbst glücklich geworden wäre?

Ohlrogge schlug mit voller Wucht auf die Bettdecke. Mehrmals. Weinte. Nun war er alt. Alleine. Vergessen in einem vollgemüllten, würfelartigen Backsteingemäuer an einer Schnellstraße in Viehland, wo es nur den Hof der Wellbrocks gab, die Kühe und noch fünf schäbige Häuser. In dem letzten, kleinsten wohnte er, so einsam wie im letzten und kleinsten Haus der Welt, mit dem fremden Glanz von ein paar verzweifelten Paula-Tagen.

»Ja, das einzig Interessante an mir ist wohl das Haus mit den sieben Paula-Tagen, was?«, fragte er in die Stille.

»Verkauf es doch endlich und dann geh weg!«, antwortete er sich selbst.

»Nein!«, rief er, »Nein, nein!«, und schlug wieder auf die Bettdecke ein.

Er rieb sich die Augen. Er wollte etwas anderes denken. Er wollte aufhören mit den Tränen und dem Alter, das herangeschlichen war und nun mit einem höhnischen Ausdruck die jüngeren Jahre befragte, wonach man die ganze Zeit gesucht hatte. Das Alter, dachte er, es schlich sich hinter dem Rücken so unbemerkt heran, dass man, wenn man sich umsah, einen furchtbaren Schreck bekam und in einer einzigen Sekunde wusste, was nun gekommen war. Ein Mensch wurde nicht mit der Zeit alt, er wurde an einem bestimmten Tag, zu einer bestimmten Uhrzeit alt: ein plötzliches Umdrehen, ein schrecklicher Gedanke – und man war schlagartig alt! Bei ihm, dachte Ohlrogge, war es heute um Punkt zwölf Uhr geschehen.

Was sollte er jetzt mit der restlichen Zeit anfangen?

Er hätte sofort mit dem Aufräumen und Ausmisten beginnen können. Früher hatte er keine Zeit gehabt aufzuräumen und auszumisten. Er hatte nicht einmal Zeit, Lebensversicherungen abzuschließen, Altersvorsorge, wozu? Er war jung, er musste malen, er war sich selbst die größte Versicherung, er müsste sich nur ranhalten. Vielleicht hätte er gerne zwischendurch mal aufgeräumt, irgendein Formular ausgefüllt oder sich versichert, aber es ging nicht. Und jetzt, wo die Zeit gekommen war, wollte er nicht. Schon seit Weihnachten machte ihm Angst, dass er die Zeit plötzlich spürte, dass sie ihn lähmte. Dass sich die Zeit, die er hatte, vermehrte. Früher hatte er nie darüber nachgedacht, alles war gefüllt mit Plänen, mit Morgen, mit Beruf, Bildern, Himmeln. Keine Zeit zu haben vergrößerte die Welt. Jetzt aber, wo es immer mehr davon gab, verkleinerte sie alles. Der Raum wurde kleiner, die Zeit immer mächtiger.

Kann man sich das vorstellen, wie das ist: dasitzen und warten auf nichts?

Nein, wenn er jetzt damit anfinge aufzuräumen, dann würde er zugeben, dass nichts mehr käme und nur noch das Aufräumen bliebe in seiner immer kleiner werdenden Welt. Bloß nichts aufräumen, sagte er sich. Das Aufräumen wäre die Vorbereitung auf den Tod, auf den man hinleben würde als das letzte Ereignis. Wenn alles aufgeräumt wäre, gäbe es nur noch das Dasitzen. Man müsste vielleicht noch einmal zwanzig Jahre herumsitzen, weil es trotz der unendlich langen Zeit keine Zukunft mehr geben würde, zu der man gehören und in der man eine Rolle spielen könnte. Es würde also nur noch der Tisch wackeln, ab und an ein toter Igel zu beerdigen sein oder ein Tourist kommen, den er in die Flucht schlagen konnte. Ansonsten blieben nur das Dasitzen mit seinem pflanzlichen Magen-Darm-Mittel, die Malschule, die Frauen im Telefon mit ihren Tonbandstimmen und zweimal, manchmal auch dreimal in der Woche bei Regen der Don-Camillo-Club. Und wenn er langsam alles vergessen, Jahr für Jahr eine Erinnerung nach der anderen verblassen würde und er mit müden Augen vor seinen aufgeräumten Vergangenheitskisten säße, dann würde er sterben, alleine sterben in seinem Einsamkeitswürfel. So stellte er sich sein Ende vor:

Besitztümer? Sinnlos, weil wem vererben?

Verantwortungen? Keine.

Nahe Menschen? Keine.

Errungenschaften? Eigentlich auch keine.

Was war denn, verdammt noch mal, die Aufgabe, wenn man alt geworden war? Mit irgendeiner letzten Form von Würde wieder aus der Welt zu gehen? War das die Aufgabe? Und diese alte Frau von vorhin mit ihrem struppigen Emigrantenkoffer – war das er? War das sein Weg?

Ohlrogge sah wieder auf seine Hände, die auf der Bettdecke zur Ruhe gekommen waren.

19
Mit dem Reichsbauernführer in der Nacht

In der dritten Nacht sprang Paul aus dem Bett und lief in den Garten. Dieser Mann musste weg! Und zwar schnell, man konnte ja nicht warten, bis der von alleine versank! Nie im Leben würde die Gemeinde an dieser Stelle noch ein Heimatmuseum errichten, schon allein die Vorstellung: dieser Mann auf der Sonderausstellung zwischen Ringo Starr, Willy Brandt und seiner Großmutter! Vielleicht musste sich Paul das auch nicht vorstellen, weil es mit diesem Reichsbauernführer im Garten höchstwahrscheinlich zu gar keiner Künstler-des-Jahrhunderts-Ausstellung mehr kommen würde! Auf jeden Fall ginge der Wert des Hauses rapide in den Keller, ganz zu schweigen vom Preis für das Grundstück, einem unterirdischen Propagandagelände, aus dem plötzlich Nazis hervorkamen! Wenn er das Geld, die gute halbe Million, die seine Mutter schätzte, schon in der Tasche hätte, dachte Paul, dann könnte er mit der Wahrheit leben, aber umgekehrt? Und wer hatte die Hamme-Nachrichten informiert?

Er konnte im Mondlicht nur in das eine Auge sehen, in dem anderen klebte Torf, allerdings erhob sich der rechte Arm sehr deutlich schräg nach oben und mit flacher Hand zum ewigen Gruß.

Paul stellte sich direkt davor, schlug die Hacken zusammen und grüßte zurück. Er fand sich einen Moment witzig dabei, dann dachte er, jemand könnte ihn beobachtet haben, was absurd war, mitten in der Nacht, in dieser Wildnis, und die anderen Skulpturen, die um ihn herumstanden, sie lebten ja nicht. Trotzdem spuckte er der Figur ins Gesicht, er musste richtig hochspucken, so groß war sie. Irgendeine Reaktion, dass er auf der richtigen Seite stand, dachte Paul, musste erfolgen. Er spuckte für die Öffentlichkeit, obwohl es ihm schon beim Spucken leidtat, es war doch auch sein Großvater.

Welche Fragen dieser Mann aufwarf. Sich in Ironie retten? Alles nicht so ernst nehmen? Weglaufen? Zurück nach Berlin? Warum sollte er sich überhaupt mit so etwas herumschlagen?

Für diese uralten Feinde bin ich gar nicht zuständig, das hätten doch andere machen müssen – antwortete er sich.

War er jetzt der Geschichtsmüllmann, der alles wegräumen musste, was die vorherige Generation stehen ließ?

Danke, ich habe eigene Feinde – erklärte er sich. Warum sollte er hier einen Reichsbauernführer verarbeiten? Die Unmoralischen, die Mörder, die lauern doch heute überall viel getarnter, kaschiert hinter globalen Indexen, bunten Krawatten und schöner Werbung, sagte er sich. Ja, um die bunten und schönen Feinde hatte sich seine Zeit zu kümmern, nicht um Nazis, außerdem wurden auch der Kunstmarkt und das Klima immer perverser!

Paul ging ins Haus zurück. Er nahm eines der alten weißen Bettlaken aus dem Eichenschrank, lief zum Reichsbauernführer und verhüllte ihn.

Er musste nur an sein Erbe denken, um zu wissen, was er am nächsten Morgen zu tun hatte. Er würde mit Gerken und Renken, vielleicht auch mit Semken reden. Herr Lundt, der NASA-Physiker, war unbedenklich, der schwebte sowieso woanders. Wichtig war es, Malte Jahn zu isolieren, als Denunzianten, als Neid-Menschen, Gründe gab es ja genug, es war eben alles wie früher.

Und als Allererstes musste er den Bauernführer entsorgen – sachlich, kühl, an sein Erbe denkend, auch an den Großvater. Dabei könnte er jetzt einmal vor seiner Mutter den Helden spielen, die Ehre der Familie retten und den schwierigen Geschichtsmüll verschwinden lassen.

Er nahm sein Notizbuch und schrieb unter die Zeile »Aktuelle Probleme«:

Nazi-Skulptur entsorgen!!
Brüning im Preis für Neugründung drücken!
Jonas anrufen wegen Pornoprojekt: Hotelbilder müssen nach Görlitz, Döbeln, Magdeburg.
Eventuell Christina loslassen.

Darunter notierte er:

Was für Tage!
Einmarsch der USA in Bagdad.
CIA nimmt Al-Qaida-Kopf in Pakistan fest.
Ausgrabung des Reichsbauernführers in Worpswede.

Vielleicht half es, sich das Ganze als Film vorzustellen? So würde er gern deutsche Geschichte im Kino sehen, dachte Paul. Er legte sich ins Bett und überlegte, wer seine Rolle spielen könnte.

20
Ohlrogge steht im Bett und versteht, warum Paul Kück den Güllegarten damals nicht umgraben ließ (Die Meldung!)

Ohlrogge hatte sich vorgestellt, wie der Rest seines Lebens verlaufen könnte, und war mit kalter Angst eingeschlafen. Nun wachte er sehr früh am Morgen neben der zerwühlten Zeitung auf, die er gestern vor lauter Düsternis und Schwere nicht gelesen hatte. Sein Blick fiel genau auf die Nachricht »Der Fall Kück«, die Seite lag wie herausgesucht und hingefaltet neben seinem Kopfkissen:

> In der Künstlerkolonie Worpswede wurde bei Grabarbeiten im Garten des 1978 verstorbenen Bildhauers Paul Kück ein Denkmal entdeckt, bei dem es sich um den NS-Reichsbauernminister Richard Walther Darré handeln könnte, dessen Buch »Das Bauerntum als Lebensquell der nordischen Rasse« 1933 von Adolf Hitler für die Neuausrichtung der Agrarpolitik aufgegriffen wurde. Paul Kück wurde erst vor wenigen Tagen als Künstler des Jahrhunderts geehrt. Der Bürgermeister des Künstlerdorfs erklärte, er wolle sich erst nach Prüfung der Fakten äußern. (Bericht folgt.)

Ohlrogge stand aufrecht im Bett: Mein Gott, jetzt weiß ich, warum Paul Kück damals nach der Gülle-Hochzeit vorgab, er würde alles selbst machen!! Den Garten selbst ausheben und vom Nitrat reinigen! Selbst mit Frischerde auffüllen und Gras säen! Und am Ende lässt er sich die sechshundert Kubikmeter Frischerde und die Saatgut und

die sechs Wochen Arbeitslohn von drei Mann eines Meistergärtnereibetriebs auszahlen! Er nimmt nur die 22.700 Mark und kauft sich damit tonnenweise seine Scheißspezialpaste für die Korrosionsschäden an den Skulpturen!! Dazu kauft er sich vielleicht noch schöne Edelbronze oder Butterkuchen bis in alle Ewigkeiten, vielleicht verfickt er auch das Geld, aber im Garten rührt er keinen Finger!!!
UND WARUM WOHL!?!

Ohlrogge sprang aus dem Bett, zog mit einem Ruck alle Laken weg, die jene Kisten von damals verhüllten. Der Staub wirbelte auf und Ohlrogge wühlte, suchte, kramte in den Vergangenheitskisten, bis er sie fand: die alte Liste mit der »Nordischen Gesellschaft« und die Visitenkarte. Er legte sich die Polizeimarke und die Zeitungsseite mit dem »Fall Kück« bereit, griff zum Telefon und wählte mit zitternden Fingern die Nummer von Dr. Anton Rudolph, um ihm bereits zu dieser frühen Stunde eine dringende Nachricht zu hinterlassen.

21
Nullkück beginnt die Vergangenheit auszudrucken
(Und die Tochter kämpft für den Vater – Muttertelefonat Nr. 4)

Paul saß am Morgen des vierten Tages in der Küche mit einem Buchweizenomelett und Apfelgelee und starrte durch das Fenster in den Garten, in dem die Brünings ihre Arbeit mit Spaten und Stechschaufeln fortsetzten. Kovac hatte er bereits in Berlin angerufen und um Unterstützung gebeten. »Paulus«, hatte Kovac gesagt und sich über den Anruf gefreut, obwohl er bestimmt gerade wieder ölverschmiert unter irgendwelchen Karossen schraubte. Acht Euro die Stunde pro Mann plus Fahrt und Unterkunft würde das kosten. Goran und Branko müssten erst noch Rostarbeiten in Brandenburg machen, aber ab Montag könnten sie zu Paulus in den Norden. Und Nullkück hatte Kovac schon gemailt, es war eine Anfahrtsbeschreibung über Hamburg mit der Autobahnausfahrt »Stuckenborstel«, dann B 75 über Ottersberg, Quelkhorn/Fischerhude und Grasberg nach Worpswede.

Am Mittag legte Nullkück ausgedruckte Seiten vor, es schien ihn zu freuen, dass er etwas ausdrucken konnte, was vielleicht benötigt wurde. Als er sich mit den Blättern zu Paul vorbeugte, roch er nach Schnaps, so wie Hinrich und Johan gerochen hatten, wenn sie vom Abschmecken aus dem Schuppen kamen, wo sie den gebrannten Korn und den Himbeergeist mit Wasser vermischten.

Richard Walther Darré, Politiker (NSDAP) ★ Belgrano (Argentinien) 14. Juli 1895; † München 5. September 1953. Sohn einer deutsch-schwedischen Kaufmannsfamilie. Studierte Landwirtschaft mit dem Schwerpunkt Viehzucht und Vererbungsfragen in Gießen. Sein Interesse fokussierte sich auf genetische Fragen und germanische Stämme. Schon früh lernte er Adolf Hitler kennen ...

Paul las nicht weiter. Wenn er etwas über diese Zeit im Fernsehen sah, im Radio hörte oder wie jetzt den Anfang solch eines Lebenslaufes las – er spürte sofort Widerwillen. Außerdem war es Schulstoff, Ewigkeiten her, schwarzweiß. Er mochte über diese Zeit, über ihre Sprache und Begriffe weder etwas hören noch lesen und schon die »Vererbungsfragen« reichten ihm. Die Welt war bunt, mit so vielen Fragen, aber wenn er in diese Zeit zurückblicken sollte, dann beschlich ihn dieses linienförmige, gleichförmige und abgestumpfte Denken, das sich in so eckigen und kantigen und schwarz-weißen Bewegungen äußerte – es griff über, man wurde selbst eckig und stumpfsinnig dabei. Deutsche Geschichte konnte er nur noch als Karikatur ertragen, als Kinounterhaltung; da konnte man über die Schauspieler sprechen, darüber, mit wem die Eva-Braun-Darstellerin im wirklichen Leben zusammen war und ob sie für irgendetwas damit nominiert wurde. Umso unvermittelter fand er sich nun im Garten vor dem Reichsbauernführer seines Großvaters wieder.

Unter www.kommunistische-debatte.de war Nullkück ebenfalls fündig geworden. Der Reichsbauernminister Richard Walther Darré hatte auch etwas verfasst: »Das Bauerntum als Lebensquell der nordischen Rasse« war eine Schrift, die das altgermanische Bauerntum zum ersten Stand einer künftigen Ordnung machen sollte. Nach dem

Freihandel der Juden und der Weltwirtschaftskrise musste wieder das deutsche Agrarland kommen, das aus einem Neuadel aus Blut und Boden und germanischen Bauern bestehen würde.

Kein Wunder, dachte Paul, dass Gerken der Skulptur fast um den Hals gefallen war.

Offensichtlich hatte der Bauernführer auch Worpswede einen Besuch abgestattet. Unter www.cine-holocaust.de gab es Informationen zu einem Film, den das Verwaltungsamt des Reichsbauernführers produziert hatte. »Landvolk in Not« war der Titel, Zensurlänge 148 Minuten, gedreht auf 35 mm / schwarz-weiß. Eine Szene spielt im Teufelsmoor, fast am Ende des Films, wo es dem Volk, laut Drehbuch, dank NS-Herrschaft schon besser geht.

114. Einstellung (Moorlandkultivierung): Bauern heben mit Spaten Gelände aus (Abzugsgräben). Der Reichsbauernminister fährt mit Auto vor, steigt aus und hilft mit. Kleines blondes Mädchen dreht am Zopf. Maler kommt vorbei, grüßt mit Heil Hitler und malt Mädchen mit Minister.

Nullkück hatte Bilder von Richard Walther Darré ausgedruckt, vier verschiedene, alle mit diesen glatt nach hinten gestrichenen Haaren und den kräftigen Augenbrauen.

Paul lief damit in den Garten, zog das Laken weg und betrachtete abwechselnd die Bilder und den riesigen Mann in Bronze: Die Haare, die gänzlich frei geschnittenen Ohren, die großen Brauen, sogar die kleine Furche zwischen Oberlippe und Nase war zu erkennen und identisch! Sein Großvater musste diese Bilder entweder auch gehabt haben oder er hatte den Mann gekannt, dachte Paul sofort. Die Kücks schauten ja gern bei Filmarbeiten zu: Seine Mutter schleppte ihn zum Drehort von »Die bitteren Tränen der

Petra von Kant«, vielleicht ging sein Großvater zu den Filmaufnahmen von »Landvolk in Not« und stellte sich dort dem Bauernführer vor?

Paul verglich noch einmal die Bilder und den Mann im Garten. Das war er, eindeutig!, Bauer Gerken hatte ihn erkannt. Und der Bauernführer musste ein Riese gewesen sein.

Er lief ins Haus, in die Küche zu Nullkück.

»Ich muss mal telefonieren«, sagte Paul und nahm den Hörer ab. Während es klingelte, betrachtete er ein vergilbtes Foto aus den Kriegsjahren, das auf dem Schrank für Geschirr und Gläser stand: Hilde und Greta mit Großvater an einem gedeckten Tisch. Man sitzt in der Diele, isst Butterkuchen und im Hintergrund gucken die Kühe interessiert in die Kamera. Marie fehlt.

»Hier ist Paul«, meldete er sich mit belegter Stimme.

»Na, so was«, sagte seine Mutter, spürbar überrascht, dass es zur Abwechslung einmal ihr Sohn war, der anrief. »Bist du mit Brüning vorangekommen? Lässt sich das Haus gut stützen?«

»Wir haben Probleme mit dem Nationalsozialismus«, antwortete er. »Wenn ich aus dem Fenster schaue, sehe ich in unserem Garten den Reichsbauernführer. Er guckt Großmutter an mit ihrem Kuchentablett, ich meine, wie kann man überhaupt seine eigene Frau mit einem Tablett darstellen?«

»Was redest du da, *wen* siehst du?«, fragte sie.

»Eine erstaunlich große Skulptur, die wohl den deutschen Reichsbauernführer darstellt, den haben wir aus Versehen ausgegraben. Er studierte Viehzucht mit dem Schwerpunkt Vererbungsfragen, lernte früh Adolf Hitler kennen und vielleicht sogar Großvater ... Stand gestern in den Hamme-Nachrichten, dein Vater war Nazi.«

Es war nur noch ein Knistern in der Leitung. Paul hatte vergessen, wie es war, wenn seine Mutter schwieg und einmal nicht das Gespräch dominierte, sondern im Gegenteil die Sprache verlor.

»Irgendjemand hat es an die Zeitung gegeben. Warum wurde bei uns nie darüber gesprochen?«, fragte er.

»Paul ...« – seine Mutter versuchte sich zu fangen – »dein Großvater war Sozialdemokrat, woher willst du wissen, dass es ein *Bauern* ... was? *Führer* ... Was ist das überhaupt für ein Wort, ich weiß ja nicht mal, was das ist?«

»Willy Brandt ist es auf jeden Fall nicht!«, schrie er durch das Telefon, sodass Nullkück schon ganz verängstigt war. »Warum wurde nie darüber gesprochen?«, wiederholte Paul.

»Wieso soll das von Großvater sein, wer will das beweisen?«, rief seine Mutter zaghafter.

»Mensch, Johanna!«, er war überrascht, dass er seine Mutter so beim Vornamen anpackte. »Da wird ein Nazidenkmal gefunden, zufällig im Garten eines Bildhauers, der bekannt ist für seine historischen Skulpturen, dann steht auch noch PK am Sockel dran! Von wem soll denn das sonst sein, Paulchens Klapperstorch?«

»Großvater war immer Sozialdemokrat, das wissen alle da oben im Norden!«, sagte sie.

Paul wurde immer wütender: »Hör doch mal mit deinem Scheißsozialdemokraten auf! *Da oben im Norden!* Im Garten steht der Reichsbauernführer!«

»Was weiß ich, wo der herkommt! Spiel dich nicht so voreilig als Richter auf! Du redest ja wie die Jahns!«, erhob seine Mutter die Stimme, mit der sie wieder die Kontrolle zu übernehmen und alle Widersprüche zu übersprechen beabsichtigte. »Diese Bronzemänner sehen sich oft sehr ähnlich, weil nämlich die Feinheiten im Guss nicht immer zur Geltung kommen. Bronzeköpfe von Karl Marx und Lenin oder Rilke und Ringo Starr kann man gut unterscheiden, aber mit welcher Sicherheit kann man von so einem Bauerndingsführer sprechen, den ein normaler Mensch gar nicht kennt? Es kann auch dieser Reiter von der Olympiade sein, der damals leider abgesackt ist ...«

»Mit Hitlergruß?«, ging Paul dazwischen.

»Vielleicht hält der Reiter die Zügel hoch«, erklärte sie. »Vielleicht ist es ein ganz gewöhnlicher Bauer, dein Großvater schuf eine Vielzahl unbekannter Bauern ...«

»Ich habe das geprüft«, unterbrach er seine Mutter, »du kannst dir Bilder im Internet anschauen. Und nenn mir einen vernünftigen Grund, warum man einen unbekannten Bauern vergraben sollte.«

»Weil er missraten war! Weil der Bauer nicht gelungen war!«, entgegnete sie. »Außerdem hätte doch der Dingsführer sein Denkmal mitgenommen, wenn Großvater es für ihn gemacht hätte, das ist doch logisch!«

»Was ist logisch?«

»Alles! Kümmere du dich lieber um die Gegenwart! Die Welt ist voll Leben, warum immer die Toten? Geh mal in der Hamme baden! Unser guter alter Urfluss weckt die Selbstheilungskräfte, du scheinst ja, seit du eine Galerie mit Erfolglosen führst, völlig zu verkrampfen. Das Moorwasser ist durchblutungsfördernd, es saugt Nervöses im Körper ab, die Vergangenheit auch, die Hamme absorbiert, die reinste Entschlackung!«

Das darf doch wohl nicht wahr sein, dachte Paul, sollte er ihr etwa wieder seine Moorallergie erklären? Er würde ganz bestimmt nicht in abgestorbenen Bleichmoosen und jahrtausendealten Sumpfgräsern und Fischgräten freiwillig baden! Er überlegte, ob er sagen solle, dass er sowieso keine Badehose mithabe, aber wieso sollte er jetzt über eine

Badehose sprechen, wo sie dann doch nur erwidern würde, er solle sich nicht so haben und nackt baden, wie sie das früher immer getan hätten? – Er ging einfach nicht darauf ein.

»Der alte Gerken war auch dabei, der hat sich den Fund angeguckt und fast die Hacken zusammengeschlagen vor Rührung! *Ein echter Kück*, hat er gesagt. *Das Beste von Kück im Reichsacker!* Im *Reichsacker!*? Was ist das überhaupt für eine krasse Formulierung? Hast du mal gehört, dass dein Vater bei Dreharbeiten im Moor war? Hier wurde *Landvolk in Not* gedreht, da hilft der Bauernführer dem Volk beim Graben und ein Maler malt das alles. Ich wette, dein Vater ist da hingegangen, hat sich direkt beim Reichsbauernführer vorgestellt und gesagt, er wolle ihn in Bronze gießen!«

»Und was sollen wir jetzt bitte tun?«, fragte seine Mutter, zurückgedrängt in ihrem Versuch, den Sohn zu übersprechen.

»Ich weiß nicht«, sagte Paul. »Das ist dein Vater, was habe ich mit dem alten Mist zu tun? In Berlin gibt es einen Blumenhändler, mit dem arbeite ich jeden Morgen die DDR auf. Ich bin schon ein paar Diktaturen weiter.«

Er nahm sich vor, ihr jetzt noch die geforderte Gegenwart um die Ohren zu hauen: »Man kann sich Sorgen machen um die Leute im Kongo. Mich interessiert die Al-Qaida, ich würde gern die arabische Seele verstehen oder mal unserem Amerikabild auf den Grund gehen. Wusstest du, dass die jetzt sogar im Nahen Osten demokratisch wählen wollen? Nur in Worpswede, da ruht alles schön im Reichsacker! Und man hält sechzig Jahre die Klappe! Weißt du was, kümmere du dich um deinen Vater, aber lass mich damit in Ruhe!«

Er bekam sofort ein schlechtes Gewissen, dass er so mit

seiner Mutter sprach. Er merkte allein durch ihr Schweigen, wie sehr sie um Fassung rang. »Was sollen wir jetzt bitte tun?« – So etwas hatte sie noch nie gesagt. Sie sprach nicht mehr wie zu einem kleinen Jungen mit ihren Lebensanweisungen, sondern nun war sie plötzlich das Mädchen. Vielleicht, weil ihr Vater überraschenderweise auferstanden war und wieder mächtig vor ihr stand.

»Ich kriege das hier schon irgendwie hin. Glaubst du, das Haus könnte an Wert verlieren wegen dieser Geschichte?«, fragte er.

Seine Mutter schwieg.

»Na ja, Nazis gab es viele«, sagte Paul, »aber man denkt immer, nicht in der eigenen Familie.«

Er sah, während es in der Leitung rauschte, auf die ausgedruckten Bilder. Das letzte war nicht vom Reichsbauernminister, es war ein Foto vom großen Boxmeister Max Schmeling, Nullkück hatte es mit ausgedruckt. Besonders die glatt nach hinten gestrichenen Haare waren beim Boxer und dem Reichsbauernführer ähnlich. Auch die großen, frei geschnittenen Ohren und die starken Augenbrauen schienen geradezu identisch zu sein. Besonders auffällig: diese Übereinstimmung der kleinen Furchen zwischen Oberlippe und Nase. Paul sah in den Garten zur Schmeling-Skulptur, gegenüber von Napoleon und festgebunden an der alten Eiche, wo Nullkück gerade wieder sein Luther-Seil nachspannte. Auch Schmeling hatte einen erhobenen Arm, genau wie der Bauernführer, der eine grüßend, der andere boxend, eine Gerade in die Luft schlagend – aha, dachte Paul, schlauer Nullkück: Natürlich konnte ein 94-jähriger Bauer wie Gerken einen Boxer mit einem Nazi verwechseln!

»Ich weiß nicht, warum es eure große Zeit damals gegeben hat«, sagte er nach einer Weile ins Telefon. »Eine Revolution machen, aber dabei auf dem Schoß des Vaters sitzen ... Was ist denn das für eine Revolution?«

»Wie du über deinen Großvater sprichst«, sagte sie, erstickend leise. »Er hat vielleicht so was in Bronze gegossen, aber keine Menschen umgebracht. Ich rufe später wieder an.«

»Gut. Bis dann«, sagte Paul.

Er stellte sich vor, seine Mutter würde jetzt hilflos wie ein Mädchen dasitzen mit ihrem Vaterbild, das sie so lange rein gehalten und gehütet hatte und das nun verdunkelt und beschädigt war. Wie sehr sie an ihren Vater gebunden war. Und wie sich Paul jetzt selbst an seine Mutter gebunden fühlte, in hilfloser Rührung, auch wenn er seine Revolte eben noch gegen sie gerichtet hatte.

Sie liebte ihren Vater über alles. Paul hatte oft gesehen, wie sein Großvater die einzige Tochter in den Arm nahm, stolz mit ihr im Café saß und sich von den Touristen fotografieren ließ. Wie schön und verlegen er dann lächelte. Er ging gerne ins Café, weil ein paar Schritte entfernt, direkt vor der Kunstschau, sein großes Findorff-Denkmal stand, das zu einem Wahrzeichen der Moorgemeinde geworden war. Manchmal beobachtete Paul die Touristen, wie sie das Denkmal mit den eingedrehten Bronzelocken fotografierten. Er legte seinen Finger auf Findorffs Bauch und sagte, diesen Mann habe sein Opa gemacht, der sitze im Café mit seiner Mutter. So kam der Großvater zu der Ehre, dass wildfremde Leute sich mit ihm und seiner Tochter ablichten ließen, während Paul draußen für Nachschub sorgte.

Pauls Großvater unterstützte seine Tochter in allem, mit Zärtlichkeiten, mit Geschenken, mit Geld sowieso. Und wenn sie im Moorgarten Partys feierte, mit ihren Freunden irgendwelche Sachen rauchte oder morgens Krishnagebete im Frühnebel abhielt – ihr Vater tanzte manchmal mit, was gar nicht peinlich war in seinem weißen dreiteiligen Sommeranzug mit Hut und lässigem Handstock. Er ließ sich sogar verbotene Kräuter in seine Pfeife stecken, vielleicht auch aus Protest gegen Greta, die angefangen hatte, alt zu werden. Nur beten mochte er nicht im Frühnebel, da nahm er lieber an der Karl-Marx-Lesegruppe teil. Wenn er das sagte, »Dann lieber eure Karl-Marx-Gruppe!«, lachte er. Er erzählte seine Geschichten vom Moor, zeigte den jungen Menschen sein Atelier, die Skulpturen, die Gipsmodelle, den Garten und wie er dies alles aufgebaut hatte.

Manchmal stand er da, zeigte mit seinem Stock auf das Haus und sagte: »Das ist mein Leben.«

Paul hielt noch immer den Telefonhörer in der Hand. Er legte auf, nahm das Handy und schrieb Christina am vierten Tag nach seiner Ankunft im Moor:

Ich weiß, dass du meine sms bekommst. In meiner familie sind alle sehr erkrankt. Und dein schweigen ist so kalt. Sitze wieder wie als kind in den zimmern der schneekönigin und erfriere.

Dritter Teil
Zwei Russen steigen mit ins Moor

22
Georgij, der Mann mit der Tetris-Melodie

Georgij Aleksej Petrov hatte nie daran geglaubt, selbst Maler werden zu können, er war nur Angestellter der St. Petersburger Kunstakademie. Während sein Land zusammenbrach und in kleine reiche und große arme Teile zerfiel, saß er im Sekretariat und verrichtete Verwaltungsarbeiten.

Eine seiner Aufgaben war es, Bewerbungsmappen zu ordnen und abzulegen, die an der Kunstakademie eingegangen waren und die das Gremium der Jury abgelehnt hatte. Er musste Tausende von Absagen schreiben, und oft betrachtete Georgij die Passbilder der Bewerberinnen und schrieb den Schönsten von ihnen in eigener Sache, allerdings immer mit offiziellem Briefkopf und der in Gold gestanzten Zeile: »Russian Academy of Arts – Founded in 1757«. Mit diesem edlen Briefpapier tröstete er die jungen Frauen, machte Hoffnungen und verabredete sich in Cafés. Einige nahm er mit zu sich für einen Nachmittag oder für eine Nacht.

Irgendwann befasste er sich mit den abgelehnten Bewerbungsmappen gründlicher. Er suchte jetzt nicht nur die schönsten Frauen aus, sondern sortierte unter den Abgelehnten die nach seiner Meinung talentiertesten und vielversprechendsten aus. Malerei. Druckgrafik. Zeichnungen. In einer Mappe zum Beispiel fand er lauter Männerköpfe, die so gezeichnet waren, als läge der Betrachter unter ihnen: Männer, mit weit aufgerissenen Augen, fast kindlich offenen Mündern, die halb verzückt und halb erstarrt einen doppeldeutigen Ausdruck hatten. Sehr interessant, sagte sich Georgij, auf jeden Fall modern, und sortierte die Zeichnungen zu den guten von den abgelehnten Mappen.

Er nahm von allen männlichen wie weiblichen Bewerbern die gelungensten und kunstvollsten Zeichnungen und Malereien aus den Mappen und heftete sie in eine neue Mappe um – in seine eigene: die Georgij-Aleksej-Petrov-Mappe. Dazu fügte er ein wohlwollendes Empfehlungsschreiben von Ilja Kabakow an, dem bedeutenden Vertreter der Moskauer Konzeptkunst, das er mühelos fälschte. Und so blieb das Passbild das Einzige in der Petrov-Mappe, was der Wahrheit entsprach; er nahm ein jüngeres Foto, auf dem er noch Haare hatte, mit der Zeit waren ihm diese mehr oder weniger ausgefallen, worüber er oft missmutig und wütend wurde, obwohl ihm die weichen, fast kindlichen Gesichtszüge geblieben waren.

Georgij stellte so viele Mappen zusammen, wie es das Material zuließ. Er ging fast jeden dritten Tag mit einer neuen Petrov-Mappe zur Post und bewarb sich in ganz Europa für Förderstipendien in Euro, mit sagenhaftem Erfolg. Mit Bewerbungsmappen und dem Geschmack der Gremien kannte er sich immer besser aus. Gerade was Deutschland betraf, da wurde er regelrecht herumgereicht, und manchmal schien es ihm, als käme es den Gremien nur darauf an, denjenigen zu nehmen, der ohnehin schon von den anderen Gremien bedacht worden war. Man verließ sich einfach auf das Urteil der vorherigen, so konnte man nie ganz falschliegen.

Georgij war zunächst in Wiepersdorf bei Berlin gewesen, wo er sein erstes Malerstipendium in einem Schloss absolvierte, und kam dann über die Stipendien in Schöppingen und Schwalenberg im Frühjahr nach Worpswede, um

Quartier in den »Künstlerhäusern« zu beziehen. Sechs Monate, 1.400 Euro monatlich plus Wohnung im Barkenhoff, den Heinrich Vogeler errichtet hatte, wie er in der schönen Zusage las, der auch Informationsmaterial beigefügt war:

> Worpswede is situated 25 kilometers to the northeast of Bremen in the middle of Devil's Moor.

Vor Georgij waren nach Worpswede auch schon Rilke und Modersohn eingeladen worden, die Georgij nicht kannte, die aber berühmt zu sein schienen. Man dichtete, malte, musizierte, hielt Gesellschaften ab und heiratete. Später wurde Worpswede ein »world-village« mit »beautiful landscape« und der Barkenhoff eine Kommune, in der Vogeler mit Sonja Marchlewska lebte, der Tochter eines Lenin-Vertrauten:

> A daughter of a friend of Lenin was living here.

Ja, das klang alles sehr gut.

Die meiste Zeit lief Georgij durch die »beautiful landscape«, setzte sich auf eine Bank in der Hamme-Niederung und spielte Tetris auf seinem Gameboy, während die Melodie, dieses immer schneller werdende russische Volkslied, über die Moorwiesen tönte, die schöne Landschaft nahm er gar nicht wahr. Georgij saß wochenlang da, fixierte durch seine randlose Brille die geformten Klötzchen, Winkel, Haken, Quadrate und Stäbchen, die er beim Fallen so zu drehen versuchte, dass sie sich am unteren Rand zu lückenlosen Reihen ineinanderschoben, wofür es Punkte gab. Wenn Georgij eine geschlossene Reihe gebildet hatte, erhöhten sich der Schwierigkeitsgrad sowie die Fallgeschwindigkeit der Klötzchen und es gab noch mehr Punkte, falls man im Rennen blieb. Und wenn er den ganzen Tag bis in die Nacht hinein Tetris spielte, kam er auch nicht dazu, das monatlich verdiente Geld auszugeben. Mit den schönen Euros schwebte ihm anderes vor. Er ging nur manchmal ins Café Central, aß eine Suppe und trank Leitungswasser.

Georgij hatte schon einiges angespart. 820 Euro monatlich in Wiepersdorf und 1.000 im Monat in Schöppingen sowie 900 in Schwalenberg, und überall hatte er seine Zeit mit diesen herunterfallenden Formen verbracht. Und nun Worpswede mit 1.400 Euro, das waren fast 50.000 Rubel monatlich, so viel konnte er im Sekretariat der Russischen Kunstakademie niemals verdienen.

Er hatte sich einen Stapel mit dem schönen Briefpapier der Akademie mitgenommen und schrieb auch aus Worpswede regelmäßig Frauen an, manchmal mailte er auch, wenn er eine entsprechende Adresse vorgefunden hatte.

Besonders Ana ging ihm nicht aus dem Kopf. Sie hatte kein Passbild eingereicht, sondern ein Foto mit ihrem ganzen Körper: pinkfarbener Trainingsanzug, endlos lange Beine, die den gedrehten Stuhl, auf dem sie saß, umschlossen, so als würde sie ihn empfangen. Dazu stützte sie sich mit den Armen auf der Rückenlehne auf und beugte leicht den Oberkörper vor, wodurch die hellen, fast rötlichen, man könnte sagen, goldroten langen Haare nach vorne fielen und die eine Hälfte ihres Gesichts berührten. Ob sie talentiert war, wusste er nicht mehr, denn er zerpflückte und trennte die Bewerbermappen immer sofort in Verwendbares für die Petrov-Mappen und in Frauenfotos von schönen Bewerberinnen zum Anschreiben, Kaffeetrinken und Mit-nach-Hause-Nehmen. Das Foto von Ana hatte er sich sogar auf seine Deutschlandtour mitgenommen.

Mensch, Petrov, wie diese Beine den Stuhl empfangen!, dachte er und war der Aufnahme immer noch nicht überdrüssig. Er hatte sich schon in Wiepersdorf und Schöppingen an die Stelle des Stuhls imaginiert und sah nun auch in Worpswede wieder darauf, außerdem war es Zeit, sich noch einmal interessant zu machen, und Georgij mailte aus Worpswede Folgendes:

Liebe Ana,

ich weiß nicht, ob Sie meinen Brief aus der St. Petersburger Kunstakademie erhalten haben. Nun bin ich indes eingeladen worden von der berühmtesten Künstlerkolonie in Deutschland, wo ich seit Tagen male und male, vielleicht erzähle ich einmal beim Kaffee in St. Petersburg davon. Ich halte Sie immer noch für sehr talentiert. Residiere derzeit in Worpswede im Barkenhoff. Das ist ein Haus, in dem auch die Tochter von Lenin lebte. Wie gern würde ich dir dieses Märchenland zeigen! Ich sage einfach du, weil vieles so vertraut erscheint. Dein dir noch unbekannter Georgij Aleksej Petrov mit Grüßen in die Heimat.

23
Ohlrogges Telefonate über den Fall Kück

Nachdem Ohlrogge am Morgen durch einen Angestellten des Instituts für Geschichtswissenschaft erfahren hatte, dass Anton Rudolph schon vor etwas längerer Zeit pensioniert worden war, bat er höflichst darum, man möge Dr. Rudolph die Meldung aus den Hamme-Nachrichten zum »Fall Kück« zukommen lassen mit herzlichen Grüßen von Peter Ohlrogge sowie der Bitte um dringenden Rückruf.

Nun rief er direkt bei den Hamme-Nachrichten an und fragte, ob sich der Bürgermeister von Worpswede schon zum »Fall Kück« geäußert und die Fakten geprüft habe, wie es in der Zeitung angekündigt worden war.

»Welcher Fall Kück?«, antwortete ihm eine Stimme, die unbeteiligt klang.

»Paul Kück, der Bildhauer«, erklärte Ohlrogge, er hörte, dass der andere einfach weitertippte, während er das Telefonat entgegennahm. »Also, der, der jetzt Künstler des Jahrhunderts werden soll«, konkretisierte Ohlrogge, »Rodin des Nordens! Kück!«

»KDJ Kück?«, hörte Ohlrogge die Stimme immer noch unbeteiligt und knapp.

»Was? Ja, genau!«, ihm fiel wieder ein, dass man für diese maßlose Übertreibung wie selbstverständlich auch noch eine Abkürzung eingeführt hatte, als sei der »KDJ Kück« bereits so eine Art Gesetzgebung. Er wiederholte: »Es geht aber nun um den *Fall* Kück!«

»Kenn ich nicht«, sagte die Stimme von der Zeitung und legte auf.

Das gibt's nicht!, dachte Ohlrogge, die haben das doch selbst gemeldet! Er rief wieder in der Zentrale an, ließ sich verbinden und hörte eine andere Stimme. Er kam sich schon vor wie bei seinen Karussellfrauen in den Hotlines, doch diese Stimme antwortete wirklich und gab sich sogar als für Worpswede zuständig aus.

»Wunderbar«, rief Ohlrogge. »Ich habe eine Frage zum Fall Kück!«

»Ist schon geklärt«, hörte er die zuständige Stimme, »das war eine Falschmeldung.«

»Falschmeldung?«, fragte Ohlrogge, »Sagten Sie *Falschmeldung*??«, er war völlig irritiert. »Aber wer denkt sich denn eine Meldung aus, in der ein NS-Reichsbauernminister in der Künstlerkolonie ausgegraben wird?«

»So etwas kommt in einer Redaktion schon mal vor. Man wird heutzutage bombardiert mit Meldungen.«

Ohlrogge erkundigte sich, ob die Meldung, dass Paul Kück KDJ werden würde, auch eine »Falschmeldung« sei.

»Weiß ich nicht, da hatte ich frei«, antwortete die Stimme.

Ob er denn mit dem, der das mit der Ausgrabung falsch gemeldet habe, mal sprechen könne, fragte Ohlrogge.

Nein, hieß es, der arbeite nicht mehr in der Redaktion.

»Für Ihre Zeitung gibt es also keinen Fall Kück?«, wiederholte Ohlrogge noch einmal.

»Nicht dass ich wüsste, es tut mir leid, dass ich nicht weiterhelfen kann«, sagte die Stimme.

»Sagen Sie«, fragte Ohlrogge fassungslos, »der Goya-Wendland-Vergleich 1967, das war doch bestimmt auch eine Falschmeldung, oder?!«

»Weiß ich nicht, da war ich noch gar nicht auf der Welt. Wiederhören!«

Mittwochs war immer das »Bürgertelefon« des Worpsweder Bürgermeisters geschaltet, von 11 bis 12 Uhr. 04792/3110. Ohlrogge versuchte es wieder und wieder, sein Telefonanschluss machte mittlerweile richtig Sinn. Nach 45 Minuten kam er durch.

»Einen schönen guten Tag. Was kann ich für Sie tun?«, meldete sich die angestrengte Stimme des Bürgermeisters, er versuchte die Anstrengung mit Freundlichkeit zu überspielen.

»Ich habe eine Frage zum Fall Kück«, sagte Ohlrogge, schon ganz ermüdet. »Was sagen Sie dazu?«

Der Bürgermeister schwieg.

»Hallo?«, rief Ohlrogge in den Hörer.

»Versteh ich nicht. Ich bin doch Kück«, antwortete der Bürgermeister, nunmehr mit eindeutig belegter Stimme.

Ohlrogge hatte nicht gewußt, dass der aktuelle Bürgermeister auch Kück hieß, und sagte: »Ich meine natürlich, Entschuldigung, Paul Kück, der, der jetzt Künstler des Jahrhunderts werden soll! Der mit dem Reichsbauernführer! – Sind Sie noch dran?«

»Ich höre«, sagte der Bürgermeister. »Mit wem spreche ich überhaupt?«

»Also, ich heiße Peter Ohlrogge und wollte fragen, was Sie dazu sagen, ich meine zum Fall des anderen Kück. Sie haben die Fakten doch sicherlich ...?«

»So was lag bei mir nich aufm Tisch.«

»Es stand in den Hamme-Nachrichten, das muss Ihnen doch aufgefallen sein?« Ohlrogge las vor: *In der Künstlerkolonie Worpswede wurde bei Grabarbeiten im Garten des 1978 verstorbenen Bildhauers ...*

»Soll ich mich hier zu jedem toten Künstler äußern?«, unterbrach ihn der Bürgermeister. »Seit über hundert Jahren wird hier Kunst gemacht. Wenn ich mich da bei jedem fragen würde, was das soll. Mein Tag hat ja auch nur 24 Stunden!«

»Aber er soll Künstler des Jahrhunderts werden, da darf er doch nicht gleichzeitig einen Reichsbauernführer machen?«, bemerkte Ohlrogge.

»Wer KDJ wird, entscheide nicht ich. Da wenden Sie sich bitte an die Tourismus- und Kulturmarketing GmbH, wofür haben wir die denn? Ich kann mich nicht um alles kümmern. Und was ist nun Ihr Bürger-Anliegen?«, fragte der Bürgermeister mit aufkommender Ungeduld in der Stimme.

Ohlrogge überlegte, wie er vorgehen sollte. Er wollte gerade vorschlagen, ob er ihm die Liste mit der »Nordischen Gesellschaft« vorbeibringen dürfe, daraus könne man nämlich ersehen, in welcher Gesellschaft sich der KDJ Kück früher befunden habe, als es plötzlich unvermittelt aus dem Bürgermeister herausschoss:

»Jetzt will ein Künstler vor dem Rathaus ein World-Trade-Center bauen! Riesige Eisengerüste mit schwarzen Puppen, die da runterspringen! Um die Eisendinger kommt Sand rum aus dem Kongobecken. Steht im Antrag! Wenn man zu unserem Rathaus will, soll man durch das Kongobecken, verstehen Sie das? Wir leben hier im Moor. Ich soll aber afrikanische Maler in mein Rathaus hängen, als ob wir in Worpswede nicht genug eigene Maler hätten! Was man hier auf den Tisch bekommt! Wer ist da in New York aus den Fenstern gesprungen, etwa Afrikaner?«

»ICH RUFE AN, WEIL ES IN WORPSWEDE NAZIS GAB!«, sagte Ohlrogge ganz direkt.

»Wo nich, wo denn wohl nich ... Ich führe gerade Gespräche zwischen dem Milchhandel in Osterholz und den Molkereien in Worpswede«, erklärte der Bürgermeister. »Wenn das so weitergeht, können wir bald nicht mal mehr

Sahne in den Kaffee kippen! Kümmern Sie sich lieber um die Gegenwart, wir brauchen endlich Unterstützung aus Brüssel! Und nun noch was zum Thema Umweltpolitik. Da regen wir einen Windpark in Heudorf an, ist doch besser als Atomstrom, aber was sagte mir eben eine Anruferin? *Das stört die Rastvögel, Herr Kück!* Was soll ich dazu sagen? Aber wir können auch über Kunst reden, über Kunst, Herr ... Herr ...«

»Ohlrogge ...«, ergänzte Ohlrogge selbst, er war wie getroffen durch den Satz, er möge sich lieber um die Gegenwart kümmern. Über dreißig Jahre hatte er sich an Worpswede abgekämpft. Sich duelliert. Verwundet. Wie ein Irrer alles zugegüllt. Gezahlt und gebüßt. Den Ort mit seiner Liste vollgetackert. Sogar aus Verzweiflung nicht mehr leben wollen. Johanna, ihr Vater, dann die Galerie, die Worpsweder Gesellschaft, sie alle hatten ihn von seinem Lebensweg abgebracht, von einem Leben in Anerkennung, mit Erfolg, Geld, Kindern, ja, mit kleinen Kinderschuhen in seinen Händen – und nun, als er darauf aufmerksam machen wollte, dass einer in Worpswede Künstler des Jahrhunderts wurde, obwohl er einen Reichsbauernführer im Garten hatte, da sagte der Bürgermeister, der auch noch Kück hieß, er solle sich lieber um die Gegenwart kümmern? Ohlrogge war den Tränen nahe.

»Sind Sie etwa auch Künstler bei uns?«

»Nein. Ich besitze nur Paulas Emanzipationshaus«, sagte er leise.

»Die einen, die kommen mir mit ihrem Glockenspiel, das überall im Dorf erklingen muss«, fuhr der Bürgermeister fort, »die anderen legen Anträge mit Bodypainting vor, Bodypainting, Herr Ohlrogge! Am schlimmsten sind diese Malerinnen über 50, die wie Paula durch die Gegend laufen! Überall laufen hier Paulas rum und sitzen vor meinem

Dienstzimmer mit ihren Anträgen. Eine Bürgerin, natürlich Malerin, hat mich gerade angerufen: *Herr Kück, man kann doch keine Windkrafträder ins Moor stellen, wie sollen da in Zukunft unsere Bilder aussehen?* – *Na, dann ist endlich mal was Neues drauf!*, hätte ich am liebsten gesagt. Die Milchpreise bedrücken mich. Warum bin ich nicht Bürgermeister in New York geworden? Da gibt es wenigstens noch ein paar normale Leute. Ich regiere lieber Schwarze und Weiße als Künstler und Bauern! Herr Ohlrogge, dies ist ein Bürgertelefon, was ist überhaupt das Problem? Vor einer Woche ist am Weyerberg das Haus der Experimentalkünstlerin Henriette Kupferberg in die Luft geflogen, Gasexplosion. Haben Sie das mitbekommen? Jetzt soll ich mit der Versicherung reden und sagen, dass Henriette Kupferberg den Gashahn zugedreht hatte, als sie das Haus verließ. Was weiß denn ich! Der ganze Zirkus mit dem Milchhandel und den Windkraftgegnern und jetzt auch noch Henriette Kupferberg! In den Bäumen hängen noch ihre Möbel. Der ganze Weyerberg bis hin zum Mackensen-Weg ist abgesperrt von der Feuerwehr und gleichzeitig soll ich ein World-Trade-Center vor dem Rathaus genehmigen, du meine Güte …«

»Herr Kück«, sagte Ohlrogge kraftlos mitten hinein.

»Ich muss jetzt zum Findorff-Verein!«, erklärte der Bürgermeister. »Ich muss da mitsingen zum Todestag. 210 Jahre ist es nun her, dass unser Moorkommissar verstorben ist.«

»Das Denkmal vom Moorkommissar ist auch von Paul Kück, bei dem jetzt der NS-Reichsbauernführer gefunden wurde!«, bäumte sich Ohlrogge auf, noch einmal zu seinem Thema zurückfindend.

»Wir singen *Kein schöner Land in dieser Zeit / als hier das unsre weit und breit*. Chorleiter Grotheer dirigiert. Wussten Sie, dass Findorff auch die Kirchen in Grasberg und Gnarrenburg gebaut hat?«

»Nein«, sagte Ohlrogge, nunmehr einbrechend, verstört.
»Na, wieder was gelernt!«, sagte Kück und beendete das Bürgertelefon, indem er um Punkt zwölf Uhr auflegte.

24
Die sprechenden Räume, die Ödlandfrauen, und Herr Brüning bereitet die Bohrungen vor

Den Mittagstisch hatte Nullkück wie immer liebevoll hergerichtet mit frischen Rhododendron-Blüten und Buchweizenpfannkuchen mit Bauernschinken. Auf dem Herd neben der Pfanne stand Großmutters Rilketopf.

»Heute Nacht muss der Reichsbauernführer verschwinden«, sagte Paul.

Nullkück nickte.

Nach dem Mittagessen liefen sie durch das Haus und schoben die Möbel von den Wänden weg, die später eingerissen und abgetragen werden sollten, um dort mit den Bohrungen für die Pfahlgründung anzusetzen. Nach den Bohrungen würde man den Beton ins Moor gießen und die nachträgliche Gründung des Hauses durchführen. »So maakt wi dat, denn warrt de Gründung dörföhrt«, das war Brünings Lieblingsformulierung, Paul konnte es kaum aussprechen, »warrt dörföhrt«, wahrscheinlich musste man sich dafür flach auf den Boden legen.

»Meine Arbeiter aus Berlin kommen dann morgen«, rief ihm Paul durch den Garten zu.

»Köönt de dor överhaupt arbeiten?«, fragte Brüning, wohl eher scherzhaft. Er selbst würde noch drei weitere Hilfsarbeiter mitbringen, sodass man übermorgen mit den großen Bohrern und dem Beton anrücken könne und dann die Gründung »dörföhrt«. Mit den Entwässerungen im Garten sei man am Nachmittag fertig, ganz nach Plan und im Kostenrahmen.

Paul und Nullkück standen im alten Elternschlafzimmer vor dem Bettgestell. Der große Spiegel mit dem barocken Goldrand und dem Engel, der einem beim Ankleiden zulächelte, lehnte wie früher an der zartblauen Wand aus Buchenholz. Sie trugen ihn vorsichtig von der Wand weg, dabei verfing sich Paul in dem Band, das sein Vater um den Kopf des Engels zu einer Schlaufe gebunden hatte, in die er seine Krawatten hängte.

Sie betraten das Atelier des Großvaters. Auf dem Schreibtisch aus Mahagoni lag der kantige, abgeschlagene Steinblock, den Pauls Großvater im Garten gefunden hatte und der während der Eiszeit herangespült worden war, als dieses Land noch ein Urstromtal und ein Meer voller Schmelzwasser gewesen war. Zu beiden Seiten des kleinen Findlings standen massive Leuchter mit weißen Kerzen. An der Wand hing der Abrisskalender von 1978: September, der 28. – der Tag, an dem Pauls Großvater gestorben war, zusammen mit dem Papst. Er hatte am Morgen noch den 28. abgerissen und war dann am Nachmittag vor der unvollendeten Skulptur des Bundeskanzlers Helmut Schmidt tot umgefallen.

Paul und Nullkück hoben den Sekretär an, dabei rutschte die Schublade nach vorne. Nullkück nahm eine Medaille mit rotem Band heraus und hängte sie Paul um den Hals.

Große Deutsche Kunstausstellung, München, Juli 1939, 1. Platz

1. Oktober 1978: Das Großvater-Begräbnis (Und wie eine angebliche Medaille von Adolf Hitler im falschen Kück-Grab landet)

Der Sommer hatte sich noch einmal gebührend verabschieden wollen und die Sonne stark und groß über dem Worpsweder Friedhof gestanden.

Sie liefen dem Sarg mit seinem Großvater hinterher, vorbei an den gelb-braunen Kastanien und dem roten Ahorn. Paul wunderte sich, dass die Sargträger vom Hauptweg nach rechts abbogen und nicht nach links, wie es besprochen war. Sein Großvater hatte sich gewünscht, an der Begrenzungshecke zu liegen, nahe der Felder und Wiesen, nahe Paula Modersohn-Becker. Paul stieß seine Mutter an, danach seine Großmutter, doch beide bogen tränenüberströmt nach rechts ab. Am Grab verwies der Pastor darauf, dass Paul Kück und Johannes Paul I. an ein und demselben Tag verstorben waren. Als dann Paul junior an das Grab trat und eine Schaufel Erde auf den Großvater schütten sollte, holte seine Mutter eine Medaille hervor und warf sie in die Gruft.

»Die Medaille!«, schimpfte seine Großmutter später beim Essen im Hemberg, es gab Matjes mit Bratkartoffeln, »Weißt du überhaupt, Johanna, *wer* sie ihm umgehängt hat?«

Am Grab hatte man vom Papst gesprochen, jetzt im Hemberg war man plötzlich bei Hitler.

»Die hat ihm wirklich Hitler umgehängt?«, fragte einer der Trauergäste, »das gibt's doch nicht, *der* Hitler?«

»Ja, *der*! Welcher Hitler denn sonst?«, rief Pauls Großmutter.

»Das ist entsetzlich«, sagte Pauls jüngster Onkel, der aus der psychiatrischen Anstalt in Lübeck für die Beerdigung seines Vaters gekommen war.

»Vater freut sich, dass sie jetzt bei ihm ist! Wir müssen über das Ding nicht mehr reden!«, erklärte Pauls Mutter.

»Vater kann sich nicht mehr freuen! Er ist tot!«, korrigierte die Großmutter.

»Nach euren Begriffen ist er tot, aber nicht nach unseren!«, entgegnete Pauls Mutter, die immer noch überall ihre indischen Erkenntnisse verkündete.

Als gerade Bratkartoffeln nachgereicht wurden, kam der Pastor mit rotem Kopf, beugte sich zu den Angehörigen und erklärte, es täte ihm leid, man sei versehentlich dem Sarg des Kuhbauern Jan Kück gefolgt, die Sargträger seien durcheinandergekommen, weil hier ja alle Kück, Tietjen oder Gerken hießen.

Pauls Großmutter sprang auf, lief, so schnell sie konnte, den steilen Anstieg zur Kirche hoch und erreichte das Grab des Bauern Jan Kück. Dort befahl sie den Totengräbern, die gerade ihre Arbeit taten, unverzüglich die Goldmedaille von 1939 wieder auszubuddeln, die schließlich *Er* ihrem Mann umgehängt hatte und nicht irgendeinem Kuhbauern, andernfalls würde sie selbst danach graben.

Ein paar Tage später sah Paul seine Großmutter, wie sie in schwarzer Trauerbluse mit dem Wiener Kalk die Medaille polierte, danach ihren kalifornischen Rilketopf, Rilke selbst und sich. Ganz allein und verlassen saß sie am Ende zwischen den Skulpturen. Und es war Herbst geworden. Die Blätter fielen und trieben durch den Garten.

Auf dem Ateliertisch lagen noch die Modellierhölzer, die Pauls Großvater benutzt hatte, wenn die menschlichen Finger zu groß und zu plump waren, um die kleinsten Körperstellen zu bilden.

»Ich kann mir vorstellen, dass Gott diese Modellierhölzer auch verwendet hat«, hatte der Großvater gesagt, als er an den Gesichtszügen vom »großen Sozialdemokraten« arbeitete und mit der verkleinerten Hand die Augenlider und tiefen Falten um den Mund modellierte. Er sprach oft bei seiner Arbeit von Gott und erklärte, dass dieser auch zunächst alles so geformt habe wie er, um danach dem Ton seinen Atem einzuhauchen. Dann machte er, also der Großvater, eine Pause und lächelte.

Die Tonmenschen ließ er in Bronze gießen, Bronze liebte er: korrosionsbeständig, hart, aber gleitfähig, verschleißfest, hitze- und seewasserbeständig. »Der Mensch geht, die Bronze bleibt«, sagte er. Manchmal, selten, arbeitete er mit Marmor, da nahm er Meißel, Schlägel oder Hammer. Meistens zog er seine modellierten Tonmenschen auf dem Anhänger aus der alten Scheune, wenn sie getrocknet waren; er hüllte sie in Schaumstoff, legte sie in einen sargähnlichen Holzkasten und fuhr mit ihnen und seinem weißen Mercedes in die Gießerei ins Umland.

»Paul, wie setzt sich eine Bronzelegierung zusammen?«, fragte er, wenn der Enkel mitfahren durfte.

»Aus Zinn, Kupfer, Blei und ein bisschen Zink!«, antwortete Paul wie aus dem Effeff.

»Und warum sind meine Kunstwerke innen hohl?«, es war ja seine Lieblingsfrage.

»Damit die Seele und die Geheimnisse und die Stärken und Fehler der Menschen Platz haben!«, Paul hatte sich die richtige Antwort sogar irgendwann aufgeschrieben.

»Sehr gut«, lobte der Großvater und lenkte seine Tonmenschen über die Landstraße.

Nullkück schob ein Metallgerüst von der Wand weg. Im Atelier standen viele dieser Gerüste. Es war immer einer der schwierigsten und wichtigsten Arbeitsschritte von Pauls Großvater gewesen, den feuchten, gut gekneteten Ton in eines der Metallgerüste zu modellieren, an dem er die spätere Stellung seiner Menschen, ihre Raumdurchdringung und Kopfhaltung schon vorgebildet hatte.

Hinten in der Ecke, neben Eimern mit irgendeiner Spezialpaste, stand Helmut Schmidt. Einiges vom Ton war abgefallen, es lag am Fuße des Metallgerüsts. Der Rumpf war nur angedeutet: zwei verschränkte Arme, die eine Hand schien etwas zu halten, der Kopf geneigt. Falten von der Nase bis zu den Mundwinkeln mit Bitterkeit.

Paul entdeckte den Behälter mit Wiener Kalk, damit hatte die Großmutter das schwarz angelaufene Silberbesteck gereinigt, die Medaille, den Topf, alles. Bimsmehl und Wiener Kalk hatte sie geliebt und damit ihre ganze Welt poliert.

»Kann man das noch benutzen?«, fragte Paul und zog den schwarzen Metallreif aus der Hosentasche, den Nullkück beim großen Graben gefunden hatte. Er warf ihn in den Kalk und bearbeitete das Metall mit einem Lappen. »Ich glaube, du hast einen richtigen Silberarmreif gefunden!«

Nullkück betrachtete das Stück. Er war ganz ehrfürchtig mit dem Armreif und gab ihn zurück.

»Vielleicht ist der noch von den Germanen«, überlegte Paul und polierte weiter, bis er die alte Jalousie wegriss und durch das Fenster seine Großmutter im Garten betrachtete.

Ihre Skulptur war mit Abstand die sauberste, die Bronze am wenigsten verwittert!

»Sag mal, fällt dir das auch auf? Großmutter ist ja blitzblank, wie hochpoliert?«, fragte Paul erstaunt, Bismarck oder Rembrandt sahen dagegen richtig grün und moosbewachsen aus.

»Spezialpaste«, sagte Nüllkück und zeigte auf die Eimer neben Helmut Schmidt.

»Aber Großmutter ist doch seit zwanzig Jahren tot! Machst du da was mit der Paste?«

Nullkück schüttelte den Kopf.

Paul schaute wieder nach draußen auf die Oberfläche seiner Großmutter. Früher war sie immer hochpoliert, und die hochpolierte Großmutter war so etwas wie eine Kriegserklärung gegen ihren Mann und gegen Marie gewesen. Sie hatte sich in den Kampfzeiten nicht nur mit Wiener Kalk oder Bimsmehl geschrubbt, sondern ihre Oberflächen auch mit Schlämmkreide oder Kochwasser aus weißen Bohnen bearbeitet, was angeblich half. Als es später diese spezielle Paste aus den orangefarbenen Eimern gab, schrubbte sie damit weiter, bis ihr Mann irgendwann die Paste vor ihr versteckte. Das Zeug war sehr teuer und vorgesehen für die bedeutenden Menschen im Garten wie Luther, Rodin, Bismarck oder Willy Brandt. Großmutters Helden wie Heinz Rühmann oder Rilke verweigerte er ebenfalls die Spezialpaste, für ihn waren das Überläufer, die zum Lebensbereich seiner Frau gehörten, sie musste sie weiterhin mit dem Bohnenkochwasser bearbeiten.

Allerdings erwischte Greta ihren Mann einmal dabei, wie er früh am Morgen vor Marie stand, um ihren Körper mit der Paste zu bestreichen. Das war ein Krach. Und ihr Kampf wurde immer schlimmer. Besonders schlimm war, dass Marie einen Sockel hatte und Greta nur eine Bronzeplatte unterlegt bekam wie die Bauernskulpturen, wodurch sie auch viel kleiner war als Marie. Oft liefen die Kunden durch den Garten und interessierten sich für die große, schöne Frau am Rande des Grundstücks, doch jedes Mal sagte Paul Kück: »Unverkäuflich!«

»Können Sie keine Kopie machen lassen?«, fragte Ferdinand von Schulenburg, der private Kück-Sammler.

»Leider nein, ich bedaure. Marie gehört zur Familie und von der Familie macht man besser keine Kopien«, antwortete Pauls Großvater. »Außerdem, Herr Graf, war sie Kommunistin, eine Andersdenkende!«

Beide lachten.

»Alles Ausreden! Haben Sie Kartoffeln auf den Augen, Herr Graf? Sie ist einfach gründlich misslungen!«, rief Greta bitter dazwischen.

Paul rieb den Wiener Kalk vom Armreif ab und überlegte, ob er die Spezialpaste nehmen sollte. Er ließ es, er hatte das Gefühl, dass es wieder Geschrei geben könnte, was absurd war: Seine Großeltern konnten nicht mehr streiten. Sie lagen beide still auf dem Friedhof an der Begrenzungshecke, nahe der Felder und Wiesen. Auf der großen kunstvollen Grabstele aus Oberkirchener Sandstein stand:

Paul Kück
* 6. November 1902 † 28. September 1978
Greta Kück, geb. Grotheer
* 31. März 1905 † 11. November 1979
Mitten wir im Leben sind mit dem Tod umfangen
(Martin Luther)

Rechts von ihnen lag ein junger unbekannter Dichter. Auf seinem Grabstein stand nur »Werden und Vergehen«. Links neben ihnen ruhte Maryan Zurek, Maler und Bildhauer (1889–1944), er starb nach einem Verhör der Gestapo an Herzschlag. Daneben lag Hilde Kück, auf ihrem Stein war auch Hinrich eingetragen:

Hinrich Kück
* 5. Juni 1903 † im zweiten Weltkrieg verschollen
Hilde Kück, geb. Osthaus
* 25. Februar 1903 † 30. Oktober 1974
Trennung ist unser Los – Wiedersehen unsere Hoffnung

Nullkück brachte regelmäßig Blumen und sah auch nach dem Grab von Großvater und Greta. Der Weg zum Friedhof, den er zu Fuß zurücklegte, war der einzige, den er ging. Er verließ das Grundstück nur, um Rhododendron zu den Gräbern zu bringen.

Paul bückte sich, dann hielt er ein schwarz eingebundenes Buch in den Händen: das Arbeitsjournal des Großvaters! Es hatte die ganzen Jahre zwischen Wand und Rückseite des Sekretärs gesteckt. Paul schlug die erste Seite auf. Es roch nach Großvater: rauchig, nach Tabak, auch nach Staub und feuchtem Moor:

18. Februar 1946:

Luther-Skulptur: Wie groß war er? Die Renaissance kannte keine Meter. Petrus Mosellanus, Rektor der Leipziger Universität, schrieb 1519: »Martinus ist von mittlerer Leibeslänge.« Studierte noch die Ernährung der Deutschen im Mittelalter und schätze nun: 1,70 ohne Mütze! Umfang: schwerleibig! Siehe sein Gesicht in den Cranach-Gemälden von 1526 bis 1543: Sooft ich sie betrachte, jedes Mal erscheint mir Luther gewaltiger! Mehr Tonmasse verwenden als bei Rembrandt. Transport mit Gießerei klären. Ausdruck: Grobes, Frommes vereinen. Altes, Neues! Ein Mann, der die Welt verändert, aber an sich selbst ändert er nichts! Fühle mich Luther nah. Duldete neben sich keinen anderen Bibelausleger. (Schönen Gruß an Emil Jahn!) Ging der große Reformator zweimal die Woche seinen ehelichen Pflichten nach? (Unseren Pastor fragen!) Seele? »Von den Juden und ihren Lügen« lesen. Lutherschrift! (Erstausgabe Wittenberg) »Die Seele eines Menschen ist ein ewig Ding ...« (Luther, Tischreden) Dann lebt sie also! Und ich baue der Lutherseele ihr Haus!

Am 10. Mai 1946 war vermerkt:

Heute Luther im Garten aufgestellt. Zufrieden. Ein Monstrum geworden. 100 Kilo. Hoffe auf trockenen Sommer! (Erst im Laufe des 16. Jahrhunderts bis zum Dreißigjährigen Krieg werden die Menschen wieder kleiner u. dünner, außer die Rubens-Frauen ...)

Am 25. März 1955 hatte sein Großvater in das Arbeitsjournal geschrieben:

Rilke-Skulptur: Sehr dünn. Habe mir heute bei Gerken die Ziegen angesehen. Wie kommen die Elegien in so einen Ziegenmenschen? Ausdruck: kühl, etwas Geiziges. Wie einer, der nur nach innen und für sich sein kann. Und im Leben still und leise Menschen tötet.
PS: Gretas ewige Zitiererei von den treibenden oder fallenden Blättern kann ich nicht verknusen. Ist ja bald so schlimm wie mit dem Topf!

Sie liefen weiter durch das Haus. Im Heizungsraum stand ein großes Bild an der Wand. Unter den Spinnweben, die Paul an einer Stelle wegwischte, leuchtete ein Stück Blau hervor. Er wischte weiter und sah einen Himmel, der aussah wie jener, den er schon in seinem alten Kinderzimmer betrachtet hatte. Wieder empfand Paul, die Wolken würden sich bewegen und wie eine unendlich große Macht über das Land hinwegeilen, er kam sich ganz klein vor. Nullkück stand hinter ihm und strich mit der Hand vorsichtig über Pauls Schulter.

Sie liefen über die Diele im östlichen Flügel, wo früher die Schlafbutzen in die Wand eingelassen waren, in denen Hilde, Hinrich, Marie, Johan und alle Kinder schliefen.

Später hatte Hilde die Butzen zumauern lassen, nachdem die Männer und Marie umgekommen oder verschwunden waren. Hier war nichts zu tun. Nullkück schob nur ein Fahrrad mit platten Reifen in die Mitte der leeren Diele.

Paul sah die alte Gefrierkühltruhe. Er überlegte sie zu öffnen, um nachzusehen, ob es das angebissene Stück Butterkuchen noch gab.

In der Wäschekammer fand er an der Wand eine Holzkiste. Zwischen den silbernen, gelben und weißen Spielautos von seinem Vater aus Amerika lag der Ball von damals, mit dem er sich Zutritt zum geheimnisvollen Haus mit den Frauen verschafft hatte.

Das Haus lag am Rande vom Weyerberg, gleich hinter dem Barkenhoff. Daneben gab es eine der trockensten Wiesen, da hatten sie Fußball gespielt, Paul und die anderen Kinder. Er war Schlussmann und drehte sich oft nach dem Fenster um, das rot und geheimnisvoll leuchtete, wenn sich der Abendnebel und die Dämmerung auf die Wiese zu legen begannen. Einmal stand es offen und Paul sollte den Abstoß von seinem Tor ausführen, doch er schoss den Ball durch das so oft beobachtete Fenster, dann klingelte er ...

Paul nahm den Ball in die Hand. Er war ganz ledrig hart, wie eine alte Haut, wie etwas, das Jahrhunderte im Moor überdauert zu haben schien. Er warf ihn wieder in die Holzkiste, neben die Spielautos, neben eine Drachenschnur ohne Drachen. Er nahm eine längliche Pistole heraus, die wohl Großvater gehört hatte, auf dem braunen Holzschaft stand »Napoleon«. Das Zündhütchen war aufgesetzt, der Schlaghahn gespannt, ohne Sicherheitsrast.

»Das gibt's doch nicht«, sagte Paul. »Ich glaube, die ist ... Das kann doch nicht sein, oder?«

Nullkück zuckte mit den Augen und nahm Abstand.

Paul legte die Vorderladerpistole vorsichtig zurück in die Holzkiste. »Okay. Bleibt nur noch dein Zimmer.«

Nullkücks Zimmer lag im östlichen Flügel, direkt an den hinteren Garten grenzend. Brüning hatte die Außenwand markiert, um anzudeuten, dass auch dort alles so weit vorbereitet werden sollte, damit man für die Bohrungen die Wand abtragen konnte.

»Es tut mir leid«, sagte Paul. »Umgekehrt wäre es mir lieber gewesen«, denn in seinem Zimmer im westlichen Flügel musste nicht geräumt werden. Die große Eiche war mit ihren Wurzeln bis zur Hauswand vorgedrungen und hatte diesen Bereich unantastbar gemacht, dort konnte Brüning nicht direkt mit den Bohrungen ansetzen.

Nullkück öffnete die Tür und bedeutete Paul mit einem Kopfnicken einzutreten.

Das Zimmer sah aus, als würde hier die alte mit der neuen Zeit zusammenstoßen und sich daraus eine andere Welt anordnen. In den Ecken standen getrocknete Kornblumen, die es kaum noch gab, weil die Getreidefelder zu feucht geworden waren. In den braunen Tonkrügen blichen sie bläulich vor sich hin wie die Schrift im Arbeitsjournal des Großvaters.

An der Wand über dem Bett hingen drei Setzkästen mit Zinnsoldaten, die Nullkück sammelte und sich liefern ließ. Sie ritten hoch zu Pferde und trugen Fahnen und Quasten auf Helmen. Sie marschierten mit geschulterten Gewehren in blauen Mänteln über roten Hosen. Manche wurden von Nullkück verändert, weil er es nicht mochte, wenn in seinem Setzkasten über dem Bett geschossen wurde. Dann sägte er den Figuren das schussbereite und waagerecht gehaltene Gewehr aus den Händen und lötete es geschultert woanders wieder dran. Er nahm dafür Großvaters altes Silberlot, schmirgelte und malte nach. Er schüttelte den halben Tag den Kopf, wenn ihm der Postbote Soldaten lieferte, die anders aussahen, als er sie bestellt hatte. Er bestellte nur Friedenstruppen.

Auf dem Boden stand ein altes Radio von Nordmende (Marke »Fidelo«), an dem die Kücks früher die Kriegsnachrichten abgehört hatten und auf dem jetzt ein gerahmtes Schwarz-Weiß-Foto von Hilde stand mit müden Augen.

Nullkück wischte mit dem Ärmel über das Foto und stellte es zärtlich auf das Radio. Er drückte einen der riesigen weißen Knöpfe und drehte an Rädern für Laut und Leise, die im Durchmesser fast so groß waren wie seine Buchweizenpfannkuchen. Das Gerät hatte sogar einen Plattenspieler im Deckel, und Nullkück besaß ein paar Schallplatten der »Scorpions«, die er am liebsten hörte.

Gegenüber stand einer dieser von Heinrich Vogeler entworfenen Stühle, mit den geschnitzten Tulpen auf der Rückenlehne. Darüber hatte Nullkück seine zweite Cordhose geworfen, die dunkelblaue, die er abwechselnd mit der dunkelbraunen trug, zusammen mit den Hosenträgern, die ihm Hilde 1955 zu seinem zehnten Geburtstag geschenkt hatte.

Sein Bett, auf rostigen Eisenfüßen aufgestellt und mit stacheldrahtartigen Federungen durchzogen, sah aus wie aus dem Mittelalter. Nur das Laken aus Frottee der Firma Frotex schien aus diesem Jahrhundert zu stammen. Nullkück hatte das Laken auf eine Matratze gezogen, die so durchgelegen war, dass sie sich zur Mitte hin senkte wie das Tiefland, in dem er lebte.

Auf dem Fensterbrett lagen sein Fernglas, ein Waschlappen, ein paar dicke Strümpfe und Steine, abgebrochene Stücke von Findlingen aus der Urstromzeit, wie auf dem Sekretär im Atelier des Großvaters. Nullkück sammelte alles ein und legte es in eine große, rissige Holzschale, aus der Hinrich früher die Saat für den Buchweizen gestreut hatte. Daneben stellte er seinen Werkzeugkasten für die Arbeiten an den Zinnsoldaten.

Paul ging über den knarrenden Zimmerboden und setzte sich vorsichtig auf die Bettkante, sodass die quietschenden Federungen die Musik übertönten, die Nullkücks Lieblingssender Radio Bremen 1 spielte. Bei den Kücks hatte es immer nur einen Sender gegeben, sie hatten ihn nie verstellt: erst Großdeutscher Rundfunk, dann Hansawelle, nun Radio Bremen 1.

Der klobige Computerbildschirm mit dem verdreckten Gehäuse war angeschaltet und stand auf dem Tisch, unter dem Tower und Drucker hervorragten. Auf dem Boden neben dem Drucker befand sich eine seltsam braun-rostige Flasche. Daneben lagen ausgedruckte Seiten mit neuartigen Schubkarren (Vollgummireifen) und mit Nazis (Reichsbauernführer).

Die ganze linke Wand war behängt mit Blättern in Din-A4-Format. Auf einem Blatt stand »daisey-free51, Gnarrenburg«, darunter war eine freundlich ins Zimmer blickende Frau mit lilafarbener Bluse zu sehen. Die Wangen trugen Rouge, ihre Haare waren gefönt wie die Pudel in Ginas Hundestudio im Wedding.

Auf dem nächsten Ausdruck die »naschkatze49« aus Oyten: Sie war von Kopf bis Fuß abgebildet, trug einen gelben Bundfaltenrock und warf ihren Kopf mit dem schütteren Haar und den Restlocken nach hinten. Daneben: »tinchen55« (Neudorf-Hüttendorf), »Dein-Sonnenuntergang« (Schwanewede), »Moorspatz58« (Grasberg), »bin-wiederda« (Ritterhude), »Die-Kuchenkatze« (Augustendorf), »Cinderella56« (Verden an der Aller) ...

»Was ist das?«, fragte Paul.

»Frauen, Frauen«, antwortete Nullkück.

Paul überlegte, wie er reagieren sollte: einfach Nullkück zuliebe angeregt alle Frauen angucken, ihm zwischendurch Blicke zuwerfen wie unter Männern: mal begeistert die eine bevorzugend, mal die andere gegen die nächste abwägend, um wieder eine neue zu bevorzugen? Oder sollte er eher seinem schon im Heizungsraum unterdrückten Gefühl und den Tränen nachgeben – sowohl über die Einsamkeit, die ihm wieder dieses mächtige und alles sinnlos machende Himmelsblau vermittelte, als auch über die in ihren Bundfaltenröcken, Restlocken und Naschkatzen-Verrenkungen dahinlächelnden Frauen an Nullkücks Wand?

»Ödlandfrauen« schoss ihm durch den Kopf. Die »Ödlandfrauen«, von denen sein Vater einmal vor lauter Sehnsucht nach seinen Bergen gesprochen hatte. »Meine Ödlandfrauen« hatte er die Kückfrauen und eigentlich alle Frauen in Worpswede genannt.

»Dieses Land ist gar nicht öde!«, protestierte seine Mutter. »Es ist einfach nur flach und schön«, er könne ja zurück nach Bayern gehen.

»Johanna«, sagte sein Vater, »Johanna«, das war seltsam für Paul, so als sei seine Mutter noch eine andere, »Johanna, ich liebe doch eine Ödlandfrau, ich kann ja nicht nach Bayern.«

Paul erinnerte sich an die »Brüste der Wahrheit«, sein Vater hatte erzählt, er habe in das öde Land kommen müssen, um die »Brüste der Wahrheit« zu finden. Paul hatte sie sich oft im Badezimmer angesehen, mit Ehrfurcht, mit Angst, so als könne man vor diesen Brüsten nie wieder lügen. Erst später war ihm klar geworden, dass sein Vater damit auf eine andere Künstlervereinigung in der Schweiz angespielt hatte, die auf dem »Berg der Wahrheit«, dem

Monte Verità in Ascona lebte, einem Berg, der wie eine Brust aussah und wo man die verschiedenen Lebensbereiche in die »Brüste der Wahrheit« aufteilte: Anarchie, Heilanstalt, Ansätze zur sexuellen Revolution, Kunst. In Worpswede war es ähnlich. Man nannte es aber nicht »Die Brüste der Wahrheit«, sondern einfach nur »Die Künstlerkolonie«.

»Und gefällt dir unser Weyerberg?«, fragte Paul.

»51 Meter hoch«, sagte sein Vater, es klang wie ein Vorwurf. Der Weyerberg war der höchste Berg in diesem flachen Land.

Sein Vater hatte bei allem einen Hintersinn. Nichts sagte er einfach so. Paul war sich immer unsicher. Manchmal traute er sich gar nicht zu lachen, weil er glaubte, dass es vielleicht ganz ernst und anders sei.

»Ist der Weyerberg auch ein Berg der Wahrheit?«, fragte er seinen Vater.

»Ja, bestimmt«, antwortete er.

Paul zog ihn mit hinauf und fragte auf dem Berg:

»Liebst du mich? Liebst du meine Mutter?«

Vielleicht spürte er schon, was kommen würde.

»Also, ich bin begeistert!«, sagte Paul zu Nullkück, der das ganze Revier abgesteckt zu haben schien, alle Frauen zwischen 45 und 60 Jahren: Gnarrenburg, Oyten, Neudorf-Hüttendorf, Schrötersdorf, Ostersode, Winkelmoor, Mulsum-Essel ...

»Ich wusste gar nicht, wie viele Singles es in dieser Gegend gibt!«

Auf Radio Bremen 1 lief gerade »Don't cry for me Argentina«. Nullkück lächelte, griff hinter seinen Computer und rollte eine Regionalkarte der niedersächsischen Tiefebene auf. Er hängte die Karte an einen dafür vorgesehenen Nagel in der Wand, dann legte er die eine Hand waagerecht auf den Rücken und dirigierte mit der anderen von einem rot markierten Punkt auf der Karte zum nächsten, von Otterstein bis hoch nach Vollersode und von Landkreis zu Landkreis, Osterholz-Scharmbeck, Rotenburg-Wümme, Stade.

»Sag mal, jeder rote Punkt ist eine Frau, oder? Stehst du mit denen allen in Kontakt?«, fragte Paul zunehmend fasziniert.

Nullkück sah plötzlich aus wie Napoleon vor der Karte seiner besetzten Nord-Gebiete. Vielleicht hatte Paul auch zu lange die blauen Zinnsoldaten betrachtet mit ihren langen Mänteln, aber Nullkück stand jetzt da wie der Schlachtenlenker aus dem Garten und regierte über die norddeutsche Tiefebene und die roten Frauenpunkte.

Nullkücks Lächeln! Dieses Lächeln, woher kannte er es, dachte Paul. Wo hatte er dieses ganz bestimmte, schöne, halb verlegene und auch stolze Lächeln schon gesehen?

Nullkück nahm eine Schallplatte von den Scorpions und legte sie auf den Plattenteller, das alte Nordmende-Kombigerät funktionierte noch. Sie hörten jetzt, begleitet von einem erheblichen Kratzen, »Rock you like a Hurricane«.

Nullkück griff nach der rostigen Flasche unter dem Tisch, schraubte den Verschluss ab und führte sie mit Schwung zum Mund. Danach reichte er sie Paul.

»Vadders Buddeln«, sagte er.

»Vadders Buddeln?«, fragte Paul.

Nullkück nickte.

Paul probierte. Und nach dem ersten Schluck des Kornbrandes von 1943 glaubte er, er fiele wieder durch die Zeit.

25
Ana in Worpswede (Märchenland mit Möbeln in den Bäumen)

Ana lief in ihrem pinkfarbenen Trainingsanzug auf den Worpsweder Weyerberg, stellte ihre Reisetasche ab und sah in alle Richtungen. Keine Metro, keine Straßenbahn, ganz zu schweigen von Hotels und Schiffen wie in Hamburg oder St. Petersburg. So ein Dorf hatte sie noch nie gesehen. Wie die einzelnen reetgedeckten Häuser verstreut am Hang lagen, so als würde das Leben mit großen Strohhüten daliegen, sich an den Berg schmiegen und schlafen.

Sah so das Märchenland aus?

In der Ferne war alles flach. Ana sah Flussläufe und Wiesen mit einzelnen Bäumen und mit schwarz-weißen Kühen, die am Ende in einen blaugrauen Himmel liefen. So hatte sie sich die Steppe vorgestellt, tartarische Horden, die nur mit dem Vieh lebten.

Ana hatte sich sogar überlegen gefühlt, als sie am Vormittag im kleinen Dorf angekommen war und die Menschen aus dem Bahnhofsgasthaus zu ihr herüberblickten. Sie schlug die Tür vom Moor-Express zu, der aus einem einzigen Waggon bestand, und musste nicht mehr als fünf Schritte zurücklegen, um in das Bahnhofsgasthaus zu treten. Es sah aus wie in einem alten russischen Theaterstück. Die Menschen saßen zwischen ausgewählten Möbeln herum, tranken, guckten herüber und der einzige Unterschied bestand darin, dass in einem russischen Stück auch etwas gesprochen wurde.

Das Bahnhofsgasthaus hatte wirklich ausgesehen wie ein

Bühnenbild, dachte Ana. Ein Raum mit weiß-gelben Wänden, überall Teekannen, Tassen und vereinzelt ein paar Menschen auf sehr besonderen Stühlen sitzend, alle stumm und sich mit Stofftaschentüchern die Nase putzend – so oft hatte sie noch nie Menschen sich die Nase putzen sehen.

Ana lief an alten Bauernhöfen vorbei auf einer ansteigenden Straße mit Kopfsteinpflaster. Sie hatte es aufgegeben, sich nach einem Taxi umzusehen, es gab keine. Dafür gab es überall Schilder mit KAFFEE UND KUCHEN / GENIESSEN SIE BEI UNS KAFFEE UND KUCHEN / HIER KAFFEE UND KUCHEN / KUCHEN! KUCHEN! KUCHEN! In einem Café, das sich Central nannte, fragte sie nach dem Weg.

»Oh, do you have a stipendium in the Barkenhoff?«, erkundigte sich der bärtige Kellner, der gerade einen Kuchen mit einer automatischen Säge zerteilte. »I am a painter. Once I was in the Barkenhoff, it's nice«, er war ganz aufgeregt und sah an ihren pinkfarbenen Beinen rauf und runter. »And you? Which section?«

Bislang hatte sie jedem Mann ihre »section« verraten, aber in diesem Land, in dem sie immer noch auf etwas Neues hoffte, sagte sie lieber nichts. Nur »Danke« und »Petersburg«, nachdem ein Herr von der Bar aufgesprungen war und fragte, woher sie denn komme.

»Petersburg? Russia!«, der Mann wandte sich an den anderen mit der Kuchensäge. »Aus Russland, Ludwig, they all crazy! Big rich, big poor! Poor, rich, beides big! Bella Ballerina, sit hier inside! Not outside, outside is crazy!« Er stürmte ihr schon mit seinem Glas entgegen. »Nastrovje! I am Gustav! Auf Trotzki!«

Sie lief in die Marcusheide. Über den Osthang vom Weyerberg. Oben in einem Baum sah sie ein dunkelblaues Sofa. In einem anderen Baum hing ein Stuhl wie aus dem

Gasthaus am Bahnhof, mit hoher Rückenlehne. Im nächsten Baum flatterte eine Hose.

Das ist ja sonderbar, dachte Ana, als ob die Menschen hier in den Bäumen lebten. »Barkenhoff« stand unten auf einem Schild mit grünem Pfeil nach links.

»Barkenhoff«. »Die berühmteste Künstlerkolonie in Deutschland«. »Märchenland«. Da wohnte er. Dieser Mann. Wer war er? Ein russischer Künstler, der ausgerechnet sie eingeladen hatte?

Seinen seltsam schönen Brief mit goldenem Kopf der Petersburger Akademie hatte sie zu Hause in ihre Schublade gelegt und nicht beantwortet, sie wusste nicht, was das sollte, und so ernst war es ihr mit der Bewerbung nicht. Als Ana mit der Prostitution begann, war das Zeichnen nur eine Flucht. Die Aufgabe, einen Mann zu beobachten und später aus dem Gedächtnis zu zeichnen, legte sie wie einen Schutz zwischen sich und die fremde Nähe. Schwierigkeiten hatte sie mit den Lichtverhältnissen: Schatten, die eine Nase warf; Schatten, die tief auf der Wange ansetzten und doch wieder mit dem Licht verschmolzen. In manchen Hotelzimmern war die Beleuchtung der Nachttischlampen so schummrig, dass Ana Licht und Schatten einfach ignorierte und sich auf den menschlichen Ausdruck konzentrierte. Dabei kamen ihr die Männer vor wie sterbende Kinder. Letztlich zeichnete sie immer das gleiche Motiv: Männer, von unten betrachtet, mit weit aufgerissenen Augen, fast kindlich offenen Mündern, die verzückt und gleichsam in so seltsamer Erstarrung waren, als würde die Lust, wenn sie sich entlud, mit dem Tod bestraft. Und als sie anfing, sich an die fremden Männer zu gewöhnen, hörte sie mit dem Zeichnen auf. Sie suchte das Beste aus und schickte es an die Russische Akademie. Man konnte ja nie wissen, vielleicht war sie begabt. Vermutlich eher nicht und so war es auch. Man sagte ihr ab, doch später kam der seltsam schöne Brief.

Sie war in Hamburg, als sie die Mail mit der Einladung in das »Märchenland« las. Sie musste nicht lange überlegen. Sie arbeitete hinter dem Hauptbahnhof, am Steindamm, in einer Kellerbar. Das war kein Fitnessstudio mit Restaurant und Café, wie man ihr gesagt hatte. Sie arbeitete auch nicht als Rezeptionsfrau oder Kellnerin. Für den Pass und die Reise über Kiew und Budapest nach Deutschland hatte sie 20.000 Rubel gezahlt. Aber doch nicht für diesen schrecklichen Keller und das, was sie dort tat? Da hätte sie in Russland bleiben können, bei ihrer Mutter. Die Kolleginnen aus Polen, Tschechien, Rumänien, Lettland sahen sie jeden Abend feindselig an mit ihren ewig lang angemalten Gesichtern. Die meisten waren schon alt geworden, obwohl Ana nur ein paar Jahre jünger war. Sie war groß, die anderen waren kleiner. Sie war zierlich, die anderen hatten schon Dellen in den Schenkeln und Bäuche, wenn sie nicht ihren Rücken durchstreckten. Außerdem schwitzten die deutschen Männer. In Russland war ihr das nicht aufgefallen, aber hier begann sie nun den Schweiß zu beobachten. Wie die Tropfen größer wurden und irgendwann über den Männerbauch liefen und schließlich auf sie selbst hinuntertropften. Und dann war da dieser Mann, Russe, der nun jeden Abend auftauchte in seinem schwarzen Anzug, sich Geschäftsführer nannte, alle E-Mail-Passwörter der Frauen einsammelte und die Arbeitszeiten festlegte. In Petersburg hatte sich Ana die Männer in den Hotels und Bars aussuchen können, jetzt musste sie jeden nehmen.

»Ich habe eine Einladung bekommen. Ich fahre morgen ganz früh«, hatte sie zu einer aus der Kellerbar gesagt, die auch aus St. Petersburg kam, und die Mail vorsichtshalber gelöscht.

Georgij war gerade kurz davor, den Master bei seinem Tetris-Programm zu erlangen, als mitten im letzten herunterfallenden Klötzchen eine Frau im pinkfarbenen Anzug und mit Reisetasche an sein Atelierfenster klopfte. Träumte er? Das kann nicht wahr sein, dachte er. Das war doch die? Die vom Foto! Die Tolle, auf dem Stuhl, die er auch angemailt hatte! Aus St. Petersburg!

Er sprang auf, ließ seinen Gameboy fallen, was wirklich etwas heißen sollte. Dann rannte er, sich das spärliche Haar ordnend, auf die Tür zu.

26
Ohlrogge in der Worpsweder Loslassgruppe

Mit Therapie hatte es Ohlrogge schon die letzten zwanzig Jahre versucht. Wenn er das Gefühl hatte, sein Leben würde auf der Stelle stehen und die Vergangenheit wieder die Macht übernehmen, dann besorgte er sich eine Überweisung und meldete sich zu einigen Sitzungen an.

Die alte Therapeutin, die ihn auch mit Klangmassage und Bachblüten behandelt hatte, war mittlerweile gestorben, aber es gab eine neue in Worpswede, Beatrice Bender. Sie war wesentlich jünger als Ohlrogge und arbeitete in Gruppen nach der Methode von Moreno, bei der die Kontaktfähigkeit und das Sichgewahrwerden durch die anderen verbessert werden sollten. Man war auch aufgefordert, die Probleme des anderen nachzuempfinden und sogenannte »Nachklänge« zu schaffen, »Hilfstherapeut« zu werden. Morenos Methode sah ebenfalls vor, dass man die Rollen der anderen Gruppenmitglieder spielte, damit diese sich wie in einem Spiegel erkannten. Sogar in die Rollen von Menschen, mit denen man im Leben Konflikte hatte, sollte man sich hineinversetzen.

Ohlrogge war zum ersten Mal vor drei Wochen in die Gruppe gegangen. Seine Hauptaufgabe hatte darin bestanden, einen liebenden Vater zu spielen, der seine erwachsene Tochter nicht loslassen wollte und auf jeden fremden Mann einschlug, der sich ihr näherte. Die Sitzungen danach hatte er ausfallen lassen, aber jetzt, nach dem niederschmetternden Telefonat mit dem Bürgermeister, ging er wieder in die Gruppe.

Man saß zu viert im Kreis. Frau Bender trug ein farbenfrohes Kostüm, sie hatte dunkelroten Lippenstift aufgetragen und ihre schwarzen Haare nach hinten zu einem festen Zopf gebunden, was ihr eine gewisse Strenge verlieh.

Gustav Hügel, circa 50, trug ein helles Leinenjackett mit Halstuch, hatte etwas rötliche Augen und war zuerst dran.

Gustav konnte nicht verstehen, warum ihm die Anerkennung als Künstler versagt blieb, wo er doch seiner Meinung nach die besten Ideen hatte. Für einen Malwettbewerb der Volksbank Osterholz-Scharmbeck zum Thema »Wolken, Wind und Weite« hatte er im vorigen Jahr einen großen Bilderrahmen in die Worpsweder Flussniederung gehängt, die alle berühmten Maler von Mackensen bis Paula Modersohn-Becker inspiriert hatte und die besonders geeignet war, die Weite des Himmels einzufangen. Der Titel seiner Bewerbung lautete »Besser geht's nicht«. Er forderte die Volksbank in einem Begleitschreiben auf, in die berühmte Worpsweder Flussniederung zu kommen und durch den Rahmen hindurchzusehen, doch die Bewerbung wurde abgelehnt. Gemäß den Teilnahmebedingungen musste das Werk eingereicht werden und die Flussniederung konnte man bei der Volksbank nicht einreichen, kurz gesagt, das Kunstwerk sollte zur Bank kommen und nicht umgekehrt.

Der dritte Therapieteilnehmer saß stumm auf seinem Stuhl und schüttelte ab und zu den Kopf. Daneben saß Ohlrogge mit seiner Kückgeschichte, die in ihm brodelte, und versuchte, sich in Gustav hineinzuversetzen. Auch überlegte er, ob es ein Fehler gewesen war, sich im Vorjahr nicht selbst bei dem Thema beworben zu haben. »Wolken, Wind und Weite«, das war ja gewissermaßen sein Ding.

Das Thema der Volksbank für den diesjährigen Malwettbewerb lautete »Die Würde des Menschen«, und der 1. Preis war mit 10.000 Euro dotiert. Gustav hatte sich mit einem

Bild beworben, auf dem im Grunde genommen schon wieder nichts war. Allerdings hatte er zusätzlich zur weißen Leinwand drei Farbtöpfe eingereicht: einen blauen, einen weißen und einen roten, die Farben der Französischen Revolution, die Farben der Menschlichkeit, wie er das nannte: Freiheit, Gleichheit, Brüderlichkeit. Hinter der Leinwand hatte er einen kleinen Mikrochip angebracht, aus dem chinesische, amerikanische und deutsche Stimmen kamen.

»Warum haben Sie die Farben nicht benutzt?«, fragte Frau Bender.

»Weil ich beim Betrachter einen Gedankenprozess auslösen wollte. Er sollte sich aufgerufen fühlen, innerlich selbst zum Pinsel zu greifen, um die Würde des Menschen zu malen«, antwortete Gustav, von Wut erfüllt und mit dem negativen Schreiben in der Hand, in dem es hieß, dass seine Arbeit leider nicht berücksichtigt werden könne.

»Versuchen wir uns mal in die Rolle der Volksbank zu versetzen«, schlug Frau Bender vor. »Die Bank erwartet doch sicherlich ein gemaltes Bild, gerade aus Worpswede? Wie würden Sie reagieren, wenn bei Ihnen jemand ein leeres Bild abgibt mit drei Farbtöpfen und dann den 1. Preis von 10.000 Euro haben möchte?«

»Aber Malerei ist doch heute nicht nur, dass man irgendwas malt!«, erklärte Gustav, er saß schon auf der äußersten Kante des Stuhls. »Außerdem gab es ja auch noch die Stimmen! Als Bank wäre ich schon bei diesen globalen Stimmen hinter dem leeren Bild nachdenklich geworden!«

»Vielleicht hat das keiner so richtig verstanden?«, gab Frau Bender zu bedenken.

Das verstand man ja auch wirklich nicht, diese globalen Stimmen hinter dem leeren Bild, dachte Ohlrogge, er wurde langsam etwas unruhig. In Worpswede sollte ein Nazi-

Künstler geehrt werden, es war unmöglich, sich beim Bürgermeister damit Gehör zu verschaffen, geschweige denn, ihn auf die Problematik hinzuweisen, und jetzt kam er auch bei dieser Gruppensitzung nicht so richtig zum Zuge.

»Könnte es vielleicht sein, dass Sie durch diese Ablehnung erkennen sollen, dass Ihre Stärken eventuell woanders liegen?«, fragte Frau Bender vorsichtig weiter. »Ich meine, möglicherweise, Gustav, sollen Sie die Malerei nach und nach in sich ... Also, müssen Sie denn unbedingt Maler sein und an Malwettbewerben teilnehmen?«

Gustav sah sie entsetzt an.

»Schauen Sie, beim Thema mit den Wolken im letzten Jahr, da haben Sie nichts gemalt, und in diesem Jahr haben Sie wieder nichts gemalt. Vielleicht gehen Sie dem Malen unbewusst aus dem Weg?«

Der andere, Rüdiger hieß er, nickte mit dem Kopf.

»Das Leben gibt uns Abweisungen, damit wir erkennen, dass unsere Fähigkeiten möglicherweise auf anderen Gebieten liegen. Dafür müssen wir aber das Alte überwinden, um überhaupt etwas Neues anziehen zu können«, erklärte sie und wandte sich Ohlrogge zu. »Das gilt auch für Sie. In unserem ersten Gespräch wirkten Sie vollkommen blockiert von Ihren früheren Beziehungen. Sie saßen hier wie ein Mann, der nicht aufrecht sitzen kann, weil ihn das Alte herunterdrückt.«

»Jetzt gibt's aber etwas Neues!«, sagte Ohlrogge. »Der Vater von Johanna ist zum Künstler des Jahrhunderts berufen worden! Hier soll einer berufen werden, bei dem man vor ein paar Tagen im Garten einen riesigen Bronzeguss vom Reichsbauernführer gefunden hat! Das stand sogar in der Zeitung! Haben Sie das gelesen?«

»Aber das ist lange her. Es ist nichts Neues, es ist wieder das Alte«, sagte Frau Bender.

»Was soll das denn heißen? Der Reichsbauernführer steht für das Hitler-Regime und für ein Menschheitsverbrechen, soll ich das etwa loslassen, nur weil es alt ist?« Ohlrogge fand, dass er recht hatte. Gewiss, er war hier, um das Alte loszulassen, aber nun hatte sein persönliches Problem eine andere, höhere, eine historische Dimension bekommen.

»Ich bin nicht für die Geschichte zuständig, sondern für Sie«, antwortete die Therapeutin. »Bei Ihnen merke ich, dass Sie mit dem Kück-Thema Ihr ganzes Leben entschuldigen wollen und dass Sie immer neue Gründe suchen, um damit weiterzumachen. So bleiben Sie immer der Leid-Ohlrogge, der auf seiner ewig alten Leier spielt.«

»Ich gebe zu«, erwiderte Ohlrogge, »dass ich mich damit zu lange beschäftigt habe, aber jetzt, Frau Bender, jetzt kann ich doch nicht aufhören, das hat doch gar nichts mit meiner persönlichen Leier zu tun? Ich mache mich ja geradezu strafbar, wenn ich es jetzt durchgehen lasse, dass unsere Gesellschaft, allen voran unser Bürgermeister, so etwas vergisst und den Teilnehmern an diesem historischen Verbrechersystem auch noch Ehre zukommen lässt!«

Frau Bender sah ihn hilflos an. »Sie haben recht«, sagte sie, »als Staatsbürgerin kann ich Ihnen zustimmen, aber als Ihre Therapeutin, gerade in einer Gruppe, wo wir gemeinsam das Loslassen proben wollen, muss ich Ihnen widersprechen. *Protect me from what I want*, kennen Sie diesen Satz? Wenn Sie jetzt Ihr persönliches Problem mit dem historischen Verbrechersystem verbinden, kommen Sie da nie mehr raus!«

Rüdiger nickte schon wieder mit dem Kopf.

»Ich brauche gar nicht das Verbrechersystem!«, erklärte Ohlrogge. »Ich kann ganz konkret sagen, dass in der Familie Kück eine Frau verschwunden ist! Die Kücks haben immer erzählt, dass Marie von der Gestapo abgeholt wurde, weil sie angeblich von Fritz Mackensen schwanger war und kommunistische Reden hielt. Aber Kücks Nachbar, der kannte Marie gut, und der hat erzählt, dass Marie mit Mackensen gar nicht schlafen wollte und sie deshalb ihren Job bei ihm als Dienstmädchen los war! Warum sollte da gleich die Gestapo kommen? Alles erlauben konnte die sich wohl auch nicht, nein, denn da kam nämlich die Kriminalpolizei!«

Er zog die runde Kupfer-Dienstmarke aus der Tasche und hielt sie der Gruppe hin.

»Die wurde hinter Kücks Schuppen gefunden! Und ich habe an bestimmten Stellen recherchiert: Marie ist weder im Frauen-KZ Ravensbrück registriert noch in Moringen oder Bergen-Belsen, auch nicht in Neuengamme, Farge, Wietzendorf, Hannover-Limmer oder Fallingbostel! Wenn man einmal anfängt zu forschen, kommt man auf immer weitere KZs, von denen man früher nie etwas gehört hat. Ich habe jetzt herausgefunden, dass es sogar in Sandbostel ein Auffanglager gab, Stammlager XB, da wurden vorwiegend Russen ermordet, das ist bei uns direkt um die Ecke, da war der berühmte französische Philosoph Louis Althusser, ich weiß nicht, wie man den ausspricht, ein Marxist, der hatte wegen Sandbostel manisch-depressive Störungen und brachte später seine Frau um, er hat sie erwürgt. In Sandbostel war auch der russische Kunstturner Tschukarin. Marie aber nicht! Kennen Sie noch andere KZs, die in Betracht kämen?«

Frau Bender holte tief Luft.

»Also, wenn ich die Bank wäre, dann hätte ich sofort erkannt: Da ist jemand, der die Würde des Menschen nur deshalb nicht darstellt, weil es sie gar nicht mehr gibt!«, meldete sich Gustav zu Wort, der zwischendurch wie versunken auf seinem Stuhl gesessen hatte. »Da stehen rote, blaue und weiße Töpfe, die Farben der Menschlichkeit, die aber stumm geworden sind, die Farben schweigen! Das muss einem doch auf Anhieb klar werden! Außerdem stehen meine Werke in sehr enger Beziehung zu Martin Kippenberger und dem Ende der Malerei, hier geht es um strategische Metakunst, das kann ich der Bank auch schriftlich geben!«

»Hören Sie«, ermahnte ihn Frau Bender freundlich, »diese sogenannten Nachklänge, von denen ich gesprochen hatte, die machen nur Sinn, wenn Sie den anderen auch zuhören und auf das Gesagte Bezug nehmen.«

»Ich habe aber kein Wort verstanden«, erklärte Gustav. »Wer hat denn wen erwürgt? Ich weiß auch überhaupt nicht, wer diese Marie ist und was die mit seiner früheren Beziehung zu tun haben soll. Eine gewisse Marie wollte nicht mit Mackensen schlafen, das habe ich begriffen. Aha. Und wie geht's weiter bitte?«

Ohlrogge fühlte sich angegriffen. Es mochte ja sein, dass er in dem ganzen Komplex schon zu lange steckte und die Dinge so verkürzt schilderte, dass sie andere nicht mehr nachvollziehen konnten, trotzdem fuhr ihm dieser Gustav mit der Bank und seinem Kunstgequatsche mitten hinein in seine Kückgeschichte und in die Nachklänge, die auch ihm in dieser Gruppenarbeit zustanden und für die er schließlich bezahlte.

»Glauben Sie, Ihre globalen Stimmen hinter dem leeren Bild sind schlüssiger?«, fragte Ohlrogge im Gegenzug. »Ich bin nämlich zufällig auch Maler, und wenn ich die Bank wäre und einen Preis für Malerei ausschreiben würde, dann würde ich die Malerei fördern wollen und nicht irgendwelche chinesisch sprechenden Mikrochips hinter Leinwänden, die unbemalt bleiben, weil die Farben aus irgendwelchen fadenscheinigen Gründen stumm geworden sind!«

»Na, dann frage ich doch Sie!«, erwiderte Gustav. Er sah nun ebenfalls aus, als fühlte er sich angegriffen, »Mit welchem Motiv hätten Sie denn die Würde des Menschen dargestellt? Ich bin sehr gespannt!«

»Ich muss Sie beide unterbrechen«, schaltete sich Frau Bender ein. »Da kommen jetzt ein paar Ebenen durcheinander.«

»Lassen Sie doch«, versuchte Ohlrogge selbst die Sache zu entspannen. Er wollte gerade sagen, dass es grundsätzlich wichtig sei, über die Würde nachzudenken, und dass er sich auch nur in die Rolle der Bank versetzt und keine persönliche Kritik geäußert habe, doch Gustav unterbrach ihn, als er gerade Luft zum Sprechen holte.

»Natürlich ist es leicht, unwürdige Menschen zu malen oder Menschen, über die andere Unwürde gebracht haben, da müsste ich ja nur ein Gruppenbild von uns anfertigen. Aber wo bitte, wo findet man etwas Würdiges, einen würdigen Menschen, wo? Wenn man im Lexikon nachsieht, wird alles erklärt: Wuppertal, Würmer, Wüste, aber Würde kommt gar nicht vor! Und dann kommt ausgerechnet die Bank mit ihrem unbarmherzigen Wesen, ihrer fast tierischen Gier und lehnt einen ab, wenn man sie künstlerisch darauf hinweist, dass es um die Würde des Menschen schlecht bestellt ist?! Ich ertrage es einfach nicht mehr, auf diese Schöpfung zu sehen!«

Ohlrogge hatte nicht richtig zugehört. Er war eher damit beschäftigt, auf die Art und Weise zu reagieren, mit der ihm erneut das Wort abgeschnitten wurde, schließlich wollte er ja gerade für Entspannung sorgen und noch einmal selbst das Würdethema zur Sprache bringen, aber dieser Gustav rauschte ihm schon wieder mit seinen dominanten Ausführungen dazwischen, ohne den geringsten interessierten Nachklang, was die Kückgeschichte betraf.

So waren die Künstler, wie er sie hasste! Immer nur um sich selbst kreisend, jeden künstlerischen Klecks oder Strich, den sie in die Welt setzten, hielten sie für unverzichtbar, erklärten ihn zum Abbild oder zur Vision einer untergehenden Gesellschaft, schonungslos war ihr Blick auf das Dasein, danach konnte nur noch die Revolution kommen – so war sich doch dieser Herr W. vorgekommen, dieser verlogene Hasenmensch-Typ, der die Gesellschaft anklagte und ihr gleichzeitig in den Hintern kroch, diese Analvioline! Und so was verglich man mit Goya! Überhaupt, wie sich die Künstler ständig anstandslos vergleichen ließen! Kück mit Rodin! Horst Janssen mit Rembrandt, Mackensen auch mit Rembrandt! Und Goya wurde, ohne dass dieser sich wehren konnte, in einen Topf mit Herrn W. geworfen, der gleichzeitig noch Janssen in den Arsch kroch! Und was wäre gewesen, wenn Gustav, der sich, ohne mit der Wimper zu zucken, in die Nähe von Kippenberger rückte, den ersten Preis bekommen hätte? Er wäre der Bank genauso hinten hineingekrochen in ihr unbarmherziges, tierisches Wesen!

Ohlrogge war froh, dass wenigstens die Bank nicht jeden Scheiß mitmachte, Malerei hatte nun mal mit Malen zu tun! Dieser ganze installationshafte Metamist mit leeren Leinwänden und Farbtöpfen, in die man innerlich selbst den Pinsel tunken sollte! Dieser krankhafte Zwang nach immer etwas Neuem, mit dem sich offensichtlich ganze Märkte jeden Tag selbst beweisen wollten, wie neu und frisch sie waren. Ja, er dachte jetzt an einen Gemüsemarkt, der morgens plötzlich viereckige Äpfel anbietet oder grüne Milch, als ob es die weiße Milch oder die althergebrachten rundlichen Äpfel nicht mehr bringen würden. Man brauchte heutzutage auch bananenförmige Kartoffeln! Man verbog die Dinge, um neu zu sein. Und man verbog sich selbst dabei, um neu zu sein für diese ach so frischen Marktmenschen, Könnerschaft egal, Geschmacksnerven hatte sowieso keiner mehr: Pseudo-Milch, Pseudo-Äpfel, Pseudo-Kartoffeln, Pseudo-Malerei, Pseudo-alles, eine völlig unwesentlich gewordene Gesellschaft von Gegenwartsidioten, in der er da lebte. Am meisten regten ihn diese globalen Mikrochips von Gustav hinter der leeren Leinwand auf, global war wohl immer gut, wie?

»Wenn ich bei Wolken, Wind und Weite mitgemacht hätte, wäre es überhaupt keine Frage gewesen, wer den ersten Preis zugesprochen bekommen hätte! Sie können ja mal nur zum Spaß die aufziehenden Gewitter bei Turner mit meinen alten Arbeiten vergleichen! Und dabei verzichte ich sogar auf Rot und Gelb! Ich schaffe das alles nur mit Blau!«, erklärte Ohlrogge, fast zum Absprung auf Gustav bereit, diesen Möchtegern-Kippenberger, der ihn immer noch demonstrativ ansah, so als warte er auf Ohlrogges Motiv zur ultimativen Würde des Menschen.

»Oh, schon vier!«, bemerkte Rüdiger und sah auf seine Uhr.

»Gut«, sagte Frau Bender, »wir schließen heute an dieser Stelle. Ich bitte die, die noch nicht eine Überweisung oder Bescheinigung für die Befreiung von Zuzahlungen mitgebracht haben, das nächste Mal daran zu denken.«

»Hab ich schon«, zischte Ohlrogge und verließ fluchtartig die Gruppe.

27
Der fremde Mann

Am siebten Tag wachte Paul durch unruhige Schritte auf. Draußen sah er einen Fremden durch den Garten laufen. Der Mann trug in der einen Hand eine Luftpumpe, in der anderen eine Zeitung und betrachtete das Haus, die Skulpturen, Rembrandt, Nietzsche, Ringo Starr, natürlich Marie, wie alle Männer, die zu den Kücks kamen. Er trat ganz nah an Marie heran und strich mit den Fingern über ihre Bronze. Dann lief er weiter, fasste über das gespannte Seil, mit dem Bismarck an der alten Eiche hing wie alle anderen.

Paul sprang aus dem Bett und starrte auf die Stelle im Garten, wo in der Nacht der Reichsbauernführer gestanden hatte.

Er war weg.

»Wo ist er?«, rief Paul quer durch das Haus und lief in den Ostflügel, Nullkück suchend. »Wo ist er?? Es ist weg, das Ding?!«

Nullkück saß in seinem Zimmer. Er sah aus, als habe er weiß Gott Wichtigeres zu tun, er sagte nur: »Schnapsschuppen.«

»In der alten Scheune?!«, fragte Paul entgeistert. »Wie ist er da reingekommen?«

»Vollgummireifen«, antwortete Nullkück, das war alles, er war sehr mit seinen Frauen beschäftigt.

Paul lief in die Küche und setzte das Fernglas an, das er aus Nullkücks Zimmer mitgenommen hatte: Der unbekannte Mann sah sich immer noch um. Er trug Jeans, eine blaue Windjacke, Turnschuhe und eine Brille mit runden Gläsern. Sein Bart, der etwas verwegen für sein Alter wirkte, und die grauweißen Haare, die sich zu stattlichen Locken kräuselten, glänzten in der Morgensonne, die ausnahmsweise einmal schien. Er blieb vor dem alten Schlafzimmer der Eltern stehen und sah lange, wie versunken, auf die alte Scheune. War sie überhaupt abgeschlossen, fragte sich Paul und überlegte, wie er ungesehen dort hinüberkam.

In der Scheune war er bestimmt schon 25 Jahre nicht mehr gewesen, eigentlich nie. Als er zehn war, hätte er sie betreten können, denn nach dem Tod seines Großvaters kamen keine Formen mehr in die Scheune, die sich in Menschen verwandelten durch einen Vorgang, vor dem man sich in Acht nehmen musste. Nur ein einziges Mal war Paul durch die Scheunentür getreten: Kurz bevor er mit seiner Mutter nach Lanzarote ging, wollte sie eine Kiste in der Scheune verschwinden lassen, Sachen von seinem Vater, die er wohl vergessen hatte mitzunehmen zur neuen Geliebten nach Amerika. Seine Mutter warf die Kiste hinein, beförderte sie mit ein paar Tritten tief in die Scheune und schlug die Tür wieder zu.

»Was ist da drin?«, fragte Paul.

»Ein Scheißkerl«, sagte seine Mutter und nahm ihn in die Arme.

Der Schlüssel steckte. Die alte Holztür war nur angelehnt und knarrte, als Paul sie aufdrückte. Neben den alten Landwirtschaftsgeräten, die dastanden wie staubige, verwitterte und von Spinnweben überzogene Gespenster, lagen moosbewachsene Kisten mit verrosteten Eisenschlössern, daneben Obstkörbe, aus Holz geflochten, vor Feuchte dahinmodernd.

Paul wurde es unheimlich, so wie es ihm immer in der Marcusheide ergangen war, wo er im Dämmerlicht an jeder Birke tote Künstler hängen sah, die ihm zuzuflüstern schienen. Er drehte sich um, und da stand er – der Bauernführer, wie Nullkück gesagt hatte, neben der alten Dreschmaschine.

Er lief schnell zum Ausgang, zog die Holztür wieder zu und drehte den großen rostigen Schlüssel um. Dann steckte er ihn ein, so wie ihn sein Großvater eingesteckt hatte. Der Schlüssel lag jetzt in der Hosentasche zusammen mit jenem Armreif, den Nullkück im Garten gefunden hatte. Paul spürte, wie sich die Metallstücke aneinanderrieben. Er versuchte ruhig zu atmen und marschierte auf den fremden Mann zu.

»Guten Tag«, sagte Paul.

Der Mann machte einen Rückwärtsschritt, er schien bei der Begrüßung fast in einen der Gräben zu fallen.

»Alles in Ordnung? Sind Sie von der Gemeinde?«

»Ich?«, antwortete der Fremde. »Oh, nein.« Er sah Paul dabei an, als taste er ihn mit Blicken ab, erst vorsichtig, dann direkter, prüfender.

»Touristik-GmbH?«, fragte Paul und wich den Blicken aus. Er sah lieber zu seiner Großmutter hinüber, danach zu Napoleon mit seinem Zweispitzhut in der Hand, Max Schmeling war umgefallen. Das war unglaublich, dachte er. Dieser Nullkück hatte nicht nur den Reichsbauernführer am Morgen in Sicherheit gebracht, sondern auch die Schmeling-Skulptur von der alten Eiche losgebunden, umgeworfen und einmal durch das Moor gerollt, vermutlich mit den Brünings zusammen, zumindest sah Schmeling so aus, als sei er gerade ausgegraben worden!

»Entschuldigung, aber in irgendeiner Funktion müssen Sie doch hier sein. Wollen Sie eine der Skulpturen kaufen?«, fragte er weiter und sah den Mann an, der seinen Blick so offen in Pauls Gesicht richtete, als würde er es zeichnen wollen.

»Braucht man immer eine Funktion? Sind Sie so ein Funktionsmensch? Ich kaufe hier nichts. Reicht es nicht, wenn ich Ihnen sage, dass Sie einen schönen Garten haben? Ist es denn Ihr Garten?«

»Ja, wieso? Ich bin hier aufgewachsen«, sagte Paul. Das war langsam wirklich seltsam, stellte er fest. Ihm kam dieser Verrückte aus dem Café Central in den Sinn, der hatte ihm auch erklärt, die Menschen würden sich alle an Funktionen klammern, weil sie sich innerlich schon aufgelöst hätten durch bestimmte Brausekräfte.

»Aber man stellt sich trotzdem nicht einfach in anderer Leute Gärten und teilt seine persönlichen Eindrücke mit. Da würde doch jeder wissen wollen, was das soll«, setzte Paul ein weiteres Mal zu seiner Frage an, er musste jetzt sofort herauskriegen, wer dieser Mann war und was er hier vorhatte. »Ihren Namen bitte?«, fragte er streng und knapp.

»Sind Sie ein Kück-Abkömmling?«, fragte der Mann direkt im Gegenzug.

Kück-Abkömmling, dachte Paul, er glaubte irgendetwas Vorwurfsvolles mitklingen gehört zu haben, das »Kück«, schien ihm, war mit so einer verächtlichen Betonung gesprochen worden, aber vielleicht war es auch nur sein allgemeiner Kück-Komplex.

»Und Sie? Mit wem spreche ich hier überhaupt?«, er wiederholte seine Frage noch energischer, ihm wurde es langsam zu bunt.

Der Fremde hielt ihm die Zeitung entgegen. »Sie haben das doch sicherlich ... nicht?« »Also, dann lese ich Ihnen mal vor?« Er las.

In der Künstlerkolonie ...

Er stockte, er schien Probleme mit seiner Atmung zu haben.

... In der Künstlerkolonie Worpswede wurde im Garten ...

»Ach das!«, ging Paul dazwischen, er hatte die ganze Zeit geahnt, dass es sich bei dem Mann eher nicht um jemanden von der Touristik-GmbH handelte. »Das kenn ich schon. Da hat einer der Bauern hier was verwechselt. Ich verstehe nicht, wie eine Zeitung das so ungeprüft schreiben kann. Kaum bekommt jemand eine Ehrung, kommen die Neider und Denunzianten wie immer in unserer Gesellschaft ...« Paul redete einfach drauflos. Er hatte zwar keine Ahnung, was dieser Mann wollte, aber zumindest wusste Paul, was er selbst wollte: keine weiteren Nachfragen zu seinem Erbgrundstück, dem Garten und zum Großvater, das war hier gewissermaßen sein letzter Blue Chip, wenn es darum ging, das Haus und das Anwesen möglichst wertsteigernd zu verkaufen, sonst wäre diese ganze nachträgliche Pfahlgründung sinnlos.

»Ich meine, da kommt ein 100-jähriger Bauer, der in beiden Weltkriegen gekämpft hat, und identifiziert halb blind ein Denkmal als irgendeinen Reichsdingsführer, der in Wirklichkeit ein Boxer ist, ein großer Meister, ein Champion. Kaum hält einer den Arm hoch, sehen die Bauern hier alle Gespenster. Und der Nachbar, der meinem Großvater sein Leben lang vor den Karren fahren wollte, der verbreitet ungeprüfte Nachrichten. Kennen *Sie* denn wenigstens Max Schmeling? Da liegt er nun im Moor. Im Atelier hängt sogar ein Foto, der Weltmeister-Kampf in New York von 1936. Gegen den braunen Bomber, der galt als unbesiegbar, aber dann kam dieser Mann da. K.o.-Sieg. In der 12. Runde ...«

»Sagen Sie, warum sind hier überall Löcher?«, unterbrach ihn der andere und sah sich misstrauisch um.

»Warum? ... Ja, warum wohl? Wir arbeiten hier. Wir sanieren das Haus!«

»Und was kommt in die Löcher rein? Vergraben Sie wieder was?«

»Das sind Abzugsgrippen! Anfangs flacher, dann muss man immer tiefer graben, so kann das Wasser abziehen, wir müssen entwässern! Unter das Haus wird bald Beton gegossen, Häuser im Moor können versinken. Was nicht auf einer Worps oder Wurte steht, versinkt. Nicht nur die Häuser, die Kunstwerke auch! Schauen Sie mal, wie die gesichert werden mit der alten Eiche dort. Nur der Boxer da, der war zu schwer. Wir haben ihn wieder ausgegraben.«

»Ich möchte Ihnen etwas zeigen«, sagte der Mann und zog ein Papier aus seiner Jacke. »Wissen Sie, wie viele Hamme-Nachrichten ich gelesen habe? Wissen Sie, was man für Ausschläge bekommt von Zeitungen, in denen sich der Staub aus so alten Zeiten fängt? Sehen Sie? Die Zeit und die Schwärze sind in mich eingedrungen, ich kann sie nicht mehr abwaschen. Sehen Sie das?«

Paul dachte an die schwarzen Zeithände des Rilkesohns und starrte auf das Papier.

»Bevor ich zu dieser Liste komme, muss ich Sie noch etwas fragen. Haben Sie schon mal von der Nordischen Gesellschaft gehört?«

Paul schüttelte den Kopf. Er dachte an Peter Falk, der Mann hatte etwas von Inspektor Columbo. Eben wurde noch der Garten gelobt, aber kurz danach war man mit der nächsten Frage überführt.

»Die Nordische Gesellschaft ist eine Gesellschaft aller deutschen Nordgesinnten. Im Jahre 1921 in Lübeck gegründet, aber seit 1933 im tiefen Glauben, dass das Heil der Menschheit nur im Norden liege. Natürlich auch in Worpswede. Können Sie mir folgen?«

»Klar«, sagte Paul. »Und was soll ich damit?«

»Ich lese Ihnen jetzt vor, wer da alles im Großen Rat der Nordischen Gesellschaft vertreten war«, verkündete der Mann, dessen Stimme an Festigkeit gewann. Er schlug das Papier mit einer energischen Bewegung auf und trug vor:

Dr. Drechsler: Gründer der NSDAP-Ortsgruppe Lübeck und Lübecker Oberbürgermeister
Wilhelm Frick: Reichsführer SS und Chef der deutschen Polizei
Heinrich Himmler: Reichsleiter der NSDAP sowie Reichsleiter zur Bekämpfung von Homosexualität und Abtreibung, später Reichsinnenminister usw.
Alfred Rosenberg: Reichsleiter des Kampfbundes für deutsche Kultur und zuständig für die besetzten Ostgebiete
Hans von Tschammer: Reichssportführer
Richard Walther Darré: Reichsbauernführer

Paul spürte, wie sich seine Hand in der Hosentasche zu einer Faust um das Metallstück und den Scheunenschlüssel ballte. Von einem Namen und einer Funktion zur anderen immer stärker, bis ihm der Rost ins Fleisch schnitt.

»Joachim von Rippentropp und Baldur von Schirach mit der Deportation der Wiener Juden lass ich mal weg. Jetzt kommt's!«, verkündete der Mann: »Am 3. Oktober des Jahres 1941, berufen durch den Reichsbauernführer zum Ratmann der Nordischen Gesellschaft für den Kreis Osterholz.« Er hielt Paul das Dokument direkt vor die Nase:

Paul Kück: Künstler

»REICHSKÜNSTLER!«, schrie der Mann, faltete die Liste wieder zusammen und steckte sie in seine Windjacke. Dabei sah er den Kück-Abkömmling mit einem kalten, irgendwie mondähnlichen Blick an. »Und der Obernazi, der ihn in diese widerliche Gesellschaft berufen hat, der muss hier irgendwo herumliegen«, sagte er. Er warf noch einen Blick über die Erdlöcher und Abzugsgräben, dann ging er auf die alte Scheune zu.

Paul sah erst jetzt die Spur, die offensichtlich die Schubkarre mit den Vollgummireifen und dem schweren Reichsbauernführer bis zur Scheunentür gezogen hatte. »Entschuldigung, was soll das?« Er lief ihm hinterher. »Was machen Sie da?«

Der Mann stand schon direkt vor der Scheune und überreichte seine Visitenkarte. »Ich arbeite gerade im Auftrag der niedersächsischen Gedenkstätten an einem Norddeutschen Lexikon. Mich interessieren die Jahre von 1933 bis 1945. Haben Sie zufällig einen Schlüssel für diese Tür?«

Paul starrte auf die Visitenkarte. »Ich finde das sehr interessant, Herr Dr. Rudolph. Mit dem Lexikon und so, aber ich muss mich jetzt um das Haus kümmern. Kommen Sie doch ein anderes Mal wieder. Vielleicht mit Anmeldung, dann gibt's auch Tee«, sagte Paul, um einen entspannten, freundlichen Ton bemüht.

»Wissen Sie, es wäre schön, wenn Sie in den nächsten Tagen den Reichsbauernführer bereitstellen, ich will keinen Tee.« Er rüttelte an der Scheunentür. »Die Menschen haben ein Recht zu wissen, dass man hier in Worpswede nicht all die Jahre einen friedlichen Dornröschenschlaf abgehalten hat.«

»Das sehe ich auch so, Herr Dr. Rudolph. Ich kann Ihnen aber nicht mit einem Führer dienen. Ich habe nur Max

Schmeling. Kommen Sie doch demnächst vorbei, und wir graben hier zusammen, vielleicht finden wir was.«

Der andere bekam einen ganz dünnen Mund und griff wieder in seine Jackentasche. »Hier! Ich schenke Ihnen die Liste mit Ihrem Großvater«, sagte er und überreichte sie. »Die kommt auch ins Lexikon. Aber nicht nur die Liste, sondern alles über Worpswede. Können Sie sich vorstellen, dass Mackensen, der Gründer der Künstlerkolonie, reinrassige Familien malte, obwohl er selbst ein behindertes Kind hatte? Und wussten Sie, dass Goebbels Modersohn-Fan war?«

Paul hatte so etwas über seinen schönen Geburtsort noch nie gehört. Er antwortete nur: »Hm. Echt?«

»Hoetger, Krummacher, Uphoff, Scharrelmann, Hausmann! Ach, was sollen Sie schon über Worpswede wissen, wenn Sie nicht mal wissen, wer Ihr Großvater war!«

Paul überlegte, dass es besser wäre, die Situation weiter zu entspannen, denn der Mann stand immer noch direkt vor der Scheune. »Also, ich bin da sehr aufgeschlossen. Vielleicht können Sie mir Ihr Lexikon zukommen lassen?«, antwortete Paul.

»Erwarten Sie nicht, dass da viel über Ihren Großvater drinsteht. Diese Liste und dass er seine Werke vergraben hat, das reicht. Er war ja, wenn man das von heute betrachtet, eher eine Randfigur.«

»Na, wenn Sie meinen, er ist übrigens gerade Künstler des Jahrhunderts geworden. Ich wünsche noch einen schönen Tag. Sie kennen den Weg zur Hauptstraße, Herr Rudolph?«

»Danke!«, entgegnete er und hielt seine Luftpumpe in der Faust wie einen Schlagstock. »Sind Sie auch Künstler?«

»Nein, wieso?«

»Aber Ihr Vater, der ist es doch?«

»Wir haben keinen Kontakt«, antwortete Paul und warf einen auffälligen Blick auf seine Uhr. »Brauchen Sie ein Taxi, Herr Dr. Rudolph?« Er klappte mit einer schnellen Bewegung sein Handy auf, während ihn der Mann so musterte, als würde er nicht nur sein Gesicht, sondern jetzt auch sein Inneres zeichnen wollen.

»Sagen Sie, dieser geistesgestörte Mackensensohn, der hier gelebt haben soll ... Wer war da eigentlich die Mutter? War das die da?« Er zeigte auf Marie.

Paul wurde es unheimlich, er sah auch zu Marie. »Wer sagt Ihnen überhaupt, dass er ein Mackensensohn ist?« Er spürte, wie sich die Fragen in seine Kindheit bohrten.

»Sehen Sie! Genauso habe ich auch reagiert, als mir das jemand erzählte. Mit Mackensen kenne ich mich aus, wo soll da plötzlich noch ein Kind herkommen? Aber diese Frau ist abgeholt worden von der Gestapo. Wissen Sie zufällig, warum und wohin sie gebracht wurde?«

»Nein«, antwortete Paul. »Leider nicht.« Mein Gott, dachte er, reichte es nicht, Nazis auszugraben, musste der jetzt auch noch mit diesen Marie-Fragen kommen, die seit Tagen in ihm hochkrochen wie das kaltfeuchte Moor? »Ich wüsste nicht, was das mit Ihrem Lexikon zu tun hat. Möchten Sie nun ein Taxi oder wollen Sie meinem Großvater jetzt auch noch anhängen, dass unsere Familienangehörigen abgeholt wurden?«

»Mir reicht es, wenn Sie mir einen Schlüssel für diesen Schuppen besorgen. Ich habe das Gefühl, dass darin jemand auf uns wartet, da gab es ja auch diese Stimmen.« Er klopfte dabei mit der Pumpe gegen die Scheune, so als sei jemand drinnen, der ihm aufmachen könnte. Dann begab er sich, ohne Verabschiedung, auf den Weg die Auffahrt hoch zum Teufelsmoordamm.

Paul lehnte mit dem Rücken an der Scheunentür. Sein

Hemd war nass geschwitzt, in der Hand hielt er die Liste mit der Nordischen Gesellschaft.

Ganz hinten, im Schutz des Hauses, stand Nullkück. Er hatte sich dem Fremden nicht zu nähern getraut, winkte Paul vorsichtig zu und rief zum Frühstück.

Paul setzte sich an den Küchentisch, schlug eine freie Seite in seinem Notizbuch auf und notierte unter »Der siebte Tag im Moor / Aktuelle Probleme«:

Fremder Mann ist uns auf der Spur.
Großvater in Nordischer Gesellschaft.
Reichsbauernführer muss dringend verschwinden!!

28
Kindheitsknoten

Paul saß am Frühstückstisch und starrte auf die Visitenkarte, die neben dem Buchweizenpfannkuchen lag, diesmal serviert mit Bauernschinken und Knoblauch.

Dr. Anton Rudolph
Honorarprofessor am Institut für Geschichtswissenschaft
Universität Bremen

Nullkück nahm die Karte, bemerkte, wie verknittert sie war, und steckte sie in seine Hosentasche.

»Aus dem Schnapsschuppen muss das Ding sofort weg, es muss überhaupt ganz weg. Hast du schon mal etwas gesprengt?«, fragte Paul.

Nullkück drückte ihm eine Gabel in die Hand und setzte sich mit einem frischen Pfannkuchen an den Tisch, er schien sich schon richtig zu freuen auf seine neue Variation.

»Es ist vermutlich einfach, Skulpturen zu sprengen, die sind innen hohl«, erklärte Paul und führte die Gabel zum Mund. »Sag mal, ist das die Knoblauchbrühe, die du sonst gegen die Maulwürfe nimmst?«

Nullkück nickte.

Meist gab es die Buchweizenpfannkuchen nur mit Buchweizen und Salz. Manchmal mit Apfelgelee oder Schweineschmalz von Renken. Oder als Klöße, da mischte Nullkück das Buchweizenmehl mit Milch, einem geschlagenen Ei und zwei Esslöffeln Fett und formte daraus Klöße, die er 15 Minuten im Rilketopf schmoren ließ.

Nach dem Frühstück standen sie auf und setzten sich an Nullkücks Computer. Sogar zwischen den Buchstaben der verklebten Tastatur bemerkte Paul alten Buchweizen.

Sie klickten die Seite weg mit: »US-Soldaten stürzen Saddam-Denkmal in Bagdad«, darunter: »Erdbeben in der Türkei / Lungenseuche SARS (Schweres akutes Atemwegssyndrom) in Asien ausgebrochen« und googelten unter dem Stichwort »Bombenbau«.

Auf www.der-kleine-sprengmeister.de war zu lesen, dass für einen Stahlbetonkamin, den jemand in Lübben gesprengt hatte, Nitroglycerin verwendet worden war und 30-prozentiges Wasserstoffperoxid. In der Apotheke bekäme man aber nur 3-prozentige Lösungen, Nitroglycerin gar nicht, geschweige denn TNT. Frühere Terroristen, wie die von der RAF, hätten teilweise noch Düngemittel mitbenutzt. Düngemittel gab es hier bei jedem Bauern, aber den neueren Mitteln wurden brandunterdrückende Substanzen beigemischt. In den meisten Einträgen wurde auf Al Qaida und Osama bin Laden verwiesen. Sie googelten auch einen Beitrag, in dem es hieß, man solle lieber solarbetriebene Autos bauen und nicht Bomben. Nullkück schlug noch »eBay« vor, aber das war Paul zu kompliziert und zu gefährlich, wer wusste schon, welche Käufer dann in den Garten kämen.

»Gib mal die Nordische Gesellschaft ein«, sagte er. »Nein, zuerst Dr. Anton Rudolph«, Paul wurde unruhig. Was hatte dieser Rudolph gesagt, mit Unterstützung aus Niedersachsen würde er hier alles umgraben lassen?

Nullkück nahm die verknitterte Visitenkarte aus seiner Tasche und tippte.

Was für seltsame Hände, bemerkte Paul. Die kleinen Finger waren ganz kurz, der Handrücken gefurcht.

Nullkück spürte, dass ihm Paul auf die Finger sah, und tippte schneller.

»Dr. Anton Rudolph – Universität Bremen.« Er drückte auf Enter.

Einen Wikipedia-Eintrag gab es nicht, aber auf www.google.com/search=weser-kurier+30-Jahre-68.de stand eine Art Porträt über den Historiker Anton Rudolph. In Berchtesgaden geboren, seit 1962 in Bremen, woher auch seine Familie stammte. Publikationen über das Völkische und das Nordische, über Fritz Mackensen und die Propaganda der Nationalsozialisten. Schriften zu Hoetger, Modersohn und anderen. Rudolph war einer der, wie es hieß, »Anführer der Bremer Studentenbewegung« gewesen. In dem Artikel wurde er auch zitiert:

> Nach dem Schah-Besuch und dem Mord an Benno Ohnesorg in Berlin war ich der Meinung, Rudi Dutschke müsse bei uns in Bremen in der »Lila Eule« sprechen, dem Jazzlokal im Ostertor-Viertel. Ich bin selbst zum Flughafen gefahren, um ihn abzuholen. Und dann passierte es: Dutschke fiel auf dem Rollfeld die Schuhsohle ab, worauf ich ihm meine eigenen Schuhe gab: braune Wildlederhalbschuhe, Größe 42.

Das war bestimmt erfunden, sagte sich Paul. Am Ende des Porträts berichtete Rudolph, dass er einen seiner Schuhe später in der Zeitung wiedergesehen habe:

> Ich erkannte meinen Schuh mehrmals abgebildet auf dem Straßenpflaster vom Kurfürstendamm in Berlin, wo der Hilfsarbeiter Josef Bachmann den Studentenführer am 11. April 1968 niedergeschossen hatte. Es war genau einer jener braunen Wildlederhalbschuhe, die ich Dutschke für die »Lila Eule« geliehen hatte.

So ein Angeber, dachte Paul. Er konnte sich den pathetischen, heldenhaften Gesichtsausdruck schon vorstellen, mit dem Rudolph die Reporterin angeflackert hatte. Der tat ja so, als sei er – nur weil es angeblich sein Schuh war – ebenfalls mit niedergeschossen worden im historischen Kampf auf dem Kurfürstendamm, Dr. Rudolph und Dutschke also quasi zusammen.

Man konnte ihn natürlich nicht widerlegen. Vermutlich erzählte er diese unüberprüfte Geschichte seit über dreißig Jahren. Niemand wäre auf die Idee gekommen, den halb erschossenen Dutschke zu fragen, ob er am 11. April die braunen Wildlederschuhe von Anton Rudolph aus der »Lila Eule« getragen hatte. Später konnte man ihn auch nicht mit so etwas behelligen. Dutschke musste sich sein Gehirn wieder mühsam aneignen, den politischen Klassenkampf, die Strategie zur Zerschlagung der NATO, die Theorien von Mao Zedong, Marx, Lenin, für die blöden Schuhe von Anton Rudolph war da kein Platz.

Das Porträt endete damit, dass Rudolph beschrieb, wie alle nach Dutschkes Auftritt in die Autos stiegen und zum »Werdersee« fuhren.

Die Revolution war in Bremen angekommen. Es war kein normales Baden. Es war ein Akt der Befreiung.

Das konnte man im Nachhinein auch schwer widerlegen, dachte Paul. Mit Dutschke im »Werdersee«, da war natürlich jeder dabei, da sicherten sich die Bremer 68er bestimmt seit Jahrzehnten gegenseitig ab wie die Jünger am See Genezareth.

Es war kein normales Baden. Es war ein Akt der Befreiung.

»Wie mich diese Akte der Befreiung ankotzen!«, sagte er zu Nullkück.

Ihm fiel Weihnachten 1974 wieder ein: Bernhard Haller, der Seemann und Maler, hatte ihn und seine Mutter zum Christgebäck in seinen Zirkuswagen geladen, und als sie gerade die Stufen hochgestiegen waren, stand da die Freundin von Haller splitternackt, mit brennenden Kerzen auf ausgebreiteten Armen und mit zwei Engeln, die an den Warzen riesiger praller Brüste hingen. »Ich bin Bernadetta, der befreite Weihnachtsbaum aus Berlin-Kreuzberg«, sagte sie, Paul fing sofort an zu weinen.

»Ständig gab es in meiner Kindheit einen Akt der Befreiung!«, erklärte er und sah Nullkück aufgebracht an. »Das ging schon mit meiner Geburt los, da wurde der Beckenboden meiner Mutter befreit. Ich kam in einer archaischen Gebärhaltung zur Welt, weißt du das eigentlich?«

Nullkück nickte und googelte weiter.

»Dutschke die eigenen Schuhe gegeben!«, Paul konnte sich nicht beruhigen. Wie sich die Menschen im Nachhinein in die Geschichte und in irgendwelche Weltzusammenhänge hineinerzählten! Wie sie erzählten und erzählten, um den Glanz einer Zeit in ihr Leben hineinleuchten zu lassen. Eine Generation, die älter geworden dasaß und mit Tausenden von Geschichtchen an die Geschichte anbaute, sodass sich bald aus einem Dorf eine Stadt, aus einer Stadt ein ganzer Moloch aus Legenden und Wahrheiten erhob!

Und so einer wie dieser Rudolph, so ein Geschichtenerzähler für sich selbst, der marschierte mit seinen Legenden in den Garten, um die Familie Kück im Namen der Wahrheit ans Messer zu liefern?

»Der nicht! Der hat dich beleidigt!«, rief Paul und dachte an die abfälligen Worte über den Mackensensohn. »*Geistesgestört* hat er gesagt!«

Nullkück tippte mit seinen seltsamen Fingern wütend auf den Tasten.

Woher wusste Rudolph überhaupt davon?, dachte Paul. Wieso kam der nun auch mit dem seltsamen Gerede aus den Kindertagen? Die Herkunft von Nullkück hing immer noch wie ein ungelöster Knoten über Pauls Kindheit und auch seine gesamte Aufklärung hatte am Beispiel von Nullkück stattgefunden:

Eine Frau (Hilde) kann in neun Monaten ein Kind bekommen (Nullkück). Dafür braucht sie einen Mann (Hinrich).

Das war theoretisch einfach, doch gleich danach kam sofort der Knoten, weil Hilde angeblich unfruchtbar war. Und zudem einen schon länger als neun Monate toten Mann hatte, aber trotzdem von ihm Nullkück bekam!

Paul hatte früher in seinem Zimmer gesessen und über dieses Problem strenge mathematische Gleichungen in ein Notizbuch geschrieben, auch um bei den Angriffen des Jahn-Sohns einen besseren Überblick zu haben:

1. Hinrich + Hilde + eine Woche im Harz = Nullkück (Lieblingsgleichung!)
2. Hinrich tot + Hilde unfruchtbar = Nullkück? (Unmöglich!)
3. Hilde (fruchtbar oder unfruchtbar) + Mackensen = Nullkück? (Hilde für Mackensen zu hässlich!)
4. Marie (Kommunistin) + Mackensen (Gründer der Kolonie) = Nullkück? (Vielleicht beim Malen im Moor!)
5. ? + ? = Findelkind (Oder geklaut!)

Nullkück schlug immer noch voller Wut auf die Entertaste.

»Ich finde dich überhaupt nicht geistesgestört«, besänftigte ihn Paul und strich Nullkück über den Arm, der jetzt die Faust ballte mit seinem gefurchten Handrücken und dem winzigen Kleinfinger. Ihm schien das Wort »geistesgestört«, das Rudolph benutzt und Paul weitergetragen hatte, so wehzutun, dass er auch noch die Visitenkarte in mehrere Stücke riss.

Wieso waren ihm diese winzigen Finger nie aufgefallen, fragte sich Paul. In wie viele kleine Stücke sie die Karte zerreißen konnten! Gleichzeitig kamen in Paul die Bilder vom Schulhof wieder hoch: Malte, die blutigen Kinderfäuste! Ihm war, als würde die Erinnerung immer lebendiger werden und die Vergangenheit heraufsteigen wie die verborgenen Geschichten des Großvaters aus dem Moor, vielleicht war es auch umgekehrt: Vielleicht versank er auch darin.

»Ich möchte etwas Privates mailen. Darf ich?«, fragte er.

Nullkück ging zu Luther.

Paul gab als Erstes »Mackensen-Sohn« ein und drückte auf Enter.

Rondo Veneziano (Mackensen-Sohn). Keine Preisgelder.

Er befand sich auf einer Hengstdatenbank für Trakehner-Freunde.

Rondo Classico (Mackensen-Sohn). 27.000 Euro Preisgelder.

Offensichtlich ein gutes Pferd. Mackensen selbst galt als einer der bedeutendsten Hengste der Nachkriegszeit: alte Oldenburger Mutterlinie sowie väterliche, gekörte, das hieß prämierte Patron-Linie, Patron war wahrscheinlich der Name vom Vater- oder Großvaterhengst.

Hans Georg von Mackensen.

Ausnahmsweise einmal kein Pferd, sondern Hitlers Botschafter in Rom, später SS-Gruppenführer, Sohn von August von Mackensen, Generalfeldmarschall im Deutschen Kaiserreich.

Rainer Mackensen, Professor in Berlin, Geschichte der Bevölkerungswissenschaft im Nationalsozialismus.

Auch nicht richtig.

Gerd Mackensen, Maler, Bildhauer, Fotograf in Nordhausen.

Paul klickte »Nordhausen« an und las über die V2-Rakete der Wehrmacht, die geheime Vergeltungsrakete, die im Harz bei Nordhausen unterirdisch gebaut worden war. Mein Gott, dieses Internet, dachte Paul. Da will man einfach nur der Familie auf die Spur kommen und dann ist man bei unterirdischen Raketen im Dora-Mittelbau, Außenlager des KZ Buchenwald!

Was er auch anklickte unter »Mackensen-Sohn« und »Sohn von Mackensen« oder »Kinder – Fritz Mackensen«: Er stieß immer auf Nationalsozialismus und Pferde. Und wie absurd das war. Er saß hier im Schlafanzug-Oberteil von Nullkück – alte Perlmuttknöpfe, feste Baumwolle, von Hilde gekauft und gepflegt – und googelte an seinem Kindheitsknoten herum.

Er gab noch »Nullkück« ein.

Keine Einträge. Der Service fragte nur, ob er »Nullbock« meinte.

Paul hielt inne, dann gab er »Rilke-Sohn« ein. Er drückte auf Enter.

Dreijähriger Wallach aus Verden an der Aller, Sohn des Rilke v. Ritual, Wendekreis-Wiesenbaum-Linie.

Berühmte deutsche Zuchtlinie, www.pferdeverkauf.com. Sonst nichts. Aber warum sollte es diesen Sohn mit den schwarzen Archivhänden nicht gegeben haben, nur weil er in den digitalen Archiven auf Anhieb nicht zu finden war? Dieser Mann, der ihm in seiner Kindheit so liebevoll die Hosen gefaltet und der im Garten neben dem gegossenen Vater die Herbstgedichte rezitiert hatte – es musste ihn gegeben haben!

»Rilke-Kind« Enter:

Ruth Fritzsche (verw. Sieber, geb. Rilke) * Worpswede-Westerwede 1901 † 1972 Fischerhude. Freitod. (www.rilke.ch)

Nach dem Selbstmord der Rilke-Tochter habe man in der Wohnung Müll aus dem ganzen Jahrhundert gefunden:

Hausmüll aus den 50er- und 60er-Jahren, gemischt mit Rilkes Sachen, der auch nichts wegschmeißen konnte, Müll aus Paris aus den 20er-Jahren, Müll aus München, aus Locarno, Müll aus Worpswede-Westerwede um die Jahrhundertwende gemischt mit dem Tochter-Müll aus den 70er-Jahren, alles aufgetürmt und gehortet und geklammert. Die Rilke-Tochter überforderte der Nachlass ihres Vaters, sie litt unter dem Messie-Syndrom.

Warum hatte er von einer Worpsweder Rilke-Tochter nie etwas gehört?

»Messie-Syndrom«. Enter:

Der Begriff Messie-Syndrom (von engl. Mess = Unordnung, Dreck, Schwierigkeiten) bezeichnet schwerwiegende Defizite in der Fähigkeit, die eigene Wohnung ordentlich zu halten, manchmal verbleiben nicht einmal mehr Fußwege. Es können ernsthafte seelische Störungen vorliegen. (Verlassen-Werden, Trennung, Anpassungsstörungen) Meist will der Messie keine seiner Erinnerungen mit dem Hausmüll entsorgen.

»Rilke-Topf – Patentkochtopf Everything – Kalifornien 1902«. Enter:

Nichts.

Probieren Sie allgemeinere Begriffe.

»Willy Brandt – Paul Kück« Enter:

Nichts.

Paul ging in den Garten. Er lief zwischen den historischen Männern, seiner Großmutter und Marie umher und setzte sich auf den Sockel von Willy Brandt.
»So eine schöne, hohe Stirn«, hatte sein Großvater gesagt, als er am Brandt-Modell arbeitete.
»Warum hat er denn Ecken in den Haaren?«, fragte Paul.
Sein Großvater trat einen Schritt zurück in seiner blauen Arbeitsschürze, darunter der Norweger-Pullover, die Pfeife im Mund. »Stimmt. Er hat Ecken in den Haaren! Ein Mensch mit solchen Ecken und Kanten hat viel erlebt. Er

ist der Beste, um die alten und jungen Menschen in unserem Land zu verstehen.« Nach einer Weile sagte er: »Die Lebenswege, Paul, die sind nicht weiß und sie sind nicht schwarz. Schau mich an, ich bin grau. Die Menschen, die durch die Zeit gehen, werden grau.« Dabei versuchte er mit zarten Bewegungen die Gesichtslinien mit seinen Fingerkuppen zu ziehen und fragte sich, ob es Grübchen waren oder Falten. Er entschied sich für Falten. Er war mit allem sehr sorgfältig und genau.

Paul mochte es besonders gern, wenn die Revers-Ecken mit dem Modellierholz geschlitzt wurden. Bei Willy Brandt durfte er das erste Mal selbst schlitzen. Brandt trug meist Sakkos mit einer Reversspitze, die nach unten wies, und so schlitzte Paul von oben nach unten, während der Großvater sein Arbeitsjournal aus der Schublade zog.

Ecken in den Haaren. (Hinweis vom Enkel, der heute die Revers-Sache übernimmt!) Bei Brandt auf Linien, Kanten achten. Nicht zu viele Rundungen. Ein schweigender, ein ferner Mensch wie ich. Wenn man zu uns wollte, müsste man in die Falten steigen.

5. Januar 1974

Paul stand vom Brandt-Sockel auf und sah sich die Skulptur genauer an. Ja, diese Schlitze im Sakko von Willy Brandt, die waren von ihm.

Er lief in die Küche und sagte: »Der Mann in der Scheune muss weg! Hamme, in die Hamme! Heute Nacht! Wie machen wir das?«

Nullkück stellte den Teig ab, den er bereits für das Mittagessen vorbereitete, diesmal mit zimmerwarmem Wasser, einem Schuss Kaffee und geschmolzener Butter. Er wog seinen Kopf spekulierend nach rechts, nach links und unterbreitete seinen Vorschlag:

»Trecker!«

»Habe ich auch schon überlegt, das sind bestimmt sechs Kilometer, mit der Schubkarre schaffen wir das nicht. Meinst du, der alte Gerken leiht uns seinen Hanomag?«

Nullkück deckte den Teig mit einem Handtuch ab und wischte mit einer offensichtlich lange einstudierten Bewegung seine Arbeitsplatte sauber.

Zwischendurch tippte Paul in sein Handy:

Ich wollte dir nur mitteilen, dass heute dolly gestorben ist.
Dolly war doch dieses walisische bergschaf, das durch ein
klonverfahren erzeugt wurde. Nun ist es tot. Wie geht es
denn den fliegen? Dein paul

Bumm. Sie hörten einen dumpfen Schlag. Einen zweiten. Bumm. Die Wand wackelte. Nach dem dritten Schlag sah Jan Brüning durch ein Loch in die Küche.

»Mahltiet!«, sagte er.

Paul starrte Brüning an, der braunroten Staub und Mörtel auf der Mütze hatte. »Was machen Sie denn?«

»Hett mien Söhn Karl dat nich vertellt?«, fragte Brüning und schlug weitere Ziegelsteine in die Küche.

»Wat denn vertellt? Hett Ernst wat vertellt?«, fragte Paul Nullkück, der mit den Schultern zuckte und seinen Buchweizenteig in Sicherheit brachte.

»Hier mööt de Butenwannen weg!«

»Wie bitte?«, fragte Paul, ihm wuchs das hier langsam über den Kopf. »Butenwannen, was soll das heißen, warum schlagen Sie ohne Vorwarnung die ganze Küche kaputt?«

»An dieser Stelle müssen die Außenwände, die Butenwannen weg! Hier wird gebohrt!«, erklärte Brüning und wandte sich aufgebracht an seine Söhne, warum sie nichts vertellt hätten und warum nun die Kücks da stünden und noch nicht mal die Küche abgedeckt sei.

»De olen Stützpielers sünd in Ordnung«, sagte er und steckte seinen Kopf wieder sichtlich beruhigter durch das Loch. »Deutsche Eiche! Mehr Dackstütten gar nicht nötig, Herr Kück!«

»Wendland«, korrigierte Paul.

»Gut, Wendland-Kück, auf jeden Fall wird's ohne neue Dachstützen billiger!«

»Na, das ist doch mal eine gute Nachricht. Was glauben Sie, Brüning: Was ist das Haus wert, wenn hier alles wieder in Ordnung ist? Vielleicht können Sie das mal durchrechnen«, sagte Paul. Dann trat er durch die Wand nach draußen, um zu sehen, ob vom Teufelsmoordamm her wieder jemand kommen und in den Garten einbrechen würde.

29
Ohlrogge mit Malgruppe im Moor

Ohlrogge stand in den Pedalen seines Holländer-Fahrrads und fuhr in die Hamme-Niederung, er war schon zu spät. Heute musste er eine sechsköpfige Gruppe aus Oldenburg betreuen, die sich für den Freilichtkurs angemeldet hatte und die ihn bereits links der Brücke auf dem Sandweg erwartete mit aufgestellten Staffeleien, Malplatten, Borstenpinseln und jeweils zwölf Farben auf der Palette.

»Wir dachten schon, Sie kommen nicht mehr!«, sagte eine Kursteilnehmerin, die ihn mit einer Schürze um den Bauch startbereit ansah. Auch die anderen vier Damen hielten den Borstenpinsel bereits in der Hand. Die eine, die dickste, mit erröteten Wangen, hatte ihn schon in Van-Dyck-Braun getunkt, nur ein einzelner Herr schraubte an seiner Staffelei.

Ohlrogge lehnte das Fahrrad an einen Zaun, nahm vorsichtshalber seine Luftpumpe aus der Halterung, um sie vor Diebstahl zu schützen, und stellte sich vor die Gruppe. Normalerweise begann er den Kurs »Auf den Spuren der alten Worpsweder« mit einer kleinen Einführung in die Landschaftsmotive von Mackensen und Modersohn. Aber jetzt stand er stumm da und starrte in die Ferne.

Er sah sich als jungen Mann auf der Wiese stehen, auf der letzten Wiese vor dem Horizont. Er küsst Johanna und hebt sie so hoch, dass sie die Wolken umarmen kann. Irgendwo in Viehland, versteckt, verborgen, gab es dieses Bild: Mann hebt Frau so sehr in die Höhe, bis sich der Himmel verliebt, verrückt wird und den Mann unten abschütteln will. Titel: »Die Leidenschaft des Himmels.« Wahnsinnigste Blautöne, durchdrehende Wolkengebilde, der Wind, der Sturm, der mit dem Haar der Frau spielt in ungestümer Zärtlichkeit. Malte er nicht wie Salvador Dalí und William Turner zusammen? Wieso kaufte nie jemand dieses Bild?

Scheißkunstmarkt, dachte er. Keiner konnte wie er den Turnerhimmel, aber niemand kaufte dieses Bild. Dabei war es mächtiger als Mackensens »Wolkenberge«! Dynamischer als Modersohns »Sturm im Moor«! Blau leuchtender auch als Carl Vinnens »Vorfrühling im Moor« oder Fritz Overbecks »Sommertag in der Hamme-Niederung«! Ohlrogge hielt seine Himmel generell sogar für besser als die von Paula Modersohn-Becker, die sich so sehr mit den Menschen im Moor beschäftigte, dass sie für den Himmel keine Zeit mehr hatte. Sie überließ ihn dem Ehemann, doch Otto Modersohn war besser mit Wiesen, Gräsern, Tieren, bei den Wolken war er zu hart und zu unbeweglich in den Umrissen und malte stattdessen eher so etwas wie parkende Autos, fliegende Kühe, Wale oder Affen.

Ohlrogge schloss für einen Moment die Augen. Er sieht wieder den Kückgarten, das Schlafzimmerfenster – er hört die Schritte ihres Vaters, des Wachpostens, wenn sie sich im Bett lieben. Er sieht, wie er die Pistole auf Klein-Goya richtet und dann sein eigenes Blut auf die Moorwiese tropft. Wie ihn die Gartengesellschaft anstarrt. Der Vater langsam sein Gewehr senkt und sich Johanna abwendet und ins Haus läuft. Wie seine Liebe ihn blutend stehen lässt.

War das ein würdevolles Bild?

Ja, dachte Ohlrogge. Ein blutleerer Konzeptkünstler wie dieser Gustav aus der Therapiegruppe hätte es nicht verstanden, aber ein Mensch, der blutete, weil er liebte, das war würdevoll!

Machte sich ein Mensch klein, wenn er um die Liebe kämpfte?

Nein, dachte Ohlrogge. Selbst als er zu Johannas schrecklicher Hochzeit gefahren war, hatte er sich würdevoll gefühlt. Wenn Gott in der Liebe wohnte, wie der Papst ständig sagte, dann war auch Gott mit auf dem Güllewagen, als Ohlrogge in den Garten eindrang und nur seinem Herzen folgte. Später, als sich die Liebe verabschiedete und nur Hass und Wut blieben, da war auch die Würde weg und er begann sein kleines Leben aus Abrechnungen, aus Listen, Schuldzuweisungen und Opferrollen.

Seit einiger Zeit hörte er bestimmte CDs. »50 Wege loszulassen«, »Emotionales Loslasssen in 12 Schritten«, »Lass die Vergangenheit los und fange an zu fliegen«, »Beende den Krieg im Hirn (Teil 1 und 2)« oder »Glücklichsein ist die beste Vergeltung«. Ohlrogge hatte inzwischen eine richtige Sammlung von Loslass-Audio-CDs. Meist konnte er den salbungsvollen Stimmen mit sphärischer Musikuntermalung nicht richtig zuhören und ließ die CDs nebenbei laufen, während er an andere Dinge dachte.

Vor ein paar Tagen hatte er seine neueste CD eingelegt, es war die erste, bei der er hellhörig wurde. Es ging um das Durchbrechen von Denkmustern, um Improvisationen mit neuen Rollen. Man sollte lernen, Rollen anzuprobieren wie Kleider, so eine Art Kleiderprobe mit anderen Sichtweisen und mutigeren Auftritten. Im Prinzip war es das, was Frau Bender immer sagte: Rollenspiele, um andere Facetten des eigenen Ich zu entdecken. Was immer man für eine Rolle spielen würde, es kämen neue Aspekte zum Vorschein.

Ohlrogge hatte sich Dr. Rudolph in der Bremer Universität vorgestellt, wie er damals seinen Assistenten herumkommandierte; wie er besessen war vom Graben nach der Worpswede-Wahrheit; ja, mit welcher fanatischen, aber auch gleichzeitig wissenschaftlichen Wahrheitssuche er die Liste mit der Nordischen Gesellschaft heraussortierte. Musste sich Ohlrogge das nicht zu eigen machen? Musste er nicht seinen Worpswede-Hass, seinen Kück-Hass, seine Vergangenheitssucht und sein ganzes Lebensdrama in einen wissenschaftlichen, HISTORISCHEN ZUSAMMENHANG bringen und damit neu einkleiden? Mit dieser Frage hatte er gestern gezielt Frau Bender angerufen. Er nutzte jetzt nur noch ihre therapeutische Telefonberatung, die war nämlich ohne Gruppe und ohne Gustav, der ja sonst immer dazwischengequatscht hätte mit seiner Volksbankparanoia.

»Also, hören Sie mal, mein Van-Dyck-Braun trocknet! Geht's endlich los?«, fragte die Frau mit der Schürze und streckte vorwurfsvoll ihren Pinsel vor.

»Gleich ...«, antwortete Ohlrogge. »Einen Moment bitte ... Ich bin noch in der Motivsuche ...«, aber er entfernte sich innerlich sofort von der Malgruppe und hing wieder seinen Gedanken nach. Frau Bender hatte ihm in der Telefonberatung gesagt, er würde sich selbst betrügen mit dem »historischen Zusammenhang«, den er sich da zurechtkonstruierte. Sie vertrat zwar das vielseitige Rollenspiel, aber ausgerechnet die Historikerrolle, die Ohlrogge sich vorgenommen hatte, die lehnte sie mit der Begründung ab, er würde nur einen neuen Vorwand suchen, um mit dem Alten weiterzumachen.

Ohlrogge war komplett anderer Meinung: Erstens *konstruierte* er sich nicht etwas zurecht, sondern es gab diesen HISTORISCHEN ZUSAMMENHANG, und er hatte die Pflicht, die historische Wahrheit ans Licht zu bringen! Jeder hatte diese Pflicht, wenn es darum ging, die Vertreter eines Menschheitsverbrechens anzuklagen! Zweitens würde er durch ein solches Rollenspiel lernen, spielerischer mit seiner Vergangenheit umzugehen und endlich aus seinem *Leid-Ohlrogge* herauszukommen. Und drittens konnte er ja nicht einfach als Ohlrogge in einen Garten einmarschieren, der ihm gar nicht gehörte? Nein, er musste sich schon deshalb eine Rolle geben, eine kühle, rein forschende Historiker-Biografie, in die er sich hüllen konnte wie in einen Tarn- und Schutzmantel, mit einem Auftrag ausgestattet. Diesmal ging er eben nicht in seinem Froschanzug zu den Nutten, sondern im Historikermantel zu den Kücks, der ihn gleichsam tarnte, schützte und in eine gewisse Distanz brachte. Und einen Schutz- und Distanzmantel brauchte er auch! Mit voller Wucht stand nämlich plötzlich die Vergangenheit vor ihm – lebendig!

War der junge Mann von heute Morgen der Sohn von Johanna?

Er musste es gewesen sein! Wie Johanna aus seinen Augen gesehen hatte – wie auf einmal wieder dieser Blick aus der Tiefe heraufgestiegen war! Dagegen half nichts. Keine noch so fortgeschrittene Zeit. Keine Gewissheit, dass der einst so geliebte Mensch ebenfalls alt geworden war. Nicht einmal der Schutz- und Distanzmantel half, und Ohlrogge leistete innerlich schon Abbitte bei Frau Bender und ihrer Mahnung, diese spezielle Rolle würde ihn nur weiter in das Alte verstricken, ihn seine ewige Leier weiterspielen und in der Vergangenheitssoße endlos herumrühren lassen.

Er war durch den Garten gelaufen und hatte das Vergangene noch einmal wie gebündelt gefühlt, was nun wirklich keine neue Rolle war, er hatte ja schon die vergangenen dreißig Jahre alles wieder und wieder nachgefühlt, allerdings nicht so geballt und am Originalschauplatz! Er konnte im Garten kaum sprechen und einen Fuß vor den anderen setzen, so sehr zog das große Verlassensein mit einem

Kälteschlag wieder in seinen Körper ein: erst verließ ihn Johanna im Eismantel, dann verließ ihn Worpswede, danach seine Kunst, schließlich verließ ihn der Rest der Welt und am Ende blieben nur Nutten, Karussellfrauen auf Tonband im Telefon, Hobbymaler, Kühe und die Therapie bei Frau Bender, sein Repertoire war nicht besonders groß.

Die Augen, dachte Ohlrogge. Die Augen, er musste es sein! Der Rest war fremd: Lippen, Ohren, Nase. Er stellte sich vor, wie er dem Kind seiner großen Liebe nur die Augen herausreißt, die vertrauten Augen. Sie auf einen Obstteller legt wie Cézanne und den geliebten Blick realistisch mit seinen alten Farben malt: immer wieder, zwei vertraute, schöne, blaue, offene und tote Augen. Den Rest des Körpers würde er – so wie es hier jeder tat – tief vergraben, in die Erde werfen, ins Moor.

»So was habe ich noch nicht erlebt!«, rief die Dicke mit dem Borstenpinsel. »Wir stehen hier seit zehn Minuten malfertig in der Gegend rum und nichts passiert! Auf was warten wir eigentlich, Herr Malermeister?«

»Halten Sie die Klappe und legen Sie Ihren Pinsel ab, Sie dumme Pute!«, antwortete Ohlrogge.

So ehrlich war er noch nie zu einer Kursteilnehmerin gewesen. Er wollte, dass diese Frau nie wieder einen Pinsel anfasste und malfertig im Moor herumstand. Mein Gott, wie es ihn anwiderte, sein Leben mit Hobbymalern in der Hamme-Niederung zu verbringen und ihnen das Gefühl zu vermitteln, dass sie ungewöhnliches Talent hätten, ihre Pinselführung sensationell sei und dass sie immer weitermalen und das Moor weiter auf sich einwirken lassen müssten, nur damit sie seine Frühlings-, Sommer- und Herbst-Kurse weiter besuchten.

Diesmal war es ganz besonders schlimm. Wie ihm die dicke Oldenburgerin den Borstenpinsel mit dem Van-

Dyck-Braun entgegenstreckte! Außerdem hatte er gerade so viele Broschüren von Dr. Anton Rudolph über die alten Worpsweder Künstler gelesen, dass er weder das Van-Dyck-Braun noch das Rubens-Braun, Kasseler-Braun oder andere braun-schlammige Farbpigmente ertragen konnte. Ihm war sogar, als würde die Oldenburgerin sein Herz damit dunkel anmalen. Er streckte vorsichtshalber seine Luftpumpe der Frau entgegen, die überhaupt keine Anstalten machte, ihren Pinsel abzulegen, im Gegenteil: Sie hielt ihn immer höher, anklagend, knallrot im Gesicht und angestachelt vom empörten Getuschel ihrer Kolleginnen, wie zum Duell bereit.

»Sie können froh sein, dass Sie in meinem Kurs überhaupt die Farbe anrühren durften! Ich bin der beste Himmelmaler, den es in Worpswede je gegeben hat, Sie untalentierte Sumpfblüte!«, sagte Ohlrogge.

Der einzelne Herr, der immer noch an seiner Staffelei herumschraubte, griente lautlos in sich hinein, und in der Ferne hörte man eine Melodie, die klang, als würden Kosaken in den Moorwiesen tanzen, die Musik wurde schneller und schneller.

Ohlrogge drehte sich um, stieg auf sein Fahrrad und fuhr nach Hause, ohne sich von seinem Kurs zu verabschieden.

Er würde sich jetzt ein paar Tage vorbereiten und dann noch einmal mit seiner neuen Rolle in den Kückgarten einbrechen und die historische Wahrheit hervorholen, sagte er sich, immer energischer in die Pedalen tretend. Er würde die Wahrheit ansehen, er würde dafür sorgen, dass sie jeder ansah. Er würde den Reichsbauernführer in Worpswede vor die Große Kunstschau stellen und wie Dr. Rudolph Vorträge halten, über Worpswede, über die Geschichte, über die Kücks. Das war seine neue Aufgabe. Und ganz nebenbei würde er den Feind mit den geliebten

Augen besiegen und sich damit Johanna, die Kücks und Worpswede ein für alle Mal aus dem Herz und aus den Eingeweiden reißen. Er würde sich endlich von allem erlösen und ein neues Leben beginnen. Und das, wie es die CD am Ende in Aussicht stellte, sogar spielerisch, leicht. Endlich leicht!

30
Ana und Georgij (Der Kampf mit dem Keilrahmen)

Georgij hatte nach Anas Ankunft sofort gefragt, ob sie nicht ein paar Tage bleiben wolle. Er hatte auch die ganze Zeit auf ihren pinkfarbenen Trainingsanzug gestarrt, bis Ana irgendwann die Tasche fallen ließ und sich im Atelier umsah, das ganz hell war, mit großen Fenstern. Kurze Zeit später öffnete sie ihre Tasche, hängte ein paar Kleider in den Schrank und richtete sich ein, während Georgij schnell ins Künstler-Fachgeschäft lief. Er kaufte Farben, Leinwände und informierte sich über Pinsel. Er erwarb den unverzichtbaren Keilrahmen und eine Spannzange, um Leinwände aufzuspannen. Staffeleien, Paletten und einige Malmittel gab es ja schon als Grundausstattung in seinem Barkenhoff-Atelier. Er kaufte noch die englische Ausgabe des Malkunde-Buchs »The technique of plein-air-painting« und überflog das erste Kapitel über das Aufspannen von Leinwänden, während er zurück durch die Marcusheide lief.

»Verkaufst du viel?«, fragte Ana, als sie aus der Dusche kam und eingerollt in ein riesiges Heinrich-Vogeler-Handtuch nach gemalten Bildern im geräumigen Atelier suchte.

Georgij nickte.

»Was kostet denn ein Bild? Und was malst du gerade?«, wollte sie als Nächstes wissen.

»Ach, ich bereite mich auf etwas Neues vor«, antwortete Georgij.

Er schlug ihr vor, ob es nicht einfacher wäre, gemeinsam im Schlafzimmer zu schlafen, im Atelier gab es ja nichts zum Liegen.

»Ich habe, als ich den Berg hinunterlief, ein Sofa in einem Baum hängen sehen, vielleicht nehmen wir das? Ein richtiges Sofa, ein blaues!«, erzählte Ana.

Georgij lachte etwas angestrengt und nahm den Keilrahmen in die Hand. So, jetzt alles richtig machen!, dachte er. Er griff zur Spannzange.

Ana blickte aus dem Fenster. Ihre Augen durchliefen den leicht abschüssigen Garten, wanderten wieder hoch und auf eine Treppe zu, die aussah, als breiteten sich Engelsflügel aus. Die Flügel wiesen den Weg hinauf auf eine großzügige Terrasse, die für sie das Schönste war. Wie ein festlicher Platz vor einer Villa mit weißer, fast kathedralenartiger Fassade und einem dunkelrot leuchtenden Dach.

»Wenn ich bei dir schlafe«, sagte Ana und bemerkte, dass man aus dem Schlafzimmer die Engelsflügel am besten sehen konnte, »dann musst du mich da auf der Terrasse malen. Okay?«

Es gefiel ihr, sich das vorzustellen: ein Ana-Bild, gemalt von diesem Georgij Aleksej Petrov, Maler der Petersburger Kunstakademie, im Hintergrund die Terrasse, auf der die Tochter von Lenin gesessen hatte. Außerdem interessierte sie, wie ein richtiger Maler Stück für Stück etwas Tieferes aus ihr hervorholte, eine andere Ana. Und sie am Ende eine andere, neue Ähnlichkeit mit sich feststellen könnte. Auch wollte sie wissen, wie jemand mit den Schattierungen bei ihr umgehen würde, sie hatte so etwas bei den Männern immer weggelassen. Und diese kleinen blauen Adern mit dem pulsierenden Blut, die durch die Haut schimmerten, das war bestimmt das Schwierigste.

Als Georgij seine Besorgungen im Fachgeschäft gemacht hatte, war sie schon in die Villa gelaufen und über die knarrenden Holzstufen ins obere Stockwerk hinauf. Dort blieb sie vor einem Bild mit einer Frau stehen, von der Ana glaubte, dass sie ihr ähnlich sah. Sie trat zu einer Vitrine mit Briefen und spiegelte sich darin. Sie sahen sich wirklich ähnlich: das weiße schmale Gesicht, die rotbraunen Haare, die großen Augen. Auf dem Bild musste die Frau ungefähr so alt sein wie Ana, 24 vielleicht. Nur stand diese Paula viel lebensfroher da. So würde sie sich auch gerne überall hinstellen, dachte Ana und hob Kinn und Nase, so wie die Malerin auf dem Bild, die sich selbst gemalt hatte. Vielleicht war ein Selbstbildnis auch ein Bild, das man haben wollte, um sich Mut zuzusprechen, wenn man einsam war? Einsam war diese Paula bestimmt, aber sie hielt Kopf und Nase hoheitsvoll dagegen.

Ana hatte eine Weile vor dem Bild gestanden, dann ging sie zum nächsten. Sie sah ein Mädchen in den Wiesen, mit gelber Blume und tiefen und traurigen Augen, die irgendwo hinschauten, so als wartete es.

Georgij kämpfte immer noch mit dem ersten Keilrahmen seines Lebens, den er demonstrativ in die Hand genommen hatte.

»Und? Malst du mich?«, fragte Ana.

»Kann man machen«, antwortete er knapp, während er sich vorstellte, wie die pinkfarbenen Beine, die auf dem wahnsinnigen Bewerbungsfoto den Stuhl umschlossen, vermutlich schon in der kommenden Nacht ihn, Georgij Aleksej Petrov, umschließen würden, immerhin waren sie ja bereits jetzt nur noch ins Heinrich-Vogeler-Handtuch mit den jugendstilartigen Schwänen und Vögeln gehüllt. Er dachte so selbstbewusst über die kommende Nacht, weil es ihm gerade im zweiten Anlauf tatsächlich gelungen war, eine Leinwand mit der Spannzange auf den Keilrahmen zu ziehen, genauso wie er es im ersten Kapitel von »The technique of plein-air-painting« gelesen hatte. Allerdings dehnte er im nächsten Augenblick den Bildmittelpunkt derart, dass sich das Leinengewebe überspannte und in der Mitte durchriss. »Stretch, but do not overstretch«, hieß es im Einführungskapitel. Georgij warf die Spannzange möglichst locker in die Ecke, so als liefe alles planmäßig.

Nachts konnte Ana nicht schlafen. Die Hand von Georgij, die sich vortastete wie eine Schnecke, hatte sie behutsam wieder auf seine Seite gelegt. Sie streichelte ihm flüchtig über den Arm. Sie gab ihm einen Kuss auf die Stirn und sagte »Gute Nacht« und »Danke für alles«. Dann suchte sie noch eine zweite Decke.

Später stand sie leise auf, lief in den Garten und setzte sich auf den Vorplatz. Sie zog einen Stuhl unter das Dach und hörte dem Wind und dem Regen zu.

Irgendwann tauchte aus der Dunkelheit eine Gestalt auf, die im Mondlicht aussah wie ein grünes Gespenst. Es setzte sich auf die Treppe mit den Engelsflügeln und starrte in die Nacht.

31
Die unheimliche Scheune (Fragen zu den Huren der Zeit)

Nullkück zog seine Gummistiefel an, Paul hielt den rostbraunen Schlüssel für die Scheune schon in der Hand.

»Gehen wir«, sagte er und spürte die Kinderangst, die er von der dämmerigen Marcusheide her kannte. Er steckte den Schlüssel in das Schloss und sperrte auf. Nullkück stieß einen kurzen Schrei aus. Paul erstarrte.

Sind Sie Paul Kück? Sie haben sich gar nicht verändert. Soll ich lächeln?

Die Reste vom alten, feuchten Stroh und Heu hatten die Luft so erhitzt, dass Torf und Bleichmoose aus allen Ritzen des Gesichts geflossen waren. Paul sah in beide Augen, die ein Sonnenstrahl erhellte, der durch die offen stehende Tür der Scheune fiel. Auch die Mundecken und Zähne waren nunmehr gänzlich freigelegt. »Paul, wie setzt sich eine Bronzelegierung zusammen?«, schoss es ihm durch den Kopf. »Aus Kupfer, Zinn, Blei und ein bisschen Zink«, hörte er sich seinem Großvater antworten.

Wo waren wir stehen geblieben? Beim Bauernreich, richtig! Herr Kück, ich bin von Kopf bis Fuß Agrarier und Ackermann. Das Dritte Reich wird ein Bauernreich sein, und ich sage nur: Blut und Boden und Scholle. Soll ich Sie frontal ansehen oder brauchen Sie eher mein Profil?

»Die Stimme, woher kommt diese Stimme, hörst du das?«, flüsterte Paul.

Nullkück sah sich ängstlich um.

»Wir brauchen sofort eine Plane, wir müssen den einpacken! Die schwarze Bauplane, weißt du, die gab's doch früher immer?«

Nullkück trat mit vorsichtigen Schritten hinter die alten Landwirtschaftsgeräte und ging vorbei an der Kartoffel- und Obstwaage, die mit ihren Spinnweben aussah wie ein graues Gespenst, das jetzt ein anderes Gespenst betrachtete, welches von der Vormittagssonne erhellt mit erhobener deutscher Grußhand kalt auf seinem Sockel dahinlächelte.

Hätten Sie sich getraut, meinen Auftrag abzulehnen? Entschuldigen Sie, ich wackle, ich muss kräftig lachen, ich kann aus jedem einen Kommunisten machen. Denken Sie daran, Herr Kück!

Das ist ja furchtbar, dachte Paul. »Wir brauchen auch etwas zum Sägen!«, rief er Nullkück hinterher, der im Dunkel der Scheune verschwunden war.

»Sofort absägen!«, Paul kam die Idee, den erhobenen Grußarm einfach abzusägen, bevor er diesen Mann für immer in der Hamme versenken würde. »Wenigstens der Arm muss ab!« Er fühlte sich mit dem Gedanken besser, wenigstens diese Form von Widerstand war noch möglich, auch wenn es ihm aus persönlichen Gründen unmöglich schien, den Widerstand gegen seinen Großvater, seine Mutter und am Ende auch gegen sich selbst, das Haus und damit gegen sein Erbe auszuweiten. Ein Wahnsinn, dachte er, in ein Haus zu investieren, es neu zu gründen, und dann steigen sprechende Nazis aus dem Garten auf!

Wissen Sie, wir Menschen, wir passen uns an, ohne es zu merken. Wir schwimmen schon in dem Strom der Zeit, wir wollen alle leben, Erfolg, nutznießen, teilnehmen, wir sehnen uns danach. Und der reißende Strom kann alles, Herr Kück. Er kann aus einer mittelmäßigen Idee eine geniale Erfindung machen, aus einem grellen Gekritzel ein modernes Kunstwerk, aus einem kraftlosen Geschreibsel eine literarische Meisterleistung! Schwimmen Sie mit, Herr Kück, aber was sage ich, Sie schwimmen ja schon, wir schwimmen alle!

»Wo bist du?«, fragte Paul in die Dunkelheit hinein. »Vielleicht ein Vorschlaghammer!«, rief er, als er einen dumpfen Schlag vernahm.

Frage: Ist es den Deutschen nicht anerzogen, der Obrigkeit zu gefallen? Ist es den Menschen nicht überhaupt anerzogen, zu gefallen? Schauen Sie sich doch um! Alle wollen gefallen!

»Hast du die Plane gefunden?«, erkundigte sich Paul und spürte, wie er zitterte.

Nullkück antwortete nicht.

Schade, schade, wir müssen Schluss machen, Herr Kück. Ich muss zum Reichserntedankfest auf den Bückeberg! Heben Sie Ihre Hand zum Gruße, diese Ihre formende Hand, mit der der Künstler nach Ruhm und Anerkennung strebt. Ach, wie könnte sie nicht zur Hure werden. Heil Hitler! Ich komme wieder!

Paul bewegte sich in kleinen Schritten an der verrotteten Kartoffelwaage und der Schrotmühle vorbei, er versuchte mit dem Display seines Handys zu leuchten. Er trat einen alten Fahrradreifen zur Seite, der sich aufbäumte, ihn anzischte und sich zur Seite wegschlängelte. Paul machte einen hastigen Schritt in die entgegengesetzte Richtung, trat auf etwas, das raschelte, griff nach einer Plane und zog sie weg: Darunter befanden sich leere Kanister. Er schoss einen von ihnen mit dem Fuß durch die Scheune.

Nullkück lag zwei Meter entfernt auf dem Boden. Mit dem Gesicht in einem der Weidenkörbe, in denen Johan und Hinrich das Obst gesammelt hatten.

»Alles in Ordnung?«, fragte Paul. Er zog ihn an den Hosenträgern aus dem Korb und zurück ins Licht, dabei schlug er ihm mit den Fingerspitzen einen Weberknecht aus den Haaren.

Nullkück stammelte nur.

»Was hast du da?«, Paul sah auf einen vergammelten Strohhut, den Nullkück mit verkrampfter Hand umklammerte. Und dann fiel sie ihnen aus dem Hut entgegen: eine kleine, durchsichtige Tüte. »Lindenapotheke Worpswede« stand noch schwach auf der knittrigen, hart gewordenen Verpackung, durch die ein weißes Papier schimmerte.

Nullkück zuckte mit den Schultern.

»Gib mal her«, sagte Paul und sah sich die Tüte an, die offensichtlich vor langer Zeit zugeklebt worden war. »Vielleicht ist da drin ein Brief ...«

Plötzlich veränderte sich das Licht. Der Schatten eines Menschen fiel in den Schuppen. Sie drehten sich um. Die Tür schlug zu. Es war stockdunkel.

Paul irrte auf das winzige Licht zu, das noch durch das Schlüsselloch in die Scheune drang. Erst fiel er über den Kanister, den er unter der Plane gefunden und durch die Scheune geschossen hatte, dann riss er die Tür auf und sah – vom Tageslicht geblendet – nichts.

32
Vergangenheitsbewältigung mit Hanomag-Ackerschlepper (Und das Muttertelefonat Nr. 5)

Der Traktor stand auf der Wiese zwischen Gerkens Milchkühen. Gerken hatte den Zündschlüssel auf den Küchentisch geworfen mit diesem fürchterlichen Lachen, mit dem er Paul schon damals verängstigt hatte, als es um Marie und die verborgenen Geheimnisse des Moores ging.

Er hatte nur »Köhwischen« gesagt, er hätte aber auch »Marie« sagen oder wie bei dem ausgegrabenen Bronzemann die Mütze ziehen können, um das alte Bauerntum und den »Reichsacker« zu beschwören.

»Mit Anhänger?«, hatte Paul noch gefragt, aber Gerken war bereits, ohne zu antworten, mit einem Likör in seine Stube zurückgegangen.

Es dämmerte, und der Abendnebel senkte sich langsam auf die Kuhwiese. Paul und Nullkück standen vor einem grünen Hanomag-R24-Ackerschlepper, ohne Zapfwellenantrieb, mit Handgashebel und neueren Vollgummireifen, Gerken konnte ihn auch als Kombinationsschlepper für Feld und Teufelsmoordamm einsetzen.

»26 PS«, sagte Nullkück.

»Fahr du lieber«, entschied Paul und prüfte, ob man ungefähr hundert Kilo problemlos auf den Düngeanhänger verladen konnte, auf dem noch ein paar Steckrüben lagen. Er setzte sich auf das Blech über dem Traktorrad, danach bestieg Nullkück den Fahrersitz, wie früher, wenn sie gemeinsam über die Felder rasten und Nullkücks Liebesbriefe an die Bäuerinnen verteilten. Er glühte zehn Sekunden vor, drehte den Zündschlüssel auf Start und ließ den Motor weitere zehn Sekunden laufen, während er den Gashebel auf die mittlere Drehzahl einstellte und langsam den Fuß von der Kupplung nahm.

Wenn Nullkück etwas konnte, dann waren es variantenreiche Buchweizenpfannkuchen, die systematische Erfassung von Ödlandfrauen, Kunstwerke an Bäume anbinden und Trecker fahren. Er hatte in seiner Jugend viel bei Gerken, Renken und auch bei Semken geholfen, als dieser noch Landwirtschaft betrieb, Semken hatte später aufgeben müssen, weil man auf einmal computergesteuerte Melkmaschinen brauchte und zwanzigmal so viel Kühe, um auf dem Milchmarkt mitzuhalten. Gerken hatte die neue Arbeitskraft in den Hanomag R16 eingewiesen (das war der Vorläufer vom Hanomag R24), und so verbrachte Nullkück seine Jugend damit, auf den Feldern der Bauern Heu zu wenden, Mist zu streuen oder Steckrüben einzufahren und den Gashebel vor den Augen der jungen Bäuerinnen auf die höchste Drehzahl zu stellen.

Er hatte den Düngeanhänger genau vor die offene Scheunentür rangiert und drückte auf die Bremse. Wie geisterbahnhaft der Reichsbauernführer im roten Bremslicht aussah! Wenn man ihm wenigstens diesen Arm abmachen könnte, dachte Paul wieder und sah sich sofort nach etwas zum Absägen um. Ein Flex-Trenner wäre gut, sagte er sich, aber warum sollte hier eine Flex herumliegen in diesem Schuppen aus verrotteten Kartoffelwagen, feuchter, stickiger Heuluft, Spinnweben und Ringelnattern, die um die rot erleuchteten Obstkörbe herumschlängelten.

»Der Arm muss auf jeden Fall ab! Die Skulpturen sind von innen hohl, diese auch, die schwimmt bestimmt, wenn wir sie so in die Hamme werfen!«

Nullkück öffnete den Werkzeugkasten und nahm die

Multisäge für seine Zinnsoldaten, sie glitt am ausgestreckten Arm ab wie Seife. Er legte sie in den Kasten zurück und beorderte Paul auf die linke Seite des Reichsbauernführers, er selbst stellte sich auf die rechte. Nun hievten sie den Mann auf die Schubkarre, fuhren ihn aus dem Schuppen und stießen die Karre um, sodass er auf der Seite lag.

Nullkück sprang wieder auf den Hanomag, legte den Vorwärtsgang ein und fuhr über den gestreckten Arm. Der Trecker kippte fast um vor Schieflage. Wie ein Wagenheber hebelte der Grußarm den Hanomag samt Nullkück seitlich in die Höhe.

»Das gibt's doch nicht!«, rief Paul. »Noch mal!«

Nullkück setzte zurück, rangierte und versuchte es aus einem anderen Winkel. Dann endlich knackte es.

Paul hob den Arm auf und steckte seine Hand in das Loch, das nun in Schulterhöhe aufgebrochen war. Wie sehr ihn der alte Kinderglaube immer noch bewegte! Er dachte einen Moment, die Seele, die im Hohlraum der Bronze so lange aufgehoben gewesen war, sei nun frei geworden und herausgewichen.

»Was ist eine Seele?«, hatte er den Rilkesohn gefragt, als sie Pauls Kinderhose für den nächsten Tag ordentlich über den Stuhl legten.

»Das kann man schwer beschreiben«, antwortete er. »Vielleicht ist die Seele ein wissender Strom, in dem alles Schöne und Schlimme, Leichte und Schwere fließt. All das, was du erlebt, was du vergessen oder als Kind nicht verstanden hast.«

»Und wenn man tot ist? Wo ist jetzt die Seele von meiner Tante Marie?«, fragte Paul, um endlich richtige Antworten zu bekommen.

»Wenn man tot ist, dann ist die Seele ein kleiner Wind. Du siehst sie in den Bäumen oder wenn sie das Wasser auf unserem Fluss aufschäumt. Je länger sie draußen herumweht, umso mehr vergisst sie, was Marie erlebt hat, aber nicht alles. Und wenn sie irgendwann wieder in einen Menschen hineinströmt, dann ist auch wieder ein Teil von Marie in der Welt.«

»Aha. Aber mein Großvater kann Seelen festhalten, da ist der Wind in den Skulpturen, die sind innen hohl«, sagte Paul und zeigte in den Garten. »Die Seele von deinem Vater haben wir auch.«

»Wirklich?«, fragte der Rilkesohn.

»Ja, dein Vater kann momentan in keinen anderen Menschen hineinströmen, darum gibt's ja auch keine guten Dichter mehr, wie meine Mutter sagt, da müssten wir ihn erst kaputt schlagen.«

Der alte Sohn sah ihn etwas erschrocken an, wie man manchmal Kinder anschaut, denen man eine schöne Geschichte erzählt, die sie dann ganz anders enden lassen.

»Ah so«, sagte er und legte die Hose mit einer Bügelfalte über den Stuhl.

Paul spürte einen Windstreich. Vielleicht war es auch nur Nullkück, der mit einem Sprung vom Hanomag wieder neben ihm stand. Hatten sie eine Seele befreit? Gerade diese? War jetzt so ein Seelenwind in der Welt?

Vielleicht war es gut, dachte er, dass sein Großvater Naziskulpturen angefertigt hatte, um damit die Seelen von solchen Menschen einzusperren. In die Skulptur von Bismarck oder Napoleon sollte man nach Möglichkeit auch nie ein Loch machen, wenn es sich vermeiden ließ. Auch über Luther hatte er im Arbeitsjournal des Großvaters nichts wirklich Gutes gelesen. Vielleicht könnte man bei Willy Brandt ein Loch hineinmachen, damit es irgendwann wieder bessere Politiker gab.

Nullkück war mit dem Arm zur Max-Schmeling-Figur gelaufen und hielt den Grußarm probeweise neben den schlagenden Boxarm, als ob es zwischen einem geschichtlichen Diktaturarm und einem sportlichen Siegerarm eine Ähnlichkeit geben könnte.

»Was machst du da?«, fragte Paul.

Nullkück sah ihn hellsichtig an.

Schlau, dachte Paul und erinnerte sich an die Zinnsoldaten und wie Nullkück ihnen ständig etwas absägte und woanders wieder dranlötete. Vermutlich überlegte er, wie man nun die Geschichte umlöten und eine Verwechslung noch glaubhafter machen könnte. Allerdings machte man den Hitlergruß mit rechts und Schmeling schlug im Garten mit links, er war Linksausleger, da war Pauls Großvater genauso sorgfältig gewesen wie mit den Ecken in den Haaren bei Willy Brandt.

Nullkück lief mit dem Arm zurück in die Scheune und versteckte ihn. Dann holte er eine der alten Schnapskisten, zwei weitere und ein Brett. Er legte die eine Seite des Bretts auf eine der Kisten, die beiden anderen positionierte er daneben.

Paul saß immer noch vor dem Loch, aus dem der gefangene Seelenwind, wie er glaubte, gewichen war.

Schließlich fuhren sie den Bauernführer mit der Schubkarre über das Brett auf die Schnapskiste, stellten sich auf die beiden anderen und hievten den Mann aus erheblich besserer Position in den Anhänger.

Sie liefen ins Haus. Paul zog sich eine warme Jacke an, Nullkück füllte noch eine Thermoskanne mit Malzkaffee. Danach nahmen beide wieder ihre Plätze auf dem Trecker ein.

Nullkück glühte vor und suchte den Lichtschalter. Paul beobachtete, ob Malte Jahn, vom Starten des Motors alarmiert, aus dem Nachbarshaus laufen und wie sein Großvater voller Verdächtigungen nach dem Rechten sehen würde.

Der Hanomag R24 ratterte über den Teufelsmoordamm. Sie bogen ab auf die Straße, Richtung Worpswede, Zentrum. Nullkück schob den Gashebel auf die höchste Drehzahl, beugte sich leicht vor und klappte die Windschutzvorrichtung herunter. Er schaltete auf Fernlicht. Nullkück war noch nie mit Licht gefahren, und auf einer richtigen Landstraße fuhr er bestimmt auch zum ersten Mal, dachte Paul. Der Nebel stieg aus den Gräben und verdichtete sich vor den Scheinwerfern mehr und mehr zu einer weißen Wand.

Paul saß in geduckter Haltung. Er wollte gerade seine Hosentasche mit dem Brief zurechtrücken, weil die Tüte, in der man den Brief all die Jahre aufbewahrt hatte, ganz hart und unformbar geworden war mit Spitzen, die ihm in die Leiste stachen – als sein Handy klingelte. Er riss es aus der Jacke.

»Hallo!«, hörte er seine Mutter rufen. Sie hatte ihr Schweigen beendet und meldete sich von der Insel.

»Alles in Ordnung?«, fragte Paul.

»Gerade ist die Sonne hinter El Golfo untergegangen!«, sagte sie. »Der Sonnenuntergang ist immer etwas sehr Besonderes hier, weißt du ja.«

»Ja, weiß ich«, antwortete Paul und stellte sein Handy auf Lautstärke zehn. Er hielt sich mit der anderen Hand an der Windschutzvorrichtung fest.

»Wie gehen die Bauarbeiten voran? Hat Brüning eine Lösung vorgeschlagen?«, erkundigte sie sich, so als habe es nie andere Probleme gegeben, aber auf Lanzarote gab es auch keinen Dr. Rudolph, der durch den Garten lief mit dieser Horrorliste von der Nordischen Gesellschaft. Auf ihrer Insel gab es keinen Malte Jahn, der mit blassem Gesichtsausdruck hinter dem alten Schild seiner Familie hervorlugte und witterte, dass die Zeit gekommen war, um seinen traurigen und verkannten Großvater zu rächen. »Hier würden die Häuser nie versinken. Auf dem Fundament des Vulkangesteins müsste man Brüning gar nicht zurate ziehen!«, hörte er seine Mutter über den Atlantik rufen. »Was ist eigentlich eine Worps, du sagtest mal Worps oder Wurte?«, sie hatte mit ihrer Económica-telefónica-Vorwahl auch die Ruhe, hochspezielle Fragen zu stellen.

»Weiß ich nicht so genau. Ich glaube: fester Grund, vielleicht eine Erhöhung, Worps gleich Haufen«, antwortete Paul. Er sah dabei Nullkück an, wie er das Lenkrad mit beiden Händen umklammerte und mit aufgerissenen Augen nach vorne in den Nebel starrte, während der Bauernführer hinten schon zu klackern begann, da er ständig gegen die Metallscharniere des Anhängers schlug.

»Hier gibt es überall feste Erhöhungen. Wenn ich dir jetzt das Farbenspiel hinter El Golfo schildern würde, dann würdest du vielleicht den Schritt wagen, es mit einer Dependance in Las Breñas zu versuchen. Hier leben wunderbare Maler, die sich von der Vulkanlandschaft inspirieren lassen. Man muss gar nicht erfolglose Maler in Berlin ausstellen. Wenn du das Problem mit unserem Haus geklärt hast, bitte ich dich zu kommen. Es fliegen täglich Flugzeuge nach Arrecife, und du kannst sogar nach Fuerteventura buchen und nimmst dann die Autofähre nach Playa Blanca. Von dort mit einem Mietauto auf der Ostroute in die Berge und nach ein paar Verkehrskreiseln bist du bei mir.«

Als ob er das nicht wüsste, dachte Paul. Er hatte ja lange genug dort gelebt. Nach dem Tod des Großvaters, als seine

Mutter dem Haus den Rücken kehren konnte und bei der Gelegenheit gleich auswanderte aus einem Land, das sie geistig für nicht sonderlich entwickelt hielt. So kam Paul nach Las Breñas. In ein Bergdorf auf Lanzarote, in dem auch deutsche Maler, Dichter und Rockmusiker lebten sowie ein Universalkünstler, der aus dem Schrott der Welt die tollsten Gebilde schuf, sodass man die Dinge neu sehen konnte. Ebenso erging es Pauls Mutter, denn sie verliebte sich in diesen Mann mit den Verwandlungshänden und dem schönen, lockigen Silberhaar.

»Vamos a fundar una colonia de artistas nueva!«, sagte sie.

»Schon wieder?«, antwortete Paul. »Ich möchte nicht immer in Künstlerkolonien leben, eine reicht doch?«, aber es half nichts.

Seine Mutter setzte sich in Las Breñas fest. Sie gründete ihr »Bewusstseinsstudio«, in dem sie nach der Neurolinguistischen Programmierung, abgekürzt NLP, Seminare anbot in den Bereichen Coaching und Managementtechnik sowie Familientherapie nach Virginia Satir, deren Methode sich seltsamerweise »Familienskulptur« nannte, so als würde seine Mutter in gewisser Weise die Arbeit ihres Vaters fortsetzen und nun an ganzen Familien herummodellieren. In den beiden anderen Seminaren ging es um Neuprägung und History Change, wobei es sich beim History Change um das Verändern von belastenden Erinnerungen aus der Vergangenheit handelte. Im Prinzip wurden bei den Seminarteilnehmern negative Gefühle aus der Vergangenheit von seiner Mutter »geankert«, wie sie das nannte, und dann wurde aus der Gegenwart ein neuer, besserer »Gefühlsanker« in die Zukunft geworfen. Später nahm sie noch Hypnosetechniken ins Programm nach Milton H. Erickson, der das Milton-Modell entwickelt hatte, eine Technik, um an das Unbewusste des Menschen zu kommen. Sehr konsequent und bewundernswert, dachte Paul manchmal, seine Mutter hatte die spirituellen Lebensformen aus ihrer 68er-Zeit herausgehauen wie Kovac Ersatzteile aus einem verschrotteten Auto, und jetzt war sie ungemein fahrtüchtig, ihr »Bewusstseinsstudio« lief wirklich wie geschmiert. Das alles in Las Breñas, in herrlichster Vulkanlandschaft und umgeben von Künstlern, die ja die Meister des Unbewussten waren und die sich auch alle von seiner Mutter Gefühlsanker in die Zukunft werfen ließen. Paul protestierte. Gegen die neue colonia el artista und gegen die Neurolinguistische Programmierung mit History Change, gegen das Milton-Modell und gegen das Unbewusste. Nach der Schule, die er mit Hängen und Würgen auf Spanisch beenden musste, begann er einfach eine Banklehre in Playa Blanca: Zinsrechnung, Kapitalrendite und lineare Abschreibung setzte er dem Mutter-Modell entgegen, bis die Bank sich überraschenderweise ein Kunstdepot zulegte und Paul damit beauftragte, Landschaftsbilder in der Filiale aufzuhängen, Einladungskarten zu gestalten und belegte Schnittchen für die Ausstellungseröffnung vorzubereiten. Nach ein paar Wochen verabschiedete er sich von der Bank, von Las Breñas und von seiner Mutter. Er musste nun in die Welt, zurück nach Deutschland, Zivildienst in Köln, ein paar belanglose Semester Kunstpädagogik in Berlin – bis er mit seinen ewigen, nie wirklich zu Ende gebrachten Projekten begann.

»Kann ich dich mal unterbrechen?«, schrie Paul durch das Handy und krallte sich an dem Windschutz fest. »Ich kenn die Insel, aber mit dem Telefonieren, da ist es gerade mal nicht so passend!«

»Wenn du rangehst, signalisierst du aber, dass es passend ist! Sag mal, hagelt es bei euch? Es tackert ja so?«

Der Bauernführer hinten klackerte nicht mehr, er tackerte auch nicht, das waren jetzt monotone Metalltöne auf dem Weg zum dumpfen Glockenspiel.

»Geh doch woandershin, wo es ein bisschen ruhiger ist!«, rief seine Mutter.

»Das geht nicht, ich bin auf einem Trecker!«, brüllte Paul.

»Was machst du denn auf einem Trecker?«, schrie sie.

»Ich kümmere mich um deinen Vater!«, schrie er zurück und stieß Nullkück an, der das Fernlicht ausschalten sollte, man sah nur noch Nebel.

»Genau darüber will ich mit dir reden. Das letzte Jahrhundert ist sehr schwer zu verstehen«, begann seine Mutter auszuführen. »Und ganz besonders diese Zeit, von der wir sprachen, war eine zweischneidige Zeit, in der der Mensch mal so, mal so agierte. Hörst du mich?«

»Ja, ja, ich höre«, antwortete er. Die Liste!, schoss es ihm durch den Kopf, sie wusste noch nichts von der Nordischen Liste! Ihr Vater mit den ganzen Reichsleitern und Deportations-Verbrechern! Nur wie sollte er ihr jetzt auf dem Trecker erklären, was es mit der Nordischen Gesellschaft auf sich hatte, und wie es vermutlich dazu gekommen war, dass sich ihr Vater als kleiner Ratmann dafür hergegeben hatte, eine winzige, aber funktionierende Schraube in so einer Welt zu werden?

»Ich mach's mal kurz«, rief seine Mutter.

»Danke!« Paul sah im Nebel ein Stoppschild, an dem Nullkück mit Vollgas vorbeirauschte.

»Deine Großmutter hatte mal angedeutet, dass Vater aus Angst vor den Nazis einige seiner Arbeiten im Garten vergrub, die all das Leid und die Not der Menschen zum Ausdruck brachten, aber er hat sie nie mehr gefunden. Bitte grabe danach! Schaue dir die expressionistische Phase des Worpsweder Bildhauers Bernhard Hoetger an, da gibt es Ähnlichkeiten. Wenn du diese Phase von deinem Großvater jetzt dagegengesetzt ... Ich will auf keinen Fall, dass irgendetwas aus der anderen Phase in die Ausstellung kommt! Dein Großvater wird dann nur darauf reduziert, das hat er nicht verdient. Du bist mein Sohn und der Enkel meines Vaters. Versprich mir, dass wir dagegen etwas tun werden!«

Paul starrte in seitlich auf ihn zukommende Lichter. Er riss seinen Kopf zu Nullkück, der mit seinen fliegenden Haaren mittlerweile aussah wie dieser irre Professor auf dem Schlitten in »Tanz der Vampire«. Paul fragte sich, warum immer diese Filmbilder in ihm aufstiegen, außerdem gerade jetzt, wo ihm seine Mutter von den Phasen ihres Vaters erzählte, während ein Lkw-artiger Kasten mit riesigen Scheinwerfern auf ihn zuraste.

Es war eindeutig, Nullkück hatte das Stoppschild nicht nur übersehen, er kannte es gar nicht, was auf dasselbe hinauslief: Unberirrbar rauschte er mit seinem Schlitten und dem Blutsauger hintendrauf, untermalt vom monotonen Glockenton und dem Knattern des Hanomags, auf die Kreuzung zu, wo Überhammer- und Umbeckerstraße zusammenstießen.

Paul überlegte schnell, was er seiner Mutter sagen sollte, als er wieder die Spitze der hart gewordenen Brieftüte spürte – *Gut, gut, ich grabe ab morgen nach dieser ganz bestimmten Phase, warum nicht? Oder: Leck mich am Arsch, konzentrier dich auf deine neue Künstlerkolonie und History Change, aber lass mich mit Worpswede und deinem Vater in Ruhe!* – Immer dieses Hin und Her, dachte Paul, während ihm von der anderen Seite auch noch der Armreif, den Nullkück im Moor gefunden hatte, in die Eingeweide drückte. Immer dieses Her und Hin, empfand Paul in geduckter Haltung, während sie die Kreuzung erreichten. Immer dieses Hin und Her zwischen Ja und Nein, zwischen der Erfüllung ihrer Wünsche und der endgültigen Auflehnung eines erwachsenen Mannes, der seiner Mutter das Jahrhundert und ihren Vater um die Ohren knallt und sagt: *Ich grabe nicht!*

»Bist du noch dran?«, rief seine Mutter. »Ich habe mir auch Gedanken über deine Atmung gemacht: deine Moorallergie ist wahrscheinlich psychosomatisch. Du hast keine, aber du denkst, du hättest eine, weil in Wahrheit etwas anderes nicht stimmt. Ich würde vorschlagen, du befreist dich einfach von den alten Mustern und springst in die Hamme.«

Er wäre jetzt am liebsten auf dem Trecker aufgestanden. Er spürte die Mitte seines Bauches, einen lebenslang unterdrückten Magen, der ihn nun herausforderte, seine Kindheit zu durchbrechen, einen riesigen, gewaltigen Gefühlsanker zu werfen und es endlich herauszuschreien: *Nein! Nein! Nein!!! Was denn noch alles bitte?!? Ich springe nicht in die Hamme! Und schick mir auch keinen Salat mehr! Nie wieder Salat mit der Post!! Ich stell mich nie wieder in die Schlange, um einen postgelagerten Salat abzuholen, der acht oder neun Tage in einer dunklen Box gelegen hat! Meinst du, ich esse den?! Glaubst du, dass ich das esse?! Ich habe alle deine Salate weggeschmissen! Das Herz hat mir dabei wehgetan, weil es ja verdammt noch mal Muttersalate waren! Aber wenn ich sie gegessen hätte, wäre ich wahrscheinlich gestorben an Fäulnis, ich musste mich Hunderte von Malen entscheiden zwischen Herzweh oder Fäulnis! Und wir reden auch nie wieder über meine Moorallergie!! Ich habe sie und damit basta! Ich kann nicht atmen! Ich brauche Luft, Luft, Luft!!! Hörst du mich?!? Halmer ist übrigens blind! Ich stelle blinde Maler aus! Nicht nur erfolglose, sondern auch blinde Maler, hörst du mich?!!*

Er kam nicht mehr dazu. Der Lkw raste, während er offensichtlich versuchte, vollzubremsen, einen halben Meter an Pauls Sitz vorbei und brach durch die Böschung in die Moorwiesen ein.

»Mama ... Tschüss«, stammelte Paul ins Handy. Er stieß wieder Nullkück an, der sofort anhalten sollte, doch er schien wie in Trance dahinzufahren.

Sie befanden sich jetzt auf der Weyerdeelener Straße, im strafrechtlichen Tatbestand der Fahrerflucht. Und es war nicht mehr weit bis zur Hamme-Niederung, wo die Reise mit einer Vollbremsung ihrerseits zwei Meter vor dem Heimatfluss endete.

33
Einschlafversuche und Lesen im Bett (Orgasmusformel, Brodem des Moores, Großvaters Notizen)

Paul versuchte zur Ruhe zu kommen. Er legte sich in sein Hochbett und blätterte in dem Buch »Die Funktion des Orgasmus«, das im Regal zwischen den »Buddenbrooks« und der »Schneekönigin« stand und von dem er nicht wusste, wie es in sein Kinderzimmer gekommen war.

Er hätte lieber den Brief lesen sollen, dachte Paul, den er zusammen mit dem Armreif aus seiner Hose genommen und auf den Küchentisch gelegt hatte. Er war danach leise Nullkück gefolgt und hatte zugesehen, wie er sich vor den Computer setzte, den Drucker anschaltete und seine spezielle Landkarte ausrollte. Vermutlich saß er immer noch da und hielt den Kontakt zu den Truppen seiner Ödlandfrauen. Paul hatte keine Ahnung, was Nullkück denen überhaupt schrieb. Hoffentlich nicht, dass er gerade mit einem Hanomag R24 einen riesigen Lkw-Transporter ausgeschaltet hatte, um in geheimer Mission den deutschen Reichsbauernführer vor dem Zugriff der Öffentlichkeit in der Hamme zu versenken.

Es war alles so einfach gewesen. Sie waren dicht ans Ufer gefahren und hatten ihn über den Anhänger in den Fluss geschoben. Es gluckerte nur, bis der Hohlraum voll Wasser gelaufen war, dann ging er, Blubb, unter. Paul hörte keine Stimmen mehr wie in der Scheune.

Für den Rückweg entschied er, sich selbst ans Lenkrad zu setzen. Er konnte zwar nicht Trecker fahren, kannte aber immerhin Stoppschilder. Zudem wählte er eine andere

Strecke, weil er es für besser hielt, nicht noch einmal über die Kreuzung Überhammer/Umbecker Straße zu fahren, wer wusste, was da los war. Gesehen hatte sie hoffentlich niemand. Vielleicht Malte Jahn, aber Paul konnte keine Lichter bemerken, die eine Verfolgung aufgenommen hätten. Sich zu stellen, wäre Wahnsinn, überlegte Paul. Er würde bestimmt wegen Fahrerflucht ins Gefängnis wandern und Nullkück in die Anstalt eingeliefert werden; nein, er musste einfach nur sein Gewissen beruhigen. Was sollte auch schon passiert sein? Ein Lkw fuhr durch ein paar Büsche auf eine weiche Moorwiese.

Einige Stellen in dem Buch waren mit Bleistift angestrichen, zum Beispiel: »Über die Verödung der Beckenerregung«, die Stelle war sogar mit Ausrufezeichen markiert:

Es ist wichtig, den Unterschied zwischen der alles verödenden Beckenabwehrbewegung und der natürlichen vegetativen Beckenbewegung zu erfassen. Die Bewegung des Bauches, des Beckens und der Oberschenkel in einem Stück ist der Tod der vegetativen Beckenbewegung.

Ah ja, dachte Paul. Vermutlich war so etwas auch beachtet worden, als er in dem Eichenschrank auf die Welt kam. Die »Orgasmusformel« war ebenfalls dick angestrichen:

Spannung – Ladung – Entladung – Entspannung

Dazu gab es folgende Erläuterung:

Bei der Orgasmusformel denken wir uns zwei Kugeln, die eine starr aus Metall, die andere dehnbar, etwa wie ein lebender Organismus, ein Seestern, eine Schweineblase. Die Metallkugel wäre hohl und bekäme ihre elektrische

Ladung von außen, der Seestern oder die Schweineblase
hätte schon den Aufladeapparat im Zentrum in sich selbst.

Hm, versteh ich nicht, sprach Paul vor sich hin. Zwei Kugeln, eine starr, die andere dehnbar mit was für einem Apparat? Das klang irgendwie sehr überfrachtet. Und wenn während seiner Zeugung so eine Orgasmusformel auch im Kopf seiner Mutter gewesen war, zusätzlich zu diesem *Aufladeapparat im Zentrum in sich selbst* – dann hatte ja nur eine komplizierte Mutter-Sohn-Beziehung dabei herauskommen können.

Orgasmusformeln waren außerdem schmerzhaft an sich: Was machte denn Christina gerade in Barcelona, mit ihrem Herzen, Becken, Handy?

> Wenn ich dir vom geklonten bergschaf schreibe, dann ist
> das eine liebeserklärung. Wieso gehst du nicht ran, wenn
> ich anrufe? Wahrscheinlich installierst du gerade mit felipe
> einen schlauchpilz ins genom einer fliege. Viel spaß. LG.

Er warf das Handy und das Buch mit der Orgasmusformel aus dem Bett und griff zur Broschüre »Unser Teufelsmoor«.

> Es ist vor allem der Brodem des Moores, der den Himmel über Worpswede erscheinen lässt wie nirgends auf
> der Welt.

Der Brodem! Paul fiel wieder die Malschule ein, in der er als Kind nicht nur Himmel malen musste, sondern auch die Gründe aufzählen sollte, warum der Himmel über Worpswede immer so glänzte, schimmerte, brannte, kämpfte und trauerte. Da ist also wieder der »Brodem des

Moores«, dachte er, und wieder wird es nicht erklärt, so als wäre der »Brodem des Moores« das Selbstverständlichste der Welt!

Er warf die Broschüre auch aus dem Bett und griff zum Arbeitsjournal seines Großvaters, das er sich aus dem Atelier mitgenommen hatte und in dem er den Eintrag mit den »Ecken in den Haaren« und den Revers-Schlitzen bei Willy Brandt suchen wollte.

8. Mai 1955:

> Zehn Jahre ist es nun her. Während Deutschland kapitulierte, erschuf ich mein größtes Kunstwerk. (Marie!!!)

Paul blätterte zurück, 27. März 1955:

> Bin schon in Gedanken bei Rodin. Die Bewegung ist seine Kunst, aber welche Bewegung werde ich ihm geben? Man stelle sich vor: Ein Mann mit drei Ateliers und in jedem wartet täglich ein Modell: Yvonne, Camille, die Engländerin usw. Lese Paul Claudels Journal und frage mich: Versteckte Rodin seine schwangeren Modelle auf dem Land in der Touraine?

Paul blätterte weiter in die Siebzigerjahre, 5. Januar 1974. Da war es!

> Ecken in den Haaren. (Hinweis vom Enkel, der heute die Revers-Sache übernimmt!)

Wie wichtig das damals war, dachte Paul. Und wie schön, diese kleine, aber für ihn so große Begebenheit wiederzufinden in den alten Seiten seines Großvaters. Wie ernst genommen und nützlich Paul sich fühlte, sogar im Nachhinein.

Bei Brandt auf Linien, Kanten achten. Nicht zu viele Rundungen. Ein schweigender, ein ferner Mensch wie ich.
Wenn man zu uns wollte, müsste man in die Falten steigen.

Paul blätterte wieder zurück. 21. Juli 1969:

In der letzten Nacht saßen alle Kücks vor dem Fernsehapparat. Wie soll ich die Mondlandung begreifen, wenn ich nicht einmal verstehe, wieso da Bilder aus der Röhre kommen? Bis auf den Mond! Und draußen stand er ruhig wie immer über dem Weyerberg. Dachte kurz über diesen Armstrong nach. Habe mich dann gegen einen amerikanischen Raumfahrer im Garten entschieden.

17. Dezember 1964:

Bismarck: (Soll zum 150. Geburtstag am 1. April nächsten Jahres in Osterholz enthüllt werden). Bismarck sagte: »Die großen Fragen der Zeit werden durch Blut und Eisen entschieden.« »Wurde von Weinkrämpfen geschüttelt! Habe die ganze Nacht durchgehasst.« (Tagebuch) »Ohne mich hätte es drei große Kriege nicht gegeben, wären achtzigtausend Menschen nicht umgekommen, und Eltern und Brüder, Schwestern, Witwen trauerten nicht. Das habe ich indes mit Gott abgemacht.« (Abendunterhaltung in Varzin 1877) Bismarcks Geliebte hieß MARIE, die Ehefrau JOHANNA. (Zufälle gibt's!) Johanna zum Geburtstag diesen Rockstar aus England schenken, der vor den Weibern durch Kanalsysteme flüchtet!! Schiebe ich im Arbeitsplan zwischen Bismarck und Nietzsche.

18. April 1965:

Bei Einstein, meinem ersten Juden, unbedingt Sockelgravur: $E = mc^2$. Keine Lüge, lieber Luther, sondern die Relativitätstheorie! (Energie ist gleich Masse mal Lichtgeschwindigkeit zum Quadrat. Klingt genial.) Las heute im Weser-Kurier über Einstein u. die Frauen: »Die Ehe ist der erfolglose Versuch, einem Zufall etwas Dauerhaftes zu geben.« (Einsteins Eheformel finde ich persönlich noch genialer als $E = mc^2$!)

Seine Großmutter hatte Einstein nicht gemocht, erinnerte sich Paul. Marie war das Schlimmste im Garten, danach kamen gleich Einstein und der Rote Franz, ihr war unbegreiflich, warum man so eine widerliche Moorleiche auch noch in Bronze gießen musste. Heinz Rühmann und Rilke hingegen waren ihre Schätzchen. Blätterfall-Rilke und Rühmann hatte Pauls Großvater ihr abgetreten, er zählte sie nicht mehr zu seinem Kreis, so wie man manchmal die Freunde der eigenen Frau zu seinen Feinden macht, weil sie im Zweifelsfall auf ihrer Seite stehen würden. Bei Einstein jedoch fand er alles, was er an seinem Eheleben verachtete und was er seiner Frau entgegensetzen konnte, so wie es Einstein mit seinen Listen getan hatte.

Punkt A. Du sorgst dafür:
1. Dass meine Wäsche instand gehalten wird.
2. Dass ich drei Mahlzeiten IM ZIMMER ordnungsgemäß vorgesetzt bekomme.
3. Dass mein Arbeitszimmer stets in guter Ordnung ist und dass der Schreibtisch MIR ALLEIN zur Verfügung steht.
Punkt B. Du verzichtest auf persönliche Beziehungen zu mir, insbesondere:

1. Dass ich bei dir sitze! (Aus »Leben mit Einstein«, großartiges Buch! Muss ich unbedingt Frau Kück vortragen!)

Paul erinnerte sich, dass er seine Großmutter oft sprachlos und weinend vor ihrem Backofen gesehen hatte, wenn sie gerade aus dem Atelier des Großvaters gekommen war.

Er blätterte zurück. Über Marie stand doch ganz vorne noch etwas?

Der Eintrag war von der Schriftfarbe viel heller, nicht dunkelblau, wie die anderen Einträge, eher blass rötlich. Es roch ein bisschen nach Hildes Tintentod. 28. April 1945:

> (Marie). Gießerei fragen: Feuerfesten Kern bei Guss vergrößern für Hohlraum! Wandung 3 mm statt 5 mm möglich? Bronzekorpus (10er Bronze) mit handelsüblicher Stahlsäge korrigierbar? Das Auseinandergesägte (Längsschnitt) wieder lötbar? Naht, Risse? Wo in diesen Tagen Silberlot, Sägeblätter herbekommen? Seltsamer Tag. Es ist, als würde ich alles träumen.

Begonnen hatte Pauls Großvater das Arbeitsjournal am 16. 5. 1940. Auf der ersten Seite stand:

> Ich wünsche mir sehr, dass ich diese Zeit überstehe, ohne ihr Geschöpf zu werden. Wir haben alle unsere Maßstäbe in uns selbst, nur werden sie zu wenig gesucht. Vielleicht auch, weil es die härtesten sind.

Bis zum Marie-Eintrag am 28. April 1945 gab es während des Krieges keine einzige Notiz von seinem Großvater.

Paul schlief unruhig. Seine Träume waren durchzogen von seltsamen Tönen und elektronischen Signalen in unterschiedlichen Höhen, so als ob jemand die Seele nach verborgenen Bomben absuchen würde. Er träumte von flackernden Lichtern in Berlin in der Brunnenstraße und wie in seine kleine unbesuchte Galerie große Scheinwerfer von Transportern hineinleuchteten, die Kovac wieder gestohlene Autos lieferten. Kovac stand da und warf sie zusammen zu einem einzigen Metallhaufen, aus dem sich aber diesmal keine gestohlenen Autos in neue und andersartige Autos verwandelten, sondern nun waren es Bronzemenschen, ganz viele Reichsbauernführer, die sich mit einem kalten Lächeln aus dem Eisenberg erhoben. Sie rollten umher, wie diese Metallkugeln aus der Orgasmusformel. Sie rollten übereinander her und vermehrten sich, obwohl sie ja überhaupt keine Becken, sondern nur erigierte Grußarme hatten: lauter erigierte oder von schlimmen historischen Frösten steif gefrorene Grußarme, weshalb auch nicht richtig gerollt werden konnte. Kaum setzten sie zu einer Rollbewegung an, da blockierte sie schon der steife Grußarm, der sich in den Boden bohrte oder in eine andere deformierte skulpturartige Metallkugel, aus der immer weitere kalt lächelnde Horrorkugeln entstanden, die nun mit einem monoton-dumpfen, nervtötenden und infernalischen Metall- und Glockenton abgehackt, eckig und stoßartig auf Paul zuruckelten.

Er wachte am Morgen auf und wusste: Er musste das Haus so schnell wie möglich verkaufen! Bevor es zu spät war! Bevor dieser Rudolph mit irgendwelchen Gedenkstiftungen oder sonst wem anrücken und den Kaufpreis in den Keller treiben würde! Er schrieb in sein Notizbuch:

Wert der Immobilie ermitteln! Über eine halbe Million?

Auf der Seite davor stand sein erster Entwurf für die Verkaufsanzeige:

Großes, historisches Haus in Worpswede zu verkaufen. Fachwerk. Reetdach. Das Haus hat einen großzügigen Wohnbereich. 16 Zimmer, Küche, mehrere Bäder und WC. Kachelofen. 2.500 m² Gartenfläche. Mit oder ohne Hausmeister.

Paul sah auf seinen Text. Vielleicht war es nicht interessant genug formuliert, dachte er. Vielleicht musste er größer auftragen.

Historisches Anwesen in Worpswede! Der Garten (2.500 m²) ist von kunstgeschichtlichem Interesse. Das herrschaftliche Haus, in dem der Künstler des Jahrhunderts lebte, hat einen großzügigen Wohnbereich mit Ost- und Westflügel. Neue Pfahlgründung. Dielen. Mehrere Bäder. Mit oder ohne Hausmeister. Panoramablick!

Da kriegte man doch mehr als eine halbe Million? »Panoramablick« zu schreiben war bei einem Parterrehaus vielleicht nicht üblich, aber aus den Fenstern konnte man über die Wiesen bis zum Horizont schauen. »Mit oder ohne Hausmeister« strich er lieber. Er konnte Nullkück nicht einfach mitverkaufen. Stattdessen schrieb er:

Original-Eichenschrank des Bildhauers Paul Kück ...

Wie seltsam, wie traurig, seinen Geburtsschrank in einer Anzeige anzubieten. Er stellte sich vor, wie in dem Schrank, in dem er geboren worden war, plötzlich fremde Herrenanzüge hingen, die nach einem anderen Leben rochen. Er strich auch den Schrank und schrieb stattdessen:

Bedeutende Skulpturen im Garten: Willy Brandt, Bismarck, Einstein, Luther, Ringo Starr, Rühmann, Schliemann, Rilke, Napoleon, Nietzsche ...

Vielleicht sollte er ganz auf diese Ebene verzichten? Er strich den »Künstler des Jahrhunderts«, auch die bedeutenden Männer, und schrieb stattdessen:

Große, ausbaufähige Scheune.

Ihm fiel der Brief wieder ein. Er würde jetzt aufstehen, in die Küche gehen und endlich den Brief lesen.

34
Ana und Georgij (Zwei Russen auf der Hamme)

Am Morgen, als Ana im Barkenhoff aufwachte, sah sie auf die weiße Terrasse, die dalag wie ein Platz für Menschen mit einem schönen Leben. Sie fragte sich, ob sie eine Ausnahme gewesen war, als sie in der Nacht auf diesem Platz gesessen hatte, und ob das weinende Gespenst nur deshalb gekommen war, weil sie schon dagesessen und einen Anfang gemacht hatte mit den Traurigen auf dem schönen Lebensplatz.

Sie sah eine Weile Georgij an, der neben ihr schlief. Er kam ihr nicht vor wie ein fremder Mann. Eher wie eine Art Bruder. Vielleicht weil er im richtigen Augenblick diese E-Mail mit dem Märchenland geschickt und ihr die Flucht aus dem schrecklichen Keller in Hamburg ermöglicht hatte.

Sie schrieb eine Nachricht und legte sie auf den Tisch:

Guten Morgen. Gehe etwas für den leeren Kühlschrank
einkaufen. Und lade dich um zwei Uhr zu einer Schiffsfahrt
ein. Zwei Russen im Torfkahn durch die berühmte deutsche
Landschaft. Diese Malerin hat das auch gemacht. Ana.

Als Georgij aufgewacht war und den kleinen Brief gelesen hatte, nahm er die Zange und versuchte noch einmal in Ruhe eine Leinwand aufzuziehen, ohne dabei das Gewebe zu überspannen. Doch diesmal lag die Leinwand auf dem Rahmen wie eine Hängematte. Er warf die Spannzange wieder in die Ecke und griff vorsichtig in Anas Reisetasche. Es konnte ihm keiner erzählen, dass Männer das nicht machten, wenn so eine Sexbombe zu Besuch kam, dachte er und befühlte die Unterwäsche.

An der Hamme standen die schwarz geteerten Torfkähne mit braunen Segeln. Ana zog ihre Schuhe mit den Korkabsätzen aus, während Georgij an einem dieser ewig langen pinkfarbenen Beine entlang sah, das gerade vom Land auf den Torfkahn übersetzte.

Aus der Gastwirtschaft Neu-Helgoland, deren Name immer noch an die Übergabe der britischen Insel Helgoland an das Deutsche Reich unter Wilhelm II. erinnerte, kam ein Mann mit einem verwitterten Gesicht. Er trug ein blaues Hemd, eine schwarze Weste und die verschwitzte, etwas schief sitzende Bauernmütze, unter der ungewöhnliche Segelohren hervorragten.

»Schippern?«, fragte der Mann.

Ana nickte.

Einmal Schippern kostete 18 Euro pro Person inklusive Butterkuchen und Kaffee. Georgij hatte sich vorsichtshalber seinen Gameboy in die Tasche gesteckt, weil er noch nicht wusste, wie er mit der schwesterlichen Behandlung umgehen sollte, die ihm in der Nacht durch Ana zuteilgeworden war. Möglicherweise würde er ihr nun ebenfalls mit Desinteresse begegnen und auf dem Torfkahn Tetris spielen. Er träumte sogar in letzter Zeit von Klötzchen und Quadraten, die vom Himmel herunterfielen und die er auch im Traum so zu drehen versuchte, dass sie sich unten auf der Erde ankommend lückenlos ineinanderschoben.

Der Torfschiffer setzte seine großen Holzschuhe auf den Kahn. Er putzte sich die Nase mit einem Stofftaschentuch, das seltsamerweise fast so groß war wie die Flagge über Neu-Helgoland, und stopfte es Stück für Stück wieder in seine Hose. Dann griff er nach dem langen Schieberuder, versenkte es im braunen Wasser bis zum Grund und schob den Kahn hinaus auf den Fluss.

Ana hielt einen Fuß über den Rand und spielte mit dem Moorwasser.

Georgij sah zu, wie ihr Fuß immer wieder in den Fluss drang und der pinkfarbene Nagellack durch die Oberfläche schimmerte. Was wohl in Anas Kopf vorging, fragte er sich: Sie füllt den Kühlschrank, bleibt dann ein paar Wochen und gibt ihm jeden Abend ein kleines, schwesterliches Küsschen auf die Stirn, in zehn Bettdecken eingerollt? Was stellte sie sich eigentlich vor? Dass eine Frau bei einem Mann wohnen durfte und am Ende sprang kein Gegenwert dabei heraus? Schließlich lebten sie jetzt in einem anderen System, dachte Georgij. Gerade die Russen hatten doch der ganzen Welt vorgemacht, wie man das neue System auf die Spitze trieb, sich bezahlen ließ oder selbst bezahlte. Womit gedachte denn diese Frau zu bezahlen, mit einer Kühlschrankfüllung und einer Kahnfahrt auf einem braunen Fluss? Und was machte sie denn sonst mit ihrer Unterwäsche? Das war keine normale Unterwäsche, die er am Vormittag in den Händen gehalten hatte. Diese Durchsichtigkeit! Und das andere, war das Latex? So etwas hatte doch eine bestimmte Funktion?

»Dat nöömt wi Staken. Dat gifft Staken und Wriggeln. Nu staak ik dat Schipp!«, erklärte der Torfschiffer und starrte vom Heck ohne Scham und irgendeine vorgetäuschte Beiläufigkeit ebenfalls auf die pinkfarbenen Beine, so als betrachtete er sie wie die gegebene Natur. Wie eine Uferschnepfe, eine Birke oder einen Flussarm der Hamme. Einmal schien er die Beine mit seinem langen Schieberuder zu vergleichen.

»Schöner Fluss«, sagte Ana. Sie legte sich auf den Rücken

und sah in den Himmel, der am Horizont in die Wiesen fiel und in den die Kühe hineinliefen, als würden sie in den Wolken wohnen.

»Kennst du einen glücklichen Menschen?«, fragte sie.

»Einen glücklichen Menschen?«, wiederholte Georgij und verfolgte ihre Blicke, um herauszufinden, woher diese Frage kam.

»Weiß ich nicht. Da muss ich nachdenken«, sagte er und stellte sich vor, er wäre ein russischer Oligarch, der sich die Frau mit Haut und Haaren kauft, samt Unterwäsche. Er malte sich aus, wie sie den pinkfarbenen Anzug abstreifen und sich mit ihrer weißen Haut und den rotbraunen glatten Haaren auf den schwarz geteerten Torfkahn willig hinlegen muss, den Kahn hat er auch mitgekauft, plus Schieberuder.

Im Prinzip war er ja auch ein Oligarch, dachte er, ein kleiner. Die großen Oligarchen pumpten alle Energie- und Rohstoffarsenale mit einer gigantischen Pumpe aus Russland ab in den Westen und ließen sich dafür bezahlen; er selbst, Georgij Alexksej Petrov, pumpte Fördergelder für Kunst aus dem Westen ab nach Russland, um in St. Petersburg gut über die Runden zu kommen. Weder scherten sich dabei die großen Oligarchen um Russland, noch scherte sich der kleine Oligarch um die Kunst. Aber so war eben der Kapitalismus, und Georgij war stolz darauf, einen schlauen, sogar globalen Weg gefunden zu haben, Nutzen zu ziehen. Nutzen musste man aus dieser Welt ziehen, Nutzen!

»Mich!«, antwortete Georgij. »Ich bin glücklich. Mir geht's gut!«

»Aber denkst du nicht, dass wir immer glauben werden, den anderen geht es viel besser als uns?«, fragte Ana und richtete sich auf. »Meine Mutter war lange Zeit eine einfache Frau, das war eben so. Aber jetzt ist sie verzweifelt. Immer wollte sie zurück nach Deutschland. Nach Deutschland, das war ihr Märchenland.«

Sie redet wie eine Figur aus einem alten russischen Theaterstück, dachte Georgij. Fehlt nur noch, dass sie gleich aufsteht und sagt: »Mir ist so schwer ums Herz. Wie soll der Mensch leben?« Er versuchte sich wieder auf sein kleines Oligarchentum zu konzentrieren, mit dem er die westlichen Gelder nach und nach abpumpen würde. Wiepersdorf, Schöppingen und Schwalenberg hatte er schon, jetzt war gerade Worpswede für umgerechnet 50.000 Rubel monatlich dran. Die Bewerbung für das Schloss Solitude in Stuttgart war schon unterwegs, die Krönung sollte Rom werden, die Villa Massimo unter Palmen und Zitronenbäumen.

»Hamme, denn Lesum, later Weser«, sagte der Torfschiffer und zog am schwarzen Segel, das im Wind flatterte. Zwei Kraniche stiegen aufgeschreckt aus den Wiesen empor und flogen über der Hamme flussaufwärts in Richtung Tietjens Hütte.

»Die Unruhe!«, sagte Ana. »Überall zu sehen, was man erreichen könnte. Auf den großen Plakaten, in den Schaufenstern, im Internet, überall, was man alles erreichen könnte!«

Georgij konnte bei Anas Ansprachen nicht einmal mehr an sein persönliches Kapitalismussystem denken, geschweige denn an Sex. Er überlegte, endlich wieder Tetris zu spielen, dann sagte er, ebenfalls wie in einem russischen Stück: »Tja, was sollen wir tun? Uns erschießen oder leben, man muss doch leben, gibt es wenigstens Wodka auf diesem traurigen Torfkahn?«

»Ja, so etwas Ähnliches«, sagte Ana. Sie nahm den Butterkuchen und verteilte ihn. »In dieser Künstlerkolonie gibt es sehr viel Kuchen. Bist du bei uns in St. Petersburg ein berühmter Maler?«

»Mmh, klar ... Aber ist doch nicht so wichtig«, versuchte Georgij in der Lüge tiefzustapeln und sah dabei den Kranichen nach.

»Du bist also Professor an der Russischen Kunstakademie? Und verkaufst viele Bilder? – Hallo? Verkaufst du viele Bilder? Wenn du das Bild von mir malst und man eine Frau sehen könnte, die ich bin, aber in der man auch gleichzeitig erkennt, dass sie eine Kraft hat, mit der sie das Leben meistern kann ...«

Georgij suchte nach einem Thema, das vielleicht etwas davon wegführte, und fragte den Schiffer mitten in Anas süßliche Wünsche hinein: »What do you think, the two birds, are they flying from Worpswede to Africa?«

»Hör doch mal zu, Georgij! Ich meine, wie auf diesen Bildern, die da oben in der Villa hängen! Malst du in Öl? – Hey, so toll sind die Vögel auch nicht, kümmere dich lieber um die Menschen. Malst du in Öl? In Öl bitte!« Sie war jetzt im Torfkahn aufgestanden und drei Köpfe größer als der Torfschiffer. »Gegen alles muss etwas von innen anleuchten, weißt du, was ich meine? Könnte ich so eine Frau auf dem Bild sein? Lass uns heute anfangen!«

Georgij steckte sich ein Stück Butterkuchen in den Mund, um Zeit zu gewinnen. In seinem Kopf arbeitete es. Er sah, wie sie die Krümel vom Kuchen aus ihrem Schoß strich, und versuchte sich wieder vorzustellen, wie diese Beine um sein Becken geschlossen auf und ab baumeln würden. So wie der Torfschiffer Ana anstarrte, war das auch wahrscheinlich eine ganz normale männliche Vorstellung, dachte Georgij, allerdings konnte er sich weniger vorstellen, wie er das Bild malen sollte, er konnte ja gar nicht malen! Auch waren der Keilrahmen, die englische Ausgabe des

Malkunde-Buchs »The technique of plein-air-painting« sowie diese verdammte Stretch-but-do-not-Overstretch-Spannzange eine komplette Fehlinvestition!

Sein persönliches Kapitalismussystem begann erstmals zu straucheln. Bisher war alles spielerisch einfach gewesen: Westliche Gremien und Regularien waren täuschbar und bezwingbar mit einem trickreichen Verstand und einer Einstellung, die man sich in allen Bereichen, ob Bank, Börse, Erdgas, Stahl oder Privatisierung, abschauen konnte – ja, mit der Aneignung solcher Einstellungen aus diesen Bereichen und angewendet auf den eigenen Bereich, da konnte man sehr gut in der neuen Welt zurechtkommen. Wie aber jetzt die pinkfarbenen Beine zum Baumeln bringen?

Maler müsste man sein, dachte Georgij. Jeder Mann auf der Welt, ob Bank, Stahl oder Malerei, tat das, was er tat, um am Ende sinngemäß pinkfarbene Beine baumeln zu sehen, so war es doch? Hier in Worpswede simulierte Georgij zwar nur die moderne russische Malerei, er verhielt sich wie eine Verheißung, die um Himmels willen aufpassen musste, dass niemand kam, um sie auf ihren wirklichen Wert zu bemessen, aber wer machte das schon, dafür ließ sich doch die ganze Welt viel zu gerne blenden? Er musste nur cool bleiben, simulieren und blenden und die Zeit mit Tetris verbringen. Zurück in St. Petersburg würde er seinerseits mit seinen Euros die Beine sinngemäß zum Baumeln bringen. Jeder auf seine Weise und innerhalb des Systems. Nur wirkliches Malen war nicht vorgesehen! Und dann auch noch eine Frau in Öl, in der man eine Kraft erkennen sollte, mit der sie das Leben meistern konnte? Und in der man von innen etwas gegen die Traurigkeit anleuchten lassen musste oder so ähnlich? Oh Gott, war das alles kompliziert geworden! Was für einen Druck er spürte! Seine Ruhe war dahin, und Tetris spielte er auch nicht mehr.

»Pass mal auf«, sagte er. »Du fragst mich ständig nach Geld? Und was ich verkaufe? Was willst du von mir?« Ficken und Doswidanje war angesagt, dachte er noch, aber er würde niemals seine schönen Euros nehmen, damit er im Westen eine Russin durchbrachte!

Dann biss er vom Butterkuchen ab und sah sie feindselig an.

35
Anton Rudolph mit Dutschke im Badesee,
Nullkück bei landflirt.de – und erneuter Besuch

Paul stand vor dem Küchentisch. Der Brief war weg, der Silberarmreif auch. Fertige Buchweizenpfannkuchen gab es auch nicht wie sonst. Stattdessen lagen Blätter da, die Nullkück aus dem Internet ausgedruckt und auf den Tisch gelegt hatte. Wie schnell er immer alles ausdruckte. Je langsamer er mit seinen Worten war, je schleppender er einzelne Worte überhaupt hervorbrachte, desto schneller druckte er etwas aus und legte Paul die Seiten hin. Er googelte den Reichsbauernführer, mischte mit auf landflirt.de, mailte nach Berlin zu Kovac. Er mailte auch Brünings Frau Tille, mit der er schon vor dreißig Jahren in Kontakt getreten war, als er sie als junge Bäuerin auf dem Feld beobachtet und ihr von Brüsten geschrieben hatte, die sich vortasteten in die ersten Liebesträume wie der Vorfrühling. Regelmäßig war er auch verbunden mit Lanzarote, wohin er den Stand der Gipsmarken mailte und was es sonst noch der Kück-Erbin zu berichten gab. Nullkück schwang sich auf seinen alten verklebten Computer wie auf Flügel, mit denen er wegfliegen konnte aus dem Moor und aus seinem sprachlosen Leben.

Paul setzte sich an den Küchentisch und löffelte aus dem Topf mit dem Buchweizenteig.

Auf www.google.com/search=taz+Rudolph-bremen.de hatte Nullkück herausgefunden, dass Anton Rudolph 1989 mit dem Bremer Preis für Heimatforschung ausgezeichnet worden war. Gegenstand seiner Forschung war der Bunker

Valentin am Weserufer in Bremen-Farge. Die Bunkerwerft war von 12.000 Zwangsarbeitern und Kriegsgefangenen unter grausamen Bedingungen errichtet worden und hatte der Produktion von U-Booten dienen sollen. »Ab nach Farge« war das gefürchtetste Wort der Gestapo in Bremen gewesen.

Nullkück hatte auch einen Artikel von Anton Rudolph ausgedruckt. Er hieß »Die Straße der Barbaren« und handelte von der Bremer Böttcherstraße. In der Böttcherstraße hatte Paul früher mit seiner Mutter die Weihnachtsbesorgungen gemacht. Es gab ein Glockenspiel, ein Legogeschäft, duftende Bienenwachskerzen, Tausende von Teesorten und Schokolade. Seine Mutter nannte die kleine rote Ziegelsteingasse mit den Jugendstil-Giebeln nicht die »Straße der Barbaren«, sondern die »Märchenstraße«, außerdem kannten die Kücks den Bauherrn persönlich, Ludwig Roselius, den Erfinder des koffeinfreien Kaffee-HAG.

Paul hielt das Papier in den Händen und stocherte im Teig herum. Auf der Seite war auch das Schwert abgebildet, er konnte sich noch an den goldenen Mann oder Engel mit dem goldenen Schwert über dem Eingang der Straße erinnern, »Lichtbringer« wurde er genannt. So ein Schwert hatte sich Paul als Junge immer gewünscht, doch nun war es schwarz, Nullkück waren wohl die Farbpatronen ausgegangen.

Anton Rudolph war schon pensioniert. Auf www.deutschlandstudien.uni-bremen.de hatte Nullkück eine Seite über Rudolphs Verabschiedung durch die Universität gefunden und ausgedruckt. Anlässlich der Uwe-Johnson-Tagung »Jahrestage: Gedächtnisräume und Identitätskonstruktionen« hatte man ihn nach vorne gebeten und Blumen überreicht. Auf der Seite gab es auch ein Foto, das von der Qualität noch schlechter war als das Schwert.

Es war eine Aufnahme nach der Blumenübergabe, auf der zwei weitere Männer zu erkennen waren, die Rudolph offensichtlich verabschiedeten. Paul sah die für Rudolphs Alter zu langen Haare, aber immerhin hatte er noch in dem Alter Haare, sie fielen grauweiß auf die Schultern eines etwas zu großen Jacketts. Mehr konnte man nicht sehen, nur graue Haare, Schlabber-Jackett, Blumen, Turnschuhe.

Mein Gott, der sieht ja aus wie ein Alt-68er aus dem Katalog, dachte Paul, er hätte ihn nicht wiedererkannt. Traurig sah der Mann aus. Die beiden anderen Männer schienen in ihrer Körperhaltung schon kurz vor dem Auseinandergehen, nur Rudolph wirkte so, als würde er für immer stehen bleiben wollen mit seinen Blumen, selbst wenn alle anderen den Raum nach der Verabschiedung längst verlassen hätten. Aber wenn er nun pensioniert war, wieso konnte er dann zu den Kücks in den Garten kommen, um an seinem »Norddeutschen Lexikon« zu arbeiten, im »Auftrag der niedersächsischen Gedenkstätten«?

Klar, dachte Paul, ein richtiger 68er lässt sich ja nicht pensionieren! Der macht weiter! Und der darf auch einfach weitermachen, gerade an einer Uni wie Bremen.

Paul hielt eine Seite von der »naschkatze49« in der Hand, die war Nullkück wohl dazwischengeraten. Vermutlich war er der Meinung gewesen, die »naschkatze49« aus Oyten müsse neu ausgedruckt werden, weil sie neue Fotos online gestellt hatte. Sie trug jetzt keinen Bundfaltenrock mehr, sondern präsentierte sich im Bikini. Paul legte ihr Bikini-Bild neben das 68er-Bild von Anton Rudolph mit den Turnschuhen und den Blumen.

Nullkück hatte noch eine Shopping-Leiste angeklickt und auf www.lotus-verlag.de/mein-leben/unipress/03-208 Informationen über eine Broschüre gefunden, die Rudolph über seinen Vater verfasst hatte, der Chefkellner im

»Platterhof« auf dem Obersalzberg gewesen war. Paul sagte das nichts. Er las die kleine Leseprobe.

Das Lachen meines Vaters wollte kein Ende nehmen, wenn er uns erzählte, wie vielen Amerikanern er nach dem Krieg die Führertasse mit dem großen Hakenkreuz verkauft hatte. Immer wieder habe er die Originalführertasse vor den Augen der Amerikaner aus dem Panzerglasschrank seines eigenen Gasthofs in Traunstein genommen, in Watte eingewickelt und gegen einen Scheck überreicht. Das wirkliche Original aber, die Einzelanfertigung einer hochwertigen Edelporzellantasse aus einer Berchtesgadener Reichsmanufaktur, stand in der Küche, daraus trank er selbst: er und der Führer, vielleicht noch Eva Braun.

Paul tropfte der Buchweizenteig auf die Zeilen. Es gab noch eine Erklärung zum »Platterhof« auf der Seite: Erst hieß er »Moritz-Pension«, wurde dann vom Gastwirt Bruno Büchner in »Platterhof« umbenannt, bevor er später in den Besitz von Martin Bormann überging, dem Nazi-Verbrecher.

»Gnadenlos«, titelte der Lotus-Verlag, habe Rudolph seinen Vater ans Messer geliefert. Einen Mann, der jeden Abend die Führertasse eigenhändig in die Küche trug, um sie spülen zu lassen und wieder in den Eckschrank vom »Platterhof« zu stellen. Und der nach dem Krieg nicht aufhörte, sondern im Gegenteil, er bereicherte sich noch immer weiter an der Führertasse, die er an Bruno Büchner vorbeimanövriert hatte, um sie hundertfach kopieren zu lassen und den Amerikanern vorzusetzen.

Paul musste an seinen Traum mit den ganzen umherrollenden Bauernführern denken. Er starrte auf das ebenfalls abgedruckte Deckblatt der Broschüre: »Mein Vater Kurt

Rudolph«, darunter »Von Anton Rudolph«, mehr war nicht zu erkennen. Wie traurig, dachte Paul. Erst ist man Sohn und am Ende bleibt vom eigenen Vater so eine Broschüre. Erst auf dem Schoß des Vaters zu sitzen, ihn zu lieben, weil es der Vater ist. Größer zu werden, in die Schule zu gehen, Geschichtsbücher zu lesen, sich immer mehr zu schämen, Verachtung zu spüren und trotzdem Sohn zu bleiben und irgendwann zu platzen: Abrechnen, sich befreien wollen, sich das Fleisch wegschneiden, die Herkunft rausreißen oder die Erbanlagen heraussaugen wie Schlangengift. Paul stellte sich einen kleinen Jungen vor, der mit einem Schwert auf einen Mann einschlug, der tot dalag und dessen Hände immer noch mit der Todesstarre eine Tasse umkrallten. Der kleine Junge schlug immer wieder auf die Hand des Vaters ein, aber sie ließ die Tasse nicht los.

Paul überflog noch einmal das Porträt über Rudolph: die Schuhe, die er angeblich Dutschke geliehen hatte, diese ganz bestimmten Wildlederhalbschuhe, Größe 42, das Baden im Werdersee.

> Die Revolution war in Bremen angekommen. Es war kein normales Baden. Es war ein Akt der Befreiung.

War es ungerecht, sich darüber lustig zu machen? Paul kam gar nicht an gegen die verengenden, reduzierten, ja, folkloristischen Bilder, die er sich von dieser Zeit machte. Auch war ihm, als würde er schon alles über Rudolph wissen. Wenn man seine Kindheit in einem Gasthof in Traunstein mit so einem Vater und solchen Tassen zugebracht hatte – musste man sich danach nicht befreien? Und warum sollte so ein Kind später nicht, ähnlich dem Vater, aus seinen Schuhen Dutschkeschuhe machen, Revolutionsschuhe?

Ob es das Baden mit Dutschke gegeben hatte, das könnte er, dachte Paul, sicherlich recherchieren. Immerhin kannte er die »Lila Eule« aus Erzählungen, seine Eltern hatten sich dort kennengelernt: Ulrich Wendland kam zu seiner eigenen Ausstellung nach Bremen und feierte in der »Lila Eule«. Johanna Kück war fast jeden Abend da. Sie kannte alle Türsteher, Pianisten und Barmänner, und als sie dort Ulrich Wendland traf, blieb sie die ganze Nacht. Sie frühstückten noch zusammen im Hotel und am Vormittag fuhr Johanna mit dem Moor-Express zurück.

Schade, dass er seine Mutter aus dieser Zeit nicht googeln konnte. Er hätte sie gerne einmal mit einem fremden Blick betrachtet, so wie ein Mann einer Frau im Netz nachgeht und sie anklickt. Das einzige Foto, das es von seiner Mutter im Netz gab, war ein Bild, wie sie mit der Familientherapeutin Virginia Satir vor ihrem Seminarhaus in Las Breñas stand: blond gefärbte lange Haare, sonnendurchfurchte Gesichtshaut, das Kleid aus mehreren, teils transparenten Lagen Stoff.

Wo war Nullkück? Paul lief aus der Küche und in dessen Zimmer. Das alte Nordmende-Gerät war angeschaltet, auch der Computer lief, nur Nullkück war verschwunden. Paul sah ein kleines Bild einer Frau im Bikini auf dem Bildschirm, setzte sich an den Computer und las.

Liebe naschkatze49,
heute sehe ich Dein neues Foto und gestern war ich noch in Venedig, der Stadt der Liebe. Man muss bei ihr eine neue Pfahlgründung durchführen oder sie wird bald untergehen. Ich fuhr eine Gondel auf dem Canal Grande und stand auf dem Heck mit Riemen und Ruder. Eine Gondel ist 10 Meter lang und 500 Kilo schwer und von der Rialtobrücke

winkte eine Frau mit flatternder Schleife am Hut, doch ich konnte nicht halten.

Freekück

Darunter stand: »Gesendet an naschkatze49, 9 Uhr 05.« Das war vor zehn Minuten gewesen. Paul drückte auf »Eingang«, »Empfangene Nachrichten«:

Schade, dass es von dir kein Foto mit den Pyramiden gibt. Schade, dass es überhaupt nie Fotos von dir gibt. Ich frage mich auch, warum du bei landflirt bist, wenn du mir aus Bangkok schreibst. Trifft man da nicht viele Frauen?

Tinchen55

Paul drückte auf »Gesendete Antwort, 8 Uhr 22«:

Liebes Tinchen55,
ich treffe überall Frauen, wenn ich auf Reisen bin, und nie werde ich den Blick einer Russin vergessen, die mir in Sibirien bei Schnee und Eis begegnete. Es war wie ein Feuer, doch ich wollte die Hunde vor meinem Schlitten nicht stoppen.

PS: Ich bin hier bei landflirt, weil ich am liebsten auf dem Lande lebe.

Freekück

Empfangene Nachricht, 8 Uhr 25:

Im Prinzip suche ich einen Mann, der bei seinem Hof bleibt

und die Kühe melkt. Was macht man als Künstler den ganzen Tag?

Gesendete Antwort, 8 Uhr 36:

Liebes Tinchen55,
ich melke auch. Ich habe viele Kühe und kann in meinem Leben alles gut verbinden. Kennst Du die Scorpions? Die muss ich nun in Bronze gießen. Es sind sechs.

Freekück

Empfangene Nachricht, 8 Uhr 38:

Wie viele Kühe denn? Melkst du manuell? Du musst keine modernen Melksysteme haben. Ich bin eine bodenständige Frau und will einen Mann ohne Hick und Hack. Zerbricht die Ehe, kann das den Ruin des Hofes bedeuten. Magst du Nordic Walking?

Gesendete Antwort, 8 Uhr 48:

Liebes Tinchen55,
am liebsten bin ich auf meinem Hof und mag an den Frauen aus dem Norden die Bodenständigkeit und Stille. Man muss nur unter den Bodenständigen und Stillen die Richtige finden. Es ist schön, wenn man Hand in Hand stumm über Felder laufen kann. Gern auch Nordic Walking.

PS: Ob ich es nach Bangkok noch nach Neudorf-Hüttendorf schaffe, weiß der Himmel.

Freekück

Früher musste Nullkück die Briefe an Rieke, Sine, Tille, Else, Wenke oder Adeline vom Trecker abwerfen, jetzt hatte er das Internet. Auch mit dem Internet konnte er wie mit dem Trecker ganz dicht heranfahren, einen Brief abwerfen, ohne sich in seiner Mangelhaftigkeit zu stellen, dachte Paul. Allerdings war er nun ein bekannter Bildhauer geworden.

Freekück bekam gerade eine Nachricht von der naschkatze49:

> War sie hübsch? Jeder Mann hätte doch gefragt, ob sie in der Gondel mitfahren will. Warum geht die Stadt der Liebe unter? Kennst du den Oyter See? Wenn du rudern kannst, dann wäre der erste Schritt getan.

Paul warf sich auf Nullkücks Bett. Er wollte einmal ausprobieren, ob man mit einer Ödlandfrau überhaupt in solch einem Bett liegen könnte, und sank ab wie in eine schützende Mulde. Er stellte sich vor, mit dem Hanomag nach Oyten zu fahren. Er würde am Ufer warten, verzweifelte SMS nach Barcelona senden und Nullkück die Frau stumm über den See rudern.

Er sah kopfüber aus dem Fenster in den Garten. Erst hörte er ein leises Signal, ein pulsierendes Fiepen, dann erkannte er die Turnschuhe. Das waren doch Anton Rudolphs Turnschuhe von dem Foto, die sich durch den Garten bewegten! Paul sah noch ein Paar Straßenschuhe und auch Gummistiefel.

Sie waren jetzt dicht vor dem Fenster. Der zweite Mann, zu dem das andere Paar Schuhe gehörte, hatte ein Gerät dabei und hielt es mal hier, mal da in den Moorschlamm, so als suche er Landminen oder Bomben. Der dritte war Bauer Gerken.

Paul sprang aus dem Bett. Er musste dabei Schwung nehmen, um aus Nullkücks schützender Mulde herauszukommen, brauchte aber nicht mehr aus dem Zimmer und durch die Haustür zu laufen: drei, vier, fünf dumpfe Schläge, dann stand Jan Brüning mit seinem Abrisswerkzeug in dem Loch der Wand und entstaubte seine Mütze.

»Moin, moin. Allens na Plaan. So maakt wi dat!«, sagte er.

»Gut, gut«, erwiderte Paul und sah durch das Loch nach draußen.

Träumte er wieder? Was stand da mitten im Garten? Wie lange lebten die Gespenster? Wie tief saß die Vergangenheit in diesem Land, dass die Gegenwart nie beginnen konnte?

Der Neue im Garten!

Es war wieder Gerken, der alle in Kenntnis setzte. Er wollte nur seinen Trecker holen und blieb lange, wie versunken, vor dem frisch ausgegrabenen Bronzemenschen stehen, der dieses Mal circa zwei Meter dreißig groß war, noch größer als der Fund vor einigen Tagen. Gerken erklärte, dass ihm dieser persönlich noch besser gefiele als der erste, dann gab er eine kurze Erläuterung, wobei er ein paar mal laut und geradezu beglückt »Backe, Backe!« rief. »De weer de Beste! Wat hier wedder allens opdükern deit!« »Opdükern« hieß »auftauchen, heraufsteigen, zu Tage treten«. Danach ging Gerken zu seinem Trecker. Er schnäuzte sich, glühte vor und fuhr die Einfahrt hoch.

»Ich lass das Ding hier nicht mehr aus den Augen!«, sagte Peter Ohlrogge, in dessen Gesicht ein kaltes Lächeln zog vor Genugtuung. »Die glauben wohl, die graben was aus und lassen das dann einfach so verschwinden, als sei nie etwas gewesen! Und plötzlich kommt bei den Kücks noch so ein Monstrum zum Vorschein! Ich lach mich tot. Wenn ich nicht den Vorgänger kriege, kriege ich eben den Nachfolger! Informiere die Spedition, ich bleibe hier so lange stehen, bis der Transporter kommt!«

Der Mann neben ihm war Norbert Bäumer, ein Kollege aus der »Malschule Paula«, deutlich jünger, neu in Worpswede, und seit sie sich zufällig im Don-Camillo-Club begegnet waren, pflegten sie so etwas wie eine Komplizenschaft. Ohlrogge hatte ihm schon im Bordell sein ganzes Lebensthema unterbreitet. Er hatte erklärt, wie man mit Hobbymalern im Moor fertig wurde, und väterlich vor den Gefahren einer Künstlerkolonie gewarnt. Auch glaubte er sich in ihm wiederzuerkennen – damals, als er in Worpswede eingetroffen war und sich so viel vom Leben erwartet hatte.

Bäumer, der auf die Idee mit dem Metalldetektor gekommen war, dankte Brünings Leuten für die Bergung und fotografierte den Fund. Irrtümlicherweise war er schon am frühen Morgen in Jahns Garten gewesen und auf dem Detektor waren bereits deutliche Signale eingegangen, als ihm der verspätet eingetroffene Ohlrogge erklärte, dass es sich hierbei um den falschen Garten und den falschen Bildhauer handele und sie hinüber zu dem Nachbarn müssten.

Ohlrogge trat nun im richtigen Garten näher an den Fund heran, stellte sich erst auf den Sockel, dann auf Fußspitzen und kratzte mit ausgestrecktem Arm Moorschlamm und Bleichmoose aus den eng stehenden Augenhöhlen.

Paul war in den Garten gelaufen und stand direkt vor dem Bronzefund. Wieder so ein Riese!, dachte er. Riesiger als der, der jetzt in der Hamme war! Mit den lebensgetreuen Originalgrößen der anderen Männer im Garten hatte das nichts mehr zu tun. Sein Großvater schien seine sonstige Genauigkeit zugunsten einer machtvollen Überhöhung aufgegeben zu haben. Und es konnte wahrscheinlich auch kein Zufall sein, dass gleich zwei der Vergrabenen gigantisch groß waren, Paul musste also von einem weiteren unschönen Fund ausgehen.

»Guten Tag«, sagte Ohlrogge. »Ich muss Ihnen leider mitteilen, dass wir noch einen Reichsbauernführer gefunden haben. Das war der Nachfolger vom ersten, ich werde das noch genauer untersuchen lassen. Hier liegt ja wohl die gesamte Führung der nationalsozialistischen Agrarwirtschaft verbuddelt! Jeden NS-Verbrecher, der Worpsweder Boden betrat, holen wir hier jetzt aus dem Garten raus! Es geht um Aufklärung. Mein Assistent macht gerade ein paar Fotoaufnahmen. Ich bräuchte jetzt einen Schaber. Haben Sie zufällig einen Schaber, Herr Wendland-Kück?«, er versuchte wirklich einen sachlichen, wissenschaftlichen Ton zu wählen, so als habe er eine historische Ausgrabung zu bewerten, am liebsten hätte er allerdings mit dem Fuß gegen den Kück-Sockel getreten.

»Einen Schaber ...?«, wiederholte Paul leise. Woher wusste der seinen ganzen Namen und wer sein Vater war?, dachte er. Und warum zum Teufel stand da wieder ein neuer Bauernführer? Kaum war der eine weggeschafft, stieg schon der Nachfolger aus dem Sumpf?

»Das darf ja wohl nicht wahr sein, Ihr Assistent ...?«, fragte Paul. »Jetzt kommen Sie also schon mit Assistenten in unseren Garten?«, er spürte, wie sich der Schock, dass wieder einer dieser Gussmenschen aus der Tiefe aufgetaucht war, mehr und mehr in Wut verwandelte. Was diesem Typen überhaupt einfiel! Im Morgengrauen hier einzudringen und dann einen Privatgarten umzupflügen, während der Besitzer schlief! Erst die »Straße der Barbaren« und der »Bunker von Valentin«, jetzt der »Garten von Paul Kück«, vielleicht fiel ja wieder ein Preis für Heimatforschung dabei ab! In Pauls Kopf ergab nun alles ein klares Muster: Bremer Studentenführer, Nacktbaden im Werdersee, Revolution, danach Professor, Interviews geben, Preise bekommen plus lebenslange Beamtenrente und jetzt immer noch schön mit Assistenten herumforschen und staatliche Hochschulgelder beanspruchen! Schon beim ersten Mal hatte er von seinem »Lexikon« und den »niedersächsischen Gedenkstätten« gesprochen wie von einem Egotrip! Ich werde darlegen das ... Ich werde darlegen dies ... Nicht die Sache, die Norddeutsche Kunst zwischen 1933 und 1945 stand im Vordergrund, sondern ICH, also er. Er schob sich geradezu vor die Sache. Er benutzte die Sache, er benutzte die Kunst in einer schwierigen Zeit, er benutzte die niedersächsischen Gedenkstätten und er benutzte sogar den Nationalsozialismus. Er warb durch den Nationalsozialismus hindurch für sich, wie pervers. Natürlich wollte er Preise, Publikationen, Interviews, Werbung, Forschungsgelder. Weitermachen, immer weitermachen, bloß nicht aus dem Bild gehen!

»Kann ich mal Ihre Befugnis sehen?«, fragte Paul verächtlich.

»Wäre es nicht angebrachter, Sie würden uns erst einmal einen Kaffee servieren?«, antwortete Ohlrogge, erneut darauf achtend, einen möglichst ruhigen Ton zu treffen. »Wir haben ja schon seit halb fünf in der Früh gearbeitet.«

Bäumer hatte unterdessen sein Handy aufgeklappt und versuchte, das Unternehmen zu erreichen, mit dem sie einen Abtransport vereinbart hatten, falls sie fündig werden würden. Im Hintergrund hörte man einen dumpfen Knall, als Brünings Abrisswerkzeuge durch die Wände des Hauses schlugen.

Kaffee ...?!, dachte Paul, soll das ein Witz sein? Verlangte dieses Arschloch gerade ernsthaft nach einem Kaffee oder war das ein Spaß, ein lockerer Spruch aus dem Fundus von '68?

»Wollen Sie auch Zucker?«, fragte Paul, bemüht, seiner aggressiven Tonlage eine Spur von Ironie zu unterlegen.

»Ohne alles bitte«, erklärte Ohlrogge und konnte Pauls Blick nicht standhalten. Er sah stattdessen angespannt zu Bäumer, der immer noch wartete, dass bei der Spedition jemand ans Telefon ging.

»Geht's nicht ein bisschen schneller, du Idiot?«, herrschte Ohlrogge den jungen Maler an. Er gab den ganzen Druck, den er verspürte, an Bäumer weiter, wie manchmal Männer im Auto, deren Ehefrauen auf sie einreden, bis sie irgendwann das Fenster aufdrehen und andere Verkehrsteilnehmer zusammenbrüllen.

»Kaffee servieren die Kücks hier normalerweise Persönlichkeiten wie Willy Brandt und nicht irgendwelchen kriminellen Heimatforschern. Ich bitte Sie nun endlich zu verschwinden«, sagte Paul und umkrallte in seiner Hose den Schuppenschlüssel, bis ihm der Rost ins Fleisch schnitt. War es so, dachte er, dass er gerade seinen Großvater mit Zähnen gegen diesen Mann verteidigte? Ging das, mit den Feinden von vorgestern die Feinde von gestern bekämpfen? Vielleicht war das Jahrhundert ja wirklich schwer zu verstehen.

Ohlrogge dachte: Was für ein Charakter! Natürlich Herr W.! Er stellte sich vor, Wendland würde jetzt vor ihm stehen, dieser Mann, der sich einfach alles nahm: Johanna, das Haus, Frau Schröter, die Galerie, ganz Worpswede, er ließ sich sogar als neuen Goya ausrufen, ohne schamrot dabei zu werden mit seinen lächerlichen Hasenmenschen. Das komplette Programm lief wieder lückenlos ab: Wie Johanna aus fremden Armen kommend im Garten eintrifft, wie sie innen glüht, aber ihn, Ohlrogge, im Eismantel abserviert! Wie ihr Vater seine Himmelbilder lächelnd zum Abtransport hinausträgt! Wie ihn dieser Vater vor der Worpsweder Gesellschaft mit einer Flinte über den Haufen schießt! Wie er sich fast verblutend nach Viehland hinter die Ortsgrenze schleppt und Johanna ins Haus geht, um sich von Herrn W. schwängern zu lassen! Und dann steht plötzlich die Frucht dieses Verrats mit Johannas schönen Augen da und will ihn schon wieder aus dem Garten werfen, aus diesem Garten, für dessen verfluchte Skulpturenreinigung er auch noch ein halbes Leben lang hat zahlen und büßen müssen? Die ungeheuerliche Spezialpasten-Geschichte drohte schon wieder hochzukommen. Nein, dachte er, jetzt wird die gesamte Kückbande selbst aus dem Garten geworfen! Erst haben die Kücks ihn aus der Gesellschaft geworfen, nun wird er sie hinauswerfen und hier aufräumen und wer weiß was noch ausgraben! Und am Ende werden auch ohne Liste, Hamme-Nachrichten und Bürgermeister alle wissen, was für ein Mittäter, Despot und Lügner hier einmal gelebt hat mit seiner abhängigen, untreuen Tochter und der ganzen verlogenen Worpsweder Gesellschaft! Mein Gott, ermahnte er sich, sachlicher! Präsentiere dich insgesamt sachlicher, wissenschaftlicher: Distanzmantel und wissenschaftlich!

Ohlrogge atmete durch und sagte: »Lassen Sie mich in Ruhe meine Arbeit tun. Hier geht es um mehr als um uns.«

»Was wissen Sie schon von meinem Großvater?«, entgegnete Paul. »Merken Sie das denn nicht? Es geht nur um Sie! Wie Sie sich hier aufspielen und breitmachen!«

»Ich grabe nur die Wahrheit aus!«, Ohlrogge riss dabei vor Hitze an den Druckknöpfen seiner Windjacke und sah von Bismarck über Brandt bis zu Luther, Ringo Starr und Napoleon. »Es ging noch nie um mich! Das ist ein total verlogener Angebergarten! Meinetwegen können die Kücks hier auch dem Papst Kaffee servieren!« Das mit dem wissenschaftlichen Distanzmantel funktionierte wirklich nicht. »Bleiben wir bei den nackten Tatsachen! Es geht um die HISTORISCHEN ZUSAMMENHÄNGE! Beim Nachbarn werden wir auch noch graben!«, schrie Ohlrogge.

»Nackte Tatsachen ...?«, wiederholte Paul, das Aufreißen der Druckknöpfe hatte wie ein Maschinengewehr in seinen Ohren gerattert. NACKTE TATSACHEN, dachte er, was für ein generationstypischer Ausdruck, jetzt hau ich ihm gleich den Werdersee und die DUTSCHKESCHUHE um die Ohren.

Ohlrogge hatte seinem Assistenten das Handy aus der Hand genommen und wartete selbst auf eine Antwort des Transport-Unternehmens.

Paul sah in die unruhigen Augen des Mannes. Ihm schien es sogar so, als ob es vertraute Augen waren. Für einen Blick, in dem sie sich ohne Worte trafen, mochte er diese Augen. Doch dann wischte er die Empfindung weg. Wie konnte er Augen mögen, die nur kalt, einseitig, schematisch und zerstörerisch auf seinen Großvater sahen? Dieser Mann war unsensibel, trampelig, harsch, rechthaberisch, diktatorisch, militant, mit schießenden Druckknöpfen! Wieso durfte er sich mit einer Anklage, die ja nicht mal seine persönliche war, derartig breitmachen? War es überhaupt erlaubt, einfach in einen privaten Garten einzudringen, dort die Nordische Gesellschaft und die schrecklichen Namen vorzutragen und dann in den Eingeweiden einer Familie herumzustochern? Konnte man das: sich mit einer Liste und dem Abguss eines Bauernführers, den heute niemand mehr kannte, auf einen Toten stürzen? Mit einem winzigen Ausschnitt aus einem Leben das ganze andere, restliche Leben verunglimpfen, nicht nur das seines Großvaters, sondern auch das seiner Mutter und am Ende sogar sein eigenes, das Leben von Paul Wendland? Welches Recht hatte dieser Mann, sich auf Kosten seines Großvaters zu profilieren, indem er mit einem einzigen spitzen Detail in ein vielschichtiges Leben stach?

»Ich weiß ja, dass Sie ein großer Revolutionär sind, Dutschke, Ihre Schuhe, alles ganz toll«, sagte Paul möglichst ruhig und sachlich, es ging nun darum, die Lebenslügen und die zusammengebastelte Welt solcher Männer mit Ironie und Spott zu unterlaufen. »Es gibt wohl nicht nur Führertassen, es gibt auch Revolutionsschuhe ...«

Ohlrogge sah ihn ratlos an. Was für Tassen und Schuhe?, dachte er, er musste jetzt erst einmal wieder in seinen Distanzmantel finden.

Paul spürte, dass der Mann gar nicht folgen konnte oder wollte, der hörte ja nicht einmal richtig zu. Man müsste solch hochmütige Menschen in die andere Zeit versetzen, um zu sehen, was sie für ihr Leben tun würden, dachte Paul.

»Na, endlich! Kommen Sie bitte in den Teufelsmoordamm 5! Aber nicht bei den Jahns einbiegen! Das Haus danach, ich warte!«, rief Ohlrogge in das Telefon. Er lächelte, es war wieder das Lächeln, das sich schon zu Beginn auf seinem Gesicht ausgebreitet hatte und das von einer solch kalten Rachsucht war, dass man es unmöglich für ein wirkliches Lächeln halten konnte.

Paul ging ins Haus zurück. Er konnte die Überheblichkeit, diesen grau melierten Hochmut, nicht mehr ertragen. Auch fühlte er sich machtlos. Er legte sich in sein Bett und zog die Decke über den Kopf.

36
Mutterwand

Paul lag schon eine Weile in seinem alten Hochbett, das immer wieder durch Brünings Einschlagen der Wände wackelte. Es war wie ein nach oben kriechendes Zittern, das sich an den Bettpfosten hoch bis zum Kopfkissen zog.

Er überlegte, ob er seine Mutter anrufen sollte, um von der nächsten Ausgrabung im Garten ihres Vaters zu berichten. Er dachte an das letzte Telefonat, in dem sie ihm mit dem Jahrhundert gekommen war und das vergangene Jahrhundert wie eine Barrikade vor sich und ihrer Vaterliebe aufgebaut hatte: Diese Zeit war nun einmal so gewesen und für jemanden wie ihren Sohn schwer zu verstehen, da konnte man noch so viel ausgraben und fragen. Halt die Klappe, hieß das im Klartext, kümmere dich lieber um die Gegenwart, hör dir meine Beschreibungen von den Naturereignissen auf Lanzarote an und geh, wenn du schon nicht hier bei mir bist und eine erfolgreiche Galerie gründest, wenigstens in der Hamme schwimmen, in unserem alten Urfluss, der absorbiert das Negative.

Paul machten diese Telefonate allmählich wahnsinnig. Wie gegen eine Mauer lief er gegen seine Mutter an. Wie gegen eine Mauer aus Ignoranz, Herrschaft und erdrückender Rede. Eine Mutterwand, die kein Sohn mit verkümmerten Widerstandskräften durchbrechen konnte – und jetzt stand auch noch ein unantastbares Jahrhundert davor.

Er setzte sich an Nullkücks Computer, schloss die Seite von landflirt.de und gab »Zweiter Reichsbauernminister« ein. Enter:

Herbert Ernst Backe (* 1. Mai 1896 in Batumi, Georgien; † 6. April 1947 in Nürnberg), deutscher Politiker. Er war Reichsminister für Landwirtschaft und Ernährung in der Endphase des Dritten Reichs, SS Obergruppenführer im Rasse- und Siedlungshauptamt. Er folgte am 23. Mai 1942 *Richard Walther Darré* als zweiter Reichsbauernminister.

Da war also auch der Link zum Vorgänger, den sie in der Hamme versenkt hatten. Paul erinnerte sich: Den Link in die andere Richtung, zum Nachfolger, den hatte er sogar bemerkt, als ihm Nullkück die Seiten über den ersten Reichsbauernminister vorlegte. Aber wie hätte man ahnen sollen, dass gleich beide Links in den Garten führten?

Er suchte sofort beunruhigt nach weiteren Links: *Hermann Göring* konnte man noch anklicken. *Heinrich Himmler* oder *Karl Dönitz* (Nachfolger von *Adolf Hitler*). Oder das Wort *Erzeugungsschlacht*.

Er richtete seinen Blick nach draußen und betrachtete durch das Fenster den neuen Bronzemenschen. Diese schmalen Schultern, dieses schmale Gesicht mit dem dünnen Mund und den eng stehenden Augen. Die Bilder, die Paul vor sich auf dem Bildschirm sah, hatten eine bestechende Ähnlichkeit mit der Gestalt, die im Garten stand. Das war er. Mein Gott, dagegen sah der alte Bauernführer ja noch richtig sympathisch aus, dachte Paul, auch wenn diesmal der nervtötende Grußarm fehlte. Der Neue hatte die Hände auf dem Rücken zusammengelegt, und es schien, als nehme er den Garten und die Gesellschaft der anderen historischen Männer zur Kenntnis. Seine Größe war allerdings absurd. Mindestens 2 Meter 30! Schon der Erste, den sie hier ausgegraben hatten, war weit über zwei Meter groß gewesen, so als hätte Pauls Großvater eine Basketballmannschaft verschwinden lassen.

Die führenden Nazis waren kleine Männer, dachte Paul, Adolf Hitler hätte sich doch nicht Minister eingestellt, die doppelt so groß waren wie er? Also musste Pauls Großvater entweder zur Überhöhung gezwungen worden sein, oder er hatte sich geweigert, wirkliche Menschen aus den Nazis zu machen und stattdessen Überzeichnungen geschaffen, Übermenschen, Unmenschen?

Sonst war er immer sehr genau gewesen. Die Revers-Schlitze seiner Männer ab dem 19. Jahrhundert waren zwischen 2 und 3,5 Zentimetern lang und sogar in fallende, steigende oder gebrochene Revers unterschieden, je nach dem Stil ihrer Zeit: Thomas Mann und Albert Einstein hatten zum Beispiel ein steigendes Revers, Bismarck und Nietzsche ein fallendes. Die Ecken in den Haaren auf der hohen Stirn bei Brandt waren ebenso zentimetergenau wie die feine Nase von Napoleon. Als Pauls Großvater damals feststellte, dass die Größe seines großen Reformators unbekannt war, studierte er die Aufzeichnungen von Petrus Mosellanus, ermittelte auf sämtlichen Luther-Gemälden der Cranach-Manufaktur und informierte sich über die Ernährung der Deutschen im Mittelalter. Am Ende erschuf er Luther, so wie er vermutlich auch von Gott erschaffen worden war und wie er jetzt im Garten stand: 1 Meter 70, aber schwerleibig. Willy Brandt: 1,78. Marie: 1,79. Albert Einstein: 1,71. Napoleon: 1,66. Pauls Großmutter und Heinz Rühmann: beide 1,65 – sie und alle anderen hatten menschliche Maßstäbe und wirkten nun auf einmal wie Kleinkinder gegen den neuen, überzeichneten, völlig kück-untypischen Reichsbauernführer, der alle überragte, sogar Otto von Bismarck, den großen Preußen, mit seinen 1 Meter 90.

Unter ihnen stand immer noch, ebenfalls ganz klein, das Arschloch mit seinen unverschämten, niedersächsischen

Heimatforschungen und wartete. Dieser Mann, der über Leichen, Familien, Schicksale und auch über Paul selbst hinwegging, als dürfte er sich alles erlauben. Er stützte sich mit einer Hand an der Herbert-Backe-Bronze ab und schien sich leicht zu krümmen, den Magen zu halten. Sein Assistent war nicht mehr zu sehen. Die Brünings räumten die Ziegelsteine weg und den Schutt, um für die Bohrungen und die Gründung des Hauses Platz zu machen.

Paul hatte schon den Link mit der *Erzeugungsschlacht* angeklickt. Die *Erzeugungsschlacht* war ein Konzept von *Herbert Backe* gewesen, um die Nahrungsmittelproduktion zu steigern, was vor allem Kredite für die Bauern beinhaltete und sicherlich auch Bauer Gerken zugutegekommen war, der Backe nicht nur wiedererkannt, sondern dessen Namen auch mehrmals voller Begeisterung über den ganzen Teufelsmoordamm gerufen hatte. Paul klickte weiter und fand unter *Die zwölf Gebote des Staatssekretärs Herbert Backe für das Verhalten der Deutschen im Osten* folgendes Backe-Zitat, mit dem sich der Staatssekretär im Mai 1941 für höhere Aufgaben empfahl:

> Armut, Hunger und Genügsamkeit erträgt der russische Mensch schon seit Jahrhunderten. Sein Magen ist dehnbar, daher kein falsches Mitleid.

Darunter stand ein Link: *Grüne Mappe*. Paul schrieb sich erst einmal den Backe-Satz mit dem dehnbaren Magen des russischen Menschen in sein Notizbuch und klickte dann weiter auf *Grüne Mappe*. In der *Grünen Mappe* befanden sich die wirtschaftlichen Richtlinien für den *Überfall auf die Sowjetunion*, zu dem Backe seinem Führer, hieß es dort, wegen des Problems *Volk ohne Raum* ausdrücklich geraten habe. Paul klickte auf *Überfall*.

22. Juni 1941, Tag des Überfalls auf die Sowjetunion, *Unternehmen Barbarossa.*

Im Barbarossa-Link gab es auch einen Link zum *Hungerplan*, der sich wiederum als *Backe-Plan* herausstellte:

Der Backe-Plan ist die Bezeichnung für die Planung des NS-Regimes nach dem *Überfall auf die Sowjetunion,* 20–30 Millionen Einwohner in den besetzten Gebieten verhungern zu lassen.

Er überlegte, ob er seine Mutter sofort anrufen und ihr das vorlesen sollte. Und ob sie dann immer weitere Erklärungen und wiederum das letzte Wort haben würde, nachdem er ihr mitgeteilt hätte, wer nun auch noch im Garten stand.
Er sah wieder nach draußen. Die riesige Backe-Gestalt im Garten hatte etwas Eisiges, Technokratisches. Man konnte erspüren, dass in dem Kopf die Kälte und der Schrecken von gewaltigen Plänen lagen.
Paul klickte erneut auf *Backe-Plan* und schrieb sich alles für das nächste Telefonat mit seiner Mutter ab. Er klickte auch auf *Blut und Boden.* Auf *Arische Rassenlehre.* Auf *SS.* Auf *Hermann Göring. Heinrich Himmler. Volk ohne Raum.* Wieder auf *Grüne Mappe.* Am Ende auf *Barbarossa* und dann war er auch wieder beim *Backe-Plan*, bei der radikalen Aushungerungsstrategie gegen die russische Zivilbevölkerung, bei Mord und Elend und *Führertreue* bis in den Tod – Paul klickte und klickte und notierte die Fakten, mit denen er beim nächsten Telefonat gegen seine Mutter anrennen würde.
Wie seltsam so eine Beziehung war und was man als Sohn gegen seine Mutter alles auffahren musste! Er wollte

jetzt sogar so etwas wie den Überfall auf die Sowjetunion gegen seine Mutter einsetzen, nur um sich als Sohn Gehör zu verschaffen.

Paul wurde von Klick zu Klick immer wütender. »Nordische Gesellschaft« tippte er wieder ein. Auch »Brodem des Moores«. Dann: »Mackensensohn«. »Rilketopf«. »Willy Brandt – Kück« ...

Irgendwann starrte er nur noch in sein Notizbuch und griff zum Telefon. Nun würde sie gleich nicht mehr über ihn hinweggehen mit ihrem Ton, ihren Anweisungen, ihrer Herrschaft!

Er wählte!

Plötzlich wackelte wieder das ganze Haus. Paul sah nach draußen. Immer noch dieser Mann im Garten! Er stand neben der neuen Skulptur, als gehörte alles hier nur ihm.

Paul ließ den Hörer fallen. Er ging mit schnellen Schritten in die Diele und nahm aus der Holzkiste in der Wäschekammer die geladene Pistole. Dann lief er auf den Mann im Garten zu.

Vierter Teil
Finale

37
Heller Schmerz

Kovacs Leute fuhren mit einem Berliner Kennzeichen die Einfahrt zu den Kücks herunter, und Paul fragte sich, wie lange er wohl schon im Moor war. Wie viel Zeit war denn vergangen?

»Branko«, sagte der eine: klein, Lederjacke, dunkle, freundliche, fast kindliche Augen.

»Guten Tag. Ich bin Paul.«

»Chef?«, fragte Branko.

»Ja, Chef«, antwortete Paul.

»Goran«, sagte der andere.

Sie schüttelten sich die Hände.

»Ihr seid also von Kovac?«

Beide nickten. Sie sahen auch ein bisschen aus wie Kovac, wie Brüder.

»Habt ihr es gut gefunden?«, fragte Paul.

»Gibt keine Schild, nur Wiese. Wiese. Alles Wiese«, stöhnte Goran.

»Arbeit, Arbeit«, sagte Goran und zog die Schiebetür vom Bus auf.

»Nein, wir beginnen morgen. Morgen früh Bohrungen und Beton«, erklärte Paul und merkte, dass Goran und Branko noch weniger Deutsch sprachen als Kovac. Hoffentlich ging das in der Zusammenarbeit mit Brüning gut.

Goran nahm ein Bild aus dem Bus, ein weiteres, dann noch eines: Farben, fliegende Körperteile, die unendlichen Serien vom blinden Maler, der nicht aufhören konnte, seine verunglückte Tochter zu malen. Der ganze Bus war beladen damit, mit einem seiner sinnlosesten Projekte. Wie ein Messer stachen die Bilder in Pauls Erfolgsträume. Er starrte in den Bus wie auf sein Berlinleben, das er geschönt und umgelogen hatte und das seine Mutter immer wieder herunterbrach auf ein gescheitertes Berlinleben, in dem weder der Beruf noch die Liebe, geschweige denn die Ernährung funktionierten.

Goran hielt ihm einen Halmer hin, an den er sich erinnerte: Die Arme der Tochter schwebten über dem Kopf und zeigten in ein Licht.

»Kovac voll«, erklärte Branko.

»Kunst, wohin? Muss Platz für Autos!«, fügte Goran hinzu.

»Schon gut. Die kommen in die Scheune. Morgen. Morgen laden wir aus«, sagte Paul.

Die Worpsweder Jugendherberge lag auf dem Weg zum Fluss, am Hammeweg. 1938 hatten dort die Geschwister Scholl übernachtet, Paul wusste das noch aus der Grundschule, seine Lehrerin hatte sogar erzählt, sie sei mit den Geschwistern Scholl Tee trinken gegangen, zu Martha Vogeler, die nicht weit entfernt von Pauls Familie wohnte, im Haus im Schluh. Dort traf sich im Mai 1943 die Widerstandsgruppe »Weiße Rose«, bis die Gestapo den Unterschlupf entdeckte.

»Berühmtes Hotel«, sagte Paul, als er mit Goran und Branko vor der Jugendherberge hielt. Sie vereinbarten, dass er mit dem Bus zurückfahren und die beiden morgen zur Arbeit abholen würde. Goran war sowieso der Meinung, dass es einfacher sei, in Berlin oder in Zagreb eine Straße zu finden als im Moor, wo es immer nur geradeaus ging und alles wie eine einzige Wiese aussah. Es lohne sich, noch ein bisschen am hiesigen Fluss spazieren zu gehen, sagte

Paul. Er beschrieb Goran und Branko den Zauber der Hamme-Niederung und wünschte einen schönen Abend.

Er wollte gerade auf den Hammeweg abbiegen, als ihm das Arschloch mit dem Fahrrad die Vorfahrt nahm. Es fuhr so selbstverständlich durch die Gegend, als gehöre ihm das Teufelsmoor ganz allein. Typisch, dachte Paul, auf der Bremse stehend, während Kovacs Duftbaum hin- und herbaumelte. Dieses arrogante Verkehrsverhalten erinnerte ihn an Christina und ihre schöne Wut über die fahrradfahrenden Akademiker im Prenzlauer Berg in Berlin, die ihrer Meinung nach so fuhren, als gehörte der Osten nur ihnen.

Er stellte den Motor aus und sah dem Mann hinterher, den er nur mit Gewalt aus dem Garten hatte vertreiben können. Ihm gingen noch einmal die Szenen durch den Kopf. Diese ganze Begegnung war nicht nur unangenehm gewesen, sie erschien ihm auch völlig überzogen. So hatte er sich noch nie in einen Kampf geworfen. Nicht mit seiner Mutter, nicht mit Christina oder anderen Frauen, nicht einmal mit seinem Vater, der ihn verlassen und aus Amerika nur noch Spielautos geschickt hatte. Es war, als sei er einer Aufforderung zum Duell nachgegangen: wie zwei Generations-Stiere, die in einem Garten aufeinander losgelassen wurden und sich die Geschichtsbrocken um die Hörner schlugen; wie zwei Geschichtskomödianten, die sich mit dem Schlamm der Zeiten bewarfen.

Paul drehte den Zündschlüssel um und folgte dem Mann auf der Osterholzer Straße, Richtung Ritterhude.

Von der Ortschaft »Viehland« hatte er noch nie etwas gehört. Er parkte in der Einfahrt zum »Wellbrock-Hof« und beobachtete ein winziges quadratisches Haus, das aussah wie ein roter Backsteinwürfel auf einer Wiese.

Im Autoradio lief ein Bericht aus Los Angeles über das

Simon-Wiesenthal-Center, das eine Spur von einem KZ-Arzt verfolgte, der in Argentinien gesehen worden war. Paul hörte die Tochter, die behauptete, sie würde ihren Vater nicht kennen und wisse nicht, wo er sei. Der Anwalt, der für den KZ-Arzt die Mieteinnahmen aus Immobilien weiterleitete, wusste auch nichts.

Paul dachte, dass man natürlich immer auf der Seite der Jäger sein müsste, aber war es nicht übertrieben und maßlos, seinen Großvater zu jagen? Keinen KZ-Arzt, sondern einen Bildhauer mit bäurischer Herkunft, dem vielleicht keine andere Wahl geblieben war? Der sich aber als Künstler offensichtlich verweigerte, indem er Monstren schuf, riesige Bauernminister als monströse Überzeichnungen? Vielleicht war sein Großvater auch ein Verirrter gewesen, der sich verführen ließ wie die meisten anderen in Worpswede? Und später aus lauter Scham seinen Garten vollstellte mit Skulpturen von Sozialdemokraten, Humanisten, sogar Juden und einer Kommunistin aus der eigenen Familie?

Wie seltsam das war: Gegen seine Mutter rannte er mit dem Großvater an, aber wenn es gegen dieses Arschloch von Dr. Rudolph ging, da war er ein Kück-Abkömmling, eine von den Puppen, die er als Kind auseinandergeschachtelt und in denen er immer noch kleinere Puppen gefunden hatte, die mit ein und denselben Augen in die Welt sahen.

Im Radio lief schon der nächste Bericht, er befasste sich mit einem Chirurgen in München, der seinen Job verloren hatte, Sozialhilfe bekam und ohne Zulassung Frauen zu Hause die Brust vergrößerte. Zwischen dem KZ-Arzt in Argentinien und dem arbeitslosen Brust-Vergrößerer in München lief Werbung für WC-Reiniger. Die Übergänge von einem zum anderen sind unerträglich, dachte Paul und schaltete aus.

Er stieg aus dem Kovac-Bus, näherte sich dem roten Würfelhaus, in dem der Mann verschwunden war, und versteckte sich hinter einem Baum. War das eine Art Landhäuschen? Oder lebte der hier? Bei Dr. Rudolph hatte sich Paul eher eine geräumige Eigentumswohnung vorgestellt, am Osterdeich, in den Achtzigerjahren erworben, vielleicht in der Nähe von seinem Dutschke-See von 1968.

Ein Mann mit Staffelei und Pinseln, die aus einem Rucksack ragten, trat vor die Tür. Er stieg auf das Fahrrad und fuhr erneut in Richtung Worpswede. Paul war sich sicher: Das war er. Da gab es überhaupt keinen Zweifel.

Oh, wie schrecklich, der malt auch, flüsterte Paul vor sich hin und wartete, bis er in der Ferne nur noch einen kleinen Punkt erkennen konnte.

Die Tür war nicht abgeschlossen. Er öffnete sie, vorsichtig. Für den Fall, dass jemand im Haus war, würde er sich als Tourist ausgeben und nach dem Weg in die Künstlerkolonie fragen.

»Hallo?«

Keine Antwort.

»Ist da jemand?« Er hörte nichts und trat ein. Hinter ihm knallte die Tür ins Schloß. Er drehte sich um, kreidebleich.

Paul stockte der Atem. Er ging zögerlich auf den Schreibtisch zu, den Blick bewegungslos auf das Foto darüber geheftet. Dieser Mann, diese braunen Locken, dieses schmale Gesicht! Das war doch nicht möglich? Der sah doch aus wie er selbst! Er hielt seine Mutter im Arm, aber seine Mutter war jung, höchstens Mitte zwanzig! Langes dunkles Haar, wunderschön, kornblumenblaues Flatterkleid. Es war eindeutig seine Mutter! Sie band sich gerade einen Zopf, ihr Haarband im Mund, Blick in die Kamera. So konnte nur seine Mutter gucken: königlich, auserwählt, wie eine Moorprinzessin. Im Hintergrund waren die Wiesen zu erkennen, der Garten, der Tisch mit dem Butterkuchen! Aber warum hing diese Aufnahme in diesem Haus? Und wieso sah er aus wie der Freund seiner eigenen Mutter?!

Paul wurde übel.

Er suchte das Bad. Er ließ kaltes Wasser über seine Hände laufen, wusch sein Gesicht. Er blickte in den Spiegel, erschrak vor seinen eigenen Gedanken. Wenn er auf dem Schwarz-Weiß-Foto wie ein Geliebter den Arm um seine Mutter legte, dann müsste er doch jetzt einen etwa 70-jährigen Mann im Spiegel sehen?

Paul zitterte.

Er ging zurück zu dem Foto. Er konnte sich nicht an die Jacke erinnern, die er auf dem Bild trug. Helle Jacke mit rotem Sticker? Er stand eine Weile da und versuchte sich an alle Jacken seines Lebens zu erinnern. Und wenn es gar nicht seine Jacke war?

Er sah auf den Tisch. Ausgeschnittene Zeitungsberichte: der schöne über seinen Jahrhundert-Großvater. Auch der schlechte über die Ausgrabung. Weitere kleinere Büchlein über Worpswede, über Mackensen, die Modersohns. Eine Dienstmarke, Kupfer, rund. Paul nahm sie in die Hand: *Gemeinde-Kriminalpolizei* war eingeprägt, mit Nummer. Er steckte sie in die Tasche.

Er starrte wieder auf das Foto. Das kann ich nicht sein, dachte er, das geht doch gar nicht: ein richtiger Mann mit einer verdrängten Jacke neben meiner blühenden Mutter?? »Zurück in die Zukunft« kam ihm in den Sinn, Marty McFly, der mit einem Fluxkompensator in die Jugend seiner Mutter reist, die sich dann in ihren Sohn verliebt – aber das war ja sowieso bei fast allen Müttern der Fall, alle Mütter liebten ihre Söhne auf eine ganz zeitvergessene Art, da brauchte man überhaupt keinen Fluxkompensator.

Paul nahm das Foto mit seiner knackigen Mutter von der

Wand und drehte es um: »Frühjahr '67«. Er versuchte es wieder mit der Reißzwecke anzubringen, dabei riss er mit dem Arm einen Papierbogen von der Wand:

> Paul Kück behauptet: Marie 1944 von Gestapo abgeholt.
> Aber WOHIN gebracht?? KZ-Recherche! Überall nach-
> fragen!!! Wenn, dann muss es Akten geben. Und wenn
> Marie in keinen Akten auftaucht, GRABE ICH HINTER
> ODER UNTER DER SEELENSCHEUNE!!!

Jetzt ging das hier auch noch mit der alten Scheune und den Seelen los! Er sah auf weitere Papierbögen, die über die ganze Wand angebracht waren:

> KZ Ravensbrück bei Berlin? (Alle Frauen kamen dorthin)
> Archiv anrufen!! Telefon: 033093-608-0.

KZ Ravensbrück? Mit Telefonnummer? Die Vorstellung, dass man wegen seiner Familie in einem KZ-Archiv anrief – sie verließ den Bereich der Bücher und Filme, durch die Paul bisher mit so etwas in Berührung gekommen war.

> Keine Marie Kück in Ravensbrück registriert!! (Auskunft
> von Frau Hundertmark!)
> Also: – – Lebt Marie noch?? (Anrufen: Deutsches Rotes
> Kreuz, Suchdienst, Herr Rehberg 089-6807730! Oder den
> internationalen Suchdienst Bad Arolsen!)
> – – Wurde sie auf andere Art beseitigt? (Wenn ja: Wie?? Und
> warum??)
> – – WAS HAT PAUL KÜCK DAMIT ZU TUN?!?

Die Aufzeichnungen kamen ihm vor wie seine eigenen Kück-Gleichungen, die er als Kind aufgestellt hatte, um das

Rätsel um Nullkück zu lösen und Ordnung in das Leben zu bringen. Auf einem Papierbogen stand:

Kripo-Auto bei Kücks gesehen (April 1945, Zeuge: Nachbar Jahn) Jahn hat Polizeidienstmarke hinter Scheune gefunden!!!

Das nächste Blatt an der Wand war überschrieben mit »Gespräch im Garten 1967«:

Ich fragte: Herr Kück, was ist mit diesem Auto, das Sie hier gefunden haben? Ist das nun von der Kriminalpolizei, der Gestapo oder den englischen Truppen?
PAUL KÜCK LIESS DEN BUTTERKUCHEN FALLEN UND SCHAUTE MICH AN WIE DER TOD!
Ich fragte weiter: Haben Sie denn das ganze Auto auseinandergebaut? Im Schrank ist die Achse, und wo ist der Rest?

Der Schrank, sagte Paul vor sich hin, mein Schrank! Da war die Rede von seinem Geburtsschrank, dem Eichenschrank mit der Stange, an der seine Mutter ihn wegen der Beckenfreiheit zur Welt gebracht hatte. Vorderachse englischer Truppen, hatte sein Großvater gesagt. Aber was bedeutete dieses »Gespräch im Garten 1967«? Woher kam denn nun diese Stange? Konnte es sein, dass seine Mutter während seiner Geburt in archaischer Gebärhaltung an einem Teil von der Kriminalpolizei oder der Gestapo gehangen hatte?
Wo war er hier? Was sollte das alles??
Paul spürte, dass er kurz davor war, Atemprobleme zu bekommen wie beim Graben im Moor. Und wie das hier aussah! Kistenberge, schimmelige Flaschen, vertrocknete Pflanzen, Müll. Durch das Zimmer verteilte Feigen, Pflaumen, Fencheltee-Beutel, Müll. Paul sah auf eine Rech-

nung, Stadtwerke Osterholz, Strom: »Peter Ohlrogge«. Eine für Telefon: »Peter Ohlrogge«. Sparkassen-Auszüge: »Peter Ohlrogge«. Überweisung in die Internisten-Praxis: »Peter Ohlrogge«. Überall an die Wände gelehnte Leinwände. Leinwände im Zimmer. Im Bad. In der Küche. Alle mit der Bildfläche nach hinten. Paul drehte eine um.

Ihn traf fast der Schlag. Der Himmel. Dieser Himmel! Wie in seinem Kinderzimmer. Er drehte eine zweite Leinwand um: Himmel. Eine dritte: Himmel. Die nächste: Himmel. Er lief wie im Fieber durch den Raum, fiel über eine der Kisten, saß daneben, griff hinein: ein uralter Rasierapparat, ein steinhartes Lebkuchenherz, Bremer Freimarkt, Zuckergusszeile »Du bist mein Stern«, es klemmte in einer Moulinex-Maschine. Ein rotes Kartonstück, Aufschrift *Mensch*. Dann: Eine angebrochene, klebrige Flasche mit Weleda-Hustensaft, der sich in der Flasche nicht mehr bewegte, hart geworden war. Genau so einen ... dieser Hustensaft ... den musste ich als Kind auch immer ... dachte Paul. Noch so eine längliche Pistole, auf dem braunen Holzschaft stand »Napoleon«, der Schlaghahn schien schon wieder ... Träumte er? Und wieso jetzt genau so einen Hustensaft, den er früher ...? Gab es das, dass man über dreißig Jahre lang ... und dann in einem Bruchteil ahnte, fühlte, warum einen der Vater nie ...? Vielleicht weil er gar nicht ...

Paul brach den Gedanken ab. Er setzte sich auf den Boden, zwischen die Kisten. Er spürte einen scharfen, hellen Schmerz, nach all den Jahren, in denen so etwas wie ein Schleier um seine frühesten Beziehungen gewesen war. Er dachte an den Tag mit Ulrich Wendland auf dem Weyerberg.

»Ist der Weyerberg auch ein Berg der Wahrheit?«

»Ja, bestimmt.«

Er zog ihn mit hinauf und fragte oben:
»Liebst du mich? Liebst du meine Mutter?«

Paul saß immer noch auf dem Boden. In der Hand der Hustensaft seiner Kindertage.

38
Großvater in der Scheune (Der Brief und Maries Tod)

Der neue Fund war weg, der zweite Reichsbauernführer nirgends mehr zu sehen.

Paul beobachtete Jan Brüning, der mit einem Bauplan durch den Garten lief, plötzlich stoppte und aus seinem Arbeitskittel einen Flachmann mit Kräuterbitter nahm.

»Dree Keerls hebbt de afhaalt«, sagte er, trank den Kräuterbitter in einem Zug aus und warf den leeren Flachmann in die Schubkarre.

»Wie bitte?«, fragte Paul.

»Die große Bronze, die da stand! Abgeholt!«

»Ich weiß«, sagte Paul, der Transporter mit dem neuen Reichsbauernführer war ihm sogar auf der Landstraße entgegengekommen.

»Spedition Schnaars, anständiger Betrieb!«, erläuterte Brüning, der von der Tragweite der Ausgrabung und des Abtransports keinen blassen Schimmer hatte.

Paul wunderte sich, dass er so ruhig blieb, jetzt, wo also die Geschichte außer Kontrolle geraten war. Aber vielleicht war auch ein weiterer Reichsbauernführer, den er nicht mehr unauffällig verschwinden lassen konnte, unwichtig, wenn er gerade das Gefühl hatte, sein ganzer Lebensgrund würde wanken und nachgeben.

Paul lehnte sich an die Marie-Skulptur und versuchte ruhig zu atmen.

Das Haus seiner Kindheit sah mittlerweile aus, als sei es beschossen oder bombardiert worden. Brüning und seine

Mitarbeiter hatten fast alle Wände an den Giebel- und Längsseiten, unter denen gebohrt werden sollte, weggeschlagen und das Dach an einigen Stellen mit Stützvorrichtungen abgesichert.

Morgen würde man in die Erde bohren und dann die ersten Pfahlgründungen durchführen, erklärte Brüning und nahm den Vorschlaghammer, mit dem er die Restmauern entfernen wollte, aus der Schubkarre. Morgen komme es nun darauf an, den angemischten Beton zu gießen bis auf jenen roten Sand, der zehn, vielleicht fünfzehn Meter unter dem Moor lag und der den festen Grund gebildet hatte, lange vor der Eiszeit und lange bevor der Urstrom durch diese Tiefebene geflossen war – erklärte er noch und bekam beim »Urstrom« sogar einen Ton in die Stimme wie ein alter Märchenerzähler.

Paul lief in die Küche, er musste auch hier nicht einmal mehr die Tür nehmen. Er stand vor dem Telefon, um seine Mutter anzurufen, und zitterte. Er wusste nicht, wie er fragen sollte. Ein heller Schmerz, der durch frühe Schleier stach – wie sollte man da fragen? Das kleine rote Haus? Das Foto? Der Mann, der aussah wie er selbst, im Hintergrund der Butterkuchen? Und warum überall an den Wänden die Kindheitsfragen: Marie, Scheune, Seelen, Gestapo, Kripo, Jahn, Auto, Stange, Geburtsschrank?

Er lehnte mit dem Telefonhörer am Kühlschrank, auf dem früher sein Hustensaft gestanden hatte.

Vielleicht würde er einfach so fragen: Wer war der Mann im Garten im Frühjahr '67?

Er setzte sich an den Küchentisch. Der Buchweizenteig war hart geworden. Nullkück, wo war der eigentlich?

Paul lief durch die Räume, die Diele. Das Haus war kein Haus mehr ohne die Wände, es bot keinen Schutz und keinen Rückzug mehr. In Nullkücks Zimmer flimmerte auf dem Bildschirm noch die Seite mit dem Überfall auf die Sowjetunion.

Paul lief weiter in den Garten. Er war erleichtert, weg vom Telefon zu sein, weg von der Frage, die er irgendwann stellen musste und die den frühen Schleier so zerfetzen konnte, dass der Schmerz nicht mehr zu verhüllen war. Er rief Nullkücks Namen, rief noch einmal.

Weinen.

Paul rannte auf die Scheune zu. Er hörte ein jämmerliches Schluchzen, je näher er der Tür kam, die offen stand.

Nullkück saß in einem der alten Obstkörbe. Seine Tränen tropften auf den Brief, den Paul auf den Küchentisch gelegt und nicht mehr wiedergefunden hatte.

Im Briefkopf war ein Park abgebildet und ein längliches Gebäude mit Turm. Darunter stand: »Psychiatrische Klinik Lübeck – Ratzeburger Allee 160«. Der Brief war in kleiner Druckschrift verfasst. Ein eng beschriebenes Blatt, so als habe sich jemand bemüht, alles auf eine Seite zu bekommen.

Es war nicht einfach, aus meinen weißen Mauern wegzulaufen, die mich all die Jahre wenigstens betäubten mit ihren Gitterstäben vor dem Fenster. Ich lege heute diesen Brief in Maries Korb. Ich bin zurück in der alten Scheune. Mit dem Eisenschlüssel, der vorne in der Tür und nicht mehr in Vaters Hosentasche steckt – als sei nie etwas gewesen. Keiner durfte in die Scheune. Keiner durfte zu den großen Seelen, die hier lebendig wurden in der Dunkelheit. Tüchtig gab es Prügel, als ich an die Tür klopfte und mich der Vater in den Garten zog und gegen seine Skulpturen schlug. Stört sie nicht! Stört sie nicht, bis sie sich vollendet haben! // Hilde ging einmal, um Suppe hinzustellen. Ich folgte ihr. Versteckte mich mit Butterkuchen, den ich den Seelen geben wollte.

Hörte, wie der Eisenschlüssel die Tür verschloss. // Marie stand plötzlich da. »Tante Marie«, rief ich, »Marie, bist du nicht abgeholt, hat man dich nicht abgeholt?« und hielt ihr den Kuchen hin. Sie umarmte, küsste mich und weinte. Ihr Bauch war dick, sie roch nach Schnaps. Ich müsse wieder raus, sagte sie, raus, raus, raus. Aber wie sollte ich? Sie nahm mich an die Hand, ich hörte eine Kette über den Boden schleifen. Sie legte mich ins Stroh und sagte: »Schlaf!« Leise sang sie, »Hinterm Weyerberg scheint der Mond hervor / Und der Nebel steigt aus dem Teufelsmoor ...« // Ich erwachte von der Kette und von Schatten, die über Wände eilten. Schlich mich hervor und da sah ich ihn. Er leuchtete mit der Taschenlampe ihren Körper ab, während er sie in den Obstkorb presste. »Schreist ja gar nicht heute!«, stöhnte Vater, »Bist schön still, wenn du trinkst!«. Sie hatte sich ihre Hand in den Mund gesteckt und biss darauf, damit ich weiterschlief und nicht den Vater sah, der auf Marie zuckte wie ein Schwein, während die Kette rasselte. – Habe es heut gesehen, das Kind mit der Null ... Saß da ganz allein in diesem Haus und rührte in einem Topf herum. Kann froh sein, dass es lebt, weil Hilde keine Kinder kriegen konnte. Es war gerade auf der Welt, da trugen sie seine Mutter aus der Scheune. Sie lag wie tot in Vaters Armen. Man brachte sie in den Garten, an den Rand, dort wo hinter dem großen Graben das Moor beginnt. // Ich lege nun diesen Brief in Maries Korb, ich muss es endlich sagen. Manchmal versuche ich zu malen. Ja, ich bin Maler. Maler! Ich male es und alle meine Bilder heißen: Die Mutter backte, Tante Hilde schrie nach einem Kind und Marie lag tot in Vaters Armen ... Ich fahre jetzt zurück nach Lübeck. Ich bin krank. Ich weiß nicht, was die Wahrheit ist. Es war Nacht und der Mond schien in den Garten und in das Teufelsmoor. // P. H. H., Februar 1989.

Paul hielt regungslos den Brief seines Onkels in der Hand und starrte auf den Lübecker Turm.

Das Kind mit der Null hatte sich am Abend mit Cordhose, Hemd und Gummistiefeln hingelegt und starrte durch die eingeschlagenen Wände nach draußen, in die Wolken. Überall war Staub, in seinem Bett, auf seinen Zinnsoldaten, den Schallplatten und den alten Tonkrügen mit den verblichenen Kornblumen. Nicht einmal seinen Computer hatte Nullkück ausgeschaltet und abgedeckt. Er war immer noch online und seine Frauen warteten unter dem Staub auf Antworten.

»Du kannst hier nicht schlafen. Das wird zu kalt in der Nacht«, sagte Paul.

Am Kopfende des Bettes lag das Foto von Hilde. Nullkück hatte es zerrissen, in viele kleine Teile. Ein Stück mit Hildes traurigen Augen war auf den Boden gefallen. Ohne Gesicht sah es aus wie ein tiefer, dunkler Brunnen, in den man niemals hineinfallen durfte. Der Bilderrahmen war zerschlagen.

»Möchtest du bei mir im Zimmer schlafen?«, fragte Paul. »Ich habe ja noch Wände. Bei mir steht die alte Eiche vor dem Fenster. Da sind überall Wurzeln, da kann man ja nicht bohren, weißt du?«

Keine Antwort.

»Lieber Nullkück, Onkel PHH lebt in einer Anstalt. Er ist krank. Es kann gut sein, dass das alles gar nicht stimmt. Ich kann mir nicht vorstellen, dass sie deine Mutter ist.«

Nullkück hielt ihm ein zweites vergilbtes Papier hin, das der Onkel ebenfalls in der Scheune hinterlassen hatte.

Benachrichtigung für die nächsten Angehörigen von Gefallenen

Paul sah sich wieder auf dem Schulhof Malte Jahn gegenüberstehen, beide mit blutigen Kinderfäusten:

»Die Benachrichtigung für die nächsten Angehörigen von Gefallenen!«, schreit Malte, er hat es auswendig gelernt.

»Versteh ich nicht, du lügst!«, schreit Paul.

»Die haben nämlich bei uns geklingelt wegen dem Bildhauer-Schild, du dummer, krimineller Kück! Eure andere Tante habt ihr im Moor vergraben und die Polizei hat sie gesucht!«

In der Schlacht (Gefecht usw.) .... BEI CASSINO, BERNHARDSTELLUNG... am ...19. 12. 1943... fiel Ihr ...MANN... (Sohn, Bruder usw.) ...
H I N R I C H K Ü C K... im Kampf um die Freiheit Großdeutschlands in soldatischer Pflichterfüllung, getreu seinem Fahneneide für Führer, Volk und Vaterland. (»Hat nicht gelitten«, »Kopfschuß« usw.) Zugleich im Namen seiner Kameraden spreche ich Ihnen meine wärmste Anteilnahme aus. Die Kompanie ...HEERESGRUPPE C, 10. ARMEE, PANZERGRENADIERSDIVISION 129, VIERTE KOMPANIE... (usw.) wird Ihrem ...MANN... (Sohn, Bruder usw.) stets ein ehrendes Andenken bewahren und in ihm ein Vorbild sehen.
In aufrichtigem Mitgefühl grüße ich Sie mit Heil Hitler
HAUPTMANN HANS DREXLER

Nullkück sah mit ängstlichen Augen vor sich hin. Sein Vater war zwei Jahre vor seiner Geburt gefallen. Die Harzreise, auf der er angeblich gezeugt worden war, hatte es nie gegeben. Da war Hinrich längst tot.

Der Onkel aus der Anstalt hatte noch ein Blatt angehängt, wieder mit seiner kleinen, fein säuberlichen Druckschrift:

Der Mann, der die Einfahrt herunterkam, gab sie mir. »Bist du ein Kück?« // »Ja«. // »Hier!« // Wie lang trug ich die Nachricht mit mir herum? Ich wollte nicht, dass Hilde auch noch davon getroffen wird. Da habe ich ihren Mann weiterleben lassen. // Ich hätte es ihr geben müssen. Ich wollt es auch. Später, als sie sich das Kind genommen hatte, das der Vater mit Marie ... da konnt ich nicht, wie sollte ich? Wäre nicht alles herausgekommen? Ich wollte, dass mich Vater liebt – – Niemand hat sie abgeholt und umgebracht. Wir haben es selbst gemacht. Meine Mutter backte und hasste. Meine Tante schrie nach einem Kind. Und mein Vater ging in den Schuppen und gab Schnaps. // Geschwiegen haben alle. Geschwiegen habe ich. Ich habe sie auch umgebracht. // P. H. H., Februar 1989.

39
Ohlrogges verstopftes Leben

Ohlrogge saß am Abend vor seinem Haus und betrachtete die Kück-Skulptur, die er sich hatte liefern lassen und die vor dem kleinen Fenster stand, sodass er sie auch von drinnen beobachten konnte. Der Reichsbauernführer überragte das Haus, es ging ihm ungefähr bis zur Brust.

Endlich!, dachte Ohlrogge. Endlich hatte er die Lügen und die Vergangenheit aufgedeckt, ausgegraben und unter Kontrolle gebracht! Jetzt musste er nur noch das Beweisstück in die Künstlerkolonie transportieren und ausstellen! Paul Kück, der Künstler des Jahrhunderts, wäre erledigt und das verlogene Worpswede gleich mit, das offensichtlich glaubte, sich einen Scheißdreck darum scheren zu können, was einer in seinem Garten verbuddelte und auf welchen nordischen Listen er stand!

Ohlrogge hatte die Kück-Skulptur sogar angekettet. Die Kette war am Sockel des Reichsbauernführers befestigt und führte stramm durch das Fenster bis in seine Wohnung und einmal um den linken Bettpfosten herum. Selbst wenn nachts jemand versuchen sollte, die Kette vom Sockel zu lösen, er würde es auch im Schlaf merken, sagte sich Ohlrogge. Die Kette würde scheppernd zu Boden fallen, das Bettgestell vibrieren und durch das abrupte Ende der Spannung das Bett einen Ruck machen. Auf jeden Fall würde er dadurch aufwachen und verhindern, dass die Vergangenheit und die Wahrheit verschwanden. Nein, er hatte die Wahrheit endgültig gesichert, die Wahrheit von Kück, die auch die Wahrheit von Worpswede war!

Er saß da und wartete auf ein Gefühl der Genugtuung, das ihn befriedigte, das ihn erhob über all die menschliche Niedertracht, die er hatte erdulden müssen. Ja, er wartete auf das große Gefühl der Befreiung und je länger Ohlrogge neben der riesigen Kück-Skulptur saß, umso mehr spürte er, dass sich dieses Gefühl überhaupt nicht einstellen wollte und dass ihn nichts, aber auch gar nichts befriedigte und befreite. Wie konnte das sein?! Nun hatte er doch sein Recht, sogar sicher angekettet! Wieso kam denn jetzt, wo er recht hatte, das Elend doppelt über ihn?

Er stellte sich vor, wie er am Tag der KDJ-Ausstellung die riesige Skulptur von der Spedition neben die Kunstschau befördern lässt und die Menschen stumm und teilnahmslos an ihr vorbei in die feierliche Eröffnung strömen. Wie er allein neben die gewaltige Kück-Skulptur tritt und einen toten Mann und ein Dorf zur Rechenschaft zieht. Wie er anklagend neben seinem großen Beweis steht, einem ausgegrabenen Reichsbauernführer, den niemand mehr kennt, wer hatte denn schon von Herbert Backe gehört, außer den neunzigjährigen Bauern von Worpswede? Wie dann seine alt gewordene Liebe an ihm vorbeikommt und er sagt: Johanna. Weißt du noch, wer ich bin? Schau mal, was dein Vater gemacht hat. Erkennst du jetzt endlich deinen Vater?

Wie lächerlich.

Und selbst, wenn alle stehen bleiben und ihm und der Wahrheit zuhören, was ändert das? Ja, was soll sich auf einmal ändern? Dass man sein Leben zurückspult? Die Worpsweder Gesellschaft vor ihm auf die Knie fällt? Abbitte leistet und sühnt? Seine Himmelbilder bei Schröter wieder aufhängt und ihn endlich mit William Turner vergleicht? Und diese verdammten »Hasenmenschen im Zeitalter der

Angst«, die ja auch schon seit Ewigkeiten vergessen sind, nachträglich vom Goya-Sockel stößt?

Ohlrogge saß vor seinem Haus und fühlte sich lächerlich. Er war ein lächerlicher Mensch. Ein Mann, der die Vergangenheit an das Bett kettete wie ein Tier anstatt sein eigenes Leben zu leben! Ein Mann, der mit seinem alten Hass und der Schuld, die er überall verteilte, so sehr in die Jahre gekommen war, dass er nun allein damit vor sich hin lebte. Was war gegen seine Gülleterrorfahrt von damals einzuwenden? Nichts! Er liebte. Er litt. Es war Leidenschaft. Auch die Sache mit Johanna in der Scheune. Im Haus konnte man keine Liebe machen! Entweder am Meer in den Dünen oder in der Scheune! Ja, das war Leidenschaft. Wie konnte sich Johanna danach von ihm trennen? Man trennte sich doch nicht wegen Leidenschaft in einer Scheune? Doch irgendwann war auch seine Liebe verblasst. Nur die Verbitterung, die war geblieben!

In der vergangenen Nacht hatte er geträumt, dass er in der Hamme zu einem bunt geschmückten Kahn schwimmen will, aber seine Beine stecken im Moorschlamm fest. Aufgedunsene Kadaver, Kühe und Hasen treiben auf ihn zu, dazwischen Schuhe aus dem Reparaturgeschäft seiner Eltern in Lauenburg, auch Menschen, die er sein Leben lang gehasst hat, treiben von allen Seiten auf ihn zu: Erfolgskünstler, Touristen, Galeristen, die ihn nicht weiterschwimmen lassen. Als Letztes treibt ihm seine Therapiegruppe entgegen, Frau Bender und Gustav mit seinem irrsinnigen Gerede von der Würde des Menschen; dazu noch aufgedunsene Hobbymaler, die ihre braunen Borstenpinsel in seinen Mund stecken, bis er erstickt. Was für ein Alptraum!

Ohlrogge dachte kurz und vielleicht ein Vierteljahrhundert zu spät: Und wenn er es hätte können ...? Wäre er dann leichter durch den Fluss gekommen, wenn er es hätte können ... verzeihen ...?

Er ging ins Haus und starrte auf das Foto von Johanna mit Mann im Garten. Er hatte das Foto erst vor ein paar Tagen über dem Schreibtisch neben seinen Ermittlungslisten angebracht, nachdem er sich sicher gewesen war, dass es in seinen Kisten Fotos von einem Mann geben musste, der so aussah wie der junge Mann bei den Kücks im Garten.

Es war Ohlrogge genau in dem Augenblick aufgefallen, als ihm der Wendland-Sohn eine der Pistolen entgegengestreckt hatte, mit denen er selbst damals in den Garten gekommen war, um seiner großen Leidenschaft Nachdruck zu verleihen und diesen Klein-Goya von Wendland im Duell zu erschießen, was im Nachhinein theatralisch erscheinen mochte, aber damals war es blutiger Ernst gewesen, Liebe eben, irrational, furchtbar in der Verzweiflung, mörderisch. Also: Der Wendland-Sohn hielt die Pistole auf ihn und Ohlrogge dachte wie vom Blitz getroffen: Diese Ähnlichkeit mit den Fotos in der Kiste! In einer seiner Kisten musste es ein Foto geben, von Wendland mit Johanna vor der Butterkuchentafel! Und als er das Foto vor ein paar Tagen in der letzten Kiste gefunden und »Frühjahr '67« auf der Rückseite gelesen hatte, da war ihm klar geworden: Wendland musste sich schon mit Johanna getroffen haben, als er, Ohlrogge, noch ihr offizieller Freund gewesen war! So war das also: Man wurde viel früher in der Liebe hintergangen, als man ahnte! Der andere hatte sich längst vor der Trennung ins Bild geschoben, sogar in den Garten war er schon eingedrungen! Und das Bild war dann versehentlich in den Trennungskisten gelandet, von Johanna einfach hineingeworfen, wie taktlos, wie widerlich! Jahrzehntelang hatte er ahnungslos mit diesem Wendland in der Kiste gelebt!

Ohlrogge sah wieder auf das Foto. Aber das ist doch meine Jacke, sagte er sich. Die Jacke gehört doch mir! Wieso trägt der meine Jacke? Der nahm sich nicht nur Johanna, sondern auch noch meine Jacke!?

Schon wieder einen Betrug entdeckt, dachte Ohlrogge: Nach 35 Jahren noch einen Betrug entdeckt! Überall kommt die Wahrheit hoch, aus dem Garten, aus den Kisten. Hört denn das nie auf?

Er riss die Kiste mit den alten Klamotten auf, die er in seinem Johannaleben getragen hatte: alte Unterhosen, Hemden, mottige Pullover, einzelne Strümpfe, da war sie: Die Jacke! Die beigefarbene Jacke mit der aufgenähten Tasche und dem Mao-Abzeichen! Nicht dass es ihm um Mao gegangen wäre, auf der Welle war er damals nicht mitgeschwommen, es ging ihm um die Jacke, die Jacke war schön, die Tasche, der weite Kragen. Er zog sie an und stellte sich vor den Spiegel. Das Foto hielt er vergleichend daneben.

Eindeutig dieselbe Jacke!, dachte Ohlrogge empört und verglich sein Spiegelbild ausführlich mit dem Foto an der Wand.

Ohlrogge, sagte Ohlrogge nach einer Weile leise, Ohlrogge, das bist du selbst. Was geht denn in deinem Kopf vor? Du siehst auf ein altes Foto, erkennst deine Jacke, aber dich erkennst du nicht? Hast du schon so sehr den Mann von früher in dir verloren? Du siehst auf ein Foto von dir und denkst, es ist ein anderer, nur weil du glücklich aussiehst? Und Augen hast wie diese fremd gefickte Johannabrut aus dem verdammten Kückgarten? – Und wenn sie gar nicht fremd ... sondern du, nicht er, nicht Wendland, sondern du, Ohlrogge, damals ...?

So ein Quatsch, Johanna hätte doch ... Mein Gott, in was er sich alles hineinzusteigern vermochte! Ohlrogge, rief er, damit muss jetzt endlich einmal Schluss sein! Mit diesen Vergangenheitsgespenstern ist es ab sofort aus und vorbei!

Er ging hinaus und sah wieder den riesigen Reichsbauernführer an, der über das Haus hinwegblickte nach Osten.

Heute Abend, sagte er sich, heute Abend würde er in den Club gehen, egal ob es regnete oder nicht! Egal ob jemand diese verdammte, so mühselig ans Licht gebrachte und hierher geschleppte Wahrheit und Vergangenheit abtransportieren und verschwinden lassen würde! Er musste weg von diesen Gespenstern! Wieder ins Leben kommen!

Heute Abend würde er sich, wenn die Parkinsons nicht wieder alles besetzten, zwei Frauen nehmen! Eine aus Asien, eine aus Lateinamerika, ja, er würde die Enge und den ganzen Vergangenheitsschlamm seines Lebens mit zwei Frauen aus zwei Kontinenten sprengen!

Er schaltete eine CD mit Meditationen an, drehte laut auf und setzte sich nach draußen neben die Bronze. Die Meditationen tönten über die Wiesen, und die Kühe sahen herüber in der Abendsonne. Jedes Mal, wenn ein Auto auf der Schnellstraße vorbeiraste, wackelte die Hauswand, an der Ohlrogge lehnte und zuzuhören versuchte.

40
Schweigen (Muttertelefonat Nr. 6)

Paul ließ den Hörer fallen und legte seinen Kopf auf den Küchentisch. Er hatte soeben seine Mutter angerufen und ihr alles vorgelesen, von vorne bis hinten: Wie ein ahnungsloses Kind Kuchen zu den Seelen in die Scheune bringen will. Wie es sieht, dass sich der eigene Vater die Tante nimmt, sie später tot ins Moor trägt und ihr gerade geborenes Baby sich eine andere Tante nimmt. Und wie das Kind, das vorher nur mit Kuchen Seelen füttern wollte, auf einmal mit einem schrecklichen Wissen in der Welt steht und langsam irre daran wird.

»Wie soll man sich das vorstellen?«, hatte Paul seine Mutter gefragt. »Die eine Tante versteckt, gefangen, angekettet mit dickem Bauch im dunklen Schuppen, während die andere mit Kissen unterm Mantel in freudiger Erwartung durchs Dorf spaziert? Warum hat niemand Marie da rausgeholt?« Er sah dabei aus dem Fenster auf die Scheune. Er würde nie wieder einen Fuß dort hineinsetzen, dachte er und fragte weiter: »Kannst du dir das vorstellen? Wie ein Kind zwischen lauter Schnapsflaschen in unserer Scheune sitzt und sich anschauen muss, was der Vater macht? Und sich am Ende nicht einmal mehr traut, die Benachrichtigung vom Tod des Onkels abzugeben, weil es damit die Lüge und die wahre Geschichte aufdecken würde?«

Seine Mutter schwieg.

»Und ich sitz die ganze Kindheit über in meinem Zimmer und zerbrech mir den Kopf, wie das mit der Fortpflanzung geht! Hat Hilde ihr das Kind dann aus dem Bauch

gerissen oder was? Woran ist Marie gestorben? Am Nationalsozialismus? An der Liebe zum Kolonievater? An Altersschwäche? Wie findest du denn die Geschichte von der Gestapo, die Marie abgeholt hat?«
Schweigen.
Nächste Frage: »Glaubst du, man kann einen Menschen töten, um dafür endlich selbst einen Menschen zu bekommen?«
Schweigen.
»Und glaubst du, meine Großmutter hat da mitgemacht? Oder stand sie einfach nur in der Küche, backte Butterkuchen und wusste von nichts?«
Schweigen.
»Da steht, seit ich denken kann, eine Frau im Garten! Und jetzt würde ich gerne wissen, was mit ihr geschehen ist. Ich frage dich noch einmal wie früher: Liegt Marie im Moor?«
Seine Mutter atmete nur.
»Das war also unsere große Seelenscheune, in der geheimnisvolle Winde im Hohlraum von Großvaters Werken wehten!«
»Schwachsinn. Und so etwas glaubst du?«, erhob seine Mutter plötzlich ihre Stimme.
»Ich kann ja nach Lübeck fahren und PHH selbst fragen«, sagte er.
»Dieser Onkel ist längst tot. Du kannst dir die Reise sparen. Der hat sich erhängt. Mit der Schnur vom Duschvorhang. 1989 schon. In seinem Zimmer in Lübeck.«
»Es gibt einen zweiten Fund«, sagte Paul nach einer Weile, blass vor Wut, dass sie ihn nie über den Tod seines Onkels informiert hatte. »Wir haben herausgefunden, dass es einen Nachfolger gibt. Der Erste in unserem Garten beschäftigte sich mit der Blut- und Bodenideologie, das war Hitler

irgendwann zu unkonkret. Der Neue hatte höhere Pläne. Der hält zwar den Arm schön unten, war aber noch schlimmer. Der legte die Ministerien für Agrarfragen und Massenmord einfach zusammen. Bis gestern stand er im Garten deines Vaters, wurde aber schon von der Touristik GmbH oder sonst wem abgeholt.«

Paul überlegte, ihr noch den gesamten Backe-Plan vorzutragen, der in seinem Notizbuch stand: Überfall auf die Sowjetunion. Aushungerungsstrategie für den Ostraum. Grüne Mappe. Rassenlehre etc., doch er sagte nur: »Weißt du, ich finde das mit diesen großen Scheißskulpturen im Garten gar nicht so schlimm. Kannst du dich noch an die inneren und äußeren Kühe erinnern?«

Sie schwieg wieder.

»Äußere Kühe hatte man im Stall und auf der Wiese, und wenn man sie verkaufte, konnte man das Land verlassen. Aber wenn man innere Kühe hatte, dann kam man nie wieder raus aus dem Moor. Und wir sind auch nie herausgekommen. Wir haben den inneren Hitler in unserer Familie. Mit den Skulpturen im Garten hätte man leben können, aber mit einem inneren Hitler geht das nicht.«

»Ruf an, wenn du einen anderen Ton gefunden hast«, sagte sie und legte den Hörer auf.

Paul hatte gleich danach wieder angerufen. Im Grunde wollte er die ganze Zeit etwas anderes fragen.

Sie nahm nicht ab.

Er wählte von Neuem, ließ es klingeln.

Nichts.

Wie sie wieder über ihn hinweggegangen war, dachte er. Warum hatte sie ihm damals nicht vom Selbstmord seines Onkels erzählt? Und auch nie danach? Kein Wort über den Tod ihres Bruders. Kein Wort über ihren Vater im Krieg. Und nie ein Wort über ihre Mutter und Marie. Dafür immer nur, wie dumm es sei, in Berlin zu leben, mit sinnlosen Projekten, mit erfolglosen Malern, mit unpassenden Frauen. Ohne Salat und richtige Vitamine. Ohne Sonnenuntergänge auf Lanzarote. Ohne ihre neue Künstlerkolonie. Ohne ihre Seminare. Ohne sie! Und wie sie nun wieder über Tausende von Kilometern, über das Meer, die Wüste und Berge hinweg bis hier ins Moor hinein herrschte mit ihrem Schweigen, mit den Erklärungen, was ein falscher Tonfall war, und mit dem anschließenden Auflegen des Telefonhörers. Sie herrschte, und wenn man sie nicht herrschen ließ, entzog sie sich und legte auf.

»Geh ran!«, rief er in den Hörer.

Gleichzeitig stellte er sich seine Mutter vor, wie sie jetzt hilflos durch ihr Haus auf der Insel lief. Eine alte Herrscherin, die vielleicht wusste, dass sie ihr Vaterland nicht mehr lange halten konnte. Paul brach seine Wut wieder mit Rührung. Er musste nur aufbegehren, und schon kamen das schlechte Gewissen und die Bilder von der Mutter, die traurig war. Und so würde er sein ganzes Leben der ewige Sohn bleiben. Die einen vergruben ihre Geschichte, er vergrub jeden Tag seine Wut. Was sollte seine Mutter denn auch sagen: Ihr Vater ein Vergewaltiger? Ihre Mutter eine Mitwisserin? Ihr Bruder, ein Traumatisierter, ein Hin- und Hergeworfener zwischen Kunst und Bauerntum, zwischen Ruhm und festem Boden, fast wie Paul? Am Ende verrückt geworden, Tod durch einen Duschvorhang im Irrenhaus in Lübeck?

Paul versank immer mehr in seiner mit traurigen Bildern und schlechtem Gewissen verrührten Mutterwut, als sie den Hörer abnahm.

»Ja! Was willst du jetzt?«

Er schwieg einen Moment.

Dann sagte er: »Ich war in einem kleinen roten Haus,

hinter Worpswede, bei einem Mann ... Da waren Fotos von dir und ihm im Garten ...« Er zögerte.
»Ich höre!«, sagte sie streng.
»Da stand auch mein Hustensaft von früher ...«
»Ja, und?«
»Schon gut«, sagte Paul leise.

41
Ohlrogge im Don-Camillo-Club (III)

»Du kommst ja heute ohne Regen?«, wunderte sich Martha und statt Ohlrogge die Haare wie sonst mit einem Handtuch zu trocknen und seinen Regenanzug nach draußen zu hängen, richtete sie ihm den Hemdkragen und öffnete den obersten sowie untersten Knopf seines Jacketts.

»Ich nehme heute zwei Frauen. Sind die Parkinsons da?«, fragte Ohlrogge.

»Wir haben eine Neue«, sagte Martha. »Die kommt aus Russland und sieht aus wie ich mit 20.«

Ohlrogge setzte sich an die Bar. Es war noch früh. Der Club öffnete um acht Uhr, jetzt war es zehn nach acht.

Bisher war der Porno nur auf dem Mini-Bildschirm zu sehen gewesen und meist funktionierte ja auch der Videorekorder nicht, sodass Ohlrogge viele Abende selbst auf der Fernbedienung herumgedrückt hatte. Heute jedoch lief alles störungsfrei über die gesamte hintere Wand des Clubs, und die Frau, ihre Brüste und das Geschlechtsteil des Mannes waren nun beeindruckend groß.

»Beamer, nagelneu!«, erklärte Martha. »Trinkst du wieder deinen Tee?«

»Nein«, antwortete Ohlrogge. »Ich nehme heute einen Whisky.«

»Hast du gehört, die Künstlerhäuser von nebenan, mit den ausländischen Malern? Die werden geschlossen. Es gibt kein Geld mehr für Worpswede. Die Künstler sollen jetzt nach Lüneburg. Nach Lüneburg! Wer will denn dahin?«

»Keine Ahnung«, sagte Ohlrogge. Er sah immer noch auf die Geschlechtsteile, obwohl er den Film von der Frau, die zum Putzen kam und dann doch nicht putzte, in- und auswendig kannte. Aber bisher war alles eben sehr klein gewesen und nicht mit solchen Riesenteilen, die ihm ähnlich überproportioniert erschienen wie der Guss des Bauernführers vor seinem Haus.

»Die Neue spricht sogar ein bisschen Deutsch. Ihre Mutter kommt aus einer deutschen Familie. On the rocks?«, fragte Martha.

»On the rocks ...«, wiederholte Ohlrogge, er hatte vergessen, was das überhaupt war, aber Martha sagte so selbstverständlich »on the rocks«, dass er mit dem Kopf nickte.

Es klingelte. Martha ging zum Eingang und öffnete. Eine Frau lief mit Mütze und Mantel auf die Pornowand zu und öffnete die Tür zu den hinteren Zimmern. Sie klappte ein paar der zentralsten Körperteile einfach auf, was Ohlrogge so vorkam, als laufe jemand in die Pornomenschen hinein.

»Das war Sylwia. Nettes Mädel«, sagte Martha.

Ohlrogge kannte Sylwia schon. Er hatte sie an einem der anderen Abende auf dem Zimmer gehabt. Sylwia kam aus Polen, war zehn Jahre in Frankfurt gewesen und seit ein paar Wochen im Club. Im Gegensatz zu den anderen Frauen war sie alt, sogar hässlich. Man sah, wie die Schminke in den Rillen und Furchen zusammenlief, wenn sie leicht schwitzte. Ihre Narbe an der Brust war Ohlrogge erst aufgefallen, als sie sich ihren BH wieder anziehen wollte. Vielleicht hätte er es schon vorher bemerken können, aber es war an einem dieser Parkinsontage gewesen. Die gesamte Osterholzer Gruppe war in neuer Besetzung in den Club eingedrungen und hatte alles abgegrast. Nur Sylwia saß noch da, und man musste schnell handeln, bevor die Parkinsons aus den Zimmern kamen und ohne ein

Getränk einzunehmen sofort die zweite Runde einläuteten.

Ohlrogge erschrak, als er die Narbe erst nach dem Sex sah. Er suchte nach Worten, die diese Situation überspielten; er wollte ohne diese spürbare Ernüchterung, die für Sylwia doch kalt wirken musste, seine Socken aus den Schuhen ziehen und sich, ohne zu schweigen, ankleiden. Dieses Schweigen, das nach solchen Sex-Begegnungen aufklaffte wie ein Erdgraben. Um so etwas halbwegs überbrücken zu können, musste er immer irgendwelche Dinge erzählen oder die üblichen Fragen stellen: Woher kommst du noch mal genau? Wie lange bist du schon in Deutschland? Fährst du oft in die Heimat? ... Ohlrogge hielt sich für einen höflichen Freier, keinen, der auftrat wie jene Worpsweder Künstler, die den Feminismus und die Selbstverwirklichung ihrer Partnerinnen schon seit über dreißig Jahren ertragen mussten und nun wenigstens im Club die Frau wieder in die Vergangenheit zurückstoßen wollten. Ohlrogge war eher jemand, der dazu neigte, die Begegnungen im Don-Camillo-Club auf eine sensiblere Art und Weise emotional aufzuladen.

Als zum Beispiel mit Sylwia das Polenthema relativ schnell erschöpft und Ohlrogge noch nicht einmal bei den Hemdknöpfen war, erzählte er ihr einfach von einer Frau aus dem Moor, die keine Kinder kriegen konnte, sich mit dem Messer vor den Spiegel setzte und Gott strafen wollte, weil er sie als Frau verleugnete und ablehnte. Als er schließlich seine Schuhe gebunden hatte, saß Sylwia wie versteinert da. Der BH war ihr aus der Hand gefallen. Ohlrogge hatte vermutet, es wäre der Smalltalk über Polen gewesen, der sie hatte verstummen lassen, die Belanglosigkeiten über ihre Heimat, mit denen er die Entdeckung ihrer hässlichen Brust zu überspielen versucht hatte. Deshalb hatte er plötzlich von der Frau aus dem Moor erzählt, etwas aus dem Leben, aus einem gescheiterten Leben, er wollte sich einfach der Situation und ihrer verunstalteten Brust stellen. Und letztlich war das ja auch sein Thema: Warum manche Menschen immer weiter bestraft wurden, immer noch ein Rückschlag und noch einer. Er setzte sich an die Bettkante und erzählte Sylwia die gesamte Kückgeschichte: Wie er verlassen wurde, und wie man ihn aus der Worpsweder Gesellschaft ausschloss und seine Bilder abhängte. Wie ihn der Vater von Johanna sogar mit einer Flinte über den Haufen schoss und danach auch noch ruinierte, nur weil er, Ohlrogge, krank, blind und taumelnd vor Liebe seinem Herz Luft machen wollte.

Er öffnete wieder sein Hemd und zeigte Sylwia die Schussnarben an seinem Arm. Er hielt sie vor ihre traurige Brust wie zum Vergleich.

»Worpswede!«, sagte er. »Bei dir Polen, bei mir Worpswede! Künstler, die schießen und Schadensersatzforderungen stellen! Kriminelles, verlogenes, geldgieriges Worpswede!«

Im Prinzip war er auch hier im Nachhinein betrogen worden. 100 Euro für Brüste mit Narben, dachte Ohlrogge. So etwas kann einem nur in Worpswede passieren, 100 Piepen für verstümmelte Titten! Worpswede beutete ihn immer noch aus, wo es nur ging! Die Malschule nahm viel zu hohe Provisionen und im Don-Camillo-Club bekam er nicht einmal Rabatt, wo er doch eigentlich schon mehrmals zum Kunden des Jahres oder KUNDEN DES JAHRHUNDERTS hätte gekürt werden müssen, nur das heiße Wasser für seinen Fencheltee war umsonst!

Ohne Club ging es allerdings nicht. Schon, wenn es zu regnen begann und er seinen Schutz- und Tarnanzug überstreifte, spürte Ohlrogge dieses Flirren. Ein drängendes Fliegen im Bauch, das sich bis in die Fingerspitzen ausbreitete. Es begann zu regnen und schon kam dieses Flirren und Fliegen, ein kurzer Glückszustand, wie ein Sog, er musste dem folgen. Der Regen, rechtfertigte er sich, war wie ein göttlicher Fingerzeig, den es zugegebenermaßen ziemlich häufig gab in Norddeutschland. Und nun war er sogar schon ohne Regen in den Club gekommen.

»Hallo«, sagte Ana. Sie setzte sich auf den Barhocker und rutschte etwas auf dem Stuhl herunter, um auf Augenhöhe ihres vielleicht ersten Kunden zu kommen, dabei schoben sich Ohlrogge Beine entgegen, wie er sie noch nie gesehen hatte.

»Ich bin Paula«, sagte Ana. In Hamburg hatte man sie »Olga« genannt, da durfte sie sich keinen Namen aussuchen. Sie streckte dem Gast die Hand entgegen und berührte mit ihrem Bein beiläufig das seinige, fast wie mit einem Flügelschlag.

»Paula ... Very nice ...«, sagte Ohlrogge und griff schnell nach seinem Whiskyglas, das on the rocks vor ihm stand.

»Die Malerin. We can talk in German. No problem«, erklärte Ana und sah ihn an.

»Die Malerin ... Fantastisch ...«, sagte er, obwohl die Frauen hier in der Regel Vanessa, Michelle, Danielle, Ivonne oder Coco hießen und nicht Paula. Bei Paula dachte er eher an ein schwieriges Eheleben mit Otto Modersohn, an die Flucht nach Paris und an die sieben Tage bei ihm im Emanzipationshaus, aber für die abtörnende Worpsweder Kunstgeschichte war es zu spät: Ohlrogge hatte in diese Frau schon alles hineinprojiziert, was ein Mann in dreißig Sekunden in eine Frau hineinprojizieren konnte. Dieses Wesen musste er retten!

»Ich lebe in Paulas Haus ... Also, Paula lebte in meinem Haus! Ich bin auch Maler ... Painter!«, sagte Ohlrogge und hielt kurz inne, weil er hier seit Jahren als Arzt auftrat.

»Dein Name?«, fragte sie.

»Anton«, er hätte am liebsten gleich »Peter« gesagt. Wenn er schon »Maler« sagte, hätte er auch »Peter« sagen können, aber »Anton« hieß er hier nun einmal, das war auch bei Sylwia, Mariella, Carmen, Lilly, Chantal, Rabea oder Hanna und allen anderen so eingeführt. Und sogar bei Martha hieß er so, obwohl sie ja wusste, dass er nicht Arzt, sondern Mallehrer in den Hammewiesen war, und sicherlich wusste sie noch mehr, machte aber niemals Andeutungen oder stellte Fragen, sondern ließ ihm diese andere Welt im Club.

»Anton«, sagte Ana. »Anton ist schön.«

Um ihren Körper weiterhin betrachten zu können, ohne dabei gleichzeitig Sätze bilden zu müssen, nahm Ohlrogge wieder sein Whiskyglas.

Scheiße, gleich kommen die Parkinsons, dachte er, die kommen bestimmt! Wenn er jetzt trank, musste er auch Paula zu einem Schampus einladen, das war nicht nur teuer, sondern in der Zeit würden auch die Parkinsons hier einbrechen und diese Frau wahrscheinlich sofort vom Stuhl reißen.

»Magst du ins Zimmer?«, fragte er direkt.

»Gut«, sagte sie und stand auf.

Ohlrogge führte noch schnell sein Glas zum Mund. Er wollte möglichst so trinken, wie man in Filmen trank, und schüttete alles hinunter.

Ana hatte bei Martha bereits einen Zimmerschlüssel geholt und lief auf die Tür in der Pornowand zu.

Ohlrogge stellte das Glas ab. Er brannte und folgte der Frau.

42
Nullkück will die Augen nicht mehr schließen

In der Nacht begann Paul, die Kindheit zu begraben.
Wenn die Pfahlgründung abgeschlossen sein würde, müsste er noch mit den Maurern das Schließen der Wände durchsprechen, dann könnte er abreisen und den Verkauf des Hauses von Berlin aus betreiben, während Nullkück alles wieder schön herrichten würde: Gras säen, die Wände streichen, überall putzen. Hauptsache so schnell wie möglich verkaufen, das Geld nehmen und damit etwas anderes aufbauen, dachte Paul. Etwas Neues!
Er sollte sich lieber einen Makler nehmen, um nicht hier bei Nullkück sein zu müssen, wenn das Haus verkauft werden würde. Diesen Anblick könnte er nicht aushalten. All die stummen, schreienden Gedanken, wenn Nullkück seine Sachen packen müsste: die Zinnsoldaten, seinen Werkzeugkasten, die Schallplatten, das alte Nordmende-Gerät, sein Fernglas, die Landkarten, den Buchweizen und den Topf, die zwei Cordhosen. Wenn er den klobigen Computer mit den Landfrauen und der Flatrate für immer ausschalten würde, um danach in ein Heim gefahren zu werden. Wozu gab es denn Makler? Ein Makler sollte die Vergangenheit abwickeln und dabei kühl und sachlich all das bedenken, was bei so einem Verkauf wichtig war, die Provision könnte man auf den Preis draufschlagen.
Paul stand auf und lief durch das Haus. Er sah im Mondlicht, dass Nullkück immer noch vor sich hinstarrte in seinem durchhängenden Bett, seiner schützenden Mulde,

zwischen den herumliegenden Ziegelsteinen und eingeschlagenen Wänden.

»Du musst in der Früh aus dem Bett raus. Dann kommen die Erdbohrer«, sagte Paul.

Er nahm Nullkücks Hand. Sie war ganz kalt.

»Weißt du, die müssen hier mit den Bohrern und Maschinen rein.«

Er wollte ihm eigentlich sagen, dass er morgen noch alles mit Brüning klären und dann in zwei, drei Tagen abreisen und sich um sein eigenes Leben kümmern würde. Irgendwann müsste er endlich in irgendetwas hineinfinden, dachte er, er stand immer nur am Rande, er war noch nirgendwo angekommen, er musste endlich etwas Richtiges aufbauen. Aber wie sollte er etwas aufbauen, wenn bei ihm der ganze Unterbau wankte? Konnte man etwas aufbauen ohne Untergrund? Würde das halten?

Da stand auch mein Hustensaft von früher.
Ja, und?
Schon gut.

Nullkück zog die Decke über den Kopf. Die Fetzen des zerrissenen Fotos von Hilde fielen auf den Boden.

»Sollen wir morgen deinen Computer in meinem Zimmer aufbauen?«, fragte Paul. Der Rechner surrte vor sich hin.

Keine Antwort.

»Wir müssen morgen auch das Seil von Luther nachspannen, ich glaube, du hast das gestern gar nicht geprüft? ... Wie geht's denn Tinchen? ... Du kannst mir auch mal etwas mailen, wenn du willst ...«

Nullkück drückte und umklammerte Pauls Hand, so als wollte er sie nie wieder loslassen.

»Ich mag Tinchen«, sagte Paul nach einer Weile. »Tinchen55, oder?«

Nullkück hielt nur seine Hand.

43
Ana und Ohlrogge im Himmelbett

Ana verließ noch einmal das Zimmer. Ohlrogge zog sich schnell aus. Er wollte immer schon nackt sein, wenn die Frauen wieder zurückkehrten, nachdem sie das Geld bei Martha abgegeben und sich für die Arbeit frisch gemacht hatten. Dieses Herunterziehen und Heraussteigen aus den Hosenbeinen war ihm in Gegenwart der Frauen unangenehm. Einmal waren ihm seine Feigen für die bessere Verdauung herausgefallen, ein anderes Mal hatte er das Gleichgewicht verloren und war zu Boden gestürzt. Dazu kam das Weglegen der Schuhe und Strümpfe, die ja oft etwas feucht waren und möglichst von der Hose oder Jacke verdeckt werden mussten, damit sie nicht offen herumlagen und herüberrochen. Es war schon vorgekommen, dass Ohlrogge gar nicht entspannen konnte, weil er sich mehr auf einen käseartigen Geruch konzentrierte als auf die gebuchte Frau. Er ging nur noch mit Einlegesohlen in den Don-Camillo-Club, die mit Zedernholz und Zimt präpariert waren.

Zimmer 1 war das schönste. Es gab ein Himmelbett mit traditionellen Eichenbettpfosten und von der Dachkonstruktion hing ein zarter, transparenter Stoff herunter. Locker und modern drapiert. Der Himmel war hellblau. Zwar sah Ohlrogge durch die Vorhänge auf die Lichter des Barkenhoffs wie auf seine alten Träume von einer weiß strahlenden Terrasse, die er für sein Leben erhofft hatte, dennoch wähnte er sich hier in einer anderen, einer besseren Zeit.

In Zimmer 1 wie auch in den anderen Clubzimmern fühlte sich Ohlrogge jünger, als er war. Vermutlich würden sich die meisten Menschen jünger fühlen, als sie waren, wenn man sie nicht ständig von außen auf ihren Verfall aufmerksam machte. Aber in diesen Zimmern wies ihn keine Frau darauf hin, dass das Alter gekommen war. Im Gegenteil: Die Frauen hier wussten, worauf es ankam. Als Mann lebte Ohlrogge nur noch in diesen Zimmern. Und in all den Jahren, in denen er sie aufgesucht hatte mit seinem Regenüberhang; mit jeder Frau, die er hier aus exotischen oder osteuropäischen Ländern vorgefunden hatte; mit jeder Michelle, Danielle, Coco oder Chantal waren ihm die Wege draußen zu den norddeutschen Frauen voller Mühen, viel zu lang und endlos erschienen. Er hatte keine Sprache mehr für solche Wege.

Ohlrogge hatte seine Anziehsachen über den Sessel gelegt, die Schuhe trotz der Zimt- und Zedernholzsohlen zugedeckt und saß nackt und fertig am Rande des Himmelbettes. Er sah auf die Tür, die gleich geöffnet werden würde von einer Frau, wie er sie hier noch nie gehabt hatte. Sie war nicht nur unendlich schön, jung und groß, sie hatte sogar einen Sinn für Kunst, für Malerei. Dabei wirkte sie so, als hätte sie sich verlaufen in dieser Welt. Wie ein großes, verlorenes Mädchen würde sie gleich in das Zimmer 1 eintreten, und nun lag es an ihm, ob er sie danach weiterhin verloren aus dem Zimmer wieder hinaustreten ließ oder ob er in der Lage war, sie zu retten.

Er kam sich bei dem Gedanken einen Moment lächerlich vor und fasste an seinen Schwanz. Eine Frau retten, in welcher Welt denn? Etwa da draußen, wo er bisher nicht einmal in der Lage gewesen war, sich selbst zu retten? Vielleicht hätte er vorher noch auf Toilette gehen sollen, dachte er. Er befühlte seine Nasenlöcher, ob irgendein unvorteilhaftes Haar herausstand, was ihm normalerweise bei den anderen Frauen gar nicht in den Sinn kam, weil er wusste, dass bei allem, was sie in Kauf nahmen, Nasenhaare völlig egal waren.

Ana setzte sich neben ihn. Sie breitete das Handtuch aus. Sie löste ihren BH. Sie zog den weiß schimmernden Slip aus und legte sich seitlich hin.

Ohlrogge bewegte sich in die Mitte des Bettes. Er kniete neben ihr. Er strich über einen feingliedrigen Fuß mit rosa lackierten Nägeln. Sensibler, wohlgeformter großer Zeh, dachte er. Manche Frauen hier hatten klobige, fast viereckige oder kartoffelförmige, manchmal hammer- und krallenartige große Zehen mit Hühneraugen, da nutzte auch der Lack nichts mehr wie bei Sylwia, aber dieser große Zeh war wirklich unbeschreiblich schön, wie Ohlrogge empfand.

Er ließ seine Hand über ihre Beine gleiten. Über den Bauch bis zu den Brüsten, die klein waren. Márquez fiel ihm ein, Ohlrogge hatte ein Buch von Gabriel García Márquez gelesen, in dem ein Mädchen knospende Brüste hatte, die von einer heimlichen Energie bedrängt schienen, kurz vor dem Ausbruch. Besser konnte man es nicht sagen und diese Frau hatte solche heimlichen Márquez-Brüste.

Er ließ beide Hände weiter über ihren Körper gleiten. Hoch bis zum Hals. In die Haare. Zum Mund. Dieser kleine schiefe Zahn oben links in ihrem leicht geöffneten Mund! Er drückte ihr Becken leicht zur Seite, sodass sie auf dem Rücken lag. Ohlrogge öffnete ihre Schenkel. Er zog sie an sich heran. Er gedachte nun gleich einzudringen.

Ana griff nach dem Gleitgel und dem Kondom in ihrer Tasche. Die Gesichtszüge ihrer Freier zeichnete sie schon lange nicht mehr, mit Licht und Schatten hatte sie nie Fortschritte gemacht. Sie sah auch nicht mehr hin, sondern schloss die Augen, wenn die Männer über ihr kamen und dann stöhnend auf sie heruntersanken. Doch welcher Ausdruck wohl auf dem Gesicht eines Malers liegen würde, oder war ein Maler hier auch nur ein ganz gewöhnlicher Mann, dem bei einer jungen, nackten Frau alles andere in den Sinn kommen würde als Malerei und Licht und Schatten? Sie sah ihn an. Wie selig er über sie kam. Marija, dachte sie, sie glaubte wirklich, sie sähe das Lächeln der toten Freundin, das auf ihrem Gesicht geblieben war, nachdem sie in der Grube gespielt hatten – damals, als Ana und Marija Kinder waren.

Es war draußen vor der Stadt gewesen. Eine hohe Sandwand löste sich und verschüttete die beiden. Ana bis zum Mund, ihre Freundin erstickte. Bei dem Begräbnis sah Ana sie in einem kleinen Sarg liegen und versuchte noch in der Kirche, das Lächeln und die erstarrte Seligkeit zu zeichnen. Wenn sie das Lächeln festhielte, stellte sich Ana vor, dann würde ihre Freundin es für immer behalten. Danach zeichnete sie Katzen und Tauben, die sie tot in den Straßen vorgefunden hatte. Sie blieb oft abends mit ihrem Block stehen, wenn sie Menschen sah, die in Kartons und Decken gehüllt wie leblos in den Hausecken lagen. Später, als sie ihre Mutter zum Putzen begleitete, lief sie durch die großen, fremden Wohnungen. Einmal fand sie einen betrunkenen Mann vor. Mit offener Hose und Schuhen lag er im Bett, schlief, und Ana zeichnete ihren ersten Akt. Sie wollte nun immer mit zum Putzen, weil sie hoffte, weitere Männer vorzufinden, vielleicht sogar ihren Vater, der irgendwo in der Stadt lebte. Ihre Mutter kam aus einer deutsch-baltischen Familie, putzte auch Wohnungen von hohen Diplomaten und verehrte Gorbatschow. Als er einem Putsch zum Opfer fiel, begann ihre Mutter auf Deutsch Tagebuch zu schreiben über das Leben einer Putzfrau im Zusammenbruch der Sowjetunion. Ihre Mutter hielt sich für eine der letzten russischen Putzfrauen, sonst putzten nur noch Ausländerinnen.

Die nächsten zwanzig Minuten umfasste sie Ohlrogges Männlichkeit wie einen verängstigten Vogel. Er selbst hatte es nicht bemerkt. Er dachte, er wäre bereit. Er hatte sie schon in Gedanken bestiegen, umfasst, genossen, besessen, aber nun sah er, wie sie sich kümmerte. Sie rieb hoch und runter. Sie streichelte. Sie versuchte das Kondom mit dem Mund herunterzuziehen, überzustreifen, doch jedes Mal verkroch sich der Vogel in sein Nest.

Was sollte auch dieser ganze Mist mit dem Retten, mit der Verlorenheit in dieser Welt, mit den Márquez-Brüsten, dachte Ohlrogge. Kein Wunder, dass man bei diesen Überhöhungen nicht hinterherkam! Vielleicht hemmte ihn auch die Kückgeschichte und dass er eigentlich immer noch auf dieses verdammte Gefühl der Genugtuung wartete, das ihn endlich befriedigen und befreien sollte, jetzt, wo er im Recht war und den Reichsbauernführer als absoluten Beweis in Besitz genommen hatte. Vielleicht hemmten ihn auch diese Augen, die ihn im Kückgarten angesehen hatten und die aussahen wie seine eigenen auf dem Foto vom Frühjahr '67, aber seine eigenen Augen mit anderen Augen zu vergleichen und daraus Schlüsse zu ziehen, das war doch Wahnsinn! Nein, der junge Mann aus dem Garten war und blieb eine Johannabrut, fremd gefickt mit diesem Klein-Goya, sonst hätte sie sich ja nicht trennen müssen, sonst hätte man ihm das doch mitgeteilt!

»Alles in Ordnung?«, fragte Ana.

»Ja, ja«, sagte er und nahm ihn nun selbst in die Hand, die immer noch leicht geschwärzt war vom Herumgraben im Kückgarten. Er starrte zwischen ihre Beine. Er rubbelte an seinem Schwanz herum, riss mehrere dieser kleinen Tüten auf, weil ihm die Kondome allesamt abglitten und sich so verschrumpelten, dass er nicht mehr wusste, wie herum man sie im Prinzip hätte überstreifen sollen. Er wurde zunehmend unruhiger. Er riss und rubbelte, sah einmal fast flehend in den hellblauen Himmel des Bettes, aber es war und blieb ein Knubbel, den er in der Hand hielt, ein lächerlicher Piepmatz, keinen halben Meter vor Gottes verlockendster Schönheit.

Draußen erklang wieder diese Melodie. Es schien, als würden die Kosaken direkt im Garten vom Don-Camillo-Club tanzen.

Ana sprang auf und sah durch den Vorhang. Danach beugte sie sich über das Bett und küsste Ohlrogge auf die Stirn.

»Darf ich Ihre Bilder? Gibt es Ausstellung?«, fragte sie.

»Ausstellung ...«, sagte er vor sich hin, verdüstert in seiner Verzweiflung. »Ausstellung ...«, wiederholte er, wie ein Schiffbrüchiger, den man zu retten im Begriff war, der sich aber so abrupt von seinem bereits hingenommenen Untergang nicht verabschieden konnte und ungläubig »Land« vor sich hin murmelte.

»Ja, Ausstellung!«, sagte sie und küsste ihn auf die Wange.

»Ja, ja ...«, sagte Ohlrogge, er fummelte noch am allerletzten Kondom herum, so als läge das Problem in einer schlechten Materialverarbeitung.

»Zufälligerweise läuft gerade, glaube ich, gar keine Ausstellung«, er suchte nach seiner Unterhose, er wollte nun so schnell wie möglich seine Scham bedecken, dabei riss er aus Versehen den Sessel mit seinen Anziehsachen um.

»Bei Ihnen? Können wir das machen? Zu Hause?«, fragte Ana.

Bei mir, dachte Ohlrogge, bei mir zu Hause?! So etwas hatte ihn seit 1968 niemand mehr gefragt! Nicht einmal eine seiner Hobbymalerinnen oder Frau Schröter, ganz zu schweigen von einer jungen, göttlichen Frau wie dieser! »Ja, ja ...«, stotterte Ohlrogge dahin, »Scheißsessel« sagte er, er war innerlich im Ausnahmezustand und stieg nackt über das umgestoßene Polstermöbel, um nach seiner Unterhose zu greifen. Er hatte in Viehland in seinem Häuschen nie Besuch gehabt, dachte Ohlrogge, außer von Kunsthistorikern und Touristen, die aber nicht wegen ihm kamen, sondern wegen Paula Modersohn-Becker und ihrer Emanzipation, die sieben Tage in seinem Haus stattgefunden hatte. Außerdem konnte er sich gar nicht vorstellen, wie eine Frau in seine Behausung mit den Vergangenheitskisten überhaupt hineinpassen sollte! Und dann auch noch die Bilder anschauen, die er seit wie vielen Jahren vor sich selbst versteckte?

»Morgen? Machen wir das morgen?«, fragte Ana.

»Ja, ja, morgen, das ist gut ...«, sagte Ohlrogge, endlich seine Scham verhüllend und die Eingänge in die Hosenbeine findend. Morgen??, dachte er, morgen bei mir?!? Er konnte sich eher ein Kamel im Weltall vorstellen als diese Frau in seiner Hütte!

»Adresse?«, fragte Ana. Sie hatte schon Stift und Papier in der Hand.

»Wirklich?«, fragte Ohlrogge. Normalerweise, dachte er, bot man den Frauen hier Telefonnummern an, die sie danach sofort in den Papierkorb warfen. Er hatte nie versucht, eine Frau außerhalb dieser Welt zu treffen. Er hatte sich gerade hier immer am sichersten gefühlt und in der anderen Welt auch nichts bieten können. Nicht einmal ein sexfähiges Bett in der Künstlerkolonie, sondern ein schmuddeliges hinter der Ortsgrenze in Viehland, wohin man nur mit dem Osterholzer Bus gelangte oder mit dem Fahrrad. Außerdem hatte er an sein Bett die ganze Vergangenheit in Form eines Mitarbeiters von Adolf Hitler angekettet! Obendrein war er noch norddeutscher als die Worpsweder, er kam aus Lauenburg, Schleswig-Holstein, er konnte sich nicht vorstellen, länger als eine halbe Stunde mit einer Frau im wirklichen Leben zu sprechen.

»Ja, wirklich!«, sagte Ana. »Um vier?«

»Um vier ...«, wiederholte Ohlrogge. Er dachte: Aufräumen ... aufräumen!! Putzen!!! Er rechnete schon, wie viel Zeit er noch hatte. »Geht's auch um fünf?«, fragte er, wieder ein Mann in einer Hose.

»Ja«, antwortete sie.

»Viehländer Straße 11. Eine sehr lange Straße. Außerhalb. Fünf Kilometer. In der Kurve. Auf der rechten Seite. Hinter dem Schild: Wildwechsel! Ein rotes Haus«, erklärte er.

»Taxi?«

»Taxi ist am besten!« Er schrieb ihr alles genau auf. Dazu gab er ihr zwanzig Euro.

Ana lächelte. Sie nahm das Handtuch, ihren BH, den Slip, ihre Tasche, sämtliche sinnlos zerrissenen Kondomtüten und die hohen Schuhe, indem sie die Fingerspitzen in die feinen Schlaufen steckte. Dann ging sie aus dem Zimmer.

44
Die Neugründung (Und die Naht bei Marie)

Die Raupenfahrzeuge kamen um sechs Uhr am Morgen die Einfahrt hinunter und fuhren auf das Haus zu. Sie brachten den Boden und den ganzen Garten zum Schwingen. Eine Stunde später frästen sich die Bohrer in das Moor. Die Zementmischer, die zwischen Nietzsche, Napoleon und der Großmutter standen, rührten den Beton an, und Kovacs Leute sorgten für Nachschub und Anmachwasser in den Trommeln. Brünings Männer arbeiteten an den Bohrgeräten, und die Kühe von Renken sahen geschlossen und teilnahmslos herüber.

Nullkück hatten die Männer mitsamt seinem Bett in den Garten getragen und neben Marie abgestellt.

Es begann zu regnen, und ein Wind wehte durch den Garten und das Bett.

Paul konnte es nicht mit ansehen. Er holte den Schirm. Es war der hellblaue Schirm, den Nullkück bei Pauls Ankunft schützend über ihn gehalten hatte. Vor wie vielen Tagen oder gar Wochen war das gewesen? Wann war er denn hier angekommen?, fragte er sich. Er hielt den Schirm über das Bett und über Nullkück, der regungslos in eine der Zementmischer-Trommeln starrte.

So verging die Zeit. Der Zement roch nach Zahnarzt, dachte Paul, dazu der saure Geruch des uralten Moores mit seinen ewigen Bleichmoosen, die an den Bohrern hingen, als sie sich wieder aus der Erde drehten.

Paul nahm sein Notizbuch und arbeitete an seiner Anzeige weiter:

Historisches Anwesen in Worpswede zu verkaufen. Landhausvilla! Komplettsaniert. Modernisiert. Ost- und Westflügel. Traumhafter Garten (2.500 m²). Mit Gärtner (Hausmeister!)

Er konnte ihn nicht einfach wegschicken, dachte Paul. Nullkück würde nur hier leben können. Man müsste ihn irgendwie als Beigabe mitverkaufen. Niemand müsste ihn bezahlen. Um das wenige, was er benötigte, würde sich Paul schon kümmern. Nur ihn in ein Heim schicken, das könnte er nicht. Und warum sollte man nicht einen freundlichen, stillen Mann kostenlos dazuhaben wollen, der sich um alles kümmerte? Überall nach dem Rechten sah? Das Haus kannte wie kein anderer und es liebte? Und so ein schönes Lächeln hatte, wenn man ihm Aufmerksamkeit schenkte? Und selbst, wenn man keinen Kontakt zu Nullkück wünschte, er säße vollkommen geräuschlos in seinem kleinen Zimmer auf der Ostseite und würde niemals jemandem zur Last fallen und ohne Erlaubnis unter die Augen treten. Nur der Geruch seiner Buchweizenpfannkuchen würde in den Garten hinüberwehen an windigen Tagen.

Der Hausmeister ist ein bescheidener, stiller Mann, der mit dem Haus seit Langem verbunden ist.

Nullkück starrte immer noch in die Trommeln der Zementmischer. Paul betrachtete die Skulptur neben dem Bett. Er sah zwischen Marie und Nullkück hin und her, so als vergleiche er Mutter und Sohn – bis sein Blick auf die Längsseite der Bronze fiel.

Eine Art Naht, dachte er. An der anderen Seite auch.

Er stieg auf das Bett und sah auf den Kopf: auch dort diese Naht, so als hätte man die Skulptur zusammengenäht und nicht in einem Stück gegossen. Er lief zu den anderen, zu Willy Brandt, Bismarck, Luther, seiner Großmutter, Rilke, zum Roten Franz: alle aus einem Guss, ohne Naht.

Paul setzte sich wieder auf das Bett zu Nullkück. Es regnete stärker, und unter dem hellblauen Schirm sahen sie der Neugründung des Hauses zu.

Am Nachmittag fragte Paul: »Lieber, wäre es möglich, dass du mich mit dem Trecker in die Große Kunstschau fährst?«

Nullkück, der doch so gerne Trecker fuhr, starrte immer noch ohne Regung vor sich hin.

»Da gibt es etwas von deiner Mutter«, sagte Paul. »Vielleicht bringe ich dich so zu ihr.«

Nullkück und Marie (Armreif und Kunstraub)

Obwohl der kleine schmale Weg, der von der Lindenallee abführte, nur Fußgängern vorbehalten war, wollte Nullkück gerade einbiegen und mit dem Trecker direkt vor der Großen Kunstschau parken.

»Das geht nicht«, rief Paul und zog die Handbremse.

Sie stiegen vom Hanomag und liefen die restlichen hundert Meter zu Fuß. Es regnete wie aus Eimern.

Paul sah auf das Findorff-Denkmal seines Großvaters. Aus den eingedrehten Bronzelocken des Moorkommissars spritzte das Wasser kreisförmig.

Paul öffnete die Tür. Niemand saß am Eingang. Die Große Kunstschau war leer.

»Hallo?«, rief er.

Nullkück nahm ein Flugblatt, das an der Kasse lag und für eine Ausstellung mit afrikanischer Malerei im Rathaus warb, und rieb sich damit den Regen aus den Haaren.

Nach einer Weile rannte eine Frau durch die Halle. »Oh Gott, oh Gott«, brachte sie außer Atem hervor und nahm aufgelöst ihren Platz hinter der Kasse ein. »Was wollen Sie denn?«

»Zwei Tickets. Wir wollen in die Große Kunstschau«, erklärte Paul.

Nullkück lief schon wie ferngesteuert mit seinen Gummstiefeln durch die menschenleere Halle, er lief an den Heinrich-Vogelers vorbei, direkt auf das letzte Bild im hintersten Raum zu.

Marie stand aufrecht da. Im roten Kleid. Strohhut. Mittagssonnenhaar.

Nullkück atmete kaum, als er seine Mutter zum ersten Mal in Farbe sah.

Pauls Blick fiel auf den Moorgraben, in dem sich Marie leicht verzerrt spiegelte. Es war einer der typischen Moorgräben, die Mackensen und die anderen Worpsweder tausendmal gemalt hatten mit vom Wind aufgerissener Oberfläche und weißen Brechungen.

Doch was war das jetzt? Träumte er? In der Spiegelung hatte Marie eben langsam ihren Arm gehoben, ganz leicht ihre Hand mit dem Armreif, den ihr Johan bei einem Silberschmied gekauft hatte.

Paul rieb sich die Augen. Vielleicht war ihm beim Treckerfahren etwas hineingeraten, eine Fliege wäre möglich, überlegte er, vielleicht verschwamm dadurch alles?

Der Regen prasselte immer stärker auf die Kuppel, die sich über der kreisrunden Halle erhob.

Nullkück griff in seine Hosentasche. Er zog den Silberreif

heraus, den er am Rande des Gartens bei dem großen Graben gefunden hatte. Er starrte auf das Bild. Er sah genau auf Maries Armreif am Handgelenk. Danach auf das Silberstück in seinen Händen. Dann rannte er mit dem Kopf gegen das Bild, so als wolle er in die Landschaft mit Marie hineinlaufen.

»Paß auf!«, schrie Paul. »Das ist eine Lein...«, er konnte den Satz nicht zu Ende bringen.

Nullkück hatte sich blitzschnell umgedreht und schlug ihm den Silberarmreif mit voller Wucht gegen den Kopf.

Paul fiel auf den Boden. Er sah nur noch von unten, wie Nullkück mit ausgebreiteten Armen von beiden Seiten am goldenen Holzrahmen riss. Erst stemmte er den Rahmen hoch. Dann riss er zweimal, dreimal, bis das Bild mit Dübeln aus der Wand der Kunstschau brach.

In Pauls Kopf wurde es danach dunkel. Als er die Augen wieder aufschlug, glaubte er, die Kuppel der Kunstschau würde sich auf ihn zu bewegen. Zwei Mitarbeiter stürmten viel zu spät in den Ausstellungsraum und überwältigten ihn, obwohl er sowieso schon am Boden lag. In der Ferne hörte er den Trecker von Gerken starten, dann erst folgten die Sirenen. Der Sicherheitsalarm wurde vier oder fünf Minuten nach Nullkücks Entscheidung, die Mutter mit nach Hause zu nehmen, ausgelöst, auf jeden Fall mit erheblicher Verzögerung, was typisch für Worpswede war.

Eine halbe Stunde später saß Paul auf der Polizeistation in der Hembergstraße.

»Können Sie den oder die Täter beschreiben?«, fragte Kommissar Kück, der in keinem verwandschaftlichen Verhältnis zu Pauls Familie stand, sondern einfach nur so hieß, wie 290 weitere Traditionsfamilien im Moor von Alfred bis Zwantje Kück.

»Nein«, antwortete Paul. Er kam sich einen Moment vor wie der ewige Sohn seiner Mutter. Ein Mann, der gerade von einem, den er sehr wohl beschreiben konnte, niedergeschlagen worden war und danach wie immer verständnisvoll seine Wut vergrub.

»Keine Angaben?«, vergewisserte sich der Kommissar.

»Ich habe mich auf die Worpsweder Maler konzentriert, nicht auf den oder die Täter«, erklärte Paul.

»Hm. Als Sie am Kopf getroffen wurden, haben Sie da etwas gesehen?«

»Ich habe nur eine Faust gesehen. Das war alles. Warum haben die denn keine Überwachungskameras in der Kunstschau?«

Die Ereignisse hatten sich an diesem Tag überschlagen. Der Hausmeister der Großen Kunstschau hatte am Morgen entdeckt, dass die 22 Eichenbalken, die die Glaskuppel über der großen Ausstellungshalle trugen, allesamt durchgefault waren. Die Kuppel senkte sich bereits. Der Hausmeister alarmierte die Mitarbeiter, man stieg in die Glaskuppel, und auch die Damen der Kasse und des Souvenirshops verfolgten die Schritte des Hausmeisters, der sich vorsichtig über die Eichenbalken tastete. Folglich hatte niemand die Kameras eingeschaltet, wie auch sonst niemand gesehen hatte, wie Nullkück aus der Kunstschau gelaufen war. Er hatte mit Marie sogar den offiziellen Ausgang genommen.

Paul fühlte die Beule vom Armreif. Es war Maries Armreif, das war ihm noch kurz vor dem Schlag klar geworden. Man musste schon sehr naiv sein, um dies für etwas anderes zu halten, schließlich war Mackensen der detailversessenste Maler der Kolonie gewesen und hatte jeden Grashalm fein säuberlich der Wirklichkeit nach gemalt. Paul hörte die alten Sätze von früher wieder: *Marie ist abgeholt worden ...* – hatten alle gesagt. *Eure Tante habt ihr im Moor vergraben und die Polizei hat sie gesucht ...* – hatte Malte auf dem Schulhof gesagt. Und Bauer Gerken hatte schrecklich gelacht, als er seinen Gummistiefel in den Moorschlamm stieß.

Kommissar Kück schnäuzte sich. Im Prinzip sah er so aus wie jene norddeutschen Männer, die sich auch ständig schnäuzten: runder Körper, rundes Gesicht, große blaue Augen, Stofftaschentuch, alles wie bei Brüning, Gerken oder Renken. Nur sprach Kück mehr, aber das lag an seinem Beruf, ein Kommissar, der ein Verhör führte, musste sprechen, auch wenn er aus dem Moor kam.

»Fangen wir noch mal von hinten an. Haben Sie Schuhe gesehen, als Sie am Boden lagen?«

»Schuhe?«, fragte Paul.

»Ja.«

»Nein, keine Schuhe.«

»Der Täter hatte dreckige Schuhe. In der Kunstschau befindet sich Moor und Zementstaub von Ziegelsteinen wie an Ihren Schuhen. Das ist auffällig«, bemerkte der Kommissar.

Paul überlegte, ob er einfach alles gestehen sollte. Die ganze Geschichte zu Protokoll geben: die schöne Marie, ihre versteckte, gefangen gehaltene Schwangerschaft. Sein Großvater, den das Begehren auf Abwege führte. Seine Großmutter, die ihr Leben lang eine andere Frau bekämpfte und, als die andere endlich weg war, den Kampf im Skulpturengarten weiterführte. Die alte Scheune mit den Seelen und den in Ton geformten Menschen, vor deren Verwandlung man sich in Acht nehmen musste. Hildes Kampf um Anerkennung und ihren Platz im Leben. Das geklaute, entrissene Kind und der Brief eines geisteskranken Onkels, der Marie zuletzt nach der Geburt tot im Garten gesehen hatte und sich später in Lübeck erhängte. Am

Ende der silberne Armreif von Marie, den Nullkück beim Graben gefunden und mit dem er in der Kunstschau zugeschlagen hatte, weil er seine Mutter ungestört mit nach Hause nehmen wollte.

Oder sollte er die Geschichte einfach abhaken als ein gruseliges Moorgespinst, überlegte Paul, eine Fantasie von Menschen, die zu viel vom Teufelsmoor abgekriegt hatten wie er?

»Ich glaube, es war ein Täter mit grauen Haaren«, sagte er. »Der Mann hat vorher viel geredet. Dass er sich sehr gut mit Worpswede auskennt und darüber forscht. Dass er eben noch an allen Schauplätzen dieser Bilder war, also im Moor. Und dass Mackensen ein Nazi war.«

»Nun fällt Ihnen ja doch etwas ein«, bemerkte der Kommissar. Er wurde von einem anderen Polizisten unterbrochen, der hereinkam und sagte, dass der Fahrer des Schweinetransporters endlich aus dem Koma erwacht sei und sich an einen Traktor mit Fernlicht erinnern könne, der ihm die Vorfahrt genommen habe.

»Danke«, sagte Kommissar Kück. »Eins nach dem anderen. Ich kläre gerade einen Kunstraub auf.«

»Was für ein Schweinetransporter?«, fragte Paul.

»Herr Wendland, warum wollten Sie sich das gestohlene Bild ansehen?«

»Warum? Ich habe mir Bilder von Paula Modersohn-Becker angesehen und von Heinrich Vogeler. Das Bild von Mackensen hing auch da, bevor es gestohlen wurde. Worauf wollen Sie denn hinaus?«

»Hat der Täter sich auch andere Bilder angesehen?«, wollte der Kommissar wissen.

»Weiß ich nicht. Ich habe Kopfschmerzen«, entgegnete Paul.

»Sie sagen also, ein linksextremer oder ein rechtsextremer

Hintergrund ist nicht auszuschließen«, stellte der Kommissar fest, dabei faltete er sein Stofftaschentuch zusammen – welches das absolut größte war, das Paul bisher gesehen hatte! – und stopfte es nach und nach in die Hosentasche der Uniform.

»Sagen Sie, warum haben Sie eigentlich alle so riesengroße Taschentücher, ich verstehe das nicht?«, fragte Paul verwundert.

»Wir haben hier in Ihrer Aussage protokolliert, dass der Täter gesagt hat, der Maler des gestohlenen Bildes sei ein Nationalsozialist gewesen. Stimmt das?«

»Aber er war doch Nazi, oder?«, fragte Paul.

»Sie können jetzt vorläufig gehen«, antwortete der Kommissar nach einer Pause.

45
Mutterverarbeitungen: Paul schluckt das letzte Telefonat, Nullkück baut einen Altar und sammelt Kraft

Den Weg zurück lief Paul zu Fuß. Wieder ging er durch die Marcusheide. Von irgendwoher ertönte eine Musik, die klang, als wären Russen in der Nähe, die Musik wurde immer schneller. Er dachte an seinen Onkel, von dem er das Buch über die Schneekönigin und den Jungen geschenkt bekommen hatte mit der Widmung: *Frieren. Eis werden. Weinen. Auftauen. Fließen. In die Welt gehen.* Er stellte sich vor, wie der Onkel hinter Gitterstäben in Lübeck saß und den Brief schrieb. Wie er mit dem Brief die Psychiatrie verließ und nach Hause in die alte Scheune zurückkehrte, in der ihm Marie das Lied zum Einschlafen gesungen hatte.

> Hinterm Weyerberg scheint der Mond hervor / Und der
> Nebel steigt aus dem Teufelsmoor ...

»Hello«, sagte ein dünner Mann im weißen Hemd: wenig Haare, weiche, fast kindliche Gesichtszüge, aber tiefe dämonische Augen, die sich von einem Gameboy, aus dem Musik dröhnte, nur mit Mühe abwendeten und über einer randlosen Brille hervorstachen. »You are painter?«, fragte er, doch Paul war in Gedanken an das letzte Muttertelefonat versunken.

»Schwachsinn!« hatte sie gesagt, als er wie früher wissen wollte, ob Marie im Moor lag.

»Schwachsinn!« hatte sie gesagt, obwohl in dem Brief seines Onkels stand, dass Marie an den Rand des Gartens getragen worden war, dorthin, wo hinter dem großen Graben das Moor begann.

»Schwachsinn!« hatte sie wiederholt gesagt, nachdem er ihr auch noch berichtet hatte, dass Nullkück den Armreif von Marie genau bei dem großen Graben gefunden hatte.

Wie seine Mutter sich immer noch vor ihren Vater stellte. Wie sie jetzt sogar aus ihrem Vater hervortrat. Er dachte wieder an die Puppen, an die Schachtelpuppen. Familien waren wie ineinandergeschachtelte größere und kleinere Wesen aus Generationen. Er stellte sich vor: Die ganze Heide ist voll mit Müttern, die aus ihren Vätern steigen. Statt der hängenden Künstler an Birken wie früher jetzt ineinandergeschachtelte Generationen mit hervorsteigenden Müttern und Lügen und Verdrängungen.

»I need a picture from this woman!«, sagte der Mann und hielt Paul ein Foto entgegen. »Fifty percent must be ready and the other fifty percent are not ready«, dabei wurde seine Musik immer langsamer, sodass er auf seinen Gameboy sah und energisch darauf herumdrückte. »After two days seventy-five percent must be ready and twenty-five are not ready.«

»I am not a painter«, antwortete Paul, er hatte wirklich keine Ahnung, was das alles sollte.

»It's because I love a woman!«, erklärte der Mann.

»Ask the tourist information«, sagte Paul und lief weiter.

Nullkück saß im Garten. Auf seinem Schoß lag ein Teller mit Buchweizenpfannkuchen. Maries Bild lehnte mit Goldrahmen am Bett. Er hatte den hellblauen Schirm so aufgestellt, dass die Mutter vor dem Nieselregen geschützt war. Daneben, auf der Bettdecke, befanden sich der Armreif und der Brief vom toten Onkel.

Vielleicht war es ja gut, eine Mutter zu haben, von der man kaum etwas wußte, die man gar nicht gekannt hatte, dachte Paul. Zumindest könnte man dann ohne Wut leben und ohne Herrschaft.

Nullkück stand auf, als er Paul kommen sah. Er hielt ihm einen frischen Buchweizenpfannkuchen mit Holunder hin, den größten, den es auf dem Teller gab.

»Alles in Ordnung«, sagte Paul und wusste, dass der Pfannkuchen die Entschuldigung war. »Du bist gut im Niederschlagen. Hast du das vorher geübt?«, sagte er und hielt den Armreif an seine Beule.

Nullkück zog unter der Decke einen Umschlag hervor und reichte ihn Paul. Er versuchte etwas zu sagen, stockte, öffnete den Mund und wartete auf die Worte. Es schien, als wartete er vor einem ganzen Zug mit Gedanken und Worten, aber die Türen öffneten sich nicht, und so ließ er es. Er schaute Paul nur sehnsüchtig an durch das stumme, dicke Glas, wie es manchmal Verliebte tun, die sich noch sehen, aber nichts mehr sagen können.

Die Fotos, die Paul nun in den Händen hielt, zeigten Johanna mit einem Mann im Garten. Man sah die Skulpturen des Großvaters im Hintergrund. Die alte Eiche. Die Vogeler-Stühle. Ein Tablett mit Butterkuchen. Hand in Hand lag seine Mutter mit diesem Mann in der Wiese, lehnte am Fensterbrett vor dem Schlafzimmer. Auf einem Foto saß sie auf seinen Schultern. Lachend. Mit langen fliegenden Haaren. Das Band für den Zopf im Mund. Der Mann sah stolz dabei aus, ihre Beine haltend unter dem blauen Kleid. Und seine Mutter war so jung. »Frühjahr '67« stand hinten drauf.

»Hast du die gemacht?«, fragte er. »Du hast es gewusst, oder? Du hast es immer gewusst.«

Nullkück nickte vorsichtig mit dem Kopf.

Paul steckte die Fotos zurück in den Umschlag und schob ihn unter die Decke.

Er wollte ihn nicht sehen.

Die Arbeiten zur Gründung des Hauses liefen auf Hochtouren. Die Trommeln mischten den Beton an und die Bohrköpfe frästen sich in das Moor, teilweise 15 Meter tief. Zwischendurch hörte man, wie Brüning »Grund! Op Sand!« ausrief, dann »Beton!«, danach ratterte das Bohrgewinde hoch und Brünings und Kovacs Männer gossen den angemischten Beton in die frischen Bohrlöcher, bevor Wasser hineinlief. Sie sprangen immer schneller zwischen den Trommeln und den Bohrungen umher.

»Lieber Nullkück, wir können das Bild nicht behalten. Wir müssen es zurückgeben. Es gehört dem Dorf und dem Land, nicht uns«, sagte Paul nach einer Zeit, in der sie auf dem Bett gesessen und der Gründung zugesehen hatten.

Nullstück stand auf und stellte sich vor das Bild. Dann breitete er seine Arme aus, so als wolle er seine Mutter vor dem Dorf und dem Land schützen.

Plötzlich bebte das Moor. Paul sprang auf und erstarrte. Tief unter der Erde, unter dem Haus, knackte und krachte und grollte es dumpf.

46
Ohlrogge stellt sich auf den Kopf und lässt los

Die Putzhilfe, die er sich für diesen Tag bestellt hatte, stand um Punkt acht Uhr in der Tür und starrte in Ohlrogges Wohnraum. Sie trug rechts und links einen Eimer, darin: Schwämme, Arbeitskittel, Wischmopp, Meister Proper und andere Reinigungsmittel, die Ohlrogge nicht kannte.

»Guten Morgen. Willkommen. Da sind Sie nun. Wo wollen Sie anfangen?«, fragte er höflich.

Die Putzhilfe sagte nichts. Sie starrte nur weiterhin in den Raum.

»Meine alte Haushaltsgehilfin ist schon sehr lange nicht gekommen. Sie kam einfach nicht mehr, bis ich herausfand, dass sie gestorben war«, erzählte Ohlrogge, es stimmte gar nicht, er hatte niemals eine solche Gehilfin gehabt, aber die Frau in der Tür, wie sie da stand, ihr Blick, der starre Ausdruck darin, der schon einem Entsetzen glich – Ohlrogge schämte sich. »Wo würden Sie denn ... Wie könnte man vorgehen ... Was soll man nur machen mit diesem Haushalt?«, fragte er vorsichtig.

»Du meine Güte ...«, antwortete die Putzfrau. Sie stand immer noch mit ihren Eimern bewegungslos auf der Türschwelle. »Am besten erst mal die Fenster. Man sieht ja nix! Vielleicht könnten Sie die ganzen Sachen da ... Oder soll ich etwa überall drum rumwischen?«, fragte sie und folgte dabei mit ihrem Blick irritiert der Kette, die vom Bettpfosten durch das Fenster zu einem Riesen aus Bronze führte, der vor der Tür stand.

»Nein, nein, nicht drum rumwischen. Ich räume auf. Die Sachen kommen weg. Die sollten schon lange weg. Fangen Sie ruhig mit den Fenstern von außen an«, sagte Ohlrogge. »Ich räume jetzt hier drinnen auf!«

Kaum war die Putzhilfe aus der Tür, kettete er den Reichsbauernführer von seinem Bett los. Er kam sich auf einmal seltsam und irre vor, ja, dass er so etwas überhaupt an sein Bett angekettet hatte, war doch seltsam und irre? Er überlegte, wie man es der Putzfrau theoretisch erklären könnte, aber ihm fiel kein verständlicher Grund ein. Er wollte vor der Putzfrau normal wirken. Er wollte schon früher, als er sich manchmal einen Handwerker kommen ließ, normal und rechtschaffen wirken und stand lieber um sechs Uhr früh auf, um dem Handwerker nicht im Schlafanzug und ohne Frühstück gegenüberzutreten, falls der schon um sieben kam. Den Blick eines Handwerkers, der ihn wie einen Sonderling, einen Unnormalen musterte, wie einen, der um sieben noch nicht gefrühstückt hatte, den ertrug Ohlrogge nicht. Er kam sich dann vor wie ein krankes Tier, das von der Herde ausgestoßen wurde. Und auch der Blick, den die Putzfrau in seinen Wohnraum geworfen hatte; ihre sichtliche Verstörung in Anbetracht seines vollgemüllten Minihauses, das an einem Ungeheuer angekettet war; ihr Entsetzen, mit dem sie jetzt in das desolate, quasi unputzbare Innere seiner würfelartigen Behausung sah, kurz: die gesamte Begegnung mit der Putzfrau ließ in Ohlrogge nicht nur die Sehnsucht heraufsteigen, ab sofort einen normalen Haushalt zu führen, sondern ihm wurde auch augenblicklich deutlich, dass etwas Grundsätzliches geschehen musste, bevor eine andere, bestimmte Frau am Nachmittag bei ihm eintreten würde.

Er stand da und überlegte, womit er anfangen sollte.

Als Erstes gab er der vertrockneten Zimmerpflanze Wasser, in der Hoffnung, sie würde sich bis um fünf Uhr irgendwie erholen. Er versuchte das knorrige, neuartige Gewächs, das sich zuerst am Topfrand gebildet und mit der Zeit die andere Pflanze an die Seite gedrängt hatte, herauszureißen, aber es gelang nicht. Es wucherte mit seinen Wurzeln im ganzen Topf.

Als Nächstes entschied Ohlrogge, alle Flaschen und Gläser mit schimmelnden Saft- und Marmeladenresten zu entsorgen. Ebenso die steinhart gewordenen Datteln, Pflaumen, die ranzigen Butterreste und die Berge von Fencheltee-Packungen. Er räumte dafür eine der Kisten aus, die er seit über dreißig Jahren mit einem Bettlaken zugedeckt hatte. Vermutlich würde eine Kiste nicht reichen, dachte er, er bräuchte mehrere und müsste nun die Gegenstände aus seinem alten Leben nach all den Jahren auspacken und hier in das andere Leben integrieren.

Er hielt einen der braunen Hausschuhe in der Hand, mit denen er bei den Kücks auf dem Teufelsmoordamm gelebt hatte. Niemals würde er diesen Hausschuh in sein Leben integrieren!

Er hob einen Stein heraus, den er mit Johanna an der Nordsee gefunden hatte. Wie ihn dieser Stein vom letzten Spaziergang attackierte! Dabei hatte er doch schon den jungen Mann im Garten gesehen: Leibhaftiger konnte einem diese Zeit doch nicht mehr vor Augen treten; dieser junge Kerl, die Frucht einer Liebe, die ihn, Ohlrogge, abschob, ausschloss, vergessen machte und als Mann ein für alle Mal vernichtete! Wieso schmerzten da jetzt noch dieser blöde Hausschuh und der Nordseestein?

Er sprang auf. Er warf einen alten Hustensaft, der irgendwo herausgefallen war, wieder in eine Kiste zurück. Er setzte sich ans Telefon.

Eine Stunde später hielt der Transport-Service von Schnaars genau vor seiner Tür. Sie trugen 35 Kisten heraus und luden sie auf die Ladefläche des Lkws. Dazu füllten sie circa hundert Säcke mit Müll, Flaschen und Gläsern und schafften sie ebenfalls heraus. Als Letztes hob Ohlrogge die alte Zimmerpflanze mit dem wuchernden Fremdgewächs über die Ladefläche und lief wieder ins Haus.

Wie groß plötzlich alles war! Wie hell, wie luftig! Er atmete durch. Es war jetzt elf Uhr.

Er riss alle Papierbögen von der Wand, die über seinem Schreibtisch hingen. Wie das auch aussah! KZ Ravensbrück, KZ Bergen-Belsen, KZ Moringen, KZ Sandbostel etc. – Und wenn Marie in keinen Akten auftaucht, GRABE ICH HINTER ODER UNTER DER SEELENSCHEUNE!!! – PAUL KÜCK LIESS DEN BUTTERKUCHEN FALLEN UND SCHAUTE MICH AN WIE DER TOD! ... Mensch, Ohlrogge, dachte er, da geht doch jede Frau wieder rückwärts aus dem Haus!

Er starrte wieder auf das Foto von ihm und Johanna über dem Schreibtisch. Wie hatte er nur vor ein paar Tagen denken können, dass der Mann auf dem Foto nicht er war, sondern ein anderer, und dann auch noch dieser Klein-Goya Wendland?! Schluss mit den Gespenstern! Er riss das Foto von der Wand, zerschnitt es mit der Schere und stopfte es zusammen mit den Marie-Notizbögen und den KZ-Ermittlungen sowie den Worpsweder Schuldlisten und Kückakten aus Zeitungsausschnitten, Nordischer Gesellschaft etc. in eine Kiste auf dem Lkw. Obendrauf warf er noch den Hausschuh, den Nordseestein und die beigefarbene Jacke mit dem Mao-Abzeichen.

Er atmete durch. Wie leicht er sich fühlte!

Er ging zur Putzfrau und trug ihr auf, alle Gemälde vorsichtig herauszutragen und danach das Haus so richtig durchzuwischen, er selbst würde in der Zwischenzeit einen Außentermin haben, etwas erledigen.

»Wischen Sie ruhig mehrmals alles gründlich durch! Die Fenster haben Sie gut geputzt, sehr gut! Putzen und wischen Sie in diesem Stil weiter! Man müsste auch die Ecken kräftig ausfeudeln. Gerade in den Ecken scheint sich einiges angesammelt zu haben während meiner langen Abwesenheit«, Ohlrogge sprach nun nicht mehr vom Tode seiner Haushaltsgehilfin, auf die er vergeblich gewartet hatte, sondern von »seiner langen Abwesenheit«, und es stimmte ja auch: Er war wirklich eine lange, viel zu lange Zeit abwesend gewesen.

»Ziehen Sie auch das Bett ab, es muss lüften! Wenn Sie etwas Altes finden, schmeißen Sie es einfach weg. Man könnte Stapel bilden, es muss nicht alles einzeln herumliegen. Bringen Sie bitte, wenn es geht, Struktur in das Ganze!«

»Struktur?«, fragte sie. »Was meinen Sie mit Struktur?«

Das Letzte war vielleicht zu viel verlangt, dachte Ohlrogge. Er hatte sie schließlich zum Putzen bestellt, eine Grundreinigung war vereinbart worden, wie sollte sie da auch noch Struktur in das Ganze bringen, wo er ein Vierteljahrhundert dazu nicht in der Lage gewesen war? »Machen Sie, wie Sie denken. Ich freue mich, dass Sie da sind«, sagte er und rechnete: In circa zwei Stunden würde er zurück sein und dann seine alten Bilder umdrehen, entstauben, möglicherweise einige, wenn nötig, kurz nachkolorieren. Er würde sie draußen an die Wände lehnen, um das Haus herum, ins Licht, in die Wiesen, an den Baum stellen. Paula sollte ankommen und dann in sein Himmelswerk hineinlaufen!

Er warf sein Fahrrad auf die Ladefläche. Er wollte direkt nach dem Transport und der Verabschiedung der Kisten weiter zum Friseur fahren, er hatte sich einen Termin geben lassen, um eins, mit Haarwäsche.

Er setzte sich auf den Beifahrersitz und sah durch das Fenster auf sein Haus. Wie groß dieser Bronzemann war, bemerkte er. Ungeheuerlich, wie diese alte Zeit alles überragte.

»Kriegen wir den noch mit?«, fragte er.

»Schon wieder? Haben wir Ihnen doch gerade erst geliefert!«, sagte der Mann von Schnaars in unwirschem Ton.

»Das war ein Irrtum«, erklärte Ohlrogge. »Passt der noch irgendwie drauf?«

»Nee! Da müssen erst alle Kisten wieder runter. Das geht nicht in einer Ladung. Ihr Fahrrad da oben ist schon verboten«, antwortete der Mann.

»Dann nicht«, winkte Ohlrogge ab. »Das nächste Mal, wir haben keine Zeit!«

Hinter der Hamme-Brücke bogen sie nach rechts ab. »Immer weiter, bis ich stopp sage«, gab Ohlrogge Anweisungen.

»Hier ist Naturschutzgebiet. Hier darf man nicht ohne Befugnis lang«, sagte der Fahrer, er hatte ein kreisrundes, fülliges Gesicht und sah mit den fein säuberlich nach rechts und links gekämmten Resthaaren aus wie die Rechtsprechung selbst.

»Wir müssen eine Ausnahme machen, es ist wichtig«, Ohlrogge ließ keinen Widerspruch zu.

Sie fuhren zwei Kilometer auf dem Sandweg, der sich an der Hamme entlang zog. Aus den moorigen Wiesen stiegen Brachvögel und Graugänse in den tief hängenden Himmel auf.

»Stopp!«, rief Ohlrogge. »An dieser Stelle!« Der Lkw hielt an der Biegung des Flusses.

»Und nun?«, fragte der Fahrer.

»Nun laden wir ab«, erklärte Ohlrogge.

»Hier? Hier darf man nicht abladen!«

»Doch. Ich warte auf einen Kahn. Die Kisten werden auf dem Seeweg weitertransportiert.«

Der Mann von Schnaars lud wortlos ab. Kiste neben Kiste stellte er direkt ans Ufer, und Ohlrogge verschloss sie mit dickem Klebeband. Die letzte Kiste, aus der ihm wieder dieser Hustensaft entgegenfiel, bekam er nicht richtig zu, er verklebte sie mit dem Band, so gut er konnte.

»Reichen Sie mir noch mein Fahrrad an«, sagte er. »Den Müll bitte entsorgen. Und die Rechnung nach Viehland, Viehländer Straße 11, Emanzipationshaus. Auf Wiedersehen.«

Ohlrogge saß auf einer der Kisten am Ufer. Er sah ins vorbeifließende Moorwasser und wartete, bis der Lkw die Hamme-Brücke passierte und verschwand. Ein Marienkäfer landete neben ihm. Ein verfrühter Marienkäfer auf einer der Vergangenheitskisten, dachte er, das bringt Glück. Himmelmietzchen, Brautmännchen, Sonnenkäfer, Gottkäfer nannte man sie, die kleinen, kugelförmigen Wesen mit den roten oder gelb-braunen Flügeldecken und den Punkten. Dieser, der neben ihm saß, hatte tomatenrote, liebesrote Flügel mit sieben Punkten. Sieben, überlegte Ohlrogge: sieben Weltwunder, die sieben Zwerge, Sieben gegen Theben, über sieben Brücken musst du gehen, siebenmal wirst du die Asche sein, aber einmal auch der helle Schein. Das passte ja ein bisschen, allerdings war er schon eher über 7.000 Brücken gegangen und war genauso oft die Asche gewesen. Siebenmal lockt das Weib, am siebten Tag vollendete Gott die Welt, die sieben Paula-Tage in seinem Haus, vielleicht wiesen die Punkte auch in diese Richtung. Er nahm den Marienkäfer auf den Finger und wartete, bis er wegflog.

Ohlrogge stand auf. Er hob die erste Kiste an, holte Schwung und warf sie, so weit er konnte, in die Hamme. Es dauerte keine sieben Sekunden, und sie war vollgelaufen und versank.

Er nahm die zweite, holte wieder Schwung und so flog auch diese Kiste in den Fluss und ging unter.

Bei den nächsten Kisten, die er in zunehmend höherem Tempo in die Hamme beförderte, rief er das Wort »loslassen«, was ihm von Mal zu Mal besser und einleuchtender erschien, Frau Bender hätte ihre Freude daran gehabt. Er schrie von Kiste zu Kiste immer lauter. »Heben! Schwung holen! Loslassen und versenken!« Er schrie, lachte, schwitzte: HEBEN! SCHWUNG HOLEN! LOSLASSEN UND VERSENKEN! – bis zur 35. Kiste. Danach hielt er sich schnaufend an seinem Fahrrad fest und sah auf die aufgewühlte Oberfläche des Moorwassers.

Er schloss für einen Moment die Augen. Dann sprang er auf den Sattel und lenkte sein Fahrrad geschickt um die Löcher des goldgelben Sandwegs herum in Richtung Hamme-Brücke. Wie schwerelos er sich vorkam! Wie leicht er dahinradelte! Wie viel schöner Weg vor einem liegen konnte, wenn man sich nicht nach hinten umdrehte! Er stand auf seinen Pedalen und meisterte die leichten Steigungen zum Weyerberg hin so schnell wie noch nie. Wie ein Radrennfahrer der Tour der France kam er sich vor. HEBEN, SCHWUNG HOLEN, LOSLASSEN UND JETZT ZUM FRISEUR, rief Ohlrogge in den Fahrtwind.

Es war Punkt eins, als er mit quietschenden Reifen vor dem Coiffeur-Salon Meyer hielt. Er schloss das Fahrrad gar nicht an. Warum denn glauben, dass es jemand klauen würde?, dachte er, es würde ihm niemand wegnehmen. Ihm würde überhaupt nie mehr jemand in Worpswede etwas wegnehmen!

»Wir drehen auch ein paar Locken rein, so wie ich sie früher getragen habe«, sagte Ohlrogge zum Chef-Stylisten, zu Meyer selbst, der ihm das Haar schnitt, das zuvor mit einem besonderen Moorshampoo gewaschen worden war.

»Auch ein bisschen Farbe wie früher?«, fragte Meyer.

»Dauert zu lange!«, antwortete Ohlrogge. Ja, wie herrlich es war, plötzlich keine Zeit zu haben und die Welt im Sturm zu nehmen.

»Wenn ich heirate, dann färben wir!«, sagte er, sprang mit halb gefönten Haaren auf das Fahrrad und erreichte Viehland in rekordverdächtiger Zeit um zwanzig nach zwei.

Sein Haus sah aus wie ein Schloss. Es strahlte, es glänzte!

Die Putzfrau war über sich hinausgewachsen. Sie hatte einfach eigenmächtig die ollen Teppiche hinter das Haus geschleppt und die Dielen mit Essig geschrubbt. Den Tisch mit einem Spachtel bearbeitet und angeklebte Pflaumen, Hülsenfrüchte und allgemeine mit dem Tisch verwachsene Essensreste entfernt und danach mit Möbelpolitur aufpoliert. Das Bett war frisch bezogen und wie im Hotel aufgeschlagen. Überall war auch für Platz und Luft gesorgt, indem sie den muffigen Duschvorhang abgerissen und den ganzen Krimskrams hineingelegt hatte, den sie an Ohlrogges Stelle unbedingt aussortieren würde. Und welch gutes Händchen sie dabei bewiesen hatte, dachte er. Alte dahinstaubende Zeitschriften aus den Siebzigern, die er irgendwann einmal lesen wollte und nur deshalb nicht las, weil er sie ja aufhob und später lesen könnte. Welch Irrsinn, alles aufzuheben, anstatt es gleich zu lesen und danach wegzuschmeißen! Reis mit Motten, Mehl mit Motten, Haferflocken mit Motten, Marmelade mit faserigen weißbläulichen Pilzen, Quark mit faserigen blau-grünlichen Pilzen und Brot mit faserigen grün-gräulichen Pilzen waren aus der Küchennische entfernt worden. Ebenso Kellerasseln unter und hinter dem Herd. Die schwarz verbrannte Pfanne hatte sich in blitzendes Stahl verwandelt und hing einsatz- und bratbereit an einem neu montierten Haken über der glänzenden Spüle. Zerfledderte Schachteln, unnütze Dosen und abgelaufene Arzneipackungen waren verschwunden. Die herumliegenden Bleistifte, vormals stumpf und unbrauchbar, standen nun angespitzt und gebündelt in hohen Gläsern.

Wie schön das aussah und wie praktisch. Hübsch war die Putzfrau nicht mit ihren schütteren Haaren und der krummen Nase, aber sie hatte einen absoluten Sinn für das Praktische und für das Schöne. Im Badezimmer roch es nach Meeresbrise und fruchtigem Frühling. Die Toilette war nicht mehr gelb-bräunlich, sondern weiß wie Schnee. In den Armaturen am Waschbecken konnte sich Ohlrogge mit seinen neuen, wiederbelebten Locken von früher spiegeln.

»Mein Gott, wo haben Sie das Putzen gelernt?«

»In Polen«, sagte sie.

»Polen!«, wiederholte Ohlrogge.

»Ja, ich komme aus Polen, lebe aber schon lange in Osterholz.«

Ohlrogge gab ihr einen Kuss auf die Wange. »Sie sind engagiert. Wie heißen Sie?«, fragte er.

»Teresa. Mit der Struktur, da wusste ich aber nicht so richtig ...«

»Doch! So meinte ich das! Hier ist plötzlich überall Struktur in den Dingen! Wunderbar, Teresa, sogar das Brigitte-Bardot-Bild haben Sie entstaubt!«

»Hier ist noch ein wichtiger Zettel. Sie hatten heute einen Arzttermin um zehn.« Sie hielt ihm die Überweisung mit der Magenspiegelung hin.

»Ich weiß. Die ist auf morgen verschoben. Ich hatte heute Wichtigeres zu tun.«

»Wann soll ich wiederkommen?«, fragte Teresa und zog ihren Arbeitskittel aus.

»Nächsten Dienstag! Ich werde verrückt. Mein Tisch wackelt ja nicht mehr! Was haben Sie gemacht?«

»Ach, nur ein bisschen was druntergelegt von Ihren Teekartons.«

Jesus, dachte Ohlrogge, das hatte er seit 1968 nicht zustande gebracht. »Sie kommen jeden Dienstag für zwei Stunden, Teresa, solange ich lebe.«

»Soll ich Ihnen mal ein neues Telefon mitbringen? Mit Tasten?«, fragte sie.

»Mit Tasten?«, Ohlrogge war verblüfft.

»Ja, ich hab noch eins. Kriegen Sie für 20 Euro. Ich stöpsel Ihnen alles richtig um.« Sie lächelte.

Er lächelte auch.

Draußen hatte sich der Himmel aufgehellt. Die Sonne fand ihren Weg durch die Wolken und verwandelte die Kuhwiesen der Wellbrocks in eine hellgrüne Landschaft mit gelben Butterblumen.

Ohlrogge ging auf seine Bilder zu, die an den Außenwänden des Hauses lehnten. Er hörte sein Herz klopfen. Früher hatte er geglaubt, dass er mit seinen Bildern in und über Worpswede hinaus bekannt und berühmt werden würde, aber was hieß schon Ruhm, dachte er nun: Ruhm und Ehre, das war etwas Äußeres, Anstrengendes, mit Würde hatte das wenig zu tun. Er stellte sich vor, dass es würdevoller war, mit der Verzweiflung zu leben und alt zu werden anstatt so etwas wie Ruhm zu mehren oder zu umklammern.

Ohlrogge überlegte, welches Bild er zuerst umdrehen und ansehen sollte. Er hatte auch zugegebenermaßen Angst, seine Werke von früher könnten ihm als nichtssagend und unbedeutend erscheinen. Himmelbilder? Was wäre, wenn er sie umdrehte und auf lauter belanglosen, worpswedegerechten Wolkenkitsch sähe? Aber das konnte nicht sein! Er hatte damals eine so starke und intensive Nähe zum Himmel gespürt, es war ihm unmöglich gewesen, etwas anderes zu malen. Die anderen malten ihre anti-imperialistischen und abstrakt-modernen Popsachen, Ohlrogge sah ganze Revolutionen und das Zusammenkrachen der alten und neuen Zeit, nur wenn er aus dem Moor in den Himmel blickte, so war es doch?

Er drehte das erste Bild um und trat zurück.

Oh Gott, flüsterte er.

Er stand vor einem 2 Meter mal 1 Meter 50 großen Bild und dachte, er müsste sofort seine Schutzkleidung anziehen. Was für ein Himmel! Diese Gewalt, diese dahinziehende Kraft, was für ein Gemisch aus Hitze und Kälte, das sich da auftürmte! Er sah auf das Bild und wähnte sich kurz vor der finalen Naturkatastrophe, auch hatte er das Gefühl, das Bild würde immer größer werden und der Reichsbauernführer dagegen immer kleiner.

Er drehte ein zweites Bild und beruhigte sich. Der Himmel riss in der Mitte auf und wölbte sich wie eine hellblaue Kuppel über ihn. Aber wo hatte er diesen flirrenden Blauton her? Indigo, Ultramarin, Eisensulfat, Kieselkreide, Alabaster – womit mischte man den noch? Und wie lächerlich das ganze Treiben hier auf Erden war, wenn so eine Himmelskuppel über den Menschen war! Er hatte ja mit Gott nicht viel zu tun, das letzte Mal hatte er an ihn gedacht, als die alte Frau mit dem struppigen Koffer, der Bibel und den Zeitschriften an seine Tür gekommen war. Aber dieses Bild hatte wirklich etwas Göttliches, Ehrfurchteinflößendes. Dass er überhaupt Ehrfurcht einflößend malen konnte!

Er drehte die nächsten Bilder um: warm und heiß wirkende Regenstürme mit dampfendem Wasser, 2 Meter mal 1 Meter 50. Der Titel lautete »Der Januar ist verrückt geworden«.

Nebeleisiger Abendhimmel, tiefste Kälte, gleiches Format. Der Titel: »August, soll das der Sommer sein?«

Ohlrogge drehte immer mehr Bilder um. Er hatte das Gefühl, er hätte ein Dutzend Mal seine Schutz- und Regenkleidung für den Don-Camillo-Club überstreifen beziehungsweise sich seiner Kleider gänzlich entledigen müssen. Er stellte die Bilder um das ganze Haus. Schlug drinnen Nägel in die Wände und hängte sie auf, sodass er glaubte, sein Dach würde gleich wegfliegen vor lauter mitreißender Wolkenheere. Eins stellte er neben das Bett, eins auf den Schreibtisch. Er ging wieder nach draußen, nagelte einige an die Bäume, lehnte zwei an den Bauernführer, der weiterhin zu schrumpfen schien. Mit einem Bild lief er auf die Kühe zu.

»Seht euch das an!«

Es tobte, wütete auf der einen Seite und von der anderen zog ein seltsam klinisches Weiß herein, so als würde der Himmel langsam wahnsinnig werden und sich auflösen.

»Ich habe schon damals alles vorweggenommen, seht euch das an! Das hier ist eine Mischung aus William Turner, Tschernobyl und der Klimakatastrophe! In Worpswede in den Sechzigern entstanden! Malt mal ein Bild, das so wie dieses die Weltlage erfasst!«

Er hielt den Kühen das Bild hin. Eine sah sogar kauend nach oben, so als vergliche sie das Ozonloch über ihr mit Ohlrogges Werk.

Er stellte die restlichen vierzig Bilder an den Zaun der Kühe. Dann sah er auf die Uhr.

Halb fünf, noch eine halbe Stunde!

Er lief ins Haus und nahm die alten Farbtöpfe, die Teresa

sortiert und geschüttelt haben musste, die Farben waren wie angerührt. Jetzt wusste er es wieder, das richtige Mischungsverhältnis! Er sah draußen noch einmal in den Himmel und mischte und mischte und da war er, dieser flirrende Blauton! Er rannte nach draußen und malte schnell den Reichsbauernführer damit an, Ohlrogge kam nur bis zum Bauch, sonst hätte er eine Leiter gebraucht, aber wenigstens etwas moderner sah das Ungeheuer jetzt aus.

Ohlrogge sprang in die Dusche. Er kam sich in seinem lichtdurchfluteten Badezimmer vor wie in einem mediterranen Urlaubshotel. Er wusch sich überall, unter den Armen, zwischen den Zehen. Er stockte einen Moment, als er sich bückte. Es stach ihn kurz, er fasste sich an den Bauch. Es war doch alles in Ordnung, wo saß denn der Magen? Er sagte sich: die Aufregung. Und außerdem stachen ja auch die Vergangenheiten aus ihm heraus. Er stellte es sich vor wie Schollen, wie Vergangenheitsschollen, die nach Jahrtausenden aus der Vereisung brachen und nun in Richtung Süden trieben, um dort endlich aufzutauen und flirrend blau davonzufließen.

Er nahm seinen Schwanz und stellte sich vor, wie sie im Club dagelegen hatte: ihre Beine, ihr schönes Gesicht, der hinreißende kleine schiefe Zahn oben links im leicht geöffneten Mund.

Keine Funktionsstörungen!, nahm er nach einer Minute zur Kenntnis und brach den Vorgang ab. Wer weiß, vielleicht würde sich heute noch etwas ergeben.

Ohlrogge nahm siebenmal Rasierwasser, reichlich Deo, das Teresa irgendwo gefunden und an den richtigen Platz gestellt hatte. Dann zog er sein rotes Hemd an, die braunen Lederschuhe. Er platzierte zwei Stühle auf die Wiese und eine Sektflasche dazu, die er nach dem Friseurtermin noch auf die Schnelle besorgt hatte.

Um fünf vor fünf setzte er sich und polierte die Gläser mit seinem roten Hemd, das er lässig über die Jeans fallen ließ.

Er erhob sich noch einmal aus dem Stuhl, lief ins Haus und legte Rachmaninow auf, mittellaut.

Er setzte sich und sah auf die Uhr.

Punkt Fünf. Jeden Augenblick würde sie kommen.

So viel wie in den vergangenen dreißig Minuten hatte er im ganzen Vierteljahrhundert davor nicht geschafft: Farben mischen. Malen. Duschen. Die Vergangenheit aus der Vereisung aufbrechen lassen. Onanieren. Polieren. Sich selbst und seine Kunst loben. Und Rachmaninow auflegen.

Er rannte ins Bad und putzte sich die Zähne. Ein bisschen blass fand er sich.

Er lief zurück nach draußen, stellte ein Bild zur Seite und probierte Handstand an der Wand wie früher. Er zählte bis zwanzig und stellte sich dabei vor, wie das Blut, die Energie und das Leben in seinen Kopf flossen. Nächste Woche beginne ich mit Yoga, dachte er, er wollte schon seit den Achtzigern mit Yoga beginnen und beobachtete die Kuh, die immer noch das Bild mit der Ozonkatastrophe anstarrte. Parallel warf er Blicke zur Straße, ob sein Besuch in diesem Moment vorfahren würde.

Um zehn nach fünf saß er auf dem Stuhl.

Er ging erneut ins Haus, nahm das Schuhputzzeug, das jetzt in einem Karton unter der Spüle stand. Er dachte an den Besuch in Lauenburg, damals, als er im Geschäft seiner Eltern die Schuhe seiner Jugendliebe geputzt hatte, auch die ihrer Kinder, Größe 23 und 34.

Es war halb sechs.

Mit den Schuhen war er fertig. Den Karton hatte er zurück unter die Spüle gestellt. Frische Sohlen mit Zimt und Zedernholz eingelegt. Seine Hände gewaschen. Und sich wieder in den Stuhl gesetzt.

Das Wetter hielt sich. Sonne fiel auf das Haus, die Wiesen und Bilder.

Ohlrogge öffnete den Sekt und hielt die Gläser bereit zur Begrüßung.

47
Muttersuche, Vaterflucht, Amokfahrt

Es war am Morgen, kurz nach acht Uhr.

Wieder dieses dumpfe Knacken in der Tiefe. Wieder dieses grollende Geräusch, als würde im Bauch eines Schiffes etwas brechen.

Brüning ließ alle Maschinen stoppen. »Was ist das ...«, sagte er vor sich hin, mit tonloser Stimme. Sein Blick irrte umher und suchte Halt in den Gründungsplänen, bis auch die Hände, die das Papier hielten, von einem weiteren Brechen in der Tiefe zitterten. Die Mitarbeiter standen still, atemlos. Die Erde bebte.

Nullkück lag im Garten auf seiner durchgelegenen Matratze. Das Bettgestell mit den Eisenfüßen war an der Kopfseite in den Moorboden eingesackt. Das geraubte Marie-Bild mit dem vergoldeten Rahmen lehnte am Bett und stand ebenfalls schief. Der Armreif, der auf dem leeren Teller lag, war beim Beben des Moorbodens in Bewegung geraten, er hörte nicht mehr auf zu klirren, so als tanzte er schneller und schneller.

Es war wieder der Armreif, der alles in Bewegung setzte. Nullkück sprang auf. Er griff nach einem von Brünings Spaten und rannte an die Stelle, wo er das Schmuckstück von Marie gefunden hatte, unweit der alten Scheune, am Rande des Gartens, im Moor.

Er begann zu graben.

Brüning kniete auf dem Boden und horchte in eines der tiefen Bohrlöcher hinein. Irgendwann stand er auf und brach alle weiteren Bohrungen ab. Hilfe müsse er holen. Einen Fachmann, einen Experten.

»Arbeit Ende?«, fragten Goran und Branko, und man erklärte ihnen, dass es vielleicht morgen weiterginge. Sie stiegen zu Brünings Leuten in die Fahrzeuge und ließen sich zur Jugendherberge fahren, die sie vor lauter Wiesen immer noch nicht allein finden konnten.

Keiner war mehr auf der Baustelle.

Eine Weile sah Paul auf das Haus.

War es möglich, dass es plötzlich schief stand? Ihm war, als würde das Haus wirklich zu einer Seite hin abfallen. Vielleicht, sagte er sich, war es nur das schiefe Bett, das absackende Eisengestell, auf dem er saß und von dem aus er das Haus betrachtete?

Er stand auf. Er trat durch die eingeschlagenen Wände und über Ziegelsteine ins Innere. Er lief in Nullkücks Zimmer, setzte sich an den Computer. Er gab den Namen ein, den er in dem kleinen, roten Haus auf den Rechnungen und Auszügen gefunden hatte: »Peter Ohlrogge«. Enter:

Ergebnisse 1 von ungefähr 1 für Peter Ohlrogge (0,08 Sekunden)

Auf den Spuren der alten Worpsweder. Freilichtkurse von Peter Ohlrogge. April bis Oktober. Malschule Paula. (Anmeldung und Vorauszahlung erforderlich)

Der Bildschirm flimmerte. Das Gehäuse und der alte Tower knackten, so als spannte sich etwas. Paul sah auf den Boden. Unter seinem Stuhl, unter dem Tisch, durch das Zimmer, das nächste, das Eltern-Schlafzimmer, die Diele, das Atelier des Großvaters, durch das ganze Haus: ein Riss, wie ein Spalt. Er sprang auf. Er griff nach dem Fernglas. Von draußen hörte er den Spaten, das Stechen, die Grabgeräusche von Nullkück, der immer weitergrub.

Paul war an den Fluss gefahren und lief hinter der Hamme-Brücke nach links den Sandweg hinunter.

In den Wiesen bemerkte er bereits eine Gruppe der Malschule, den Freilichtkurs. Er ging ein Stück auf das alte Worpsweder »Nadelkissen« zu, auch »Liebesnest« wurde der runde, kleine Hügel genannt, mit Pappeln und Holunderbüschen bewachsen, von einer Möwenkolonie bewohnt, umsäumt von Schilf und wie eine Insel zwischen den Flüssen Beek und Hamme. Früher hatte dort eine Hütte gestanden, ein Wirtshäuschen, das nach einem Moorbeben samt Wirtin und ein paar Schnaps trinkenden Torfschiffern versunken war.

Paul blieb auf dem Weg stehen und sah den Graugänsen nach, die in ihren Staffeln in Richtung Süden flogen. Was Vögel für eine schöne Ordnung haben im Gegensatz zu Familien, dachte er und verfolgte durch das Fernglas zwei klare Linien, die sich vorne in der Spitze trafen.

Er setzte sich auf eine Bank, »Aussichtsbank« stand auf einem Schild, das musste wieder eine Idee der Touristik GmbH gewesen sein. Warum konnte man es den Menschen nicht selbst überlassen, wie sie die Bank nutzten? Was für ein bevormundendes, dominantes Schild, er hatte schon keine Lust mehr auf Aussicht, das Schild war wie seine Mutter.

Er nahm das Fernglas und richtete es auf die Malenden. Vorhin waren es drei in den Wiesen gewesen, jetzt sah Paul noch zwei. Eine kleine Malgruppe, dachte er, nur eine alte Frau und dieser Mann, den er bisher für Dr. Rudolph gehalten und auf den er sich am Computer und im Garten eingeschossen hatte. Die alte Frau im Regenmantel hielt ihren Pinsel wie einen Kochlöffel. Vor jedem neuen Strich, den sie auftrug, presste sie die Zunge auf die Unterlippe und schwang den Pinsel inspiriert nach rechts und links, so als würde der nächste Strich ihrem Bild eine besondere Note verleihen.

Peter Ohlrogge stand daneben. Die Hände in seiner Windjacke vergraben. Die Schultern zusammengezogen, so als würde er frieren. Ab und zu nickte er mit dem Kopf und versuchte zu lächeln. Manchmal nahm er eine Hand aus der Jacke und hielt sich eine Stelle am Bauch. Wo sah er hin?

Paul legte das Fernglas weg. So nah wollte er ihm nicht kommen.

Warum stand er nicht einfach von der Bank auf, lief in die Wiesen und fragte ihn? –

Ja, und dann? War es nicht überhaupt demütigend zu fragen? *Hallo, guten Tag, könnte es sein, dass Sie ...*

Er blieb sitzen. Er hielt sich an der Bank fest. Er würde NIEMALS in die Wiesen laufen und fragen! Wie klein, wie erbärmlich wurde man denn dabei? Und wie alleingelassen mit allem? Es war doch die Aufgabe anderer, dafür Sorge zu tragen, dass man nicht ein halbes Leben später durch die Moorwiesen auf einen fremden Mann zumarschieren musste! Da wurde man von der Mutter bis ins Detail über archaische Gebärhaltungen und die Freiheit ihres Beckenbodens bei der Schrankgeburt unterrichtet, aber WIE ENTSTANDEN?? VON WEM?? Wohl nicht so wichtig!

Er nahm wieder das Glas und sah hindurch. Der fiebrige Blick, mit dem der Mann durch den Garten seines Großvaters gelaufen war, er wirkte wie erloschen, leer und tot. Der leblose Blick fiel ihm durch das Fernglas geradezu entgegen. Paul setzte es erschrocken ab. Er sprang auf und rannte zurück.

Ihm schien, er würde auf dem Weg nicht vorankommen und der Sand nachgeben, was nicht sein konnte, sagte er sich, die Wege wurden doch aufgeschüttet, und in die andere Richtung war er ja mit dem Trecker gefahren vor ein paar Tagen – oder waren es Wochen gewesen?

Er drehte sich um. Ihm war nun, als würde er verfolgt vom leblosen Blick, der ihm durch das Fernglas so nah gekommen war. In der Ferne hörte er wieder die Melodie, die klang, als würden Russen in den Moorwiesen tanzen, die Musik wurde immer schneller, sie schien auf etwas hinauszulaufen. Auf der Hamme-Brücke übersah er einen Heuwagen, der ihn gegen das Geländer schlug. Er versuchte Luft zu kriegen und starrte in den Fluss.

Konnte das sein? Diese vorbeischwimmende Flasche? Der Hustensaft seiner Kindertage?

Nullkück war bereits bis zu den Schultern in der Erde. Wie schnell er graben konnte! An einigen Stellen waren es schon richtige Grab- oder Schachtsysteme, die er ausgehoben hatte.

»Lieber, hör bitte auf«, sagte Paul, als er in den Garten zurückkam. »Da ist nichts! Da kann nichts sein! Was soll da sein? Hör bitte auf!«

Er dachte an das schreckliche Lachen von Bauer Gerken, wenn von Marie die Rede gewesen war; an die unheimlichen Geräusche aus der Tiefe, bevor Brüning die Arbeiten gestoppt hatte. Dann versuchte er Nullkück festzuhalten, doch der hielt ihm den Armreif hin wie etwas, das ihn aufrief zu graben. Und so grub er weiter.

Paul nahm Brünings Vorschlaghammer und stieg damit über die gefallenen Mauern ins Haus. Er ging auf den Eichenschrank zu. Er schlug mit dem Hammer auf die Halterungen der Stange, an der ihn seine Mutter hängend geboren hatte. Irgendetwas war damit, und warum hatte der Großvater den Butterkuchen fallen gelassen und wie der Tod ausgesehen, als man ihn gefragt hatte, woher die Stange sei? Vorderachse englischer Truppen, hatte er gesagt. Aber was hatte Nachbar Jahn behauptet und damals die Einfahrt zu den Kücks hinunterfahren sehen?

Die Halterungen brachen aus dem Geburtsschrank und Paul hielt die Vorderachse in der Hand: Englisch oder deutsch? Militär oder Kripo oder sonst was? Die Geburtsachse muss zu Kovac, dachte er und lief wieder in den Garten.

»Hör bitte mit der Graberei auf!«, er hielt es nicht mehr aus. »Du kannst doch hier nicht deine Mutter suchen? Was willst du denn damit erreichen? Hör bitte mit dieser Graberei auf!«, wiederholte er. »Da ist nur Grundwasser und Schlamm!«

Nullkück griff schnell in seine Hosentasche und drückte ihm ein Metallstück in die Hand.

Paul putzte es am Ärmel sauber: Kupfer, rund, eine Marke, *Gemeinde-Kriminalpolizei* war eingeprägt. Er griff in seine Hosentasche und holte die Marke heraus, die er aus dem roten Haus mitgenommen hatte. Er verglich die beiden Marken, und wieder schossen ihm die Sätze von Malte auf dem Schulhof, das Lachen von Gerken im Moor und die Ohrfeigen auf seine Mariefragen durch den Kopf ... Wieso waren es gerade diese Sätze, diese Szenen und kleinen Dinge aus den Kindertagen, die man sein Leben lang wie in Vitrinen aufgehoben mit sich nahm? Vielleicht gab es diese Vitrinen überhaupt nur für die Kindertage; vielleicht war irgendwann genug darin, wenn man älter wurde, sodass sich die Fenster schlossen. Paul hörte durch das Vitrinenglas immer noch Sätze seiner Mutter, seines Vaters, seines Großvaters: Er hörte das Lied, das am Abend gesungen wurde, und sah den Mond hinterm Weyerberg und den Nebel über dem Teufelsmoor, wenn er im Schlafanzug ruhig geworden war. Er sah durch das Glas die Bilder von der Schneekönigin und dem Jungen, den sie in ihre kalten Eissäle entführte, wo sie ihn täglich küsste und sein Herz beinahe erfror. *Frieren. Eis werden. Weinen. Auftauen. Fließen. In die Welt gehen.*

Nullkück schaufelte und schaufelte.

Paul lief auf eines der Ketten- und Raupenfahrzeuge zu. Er drehte den Schlüssel um und drückte auf alle Knöpfe und Pedalen, die er finden konnte. Dann fuhr er auf die alte Scheune zu.

Die ganzen Geschichten, dachte er. In der Scheune verwandeln sich die Formen des Großvaters in Menschen, dort werden sie in der Dunkelheit lebendig, stör sie nicht! Stör sie nicht, bis sie sich vollendet haben! ... Eine Form, die in der Verwandlung ist, kann oft zu Dingen führen, vor denen wir uns in Acht nehmen müssen! ... Stockdunkle Seelenscheune!

Paul fuhr immer schneller.

Johan und Hinrich mit ihrem Schnaps, dachte er. Dieses furchtbare Gebräu, das dort immer noch in Kisten gärte. Und das Marie in sich hineingeschüttet hatte, bis ein Nullkück dabei herausgekommen war, der nun im Garten wie ein Irrer nach seiner Mutter grub! Seelenscheune, Gefängnis, Angstschuppen! Lügenschuppen! Lügenwelt, LÜGENWELT!

Er drückte das Pedal durch. Er sah die Scheune immer näher kommen. Er stellte sich vor, in seine Kindheitsvitrinen hineinzuschlagen, bis das Glas splitterte und die Seelen, der Nebel und die alten, frühen und unschuldig geglaubten Sätze sich blutrot färbten.

Er brach mit der Raupe durch die Tür. Fuhr hinten wieder raus mitten durch die Wand. Drehte. Brachte beim zweiten Mal das Dach zum Einsturz. Wendete wieder und schob Bretter vor sich her, verfaulte Fässer, Tonsäcke, die alten Metallgerüste, Schnapskisten, aus denen sich Nattern wanden. Lauter unfertige Willy-Brandt-Figuren, an denen man sich hier Tag für Tag das Gute beweisen wollte, lagen in Stücken oder kippten gerade um.

Er fuhr alles kurz und klein: Kartoffel- und Kornwagen, die Schrotmühlen, die alten, aus Holz geflochtenen Obstkörbe, die Brennkessel, den Anhänger, mit dem er und sein Großvater früher ins Umland gefahren waren, um die Tonmenschen zur Gießerei zu bringen. Er sah Nullkücks Werkzeugkoffer und stoppte. Er stapfte durch die verrotteten Strohreste von 1943. Über zerschlagene Flaschen und aufgeplatzte Kanister, aus denen es roch wie aus einem Leichenhaus. Er sah verbogenes Stangenlot, eine Eisensäge, abgetrennte Schlangenköpfe, Modellierhölzer, Stoffreste einer Unterhose. Einen Sack mit dem Wiener Kalk seiner Großmutter. Eine alte Deutschlandfahne. Otto-Kataloge. Zerrissene Hasenmenschen, die aus einer Kiste hingen. Er bückte sich über einen Suppenteller, auf dem Weberknechte umherirrten. Er verfolgte den Lauf einer Kette, die an einem der Balken befestigt war. Er stieg über den Arm, den sie von einem der Reichsbauernführer abgetrennt hatten. Er hob Papierstückchen auf, vergilbt, verdreckt, auf einem war wieder der Turm der Psychiatrie zu erkennen, auf einem anderen stand Lübeck – Ratzeburger Allee … Begonnene, verworfene, zerfetzte Onkelbriefstückchen. Irgendwann kniete Paul neben einem der Brandt-Köpfe mit tiefen Falten und Ecken in den Haaren.

Später trat er aus den Trümmern und lief in den Garten zu Nullkück.

»Vielleicht gehen wir rein und arbeiten ein bisschen an deinen Zinnsoldaten?«, sagte er und hielt ihm den Werkzeugkoffer hin.

Nullkück schaute nicht auf. Er grub sich immer weiter durch die Erde – wie die kleinen Tiere mit dem grauen oder braunen Samtpelz, die er sonst mit der Knoblauchbrühe und den Klopfzeichen aus dem Garten vertrieb.

48
Grundbruch (Und Nullkück kann nicht mehr)

Vom gewaltigen Stein in der Tiefe, wenige Meter neben der Westseite des Hauses, wusste man nichts. Brüning war mit den Männern bis auf die stabileren Sandschichten vorgedrungen, doch sie bohrten am äußersten Rand einer Stelle, die sich tief hinabsenkte wie in einen Krater. Wie in eine Schlucht, die der verborgene Findling gezogen hatte. Seit die Eiszeit und der Weltwinter zu Ende gegangen waren und die langsam fließenden Gletscher sich vom Norden her bis an diese Stelle geschoben hatten, lag er da: magmatisches Gestein, Granit, ein Gigant – neben dem Jahrtausende später ein Bauer sein Haus baute, das dann Paul Kück kaufte und in dem er lebte, mit seinen Brüdern, den Frauen, Kindern und den berühmten Männern im Garten.

Die Erklärung kam am Nachmittag durch die erdstatischen Untersuchungen: Dem Druck, den die neuen Betonpfähle zusammen mit der Last des Hauses ausübten, konnte die Randlage nicht mehr standhalten. Der Sand wich aus, rutschte seitlich weg in die Schlucht und in die noch tieferen Regionen des Moores, was die Spezialbohrungen ergaben, die Brüning hatte vornehmen lassen. Die Westseite sank ab, der Giebel kippte nach außen und das Fundament des Hauses brach in der Mitte durch.

Brüning konnte seine Arbeiten einstellen. Haftbar zu machen für den »Grundbruch«, wie man so einen Schaden bezeichnete, war er nicht. Im Gegenteil, er würde seine durchgeführten Arbeiten in Rechnung stellen müssen.

Zusätzlich die Materialkosten, Transportbeton, Drehbohrgeräte ...

Er hielt Paul ein Papier hin, in dem die Untersuchung des Erdstatikers dokumentiert und Ursache und Schuld allein auf die Eiszeit, die Moränen und den Brocken übertragen wurden. Es wurde auch auf bestimmte »gekrümmte Gleitflächen«, »Bruchfiguren« und »logarithmische Spiralen« verwiesen, und Brüning zeigte mit seinem Finger auf die betreffenden Stellen, die ihn entlasteten.

Eine blanke Wut überkam Paul. Warum konnte Brüning nicht erst einmal schweigen, ohne gleich seine Ansprüche anzumelden? Warum sagte er nicht, dass es ihm leidtäte mit dem »Grundbruch«, statt die ganze Zeit mit seinem Finger auf der Stelle mit der Eiszeit und dem Brocken herumzutippen? Und wieso hatte er nicht vorher die Bodenverhältnisse vom Erdstatiker prüfen lassen? Paul überlegte, ob er die Kraft hätte, mit gerichtlichen Schritten zu drohen, aber was würde das kosten?

Er war blass geworden und blickte in das letzte Bohrloch, das sich bis oben hin mit Moorwasser gefüllt hatte.

Brüning steckte das Papier mit den statischen Untersuchungen in seine Hosentasche und ordnete den gesamten Abzug der Erdbohrer, Raupen, Bagger, Betonmischer und sonstigen Arbeitsgeräte an.

Beim Rückwärtsrangieren sah einer seiner Mitarbeiter verwundert auf die Trümmer der alten Scheune und rammte dabei die Marie-Skulptur, die wackelte, seltsam knirschte, aber nicht fiel. Maries schönes Gesicht und ihr Blick waren nunmehr zu Boden gerichtet, so als nähme sie Anteil am Grundbruch des Hauses.

Nullkück grub immer noch.

Goran und Branko, die zu den Spezialbohrungen erschienen waren und denen Brüning noch einmal mit Händen und Füßen erläuterte, was sich zugetragen hatte, zuckten mit den Schultern und besprachen sich. Es schien, als erklärte der eine auf Kroatisch die Eiszeit, während der andere damit begann, den Kovac-Bus auszuräumen und ein Halmer-Bild nach dem anderen an die alte Eiche, an die Skulpturen oder an die Reste des Hauses zu lehnen. Die Erinnerungen an die tote Tochter waren nun im ganzen Garten verteilt.

Brüning lief mit einer Kaffeekanne der Kücks über die Baustelle. Er fand keinen geeigneten Platz, um sie abzustellen, und war auf dem Weg in die Küche. Er trat über die gefallenen Mauern, stockte, drehte um und stellte die Kanne letztlich neben einen Ziegelstein im Garten. Vielleicht kam es ihm sonderbar vor, eine Kaffeekanne in ein Haus zu tragen, bei dem gerade die ganze Westseite absank, der Giebel nach außen kippte, das Fundament in der Mitte durchbrach und das Grundwasser aus der Tiefe emporstieg wie ein böser Traum.

Brüning näherte sich Paul. Es hatte den Anschein, als wollte er noch etwas sagen, doch er riss nur mit einem Ruck sein Stofftaschentuch aus der Hose und schnäuzte sich.

Was sollte er auch schon sagen, dachte Paul. Als »durchgeführt«, »dörföhrt«, wie es bei Brüning stets geheißen hatte, konnte man die nachträgliche Pfahlgründung nicht bezeichnen. Das Haus sah aus, als sei es auf hoher See beschossen worden, und nun, da man nichts mehr tun konnte, würde die Besatzung schweigend von Bord gehen.

Brüning rieb seine Nasenflügel mit der Hand ab und sah in einen der Gräben.

»Neue Abzugsgrippen?«, fragte er und zeigte auf Nullkück, von dem sie nur den Haarschopf sahen und der immer noch grub und grub, ohne dass bisher jemand imstande gewesen war, ihn davon abzubringen.

»Er sucht seine Mutter. Sie muss hier irgendwo sein. Meine Familie hat sie wahrscheinlich auch vergraben«, antwortete Paul, es war ihm egal, was Brüning dazu sagen würde. Vermutlich würde er sowieso nichts sagen, sondern höchstens noch einmal ruckartig sein Stofftaschentuch hervorholen und die Zeit, in der er darauf hätte reagieren können, wegschnäuzen.

Ja, hier in diesem flachen Land schnäuzte man grundsätzlich alles weg, was unangenehm zu beantworten war. Die Zeit, in der man hätte antworten oder Dinge ansprechen können, wurde weggeschnäuzt und zwar so lange, bis das Leben längst weitergegangen war, dachte Paul. Und so blieben Enkel und Söhne ohne Antworten und irrten ahnungslos durch die Welt. Und wenn sie etwas finden wollten, dann mussten sie graben und graben und zu graben aufhören, wenn sie es nicht mehr ertragen konnten und ihr Leben ohne die Wahrheit für ruhiger und sicherer hielten.

Jan Brüning nahm seine Mütze ab und gab Paul die Hand.

Branko hatte sämtliche Halmer-Bilder auf dem Grundstück verteilt und stieg in den Kovac-Bus.

»Post!«, rief Goran noch und stellte ein Paket, das vor längerer Zeit bei Kovac abgegeben worden war, neben die Kaffeekanne und den Ziegelstein.

Kurze Zeit später war die Baustelle geräumt und alle waren weg.

26. April. Paul war das Datum in den Unterlagen der erdstatischen Untersuchung aufgefallen. Hilde hatte früher oft von jenem Tag gesprochen, dem 26. April 1945: Alle Hamme-Brücken waren gesprengt worden, die Sprengung der Brücke bei Tiedjens-Hütte habe man bis in den Garten hören können und genau das bei ihr die Presswehen aus-

gelöst. Vielleicht glaubte sie wirklich daran. Kurze Zeit später sei dann Nullkück auf die Welt gekommen und Worpswede gefallen.

Paul ging in die Küche. Er stand vor dem Rilketopf – auch eine Lüge. Er rührte den Teig an, goss ihn in die Pfanne. Der Buchweizen lief fast heraus, so schief stand der Herd. Paul überlegte einen Moment, ob Gasleitungen offen liegen könnten, während er den Teig anbraten ließ auf mittlerer Flamme. Er hielt die Pfanne leicht schräg, entgegengesetzt zu der allmählich nach außen wegsackenden Küche. Er nahm einen Teller, fand eine Kerze, zündete sie an, ließ das Wachs vorsichtig in die Mitte des Tellers tropfen und drückte die Kerze hinein. Dann drapierte er die fertigen Pfannkuchen um das Kerzenlicht und trug sein Geschenk aus der grundbrüchigen Küche.

»Alles Gute zum Geburtstag, Nullkück! Es gibt frische Buchweizenpfannkuchen!«, rief er und lief auf den Graben zu. Er sah ihn gar nicht mehr in seinem tiefen Muttergraben. »Ich habe sie drei Minuten von jeder Seite anbraten lassen. Ist das richtig? Ich dachte, ich wäre heute mal dran an deinem Tag. Happy Birthday.«

Nullkück lag seitlich gekrümmt im Morast. Es sah aus, als würde er versinken. Die Augen waren starr und bewegten sich nicht. Die Hände hielten noch den Spaten.

Fünf Minuten lang kämpfte Paul damit, Nullkück herauszuziehen. Es war sinnlos. Er rief nach Gerken. Er rief nach Renken. Niemand kam. Schließlich holte er Kisten und Bretter aus den Trümmern der Scheune. Er warf sie in den Graben, sprang selbst hinein. Er fand Halt und zog Nullkück aus dem Moor. Er zog ihn bis zum Bett, das immer tiefer eingesunken war mit den Eisenfüßen.

Nullkück atmete schwer. Blut lief aus der Nase. Sein Herz schlug schwach.

Paul rannte in die Küche, nahm das Telefon, das sich auf dem Tisch zum Rand hin bewegte, und wählte den Notruf.

Die Sonne brach hervor und schien in den Garten. Wie hellblau der Schirm in der Sonne war, dachte Paul. Das himmelsblaue Licht fiel auf Nullkücks Gesicht. Seine Augen waren bewegungslos und starrten auf die Skulptur von Marie.

Jetzt sah es auch Paul. Die Bronze war an der Seite gerissen – von oben bis unten ein langer Riss.

Er schaute auf die Seiten der anderen Figuren: Luther, der Rote Franz, Bismarck, Napoleon. Er betrachtete die Seiten seiner Großmutter, keine Risse. Nur bei Marie. Die Naht, die er vor einiger Zeit bemerkt hatte, war nun wie aufgeplatzt.

Nullkück atmete langsamer.

Der Krankenwagen würde ungefähr eine halbe Stunde brauchen, hatte es geheißen.

»Halt durch, Lieber. Bald geht es dir besser,« sagte Paul und drückte Nullkücks kalte Hand. Seine Cordhose war verdreckt und durchnässt. Das Leinenhemd, das all die Jahre gehalten hatte, eingerissen und voller Blut.

»Du hast dich übernommen, du warst ja nur noch am Graben ...«, er hielt ihm einen Pfannkuchen hin. Er schob ein Stück in Nullkücks Mund, es fiel wieder heraus.

Wasser, dachte Paul. Er beeilte sich, die Küche zu erreichen, drehte den Hahn auf, doch es gab kein Wasser mehr. Er öffnete den Kühlschrank, und die Milch, die ihm entgegenkam, lief langsam nach Westen ab und vermischte sich mit dem Grundwasser, das in die Küche gestiegen war. Er rannte zurück.

Nullkück atmete immer langsamer.

Paul setzte sich auf die Bettkante und zählte die Atemzüge. Wach halten, dachte er, ihm etwas erzählen.

»Weißt du, dein Brief hat mir so gefallen. Ich meine den, den du früher einmal an Tille geschrieben hast.«

Er mochte ihn wirklich, auch wenn er etwas umständlich und komisch war. Paul hatte den Sohn von Brüning gebeten, ihm den Brief zu überlassen, der 1972 mit einem Trecker der heutigen Frau des Bauunternehmers zugestellt worden war.

»Ich wollte ihn dir zum Geburtstag vorlesen ... Hatte ich sowieso vor. Leider ist die Tinte schon blass ...«

Er sah auf die Uhr. 15 Minuten noch, dann müsste der Notarzt da sein.

Liebe Tille.
Ich weiß, dass Du die Tochter vom Geffken bist und den Sohn vom Brüning heiraten willst. Ich beobachte Dich schon lang auf dem Kartoffelacker. Deine Brüste sind wie der Vorfrühling, der sich langsam vortastet in seine ersten Liebesträume. Ich wünschte, ich könnte mit in diesen zarten Träumen leben ...

Nullkück röchelte. Die Augen waren ängstlich, fragend, flehend. Er wollte etwas sagen. Ein oder zwei Worte, die er immer am Stück zu bilden imstande gewesen war. Es ging nicht mehr.

Paul dachte an die Gedankenzüge in Nullkücks Kopf, an seine Sehnsucht nach ganzen Sätzen und langen Reden, die ein Leben lang stumm unter dem Eis lagen und nie hervorkommen konnten.

Er lief in Nullkücks Zimmer. Die Dielen standen unter Wasser. Die Krüge mit den getrockneten Kornblumen schwammen umher und stießen gegen den Drucker. Die Bilder von den Frauen aus der Region trieben zum Fenster hin. Seltsamerweise funktionierten der klobige Computer und der Bildschirm noch. Paul sah den Eintrag der Malschule mit den Freilichtkursen. Er klickte die Seite weg, darunter lagen der Backe-Plan und der Angriff auf die Sowjetunion. Er fischte die Bilder der Frauen aus dem Wasser und versuchte, eine von Nullkücks Platten aufzulegen. Dann breitete er die Arme aus und nahm den Setzkasten mit den Zinnsoldaten von der Wand.

Als er aus dem Haus in den Garten lief, knackte, krachte und grollte es erneut aus der Tiefe – und noch lauter als beim letzten Mal.

Das Foto von Tinchen im gelben Bundfaltenrock erkannte Nullkück nicht mehr. Die Landkarte mit seinen Frauen, die Paul vor ihm ausbreitete, nahm ihm die Sonne, er fröstelte und zitterte.

Paul griff nach ein paar Zinnsoldaten aus dem Setzkasten und legte sie Nullkück auf die grau verwaschene Bettdecke. Manche ritten hoch zu Pferde und trugen Fahnen und Quasten auf Helmen. Manche marschierten mit geschulterten Gewehren in blauen Mänteln über roten Hosen ...

Der Krankenwagen fuhr die Einfahrt hinunter. Die Sonne stand über dem Bett.

Nullkück neigte seinen Kopf zur Seite und sah auf das Haus. Seine Augen lächelten, sanft und aus der Ferne.

Paul wusste nun, woher er dieses Lächeln kannte. Es war, als lächelte sein Großvater.

Als Nullkück wenig später in den Notarztwagen geschoben und die Klappe geschlossen wurde, hielt er seine kleinen bunten Soldaten fest in den Händen.

Paul stand da mit dem Brief an Tille, während der Wagen mit Blaulicht und Sirenen auf dem Damm beschleunigte.

... Doch leider kann ich nicht halten und Dir einen Haselstrauch schenken, denn der große Sommer naht und ich muss die Felder pflügen.

Nullkück, 1972

49
Finale im Don-Camillo-Club

Paul hatte das Telefon aus der überfluteten Küche geholt und mit der Verlängerungsschnur in den Garten getragen. Dann hatte er in Osterholz im Kreiskrankenhaus angerufen und erfahren, dass Nullkück in ein künstliches Koma versetzt worden war.

Er saß bis in den Abend im Garten und sah auf das Haus. Hinter der Westseite fiel die Sonne rot in die Wiesen, was nach der alten Regel der Bauern trockene Luft und gutes Wetter versprach.

Er wählte die Vorwahl von Spanien und erinnerte sich an das Geräusch von früher, wenn die Scheibe zurückdrehte. Er wählte die Nummer der Insel Lanzarote, zögerte einen Moment und drückte den Hörer zurück in die Gabel.

Er stand auf und lief in die Trümmer der alten Scheune. Die Weberknechte irrten, aus allen Zusammenhängen gerissen, umher zwischen den Brettern, Obstkörben und den umgestürzten Willy-Brandt-Modellen, die an den Metallgerüsten hingen. Ein paar Tonmodelle befanden sich hinten vor der Scheunenrückwand, von der ein Stück stehen geblieben war.

Sollte der eine Kopf mit Rumpf sein Großvater sein? Es gab doch keine Skulptur von ihm, Paul konnte sich nicht erinnern, jemals seinen Großvater selbst in Bronze gesehen zu haben. Alle hatte er sie vollendet, die großen Männer der Jahrhunderte und seine zwei Frauen: sie skizziert und entworfen, modelliert und gegossen, in den Garten gestellt oder verkauft. Nur von sich selbst hatte er nie etwas herausgegeben.

Paul stieg wieder dieser Geruch von Leichenhaus in die Nase. Er trat zu einem der Kanister, der zwischen den Trümmern lag, schob eine Eisensäge beiseite und hob den zerplatzten Kanister auf: »Formaldehyd«.

Der Großvaterkopf war kein gutes Selbstporträt. Die Haare stimmten, das bis zuletzt noch kräftige Haar, das er sich stets kurz schneiden und vorne in die Stirn fallen ließ. Auch die leichte Neigung des Kopfes, mit der er sein Gegenüber aus den verschiedensten Blickwinkeln untersuchte, war richtig. Ebenso der Ansatz der Arme mit den angedeuteten Händen erinnerte an den Großvater: diese vorgestreckten Hände, mit denen er die Menschen erschuf in seinen Seelenmärchen aus Revers-Ecken und Geheimnissen, die sich im Innenraum der Skulpturen befanden. Aber die Augen, die Nase, das Gesicht, das alles war nicht sein Großvater.

Paul sah sie erst jetzt. Daneben standen noch zwei weitere vormodellierte Großvater-Versuche, auch sie stimmten nicht. Bei dem einen hatte er sich die klar gezogenen Falten von Willy Brandt gegeben; bei dem anderen völlig übertriebene Augenbrauen, fast wie diese Büsche bei Nietzsche oder Max Schmeling. Auch der Mund war viel zu breit, sein Großvater hatte eher einen Rilke- oder Napoleonmund gehabt, spitzer, schmallippiger.

Am Rand befand sich eine kleine Figur, fast verdeckt durch die Großvater-Versuche, Paul erkannte den zarten Kopf sofort. Es war das Modell vom Jungen, der mit dem Fahrrad durch den Krieg nach Hause fahren wollte und vom Hauptmann auf dem Moorweg angehalten wurde. Früher war Paul vor der fertigen Bronzefigur von Kurt Albrecht immer lange stehen geblieben, als sie noch im

Garten zwischen all den anderen und nicht wie später allein in einer Schule gestanden hatte.

Paul sah es auch jetzt in dem Tonentwurf: wie die Arme des Jungen hinter dem Rücken geformt sind, wie er die Marinemütze versteckt, die er dann dem Hauptmann vorzeigen muss, was ihm den Tod bringen wird. Wie konnte man einen Jungen, der nur nach Hause wollte, an einen Richtpfahl fesseln und erschießen, wo doch alles schon verloren war? Er hatte es nie begriffen. *Ich wünsche mir, dass ich diese Zeit überstehe und der liebe Gott es gut mit mir meint* – fand man auf einem Zettel in seiner Hosentasche, der Großvater ließ es in den Sockel eingravieren.

Paul stand vor der Tonfigur des Jungen und den Selbstversuchen seines Großvaters, der mit seinen kräftigen Händen und den zarten Modellierhölzern immer alles darauf verwendet hatte, den genauen Ausdruck zu erfassen: die Spannung des Körpers, die Augen, sogar die Blicke, die bei dem Jungen wie nach innen gerichtet schienen. Nur für sein eigenes Leben hatte er nicht die richtige Form gefunden.

Paul steckte sich eine der alten Buddeln Schnaps in die Jackentasche und stieg aus den Trümmern.

Am Abend saß er im Café Central. An der Bar stand ein Mann im schwarzen Anzug, darüber trug er eine Lederjacke.

»Barkenhoff?«, fragte er. »Georgij Aleksej Petrov?« »Maler?«, er klang wie ein Russe.

Während ihm die Kellnerin den Weg auf einen Zettel zeichnete, tippte er mit dem Autoschlüssel auf den Tresen, so als ginge es ihm nicht schnell genug. Dann verließ er ohne ein Wort das Café.

Paul bestellte ein Bier und nahm sein Notizbuch:

Großer, üppiger Garten zu verkaufen mit Abrissruine.

»Abrissruine« klang abschreckend. Er schrieb stattdessen:

Großer, üppiger Garten zu verkaufen mit defekter Villa.

So eine Formulierung ging eigentlich nicht. »Sanierungsobjekt?« Er änderte es noch einmal um:

Großer, üppiger Garten zu verkaufen mit Objekt für
Menschen mit handwerklichem Geschick.

Er überlegte, ob er seinen Geburtsschrank versinken lassen oder mit nach Berlin nehmen sollte, aber was würde er dann mit diesem Riesending machen? Am Ende müsste der Schrank doch zu Kovac, weil er in Pauls Welt gar nicht hineinpasste.

Der Mann, der ihn vor einiger Zeit mit der »Schule der Würde« überfallen hatte, betrat das Central. Er setzte sich an den Tresen, ohne zu grüßen oder das Gespräch wieder aufzunehmen. Er bestellte, trank und drehte sich auch nicht mehr um. Seine Schultern waren eingezogen, der Rücken gekrümmt. Als er noch etwas trinken wollte, sagte man ihm, er habe schon genug.

Paul stand auf und ging an den Tresen. Er nahm die Flasche aus seiner Jacke und goss ihm den Schnaps von Johan und Hinrich aus dem Jahr 1943 ins leere Glas.

Paul saß in der Marcusheide auf einem Ast und trank. Er lief weiter am Barkenhoff vorbei. Über die alte Fußballwiese. Er sah das Fenster. Es leuchtete so, wie es in seiner Kindheit rot und geheimnisvoll geleuchtet hatte, wenn die Dämmerung über seinem Tor hereingebrochen war. Er stellte die Flasche neben den Zuweg vom Don-Camillo-Club und klingelte ...

»Bist du zum ersten Mal hier?«, fragte die Frau an der Tür. Sie trug ein glitzerndes Kostüm und ihr dünnes Haar in blonden, hochgewellten Formen.

Paul hätte schwören können, dass es diese Frau gewesen war, die ihm vor all den Jahren die Tür geöffnet hatte, als er den Ball holen wollte, den er zuvor ins offen stehende Bordellfenster geschossen hatte. Wie hätte er das je vergessen sollen, dachte er, die erste Frau aus der Welt hinter dem geheimnisvollen Fenster? Bis dahin hatte er nur die »Brüste der Wahrheit« von seiner Mutter im Badezimmer gekannt. Die Baumwollrippen von Müttern, die sich am Fluss auszogen, um sich in das dickflüssige Moorwasser zu stürzen zu ihren Bleichmoosen und jahrtausendealten Sumpfgräsern, Käfern und Fischgräten. Oder splitternackte, brennende Frauen als Weihnachtsbaum, wie im Wohnwagen von Bernhard Haller. Aber diese Frau, die ihm damals in der Tür erschienen war, sie hatte dagestanden wie ein weißer Engel mit unvorstellbarer Unterwäsche und Adidas-Tangoball.

»Ich war mal hier, als ich zehn war oder elf«, antwortete Paul.

Die Frau lächelte. »Ich heiße Martha. Und du?« Sie sah ihn aus tiefen Augenringen an.

Mein Gott, wie die Zeit zwischen dem einen und dem anderen Türöffnen verging. Und war es nicht unmöglich, in seinem Heimatdorf das Bordell zu besuchen?, dachte Paul. Es könnte einem die ganze Kindheit nehmen.

»Peter«, sagte er, es war der erste Name, der ihm einfiel.

»Was trinkst du, Peter? Oder willst du eine abholen? Vorhin war hier jemand, der hat eine abgeholt.«

»Haben Sie Dark & Stormy?«
»Kenn ich nicht, so was.«
»Whiskey?«
»On the rocks?«
»Bitte.«

Paul setzte sich etwas abseits in eine Sitzecke mit einer Schale Salznüsschen. Neben ihm erschien eine riesige bewegte Vagina an der Wand. So eine große hatte er noch nie gesehen, sie öffnete sich genau vor der kleinen Sitzecke. Paul stand leicht erschrocken wieder auf.

»Videobeamer, wie Heimkino«, erklärte Martha und stellte ihm den Whiskey hin.

»Vielen Dank«, sagte Paul.

»Die Mädels sind gerade belegt. Heute haben wir hier eine Gruppe.«

»Kein Problem.«

»Aus dem Zimmer hat der die rausgeholt. So was hab ich noch nicht erlebt. Die war erst seit zwei Tagen hier.«

»Hm«, erwiderte Paul.

Die Vagina war wirklich übermächtig und die Hände, die an ihr spielten, halb so groß wie Paul. Das waren ja wirklich Dimensionen, da könnte er ja theoretisch seinen Kopf reinstecken, schätzte er.

Seine Mutter hatte er immer noch nicht angerufen. Er war nicht weiter gekommen als bis zur Vorwahl ihrer Insel. Warum anrufen, um von einem »Grundbruch« des Hauses zu berichten, fragte er sich, wenn ihm schon die Sätze aus dem letzten Telefonat jeden Boden nahmen.

Da stand auch mein Hustensaft von früher.
Ja, und?
Schon gut.

Er trank Whiskey, griff in die Schale mit den Nüsschen. Dann suchte er die Toilette.

Als er am Pissoir wartete, konnte er auf die alte Fußballwiese sehen. Sie lag im roten Schein, der aus den Zimmern fiel. Er schob den Vorhang beiseite und sah die Stelle, wo früher aus zwei Gummistiefeln sein Tor gestanden haben musste. Wie leicht er gewesen war in diesem Tor, das er hütete. Wie unbeschwert er flog. Wie rein er durch den Dreck einer kleinen Welt hechtete. Und nun stand er drinnen, 25 Jahre später – ihm wurde elend. Er zog den Vorhang wieder zu, spülte das Pissoir und verließ die Toilette.

Ohlrogge saß an der Bar und starrte vor sich hin.

»Mehr weiß ich doch auch nicht«, erklärte ihm Martha und brach Eiswürfel aus der Gefrierbox.

»Ein Mann? Was für ein Mann?«, fragte er.

»Hab ich doch gesagt. Irgendein Mann. Der hat kein Wort gesagt. Der ist hier rein und nach zwei Minuten saß die bei dem im Auto.«

Ohlrogge griff über den Bartresen zum Telefon. »Ich ruf jetzt die Polizei! Ich war mit ihr privat verabredet!«

Martha nahm ihm den Hörer aus der Hand und stellte das Telefon unter die Bar. »Da muss ich erst Rücksprache mit dem Chef halten! Außerdem sah das alles ganz normal aus! Die gehörte zu ihm. Das konnte man erkennen. Der hat sie an der Hand rausgeführt.«

Paul blieb in der Tür stehen, ging wieder zwei Schritte zurück.

»Jetzt ist gerade einer da, der hat gesagt, er war schon mal hier mit elf«, erzählte Martha, weiterhin das Eis aus der Box brechend. »Lustig, oder? Ich finde das lustig.«

Ohlrogge nahm sein Glas und trank es, ohne abzusetzen, leer.

»Wolltest du nicht on the rocks?«, fragte Martha, »War'n doch noch gar keine Würfel drin!«

Ohlrogge erhob sich vom Barhocker. Er lief auf die Wand mit der Vagina zu und riss die Tür zu den Hinterzimmern auf. »Schluss jetzt!«, schrie er, »Scheißgruppe! Und ich sitz hier wieder Stunden vor diesem Putzfilm, oder was?! Den kenn ich schon, den hab ich schon tausendmal gesehen!«

»Aber noch nicht so groß! Und hier wird nicht herumgebrüllt!«, rief Martha mit strengem Ton durch den Club.

Ohlrogge knallte die Tür wieder zu, die ganze Pornowand wackelte.

Paul versteckte sich hinter dem Zigarettenautomaten, er rührte sich nicht. Auf keinen Fall in den Raum zurückgehen und bemerkt werden, sagte er sich. Bloß nicht reden und mit dem Mann in eine neue Beziehung treten. Einen unmöglicheren Ort konnte man sich nicht ausdenken als ausgerechnet hier, mit einer riesigen Vagina vor der Nase und einem gefallenen Engel an der Bar. Paul konnte weder zurück zur Sitzecke, wo seine Jacke lag, noch konnte er aus dem Club heraus, die Tür musste Martha erst aufschließen, um einen Gast hinauszulassen.

»Neulich hat Gott bei mir geklingelt. Mit einem Koffer. Aber ich habe ihn nicht reingelassen. Ich habe ihn im Regen weggeschickt. Das habe ich nun davon«, sagte Ohlrogge und hielt sein Glas hin. »Mach wieder voll, Martha.«

»Du hast schon genug. Ich mach dir jetzt deinen Tee. Wo ist dein Beutel?«, fragte sie und stellte ihm eine Tasse hin.

»Ich nehme keinen Tee. Ich habe heute gar keine Beutel mit!«, er schlug die Tasse auf den Tresen, sie zerbrach.

Paul versuchte von hinten vorsichtige Winkzeichen zu geben, aber Martha sah ihn nicht im schummrigen Licht. Auf der Wand vor der Sitzecke bewegte sich ein Schwanz, der so groß war wie Brünings Erdbohrer.

»Wie lächerlich ... Wie lächerlich zu warten ...« Ohlrogge spielte mit den Scherben. »Worauf denn warten ...? Auf eine Nutte? Eine Nutte?!«

Er sah Martha an, die nicht antwortete, sondern nur seine Finger mit einem Handfeger zur Seite schob und die Bruchstücke der Tasse zusammenkehrte.

»Heute habe ich auf der Straße einen toten Igel gesehen ... Den werde ich morgen beerdigen«, sagte Ohlrogge und wusste nicht, wohin mit seinen Händen, bis er sie auf dem Schoß zusammenlegte.

Paul rüttelte an der Ausgangstür. Er suchte den Vorraum nach einem Schlüssel ab. Er rief vom Handy die Auskunft an, um sich mit dem Bordell und Martha telefonisch verbinden zu lassen, aber er wusste nicht den genauen Namen. Er sagte »Al-Capone-Club«, den gab es nicht, »Nachtfalterbar« und »Delphin-Club« auch nicht, er legte auf und gab wieder versteckte Winkzeichen durch das Schummerlicht.

Ohlrogge nahm eine Flasche aus seinem Jackett und goss sich nun selbst ins Glas. »Stand vor der Tür. Schöne, schlichte Flasche, was?«

Er trank den Schnaps und hielt Martha, die gerade mit Salzgebäck an ihm vorbeiwollte, am Glitzerkostüm fest.

»Wärst du hinterhergelaufen? Ich meine, ihm? Gott? Ich habe noch gefragt, ob er einen Schirm haben will. Aber er hörte mich nicht mehr auf der Landstraße.«

»Lass mich, ich muss die Nuss-Schalen auffüllen!«, zischte Martha und riss sich los.

»Dann werde ich morgen bei der Beerdigung die anderen Igel fragen«, sagte Ohlrogge leise und starrte wieder vor sich hin.

Nach einer Weile erhob er noch einmal seine Stimme. »Weißt du, es kommt eher ein Igel zu meiner Beerdigung als ein Mensch in mein Leben ...«

Er saß nun unendlich traurig am Tresen und legte den Kopf in seine Arme, dabei fiel die Schnapsflasche herunter und rollte quer über den Boden zum Ausgang hin.

Ohlrogge drehte sich um, sah der Flasche nach – und vom Licht der Pornowand erhellt, erkannte Paul den leblosen Blick seines Vaters, vor dem er schon aus den Hammewiesen geflüchtet war.

Die Flasche kam genau auf ihn zu.

Er wich zurück, lief erneut auf die Toilette. Er riss den Vorhang zur Seite, öffnete das kleine Fenster. Er steckte seinen Kopf hindurch, zwängte den Rest ins Freie. Er rannte über die alte Wiese von früher, an seinem Tor vorbei, und verbrachte die Nacht mit Wegen und Stunden, in denen er bis zum Fluss und zu der Stelle lief, wo der Hustensaft seiner Kindertage an ihm vorbeigetrieben war.

Am frühen Morgen kehrte Paul zum Haus zurück, das dalag wie ein verlorenes Schiff.

50
Vom Ende

Es war ein sommerlicher Vormittag. Aus dem Haus stieg Dampf auf, ein seltsamer Dunst, der sich wie Nebelschwaden um die absinkende Westseite legte.

Unter der Eiche im Garten war die Erde in Bewegung geraten. Es schien, als würden die Wurzeln aus der Tiefe ächzen und an dem alten Baum ziehen – und so gerieten auch all die bronzenen Figuren, die an ihm hingen, in Bewegung. Bei einigen nahm die Spannung zu, bei anderen ließ sie nach, sodass sie für das Moor freigegeben waren und schon bald versinken würden, als Erstes Luther.

Paul lehnte sich an den alten Baum und beobachtete seine Großmutter und Willy Brandt, dessen Augen sich leicht bewegten und ihn zu mustern schienen.

»Nun sag du doch mal was!«, rief er irgendwann der Brandt-Skulptur zu und sah auf ihre Revers-Ecken im Sakko, die er vor langer Zeit mit Großvaters Modellierhölzern selbst geschlitzt hatte. Die einzige künstlerische Tat, die ich je vollbracht habe, dachte er.

Sein Handy piepte. SMS von Christina!

Paul sprang auf und sah auf die Marie-Skulptur. Auf den Rissen, auf der geplatzten Naht: überall Fliegen!

Er lief ins Haus. Er watete durch das Grundwasser, setzte seine Füße über tiefe Spalten. Aus seinem Kinderzimmer holte er seine Tasche. Die Schneekönigin. Und die dunkelblaue Krawatte mit dem alten Vaterknoten. Aus der Gefriertruhe das Stück Butterkuchen. Beim Verlassen des

Hauses griff er noch nach einem der berühmten Heinrich-Vogeler-Stühle.

Er legte das Stück Kuchen neben Marie in die Sonne und hoffte, dass die Fliegen von ihr lassen würden. Er band seiner Großmutter die Krawatte um und zog aus seiner Hosentasche ein riesiges Stofftuch, das er noch nie gesehen hatte.

Er spürte, dass auch der Stuhl, auf dem er saß, versank, und holte aus der anderen Tasche sein Notizbuch hervor.

Aktuelle Probleme:
1. Grundbruch
2. Die Toten im Garten (In Bronze gegossene Marie!!!)
3. Der Letzte der Kücks liegt im Koma und wird sterben. (Armer Nullkück!)
4. Wie noch leugnen, dass der Mann in den Wiesen und im Nachtclub mein Vater war? (Nun kann ich Wendland auch streichen. Jetzt heiße ich nur noch Paul.)

Er zog mit einem Ruck seine Schuhe aus dem Moor, das gluckste und zischte, als würde man einem seltsamen gierigen Tier die Beute wegnehmen. Er notierte unter die Vater-Thematik:

5. Schon wieder nasse, sumpfige Füße. Mein ganzes Leben nasse, sumpfige Füße.

Dann lief er mit seiner Tasche und der Schneekönigin in die Wiesen hinein, die sich weit nach dem Westen hin erstreckten und ganz am Ende mit dem Himmel zusammenflossen.

Inhalt

1 Prolog vom Ende 11

**Erster Teil
Berlin–Worpswede**

2 Paul lebt in der Stadt und sucht einen Grund 17
Pläne und die Salatköpfe der Mutter ★ Kovac und das
Halmer-Projekt ★ Christina, das Pornoprojekt und der
Butterkuchen ★ Rilkesohn ★ Paul Kück (Rodin des
Nordens) ★ Beim Händler mit den verlorenen Ostzeiten

**Zweiter Teil
In der Künstlerkolonie**

3 Ankunft im Moor (Nullkück und das Großvaterhaus) 57
Wie erklärt man die ganzen Kücks und die inneren Kühe?
★ Johanna Kück (Muttertelefonat Nr. 1 im Moor)

4 Ohlrogge im Don-Camillo-Club (I) 84
Sommer 1967, gleich nachdem er verlassen wurde (Das Duell)

5 Muttertelefonat Nr. 2 (Der Künstler des Jahrhunderts) 90

6 Ohlrogge im Don-Camillo-Club (II) 96
Spätsommer 1967, Güllefahrt (Zweiter Amoklauf) ★ *Es wird Herbst. (Über Eifersucht, Demütigung, Krankwerden)* ★ *Winter 1967 (Das Trennungsjahr nimmt kein Ende)*

7 Die erste Nacht nach langer Zeit 108
Der norddeutsche Herr Brüning (Der zweite Tag im Moor) ★ Elternstreit (Und nie gelebte Vatertage)

8 Die Mariegeschichte 126
Frühjahr 1944 auf der Treppe bei Stolte: Der Kolonievater trifft eine junge Frau ★ *Frühjahr 1944 in der alten Scheune: Paul Kück und sein Modell Marie* ★ *Frühjahr 1944 im Moor: Mackensen und sein Modell Marie* ★ *Mai 1953: Mackensens Begräbnis, danach gehen die Künstler kegeln (Über Liebe, Schuld und Marie)*

9 Ohlrogge liest Zeitung, gerät außer sich und läuft zu den Kühen 145
Sommer 1967: Geisterstunde bei den Kücks ★ *Sommer 1967: Die Funktion des Orgasmus von Wilhelm Reich (Danach: Trennung und Rausschmiss)*

10 Paul beginnt zu graben und kann wieder nicht atmen (Und Bauer Renken kommt seit 1945 mit der Milch) 153
Die Moorallergie! (Und das schreckliche Lachen von Bauer Gerken)

11 Ohlrogge bleibt bei den Kühen und lässt die Vergangenheit nicht los 163
Sommer 1967: Wie er hinter die Ortsgrenze zieht und im Moor versauert ★ *1989 geschieht etwas: 7 Paula- und 7000 Ohlrogge-Tage (Über die Ruhmsucht der Menschen)*

12 Nullkücks Briefe an Tille und Else (Und das Muttertelefonat Nr. 3) 171

13 Der Fund im Moor 179

14 Ohlrogge kann immer noch nicht loslassen und trinkt Kaffee von 1933 181
Frühsommer 1967, noch vor der Trennung: Mit Jahn auf dem Moordamm (Fragen zu Maries Tod) ★ *Herbst 1972, vier Jahre nach der Trennung: Ohlrogge bei einem Fachmann für die Vergangenheit (Dr. Anton Rudolph)*

15 Paul sitzt im Café Central, erinnert sich an fremde Schlafzimmer und alte Marie-Fragen (Dann kommt der Mann mit der Würde) 195
Herbst 1974, Familiengespräche: Kann ein toter Onkel ein Kind zeugen? Und liegt Marie doch im Moor?

16 Ohlrogge beschließt, hinter der Kück-Scheune nach der Vergangenheit zu graben, und schickt die Frau mit der Gottfrage weg 208
Sommer 1967, kurz vor der Trennung: Wie er Johanna gegen ihren Willen in der Scheune nimmt

17 Der Reichsbauernführer – Vom Umgang mit Geschichte (Pauls dritter Tag im Moor) 213

18 Ohlrogge schaut für einen Augenblick auf sein gegenwärtiges Leben und wird um Punkt zwölf Uhr alt 216
Sommer 1967: Die letzten Tage, nachdem sie vom Meer gekommen und in der Scheune gewesen sind

19 Mit dem Reichsbauernführer in der Nacht 224

20 Ohlrogge steht im Bett und versteht, warum Paul Kück den Güllegarten damals nicht umgraben ließ (Die Meldung!) 227

21 Nullkück beginnt die Vergangenheit auszudrucken (Und die Tochter kämpft für den Vater – Muttertelefonat Nr. 4) 229

Dritter Teil
Zwei Russen steigen mit ins Moor

22 Georgij, der Mann mit der Tetris-Melodie 241

23 Ohlrogges Telefonate über den Fall Kück 246

24 Die sprechenden Räume, die Ödlandfrauen, und Herr Brüning bereitet die Bohrungen vor 253
1. Oktober 1978: Das Großvater-Begräbnis (Und wie eine angebliche Medaille von Adolf Hitler im falschen Kück-Grab landet)

25 Ana in Worpswede (Märchenland mit Möbeln in den Bäumen) 270

26 Ohlrogge in der Worpsweder Loslassgruppe 275

27 Der fremde Mann 285

28 Kindheitsknoten 296

29 Ohlrogge mit Malgruppe im Moor 309

30 Ana und Georgij (Der Kampf mit dem Keilrahmen) 317

31 Die unheimliche Scheune (Fragen zu den Huren der Zeit) 321

32 Vergangenheitsbewältigung mit Hanomag-Ackerschlepper (Und das Muttertelefonat Nr. 5) 325

33 Einschlafversuche und Lesen im Bett (Orgasmusformel, Brodem des Moores, Großvaters Notizen) 338

34 Ana und Georgij. (Zwei Russen auf der Hamme) 348

35 Anton Rudolph mit Dutschke im Badesee, Nullkück bei landflirt.de – und erneuter Besuch 356
Der Neue im Garten!

36 Mutterwand 373

Vierter Teil
Finale

37 Heller Schmerz 381

38 Großvater in der Scheune (Der Brief und Maries Tod) 391

39 Ohlrogges verstopftes Leben 398

40 Schweigen (Muttertelefonat Nr. 6) 404

41 Ohlrogge im Don-Camillo-Club (III) 409

42 Nullkück will die Augen nicht mehr schließen 415

43 Ana und Ohlrogge im Himmelbett 418

44 Die Neugründung (Und die Naht bei Marie) 426
Nullkück und Marie (Armreif und Kunstraub)

45 Mutterverarbeitungen: Paul schluckt das letzte Telefonat, Nullkück baut einen Altar und sammelt Kraft 435

46 Ohlrogge stellt sich auf den Kopf und lässt los 439

47 Muttersuche, Vaterflucht, Amokfahrt 455

48 Grundbruch (Und Nullkück kann nicht mehr) 464

49 Finale im Don-Camillo-Club 473

50 Vom Ende 483